AF310377

LES CHIFFONNIERS DE PARIS

PAR

TURPIN DE SANSAY

PROLOGUE

CHAPITRE PREMIER

LA SOURICIÈRE

Il était huit heures du soir, le 11 novembre 1827, lorsque deux hommes vêtus de redingotes hermétiquement fermées du haut en bas et coiffés d'un chapeau gras, tournèrent la rue Saint-Denis et se mirent à examiner les maisons de la rue aux Fers, en face le carreau des Halles.

Après avoir jeté autour d'eux un coup d'œil furtif, ces hommes, dont la physionomie et l'allure ne ressemblaient en rien à celles des citadins ordinaires, disparurent subitement dans une allée sombre, après s'être assurés que personne, dans cette allée, ne pouvait s'apercevoir de leur présence inattendue.

Personne, en effet, ne remarqua leur entrée, pas plus dans la maison au couloir sombre et inégalement crépi de chaux, que dans la rue aux Fers, déserte en ce moment.

Cette maison était ce qu'on appelait alors un *logement à la corde*, c'est-à-dire un hôtel éminemment bon marché, dans lequel tout courtisan de la misère pouvait, moyennant cinq centimes, goûter les douceurs du repos sur un oreiller de chanvre.

Nos personnages, agents de la sûreté publique, cherchaient un fieffé voleur, dont les notes de police avaient signalé la présence aux environs du quartier des Innocents.

Lorsqu'ils eurent fait quelques pas dans l'allée, leurs yeux, habitués à l'obscurité, distinguèrent un reflet lumineux qui s'échappait à travers les fentes d'une porte mal jointe. Ils entrèrent sans frapper, dans une sorte d'antichambre sale et enfumée, tout autour de laquelle étaient établies des issues dissimulées par une serge qui, de verte qu'elle était primitivement, avait passé à la couleur jaune, par suite des ravages du temps.

Dans cette antichambre, un vieillard, assis devant une table sur laquelle brûlait une chandelle puante, compulsait un registre de locations.

À la vue des agents, le vieillard se leva, ôta le bonnet roux qui couvrait sa tête et fit quelques pas.

— Messieurs, je vous salue, dit-il avec respect. Venez-vous pour la souricière? ajouta-t-il à voix basse.

— Êtes-vous en règle, père Marcas? demanda un agent.

— Tenez, voici mon livre. Vingt personnes dorment dans le grand dortoir; les autres pièces sont vides.

1861
C

— Avez-vous des figures suspectes ?

— Vous seuls pourrez en juger... moi je m'y connais peu.

— Dans ce cas, établissons la souricière.

Le vieux Marcas ferma à clef la porte de l'allée et s'établit en sentinelle sur son seuil intérieur.

De cette façon, tout nouvel arrivant pouvait entrer après avoir frappé, mais nul hôte ne pouvait sortir avant d'avoir été scrupuleusement examiné.

Les agents passèrent dans le grand dortoir, éclairé par une lampe. Marcas ne les avait pas trompés ; vingt personnes y dormaient, vingt personnes dont le métier ne s'exerçait que la nuit et qui se reposaient le jour, adossés contre la muraille du dortoir et la tête appuyée sur leurs bras, que supportait une grosse corde, devenue luisante par l'usage auquel elle était destinée.

— Connais-tu le signalement ? demanda l'un des deux agents à son collègue.

— Oui ; mais, si tu m'en crois, nous profiterons de la circonstance pour *rafler les mains blanches*...

— C'est entendu.

Rafler les mains blanches, en style de sûreté publique, signifiait examiner les concheurs à la corde en général, et les juger par les mains en particulier ; on distinguait de la sorte les travailleurs des fainéants ; les travailleurs avaient les mains calleuses, et, puisqu'ils travaillaient, ils pouvaient être honnêtes ; les fainéants, au contraire, possédaient les mains lisses et blanches, et, comme l'oisiveté est la mère de tous les vices, on les arrêtait préalablement, jusqu'à plus ample information.

Les agents firent entendre un sifflement aigu. A ce bruit, les dormeurs s'éveillèrent en sursaut.

— Tiens ! le *quart-d'œil* ! exclamèrent quelques-uns d'entre eux. C'est embêtant de ne pouvoir jamais longtemps causer avec môsieur Morphée !...

— Allons, silence ! et tendons les mains...

L'inspection fut rigoureusement passée. Les gens qui, ce jour-là, couchaient à la corde, étaient des porteurs de la Halle. Dix-neuf furent reconnus avoir les mains calleuses.

Le vingtième dormeur était un homme de trente-cinq ans environ ; il portait une tunique en lambeaux, un pantalon rapiécé, un tablier de coton bleu. Sa barbe était proprement rasée... il avait le teint et la peau d'un blanc mat.

Les hommes de la sûreté publique l'empoignèrent au collet et le mirent brusquement sur ses jambes.

— Que me voulez-vous ? demanda-t-il en se frottant les yeux et d'une voix légèrement rauque.

— Ton nom ? ton état ?

— Je me nomme Dumouchet ; je suis chiffonnier... Voici ma hotte et mon crochet...

— Tu mens ! tes mains n'indiquent pas un travailleur...

— Parce qu'elles sont blanches !... la belle affaire !... Tenez, en voici la cause.

Dumouchet tira de sa poche une paire de gants sales et déchirés.

— Des gants !... tu mets des gants pour chiffonner ?...

Toute la chambrée partit d'un éclat de rire.

— Oui... ça tient à mon éducation première, poursuivit Dumouchet, en jetant sur ses compagnons de corde un magnifique coup d'œil de dédain. Je suis d'une bonne famille ; j'étais riche... j'ai mangé ma fortune dans des spéculations risquées, et puis, en entretenant des femmes... c'était ma marotte, à moi !... Aujourd'hui je suis ruiné ; mon père et ma mère sont morts de chagrin ; et moi, qu'on bafouait partout, je me suis fait chiffonnier, pour ne pas mourir de faim à mon tour...

— Comment se fait-il qu'on te voie ici pour la première fois ?...

— Parce que je couche où bon me semble, et jamais deux fois au même endroit... L'humanité me dégoûte, et je ne veux plus me lier avec elle !... Et puis, j'espère toujours que dans les chambrées où je m'arrête, il se trouvera un bon *chourineur* qui me débarrassera de l'existence...

— Tes papiers ?

— Les voilà, regardez...

— Ils sont en règle. Bonsoir.

Et les agents se retirèrent, pour aller continuer leurs recherches et établir d'autres souricières.

Les porteurs de la Halle se rendormirent ; mais il n'en fut pas de même du chiffonnier Dumouchet.

— Tonnerre ! grommela-t-il entre ses dents ; les hommes me poursuivront-ils donc toujours !... J'ai jeté mon or dans le gouffre sans fond des passions, et quand j'ai été ruiné, ils se sont moqués de moi !... Aujourd'hui, je ramasse dans la rue des ordures dont la vente me fait vivre, et je n'ai pas le droit de faire un pas sans qu'on me demande mon nom !... Absurdité humaine !... Oh ! si

l'occasion se représentait de le rattraper, cet or !... pantins de la terre, je vous forcerais à danser, je vous le jure, la sarabande de l'égoïsme !...

— Ohé ! là-bas... tu ne vas pas le faire !... On ne peut pas dormir... fit une voix.

— C'est bon... on s'en va !... grogna encore celui qui chiffonnait avec des gants.

Dumouchet mit son mannequin sur son dos, prit son crochet et gagna l'antichambre du logeur Marcas.

— Tenez, voilà votre sou, dit-il en jetant la monnaie sur la table ; adieu !...

— Bon voyage et bon vent ! fit Marcas. Ne vous reverra-t-on pas demain ?

— Est-ce qu'on sait jamais si le lendemain viendra !

Et Dumouchet gagna l'allée sombre.

— J'ai encore quatre sous, se dit-il ; allons boire !... l'eau-d'af donne des idées.

Traversant alors le bazar végétal, qu'éclairaient imparfaitement des réverbères placés de distance en distance, le chiffonnier atteignit le bouge de Paul Niquet, sur la porte duquel se balançait, au gré du vent, une lanterne triangulaire.

C'était un établissement bizarre que l'établissement auquel Paul Niquet avait donné son nom, et dans lequel on entrait par un couloir étroit, long et humide.

Ce couloir, pavé de grès, subissait si fréquemment les visites des clients, qu'il offrait presque toujours la superficie d'un cloaque boueux.

En y entrant, chaque habitué déposait le long du mur sa hotte ou son fardeau, pour pénétrer ensuite dans la grande salle, — ancienne cour couverte d'un vitrage, — et ornée de deux comptoirs d'étain, réceptacles de liqueurs diverses, auxquelles la chiffe, en son rustique langage, avait donné l'énergique baptême de *casse-poitrine*.

En face des comptoirs était un banc de chêne réservé aux consommateurs les mieux vus et payant, par un abus du *casse-poitrine*, le droit de faire la sieste entre deux rondes de police.

Dumouchet s'avança dans le couloir humide, comme un locataire qui rentre tranquillement chez lui, déposa sa hotte et son crochet contre le mur, et atteignit le comptoir de la salle principale.

Le plus beau moment, la véritable existence commerciale de Paul Niquet, était de onze heures du soir à trois heures du matin ; or, on comprendra que Dumouchet ne trouva pas grand monde au cabaret, en sortant à huit heures et demie du soir de son logement de la rue aux Fers.

Trois personnes dormaient sur le banc de chêne : un rôdeur de barrière et deux *grattiers*, chercheurs de ferraille dans les ruisseaux, qui, en 1827, croupissaient au milieu des voies publiques.

Au comptoir, Dumouchet fut arrêté par une interpellation saccadée, presque impolie.

— Qu'est-ce qu'il vous faut ? De l'absinthe ? du parfait amour ? du délice des dames ? de la liqueur des braves ? ou du petit-lait d'Henri IV ?

Dumouchet regarda dédaigneusement le garçon de comptoir, pendant que les dormeurs du banc de chêne s'étaient prestement réveillés pour tâcher de se faire payer quelque chose par le *nouveau* ; et, continuant son chemin, il commanda sèchement, après avoir grimacé un sourire :

— Trois sous de sacré chien tout pur... au salon de conversation.

Et, pénétrant dans un passage étroit, il gagna une autre petite salle, située derrière les comptoirs.

C'est cet endroit qu'on appelait majestueusement le *salon de conversation* : lieu d'asile réservé aux grands hommes de la boisson, aux initiés du bouge, à ceux enfin qui, depuis longues années, avaient laissé leur jugement et leur raison dans les vapeurs alcooliques d'un nectar de feu.

Là, pour tout mobilier, entre quatre murs blanchis à la chaux, se trouvaient trois tables longues entourées de bancs de bois. En entrant, une odeur nauséabonde saisissait le cœur. Lorsque la vue se reposait sur les hôtes presque toujours silencieux de ce temple de l'ivresse, on pouvait remarquer : des chiffonniers, des chiffonnières, hideusement vêtus ; des artistes incompris et béatifiant la paresse, de tout enfin, et surtout des *grinches*, ou voleurs, causant philosophiquement et à voix basse de la propriété, et cherchant jusqu'à quel point elle pouvait se trouver garantie par la loi.

Devant chaque individu se dressait un verre d'eau-de-vie, longuement et fréquemment caressé, liqueur plus infernale que le poison des Borgia, car elle anéantit l'âme et le corps.

C'est à côté de ces hôtes que prit place Dumouchet, nouvelle ombre dans cette salle qui ressemblait à une veillée des morts ; le garçon lui apporta un grand verre plein d'eau-de-vie ; Dumouchet en avala les deux tiers.

Dix minutes après le verre était vide, et le chiffonnier s'accroupissait dans un angle de la salle, accoudé sur la table, les joues hâves, et dormant les yeux ouverts, sommeil affreux et épouvantable, car c'était le sommeil de l'âme.

L'horloge du poste de la Halle aux draps sonna la demie de neuf heures. Dumouchet tressaillit.

— Oui, c'est décidé, se dit-il en levant la tête, allons danser !

— Qu'est-ce qu'il chante donc, celui-là ! fit un poëte cherchant dans son verre une rime à *pampre*.

— Ça veut danser et ça ne peut pas seulement se tenir sur ses *guibolles* !... continua un domestique qui ne trouvait jamais de condition.

— A quel bal que tu vas, vieux ? au bal des chiens ? grogna un chiffonnier aux lèvres violettes.

— Oui... des chiens du purgatoire, répondit Dumouchet en essayant un éclat de rire.

— Tu leur-s-y dira ben des choses de ma part... et qui z'envoient du rogome qui gratte mieux que ça... Oh ! la ! la ! le progrès dégénère-t-y !... oh ! la ! la !

Il avait suffi d'un mot pour éveiller la gent abrutie ; dès lors les quolibets continuèrent ; ce fut un chassé-croisé, un tohubohu de glapissements, de jurons et de railleries burlesques.

— Dis donc, voyageur pour le ciel, reprit le poëte, là-bas on ne fume pas, laisse-moi ta bouffarde, hein !... la mienne est cassée par le dégel.

Dumouchet jeta sa pipe au poëte, qui aussitôt l'aspira avec délices.

— Camarauxs, dit le chiffonnier qui écorchait si bien la langue française, je propose une tournée pour le voltigeur qui va passer l'arme zà gauche, dans le bataillon du père Qu'a-Tout-Fait !... Chacun payera son écot ; moi je *cracherai les quatre pétards pour le régal*.

— Ça y est ! répondit le chœur. Garçon ! garçon !...

En un instant les habitués du *salon de conversation* furent servis de ce qu'ils demandaient, et, selon l'habitude, le garçon avait récolté la monnaie d'avance.

La société des abrutis trinqua ; mais avant de porter le verre à ses lèvres, elle se mit à hurler ce refrain bachique, qui courait alors les bouges de Paris :

Arrosons-nous
La dalle, la dalle ;
Arrosons-nous
La dalle du cou ;
Le cou de la dalle,
La dalle du cou ;
Arrosons-nous
La dalle du cou.

Mais on eût dit que cette tournée d'eau-de-vie devait être pour tous la foudre qui tue.

Les uns roulèrent sous la table, les autres demeurèrent anéantis.

Dumouchet, solide encore sur ses jambes, traversa le champ de bataille de l'ivresse et gagna de nouveau la salle du banc de chêne.

Cette pièce était remplie de buveurs, qui formaient cercle autour d'une femme de la halle, accomplissant la rude tâche d'attendrir des ivrognes au profit de la charité.

— Mes enfants, disait la brave marchande en son énergique langage, il s'agit d'un môme que j'ai trouvé, sur le coup de quatre heures du matin, près la fontaine des Innocents...

— Près de la table d'hôte du petit Manteau-Bleu, quoi !... fit un *rat de Seine*.

— Précisément. Le pauvre petiot pleurait ni plus ni moins qu'un robinet. J'y ai, comme vous devez ben le penser, demandé son nom et son âge... Bernique, sansonnet ! il est privé de la parole ; ce qui fait qu'étant muet, il n'a pu me dire, naturellement, d'où qu'il venait, ni à qui il était, quoiqu'il paraisse bien avoir au moins cinq ans.

— Madeleine, vous êtes une bonne portion de femme ! exclama un grattier. A vos souhaits !...

Le *grattier* huma un appétissant verre de *bleu*.

— Là-dessus, continua la marchande de la Halle, la mère Racquart et la mère Bonbec, qui se trouvaient avec moi lors de la trouvaille, nous nous sommes dit : C't enfant-là ne connaît ses parents ni des lèvres ni des dents, il ne jase pas plus qu'une asperge, il est abandonné de tout le monde... donc, faut que la Halle l'adopte ! Pour lors, nous avons organisé une collecte,

d'accord avec les doyennes du marché, et je m'ai chargé de venir à ce soir quêter chez tous les marchands de rogome du quartier ; c'te quête-là sera pour augmenter le magot de Mercredi.

— Mercredi ! qué que c'est que ça ! exclamèrent quelques habitués de Paul Niquet.

— C'est le nom de baptême que j'ai donné au petiot, — à cause du jour d'aujourd'hui, qu'est mercredi... Allons, vous autres, les *liche-à-mort*, un bon mouvement !... il s'agit de faire un avenir à l'enfant de la halle, il s'agit d'en façonner un ouvrier honnête et laborieux, un *citoyen* qui vienne en aide à son tour à *ceusses* qui, comme lui, sont dans l'infirmité d'être sans père ni mère !

La marchande tendit son tablier, dans lequel les buveurs versèrent l'obole du pauvre en faveur de l'orphelin du marché des innocents.

Seul, Dumouchet refusa de participer à la collecte.

La quêteuse regarda de travers le chiffonnier récalcitrant.

Mais comme il portait sur sa physionomie un certain cachet de distinction, malgré son état de misère, Madeleine crut devoir insister auprès de lui.

— Pourquoi ne donnez-vous pas, dit-elle, vous, le mossieu ? Est-ce que par hasard vous supposeriez que j'en invente pour attraper les gros sous du pauvre monde à mon profit ?

Dumouchet haussa les épaules.

— Ah ! c'est que, voyez-vous, je suis une honnête femme... Demandez partout, sur le carreau des halles, on vous affirmera que la mère Madeleine est incapable de demander l'aumône, si ce n'est pour rendre service à ceux qui sont plus malheureux qu'elle.

— Ah çà ! la vieille, vous m'impatientez !... Je ne fais jamais la charité, entendez-vous !

— Ah ! je vous plains, alors !... Mais, non, il faut que vous n'ayez pas seulement une pièce de six liards dans votre gousset, pour me répondre ainsi... car, sans ça, vous eussiez bien vite par le travail regagné le prix d'une généreuse action... En ce cas, je vous prie d'excuser mon insistance.

— Garçon, un sou d'eau-de-vie ! cria Dumouchet en jetant sa dernière pièce sur le comptoir.

— Sans-cœur ! exclama Madeleine avec un mouvement de profond dégoût. Vous n'avez donc jamais aimé ni père ni mère !... Oh ! allez, le bon Dieu est juste, et il vous revaudra ça tôt ou tard !...

Dumouchet, comme malgré lui, releva la tête ; ses yeux flamboyaient. Mais, soudain, cette énergie factice disparut.

— La justice de Dieu ! ricana-t-il ; nous la verrons en face ce soir... ce soir, je connaîtrai le grand secret de l'éternité.

Et, vidant son verre d'un seul trait, il quitta la salle, puis il reprit dans le couloir sa hotte et son crochet, — car on ne volait jamais en ce lieu les instruments de travail, — puis il sortit en humant à longues bouffées l'air frais qui frappa son visage enflammé du pourpre alcoolique.

Un dernier cri, écho du bouge de Paul Niquet, vint le faire tressaillir au moment où il s'éloignait à grands pas :

— Vive la mère Madeleine ! Vive Mercredi ! exclamaient les buveurs.

Dumouchet précipita sa course d'une façon fébrile, et, mettant ses gants par suite d'une vieille habitude, il se dirigea du côté de la Seine.

Mais il fallait qu'il fût déjà depuis quelques heures préoccupé d'une idée fixe, car il avait oublié sa lanterne dans le dortoir du père Marcas.

CHAPITRE II

LES DEUX IVRESSES

Il faisait une belle nuit d'hiver ; la lune éclairait de son disque pur les rives de la Seine, lorsque Dumouchet arriva sur le quai des Tournelles.

Après s'être assuré que personne ne le suivait, il gagna le pont situé entre l'Hôtel-Dieu et la basilique de Notre-Dame, et, après avoir jeté sa hotte et son crochet sur la chaussée déserte, il s'accouda sur le parapet. Pendant quelques instants il considéra les eaux verdâtres du fleuve qui s'écoulaient lentement.

Nul bruit ne s'élevait dans les airs.

En 1827, Paris, éclairé par de rares réverbères, n'offrait pas assez de sécurité la nuit pour que ses habitants eussent confiance dans la seule protection de la *patrouille grise*. Le quartier de la Cité, du reste, était mal famé, et personne ne s'y aventurait passé dix heures du soir.

Le seul murmure qui vint s'accorder parfois avec le murmure des eaux de la Seine, sortait de l'Hôtel-Dieu ; c'était l'écho d'une souffrance traversant, par son acuité, les murs épais du sombre hôpital.

— L'eau est profonde en cet endroit, dit Dumouchet; elle semble m'appeler et me sourire... Bast! après tout, je ne serai pas le premier!... Un plongeon, un étouffement, et la bête est morte!... Je suis un homme libre, moi! j'ai le droit de disposer de mon corps!

Une voix avinée retentit au loin; elle chantait un hymne d'amour.

— Voilà un fou! s'écria Dumouchet. Ce qui m'étonne, c'est qu'un être humain croie encore à quelque chose... L'amour, c'est l'argent qu'on donne aux femmes!... L'honneur, c'est l'argent qu'on donne aux hommes!... Quand on n'a plus d'argent, on ne possède plus ni amour ni honneur!... A l'eau le cadavre qui n'a pas conservé assez d'illusions pour supporter la misère, ce fer brûlant qui vous imprime le stigmate du ridicule!... Puisque j'ai été assez faible pour dissiper ma richesse par une sotte vanité, je serai assez fort pour anéantir le reste d'un luxe passé : une âme meurtrie et des haillons hideux!... A l'eau!... à l'eau!...

Et le sceptique, montant sur le parapet du pont, s'élança dans la Seine.

Au moment où la pesanteur de son corps faisait clapoter l'eau verdâtre, un autre chiffonnier, porteur d'un sac au lieu d'un mannequin, parut au coin de la berge. C'était le même qui chantait il n'y a qu'un instant.

— Tiens! c'est drôle, y me semble qu'on a jeté que'que chose là-bas!... Voyons donc voir...

Il s'approcha et aperçut Dumouchet qui luttait contre la mort avec cette énergie que donne aux hommes, malgré eux, l'instinct de la conservation.

— Nom d'un petit bonhomme! s'écria-t-il, un chrétien qui patauge!... Heureusement que je sais nager... Allons-y et dar-dar.

Sans autre réflexion que l'élan d'un brave cœur, le chiffonnier se dépouilla de sa blouse et se précipita dans le fleuve. Nageant d'une main, de l'autre il saisit Dumouchet et le ramena sur la berge.

Ce dernier regarda vaguement autour de lui, et cherchant à se dégager de l'étreinte de son sauveur :

— Laissez-moi, dit-il; de quoi vous mêlez-vous?

— Ah! minute, mon bonhomme! Je ne sais pas si c'est parce que j'ai soiffé que je vois encore double... mais je suis bien content de t'avoir empêché de boire de l'eau, ce soir... du vin, je ne dis pas!...

— J'ai hâte d'en finir... Mais laissez-moi donc!...

— Ta, ta, ta!... tout est fermé dans le quartier, je peux pas te faire entrer que'que part pour sécher ta pelure... mais puisque t'as des peines de cœur, conte-moi-les, vieux, ça te réchauffera... et quand t'auras jasé, je te dégoiserai mes aventures, ça te distraira... Dailleurs, si tu y mets un peu de bonne volonté, tu remarqueras que j'ai l'uniforme du métier; donc, nous sommes copins...

— C'est vrai... l'uniforme de la misère!... railla Dumouchet.

— Non pas!... l'uniforme du travail. Viens boire un litre au café des Pieds-Humides...

Les deux chiffonniers se promenèrent sur le pont pour ramener en eux la circulation du sang.

Puis Dumouchet, dont l'exaltation faiblissait, ramassa sa hotte et son crochet.

— Excusez! ricana son sauveur, t'as un mannequin et tu veux te tuer!... Mais, qu'est-ce que je devrais donc faire, moi!... Regarde, j'ai un méchant sac et pas de gants... Monsieur chiffonne avec des gants... nom d'une fiole!...

— Encore plus pauvre que moi!... murmura le sceptique, en retirant l'ombre de luxe qui recouvrait ses mains.

— La, maintenant, causons... D'abord, fit le sauveur, pour te mettre à ton aise, je vas te dire mon nom; je m'appelle Joseph... oui, Joseph tout court. J'aurai trente-cinq ans aux prunes... Je suis né tout seul de ma famille, à la petite Pologne du Mont-Saint-Hilaire. A ton tour, camarade?

— Moi, je me nomme Dumouchet...

— Dumouchet?... ça n'est pas fameux, mais c'est toujours plus significatif que Joseph tout court.

— J'ai ton âge... Ma vie se résume en trois phases : la richesse; — la dissipation et l'orgie; — le scepticisme et le dégoût de l'existence.

— Pourquoi que tu ne travailles pas?... le travail réchauffe l'âme et donne envie de vivre.

— J'ai été élevé dans la paresse...

— Ah! voilà, en mirliflor, quoi! Mais, il me semble que tu n'es pas encore assez vieux pour ne pas avoir un père... pourquoi que tu ne vas pas le trouver?... S'il a du cœur, il t'aidera.

La figure de Dumouchet devint sombre.

— Mon père et ma mère sont morts... Mes débordements les ont conduits à la ruine, puis à la tombe...

— Et à présent tu regrettes le passé?

— Je regrette mes trente mille livres de rente...

— Pour faire du bien, pas vrai?...

— Pour recommencer ma vie d'autrefois, vie folle et échevelée. Le plaisir est devenu pour moi une habitude... L'habitude n'étant plus possible, je m'enivre, pour anéantir le riche d'autrefois au profit du pauvre d'aujourd'hui.

— Farceur, va! Est-ce que tu crois que ça ne m'irait pas aussi, à moi, d'avoir trente mille livres de rente!... Le grand Façonneur ne me les a pas données, je m'en passe...

— N'as-tu jamais eu l'idée du suicide? fit Dumouchet.

Le visage de Joseph s'assombrit à son tour.

— Non... non... dit-il, jamais je n'ai eu cette pensée...

— Tu mens! ou si tu ne mens pas, l'ivresse est chez toi une seconde nature, dans laquelle tu te dégrades...

— Eh bien, oui, j'ai voulu mourir!... s'écria Joseph.

— Ah! tu vois bien!... Et tu as pu résister à cette idée?

— Oui... mais alors je me suis mis à boire...

— Quelle était la cause de ton chagrin?

— J'aimais... soupira Joseph, pendant qu'une larme perlait sur ses joues. Oh! c'est qu'elle était bien jolie, va, Juliette Ménager!...

— Elle te dédaigna... naturellement! Les femmes jolies suivent le premier manant venu, pourvu que son cœur soit entouré d'une auréole d'or...

— Juliette était comme moi une enfant de la petite Pologne... Un jour je trouvai qu'elle était trop mignonne pour porter sur son dos le *cachemire d'osier*; j'organisai une petite collecte; on habilla Juliette avec la somme qui en résulta, et elle put entrer dans un magasin comme demoiselle de comptoir. Depuis...

Dumouchet partit d'un éclat de rire.

— Pauvre niais!... Depuis, elle refusa de te voir, même comme un frère...

— Oh! jamais un autre sentiment n'avait existé entre nous.

— Et tu voulus mourir?

— Oui.

— Qui t'en empêcha?

— Le doyen de la petite Pologne.

— Comment?

— En me disant que les suicidés sont des lâches qui abandonnent le champ de bataille, parce qu'ils n'ont pas assez de courage pour lutter contre la cupidité humaine!...

Dumouchet tressaillit; ses yeux se fixèrent dans le vide.

— Il avait raison, murmura-t-il, comme frappé d'une idée subite; il vaut mieux exploiter les hommes que de mourir!...

— Depuis, répéta Joseph, je bois pour oublier!... Et ça commence à venir, l'oubli, acheva-t-il en essuyant ses larmes.

— Allons, je serai aussi courageux que cet imbécile-là, murmura Dumouchet... J'aviserai au moyen de ne pas me tuer... ce serait trop bête!

— Mais je m'aperçois que je bavarde... As-tu encore des pensées noires, camarade? demanda Joseph.

— Non! tes paroles ont réconforté mon âme...

— Alors, je puis m'en aller tranquillement à mon travail?

— Va! et merci!...

— Un dernier mot, mon vieux. Tâche de t'attacher à quelqu'un, — un homme ou un chien, — ça te fera voir la vie en rose... Moi, j'aime Moustache, vois-tu; c'est mon chien, c'est mon ami!... Je ne le sors pas la nuit, parce que ça lui ferait mal... Mais, dans ma chambre, je cause avec lui; et si quelquefois je ne bois pas, c'est dans l'idée que le prix de ma boisson est mieux consacré à un superflu de nourriture pour le pauvre animal. Au revoir, vieux.

Et Joseph s'éloigna, mais sans reprendre cette fois son chant d'amour.

Seul, Dumouchet se mit à arpenter lentement le quai des Tournelles.

— Décidément j'ai raison, répéta-t-il; il vaut mieux exploiter les hommes que d'en être exploité. Et puis, la conscience parle au fond!... Le suicide est lâche... Pour être heureux, il faut planer dans une sphère plus élevée que celle des autres hommes, et les dominer de toute la hauteur de son égoïsme... Oui, mais pour atteindre cette sphère, l'argent me manque; l'argent, ce roi du monde, devant lequel petits et grands s'inclinent, avec lequel on fait la misère des autres...

Dumouchet s'accouda de nouveau sur le parapet; mais son imagination, préoccupée d'un autre point de départ, ne cherchait plus à atteindre le néant par le suicide.

En cet instant, un bruit de pas se fit entendre; on eût dit la marche d'un homme pressé.

Onze heures sonnaient.

Dumouchet regarda instinctivement; puis, poussant un cri étouffé, en se dissimulant à l'angle du pont :

— Providence! fit-il; mon destin va changer.

CHAPITRE III

UN COUP DE CROCHET

Une ombre se dessina aux lueurs du réverbère placé à l'angle du quai.

C'était celle d'un personnage revêtu d'une veste à pans carrés et à boutons de cuivre, d'une casquette de toile cirée, et âgé d'environ vingt-cinq à vingt-huit ans.

Sur la rangée de boutonnières de la veste, brillait une chaîne de cuivre, laissant supposer qu'elle maintenait un portefeuille placé dans la poche intérieure.

— Allons, allons, disait cet homme, dépêchons-nous d'arriver chez le patron... Je suis en retard, c'est vrai, mais j'apporte d'Ivry la somme promise et attendue avec tant d'impatience... Ah! monsieur Mirebeau, si vous avez rendu quelques services à Isidore Laurier, votre garçon de recette, vous pouvez être certain du plaisir qu'il éprouve à avoir réussi dans une démarche qui vous sauvera de la faillite et du déshonneur.

Et le garçon de recette tourna le pont de l'Hôtel-Dieu pour gagner, par le plus court, la rue Louis-le-Grand, où se trouvait le siège de la maison de banque Mirebeau et compagnie.

Mais, soudain, il poussa un cri étouffé et tomba à la renverse, baigné dans son sang. Il venait d'être frappé à la tête d'un coup de crochet de chiffonnier.

L'auteur du crime n'était autre que Dumouchet, qui mettait à exécution l'horrible pensée qui le dominait depuis quelques instants.

Résolu à ne plus mourir, il avait songé d'abord à plusieurs moyens de sortir de la misère; déjà même il avait combiné un plan vague d'exploitation humaine, lorsqu'il aperçut, à la chaîne de cuivre d'Isidore Laurier, l'aubaine que lui envoyait le hasard.

Il regarda si son crochet était assez pointu, calcula la distance qui le séparait de la victime, et, bondissant avec l'agilité du chacal et toute la prudence du serpent, il étendit roide à ses pieds le garçon de recette.

Sans perdre de temps, il se baissa sur celui qu'il ne croyait plus qu'un cadavre, lui arracha son portefeuille, et, l'examinant dans tous ses coins et recoins, il se dépêcha de mettre dans sa poche les liasses de billets de banque destinés à sauver la maison Mirebeau de la faillite.

Isidore Laurier fit un mouvement, et chercha, par des efforts inouïs, à échapper à son assassin.

Ce n'était pas ce que désirait le chiffonnier, voulant à tout prix faire disparaître les traces du vol accompli.

Craignant que les plaintes de la victime n'attirassent la patrouille grise, il redoublait de coups de crochet avec une exaspération impossible à décrire, lorsqu'il se sentit étreindre à bras-le-corps.

Il retourna la tête et reconnut Joseph.

L'enfant de la petite Pologne avait entendu les cris poussés par la victime de Dumouchet, et avait rebroussé chemin au moment où il approchait du pont Saint-Michel.

— Oh! oh! pensa-t-il, est-ce que mon homme aurait été repris de ses idées noires!

Il fut cruellement désappointé en s'apercevant qu'au lieu de se tuer lui-même, son protégé exterminait un de ses semblables.

D'un coup d'œil il comprit ce qui se passait.

— Misérable! s'écria-t-il, de quel droit assassines-tu un enfant de Dieu! Est-ce pour remercier le Créateur de t'avoir conservé l'existence?

Et déjà Joseph se préparait à frapper le meurtrier à son tour; mais Dumouchet fit un bond en arrière, trompa son adversaire par une feinte de combat, et, lui lançant un adroit coup de pied dans la poitrine, l'étendit auprès du corps ensanglanté du garçon de recette.

— Canaille! s'écria Joseph, qui n'avait été qu'étourdi du coup et qui s'était prestement relevé.

Il regarda autour de lui, l'assassin avait disparu.

Un soupir poignant de la victime le ramena à la situation présente.

Aussitôt il s'agenouilla auprès du garçon de recette.

— Eh bien, qu'est-ce qu'il y a donc, mon bonhomme? nous nous sommes donc laissé faire du bobo!... ça ne sera rien... ça ne sera rien!

Le brave enfant de la chiffe se mit à étancher avec sa cravate le sang qui sortait en abondance de la blessure du mourant.

— Sapristi! que c'est bête de ne pas être médecin!... Vrai, il y a des moments où on ne serait pas fâché de savoir un peu de tout. Au secours! au secours!

Tout à coup, le blessé fit un mouvement convulsif.

— Mon Dieu! mon Dieu! murmura-t-il, la figure déjà contractée par les ombres de la mort, si vous m'appelez à vous, qui prendra soin de ma petite Constance?...

— Vous avez une fille? demanda Joseph avec intérêt et en soutenant la tête du malheureux.

— Oui... elle a déjà perdu... sa mère...

— Oh! pauvre petite!... Comment vous nommez-vous, mon brave?

Le garçon de recette n'eut pas, cette fois, la force de répondre; mais, tournant vers la terre son regard presque éteint, il désigna au chiffonnier un portefeuille qui gisait à quelques pas de là.

Joseph posa doucement sur le pavé la tête qu'il soutenait, s'élança, et ramassa le portefeuille.

Il était vide.

— Ah! le gredin, fit-il, en menaçant du poing l'endroit par lequel avait dû disparaître Dumouchet; ah! le gredin, il a tué pour voler!... Oh! va, tu ne le porteras pas en paradis!...

Et élevant le portefeuille dans la direction lumineuse du réverbère, il lut sur la couverture de maroquin : MIREBEAU ET Cⁱᵉ. ISIDORE LAURIER, garçon de recette, rue Saint-André-des-Arts, 25.

— Gardons ce bijou-là, dit-il; on ne sait pas ce qui peut arriver...

Joseph revint auprès d'Isidore, et s'agenouilla de nouveau pour le questionner.

Il n'en reçut aucune réponse : le garçon de recette était mort!

— Tonnerre! exclama le chiffonnier; v'là une enfant devenue deux fois orpheline!... Et tout ça pour l'autre, pour cet infâme sacripant, que j'aurais bien dû laisser rouler là-dessous...

Joseph fit un signe significatif de regret.

— Qui diable va prendre soin de la petite?... Ça ne peut pas être moi, j'ai déjà mon chien Moustache...

Il se gratta l'oreille.

— Après tout, l'un n'empêche pas l'autre... Moustache sera le cheval de la petite Constance, son dada... Oui, mais va falloir faire des économies... Bast! je ne boirai plus... non, je ne boirai plus... je le jure sur le cadavre du père de Constance... je ne boirai plus!...

Des pas sonores retentirent au loin.

— La patrouille grise! exclama Joseph... Eh! minute! si on allait me prendre pour l'assassin?... D'abord, portons le cadavre à la porte de l'hôpital...

En se retournant, son genou heurta un objet dressé contre le mur du pont.

— Une hotte, fit-il; bigre, c'est mon affaire... la hotte de l'autre, tout de même!... Oh! après tout, je peux la prendre sans remords; il ne viendra pas la chercher.

Saisissant alors le garçon de recette, il le plaça tant bien que mal dans la hotte, chargea le cabriolet sur ses épaules, saisit sa lanterne, son crochet, et s'éloigna du côté de l'Hôtel-Dieu, au moment où la patrouille grise atteignait l'autre extrémité du pont sur le quai des Tournelles.

Joseph déposa le cadavre au seuil de l'Hôtel-Dieu, et s'éloigna en toute hâte.

Au pont Saint-Michel, il descendit sur la berge de la Seine, et se mit à laver sa hotte pour qu'elle ne conservât nulle trace sanglante; puis il rentra chez lui pour changer de vêtements, et recommença sa tournée de la rue.

Pendant toute la nuit il chiffonna avec courage, sans s'arrêter dans un seul cabaret, dans un seul bouge : il avait juré de ne plus boire!

PREMIÈRE PARTIE

CHAPITRE IV

LE CABINET DE M. MARVILLE

Notre prologue se passait en 1827; maintenant, nous prions nos lecteurs de franchir avec nous un laps de temps de quinze années, c'est-à-dire d'arriver en 1842, époque à laquelle commence notre histoire, et où ils retrouveront nos anciennes connaissances, mêlées à tout un monde de types et de caractères nouveaux.

Depuis le commencement du dix-neuvième siècle, Paris a presque continuellement conservé la même physionomie, en ce qui concerne du moins la division des divers corps d'états sociaux.

Ainsi, par exemple, le quartier Saint-Denis représente toujours l'activité commerciale; les quartiers Saint-Antoine et Saint-Marcel l'insouciance laborieuse des ouvriers; quant aux rues voisines du Louvre, dans un rayon étendu depuis le palais des rois jusqu'au vieux terrain des Porcherons, c'est-à-dire jusqu'aux limites des communes de Montmartre et de Batignolles, elles étaient presque exclusivement réservées à la spéculation financière, ou, pour mieux rendre notre pensée, aux agioteurs chargés, — en apparence, — de représenter les fortunes privées, et qui, en réalité, ne s'occupaient et ne s'occupent encore que de faire valoir leurs intérêts personnels.

En 1842, cette division des quartiers, un peu disséminée depuis la rénovation topographique de l'antique Lutèce, possédait toute sa singularité vivace.

Par la suite, nous aurons occasion de voyager à travers les différents domaines des corps de métiers; aujourd'hui, nous allons conduire nos lecteurs dans la rue de la Chaussée-d'Antin, centre privilégié des manieurs d'argent, qu'on nomme banquiers.

Dans une élégante maison de cette rue, demeurait M. Marville, tripoteur de capitaux, coté avec confiance sur le marché de la Bourse, et honoré de l'estime publique par cela même qu'il payait ses traites à échéance fixe et se montrait fort dur envers ses clients et ses employés; la dureté commerciale, en de certaines circonstances, peut passer pour un excès d'honneur. En outre, et pour justifier cette estime qu'on lui accordait, M. Marville s'était fait nommer membre de divers bureaux de bienfaisance de Paris.

Si la calomnie, — pour nous servir de l'expression de Basile, — se répand avec la rapidité de l'éclair, la bonne réputation demeure inébranlable sur son piédestal, jusqu'à ce que le piédestal lui-même s'écroule au milieu de sa propre pourriture.

Or, M. Marville passait pour un homme intègre; son auréole d'honneur avait commencé à luire en 1830; sa réputation de loyauté et de serviabilité s'était fait jour avec le bruit, habilement répandu par des compères, qu'il avait sauvé autrefois de la ruine la maison Mirebeau et Cie, prête à faillir à ses engagements.

Et comme, depuis son association avec la susdite maison de banque, M. Marville avait sans cesse prospéré dans ses affaires, on n'avait pas eu de peine à conclure qu'il était habile et honnête, deux qualificatifs qui, cependant, se traduisent quelquefois par ces synonymes : adroit et rusé.

Les faits prouveront à nos lecteurs si le banquier Marville méritait la couronne de considération qui l'autorisait à marcher la tête haute.

Nous allons sans nous arrêter, comme les aligneurs de phrases, dans la cour, l'escalier et l'antichambre de l'hôtel Marville, pénétrer dans le cabinet du sectaire de Plutus, et examiner ce qui s'y passait.

Le cabinet du banquier était splendide, digne en un mot du dieu de la richesse, car Marville passait pour avoir deux cent mille livres de rente.

Ce n'étaient partout que tapis moelleux, fauteuils de velours et rideaux soyeux; bureaux de palissandre et flambeaux d'or et d'argent.

M. Marville, homme de cinquante à soixante ans, à la figure carrée, osseuse et sèche, était assis à son bureau; ses doigts feuilletaient avec impatience un dossier plein de chiffres et de notes détaillées... Son visage passait alternativement du rouge au blanc; ses dents s'entre-choquaient par minute avec l'âcreté de la scie; ses membres s'agitaient d'un tremblement nerveux.

— C'est incroyable! murmurait-il intérieurement; avec toute la bonne volonté possible, je n'arriverai jamais au chiffre des comptes que je dois rendre!...

Il appela son premier commis, qui attendait, accoudé à un autre bureau, qu'on eût examiné le travail qu'il venait de remettre.

— Monsieur Évrard? fit-il.

Évrard s'approcha vivement.

Cette obéissance soudaine impliquait la crainte inspirée par Marville à ses employés.

Tous, en effet, le saluaient fort bas lorsqu'il passait; intérieurement ils lui souhaitaient malheur... La sympathie ne se commande pas dans la servitude, quelle que soit l'importance des appointements qui y sont attachés.

— Ne vous êtes-vous pas trompé dans vos additions? demanda sèchement Marville.

— Je ne pense pas, monsieur; j'ai recommencé trois fois.

— Ainsi, depuis huit ans, M. Gaston Mirebeau n'aurait dépensé que la bagatelle de soixante mille francs?

— Pas davantage... M. Gaston a lui-même vérifié le brouillon de ce compte et il l'a trouvé exact.

— Pourquoi le lui avez-vous montré? fit Marville avec colère.

— Ce n'est pas de ma faute, monsieur. Votre pupille est entré près de moi pendant que je travaillais, et, comme il est trop poli avec les employés pour que nous puissions lui refuser quelque chose, j'ai pensé...

— Vous avez eu tort. A la fin du mois vous ne ferez plus partie de ma maison...

— Mais, monsieur, répondit Évrard avec calme, j'ai agi honnêtement... je ne mérite point ce reproche!...

— Je n'ai pas l'habitude de répéter deux fois le même ordre. Sortez!...

Le commis quitta sa place avec dignité, prit son chapeau et se dirigea vers la porte, rembourrée d'une double couche de velours vert, précaution prise ordinairement par les banquiers pour qu'on ne puisse entendre les paroles échangées dans leur cabinet.

Mais arrivé sur le seuil, Évrard se retourna, jeta sur Marville un regard de colère contenue, et se rapprochant du bureau :

— Monsieur, dit-il d'une voix émue, depuis cinq ans que j'ai l'honneur d'être employé chez vous, quelle réprimande avez-vous eue à m'adresser?...

— Aucune, répondit le banquier; seulement, je n'ai plus besoin de vos services et je vous remercie... voilà tout!...

— Cette réponse suffirait à un commis infidèle... moi, je ne suis coupable d'aucun abus de confiance... et ma dignité exige que vous reveniez sur l'insulte que vous faites à un honnête homme.

Marville se dressa impétueusement sur son siège.

Mais, comprenant sans doute que la colère donne toujours tort, il reprit tranquillement sa place, et, jouant avec une plume qu'il déchiqueta frivolement :

— Monsieur Évrard, dit-il en souriant, j'accorde au jeune homme la part de l'effervescence... Blessé, affligé sans doute de perdre par votre négligence une place lucrative, vous oubliez la distance qui nous sépare... je vous pardonne. Bien mieux, je le répète, je vous accorde jusqu'à la fin du mois pour trouver un autre emploi... Maintenant, retournez à votre poste.

— Monsieur, le travail accepte un salaire, jamais l'aumône... Ce soir même je quitterai votre maison; je ne vous demande qu'un droit avant de m'éloigner : le certificat qui atteste que je n'ai pas démérité de la confiance des hommes...

— Ah! vous le prenez sur ce ton!... persifla Marville. Eh bien, vous allez sortir à l'instant!... Quant au certificat que vous exigez, je le refuse... vous ne le méritez pas!...

— Monsieur, j'en appelle à votre conscience!... Le travail, c'est mon pain... Donnez-moi le certificat qui m'est indispensable pour me procurer du travail.

— Non!... Vous avez manqué à vos devoirs en communiquant à des étrangers les comptes de ma maison... vous êtes un commis infidèle, je refuse!...

— Je vous en supplie...

— C'est inutile! fit sèchement le banquier.

— Eh bien, oui, c'est possible, reprit Évrard, j'ai eu tort... mais j'ai ma pauvre vieille mère à nourrir...

— Qu'est-ce que cela me fait, à moi, votre mère!... dit Marville. Tout le monde peut et doit avoir une mère...

— Mais, si vous m'empêchez de me placer autre part, je ne pourrai plus lui envoyer sa pension de chaque mois... elle mourra de faim...

— Il y a trop d'intelligences dans Paris; retournez en province, mon cher; la terre manque de bras pour l'agriculture, faites-vous laboureur; votre honnêteté vous servira... à faire pousser des choux.

— Assez, monsieur! exclama Évrard, dont le visage se transfigurait. Jusqu'alors je n'avais que des doutes, à présent mon opinion est fondée...

— Et sur quoi, s'il vous plaît, aviez-vous des doutes?

— Vous ne vouliez pas que M. Gaston vît le premier ce compte de tutelle, parce que vous espériez le surcharger, ce compte, d'une somme égale à celle que vous a laissée M. Mirebeau pour son fils...

Marville saisit le cordon de sonnette qui communiquait à ses bureaux et l'agita avec violence.

— Est-ce que vous seriez gêné dans vos opérations, monsieur, répliqua Évrard, que vous avez besoin de retenir, à votre profit, deux cent quarante mille francs qui appartiennent au fils de votre ancien associé?

Marville, auquel il fallait toute la puissance de la volonté humaine pour se contenir, brisa un magnifique couteau de nacre entre ses mains.

Le caissier entra.

— Payez à M. Évrard ses appointements du mois, fit sèchement Marville; à dater de cette heure, il ne doit plus rentrer chez moi.

Le caissier se retira en s'inclinant.

— Adieu, monsieur, balbutia le commis d'une voix émue; puisse la mauvaise action que vous venez de commettre ne pas vous être préjudiciable un jour!... Moi, je trouverai toujours du travail, quel qu'il soit; mais si, par votre faute, ma mère souffre de la faim... soyez maudit!

Le malheureux employé se rendit à la caisse, reçut le prix de son travail du mois, et s'éloigna désespéré d'une maison où chacun de ses camarades lui témoigna l'expression d'un regret.

Marville s'efforçait en vain d'appeler l'imagination à son aide pour grossir de deux cent quarante mille francs le compte de tutelle de Gaston Mirebeau.

Il se heurtait sans cesse devant la conduite raisonnable du jeune homme, qui ne dépensait, à vingt ans, que le strict nécessaire, — même pour ses plaisirs, — et devant la réalité inquiétante que Gaston connaissait le total de ses propres dépenses pendant huit années.

— Et pourtant, murmura le tuteur infidèle, dans un mois Gaston sera majeur!... Ces deux cent quarante mille francs que je dois rendre, ils sont nécessaires au fonds de roulement de ma maison, qui serait compromise sans cette somme... Non, non, je ne les rendrai pas.

Et, appuyant sa tête dans ses mains, il se mit à réfléchir.

Quelques minutes après il se redressait joyeux.

— Jusqu'à présent, dit-il, et malgré la faute qu'elle a commise, ma fille m'a refusé... aujourd'hui elle cédera... C'est notre honneur à tous deux qui est en péril... Elle cédera, je le veux!... Et le banquier gagna le salon de l'hôtel, où se tenait en permanence un domestique revêtu d'une riche livrée.

— Gaspard, mademoiselle Amélie est-elle dans son appartement?

— Je le pense, monsieur.

— Annonce-moi.

Et Marville suivit le domestique.

<h3>CHAPITRE V</h3>

<h4>UNE VICTIME DE L'ARGENT</h4>

L'hôtel était divisé en deux parties exclusivement distinctes.

L'une, — que nous venons de voir, — était consacrée aux bureaux et aux salons de réception du banquier.

L'autre était la retraite d'Amélie, belle jeune fille de dix-huit ans, née d'un premier mariage de défunte madame Marville, et adoptée, du fait même de ce mariage, par le Crésus de la Chaussée-d'Antin.

Amélie, les cheveux épars sur ses épaules d'ivoire, était étendue sur une chaise longue dans son boudoir garni de satin rose.

Elle était vêtue d'un peignoir de riche dentelle, qui dissimulait à peine un pied mignon, chaussé d'une mule brodée; mais le visage de la jeune fille était pâle, de cette pâleur mate résultant d'une souffrance physique.

A ses côtés, était assise Louisette, camériste au nez retroussé, à l'air accorte, dont la légèreté apparente cachait un dévouement à toute épreuve, — pour sa maîtresse bien entendu.

— Louisette, dit Amélie d'une voix faible, ferme les rideaux... le jour me fait mal.

La femme de chambre se hâta d'obéir.

— Est-ce que mademoiselle se ressent encore de sa dernière crise? demanda-t-elle en revenant auprès de la jeune fille.

— Non, la nature est forte en moi; cependant, j'éprouve du malaise; il me semble que mon âme est emprisonnée dans un milieu infranchissable. Je voudrais...

La jeune fille s'interrompit pour retenir un sanglot prêt à s'échapper de sa poitrine. Puis, rassemblant ses forces pour achever sa pensée:

— Ah! s'écria-t-elle, que je suis malheureuse de ne pouvoir aimer librement!

— Calmez-vous, bonne maîtresse, calmez-vous! se hâta de répondre Louisette en baisant les mains d'Amélie; cette surexcitation de votre esprit vient de l'état maladif dans lequel vous vous êtes trouvée à la suite...

— Silence! interrompit Amélie en regardant avec anxiété autour d'elle; tu sais à quel prix m'a pardonné M. Marville... De ma discrétion dépend la vie de mon enfant.

— Oh! vous savez bien que mon dévouement pour vous me rendra muette comme si je l'étais de naissance.

— Oui, oui, bonne Louisette, merci!... Et tu l'as vu hier, n'est-ce pas? il est bien portant?... on en a bien soin?

— Si vous saviez comme il vous ressemble, vous en sauteriez de joie.

A ces mots, dits avec effusion, Amélie serra dans ses bras la tête mutine de la camériste, et déposa un franc baiser sur son front.

— Et... à lui?... ajouta la jeune mère en baissant les yeux par un sentiment que dictait l'amour-propre; ne lui ressemble-t-il pas un peu?

— A M. le vicomte Rodolphe d'Orveda?... Si fait; il a sa bouche et son menton.

— Oh! mon Dieu! que déciderez-vous, en votre sagesse infinie, concernant ce petit être, auquel l'amour seul a donné l'existence! Seigneur, si votre colère a désigné d'avance une victime, appelez à vous la mère... laissez vivre mon enfant, après avoir permis, toutefois, que je puisse lui léguer un nom honorable, le nom de son père.

— Maîtresse, dit Louisette en indiquant la porte, il me semble entendre marcher dans l'antichambre.

— Oh! c'est Rodolphe, bien sûr.

En ce moment, trois coups discrets retentirent au dehors.

— Entrez! fit Amélie avec surprise.

Elle n'avait pas reconnu la manière de s'annoncer de Rodolphe d'Orveda.

La porte s'entr'ouvrit, et Gaspard parut sur le seuil.

— M. Marville demande si mademoiselle est visible?

— Je suis aux ordres de mon père.

Gaspard ouvrit la porte à deux battants et livra passage au banquier, qui s'avança le visage souriant.

Mais, à la vue de la femme de chambre il s'arrêta; Amélie fit un signe à Louisette, qui gagna l'antichambre, où se trouvait encore Gaspard.

— Voilà la plus jolie soubrette du monde! exclama le rusé valet, cherchant à entourer la taille de la camériste.

— A bas les pattes, monsieur! Je ne permets de libertés qu'aux gens que j'aime!...

— Et tu me détestes, n'est-ce pas?

— Non pas!... Vous détester serait m'attirer votre haine, et je m'en garderais bien... Vous m'êtes indifférent, et puis...

— Tu as peur de midi?

— Comme de tous les chiens couchants... les gens de votre sorte, mon cher, rampent comme les reptiles; on ne les voit pas venir, mais on se sent mordre; leur sourire cache un venin mortel, et si malheureusement on leur donne franchement la main, on laisse toujours derrière soi quelque chose: son argent ou son honneur.

— Petite futée!... tu me le payeras...

— Votre servante, monsieur Gaspard...

Et Louisette, d'un pied léger s'éclipsa, laissant le valet dans la stupéfaction.

— Nous verrons bien, se dit-il, si je ne viens pas à bout de ce petit monstre-là!

Au lieu de retourner dans le salon ordinaire de M. Marville, Gaspard se mit à écouter à la porte du boudoir d'Amélie; car il se doutait que, depuis quelque temps, un événement extraordinaire se passait dans la maison.

Gaspard avait son plan.

Après la sortie de Louisette, M. Marville avait pris un siège, et, s'asseyant aussi près que possible de sa fille, dont il pressa affectueusement les mains:

— Comment vas-tu, mon enfant? demanda-t-il avec le ton mielleux de l'hypocrisie. Tu me pardonneras de ne pas plus souvent te rendre visite, mais les affaires commandent...

— Je vous remercie de l'intérêt que vous me portez, mon père. La sage-femme m'a fait lier sa dernière visite, elle ne reviendra plus; mais, pourquoi donc avez-vous placé ma vie entre les mains d'une femme au lieu d'appeler un médecin?

Marville tressaillit; mais se remettant aussitôt:

— Les médecins sont parfois bavards... Madame Ménager est connue pour sa discrétion, au contraire, et, tu le comprends, il fallait envelopper du plus profond mystère... l'accident qui est venu t'atteindre.

A ces paroles, empreintes d'une ironie mordante, Amélie baissa la tête; le rouge de la honte envahit son front.

De son air impassible, Marville l'observait. Un peintre eût été heureux de saisir la nuance des deux physionomies qui se trouvaient face à face dans le boudoir.

L'une, Amélie, reflétait le symbole de l'innocence tombée, mais tombée de bonne foi, par véritable amour, et n'ayant qu'un regret, celui de ne pouvoir légitimer les suites d'une affection qui faisait toute sa joie.

L'autre, le banquier, malgré son masque de fausse bonhomie, laissait deviner sous les plis de sa face jaune, dans les lignes de sa tête longue et carrée, le *nec plus ultra* de l'égoïsme et de l'ambition insatiable.

Marville était vêtu avec la plus exquise recherche. Mais, si ses joues étaient ornées d'une touffe épaisse de favoris grisonnants, son crâne était dénudé, et sur son sommet planait le monticule dans lequel Lavater a placé le siége de toutes les passions.

On devinait, à l'aspect de Marville, que sa froideur était sans cesse calculée, et qu'au fond de cette âme, habituée aux luttes du siècle, devaient se renouveler à chaque instant les orages d'une conscience inquiète.

Cependant Amélie, qui depuis quelques jours désirait cette visite de son père, releva soudain la tête; elle songea qu'elle n'était plus seule sur la terre et qu'elle devait veiller sur l'avenir de son enfant.

Devançant donc les interrogations de Marville :

— Voudriez-vous me dire, mon père, insinua-t-elle, pourquoi vous refusez sans cesse ma main au vicomte Rodolphe d'Orveda?

— Par intérêt pour ta fortune, mon enfant; le vicomte est pauvre...

— Qu'importe!... si je l'aime.

— Amélie, tu marches dans le sentier de la vie avec une âme neuve encore... Moi qui ai plus d'expérience, par cela même que j'ai plus souffert, tu me permettras...

— Arrêtez, mon père !... vous répétez impitoyablement le même langage depuis quelque temps; vous avez songé à mes intérêts, je n'en doute pas; mais, en ce moment, nous ne devons réfléchir tous deux qu'à une seule chose : le nom à donner à mon fils.

Maîtresse, dit Louisette en indiquant la porte, il me semble entendre marcher dans l'antichambre. — Page 7.

— La faute n'a pas été commise, Amélie, puisque le monde l'ignore.

— Mais qu'espérez-vous donc obtenir de moi? Car enfin, vos paroles ne cessent pas d'être obscures pour la pauvre fille devenue mère... Vous me défendez d'aimer, vous éloignez de moi mon enfant, vous me parlez avec une sécheresse que ne dissimulent même pas vos sourires... Ah! je regrette chaque jour davantage d'avoir perdu, il y a deux ans, celle qui me donna naissance et guida mes pas dans la vie avec tant de bonté, tant de délicatesse maternelle...

— Amélie, interrompit Marville en se levant pour échapper à la scène de reproches que méritait sa conduite, je vous ai déjà priée de ne jamais me parler du passé...

La jeune fille était à bout de patience.

— Le souvenir de ma mère vous effrayerait-il? exclama-t-elle.

— Non! car je me suis conduit avec elle en époux loyal...

— Pour le monde, c'est possible! Mais bien des fois mes baisers ont séché les larmes qu'elle répandait en secret...

— De quel droit vous êtes-vous permis de scruter ma conduite?

— Je croyais, et je suis persuadée aujourd'hui, que vous n'aviez épousé ma mère que par intérêt.

— Malheureuse! fit Marville avec un geste de colère.

Puis, s'adoucissant aussitôt pour ne pas perdre de vue le plan qu'il s'était tracé :

— Mais non, Amélie, poursuivit-il avec une feinte douceur, tu parles contre ton cœur... Tu sais bien que je t'ai toujours chérie comme ma propre fille...

— Pourquoi me refusez-vous alors l'époux que j'ai choisi, l'homme que j'aime, le père de la pauvre créature que vous avez enlevée à mes soins maternels, pour la confier à une étrangère, à une marâtre...

— C'est l'explication de ma conduite que je viens te donner, ma fille... Écoute-moi. Depuis un an, ma maison périclite...

— Je la croyais en voie de prospérité, au contraire...

— Dieu m'est témoin que j'ai employé tous les moyens pour dissimuler ma gêne et tenir mes engagements... Aujourd'hui...

Il s'arrêta, avec une réticence calculée.

— Achevez, mon père.

— Aujourd'hui, un événement que je prévoyais depuis longtemps, hélas! est sur le point de s'accomplir! S'il faut que je rembourse à Gaston, mon pupille, les trois cent mille francs, prix auquel j'ai acheté la part de M. Mirebeau dans l'association, je suis perdu...

— Gaston a du cœur; il vous autorisera à garder la somme jusqu'à ce que la crise qui vous étreint soit passée...

— Tu te trompes, enfant. A la suite d'une conversation que j'ai eue avec lui, Gaston m'a demandé des comptes de tutelle; bientôt il va atteindre sa majorité, et la loi lui accorde le droit d'exiger la somme qui m'a été remise par un mourant.

— Mais... quelle est la cause de cette réclamation subite?... Lui, qui s'est toujours montré si confiant envers vous?

— Gaston ne s'est pas expliqué à cet égard.

— Quelle résolution prendrez-vous?

— Tu me la dicteras toi-même.

— Comment cela?

— En me pardonnant de te refuser pour époux le vicomte d'Orveda, et en acceptant la main de M. Mirebeau qui, par cette alliance, me sauvera de la ruine et du déshonneur.

— Mon père, ce que vous me demandez est impossible; cherchez un autre moyen... vendez mes bijoux; disposez des propriétés que m'a laissées ma mère.

— Ces propriétés n'existent plus, et tes bijoux vendus n'atteindraient pas le chiffre énorme dont il faut que je rende compte à Gaston.

— Je ne vous en veux pas, monsieur, de m'avoir dépouillée de ma fortune sans mon consentement; mais n'exigez pas de moi un second sacrifice... épargnez-moi la douleur d'un cruel refus.

— Il le faut, cependant! exclama Marville avec rage.

— Ah! j'y suis... ce n'est pas une prière que vous me faites, c'est un ordre que vous m'imposez.

— Eh bien... oui! quand une fille n'a pas assez de sagesse pour comprendre qu'elle peut sauver son père, le père doit agir impitoyablement pour sauvegarder l'honneur de sa maison.

— Mais je n'aime pas M. Mirebeau!... c'est un abîme que vous ouvrez sous mes pas.

— Non; c'est une alliance que je conclus, une alliance comme on en rencontre chaque jour, dictée par la raison et basée sur le dévouement...

— Votre prétendue alliance est une chaîne de fer rivée par la

Et Meurt-de-soif tendit à Diogène un verre plein d'eau-de-vie. — Page 12.

cruauté, et que l'indifférence rendra trop lourde à porter, acheva la jeune fille avec énergie.

Et, laissant tomber sa tête sur sa poitrine, elle se mit à pleurer amèrement.

— La lutte est longue, se dit Marville en lui jetant un coup d'œil furtif; mais je triompherai; il le faut.

Tout à coup Amélie se redressa; sa physionomie s'illumina d'une expression qu'on n'avait pas coutume d'observer en elle.

— Monsieur, fit-elle, pour sauver l'honneur de votre maison, pour ne pas laisser ternir d'un souffle impur le nom de ma mère, je vous offrais tout à l'heure de disposer de ma fortune... vous avez devancé mon vœu, vous avez bien fait. Mais, en ce qui concerne l'union que vous croyez nécessaire au piédestal de votre ambition, je le répète, je refuse... je refuse.

— Amélie, ce n'est pas votre dernier mot, grinça Marville.

— J'aime Rodolphe d'Orveda; cet amour a été consacré par un lien vivant, et je ne serai pas assez lâche pour donner à M. Gaston Mirebeau un cœur froissé, une âme perdue.

— Faux scrupules; il ne saura jamais que cet enfant existe.

La jeune mère se leva frémissante, malgré son état de faiblesse.

— Quelle est donc votre intention à l'égard de mon fils? s'écria-t-elle pâle de colère.

— Demain, l'enfant de mademoiselle Amélie de Norges, aura disparu pour toujours.

— Ah! monsieur, c'est infâme!

Et Marville saisissant Amélie de son poignet de fer, la prosterna à ses pieds avec un mouvement terrible.

La jeune fille poussa un cri et tomba évanouie.

Lorsqu'elle reprit connaissance, elle était seule encore avec le banquier, qui lui faisait respirer des sels.

— Eh bien, mon enfant, êtes-vous maintenant disposée à sauver l'honneur de ma maison?

Amélie essaya de regarder cet homme, dont la volonté était impitoyable; mais elle ne put supporter la fixité de son regard.

— Oh! il me fait peur! murmura-t-elle.

Le banquier réitéra sa question, et, n'obtenant toujours pas de réponse:

— Mademoiselle, dit-il avec un ton de sévérité apparente; vous savez que j'ai toujours eu une vive affection pour vous; mais la circonstance est solennelle, et vous ne voudriez pas me forcer à vous mettre aux Filles-Repenties.

Mademoiselle de Norges devint livide.

— Moi, mêlée à des femmes perdues! s'écria-t-elle d'une voix étouffée; j'accepte! oh! j'accepte d'être l'épouse de M. Mirebeau.

Oh ! la prison !... la honte !... l'infamie !... Je suis prête, monsieur, terminez cette alliance... J'ai hâte d'être heureuse.

La pauvre victime essaya un sourire ; mais ce fut un sanglot qui s'échappa de sa poitrine.

— A la bonne heure, vous êtes devenue raisonnable, et je vous en remercie... au nom de votre mère.

— Puisque vous êtes content de moi, monsieur, ajouta-t-elle avec une expression inénarrable de tristesse, accordez-moi une grâce, une seule.

— Laquelle ?

— Promettez-moi, puisqu'il faut absolument que je me sépare de l'ange qui me consolait de ma faute, promettez-moi qu'il sera heureux... que je pourrai quelquefois aller l'embrasser en secret. Jurez-moi, jurez-moi devant Dieu que vous ne le tuerez pas !

— Je le jure ! répondit Marville sans donner d'intonation à sa promesse.

Puis il ajouta tout bas :

— Serment sans conséquence ! — Pourvu maintenant que je sois assez adroit pour enlacer Gaston dans mes filets, je suis sauvé.

Et il s'éloigna.

La jeune fille se livra alors à la douleur qui l'étouffait.

Pour toute consolation, la bonne Louisette ne put que mêler ses larmes à celles de sa maîtresse.

Une heure après, on annonçait M. le vicomte Rodolphe d'Orveda. Fidèle à sa promesse, Amélie refusait de le recevoir.

Étonné de cette façon d'agir, d'Orveda voulut en demander l'explication au banquier.

Gaspard lui signifia d'un ton sec l'ordre de ne plus reparaître à l'hôtel Marville.

CHAPITRE VI

LE BAL DU GRAND-VAINQUEUR

Le mardi gras agitait à pleine volée les grelots de la Folie. De toutes parts dans Paris, cette ville de boue et de clinquant, surgissaient les partisans de l'excentricité, revêtus des costumes inspirés par la fantaisie rieuse et par cette fièvre tourbillonnante qui, chaque année à la même époque, enrégimente les esprits sous le drapeau bariolé de la marotte.

Cité et faubourgs, salons et cabarets, tout hurlait et dansait à la clarté des lumières et aux sons harmonieux ou criards d'une musique multiforme.

La journée du mardi gras avait été employée par chaque classe sociale à se promener en plein air, pour faire admirer aux badauds les déguisements baroques dont chacun s'était revêtu.

Mais le soir arrivait enfin ; le soir, enveloppé des fumées de l'ivresse humaine, c'est-à-dire de l'exaltation qui portait à terminer le plus gaiement possible le proverbial adieu à la chair, ce *carne vale*, d'où *carnaval* a tiré son nom.

Sans nous arrêter à dépeindre la physionomie de chaque mascarade, nous allons conduire nos lecteurs dans un bal de barrière, spécialement affecté aux héros dont le nom resplendit en tête de notre étude de mœurs populaires.

Après avoir monté le faubourg Saint-Jacques, en côtoyant l'hospice Cochin et l'Observatoire, après avoir traversé la place destinée, il y a quelques années, aux sanglantes représailles de la justice, place où se dressait de temps en temps la guillotine, baptisée par les voleurs et assassins du synonyme qualificatif d'*Abbaye de Monte-à-Regret*, on atteignait, après avoir passé la grille de l'octroi municipal, une maison d'apparence grandiose, mais dont les croisées possédaient encore les petits carreaux des règnes de Henri IV et de Louis XIII.

Cette maison, aux abords de laquelle on sentait une forte odeur de cuisine, avait pour enseigne une plaque de tôle peinte, représentant un hussard monté sur un cheval fougueux, et au-dessous duquel étaient tracés ces mots en lettres rouges : AU GRAND-VAINQUEUR.

C'est dans cette maison que se réunissaient, cette année-là, les chiffonniers de Paris, pour se livrer aux exercices de Bacchus et de Terpsichore, à l'instar des nuits animées de l'Opéra et des autres assemblées chorégraphiques de la capitale.

Comme dans toutes les exploitations de ce genre, on pénétrait au *Grand-Vainqueur* en passant par les cuisines ; les visiteurs prenaient ainsi un avant-goût des mets exquis fabriqués dans les marmites de cet antre d'Augias, et pouvaient au besoin se rendre compte, par l'odorat seul, de la carte réservée à leur appétit glouton ; carte dont le secret eût fait frémir quiconque n'appartenait pas au bataillon sacré de la misère.

Au bout de la cuisine, et avant d'arriver dans les salles de réfection, se dressait un escalier rapide, éclairé par un quinquet fumeux, conduisant au premier étage, réservé, en partie du moins, au bal populairement connu du *Grand-Vainqueur*.

Ce bal se tenait dans un immense salon, recevant l'air par sept croisées sur la rue ; un papier à vastes dessins en recouvrait les murs ; la couleur de ce papier était altérée par l'exhalaison des quinquets et les émanations putrides des corps échauffés par la danse. Pour tout mobilier, on trouvait un orchestre de guinguette pouvant contenir jusqu'à six musiciens ; un poêle carré en fonte, dont le tuyau traversait la salle, et des tables sans nappes, disposées autour du cercle laissé libre aux danseurs ; au-dessus de ce cercle étaient suspendus, par des fils de fer attachés au plafond, des numéros indiquant la place des quadrilles.

Ces tables, reliées par une traverse à des bancs de bois, brillaient de taches vineuses ; on devinait à leur aspect qu'elles servaient de fauteuils académiques aux membres chancelants des buveurs.

L'heure du bal avait sonné ; le garçon de salle finissait d'arroser les planches vermoulues du sol ; les musiciens, au complet, prenaient le diapason de leurs instruments, et le *donneur de cachets* faisait retentir déjà les voûtes de ce signal si cher aux partisans de la danse :

— *Prrrrenez* vos cachets... on commence !...

Cet appel bruyant, tombant comme une bombe au milieu des réfectoires du rez-de-chaussée, produisit une sorte de révolution parmi les dîneurs.

Un hourra fit vibrer l'atmosphère étouffante du domicile des *arlequins*.

Arlequin ne s'adapte pas ici à un costume de carnaval, — quoique tous les chiffonniers qui avaient retenu le salon du premier pour la soirée fussent masqués, — mais bien aux plats servis par le *chef* de l'établissement, plats composés d'aliments multiformes, de pièces et de morceaux réunis au hasard, dans le genre de l'habillement du bouffon de Bergame.

Alors, s'élançant comme une cohue dans l'escalier sombre, — pendant que le donneur de cachets répétait son signal, pendant que l'orchestre jouait une introduction brillante sur l'air de : *Quand on va boire à l'Écu*, — les masques envahirent le salon du premier étage, en chantant à tue-tête ce chœur si fort en vogue, à cette époque, dans le domaine de la chiffe :

> Eh ! vive la canaille,
> Et les amis, tous sans soucis !
> Qui couchent sur la paille
> Et mangent du pain bis !

En un instant le salon et ses tables circulaires furent emportés d'assaut ; puis les cris redoublèrent, accompagnés cette fois du cliquetis des verres et des pots de vin à six sous, vidant, avec la prestesse de l'éclair, leurs ventres de faïence brune, aux appels de la soif épaisse occasionnée par la nourriture poivrée du *Grand-Vainqueur*.

Ce fut un tohu-bohu à n'y rien comprendre, à n'y rien entendre, si ce n'est des mots épars, des interpellations étranges, dans une langue dont les hôtes seuls de la soirée connaissaient le secret.

— Ohé ! les *biffins !* criait un pierrot découpé dans la toile d'une vieille paillasse ; à bas le *cambriot*, les *amunches !*... et montrons-nous *rupins* envers le *sesque*.

— La main à la *vallade !*... hurlait un seigneur affublé d'une culotte graisseuse, d'une perruque en filasse et d'un nez de carton plein de verrues ; *aboulons* le *blot* du cachet (1)... et tricotons d'attaque les fils de fer sur le *trimar* en sapin de la cambuse du *Grand-Vainq*...

Pendant que les jeunes gens réclamaient le quadrille, les vieux politiquaient aux tables en avalant le picton traditionnel.

L'un de ces derniers, vêtu en don Quichotte de la cuisine, ayant pour rapière une broche ornée d'un poulet cru, dévorait du regard une vieille et horrible marquise Pompadour, qui lui avait refusé à boire.

— De quoi ! de quoi ! t'as du *pognon* et tu me r'fuses de m' payer un *guindal* de *petit six* (2) !... récriminait-il d'une voix rauque.

— T'as déjà trop *liché*, mon vieux ; ta *pelure* est chez *ma tante !* Et, d'ailleurs, tu ne gobes jamais que du *cricq*. Vieux pané !... t'es raffalé à l'impossible et t'as un gosier de Lucifer... *t'est un écopeur !*...

— Moi !... T'en as menti !

(1) La main à la poche ; donnons le prix du cachet ; abréviation de grand vainqueur.

(2) T'as de l'argent et tu me refuses un verre de vin.

— Veux-tu taire ta *miaule*, méchant *chifforton!*...

A ce mot de chifforton, qui était la plus grossière injure dont pussent se gratifier deux porteurs de hotte, le don Quichotte de la cuisine se précipita sur la marquise et l'eût fortement rudoyée, si l'entrée d'une nouvelle venue n'eût fait diversion à ce commencement de bataille, auquel, du reste, on mit ordre aussitôt, par la force brutale, bien entendu.

Les personnages dont nous venons de citer quelques bribes de langage, appartiennent à la galerie des héros avec lesquels nous ferons tout à l'heure plus ample connaissance.

— Salut à la reine des balayeuses!...Salut à la belle Lodoïska!... exclama l'assemblée des masques.

Celle que l'on accueillait ainsi était belle en effet; vêtue d'un costume complet de polonaise, costume sinon riche, du moins propre et élégant, elle s'avança la tête haute, se dirigea vers l'orchestre, silencieux en ce moment, et, s'approchant d'un jeune homme qui occupait la place de second violon :

— Bonjour, Mercredi! fit-elle, en lui tendant franchement la main.

Le musicien inclina la tête avec indifférence sans répondre. Lodoïska devint pâle; puis, se remettant aussitôt :

'—Faut-il que je sois bête!... il n'aime que sa Bombée!... Ah çà! mais, qu'est-ce qu'elle a donc de joli, c'te bossue-là ?...'

Puis, reprenant son sourire mutin :

— J'ai un caprice, ce soir,... je préfère un vieux pour cavalier. Je danserai avec le père Joseph...

— Présent! ricana un homme de cinquante ans environ et revêtu du costume exact de Diogène, moins la lanterne.

Lodoïska courut à lui, l'embrassa sur les deux joues et l'entraîna au milieu du salon.

— Et maintenant, en place pour la *poule!*

— Et balancez vos *nymphes*, reprit un *loustic*, affublé du costume de mitron, en faisant un gigotté grotesque.

Sur cette invitation les hôtes du *Grand-Vainqueur*, excités par la belle Lodoïska et le père Joseph, transportés aussi par un orchestre aux *staccati* joyeux, se mirent en branle pour la contredanse, qui se termina par *la Petite laitière*, quadrille fort en vogue à cette époque, et à la fin duquel, sans augmentation de cachet, chaque danseur embrassait sa danseuse.

CHAPITRE VII

LE DIOGÈNE DU CROCHET

Nous allons profiter des évolutions de *la Petite laitière* pour tracer en quelques mots le portrait du père Joseph.

C'était, comme nous l'avons indiqué plus haut, un homme de cinquante ans; son visage, aux traits énergiques, portait l'empreinte de la bonté.

On devinait en lui, à première vue, le dévouement aux affections du cœur et l'acharnement à détruire l'édifice du mal érigé en ce monde par les mauvaises passions. Joseph n'était pas instruit, mais la nature avait doué son intelligence de l'intuition de solidarité envers ses semblables; et, comme il avait le goût de l'étude, il avait puisé la perfection de son jugement dans la lecture de bons livres philosophiques, choisissant avec un tact sûr ceux dont la morale se trouvait d'accord avec l'impulsion de sa conscience.

Parmi ses confrères, le père Joseph avait la réputation d'un homme incorruptible; à l'égal de tous les honnêtes gens, s'il possédait de nombreuses sympathies, il rencontrait parfois sur son chemin des ennemis acharnés.

Rarement il fréquentait les réunions de plaisir, car le travail était l'unique but de son existence, consacrée à l'accomplissement d'une obligation sainte que nous connaîtrons plus tard. Néanmoins, le père Joseph n'était pas assez fier pour dédaigner la corporation à laquelle il appartenait, et il eût cru manquer aux règles de la confraternité en n'assistant pas aux assemblées principales de la chiffonnerie.

Voilà pourquoi nous trouvons le père Joseph au bal du *Grand-Vainqueur.*

Comme le philosophe d'Athènes, il portait la tunique déchirée; mais, par respect pour les mœurs modernes, il y avait joint le maillot, dont le tissu, en imitant la chair, la dérobe néanmoins aux regards pudibonds.

A sa ceinture de corde était suspendu le crochet de l'état, surnommé NUMÉRO 7 par le langage coloré du *faubourg de misère*, placé sous l'invocation de saint Marcel.

Cette dénomination était, du reste, bien appliquée, car le crochet de chiffonnier ressemble en tout point au chiffre 7.

Revenons à notre Diogène. Malgré ses cinquante ans, le père Joseph était encore ingambe; bien mieux, il avait parfois sur les lèvres le mot de la gaudriole.

Pour les compagnons qui l'entouraient pendant le chassez-les-huit de *la Petite laitière*, il eut le même sourire d'aménité que s'il se fût trouvé dans un salon du grand monde. A chaque question qu'on lui adressa, il eut une réponse pleine d'esprit d'à-propos; et, au milieu de cette variation fantasque produite par l'accord de la musique et les harmonies exaltées du cerveau, il trouva moyen d'être gracieux et aimable pour la belle Lodoïska.

— Allons, lui dit-il, voici la poule qui commence... il faut montrer que si tu as le visage bien tourné, tu roucoules aussi gentiment les mélodies de la jambe!...

Le quadrille continua; du reste, la plupart des danseurs avaient quitté leur place pour admirer les gracieuses poses de la belle balayeuse, poses qu'elle accompagnait de sourires adressés au second violon. Mais la passionnée danseuse s'évertuait en vain; Mercredi ressemblait à une statue de marbre.

Le galop terminé, un bravo général accueillit Joseph, qui avait battu un magnifique entrechat, et la belle Polonaise qui s'était hardiment cambrée dans sa majestueuse gracieuseté.

— Vive le Diogène du numéro sept! crièrent les uns.

— Vive Charlotte la balayeuse! ripostèrent les autres.

Joseph s'inclina en essuyant la sueur qui perlait sur son front. Charlotte sauta au cou du chiffonnier en le remerciant de l'honneur qu'il lui avait accordé, et retourna s'asseoir dans un coin de la salle, où toute la jeunesse l'entoura d'hommages; mais Charlotte n'avait qu'une pensée, qu'un regard... on sait que c'était pour le second violon de l'orchestre.

Tout à coup une espèce de boule, surmontée d'une tête aux cheveux crépus, terminée par des jambes torses et recouverte d'un habit de paillasse multicolore, pénétra dans le cercle laissé vide par la retraite des danseurs, et, s'emparant d'un tabouret, s'y installa avec l'agilité de l'écureuil.

— Place! place au Cagneux! exclama la foule; il va nous dire des bêtises!...

— Bernique, les *camarauds*... vous vous trompez... répondit la boule aux jambes torses; je viens tout bonnement vous proposer de varier la rigolade, et de gazouiller des choses *battes* à l'infini.

Un masque, placé à la table où déjà nous avons été témoin d'une dispute, se retourna précipitamment.

— As-tu fini, mal bâti!... grogna-t-il d'une voix rauque.

— Meurt-de-soif, tais ton bec! reprit le Cagneux; on sait ben que quand y s'agit de déballer des gentillesses, t'aime mieux te fourrer du liquide dans *l' collidor* (1).

Celui qui s'appelait Meurt-de-soif réprima un mouvement de rage, devant l'éclat de rire qui accueillit les paroles du Cagneux.

— Vas-y, vas-y d'attaque!... surtout ne *blèche* pas à la blague, petit! cria la foule.

— Dis ton idée, mon garçon, fit le père Joseph; toutes les idées, du moment qu'elles sont honnêtes, doivent être admises.

— V'là ce que c'est! Nous avons déjà dansé... si nous chantions, hein?...

— Comme la cigale. Mais, quoi que tu veux chanter?... as-tu queuque chose de rigolo? dit un masque en vidant son verre plein jusqu'aux bords.

— Pardine! Et *la Ronde des Chiffonniers!*... est-ce que c'est pas le cantique des folichonneries de la corporation des aimables rigoleurs de la chiffe?

— Oui, oui, répétèrent tous les convives; c'est une ronde chicocandarde pour les rigoleurs.

— Entendu, dit le Cagneux; que *les ceusses* qui savent la ronde s'approchent!...

Un mouvement rapide s'opéra.

— Assez! assez! pas tout le monde à la fois!... riposta le Cagneux. Procédons par ordre... Le premier couplet sera fignolé par Vilpain; le deuxième, par la Jeannette; le troisième, par le brave père Joseph; le quatrième, par not' poète la Flûte; et le cinquième, enfin, par vot' serviteur, zigzagué des membres, mais pas tortillé de la langue,... Et en avant la musique!...

— Sur quel air? demanda le chef d'orchestre.

— Sur l'air de *la Rose et le Croquemort*, de M. de Béranger, dit le Cagneux en faisant le salut militaire, répété par toute la gent chiffonnière.

L'orchestre du *Grand-Vainqueur* joua la ritournelle de la ronde.

Un homme s'avança, vêtu des loques du postillon de Longju-

(1) Gosier.

meau ; il avait la barbe brune, épaisse et crêpée, le regard hébété. C'était Vilpain, l'homme à l'absinthe, l'homme qui s'abrutissait et se tuait gaiement, avec la terrible liqueur vert-de-gris que nous envoie si généreusement la Suisse.

— Premier couplet !... dit-il, avec un sourire de l'autre monde ; et au refrain, les biffins !...

> Les chiffonniers sont d' bons enfants
>   Dont l'humeur n'est pas fière,
> Et qui parlent, sans prendr' de gants,
>   Aux gens à bell' manière ;
> Car pour *euss'* l'égalité
> Est une vrai' vérité.
>   Vive l'indépendance !
> Versez du schnick, versez amis ;
>   Et buvons à la France,
>   Chiffonniers de Paris !

Lorsque le refrain eut été entonné par un chœur formidable, une femme s'approcha à son tour du tabouret du Cagneux. Elle s'appelait la Jeannette ; compagne des habitués du *Grand-Comptoir*, à la place Maubert, elle cherchait dans l'ivresse alcoolique la consolation des chagrins que la mort lui avait causés jadis, en la privant d'un époux qu'elle aimait.

La Jeannette portait une robe sale et usée, car son boursicot ne lui avait pas permis de louer un costume ; un madras recouvrait ses cheveux grisonnants ; ses yeux étaient rougis par l'excès de l'eau-de-vie et les larmes.

— Deuxième couplet ! fit-elle d'une voix glauque et tremblante :

> L' chiffonnier est toujours galant
>   Envers les femm's du *cesque* ;
> Mais il les mèn' tambour battant
>   Alors qu'il voit qu'on l' *cesque.*
> Pour l' chiffonnier l' conjungo
> Doit êtr' sans l' plus p'tit accroc...
>   Buvons à la famille ;
> Versez du schnick, versez, amis,
>   La femme est l' chef de file
>   Des chiffonniers d' Paris.

— A la santé de la Jeannette ! exclama l'assemblée en portant le verre à ses lèvres.

Le père Joseph, seul, ne toucha pas à la liqueur de Bacchus.

— A mon tour ! interrompit le Cagneux. Et toi, la Linotte, ajouta-t-il en s'adressant à une fille qui était venue se placer près de lui, tâche que mon couplet ne t'empêche pas de m'aimer...

La Linotte saccada un rire bête, en agitant les grelots dont était parsemé son costume de Folie. Le Cagneux gazouilla :

> Y a des gens qui sont tout d' travers,
>   Et qu'ont pas bonn' tournure :
> Ça s' voit dans l' mond' de l'univers,
>   Composé d' bariolure.
> Si l'on a l' mollet mal fait,
>   En r'vanche on a l' cœur bien fait.
>   Moquons-nous d' la figure,
> On voit de brav's gens mal bâtis ;
>   Buvons à la droiture,
>   Chiffonniers de Paris.

Un écho joyeux accueillit le couplet allégorique du Cagneux. Pendant quelques minutes, un feu croisé de plaisanteries voltigea dans la salle. Les unes s'appliquaient au chanteur, les autres à la société dans laquelle on trouve, en effet, tant de vertus de travers, dissimulées par des vices à l'apparence droite et attrayante. Pour ce qui le concernait, le Cagneux rit plus fort que les autres ; mais aussi, il adressa à la société plus d'une méchante apostrophe : il faut bien que l'esprit venge les injustices de la nature.

Le père la Flûte s'était approché. L'orchestre, pour la quatrième fois, répéta l'air de la ronde. Celui que nous avons entendu nommer par le Cagneux : notre poëte, — et plus tard nous connaîtrons la signification exacte de ce mot, — commença :

> Les chiffonniers, en travaillant,
>   Ont toujours les mains sales,
> Mais leur conscience est blanche en d'dans,
>   Et nett' de tous scandales.
> Il est plus d'un opulent
>   Qui n'en peut pas dire autant !...
>   Remplissons not' timbale,
> Versez du schnick, versez, amis ;
>   Buvons à la morale,
>   Chiffonniers de Paris.

— A mon tour ! cria Joseph, en faisant descendre le père la Flûte de son trône. Au dernier les bons, mes enfants !... Après l'éga-

lité, la famille, la droiture et la morale, nous ne serions pas justes si nous osions oublier la splendeur de notre pays... La gloire de la France, enfants, doit trouver des échos au fond des poitrines populaires !

— Vive la France !... acheva l'assemblée.

— Attention donc ! et doublons l'énergie au refrain, pour prouver que sous nos haillons battent des cœurs français, et que le patriotisme est toujours prêt à surgir au premier appel de notre mère commune, la vieille Gaule, patrie de Velléda, et de ceux qu'ont chassé les hordes étrangères à l'époque de not' première république !...

> Quand la patri' court des dangers,
>   Et qu'il faut d' la vaillance,
> Ne voit-on pas l' brav' chiffonnier
>   Voler à sa défense.
> Pour le chiffonnier, l'honneur
>   Est le frèr' de la valeur.
>   Aux succès il faut boire ;
> Versez du schnick, versez, amis ;
>   Trinquons à la victoire,
>   Chiffonniers de Paris.

Il serait impossible de décrire l'enthousiasme qui éclata à l'audition de ce couplet. Trois fois on le fit bisser au père Joseph ; puis, chacun saisissant un verre, trinqua à la santé du Diogène du numéro 7, que tout le monde connaissait comme un homme de cœur et un bon patriote.

— Tout ça, c'est *rigolo*, exclama soudain Meurt-de-soif en s'avançant au milieu de la salle et en s'approchant du père Joseph ; mais, môssieu de la Victoire, tu nous laisses licher sans nous rendre raison... Tiens, prends ce verre de parfait-amour... tu dois avoir le gosier sec...

Et Meurt-de-soif tendit à Diogène un verre plein d'eau-de-vie. Joseph le repoussa.

— Merci, dit-il froidement ; j'ai juré que jamais ce poison ne mouillerait mes lèvres.

— Tu refuses... d'aplomb ?

— Oui, je refuse.

— Alors, c'est que tu nous méprises.. puisque tu ne trinques pas avec nous...

Un léger murmure s'éleva de toutes parts.

Le père Joseph regarda sans se troubler les visages qui se pressaient autour de lui. Chacun d'eux semblait l'inviter à prendre le verre qu'on lui tendait.

— Encore une fois je refuse ! répéta-t-il avec force.

— Va !... tu n'es qu'un aristo et un faux frère... Quand on méprise la chiffe, reprit Meurt-de-soif, on ne vient pas sous la pelure de l'Athénien faire de la morale à ceux qu'ont plus de cœur que vous...

— Meurt-de-soif a raison ! Meurt-de-soif a raison !... affirma la foule croyant à un mépris réel de la part du chiffonnier Joseph.

Ce dernier regarda autour de lui ; il ne vit qu'un seul homme prêt à le défendre, c'était Mercredi le musicien, qui, d'un signe, lui laissa comprendre qu'il volerait à son secours en cas d'attaque.

Joseph, exalté par les insultes de Meurt-de-soif, outré enfin de voir que cette foule qui l'applaudissait, il n'y avait qu'un instant, s'était soudain tournée contre lui, Joseph tira son crochet de sa ceinture de corde, et d'un coup sec brisa le verre d'eau-de-vie que s'obstinait à lui présenter le seigneur en haillons.

Puis, dominant la foule de toute la puissance de son énergie, la fascinant, pour ainsi dire, de sa prunelle enflammée par l'indignation :

— Non, mes amis, cria-t-il d'une voix tonnante, non, le mépris n'est jamais entré dans mon cœur pour la caste au milieu de laquelle je trouve le pain de chaque jour... et, afin de vous le prouver, Diogène va vous apprendre pourquoi il a juré de ne plus boire !...

Un silence glacial succéda aussitôt à la tempête humaine. Entouré des êtres baroquement vêtus, dont les corps se hissaient les uns sur les autres, le père Joseph passa la main sur son front comme pour faire appel au calme de ses idées.

CHAPITRE VIII

UN COUP DE COUTEAU. — LA JUSTICE DES CHIFFONNIERS

— Silence ! silence ! firent quelques voix.

— Il va nous *jaspiner une blague !*... murmura Meurt-de-soif.

Le père Joseph, sans s'occuper de cette nouvelle raillerie, continua d'un ton plus ferme :

— Il y a quinze ans, par suite de circonstances qu'il serait trop long de vous raconter ici, je fus témoin d'un malheur que ma passion pour l'ivresse m'empêcha de prévenir... Oh! la boisson, ça tue le jugement et la raison... ça abrutit les plus belles facultés de la vie... Oui, j'ai follement dissipé les années de ma jeunesse... je les ai souillées dans une ivresse dégradante...

— Pas possible! exclama le Cagneux; je veux ben que le diable me *patafiole* si *j'aurais* cru que le père Joseph *s'aye* jamais mis dans les *brindezingues*.

— Mais tais-toi donc, bavard!... fit la Linotte, pauvre fille déchue, et dont la physionomie ressemblait à l'oiseau dont elle portait le nom.

— C'est comme je vous le dis, mes enfants, continua Joseph. Mais, ce malheur accompli, je me trouvai avoir juré à un mourant d'adopter sa fille... et les promesses, pour un homme qu'a du cœur, c'est sacré, voyez-vous!... Aussi, à dater du jour où la petite entra dans mon réduit, l'ivresse en fut bannie à jamais!... Depuis, l'enfant a grandi; chacun de ceux qui la connaissent la respectent et l'honorent! chacun de vous ôte son chapeau devant l'honnête Constance! Oh! vous l'aimez bien! et aucun de vous ne voudrait lui manquer de respect, car vous savez tous que si elle possède les vertus de son sexe, que si elle est aussi instruite qu'un enfant du peuple peut l'être, c'est l'amitié du père Joseph qui en est la cause... Oui, je l'avoue avec joie, je me suis privé sans regret des surexcitations de la boisson pour doter Constance des qualités que n'a pu lui inculquer sa mère, morte lorsque ce petit ange n'avait que deux ans... J'ai abandonné le sentier de la dégradation pour assurer l'avenir de Constance, avenir auquel ne pouvait plus travailler son père, assassiné lâchement la nuit... par un misérable voleur!...

Le père Joseph s'arrêta; trop de douloureux souvenirs se heurtaient dans sa pensée.

— C'est très-joli ce que tu nous *fignoles* là, dit Meurt-de-Soif; mais admettant que tu *soyes* capable de faire une action *chouette*, faut pas en profiter pour mépriser les *camarauds*... Et pis au fait, t'es pas un homme d'attaque... t'es un égoïste...

— Un égoïste!... répéta Joseph; moi!... mais tu n'as donc pas mémoire des événements passés!...

— Connais pas!

— Eh bien, puisque tu me forces à m'expliquer, je vas faire un appel à la mémoire des anciens...

Le silence se rétablit dans le salon.

— En 1832, reprit Joseph, le choléra fauchait l'humanité; on emportait les cadavres par milliers, on eût dit qu'un poison dévastateur était jeté dans les aliments du pauvre monde... Cette épidémie, qui détruisit des quartiers entiers, jeta la consternation parmi les malheureux, principales victimes enlevées par le fléau, et donna lieu à une émeute dont les chiffonniers furent les héros ostensibles. La propreté des rues était recommandée comme première condition de l'hygiène publique; l'administration supérieure organisa des balayages fréquents et les enlèvements rapides des immondices... Ces mesures provoquèrent une émeute parmi vous, chiffonniers de Paris; vous vous croyiez attaqués dans les intérêts de votre industrie... Que résulta-t-il de cette émeute?... Une repression armée; le sang coula...

— C'est vrai! c'est vrai! fit l'assemblée.

— Alors, un homme dévoué à la corporation se rendit près de l'administration supérieure, et lui laissa comprendre que les chiffonniers mourraient tous plutôt que d'abandonner l'exercice libre de leur profession... Deux heures après, la répression n'existait plus, la chiffonnerie reprenait son droit au travail... L'homme qui risquait sa vie peut-être, mais surtout sa liberté pour convaincre l'autorité supérieure, amis, c'était moi!... l'avez-vous donc oublié?...

— Non! non!... exclama le camp des amis de Joseph.

— On a voulu vous faire croire, camarades, que je vous méprisais!... continua ce dernier; vous venez d'entendre la preuve du contraire; et cette preuve, Meurt-de-soif la connaissait parfaitement...

Meurt-de-soif fronça le sourcil et lança un regard oblique à son interlocuteur.

— Quelques jours après l'émeute de la chiffe, continua encore le père adoptif de Constance, je fus mandé dans le cabinet du préfet de police. On me proposa une place lucrative qui m'eût permis de vivre en grand seigneur... mais, moi! j'aime mieux la misère honnête... je refusai.

— Bravo! bravo!... applaudit l'assemblée.

— Allons donc! interrompit avec rage Meurt-de-soif; tout ça c'est des *boursoufflades!*... Le père Joseph pose pour la gorge!... Je vous demande un peu si la préfecture peut offrir une place à un méchant *biffin*, qui n'est pas seulement physionomiste pour deux liards, et pas assez d'attaque pour juger les vices ou les vertus de la rocambolle humaine!

Ces paroles étaient à peine achevées, au milieu d'un ricanement qui menaçait de donner tort à Joseph, que l'orchestre entama la ritournelle d'une nouvelle contredanse.

— Un instant! cria le héros que nous avons vu, au prologue de cette histoire, sauver le sceptique Dumouchet; un instant!... de même que quelques-uns d'entre vous ont l'entêtement de la controverse, j'ai l'entêtement de la raison, moi! Je ne suis pas physionomiste, dites-vous?... Eh bien, je propose d'établir sur vous tous un jugement certain... De cette façon, puisqu'on ne m'accorde pas le bénéfice d'une loyauté passée, je prouverai du moins que ce n'est pas l'intelligence qui me manquait pour être un mouchard!...

L'orchestre avait interrompu sa ritournelle.

— Ah! ah! ça serait drôle!... ricana Meurt-de-soif.

— Oui, je vous connais tous... depuis A jusqu'à Z... Approchez, le Diogène du crochet dit aujourd'hui la bonne aventure...

Aussitôt un mouvement rapide s'opéra au milieu de la curiosité générale provoquée par la baroque proposition du père Joseph. Les musiciens, silencieux, s'accoudèrent sur le bord de l'orchestre; les chiffonniers s'approchèrent du nouveau prophète. Le sourire de l'ironie planait sur toutes les lèvres.

— Allons, Diogène, cherche un homme! s'écria-t-on.

Diogène s'empressa de commencer.

— A toi d'abord, Biribi, dont le nom de famille est Plâtras! Tu es honnête, oui; mais honnête par calcul; à ton visage de fouine, je reconnais la finesse, mais la finesse dégradée; tu rends les deux sous que tu trouves pour pouvoir garder, sans qu'on te soupçonne, les couverts d'argent et les billets de banque perdus dans une poche fermée...

— Ah! mais... ah! mais... interrompit Plâtras dit Biribi, pas de mauvaise plaisanterie!...

— Je ne plaisante jamais; et, pour preuve, je vais te donner un conseil : cache mieux ton jeu, dorénavant. Tu n'es discret que pour ce qui t'intéresse... on n'a jamais pu savoir tout le mal que ton hypocrisie a semé sur ton chemin... A bon entendeur salut!

— Vieux cancre! exclama Biribi, je me rappellerai de toi à l'occasion, va, sois tranquille. Est-ce qu'il saurait le secret de mon métier? murmura-t-il tout bas en se retirant.

Joseph étendit le bras vers la Jeannette, la femme aux yeux rouges.

— Jeannette, dit-il, je respecte tes malheurs passés... aujourd'hui tu te consoles avec de l'eau-de-vie, et tes larmes sont devenues la fontaine de l'alcool qui exalte les fibres de ton cerveau. Mais, crois-moi, la paresse est un chemin glissant; par elle on arrive, pour gagner de l'argent, à recéler le bien mal acquis... et le bagne se charge de fournir un cercueil et une fosse aux malheureux qui, comme toi, tombent dans une paresse abrutissante. Toi, père la Flûte, continua-t-il en désignant le seigneur en haillons, malgré tes soixante-dix ans, tu es encore amoureux de la Jeannette; d'accord... on est amoureux à tout âge. Surtout prends garde de céder à ses instincts devenus pervers... souffle dans ton petit flageolet noir et blanc; rêve aux prairies et aux fleurs fanées au contact des dépravations... compose des vers sans savoir au juste ce que c'est que la poésie... mais prends garde à Bicêtre, c'est le champ d'asile des soldats de l'eau-de-vie et de l'absinthe, dont j'aperçois d'ici le commandant Vilpain...

— De quoi! de quoi! exclama le sosie du postillon de Longjumeau, pendant que la Flûte et Jeannette se retiraient en haussant les épaules de la prédiction qui leur était advenue.

Mais c'est tout ce que put formuler le chiffonnier qu'on nommait Vilpain, sombre visage à la barbe noire; il retomba la tête sur la table; car, en effet, il était ivre d'absinthe.

Deux personnages nouveaux passèrent devant Joseph.

C'étaient le père et la mère Camus, chiffonniers d'une simplicité naïve, mais très-honnêtes; rageurs, mais jamais méchants, et surtout ne se trouvant jamais en retard pour rendre service à l'occasion.

Tour à tour s'avancèrent devant Diogène:

Broutechoux, le parasite, vivant aux dépens de la générosité du cœur humain;

Le Grinche, vêtu d'une veste râpée sur laquelle se drapait une moitié de blouse jadis blanche. Le Grinche, comme l'indiquait son nom argotique, oubliait la définition de la propriété en n'établissant pas de différence entre son mouchoir et celui des autres, entre sa bourse et celle de son voisin;

Bétentout, le chiffonnier travailleur, qui, dans ses moments perdus, se faisait avaleur de sabre, de filasse et de tirebouchons sur la place publique, un cumuleur enfin qui cherchait à amasser un petit *magot* pour ne pas mourir à l'hôpital ;

Lodoïska, une déesse de beauté, ne connaissant que l'amour et le plaisir, mais insouciante, folle et dévouée quand elle aimait ;

Le père Wagram, vieux soldat de Waterloo, portant sa hotte comme autrefois il portait son sac de troupier, se posant fièrement sur sa jambe encore nerveuse, le bonnet de police crânement placé sur l'oreille, et chantant toujours quelque refrain de gloire. Celui-là non plus ne marchandait pas l'honneur ;

Puis le Cagneux, ce loustic bon enfant si maltraité de la nature et qui faisait le bien sans y penser, laissant par instinct le mal glisser contre les parois de son âme, et ne possédant qu'un défaut, celui d'aimer la Linotte, une locataire de la maison ayant pour enseigne *la Cachette à mon oncle*, cabaret borgne situé sur le boulevard Montparnasse.

Bien des personnages encore furent examinés par Diogène, mais nous ne les citerons point ici ; plus tard nous verrons se dérouler leurs physionomies au contact des événements.

Restait Meurt-de-soif ; Joseph l'avait réservé pour la fin de son expérience physionomique.

— Quant à toi, buveur d'eau-de-vie, s'écria-t-il, chaque ligne de ton visage est imprégnée de la haine que tu portes à l'humanité !... Tu es envieux, cruel, traître, dépravé, et les noms seuls de vertu et d'honneur développent la colère dans ton cœur, amènent la bave sur tes lèvres...

— Si tu savais comme tu m'amuses ! goguenarda Meurt-de-soif en contenant les éclairs de sa rage.

— Deux fois tu as osé venir chez moi pour essayer de séduire l'enfant que j'aime !... Le hideux émouchet cherche à fasciner la colombe... c'est la loi des animaux immondes.

— Tais-toi ! tais-toi !...

— Oui, mais à ta vue l'enfant a frissonné de dégoût, et moi je t'ai chassé comme un reptile venimeux.

— Pourquoi m'as-tu chassé ? siffla le buveur d'eau-de-vie en labourant sa poitrine de ses ongles ; parce que tu étais jaloux de moi !...

— Jaloux de toi, ignoble créature !... je t'ai chassé, vil sacripant, parce que les infâmes tels que toi ne doivent souiller de la vue de leur personne que des femmes tombées au dernier degré de la dépravation humaine !... Je t'ai chassé parce que tu es le plus misérable des hommes... parce que tu appartiens à la bande Foulbert et Sourcque, association d'assassins qui, pour satisfaire leurs passions et voler la fortune d'autrui, plongent d'honnêtes familles dans le deuil et la désolation !

— C'est faux ! hurla Meurt-de-soif en devenant livide.

— Je t'ai chassé, enfin, parce que je te soupçonne d'être Foulbert lui-même, le chef de la bande des Quarante-Cinq.

— Nom d'un tonnerre ! tes paroles vont te rentrer dans le ventre...

Et, par un mouvement terrible, Meurt-de-soif, reculant de quelques pas, tira un couteau caché dans sa ceinture et se précipita sur Joseph avec l'impétuosité de la bête fauve.

Un cri de terreur frappa les airs... mais le couteau du meurtrier avait atteint une autre poitrine que celle de Joseph ; Mercredi venait de tomber baigné dans son sang.

Un mot est nécessaire pour expliquer ce fait.

Nous avons dit plus haut que les musiciens s'étaient accoudés sur l'orchestre pour observer l'étrange scène qui se passait. Mercredi le muet, l'enfant de la halle, avait fait comme ses collègues, car il s'intéressait particulièrement au père Joseph, avec lequel il avait des relations de bonne amitié.

Comme tous les muets, Mercredi possédait les compensations de la nature, ce qui signifie, afin de nous faire mieux comprendre de nos lecteurs, que l'infirmité qui le privait de la parole se trouvait palliée par une perfection plus grande des autres organes. Il avait un regard d'aigle, et, n'étant pas muet de naissance, l'ouïe était surtout très-développée chez lui.

Le jeune musicien comprit donc, plutôt qu'il n'aperçut, le mouvement de Meurt-de-soif cherchant dans sa ceinture.

Alors, franchissant l'orchestre, il s'élança d'un bond dans la salle, croyant arriver à temps pour détourner l'arme du meurtrier.

Pauvre Mercredi !... c'est lui que frappa en pleine poitrine le coup de couteau destiné à Joseph.

Un effrayant spectacle succéda au meurtre.

A la vue du sang qui s'échappait à flots d'une plaie horrible, Lodoïska poussa un rugissement féroce... on avait voulu tuer celui qu'elle aimait !

Laissant Mercredi aux soins du Cagneux, de Jeannette et de la Linotte, qui s'étaient empressés autour du blessé, elle sauta sur Meurt-de-soif, qui cherchait à s'échapper au milieu de la stupéfaction générale, et, crispant ses mains dans la chevelure du meurtrier, elle le terrassa avec une énergie sauvage ; puis, rugissant comme une hyène blessée, elle s'écria d'une voix stridente :

— Le brigand vient de commettre un lâche assassinat !... justice, mes amis, justice !

— Quelle justice ? interrogea le père Vilpain en sortant de sa stupeur.

— La *justice des chiffonniers !* répliqua la balayeuse l'écume sur les lèvres.

— Oui, oui, répéta-t-on de toutes parts, la justice des chiffonniers !

Quelques détails explicatifs mettront de suite nos lecteurs au courant de cette punition, en usage alors dans la corporation de la chiffe.

Un règlement existait parmi les chiffonniers, et s'appliquait surtout dans les grandes réunions. Un article de ce règlement infligeait un châtiment terrible à celui qui employait le couteau ou une arme quelle qu'elle fût, contre un membre de la corporation, eût-il la plus grande injure à venger. C'est cette justice terrible que l'on allait appliquer à Meurt-de-soif.

Lodoïska, fixant avec rage contre le coin d'une table la tête du meurtrier, lui appuya un genou sur la poitrine, et, le menaçant de son poing resté libre :

— Qu'on me passe l'instrument de supplice ! exclama-t-elle.

— Voilà le *ratafia des grenouilles*, répondit le père Wagram en passant un énorme broc plein d'eau, qui servait à rincer les verres, et qui se trouvait placé sur une petite table près de la porte d'entrée.

— A mort ! à mort ! et jusqu'à plus soif ! crièrent tous ces masques.

Mercredi venait de s'évanouir par la perte de son sang.

— Ah ! gueusard ! hurla Lodoïska ; tu assassines les enfants !... Eh bien, je vais t'étouffer comme un scorpion !...

A ces mots, elle appliqua d'une main vigoureuse le broc entre les lèvres du patient, et lui versa de force le liquide dans la bouche.

Joseph regardait cette scène avec stupeur.

— Est-ce la justice des hommes ? se dit-il intérieurement ; ou bien est-ce la justice de Dieu ?

Lodoïska versait toujours le contenu du broc dans la bouche du supplicié. La torture devenait horrible.

Meurt-de-Soif avait déjà absorbé la moitié du liquide ; son ventre et sa poitrine se gonflaient ; ses yeux sortaient de leur orbite ; le sang s'injectait par les yeux et les oreilles.

Lodoïska, impassible, continuait sa terrible noyade en appuyant avec frénésie son genou sur l'estomac de Meurt-de-Soif, dont les membres étaient complétement retournés par l'effet de la souffrance.

Quelques gorgées de plus, et la justice populaire allait être satisfaite.

— Assez, mes amis, cria Joseph, assez !... Montrons-nous moins féroces que cet homme, montrons que nous avons du cœur, nous, laissons le châtiment inachevé ; la leçon lui profitera.

Lodoïska, cédant à l'empire moral exercé par le père Joseph, abandonna sa victime et revint près de Mercredi pâle et défiguré.

Soudain une idée traversa le cerveau de la balayeuse :

— Oh ! je le sauverai ! dit-elle.

Et elle donna l'ordre au garçon d'aller chercher une voiture.

En ce moment, sur le seuil du salon de bal, parut la garde du poste de la barrière Saint-Jacques.

Les soldats de la ligne étaient accompagnés d'un homme vêtu en bourgeois qui, d'un coup d'œil, embrassa ce qui venait de se passer, et tressaillit en reconnaissant Meurt-de-soif.

Il se disposait à désigner les perturbateurs dont il fallait s'emparer, lorsqu'une voix murmura à son oreille :

— L'heure n'est pas venue, monsieur Campel ; bientôt la *musique* (1) les fera tous danser.

Celui qu'on désignait du nom de Campel se retourna et reconnut Biribi, qui se faufilait vivement derrière un groupe de masques.

Alors, s'adressant aux soldats :

— Rentrez au poste, fit-il, mes amis ; ce n'est qu'un chiffonnier qui est ivre-mort.

Les soldats se retirèrent en effet, et Campel avec eux, mais non sans avoir encore échangé un signe d'intelligence avec Plâtras dit Biribi.

La bande carnavalesque exécuta aussitôt l'office que l'avait empêchée d'accomplir l'arrivée de la garde.

Elle jeta Meurt-de-soif derrière l'orchestre, et les musiciens,

(1) Révélation.

malgré l'absence du second violon, donnèrent le signal d'une valse échevelée.

Lodoïska, à qui le garçon venait d'apprendre que la voiture était en bas, prit dans ses bras Mercredi, toujours sans connaissance, descendit l'escalier du *Grand-Vainqueur* avec toutes les précautions d'une mère qui porte son enfant, et déposa le muet dans le véhicule.

— Cocher, cria-t-elle, rue Traversine, hôtel du Berry.

La voiture roula, emportant la Polonaise et la victime de Meurt-de-soif.

Le jour commençait à paraître; le père Joseph s'éloigna à son tour.

— Allons retremper mon âme près de mon enfant chérie, murmura-t-il; la vertu me consolera des débordements du vice.

Et il regagna son domicile.

Dans le salon du *Grand-Vainqueur*, le sabbat et les contorsions redoublaient, accompagnés en fausset par les juruments et les chansons bachiques; une heure après, les convives étaient pour la plupart roulés sous la table, et dormaient au milieu des détritus de cette nuit d'orgie et de débauche.

CHAPITRE IX

DEUX CŒURS D'OR

C'est dans une maison de la rue des Boulangers, presque au coin de la rue des Fossés-Saint-Victor, que demeurait le père Joseph.

Il occupait au quatrième étage, sur la cour, un petit appartement composé de deux pièces et d'une sorte d'appentis servant de cuisine.

Dans ce domicile, tout était d'une propreté extrême et formait, pour ainsi dire, un frappant contraste avec l'état généralement si malpropre de chiffonnier.

La chambre de gauche, qui avait, comme celle de droite, son entrée particulière sur le palier, était la retraite de Joseph; elle se composait d'un lit en noyer, de quelques chaises, d'une armoire et d'une gravure symbolique; car le chiffonnier faisait partie de la grande société franc-maçonnique.

La seconde chambre, séparée de la première par une porte intérieure, respirait un luxe plus coquet : aux ornements simples, que peuvent se donner le travail et la bonne conduite des pauvres, se joignaient les mille petits riens que savent offrir la bonté paternelle unie au dévouement. Ainsi, par exemple, à côté du lit à rideaux blancs de Constance, — car cette seconde chambre était habitée par la fille adoptive du chiffonnier, — on remarquait une commode, quelques images encadrées, un Christ avec du buis bénit, et, à côté d'une table à ouvrage, quelques bouquets de violettes, les premières peut-être du printemps.

C'était le lendemain du bal masqué du *Grand-Vainqueur*. Le père Joseph, qui, vers le matin, était rentré tout doucement pour ne pas réveiller Constance, avait cherché à son tour, dans les bras du sommeil, un repos réparateur.

Dans la plus coquette chambre, deux jeunes filles travaillaient, silencieuses; ces deux jeunes filles avaient de seize à dix-sept ans, l'âge de l'amour et de l'espérance.

L'une, blonde comme les épis de blé, nu-tête, habillée d'une simple robe d'indienne, et douée d'une physionomie douce et franche, brodait un riche bonnet de dentelle; c'était Constance.

L'autre, vêtue d'une robe de bure et la tête recouverte d'un mouchoir noué sous le cou, répondait au nom de Marie; de méchantes langues l'avaient baptisée du surnom de *Bombée*, car la pauvre fille était bossue. Et cependant, malgré cette infirmité, Marie était jolie aussi, mais non pas de la beauté de Constance, dont les traits resplendissaient comme un lever de soleil; la jeune fille à la robe de bure était presque brune, ses traits réguliers semblaient empreints d'une teinte indéfinissable de tristesse.

La Bombée travaillait à réunir ensemble quelques loques, dont elle essayait de former une layette.

Depuis une heure environ que les jeunes filles travaillaient sans mot dire, Constance s'était fréquemment levée pour regarder dans la cour de la maison à travers les carreaux propres d'une fenêtre à tabatière.

La Bombée, — car nous nous servirons désormais de cette appellation pour désigner Marie, — discrète de sa nature, s'était bien aperçue de ce petit manège, mais elle se gardait d'en rien témoigner. Néanmoins, voyant des larmes rouler dans les yeux de Constance, elle rapprocha subitement sa chaise de celle de la brodeuse.

— Constance, tu as du chagrin? fit-elle de sa voix la plus sympathique.

— Non, je t'assure, répondit vivement cette dernière en essayant de sourire.

— Alors, tu es contrariée; tu attends quelqu'un qui ne vient pas... Ah! tu rougis; j'ai deviné!

— Silence! si mon père t'entendait!

— Eh bien, c'est cela, parlons bas... Là, maintenant que nos chaises se touchent, confie-moi ton secret; tu sais que ta sœur a droit de partager tes peines, puisque déjà tu partages avec elle toutes tes joies...

— Bonne Marie!...

— Oh! appelle-moi Bombée, si tu veux... ce nom ne me froisse pas de ta part...

— Pas de méchanceté, mademoiselle, ou je ne vous apprends rien.

— Je me tais; je suis Marie, ta petite Marie, la chiffonnière de la rue des Postes... Mais quel est son nom?

— De qui?

— Encore des cachotteries!... c'est mal, d'être si défiante avec une amie!

— Eh bien, je vais tout t'apprendre...

— A la bonne heure!

— Imagine-toi... Oh! mais ne parle de rien à mon père, ça lui ferait trop de peine... Imagine-toi que l'autre jour, en allant reporter de l'ouvrage à la Chaussée-d'Antin, chez la fille d'un banquier, j'ai vu un jeune homme... j'ai causé avec lui... Il avait un langage si doux... il était si beau, que devant un regard bienveillant qu'il jeta sur moi, je baissai la tête, et...

— Tu sentis battre ton cœur...

— Je crois que oui...

— Sais-tu son nom?

— Il s'appelle Gaston; il est connu de M. Marville, le banquier, dont la fille me donne de l'ouvrage...

— Et c'est à la suite de cette entrevue que l'affection a envahi ton cœur?...

— Ce n'est pas de ma faute, va, Marie!... Plus j'ai voulu chasser son image, plus elle s'est présentée à moi...

— Prends garde, c'est un homme du monde; tu ne le reverras peut-être jamais...

— Oh! je suis bien sûre du contraire...

— Il t'a dit qu'il viendrait?

— Non.

— Alors, il est déjà venu ici?

— Pas davantage.

— Je n'y comprends rien, absolument rien.

— Hier, reprit Constance, dont la figure rayonnait, je revenais de faire mes petites provisions à la place Maubert; en tournant la rue des Fossés-Saint-Victor, j'aperçois un beau monsieur qui regardait attentivement notre maison... Je sens aussitôt, et vraiment j'ignore à quel propos, le rouge me monter au front... j'avais comme une palpitation de cœur... Enfin, je m'approche et je reconnais qui?... lui!...

— Il courut à ta rencontre?...

— Oui... et après m'avoir dit qu'il m'aimerait toujours, il m'a ôté respectueusement son chapeau, a examiné encore le numéro de la maison et s'est éloigné en m'adressant un doux sourire... Tu vois bien, Marie, tu vois bien que je puis être certaine que Gaston reviendra!

— Comme tu l'aimes déjà!... Constance, veux-tu écouter le conseil d'une amie?... Eh bien, ne reçois pas ce jeune homme, ou du moins préviens père Joseph. L'amour, ma chère petite sœur, ça perd trop vite les jeunes filles quand elles ne s'en méfient pas... on me l'a dit, du moins, se hâta d'ajouter la Bombée.

— Ah! par exemple, mademoiselle, je vous trouve bien hardie de me sermoner de la sorte, reprit Constance avec un charmant sourire. Si on t'empêchait d'aimer ton Mercredi, toi, est-ce que tu obéirais?...

La Bombée, à son tour, devint rayonnante.

— Oh! non, fit-elle. Après tout, n'est-ce pas l'amour qui nous relève à nos propres yeux, nous autres enfants de la misère!...

— Il faut que je t'embrasse pour cette bonne parole... Oh! je suis bien contente de te connaître, reprit Constance après avoir serré la bossue contre son cœur; père Joseph a eu raison de me dire : « Fais-t'en une amie; elle est honnête, elle a une belle âme... »

— Dame! il faut bien que mon âme soit belle, puisque mon pauvre corps est si mal bâti!...

— Ce qui n'empêche pas Mercredi de t'adorer; mais, à propos, depuis six mois au moins que nous nous connaissons, tu ne m'as pas encore raconté comment t'était venu cet... amour. J'ai été franche avec toi, Marie; à ton tour de me confier ton secret.

— Oh! l'histoire est bien simple, va! écoute. Orpheline dès mon enfance, ma vie s'est écoulée un peu dans tous les coins du domaine de la pauvreté. Secourue par les uns, rudoyée par les autres, je me demandais si je n'avais pas droit à une petite part de bonheur en ce monde...

— Tu n'avais pas un père Joseph pour te chérir; pourtant, tu en étais digne, Marie!

— Que veux-tu! on ne peut s'opposer aux desseins de la Providence!... Sans instruction, n'ayant que ma hotte et mon crochet pour vivre, — seul héritage laissé par mes parents, — j'allais au jour le jour, demeurant rue du Clos-Bruneau, chez la mère Nasse, qui m'accablait d'injures quand je ne payais pas régulièrement le prix de ma misérable chambrette... Ennuyée, découragée, je tombai malade; on me porta à l'hôpital...

— Oh! c'est affreux!

— Lorsque j'en sortis, je dus travailler de nouveau pour vivre; cependant j'étais si faible, que je pouvais à peine marcher...

— Personne ne te vint donc en aide?...

— Dans notre métier, chacun n'a que bien juste de quoi acheter un morceau de pain... Un soir que je chiffonnais dans la rue Dauphine, mes jambes refusèrent de me porter... je n'avais pas mangé depuis vingt-quatre heures... Je tombai évanouie contre une borne de la rue... Lorsque je revins à moi, je me trouvai soutenue par un jeune homme, que je reconnus pour un musicien ambulant au violon qu'il tenait sous son bras... Ce jeune homme c'était Mercredi, qui sortait d'un café où il avait fait de la musique pour gagner son existence, car il appartenait à la grande famille des déshérités, lui aussi!... Sans prononcer une parole, car il était muet, Mercredi me fit entrer dans une crèmerie encore ouverte... Là, je sentis renaître mes forces épuisées.

— Brave jeune homme!

— Aussitôt que je pus marcher, Mercredi me demanda si j'avais un domicile... Sur ma réponse négative, il me conduisit

Pardon, mademoiselle, dit-il, de me présenter aussi brusquement devant vous...

chez la vieille Madeleine, sa mère... J'y restai quelque temps. Oh! si tu savais comme ils eurent soin de moi, tous deux! Pain, argent, amitié, rien ne me manqua pendant ma longue convalescence... Mais il fallait éviter les cancans des mauvaises langues, car notre affection était pure comme le souffle de Dieu. Je louai une mansarde dans la rue des Postes, et Mercredi vint chaque matin me demander si j'étais heureuse et si je l'aimerais toujours...

— C'est alors que tu fis connaissance avec père Joseph?...

— Qui m'amena près de ma chère Constance... Oh! maintenant, je ne changerais pas mon sort contre celui de tous les riches de la terre... J'aime purement et saintement Mercredi, qui me le rend bien; je possède l'affection d'une sœur, qui m'a appris et m'apprend chaque jour un peu des belles choses dont on lui a orné l'esprit...

— A l'école mutuelle, le pensionnat des pauvres gens...

— Je fais le triage, dans ma hotte, des morceaux d'étoffe encore propres, et j'en bâtis des layettes et autres vêtements pour les enfants de ceux qui souffrent encore plus que moi...

— Et voilà comment le vrai bonheur est celui qu'on se crée soi-même!... fit un homme vêtu d'une veste et d'un pantalon râpés, mais sans aucune tache.

Le père Joseph, réveillé par le bourdonnement que produisait la conversation à mi-voix des jeunes filles, s'était levé et venait d'entrer dans la chambre.

Constance lui sauta au cou et l'embrassa avec effusion; la Bombée lui serra la main.

Soudain, le chiffonnier changea de physionomie en apercevant l'air joyeux de la bossue.

— Mais, elle ne sait donc rien? demanda-t-il tout bas à Constance.

— Quoi donc, père?

— Cette nuit... au bal... Mercredi...

— Vous parlez de Mercredi? interrogea la Bombée en rougissant, car elle avait entendu ce nom... Vous semblez triste... Qu'est-il arrivé?... Vous ne répondez pas... ah! un accident, peut-être!

— Non, non, calme-toi, Marie, ce n'est rien.

Mais la jeune fille avait compris; le cœur a ses intuitions.

— Je veux tout savoir! exclama-t-elle en s'accrochant aux bras du père Joseph.

— Allons, allons, tête folle, calmons-nous!... une égratignure... Encore une fois, ce n'est rien...

— Oh! vous me faites mourir!... Parlez, parlez, je vous en supplie! fit la Bombée avec l'accent de la prière.

Constance regardait, en proie à une poignante angoisse.

— Ah! ma foi, tant pis! murmura Joseph; je n'ose pas lui apprendre...

Mais la Bombée ne perdit pas de temps, persuadée qu'on lui cachait un malheur.

— Adieu, adieu! balbutia-t-elle; j'aurai le courage de tout connaître par moi-même...

Et, pâle comme un suaire, elle sortit, descendit quatre à quatre les degrés de la maison, et se dirigea vers la rue des Noyers, où demeuraient Mercredi et la vieille Madeleine.

Lorsqu'elle fut partie sans qu'il eût eu seulement la pensée de l'arrêter, Joseph raconta à sa fille le meurtre arrivé au bal nocturne du *Grand-Vainqueur*.

— Mon père, s'écria Constance, partez bien vite, il le faut! A la fatale nouvelle, le cœur de Marie va se briser... Un soutien moral lui est nécessaire en cette circonstance... partez!...

— J'avais pourtant bien des choses à te dire...

— Plus tard... chaque minute perdue peut causer une souffrance de plus à Marie.

— Je voulais te reprocher ton manque de confiance en moi, fillette... tu aimais sans m'en faire part.

Constance vit bien que le père Joseph avait entendu sa conversation avec la Bombée.

— Je vous expliquerai tout à votre retour... Partez, encore une fois, ou je cours moi-même consoler mon amie... Surtout, n'ayez aucune mauvaise pensée en route, mon père... rappelez-vous que votre enfant est honnête, et que toujours elle restera digne de votre dévouement.

— Allons, je suis rassuré... merci et au revoir, fillette.

Joseph embrassa Constance, prit son chapeau, et sortit aussi vite que le lui permettaient ses jambes de cinquante ans.

Au moment où il fermait la porte, la jeune fille aperçut une larme rouler dans les yeux du chiffonnier.

— Oh! oui, répéta-t-elle, je resterai honnête... car je serais infâme de causer à ce bon père l'ombre même d'un chagrin.

Joseph avait entendu, la nuit précédente, Lodoïska crier au cocher de la voiture qu'elle avait fait demander : « Rue Traver-

Mais le chef des Quarante-Cinq appesantit rudement sa poigne de fer sur Constance.

sine, hôtel du Berry. » Mais, comme il avait omis de prévenir la Bombée de cet incident, il gagna d'abord le domicile de cette dernière; ne la trouvant pas, il rebroussa chemin vers la rue Traversine.

Restée seule, Constance reprit son travail; mais elle était dévorée d'une inquiétude mortelle, que ne dissipa même point la pensée de celui qu'elle aimait. Enfin, ne pouvant plus tenir en place, elle ouvrit la fenêtre, car l'air lui manquait, et jeta un coup d'œil au dehors, dans la cour de la maison.

Un cri s'échappa de sa poitrine.

— Cet homme! encore cet homme! exclama-t-elle avec terreur.

C'était Meurt-de-soif qu'elle avait aperçu, Meurt-de-soif qui désignait sa fenêtre à deux individus à face aussi sinistre que la sienne.

— Oh! non, non, balbutia Constance, je ne veux pas qu'il vienne!... sa présence m'inspire le dégoût et l'horreur... Et mon père n'est pas là pour le chasser encore!...

Quittant la fenêtre, elle voulut se précipiter vers la porte afin de se réfugier chez une voisine.

Un jeune homme était sur cette porte, un beau jeune homme de vingt ans, qui regardait la jeune fille avec le sourire rayonnant de l'amour : c'était Gaston Mirebeau.

A son aspect, l'amie de la Bombée s'arrêta soudain; elle rou-

git, chancela, et fut forcée de s'appuyer sur une chaise pour ne pas tomber.

— Ah! je savais bien qu'il viendrait! murmura-t-elle en répondant à son espérance intime.

Gaston s'avança avec cette politesse exquise qui distingue les hommes du monde, auxquels le scepticisme du siècle n'a pas enlevé le sentiment de la dignité humaine.

— Pardon, mademoiselle, dit-il, de me présenter aussi brusquement devant vous... mais les sentiments de l'âme excusent bien des témérités. Et puis, ce n'est pas la première fois que j'ai le bonheur de causer avec vous...

— Oui, oui, je me rappelle, fit vivement Constance; mais ce n'est pas un motif suffisant pour venir ici sans ma permission... ou, au moins, sans celle de mon père!...

En prononçant ces derniers mots, échappés à la naïveté d'une âme pure, Constance devint rouge comme une cerise.

— Depuis cette heureuse rencontre, reprit Gaston d'une voix plus affermie, votre image est restée gravée dans mon cœur... Tenez, je vais être franc avec vous, mademoiselle... Vous êtes jolie, spirituelle, et vous paraissez avoir un cœur d'or. Votre position, plus que modeste, n'est donc pas en harmonie avec toutes ces brillantes qualités. Ce ne sont pas les lambris d'une mansarde qui conviennent à votre nature, mais bien les plus brillants salons de la société parisienne ; aussi voudrais-je vous être utile, et...

— N'achevez pas, monsieur, j'ai compris... interrompit Constance avec le tact des femmes vertueuses. Mon père adoptif et moi nous gagnons amplement de quoi satisfaire à nos goûts modestes...

Les sanglots, montant à la gorge de Constance, l'empêchèrent d'achever.

Gaston la regarda, et il comprit, au langage plein de dignité de la jeune fille, qu'il s'était trompé en essayant de ternir par une question de séduction mondaine une auréole pure et vierge encore de tout contact des passions.

Alors il changea complétement de façon d'être. Se laissant dominer par l'affection que lui avait inspirée Constance, il se montra franc et sincère, sollicita un pardon qui lui fut accordé sans peine, fut tour à tour tendre, passionné, sans sortir des bornes du plus strict honneur, et, lorsque les jeunes gens se séparèrent, leurs cœurs, attirés par l'aimant de la sympathie, battaient à l'unisson et chantaient sur les modulations les plus vibrantes un splendide hymne d'amour.

— Constance, me permettez-vous de revenir ? demanda le jeune homme.

La jeune fille inclina silencieusement la tête, mais il y avait tout un monde dans cette muette réponse.

En descendant l'escalier, Gaston ressentait un bien-être, éprouvait une transfiguration que peuvent seuls comprendre les amoureux à la suite d'un premier aveu. Cependant, une réflexion venait de traverser son esprit.

— Ce Joseph n'est pas son père, se disait-il ; elle s'appelle Constance Laurier... Laurier !... c'est étrange !... Après tout, ce nom-là ou un autre, peu m'importe !... Ce que je sais, c'est qu'elle est belle et que je l'aime !...

Au détour de la porte de la rue, Gaston se croisa avec une jeune femme, qui se mit à le regarder sans qu'il y prît seulement garde : cette femme n'était autre que Louisette, la camériste d'Amélie Marville.

— Tiens, se dit-elle en ouvrant de grands yeux, M. Gaston dans la rue des Boulangers, et sortant de cette maison !... Est-ce que par hasard il courtiserait la brodeuse de mademoiselle?... Je ne suis pas curieuse, mais je tâcherai de savoir.

Et pendant que le pupille du banquier regagnait son appartement de la rue du Helder, Louisette montait chez Constance pour lui remettre de l'ouvrage pressé de la part de mademoiselle Amélie Marville.

CHAPITRE X.

L'ASSOCIATION DES QUARANTE-CINQ

Les chiffonniers vivent généralement par bandes, car ils aiment la société ; aussitôt qu'ils ont trouvé un endroit qui semble convenir à leur nature, ils se donnent le mot d'ordre, ils arrivent — les uns après les autres — au rendez-vous, où ils finissent par former ce qu'ils nomment eux-mêmes : *un camp, une colonie.*

C'est ce qui avait eu lieu pour la maison de la mère Nasse, rue du Clos-Bruneau.

Du dehors, cette maison paraissait grandiose ; les membres de la corporation de la chiffe y trouvaient un abri sûr moyennant une redevance minime, impérieusement exigée toutefois.

Mais l'intérieur, tant aimé des hôtes qui l'habitaient, eût désillusionné quiconque eût tenu à posséder la plus légère partie de ce qu'on nomme vulgairement un mobilier.

A chaque étage, en effet, — et il y en avait quatre, — ce n'étaient que vastes chambres, dont les uniques ornements se composaient de lits en bois, sans dossiers, et sur lesquels un mauvais matelas recevait les dormeurs qui, sans ôter leurs habillements, demandaient au sommeil un repos réparateur.

La mère Nasse était une femme de soixante ans environ ; assise dans son antique fauteuil, au milieu de son bureau, situé au rez-de-chaussée, et ayant vue sur la cour principale du bâtiment par un vitrage d'une propreté douteuse, la logeuse, coiffée d'un bonnet à barbes, avait pour unique occupation de recevoir l'argent de ses locataires et de veiller à ce qu'ils n'échappassent point à son contrôle monétaire. Si parfois elle quittait sa *loge*, c'était pour inspecter ses *divisions*, nom donné aux chambrées par feu le père Nasse, ancien militaire, mort des suites de la goutte, et laissant sa veuve inconsolable continuer son petit commerce.

Quelquefois la mère Nasse, oubliant sa colonie de chiffonniers, se rendait dans une seconde partie de son bâtiment, réservée à l'immense industrie de la fabrication des marionnettes mécaniques ; mais, quoique cette fabrication de *fantoccini* du Clos-Bruneau ait obtenu une réputation européenne, nous ne nous arrêterons pas à décrire les détails qui la concernent ; les exigences de notre action dramatique nous réclament.

Que nos lecteurs veuillent donc bien nous suivre dans une chambrée située au quatrième étage du bâtiment de la mère Nasse.

Il était dix heures du soir, moment auquel se lèvent les chiffonniers pour commencer la tournée de la hotte.

Parmi eux, on remarquait quelques-unes de nos connaissances du bal du *Grand-Vainqueur*.

D'abord Vilpain, l'homme à l'absinthe, qui se préparait, avant de *chiffonner*, à se rendre au *Grand-Comptoir*, cabaret de la place Maubert, pour absorber un *poisson* de sa liqueur favorite, sous prétexte de *tuer le ver*. Puis le père Wagram, ce vieux soldat, toujours chantant un refrain glorieux de l'immortel Béranger.

Et le Cagneux, dont le premier soin était, à son réveil nocturne, d'aller souhaiter le bonjour à sa Linotte chérie.

C'était une étrange nature que notre infirme, qui possédait la tête de Quasimodo et les jambes de Tortillard. Pendant longtemps, il avait cherché un être qui voulût bien s'attacher à lui. Repoussé d'abord de tout le monde, un soir qu'il s'en retournait pleurant à sa chambrée, il rencontra la Linotte, qui lui demanda la cause de son chagrin. La Linotte était malheureuse elle-même, car elle se trouvait au ban de la société ; mais entre cœurs froissés on se comprend vite, et, à dater de ce moment, contraste bizarre, la vierge folle éprouva une passion attractive pour le Cagneux.

Un jour, ce dernier fut saisi d'une idée baroque. En se promenant dans la campagne, il remarqua, près Créteil, sur les bords de la Marne, un emplacement qui paraissait n'appartenir à personne. C'était un morceau de terrain sablonneux dont il était impossible de tirer profit.

— Tiens, se dit-il, puisque j'ai envie de retirer ma Linotte de la *Cachette à mon oncle*, pourquoi donc que je ne l'y bâtirais pas une bicoque près de c'te rivière jaunâtre, mais enchanteresse ?

Dès lors, il se mit à ramasser les grosses pierres et les morceaux de zinc et de fer-blanc qu'il trouva sur son chemin.

Les pierres étaient pour bâtir la maisonnette, le zinc et le fer-blanc pour la couvrir. Il fit part de son dessein à sa bien-aimée, et, chaque dimanche, ils allèrent ensemble porter à Créteil les matériaux de leur future demeure.

Mais, revenons à notre récit.

Le Cagneux sorti, on pouvait croire la chambrée vide, à en juger par le silence qui y régnait, lorsqu'une tête se souleva ; c'était Meurt-de-soif, jetant autour de lui un regard fauve. Il était vêtu d'une blouse et coiffé d'une casquette, le tout en piteux état.

— Bon ! grommela-t-il, les inutiles sont partis... A la besogne, maintenant !... faut que je travaille aussi, moi !

Et, se laissant glisser du lit, il alla prendre sur la cheminée une chandelle qui s'y trouvait, et, la plaçant devant lui, il fit entendre en sourdine le cri de l'orfraie.

Trois chiffonniers quittèrent leur couche et s'assirent près du chef de la bande.

C'étaient Biribi, Broutechoux et le Grinche. Presque aussitôt la porte de la chambrée s'ouvrit, et Fouilloux entra.

Fouilloux était un homme qui, par sa position sociale, avait de nombreuses relations avec les bourgeois de Paris, et, par conséquent, pouvait savoir bien des choses nécessaires à la bande dont il faisait partie. Il était fabricant d'asticots, et avait loué dans le haut du bâtiment de la mère Nasse, une mansarde dont personne ne se souciait, parce qu'elle était, à cause des crevasses du toit, exposée aux intempéries des saisons.

C'est là que se trouvait son laboratoire. Comprenant que les asticots sont nécessaires aux oisifs qui se livrent aux délices de la pêche à la ligne, Fouilloux mettait macérer, dans sa mansarde, les débris d'animaux de toutes sortes. Quand ils étaient en putréfaction, les vers s'y incrustaient aussitôt ; Fouilloux alors les recueillait et les vendait aux pêcheurs, qu'il avait soin de questionner adroitement sur les affaires du jour.

Après Fouilloux entra Chicarpion, le chiffonnier qui se trompait au point de prendre des marchandises aux étalages croyant piquer une loque avec son crochet, et qui couchait dans les carrières environnant Paris, afin d'entretenir des relations suivies avec les hommes les plus vils de la société.

Tour à tour entrèrent aussi : la Jeannette, intermédiaire secret entre les voleurs et les recéleurs ; le père la Flûte, buvant le jour en mendiant sa boisson, et couchant la nuit sous les ponts avec les *ravageurs*, dont la profession consistait, ainsi que l'indique l'étymologie de leur nom, à *ravager* tout ce qu'ils trouvaient sur le bord des rivières, et, parfois aussi, sur la voie publique.

Les personnages que nous venons de voir s'assirent silencieusement aux côtés de Meurt-de-soif en formant un cercle resserré, mais en ayant soin de mimer un signe de reconnaissance, pour s'éviter une brusque interpellation de celui qui paraissait le chef d'une bande secrètement organisée.

La demie de dix heures sonna à l'église Saint-Nicolas du Chardonnet.

Meurt-de-soif fit un geste d'impatience.

— L'associé ne vient pas! grommela-t-il; est-ce que Fifi serait *pommé marron et pincerait de la guitare* (1)?

— Y a pas de danger, il est trop *mariole!* riposta Fouilloux.

— Gueux de Fifi, va! il est cause que le temps nous mange!

— Qu'est-ce qui dit du mal de Fifi! exclama une poitrine brûlée par les excès alcooliques.

Et le personnage qu'on attendait entra sur la pointe du pied.

De tous ceux qui se trouvaient réunis, ce dernier type était le plus ignoble; sa figure inspirait le dégoût par la contraction vicieuse de ses lignes. Fifi, homme de trente-cinq ans à peine, en paraissait cinquante. De petite taille, il était vêtu d'un pantalon de toile déchiré çà et là, d'une redingote usée jusqu'à la corde, trop courte des manches et rapiécée de morceaux de couleurs différentes. Sa tête était couverte d'un mouchoir, ses oreilles ornées de boucles d'argent. En apparence, Fifi exerçait le métier de débardeur sur le canal Saint-Martin; nous verrons tout à l'heure quel était son plus productif métier.

A sa vue, les hôtes de la chambrée se levèrent, saluèrent avec respect et s'accroupirent de nouveau autour de Meurt-de-soif.

Le cercle se resserra; la conversation reprit à voix basse.

— Mes enfants, dit Meurt-de-soif, je n'ai pas besoin de vous rappeler le but de notre association; la circonstance dans laquelle nous nous sommes connus nous lie par un serment plus fort que ceux qui sont jurés ordinairement sur des poignards.

— Y a pas besoin de tant de phrases, riposta Fouilloux; on peut ben avouer que nous nous sommes rencontrés dans la rue Traversine, une rue ousqu'on refroidit un humain en plein jour sans que personne ose le secourir!... Nous avons fait la besogne ensemble; depuis, nous partageons les bénéfices du métier... y a pas d'offense!...

— Quand t'auras fini, tu m'en feras part?...

— Je casse ma langue!

— Depuis un an nous exploitons rondement les quartiers de Paris; je me suis associé avec Sourcque dit Fifi, qu'est un lapin d'aplomb... Vous êtes nos lieutenants, chargés de recueillir les bonnes nouvelles, dont nous profitons tous, et de diriger les quarante-cinq braves qui sont des nôtres...

— A preuve que nous nous nommons l'association des Quarante-Cinq! goguenarda Broutechoux.

— On ne te demande pas ton avis, à toi, qui prélèves d'abord une part avant d'apporter le butin à la masse...

— C'est pas vrai!

— *Motus!* ou je t'arrache la *menteuse.*

Broutechoux baissa la tête en marque de soumission.

— Camarades, reprit Meurt-de-soif, au moment où de graves expéditions se préparent, afin de vous remonter la moralisation, je dois vous apprendre la cause qui m'a lancé dans le chemin de la nivellation des fortunes sociales, c'est-à-dire à partager, nous qui ne possédons rien, avec ceux qui possèdent trop...

— La chose est fameusement juste, affirma Chicarpion. Pourquoi que la Providence n'a pas fait nos parents riches?... Les hommes se valent pour l'argent...

— Vous m'avez pris jusqu'à cette heure pour un assassin vulgaire; vous vous êtes trompés... Je suis pas un assassin, je suis un philosophe... un philosophe qu'a eu des malheurs...

— Ah! oui, interrompit Plâtras-Biribi; on t'a creusé des lettres en haut du dos avec un fer rouge... avant d'entrer au bagne, il y a dix ans.

— Qu'en sais-tu? interrogea vivement Meurt-de-soif, dont les yeux s'enflammèrent de colère... T'en as menti! tiens, regarde...

Et il découvrit son épaule, nette en effet de toute marque infamante.

— Oh! je supposais, v'là tout!... balbutia Biribi.

— Garde tes suppositions pour le cas où tu entrerais dans l'affiliation de la *mouche,* langue de vipère.

Biribi échangea un regard oblique avec Broutechoux et obéit à son chef de file, en rentrant dans un mutisme complet.

— Non, camarades, je ne suis pas un buveur de sang!... Je maltraite parfois un tant soit peu les humains, possible; mais

c'est parce que je trouve la société mal faite et que je voudrais la redresse... Ma théorie, à moi, consiste à épargner aux victimes un supplice inutile; je n'égorge pas, allons donc! c'est malpropre! seulement, je serre le sifflet, je ferme le corridor, et cela sans répandre le rouge... Osez donc dire, après ça, que les juges des assises ne sont pas plus cruels que moi, eux qui envoient les condamnés à l'*Abbaye de Monte-à-Regret,* où l'on tranche la circulation d'un homme égaré avec effusion de sang!...

— Il a raison, mon associé Foulbert, affirma Sourcque; d'autant plus que j'agis de la même façon. En ma qualité de chef des noyeurs du canal Saint-Martin, je flanque élégamment le promeneur à l'eau; puis je le retire quand il est *claqué,* et, portant son cadavre à la municipalité, je gagne pour l'association la prime de sauvetage, qui est de quinze balles, et tout ça aussi sans la moindre sanguinolence.

— Du reste, pour la *rousse,* reprit Meurt-de-soif, nous sommes de braves gens qui vivent de leurs métiers de chiffonnier et de débardeur, et je défie bien la *raille* de deviner nos allures secrètes... à moins que des *moutons* se chargent de *faire de la musique.*

En prononçant ces derniers mots, faisant allusion aux mouchards qui pourraient se glisser parmi les membres de la bande, le hideux chiffonnier regarda Biribi et Broutechoux.

Ceux-ci demeurèrent impassibles.

— Et maintenant, reprit-il, récapitulons ce qui s'est passé depuis notre dernière assemblée. Les Quarante-Cinq font-ils leur devoir?

— A merveille! répondirent les lieutenants du crime.

— Rien n'a-t-il transpiré sur l'échauffourée de la rue Basse-du-Rempart?

— Y a pas de danger! ricana Fifi; y aurait trop de pantins influents compromis au bureau des mœurs... on ne recherchera pas les complices dans la bande Foulbert et Sourcque; ces complices-là seraient trop dangereux par leurs révélations.

— Le poste de la rue du Chantre est-il toujours solide?

— Oui; on y joue, on y boit toute la nuit comme de braves gens... surveillés par le *quart-d'œil,* c'est vrai, mais enfin on y peut *jaspiner* de ses petites affaires!... Oh! c'est un fameux, le cabaret de *la Gerbe de blé!*

— Père la Flûte, qu'ont récolté les *ravageurs?*

— Trois portefeuilles bourrés de papiers, et six *toquantes* trouvées dans la poche des promeneurs nocturnes. V'là les épaves.

— Quel est l'esprit de tes acolytes?

— Ils seront prêts au premier signal à une attaque à main armée.

— Bien. Et toi, la Jeannette, quel produit as-tu tiré des objets que tu étais chargée de vendre aux recéleurs?

— Les recéleurs m'ont donné six cents *balles...* Comptez-les, je n'en ai pas gardé un denier.

La femme au madras et aux yeux rouges déposa entre les mains de Meurt-de-soif un vieux bas de laine, dans lequel il trouva, en effet, la somme intacte.

Tour à tour Foulbert demanda des comptes à Fouilloux, à Chicarpion, et même à Sourcque, qui s'empressèrent de sortir de leurs poches le produit des vols ou des noyades; ce produit fut partagé entre les lieutenants chargés de distribuer les parts aux Quarante-Cinq.

Si nos lecteurs doutaient des faits que nous avançons, et qui se passaient en 1842, ils n'auront qu'à consulter les annales judiciaires de cette époque; ils y trouveront, en effet, que des bandes d'assassins et de noyeurs jetaient l'épouvante dans Paris; ils apprendront, en outre, que ces bandes exerçaient des représailles contre les magistrats, auxquels elles ne reconnaissaient pas le droit de punir les crimes qui n'étaient toujours, à leur point de vue, que la réparation des torts de la société envers les déshérités de la fortune.

Mais continuons.

Biribi et Broutechoux, interrogés, répondirent n'avoir rien à mettre à la masse. Ils prétendaient avoir été malheureux dans leurs expéditions.

A peine leur réponse fut-elle formulée, que Meurt-de-soif, feignant de ramasser sa casquette qui était tombée derrière Fifi, dit à son associé à mi-voix:

— Méfions-nous, ces deux-là sont des traîtres!...

Puis, se redressant avec énergie:

— Vous n'avez pas eu de chance, mes chéris, railla-t-il; mais, croyez-moi, ne m'interrogez plus si souvent sur les projets que je cherche à mettre à exécution, sinon je vous regarderais comme des *amocheurs,* et je vous ferais faire connaissance avec mes *poseurs de cachets,* des gaillards solides, qui appliquent sans façon le talon de leur botte, en signe d'amitié, sur la frimousse des *moutons*.

Biribi et Broutechoux se défendirent d'une telle accusation ; mais Foulbert et Sourcque étaient fixés sur leur compte.

Après une discussion orageuse au sujet de l'espionnage des deux membres de l'association, discussion qui menaçait de se terminer par une batterie générale, Sourcque se leva et frappant sur son chapeau, ce qui était son mouvement familier dans ses accès de colère :

— Décampez, et plus vite que ça ! cria-t-il aux suspects. Aujourd'hui on veut bien ne pas pousser plus loin l'inspection... Mais si, à la prochaine occase, vous ne vous êtes pas montrés de vrais *partageux*, c'est moi qui me charge de la contredanse !... Allez !...

Ceux qu'on avait surnommés les *amocheurs* connaissaient trop Fifi pour s'exposer à un second avertissement de sa part, car Fifi ne pratiquait pas toujours, quoiqu'il l'ait avoué, la théorie de Meurt-de-soif concernant l'effusion du sang, et faisait au contraire suivre fort souvent sa parole d'un coup de *surin*, le seul argument qu'il trouvât plausible lorsqu'il était en face d'une difficulté à vaincre.

Biribi et Broutechoux sortirent de la chambrée en riant sous cape.

Aussitôt qu'ils eurent disparu et qu'on se fut assuré qu'ils n'écoutaient pas à la porte, le calme se rétablit parmi les chefs et les lieutenants principaux de l'association des Quarante-Cinq.

— Les enfants, le temps presse, dépêchons-nous d'agir, s'écria Meurt-de-soif sans autre préambule. J'ai un amour au cœur, et comme j'ai l'habitude de contenter toutes mes volontés, quand elles n'entravent en rien la marche de nos affaires, il faut que vous m'aidiez à réaliser ma fantaisie.

— Ça va, dit Sourcque ; *aboule* le nom de l'héroïne.

— Vous connaissez tous le père Joseph ?

— Le *biffin* de la rue des Boulangers ? demanda une voix.

— Lui-même. Le père Joseph a une fille ravissante... c'est elle que j'aime.

— Il faut l'enlever, dit la Jeannette ; moi, je connais que ça ; quand on veut qu'une *menesse* vous adore, on l'enlève d'assaut.

— C'est à quoi je pensais en allant l'autre jour, avec deux bons *zigs*, dans la cour de sa cassine, sous prétexte de louer un logement... mais en réalité pour apercevoir la dulcinée.

— Ordonne, on t'obéira, fit Chicarpion ; mes subalternes sont prêts à tout pour toi, quand même y aurait rien à glaner.

— Merci ; demain j'aviserai à cet égard.

— Eh ! dis donc, vieux, riposta de nouveau la Jeannette, où donc que tu la mettras, ta colombe ?... c'est pas ici, je suppose ?

— Non ; je connais, près Paris, un petit local abandonné qui fera bien mon affaire... Mais causons d'autre chose, enfants, y a deux bons coups de filet à jeter.

Une exclamation de joie retentit ; enfin, on voyait poindre des profits à l'horizon.

— De quelle partie de la bande as-tu besoin ? demanda Fifi.

— De tous les hommes hardis et de bonne volonté.

— Où se trouvent les pigeons à plumer ?

— D'abord, il y a le procureur du roi, M. de Jumiéges, rue de Varennes...

— Connu ! suffici ! acheva le Grinche.

— J'ai une vieille dent contre lui ; je veux savoir si son argenterie a le poids.

— Bon !... Et l'autre pigeon, où perche-t-il ?

— A la barrière des Deux-Moulins, tout près d'Ivry. C'est un *birbe* qui se nomme Verneuil ; il est *calé*... il faut que sa bicoque et ses chiffons de la Banque passent dans nos griffes.

— A quand le rendez-vous ? interpella Fouilloux.

Meurt-de-soif allait répondre, quand la porte s'ouvrit, cette fois avec fracas, et la mère Nasse parut, la figure empourprée d'indignation.

Tous les chefs de l'association des Quarante-Cinq se levèrent instantanément.

— Ah çà ! vous moquez-vous du monde ! s'écria la logeuse ; prenez-vous ma maison pour un club de bavards !... Allons, décampez au galop ; à cette heure, les chambrées doivent être vides... Je ne veux pas que la ronde de police me fasse un procès-verbal pour souffrir des rassemblements.

A ces mots, chacun s'éclipsa, accompagné encore des grognements et des éclats de mécontentement de la logeuse, qui ne se doutait nullement de l'importance du conciliabule tenu dans son hôtel.

Arrivés dans la rue du Clos-Bruneau, mal éclairée par des réverbères, — car le gaz n'avait pas encore pénétré à cette époque dans le faubourg Saint-Marcel, — les complices se dispersèrent par des chemins différents, non sans s'être donné un dernier point de rendez-vous pour arrêter le plan définitif de leurs desseins criminels.

Aucun d'eux ne s'aperçut cependant que Biribi-Plâtras, caché derrière la cloison qui séparait la chambrée d'un autre dortoir commun, avait entendu toute leur conversation.

CHAPITRE XI

UN PIÈGE

Quelque temps après son premier entretien d'amour avec Constance, et quelques visites, que la charmante enfant n'avait pas encore avouées au père Joseph, Gaston causait, avec un lion du jour, dans le salon de son petit appartement de la rue du Helder.

Le compagnon de causerie, homme d'environ trente ans, se nommait Pierre Laplace. Gaston avait fait sa connaissance sur le boulevard des Italiens et à Tortoni. Toutefois, nous devons dire qu'il n'éprouvait pas, pour ce camarade de hasard, la sympathie que semblait rechercher *le lion* désœuvré. Il le subissait par convenance sociale, il le recevait pour n'être pas impoli, mais son absence ne lui inspirait nul regret.

Laplace, qui, dans les cercles, ajoutait parfois une particule devant son nom pour gonfler sa personne, était une nullité de la fashion pimpante et musquée. Paresseux par nature, sans esprit et sans cœur, mais surtout haineux par tempérament, il n'avait jamais voulu occuper d'emploi, sous prétexte que la jeunesse était faite pour jouir des délices de la vie. Cependant, Laplace n'avait pas de fortune ; mais, avec une adresse dont les disciples du vice sont seuls capables, il soutirait continuellement des sommes importantes à un oncle, frère de sa mère défunte, qui, par respect pour un souvenir bien cher, ne refusait rien à ce neveu, quoiqu'il eût continuellement à se plaindre de son ingratitude.

Lorsque cet oncle, M. Verneuil, presque octogénaire, ne fournissait pas assez promptement aux exigences de ses goûts luxueux, Laplace tirait sur lui des lettres de change à vue, et M. Verneuil, ne voulant pas laisser déshonorer le nom de sa sœur, payait toujours ces lettres de change, dont le retour eût pu déshonorer l'homme qui avait seul droit à son héritage. Quelquefois aussi Laplace empruntait à ses amis ; mais, ces sommes empruntées, il oubliait toujours de les rendre, et Gaston était un des oubliés de cet élégant chevalier d'industrie.

C'est un emprunt de ce genre qui avait amené Laplace chez notre généreux héros, et Gaston, dupe encore une fois de son bon cœur, n'avait pu refuser, surtout en face de l'affirmation que M. Verneuil devait, avant peu, rembourser toutes les dettes de son neveu.

— Pour vous garantir l'authenticité de ce que j'avance, ajoutait Laplace, prenez par écrit l'adresse de mon oncle : M. Verneuil demeure à la barrière des Deux-Moulins, voyez-le vous-même.

Gaston l'interrompit par un geste de confiance entière. C'est ce qu'attendait Laplace, habitué à l'exploitation des hommes. Il serra dans la poche de son habit la somme prêtée, remercia chaudement son créancier sur parole et sortit tout joyeux.

Quelques minutes après, Laplace se faisait annoncer chez une de ces créatures sans âme dont Paris fourmille, et qui servent de partenaires à la jeunesse dans les réunions de débauche.

Resté seul, Gaston s'était mis à rêver. L'image de Constance planait dans son esprit comme une auréole de bonheur.

Un coup de sonnette vint dissiper le rêve. Marville, introduit par le valet de chambre du jeune homme, entra dans le salon.

— Ne vous dérangez pas, mon ami, fit-il en arrêtant du geste Gaston, qui voulait se lever pour le recevoir.

— Quel heureux hasard amène votre bonne visite ? demanda Gaston.

— Mon ami, j'ai à vous entretenir de choses fort graves.

— Graves... pour vous ou pour moi ?

— Pour tous deux peut-être, répondit le banquier en s'asseyant et jetant un furtif coup d'œil sur le jeune homme, afin de s'assurer de la disposition de son esprit.

— J'écoute, reprit Gaston avec bienveillance.

— Mon ami, commença Marville d'un air de componction hypocrite, je viens faire près de vous une démarche contraire aux usages reçus.

— Entre amis, répliqua le jeune homme, les usages peuvent aisément se mettre de côté... Agissez donc sans façon avec moi, et surtout comptez sur mon obligeance à votre égard.

— Votre aménité me met à l'aise... Aussi aborderai-je franchement le but de ma visite. Je viens vous offrir le sacrifice de la paternité !

Gaston leva la tête ; l'étonnement se manifesta sur ses traits.

— Expliquez-vous, dit-il après un court instant de silence ; je ne vous comprends pas...

— Mon cher pupille, chargé, à la suite d'événements qu'il serait trop douloureux de rappeler ici, de veiller sur vos intérêts et votre personne, je me suis acquitté de cette tâche avec la sollicitude d'un père.

— Je me plais à le reconnaître... Mais, je ne vois pas...

— Depuis quelques années surtout, reprit vivement Marville, cherchant à deviner quelle carrière conviendrait le mieux à vos aptitudes, j'ai examiné votre conduite, les tendances de votre imagination, et le résultat de cet examen m'a prouvé que non-seulement vous étiez un jeune homme probe et sérieux, mais encore qu'il y avait en vous des idées pratiques, des tendances administratives pouvant vous permettre de briguer, très-jeune, une position élevée dans le monde des affaires.

Ces paroles, prononcées avec une intention marquée, étaient une attaque directe à l'amour-propre de Gaston.

— Je n'ai fait que mon devoir, répondit ce dernier avec franchise ; j'ai suivi les loyales traditions qui m'ont été laissées par mon père.

— Vous vous êtes montré digne de sa mémoire, je le sais mieux que tout autre ; mais la vieillesse pour moi s'avance à pas de géant... Bientôt je me verrai forcé de prendre un repos devenu nécessaire à ma santé, après une longue carrière de travail et d'activité. Toutefois, avant de renoncer au sceptre de la finance, j'ai cru devoir accomplir un acte de haute justice et de cordiale amitié envers le fils de mon ancien associé.

— Tout acte de délicatesse de votre part me surprend peu, monsieur, j'y suis accoutumé depuis longtemps. Aussi, ratifié-je d'avance...

— Il y vient de lui-même, se dit à part lui Marville. Donc, continua-t-il à voix haute, puisque vous acceptez de confiance ma démarche, que le souvenir de votre père et mon affection pour vous m'ont suggérée, je vais agir aussi de confiance avec vous, en bannissant, je le répète, les usages reçus dans la société et les lois de l'étiquette imposées par la famille...

— Achevez...

— Gaston, je vous offre la main de ma fille.

Le jeune homme tressaillit.

— Mais votre fille ne m'aime pas ! exclama-t-il en se levant.

— L'amour est-il donc indispensable pour se marier ? et n'a-t-on pas vu fréquemment des mariages de raison produire un attachement plus fort et plus vivace qu'une union fomentée par un sentiment éphémère, résultant d'une exaltation du cerveau.

— Mon Dieu, monsieur, toutes vos raisons sont basées sur la sagesse... Mais, à l'homme honorable qui est venu à moi avec la franchise et la loyauté sur les lèvres, je dois aussi une réponse franche et loyale... Quelque brillant que soit le mariage que vous m'offrez ; quelque désir que je puisse éprouver d'entrer dans la famille d'un homme que je respecte à l'égal de mon père, il m'est impossible de devenir l'époux de mademoiselle Amélie.

— Et pourquoi donc ? balbutia Marville en pâlissant.

— Parce que j'ai dans le cœur un attachement puissant, immense, pour lequel je sacrifierais tout : amitié, reconnaissance, fortune, considération !

Ces mots furent dits avec un tel élan, que Marville comprit qu'il se briserait en cherchant à lutter, en ce moment du moins, contre l'idée qui enveloppait de son charme irrésistible l'âme de Gaston.

— Aurait-il quelque indice ? se demanda le banquier en fronçant le sourcil. Oh ! il faudra que je sache...

Les yeux fixés sur le tapis du salon, Marville cherchait un moyen de connaître si son pupille avait pénétré le mystère qu'il avait tant de précaution cherché à ensevelir dans l'ombre.

Mais Gaston, qui prenait ce silence pour le résultat d'une blessure faite à l'orgueil légitime d'un père, vint au-devant de la pensée de Marville.

— Pardonnez-moi, monsieur, dit-il, un refus qui a droit de vous surprendre. Mais vous connaissez mes idées philosophiques ; pour moi, tous les êtres sont égaux dans l'humanité, étant tous enfants d'un même Dieu. Partant de ce principe, j'ai donc admis qu'on dût subir la loi de la sympathie en quelque classe de la société qu'elle se rencontrât.

— Cette théorie, quoique subversive, peut avoir son bon côté, railla le banquier avec finesse. Mais... souvent... d'autres motifs...

— Je n'ai nulle raison de refuser la main de mademoiselle Amélie, reprit Gaston avec énergie, nulle raison autre que mon amour

pour celle qui a enchaîné ma vie au char de sa beauté et de ses vertus.

Marville respira plus à l'aise.

— Il ne sait rien ! fit-il intérieurement.

Puis il ajouta tout haut :

— Prenez garde, mon ami, d'être la dupe d'une fantaisie illusoire, d'un caprice passager qui vous ferait, à votre insu et malgré vos généreux penchants, fouler aux pieds les lois primordiales de la considération sociale... de la rectitude humaine.

— Vous vous trompez, monsieur ; ce n'est pas un caprice qui fait vibrer les fibres de mon âme... Celle que j'aime est digne de toute mon affection et de toute mon estime... Constance a un cœur droit et honnête... Son seul tort, aux yeux d'un certain monde, est d'être une fille du peuple !

— Une fille du peuple ! railla Marville ; mais vous êtes fou, Gaston !...

— Je crois, au contraire, posséder toute ma raison.

— Permettez... Je ne connais pas mademoiselle Constance ; je la respecte pour ses vertus... Mais son origine plébéienne ne serait pas pour moi une solide garantie de la noblesse de ses sentiments.

— Pardon, monsieur, chez les enfants du peuple, quand les vertus ont élu domicile dans le cœur, elles y sont solidement enracinées !...

Marville réprima un mouvement de colère. Puis, se remettant aussitôt :

— J'admets cette passion pour une... fille du peuple, comme vous dites, ricana-t-il en appuyant sur les mots, dans l'intention de froisser l'amour-propre de son pupille ; on a bien vu, d'après un dicton populaire, des rois épouser des bergères !...

— Celle que j'aime, riposta vivement Gaston, possède tous les dehors d'une femme du monde ; elle ne sera nullement déplacée sur le piédestal que je lui prépare...

— D'accord ; mais pour être accueillie dans la société, faudrait-il encore que madame Mirebeau pût apporter en dot une somme suffisante pour satisfaire aux premières exigences de la heureuse... à laquelle vous êtes habitué, vous, mon ami !...

— J'ai assez de fortune, il me semble, pour pouvoir élever jusqu'à moi celle que le hasard a placée dans une sphère moins radieuse que la mienne...

— Peut-être... balbutia Marville.

— Que voulez-vous dire ?...

— Gaston, mon cher Gaston, écoutez-moi... Vous rappelez-vous les détails qui furent, en grande partie, cause de la mort de votre estimable père ?...

— Oh ! oui, soupira Gaston, ils sont encore présents à ma mémoire, comme s'ils dataient d'hier !...

— En 1827, par suite du meurtre du garçon de caisse auquel on avait volé une somme considérable, la faillite Mirebeau fut imminente... J'appris cette triste nouvelle... J'eus confiance en votre père, je m'associai à son entreprise et son nom échappa au déshonneur... Mais, à la suite de cet événement, M. Mirebeau mourut ; la médecine attribua cette mort à la crainte qu'avait éprouvée cet homme d'élite de se voir assimilé à d'ignobles banqueroutiers...

— C'est vrai !... c'est vrai !... sanglota Gaston en serrant la main de Marville.

Ce dernier comprit que l'âme du jeune homme était ouverte à la reconnaissance ; il fallait frapper le dernier coup. Aussi ne perdit-il pas de temps.

— Eh bien, dit-il avec une vivacité fébrile, aujourd'hui je me trouve dans la position où se trouva votre père... Gaston, j'en appelle à votre cœur !...

— Ruiné ! murmura Gaston à mi-voix ; ruiné !...

Puis, avec l'élan de la jeunesse généreuse :

— Gardez, dit-il, gardez ma fortune toute entière !... Celui auquel je dois l'honneur de mon nom, ne peut et ne doit pas douter de mon dévouement !...

— Merci ! oh ! merci ! s'écria le banquier en embrassant hypocritement sa dupe.

— Relevez votre maison... Faites valoir cette fortune... je me contenterai d'une modeste pension, et si plus tard la prospérité rentrait dans votre foyer...

— Une modeste pension ne peut vous suffire, à vous, Gaston, habitué à vivre dans le luxe, à ne manquer d'aucune de ces choses qui embellissent la vie des gens du monde. Venez habiter mon hôtel, devenez mon fils, enfin !... Amélie, dans un saint attachement, vous fera oublier le chagrin qui frappe en ce moment votre belle et suave jeunesse.

L'hypocrite cherchait encore à resserrer les liens dans lesquels il espérait englober le jeune homme ; mais Gaston l'interrompit d'un geste.

— Arrêtez, monsieur ! prononça-t-il lentement et d'un air digne ; ne revenez pas sur une proposition que, moins que jamais, je ne puis accepter... J'aime, et ne reconnais à personne le droit de discuter les sentiments de mon âme... Quant aux fonds que vous avez entre les mains, et qui sont ma légitime propriété, je les confie à votre loyauté, à votre honneur !... Vous passerez aujourd'hui même chez votre notaire pour régler les conditions de cette nouvelle convention.

S'il n'avait pas réussi complétement dans sa démarche auprès de Gaston ; s'il n'avait pu trouver pour Amélie un époux qui acceptât, par le fait même du mariage, les erreurs du passé et le résultat d'une faute, Marville avait du moins atteint la moitié de son but : il restait détenteur de la fortune de Gaston, et pouvait encore espérer, à l'aide de cette fortune, rétablir le crédit de sa maison de banque.

— J'aviserai pour le reste, se dit-il à lui-même.

Et, se levant, il prit congé de Gaston, en lui renouvelant les témoignages de sa reconnaissance.

Rentré chez lui, il s'enferma dans sa chambre.

Son sang bouillonnait, la rage faisait écumer ses lèvres.

Parfois s'échappaient de sa gorge des phrases entrecoupées.

— Constance !... murmurait-il ; l'enfant !... d'Orvéda !... la fortune !...

Au bout d'une heure, son esprit devint plus calme ; sa pensée se manifesta plus lucide.

— J'échappe à une reddition de compte impossible, se dit-il ; mais ce n'est pas assez... Il faut encore que le crédit attaché au nom de Gaston Mirebeau sauve ma maison de la ruine... Mais, pour réussir, il faut d'abord que d'Orvéda et l'enfant d'Amélie disparaissent... ensuite Constance, la fille du peuple, comme il l'appelle... Allons, allons, de la finesse et de l'audace aujourd'hui ; le triomphe viendra demain.

Il agita une sonnette ; Gaspard entra. Longtemps le maître et le valet restèrent enfermés ensemble. Le soir venu, Gaspard, pénétrant dans l'étroite rue du Chantre, située derrière le Louvre, gravissait les escaliers d'une maison au-dessus de la porte de laquelle on lisait cette enseigne : JULIETTE MÉNAGER, *sage-femme*.

CHAPITRE XII

LA RUE DU CHANTRE

C'était une affreuse créature que Juliette Ménager.

Grosse, grasse, dodue et rebondie, la figure perpétuellement souriante, elle exerçait, avec un talent infini, son lucratif et astucieux métier de *sage-femme* ; je dis astucieux, car il fallait à cette matrone beaucoup de tact et de dissimulation pour ne pas laisser apercevoir, à l'œil investigateur de l'autorité, les crimes secrets que sa cupidité lui faisait commettre.

A cet aperçu du caractère de Juliette Ménager, nos lecteurs ont de suite reconnu la sage-femme qui, moyennant la somme de trois mille francs, avait secrètement délivré Amélie des traces de l'enfantement et caché le fruit de cette faute.

Madame Ménager, décorée du titre pompeux de *sage-femme, reçue à la Faculté de Médecine de Paris*, avait une *clientèle* dans le grand monde, où elle jouissait d'une réputation de *prudence* et de *discrétion* à toute épreuve.

Pour répondre à sa position de *sage-femme discrète*, l'habile patricienne avait établi son domicile rue du Chantre, rue étroite, sombre, ayant une issue qui aboutissait dans une ruelle déserte, près du Louvre. Cette situation locale offrait donc une sécurité complète aux visiteuses.

L'intérieur du domicile de la veuve Ménager paraissait aussi mystérieux que ses abords ; après avoir tiré un cordon de sonnette terminé par le traditionnel pied de biche, on entendait s'ouvrir un guichet creusé dans la porte. Derrière le guichet, un œil observateur reconnaissait l'arrivant — ou l'arrivante, — et ouvrait ou refusait l'entrée, selon les circonstances.

Alors, et toujours dans une pénombre propice, s'étendait un vaste corridor, le long duquel étaient disposés des cabinets, asiles des pensionnaires de notre brevetée de la Faculté de médecine.

Gaspard, que nous avons vu précédemment entrer dans la rue du Chantre, gravit les deux étages de la maison de la sage-femme, et, après avoir sonné, avança la tête contre le guichet qui venait de s'ouvrir, éclairé par la lueur d'une bougie.

— Que demandez-vous ? fit une servante.

— L'enfant de la Chaussée-d'Antin, répondit l'envoyé de Marville.

— Je ne vous connais pas...

— Regardez-moi bien ; c'est moi qui suis venu chercher la sage-femme ; je porte la même redingote que ce jour-là... Que diable ! ne me laissez pas languir si longtemps à la porte...

Le cerbère femelle toisa encore Gaspard qui, en effet, ne mettait jamais sa livrée pour exécuter les ordres intimes de son maître. Le résultat de son examen fut favorable à l'intermédiaire du banquier, car le guichet se referma et, à travers la porte entrebâillée, le visiteur se faufila dans l'intérieur des appartements.

On l'introduisit dans un petit salon, qui possédait pour tout mobilier quelques chaises, une bibliothèque remplie de livres de médecine, et un divan.

— Attendez un moment, dit la servante ; je vais avertir madame.

Et elle disparut derrière une portière de velours rouge.

Gaspard mit à profit la solitude dans laquelle on le laissait, pour récapituler les détails de sa mission.

— Ce n'est pas la matrone qui m'inquiète, pensait-il ; avec de l'or on vient à bout de toutes les réticences... Mais où diable trouverai-je, après, l'homme qu'il me faut pour... Bast ! j'ai la nuit devant moi... et...

Il s'arrêta ; la sage-femme venait d'entrer dans le petit salon.

— Vous avez à me parler ? fit-elle en clignant son regard sur le visiteur. Dépêchez-vous, je vous prie, mes malades m'attendent.

La veuve Ménager prit place sur le divan ; Gaspard s'installa à côté d'elle, et se hâta d'entrer en matière.

— Pardonnez, madame, si je me place aussi près de vous ; c'est afin que vous seule entendiez les propositions que je vais vous soumettre. Me reconnaissez-vous ?

La Ménager fixa sur lui son œil de fouine.

— Eh ! mais, attendez donc !... balbutia-t-elle ; oui... je ne sais... il y a si longtemps...

— Oh ! deux mois à peine ; je vous ai fait gagner trois mille francs... Il est vrai que vous m'avez donné ma prime, répondit Gaspard.

— Silence !... interrompit la sage-femme, en mettant un doigt sur ses lèvres.

Puis, se levant, elle alla regarder derrière les portes du salon, afin de s'assurer que personne n'écoutait ; et, revenant prendre sa place primitive :

— Nous sommes seuls, continua-t-elle avec un sourire plus accentué ; je vous reconnais parfaitement... vous êtes l'homme de confiance de M. Marville... Vous désirez savoir des nouvelles de l'enfant ?... Il va bien...

— C'est précisément de lui que j'ai à vous entretenir.

Gaspard, qu'une longue habitude de la domesticité avait rendu expérimenté dans l'art de la mise en scène, tira de sa poche un portefeuille, étala les billets de banque qu'il contenait, et garda pendant quelques secondes un silence calculé.

Les yeux de la sage-femme scintillaient à la vue des précieux chiffons de papier.

— Madame, reprit lentement Gaspard, on vous a laissé l'enfant comme pensionnaire ?...

— Oui, et j'en ai bien soin... le pauvre petit !... Dame, on me paye assez cher sa nourriture... dix francs par jour !...

— Sur lesquels vous m'avez encore promis une prime, si ma mémoire est fidèle, toutefois ?

— Mes promesses sont sacrées ; tout à l'heure je vous remettrai la somme qui vous est due...

Gaspard s'inclina.

— Aujourd'hui, ajouta-t-il, je viens vous faire une proposition qui, j'en suis sûr, vous sourira plus encore que les précédentes... Voici dix mille francs... voulez-vous les gagner ?

— Avec plaisir... mais comment donc ?

— Nul ne connaît la faute de mademoiselle Amélie de Norges ; pour le monde la demoiselle est une pure jeune fille... seulement... il y a un rejeton ! et... il s'agit...

— De le cacher mieux encore que chez moi ? interrompit la sage-femme.

— Oui... en le faisant disparaître tout à fait.

— Monsieur ! s'écria la veuve Ménager en se levant avec une indignation adroitement jouée.

Gaspard se leva comme elle, et fit rentrer dans la poche de sa redingote le portefeuille et les billets de banque.

Ce n'est pas ce qu'attendait la rusée commère, avide au suprême degré.

— La proposition que vous m'adressez, reprit-elle aussitôt de son plus doux son de voix, émane-t-elle de vous ou de M. Marville ?

— Oh ! de mon maître, bien entendu...

— C'est différent, alors... Donnez-vous donc la peine de vous asseoir...

Ils reprirent place sur le divan.

— Le mot *disparaître*, dont vous vous êtes servi tout à l'heure, monsieur, signifie-t-il éloignement perpétuel du résultat de la faute, ou bien son... comment dirai-je?...

— Ne jouons pas sur les mots; l'enfant doit mourir.

— Mais savez-vous que c'est un crime que vous me conseillez là!

— Oh! fi, la vilaine phrase!... pouvez-vous abuser ainsi de la langue française!... Il ne s'agit pas de tuer cet enfant!... Ne peut-il mourir de langueur en quelques jours... vous devez connaître ces maladies-là... vous à qui la médecine est familière?

La veuve Ménager se mordit les lèvres. Il est vrai que bien des fois elle avait oublié de sauver la vie aux innocentes créatures confiées à sa garde, mais il ne lui était pas encore arrivé de raisonner de sang-froid une action dans le genre de celle que Gaspard lui proposait.

Le valet de chambre étala une seconde fois sur ses genoux le contenu du portefeuille.

— Consentez, dit-il brièvement.

— Mais... reprit la matrone.

— Vous ferez la besogne d'ici huit jours, et à l'instant même, sur votre serment, je vous livre la somme... déduction faite de ma prime, toutefois...

— J'accepte, affirma la sage-femme en étendant avidement la main dans la direction du portefeuille.

— Voici les billets, fit Gaspard. Vous me jurez que dans huit jours l'enfant aura disparu?

— Je le jure!

— C'est bien... je viendrai moi-même m'assurer de la véracité du fait.

— Soyez tranquille, le berceau sera vide.

Et madame Ménager serra précieusement le portefeuille dans les plis de sa robe.

— Et... ma prime? demanda le valet.

— Ah! c'est juste. Nous disons : un mois à trois francs par jour, sur la pension de l'enfant... et le *boni* sur la dernière affaire...

— Total: un billet de mille.

La sage-femme s'exécuta d'assez mauvaise grâce et, prenant sa lampe, reconduisit le valet de chambre jusque sur le palier avec force salutations.

— Heu! heu!... murmura-t-elle en rentrant, il faudra voir si je ne puis pas gagner la somme sans sacrifier l'innocent!... Dame! c'est que la justice ne badine pas avec ces plaisanteries-là!...

Et elle s'enferma dans sa chambre afin de rêver solitairement sur le moyen qu'elle emploierait pour arriver sûrement à son but.

Après avoir quitté la veuve Ménager, Gaspard descendit l'escalier en se frottant les mains :

— C'est bon, dit-il, voilà une affaire bâclée, et j'y ai déjà un assez joli bénéfice... Mais comment diable vais-je m'y prendre pour l'autre?...

Il s'arrêta sur le seuil de l'allée, incertain du chemin qu'il suivrait.

Nul bruit ne retentissait dans la rue du Chantre; minuit était sonné depuis longtemps.

Soudain, du côté du Louvre, débouchèrent deux hommes qu'à leur hotte le valet reconnut pour des chiffonniers.

Il se dissimula dans l'allée pour les laisser passer, puis examina machinalement de quel côté pouvaient se diriger ces philosophes nocturnes, silencieux comme la nuit.

Bientôt il fut fixé. Les chiffonniers s'arrêtèrent à quelques pas plus loin que la demeure de la sage-femme, et entrèrent chez un marchand de vins.

Gaspard suivit la même direction. Au-dessus d'une porte, il put lire, à la clarté mourante des réverbères, ces mots presque effacés par le temps : A LA GERBE DE BLÉ; *vins et liqueurs*.

— Ah! bigre... exclama-t-il, je crois avoir trouvé mon affaire.

Et il entra dans le cabaret.

Il traversa la première salle et pénétra, après avoir descendu quelques marches, dans une sorte de caveau garni de tables boiteuses et de bancs éclopés; le bouge était hanté en ce moment par des chiffonniers, des grecs de bas étage et des *noyeurs*, secte que nous serons bientôt appelés à connaître.

Au milieu de ces êtres dépravés, — et ignoblement vêtus, — et dont la plupart meurent au coin des bornes, brûlés par *l'eau-de-feu*, apparaissaient et disparaissaient de temps en temps des figures sombres et marquées du sceau de l'inquisition. C'était la ronde de police qui, de tout temps, a ramassé dans les cabarets et hô-

tels la nuit, les criminels les plus à craindre pour la société.

L'apparition de Gaspard fut accueillie par un silence glacial; pris pour une *mouche*, chacun le regarda de côté.

Sans s'inquiéter de l'effet qu'il produisait, le valet de chambre s'assit à une table, demanda un verre d'eau-de-vie et se mit à considérer les physionomies qui formaient devant lui un étrange tableau.

— Ce ne sont pas les instruments qui me manqueront ici, dit-il, après quelques minutes d'examen; il ne s'agit que de choisir le meilleur.

Et il s'approcha d'un chiffonnier, dont la construction cranologique lui parut dénoter une tendance prononcée vers l'assassinat.

Ce chiffonnier, c'était le Grinche, envoyé en tournée par Meurt-de-soif.

— Camarade, dit-il à voix basse en se penchant vers lui veux-tu *jaspiner en bigorne* un brin avec moi?

Gaspard tirait parti des quelques mots d'argot qu'il savait.

— Oui, si t'es pas un *zig Judas*, répondit le Grinche.

— Viens vider une bouteille avec moi, tu le verras.

Les deux interlocuteurs s'installèrent seuls à une table, et bientôt l'on ne distingua de leur conversation qu'un imperceptible murmure.

Néanmoins, un observateur eût pu voir la figure du Grinche passer tour à tour de l'émotion à l'avidité; puis Gaspard et son acolyte échangèrent une poignée de main, qui avait pour but de cacher à tous les yeux l'or donné par l'intermédiaire de Marville.

En ce moment le cri de l'orfraie se fit entendre.

Meurt-de-soif, plus hideusement vêtu encore que d'habitude, entra dans le bouge.

Le Grinche courut à lui, et, à voix basse :

— Patron, fit-il, on me demande de refroidir un humain, faut-il manœuvrer carrément?

— Y a-t-il pas mal de *braise* à palper? riposta Foulbert en jetant un coup d'œil oblique sur le valet de chambre, resté seul à sa table.

— Deux mille *balles*.

— Vas-y; mais fais attention... si tu te laisses pincer... ni vu ni connu... tu seras *marron* tout seul.

— Pas de danger!... à ton instar, je rétrécis le *sifflet* d'abord, et puis, v'lan! dans le *cuir*.

— Bravo!... Les *picaillons* doivent se gagner d'attaque... Joue serré, et rapporte à la masse.

Cette conversation achevée, Meurt-de-soif quitta brusquement son acolyte et s'arrêta tour à tour à chaque table du caveau de la *Gerbe de blé*, en échangeant un mot rapide avec quelques-uns des buveurs.

Le Grinche retourna près de Gaspard.

— C'est entendu, lui dit-il, je viens de m'assurer du renfort en cas de *recliffade*... A quand la besogne?

— Demain, à midi, tu m'attendras au coin de la rue Joubert et de la Chaussée-d'Antin.

— J'y serai; à demain... Mais qui me garantira le reste de la somme promise?

— Mon intérêt à ne pas voir manquer l'affaire. En échange d'une bague, que porte à l'annulaire de sa main droite celui que je te désignerai, tu recevras le surplus des deux mille francs.

Et Gaspard s'éloigna de la rue du Chantre pendant que le Grinche se rapprochait des autres convives du cabaret borgne, afin de causer avec Meurt-de-soif des détails du métier.

CHAPITRE XIII

LA TROUVAILLE DU CAGNEUX

Le lendemain de cette entrevue du valet de chambre avec l'affilié de la bande des Quarante-Cinq, et aussi du piège tendu à Gaston par le banquier, une scène déchirante se passait à l'hôtel Marville.

Rodolphe d'Orvéda était parvenu, à force de persévérance, à avoir un entretien avec Louisette, la femme de chambre.

Dans cet entretien, la camériste dévouée promit à Rodolphe de l'introduire secrètement auprès de sa maîtresse sur les dix heures du soir, lui affirmant toutefois qu'il ne devait plus concevoir d'espérance.

Tout homme d'un caractère froid, et moins amoureux que Rodolphe, se fût contenté d'une telle explication; mais le vicomte était, comme la plupart des méridionaux, d'une énergie exaltée; il redoublait de fougue à mesure que les obstacles se dressaient devant lui.

C'est à ce caractère que notre gentilhomme devait d'avoir dissipé, dans l'entêtement des spéculations hasardeuses et dans l'agitation de la vie, le patrimoine de ses pères. Fils d'une ancienne famille noble et riche, Rodolphe d'Orvéda avait été, lors de son arrivée dans la capitale, bien accueilli par Marville, auquel il avait été recommandé.

Le banquier l'admit dans son intérieur et se garda bien de réprimer certaines coquetteries dont il aperçut l'échange entre le vicomte et Amélie : le rusé spéculateur couvait l'arrière-pensée d'unir un jour la finance à la noblesse fortunée.

Mais chacun sait combien l'amour va vite en besogne ! Quelques mois s'étaient à peine écoulés, que les coquetteries des jeunes gens se changèrent en une liaison regrettable. Et bientôt Amélie avoua en rougissant à Rodolphe qu'elle allait devenir mère.

Les amoureux résolurent de prévenir Marville de leur dessein de s'épouser. Rien n'était plus loyal et délicat, de leur part, que cette demande de légitimer la naissance du petit être qui allait venir au monde.

Marville refusa net la réalisation de ce projet.

Prières, supplications, menaces même restèrent inutiles ; l'homme d'argent connaissait les pertes successives éprouvées par Rodolphe, et le noble ruiné ne pouvant plus être matériellement utile à la prospérité de la maison de banque, il ne le trouva plus digne d'entrer dans sa famille.

D'abord, Rodolphe et Amélie pleurèrent ensemble ; puis eut lieu, comme nous le savons, l'entrevue du beau-père et de mademoiselle de Norges, et enfin le renvoi brutal du vicomte d'Orvéda.

Rodolphe en était donc réduit à n'avoir d'autre espérance que le dévouement de Louisette ; aussi le retrouvons-nous errant aux alentours de l'hôtel, attendant le signal convenu entre lui et la camériste.

Un mouchoir agité à l'embrasure d'une fenêtre prévint le vicomte qu'il pouvait se présenter sans crainte au rendez-vous.

Il gagna aussitôt l'escalier de service et monta au premier étage, où se trouvait l'appartement d'Amélie.

Alerte ! hurla Meurt-de-soif ; déménageons nos *arpions*, ou nous sommes *roustis*.

Rodolphe croyait n'avoir été vu de personne ; mais il comptait sans Gaspard, aposté à dessein par Marville.

— Hé ! hé ! goguenarda le valet, caché derrière une vieille tapisserie qui masquait un cabinet de desserte ; le chat est dans la cage... mais je le défie bien de sortir avec l'oiseau !

Louisette introduisit d'Orvéda dans la chambre de mademoiselle de Norges et se retira.

Ce fut une touchante entrevue que celle de ces deux amants, déjà si éprouvés. Ils causèrent du passé, si riche d'espérance ; de l'avenir, si gros de nuages ; du pauvre enfant qui avait été privé des caresses maternelles, car l'impitoyable banquier avait signifié à Amélie de ne pas chercher à le revoir, si elle ne voulait qu'il fût tué sous ses yeux. Et la courageuse mère avait imposé silence à son cœur.

— Amélie, dit Rodolphe, ce soir une voiture nous attendra... Demain nous aurons trouvé la retraite qui cache notre enfant, et dans quelques jours nous quitterons la France !

En ce moment la porte s'ouvrit avec fracas, et Marville s'avança, pâle de colère.

— Qui donc ici ose donner des ordres ! exclama-t-il ; n'est-ce pas assez d'une première infamie, vicomte d'Orvéda ?... faut-il encore qu'un rapt odieux prive un père de sa fille ?...

— Monsieur, riposta Rodolphe en se contenant, si je fus cou-

pable, j'ai le droit de vous offrir la réparation du mal que j'ai commis ; je vous demande de nouveau la main de mademoiselle de Norges...

— Jamais je n'admettrai dans ma famille un noble dont le blason est greffé sur le désordre et la misère ! Votre place n'est plus ici, monsieur ; sortez...

— Non, je n'abandonnerai pas ainsi celle qui s'est confiée à ma loyauté !... Je ne léguerai pas au hasard le soin de donner un nom à mon enfant.

— Votre enfant est mort ! répondit sourdement Marville.

A cette révélation un cri terrible s'échappa de la poitrine d'Amélie, et elle tomba sans connaissance sur le parquet.

Rodolphe voulut se précipiter pour la secourir, mais Marville, d'un geste imposant, lui montra la porte.

— Sortez, monsieur, ou je vous fais jeter dehors par mes laquais.

Prostré sous cette ignominieuse menace, le vicomte gagna l'antichambre, chancelant comme un homme ivre, et descendit l'escalier de l'hôtel pendant que Marville, après avoir sonné Louisette et lui avoir montré sa maîtresse évanouie, rentrait dans son appartement.

Lorsque Rodolphe, désespéré, quitta celle qu'il ne pensait plus revoir, il ne remarqua pas que la tapisserie du cabinet de desserte, derrière lequel nous savons que s'était caché Gaspard, venait de s'agiter pour livrer passage à la hideuse figure du Grinche.

— V'là le moment, dit ce dernier.

— Depuis ce matin que nous le suivons, ça n'a pas été sans peine. Va, et courage.

— Oh! je suis d'aplomb.

— N'oublie pas le *bibelot* convenu... la bague...

— C'te bêtise!... A tout à l'heure.

Et le lieutenant de Meurt-de-soif s'élança sur les traces de Rodolphe.

La nuit était noire; nulle étoile ne brillait au firmament; les boutiques et les cafés de Paris avaient déjà fermé leurs devantures, et les rues n'étaient plus éclairées que par la lueur vacillante du gaz.

Rodolphe, absorbé par la douleur, les yeux pleins de larmes, rêvant à son amour détruit, à sa fortune perdue, côtoyait la rue Saint-Lazare, vers le milieu de laquelle il habitait une modeste chambre. Il n'en était plus qu'à quelques pas, lorsqu'il sentit un nœud coulant lui mordre le cou.

Poussé par l'instinct de la conservation, il voulut se retourner aussitôt pour éviter le guet-apens qu'on lui tendait; mais, avant qu'il eût pu faire un mouvement, pousser même un cri, le nœud coulant se serra davantage autour de sa gorge, et Rodolphe tomba lourdement à terre.

Le Grinche, prompt comme la foudre, lui porta un coup de couteau en pleine poitrine.

— Ça sera ben du tonnerre s'il n'avale pas sa *menteuse!* ricana le meurtrier; j'ai la poigne trop solide!...

Et retirant son couteau de la plaie, ainsi que la corde crispée autour du cou de Rodolphe:

— Otons ça, fit-il; il ne faut pas laisser perdre les instruments de travail, surtout quand ils ont l'habitude de besogner proprement. Maintenant prenons le *bibelot* de reconnaissance et filons.

A l'opposé du chemin par lequel s'éloignait le meurtrier, pa-

Misérable! sors d'ici, ou je te fais arrêter.

rurent deux personnages qui semblaient s'intéresser beaucoup à une causerie commencée.

L'un était le Cagneux; l'autre, suspendu au bras de ce dernier, était la Linotte, vêtue d'une robe d'indienne et coiffée d'un madras.

Soudain ils poussèrent une exclamation de terreur. Ils venaient de se heurter contre un corps étendu sur l'un des côtés de la rue; c'était celui de Rodolphe.

Ils se baissèrent pour regarder.

— Cristi! fit le Cagneux, un cadavre!

— Oh! mon Dieu, comme il saigne! reprit la Linotte.

— Mais oui, il a tout de même une fameuse entaille dans l'estomac.

— Cagneux, filons, j'ai peur.

— Minute, chouchoute; toi qu'as du bon, je ne te reconnaîtrais pas là... faut pas abandonner un homme dans c't état! il n'aurait qu'à être écrasé par les voitures...

— Mais il est mort!

— Non, je sens encore les battemens de la petite bête qu'est dans la poitrine... il vit encore, il n'est qu'évanoui... Linotte, sauvons-le; ça portera bonheur à notre connaissance...

— Le sauver, mais comment?

— Dame! en le portant ousqu'on pourra le soigner.

— Où ça?

— A l'hôpital, parbleu!

— Lequel?

— J'en connais qu'un, moi; on m'y a guéri de la *scarlatine...* c'est la Pitié, rue Saint-Victor.

— Jamais nous ne pourrons le mener jusque-là...

— Attends...

Une voiture de place vint à passer; elle était vide.

Le Cagneux héla le cocher qui s'arrêta aussitôt, lui expliqua ce qui était arrivé et lui demanda s'il voulait conduire le blessé à l'hôpital.

Jamais les vrais enfants du peuple n'ont refusé de rendre service.

Le cocher aida le Cagneux à installer le blessé dans la voiture, puis y fit monter à leur tour la Linotte et son amoureux, et bientôt le véhicule roula vers l'hospice de la Pitié, qui s'ouvrit d'urgence pour recevoir la victime du Grinche.

CHAPITRE XIV

LODOÏSKA LA BALAYEUSE

Par une belle matinée de printemps, alors que le soleil commençait à chauffer de ses rayons les logements des pauvres assez heureux pour en être favorisés, deux femmes, représentant les deux antipodes de la vie, — la puberté et la décrépitude, — cheminaient lentement dans la rue des Noyers.

Après avoir atteint le marché des Carmes, et tourné à droite la montagne Sainte-Geneviève, elles s'arrêtèrent, dans la rue Traversine, en face d'une maison de modeste apparence, et portant pour enseigne, en lettres noires sur un fond jaune, ces mots : *Hôtel du Berry*.

De ces deux femmes, l'une était la Bombée, que nous connaissons déjà. L'autre, traînant avec peine son corps usé par soixante ans d'existence, mais d'existence de travail et d'honneur, se nommait Madeleine, et, depuis longtemps servait de mère à Mercredi, qu'elle avait adopté, comme nous l'avons vu au prologue de cette histoire, après l'avoir trouvé sur les marches de la fontaine des Innocents.

Depuis l'accident fatal arrivé à l'enfant adoptif de Madeleine, dans la soirée orageuse qui se passa au bal du *Grand-Vainqueur*, et à la suite de laquelle le jeune homme fut transporté chez Lodoïska, la vieille marchande de la halle, en proie à un chagrin violent, avait été le visiter chaque jour.

— Ainsi donc, ma petite Marie, disait Madeleine en s'appuyant sur le bras de sa compagne, tu penses qu'on lui permettra de revenir demain dans sa chambrette de la rue des Noyers?

— Dame ! le docteur l'a affirmé, répondit la Bombée. Oh ! ça sera un instant bien heureux que celui où nous le ramènerons ensemble chez vous!... n'est-ce pas, mère?...

— Mère!... eh ! eh ! mais, tu gazouilles assez gentiment ce nom-là!... S'il l'entendait, lui, il reconnaîtrait tout de suite le ramage d'amoureux qui appelle le bonheur, sais-tu?...

La Bombée sourit à Madeleine.

— Oh ! tu l'as bien mérité, ce bonheur, va ! Ta tendresse pour lui, tes prévenances pour moi, te vaudront quelque chose de bon dans l'avenir... Et puis, ajouta encore Madeleine en fixant Marie, il est temps que cette maladie finisse!... Tu es pâle et changée comme si c'était toi qui aies été blessée. M'est avis, du reste, que le retour de Mercredi te rendra tes belles couleurs d'autrefois et une santé à l'avenant.

— Je ne dis pas non, mère, répondit gracieusement la bossue. Oh ! cette femme m'a tant fait souffrir !... murmura-t-elle tout bas en pensant à Lodoïska.

La mère et la fiancée du jeune musicien étaient arrivées à l'*Hôtel du Berry*.

Mais, afin de comprendre les événements que va faire surgir cette visite, nous prions nos lecteurs de rétrograder avec nous jusqu'au moment où Lodoïska, enlevant Mercredi de la bagarre du *Grand-Vainqueur*, le déposa dans une voiture de place en donnant son adresse au cocher.

Lorsque la voiture fut arrivée dans la rue Traversine, la Polonaise, payant le conducteur du véhicule, saisit de nouveau Mercredi dans ses bras, et, l'emportant dans sa chambre, le déposa sur son lit.

L'évanouissement du jeune homme continuait toujours; après avoir lavé sa plaie béante et essayé de lui rendre l'usage de ses sens, mais en vain, Lodoïska eut peur... L'idée de la mort traversa son esprit. Alors elle courut chez le docteur Monglars, surnommé le médecin des pauvres. Cet homme savant, qui jamais n'avait refusé ses soins gratuits à la misère, se hâta de se rendre auprès du blessé.

Il examina scrupuleusement la plaie à son tour, la déclara dangereuse, indiqua les remèdes à appliquer, puis, posant lui-même le premier appareil, il se retira en promettant de revenir chaque jour.

— Surtout, ajouta-t-il, il ne faut pas que ce jeune homme sorte de ce lit... la moindre imprudence causerait sa perte.

Et le médecin des pauvres sortit pour se rendre, selon son habitude, dans d'autres mansardes, où il laissait délicatement parfois un peu d'argent pour payer la note du pharmacien.

Restée seule avec Mercredi, qui avait rouvert les yeux et auquel la souffrance arrachait des gémissements plaintifs, Charlotte, — que nous appellerons désormais Lodoïska, surnom qui lui fut donné à cause de son costume polonais, affectionné par elle dans les temps de carnaval, — Lodoïska, disons-nous, se mit à contempler celui qu'elle aimait. Des pleurs s'échappèrent de ses yeux.

— Oh ! pourquoi qu'on ne m'a pas laissé étouffer complètement ce misérable Meurt-de-soif!... murmurait-elle. Gredin, avoir voulu le tuer, lui, que j'aime à en devenir folle... et qui ne me comprend pas, cependant...

En formulant ces réflexions, Lodoïska enlevait une à une les parties de son costume de bal et revêtait sa robe journalière de balayeuse.

— C'est égal ! reprit-elle avec un éclair de joie ; maintenant il est là, sous ma garde; je le soignerai, je le sauverai, et nulle autre que moi ne verra son sourire et ne sera témoin des progrès de sa convalescence!... Puis, plus tard... Mais, qu'est-ce qu'elle a donc, c'te bossue, pour avoir ensorcelé ce garçon-là!...

Son pied se heurta contre un balai, son instrument de travail.

— Allons, mon vieux plumeau, lui dit-elle avec amertume, tu te reposeras pendant un bout de temps... je suis garde-malade et non plus balayeuse pour l'instant!...

Tout un projet venait de se dérouler dans l'esprit de Lodoïska. Elle venait de conclure qu'elle possédait assez d'objets dans sa chambre pour en tirer de quoi vivre un mois, en les plaçant au mont-de-piété, cette *caisse d'épargne* des pauvres gens.

En caressant son idée, elle étendit à terre une vieille couverture qui lui servait à abriter ses épaules lorsqu'elle travaillait dans la rue par la pluie, et la nuit se passa entre le sommeil et les soins donnés à Mercredi. Nulle privation ne devait lui coûter, à cette folle d'amour, pourvu que personne ne vînt lui disputer le sceptre du dévouement.

Hélas ! ce sceptre allait être bien vite brisé. Le lendemain la Bombée, avertie comme on le sait par le père Joseph, accourait anxieuse et se précipitait à genoux près de la couche de Mercredi, en suppliant Dieu de ne pas enlever celui qui était toute sa joie, toute son aspiration !

A la vue de la Bombée, Lodoïska tressaillit comme une hyène à laquelle on vient enlever son petit.

Elle voulut chasser la bossue, mais un signe presque imperceptible de Mercredi arrêta la menace sur ses lèvres. A dater de cet instant, une ardente lutte morale s'établit entre les deux femmes.

Malgré les avanies qu'elle eut à subir, malgré les insultes mêmes des balayeurs, camarades de Lodoïska, qui venaient s'informer de la cause qui l'avait fait disparaître de la voie publique, elle, la reine des *lanciers du préfet*, la Bombée continua chaque jour de s'installer au chevet du malade.

Lodoïska finit par la supporter, en apparence du moins, car Mercredi avait paru désirer la présence de son amie. La bossue, instinctivement persuadée qu'un sentiment jaloux étreignait le cœur de la Polonaise, montra en toute occasion une angélique patience ; du fond du cœur elle plaignit la balayeuse, et s'efforça, par ses prévenances, de lui faire oublier qu'elle ne pouvait être aimée.

Entre son hôtesse, la Bombée, la mère Madeleine et Constance, qui parfois venait augmenter le nombre des sympathies rassemblées dans l'hôtel garni de la rue Traversine, Mercredi supporta patiemment ses souffrances; peu à peu la nature triompha en lui, et les forces corporelles se montrèrent plus vivaces.

Mais tout ce que possédait Lodoïska avait pris tour à tour le chemin du mont-de-piété. Lorsque sa dernière couverture, — celle qui lui servait de lit, — fut engagée comme les autres objets, alors l'orgueilleuse fille eut recours aux bureaux de bienfaisance, car elle ne voulait être en rien aidée par la mère adoptive et par la fiancée de Mercredi ; elle craignait qu'une participation aux soins donnés par elle ne diminuât le plaisir même qu'elle trouvait dans son enthousiaste dévouement.

Enfin, le docteur déclara que le malade pouvait sortir.

Madeleine et la Bombée, en entendant cette décision de la science formulée devant elles, le jour même où nous les avons vues, plus haut, gagner la rue Traversine, éprouvèrent une joie immense.

Lodoïska devint pâle, au contraire, et éclata en sanglots.

Le jeune homme, qui depuis longtemps connaissait le mobile qui avait dirigé la balayeuse dans son dévouement, la regarda aussitôt avec un ineffable sourire, et lui tendit une main qu'elle pressa fébrilement.

Les yeux du muet révélaient l'état de son âme; ils exprimaient une reconnaissance profonde; mais c'était seulement de la reconnaissance.

Puis Mercredi se prépara à s'éloigner en s'appuyant sur le bras de la mère Madeleine.

— Ma chère demoiselle, dit cette dernière, si mon pauvre enfant pouvait parler, il vous répéterait, comme moi, que nous n'oublierons jamais le bien que vous nous avez fait, allez!... et y vous dirait que vous êtes une brave fille qu'a un bon cœur.

Mercredi approuva du geste sa mère adoptive.

— Eh ! qui vous demande de la reconnaissance? riposta la balayeuse... Est-ce que vous croyez qu'une femme, quand elle fait du bien à un homme, ne s'attache pas à lui?... Je m'étais habituée à le voir ici... je croyais qu'il n'en sortirait jamais... ou que peut-être... Oh ! j'étouffe!... Non, le bon Dieu n'est pas juste !

La Bombée, dont les yeux étaient pleins de larmes, se serra

contre Mercredi comme si elle eût eu peur qu'on ne le lui enlevât.

La balayeuse s'en aperçut. Elle s'avança vers elle, les bras croisés, les traits en feu.

— Et vous, mam'zelle la bossue, quel service que vous avez donc rendu à ce garçon pour qu'il vous aime de c'te façon-là? s'écria-t-elle; avez-vous passé les nuits à le veiller à toute minute... Avez-vous de cœur-joie dépouillé vot'e taudis de ses *frusques* pour payer la médication?... êtes-vous prête, enfin, à vous sacrifier de toute façon pour le rendre heureux, vous?... Parlez, mais parlez donc, méchante Bombée!

Et Lodoïska serra si violemment le poignet de Marie, que cette dernière ne put retenir un cri.

Mercredi retrouva une énergie si soudaine pour s'interposer entre les deux femmes, que la balayeuse recula avec terreur, et baissa la tête.

S'appuyant de nouveau sur le bras de sa mère, le jeune homme atteignit la porte de la mansarde.

Mais là il se retourna, et, jetant sur les deux rivales un regard qui signifiait amour et reconnaissance, il tendit à la balayeuse une main sur laquelle cette dernière se précipita en sanglotant.

Quelques secondes après, la délaissée contemplait, avec une poignante angoisse, sa mansarde restée vide. L'amour l'avait emporté sur la reconnaissance.

En arrivant dans son petit logement de la rue des Noyers, Mercredi s'aperçut que sa vieille mère Madeleine n'avait manqué de rien pendant son absence. Le ménage paraissait entretenu avec un soin et une propreté remarquables.

Il comprit aussitôt que la Bombée s'était faite l'ange gardien du foyer, et un doux baiser récompensa la bonne chiffonnière.

— Mes enfants, balbutia Madeleine d'une voix émue, m'est avis que la santé va rapprocher le jour de votre mariage!... Il ne faudra pas être trop lambins; je suis vieille, moi, j'ai pas le temps d'attendre!

Pour toute réponse, Marie serra la bonne femme contre son cœur, sans oser même interroger Mercredi, qu'on avait forcé à s'asseoir dans le fauteuil rembourré, place ordinaire de sa mère adoptive.

Nous ne raconterons pas le doux échange de sympathies qui se manifesta dans le petit logement de la rue des Noyers. Néanmoins nous constaterons que Mercredi, par sa mimique éloquente, trouva le moyen d'exprimer toute la puissance de son affection pour la Bombée, et que cette dernière n'éprouva bientôt plus même l'ombre de la jalousie qui l'avait mordue au cœur chez Lodoïska.

Choyé par le bonheur, le jeune musicien fut bientôt complétement rétabli.

Mais voyons ce qui s'était passé rue Traversine.

Après le départ de celui qu'elle avait veillé avec tant de passion, Lodoïska demeura longtemps les yeux fixés sur les murs dégarnis de sa mansarde; elle se mit à réfléchir et se demanda si le dédain de Mercredi ne tenait pas à sa position dans la société, à son état de misère, à sa condition de balayeuse.

— Cette existence, mêlée à tous ces gens hideux, se dit-elle, éloigne de moi tout attachement élevé, et il a l'âme élevée, lui; et puis, je me suis toujours moquée des amours des autres!... Il aura cru que j'étais une fille sans cœur!... Oh! si seulement j'étais riche, bien mise, il m'aimerait!... La richesse rend si belle!

En ce moment, une voix se fit entendre au dehors; Lodoïska se redressa aussitôt.

— Gaspard, disait la voix, attends-moi sur le palier.

On frappa à la porte.

— Entrez! fit machinalement la balayeuse.

La porte s'ouvrit, et Marville parut.

A la vue de la misère qui régnait dans la mansarde, le banquier fit une grimace de dégoût; puis, regardant l'hôtesse :

— Ah! diable! dit-il avec surprise, voilà une bien belle gravure pour un aussi vilain cadre!

Ce compliment fit rougir Lodoïska, qu'une semblable visite avait droit d'étonner.

— Qu'y a-t-il pour votre service, monsieur? demanda-t-elle poliment.

— Je suis membre de plusieurs bureaux de bienfaisance de Paris; j'ai vu sur le registre des demandes de secours du douzième arrondissement votre nom fréquemment répété, et j'ai voulu m'assurer par moi-même si vous n'étiez pas l'objet d'une faveur trop souvent réitérée.

— Vous le voyez, monsieur, je suis dans une profonde misère.

— Mais, jeune et belle comme vous l'êtes, continua le banquier en fixant plus attentivement Lodoïska, pourquoi ne travaillez-vous pas?... vous n'avez donc pas de profession?

— Oh! si... mais j'ai dû la quitter pour soigner un malade.

— Ce malade, où est-il?

— Il y a une heure à peine qu'il est sorti de cette chambre... Il était guéri.

— Il était guéri!... Ah! je comprends... un amoureux, sans doute?

Lodoïska ne répondit rien. Les yeux du banquier lançaient des éclairs de convoitise; on eût dit qu'une passion subite venait d'étreindre son âme.

— Eh bien, mais, maintenant que ce malade est parti, vous allez reprendre votre état? balbutia-t-il.

— Mon état?... oh! non, jamais!

— Pourquoi donc?

— Parce que je le trouve trop avilissant... A dater de ce jour, je veux m'élever.

— Ah! ah! vous êtes ambitieuse!... Vous irez loin, mon enfant.

— Pourquoi pas, monsieur!... Je me suis aperçue qu'on méprisait les créatures qui ont pour métier de nettoyer le chemin des heureux du monde!... Je ne veux plus être méprisée, moi!

— Vous voulez qu'on vous aime, au contraire?... Eh! mais... vous avez raison... Lorsque vous serez bien vêtue, je crois que vous pourriez tenir votre place au rang des déesses du luxe et de l'amour!

— Oh! si cela était! exclama avec passion la balayeuse.

— Eh bien? fit Marville en rapprochant un peu son siège.

— Rien, rien... répondit-elle vivement. — Oh! si cela était! ajouta-t-elle tout bas, il m'aimerait, lui!

Placés sur le terrain des passions, Marville et Lodoïska causèrent longtemps encore, chacun à leur point de vue...

En sortant de la mansarde de la balayeuse, le banquier s'approcha de Gaspard, resté, d'après son ordre, sur le palier.

— Regarde à travers le trou de cette serrure, lui dit-il à voix basse.

— C'est fait, répondit Gaspard.

— Qu'as-tu remarqué?

— Une femme rêveuse... Oh! qu'elle est belle!

— Grave bien ses traits dans ta mémoire.

— Je m'en souviendrai, monsieur.

— Demain elle viendra à mon hôtel, je l'ai autorisée à cette démarche, qui a pour but d'améliorer sa position.

— Fort bien, monsieur.

— Tu la recevras.

— Ensuite?

Marville réfléchit un instant.

— C'est toi que je chargerai de lui trouver un appartement splendide.

— J'ai compris, monsieur.

— Sois adroit, et surtout discret.

— Comme d'habitude; vous n'aurez pas à vous plaindre de mon zèle.

Le banquier et le valet de chambre s'éloignèrent.

<h2 style="text-align:center">CHAPITRE XV</h2>

LA MAISON VERTE DE LA BARRIÈRE DES DEUX-MOULINS

En suivant les rues Saint-Victor, du Marché-aux-Chevaux et de Campo-Formio, on arrivait à la barrière des Deux-Moulins, située de l'autre côté du boulevard extérieur.

Cette barrière traversée, et en côtoyant son artère principale qui aboutissait aux champs d'Ivry, on remarquait un établissement bizarre qui portait pour enseigne, au-dessus d'une porte charretière : *Au Grand-Napoléon.*

Ce cabaret fameux, ne possédant qu'un rez-de-chaussée, peint en rouge et surmonté d'un toit en tuiles, était précédé d'un jardin entouré de barreaux verts.

Il était, le dimanche surtout, fréquenté par le peuple, qui venait y prendre ses repas à bon marché, pour ensuite terminer sa flânerie, le soir venu, au bal de *la Belle Moissonneuse*, établi presque en face.

C'est donc un dimanche que nous allons conduire nos lecteurs, et entrer avec eux au cabaret du *Grand-Napoléon.*

Il était cinq heures environ; la foule abondait autour des tables de l'intérieur et du jardin.

A l'une de ces tables, accotée au coin de la maison, étaient assis deux hommes devant un pot de vin clairet.

Ces deux hommes étaient, l'un Meurt-de-soif, et l'autre, Fouilloux, le fabricant d'asticots.

Afin de suivre la coutume populaire qui consistait à s'habiller le dimanche un peu mieux que dans la semaine, les deux chiffonniers s'étaient mis en frais de toilette, Meurt-de-soif avait endossé une blouse presque neuve, en conservant néanmoins sa hideuse casquette, posée sur le coin de l'oreille; Fouilloux, affublé d'une veste sans pans et d'un chapeau à larges bords, ressemblait à un honnête Auvergnat de la rue de Lappe en congé de travail.

Penchés tous deux tête à tête, les coudes appuyés sur la table, ils causaient à mi-voix sans s'occuper de ce qui se passait dans le jardin ou dans l'établissement, dont une fenêtre entr'ouverte aboutissait à l'extrémité de leur table.

— Voyons, à ta santé, mon vieux, dit Meurt-de-soif en remplissant les verres, et causons...

— Par quoi faut-il commencer? interrogea Fouilloux après avoir bu.

— Par le commencement, tête de linot effarouché.

— Ah! c'est que, vois-tu, j'ai fait les choses en conscience... à preuve que j'ai presque négligé mes petites *bêtes* en m'absentant une partie de la semaine de ma *manufacture*...

— Dépêchons-nous, le jour baisse, y a pas de temps à perdre. Comment qu'est située la cassine du Verneuil?

— Là-bas, en plein champ, sur le coteau, avant d'arriver à Ivry... elle a des persiennes vertes; son jardinet, tout ratatiné, est entouré de murs à hauteur de gendarme.

— Combien sont-ils de *larbins* là dedans?

— Un seul, *birbe* comme le *singe* (1). Je l'ai fait *jaspiner*, pas plus tard que ce matin, et y m'a faufilé dans la *cambuse*...

— Je suis curieux de savoir de quelle façon que tu t'y es pris?

— Voilà... après avoir pris des renseignements chez le *mannezingue* du boulevard d'Ivry, qu'est proche de la cahute en question, j'ai su que le Verneuil aimait la pêche et qu'y recherchait les asticots premier numéro... V'lan! mon affaire était trouvée...

— J'y suis. T'as été trouver le *larbin?*

— Oui, et je lui ai proposé ma marchandise...

— En lui assurant une prime sur la vente, ben entendu?...

— Bravo! tu devines carrément, vieux.

— En *jaspinant*, t'as regardé la cahute?

— J'aurais eu le temps de la défigurer cent fois... Le père Guillaume, — c'est le nom du vieux *larbin*, — a vidé avec moi une pinte de rhum...

— Fichtre! il est *soifmann*, le subalterne... Tu l'as questionné sur son maître et les habitudes de la *cambuse*, pas vrai?

— Oui, le Verneuil vit tout seul depuis dix ans. Paraît qu'il a eu des malheurs aussi, lui... Mais suffit sur la légende...

— Déroule le chapelet, petit; les moindres détails engendrent les grandes révolutions, comme dit un ancien. Qu'est-ce que c'est que les malheurs qu'il a éprouvés?

— Paraît qu'y s'est conjoint deux fois.

— La bête!... Après ça?

— Du premier *conjungo* il a eu un mioche!

— Conséquence du goût prononcé qu'on a pour le beau *sesque*. Ensuite est venu le second mariage, qui n'a produit que *nisco*...

— Résultat des ans et de l'abaissement des facultés humaines, conclut Meurt-de-soif en avalant un verre de clairet.

— Puis le mioche a été effarouché sans qu'on sache où qu'il était passé... Puis la seconde moitié du vieux, quoiqu'étant plus jeune que lui, a *claqué* aussi, et là-dessus...

— Et là-dessus, solitude, chagrin, monomanie... des bêtises, quoi!... Mais assez de *philosophade*. Passons au positif... Ousqu'est placée la cachette aux *picaillons?*

— Ah! v'là ce que je n'ai pu tirer du *larbin* abruti, qu'était pourtant pas mal ébouriffé par le liquide!...

— Tant pis... mais t'as de l'œil et t'as remarqué?...

— Minute! j'ai supposé, v'là tout!... Il ne s'agit point de se compromettre par des affirmatives sans affirmation.

— Chut! quelqu'un!

L'interruption de Meurt-de-soif était produite par l'apparition de Mercredi, qui venait soudain de se dresser derrière la fenêtre à laquelle aboutissait la table des buveurs.

Depuis sa maladie, Mercredi était tellement changé, que le chef des Quarante-Cinq ne le reconnut pas, quoique la circonstance dans laquelle il l'avait rencontré au *Grand-Vainqueur* fût assez grave pour qu'elle frappât son esprit.

Le jeune musicien avait entendu toute la conversation des assassins.

On s'étonnera sans doute de sa présence au cabaret du *Grand-Napoléon;* rien n'est plus simple cependant.

Mercredi avait repris son métier de musicien ambulant, et était venu ce dimanche-là jouer du violon à la barrière des Deux-

(1) Patron.

Moulins. S'étant aperçu que l'aubaine avait été bonne et voulant rester la soirée à la barrière pour continuer sa recette, il était entré dîner au cabaret dont nous venons de parler.

En dînant, la voix de Meurt-de-soif frappa son oreille à travers la fenêtre entr'ouverte; il le reconnut, tressaillit, car il avait pu apprécier déjà les mauvais instincts du chiffonnier, et se dissimula à l'angle du mur pour observer.

Quelques minutes s'étaient à peine écoulées, que Mercredi en savait assez des projets des deux meurtriers; le rouge de l'indignation lui monta au visage; il prit son violon sous son bras et s'éloigna à la hâte du cabaret.

Il gagna les champs, tourna à gauche dans la direction d'Ivry, et reconnut bientôt la maison aux persiennes vertes, dont avait parlé Fouilloux.

Le jour allait disparaître, lorsque Mercredi sonna à la porte. Le vieux Guillaume, encore ému de ses libations matinales avec Fouilloux, vint ouvrir.

— Que demandez-vous? balbutia-t-il en regardant avec étonnement le visiteur.

Tirant de sa poche des tablettes et un crayon, Mercredi traça vivement ces mots sur une feuille blanche:

« Je désire parler à M. Verneuil; il y va de son existence. »

Le domestique lut la phrase, et considérant de nouveau le jeune homme avec un ironique sourire:

— Est-ce que vous êtes muet, par hasard?

Mercredi inclina la tête.

— Venez donc, alors!

Le domestique et le musicien gagnèrent le péristyle de la maison, et, après avoir traversé un couloir, pénétrèrent dans le salon de M. Verneuil, qui, enveloppé dans sa robe de chambre et assis dans une causeuse, lisait son journal aux dernières lueurs du couchant.

— Monsieur, dit le domestique en présentant le musicien qui s'inclinait, voici un jeune homme qui veut vous communiquer des affaires très-graves... regardez...

Et il présenta le billet tracé au crayon.

Verneuil regarda tour à tour l'inconnu et son message.

— Ah! seulement, ajouta le domestique, je dois vous prévenir, monsieur, que vous ne pourrez causer avec lui que par correspondance... il est muet!...

— Muet! répéta M. Verneuil en fixant Mercredi avec plus d'attention.

Puis, lui faisant signe de s'asseoir, il congédia le domestique.

Alors, et toujours sans perdre de vue son mystérieux visiteur, il alluma lui-même les bougies, les plaça sur une table et apporta ensuite tout ce qu'il fallait pour écrire.

M. Verneuil était un vieillard à cheveux blancs. Son visage soucieux se nuançait de rides profondes; ses yeux caves lançaient à intervalles de rapides éclairs, puis s'éteignaient tout à coup, comme s'ils eussent été l'expression d'une âme anéantie par une longue lutte de chagrin.

Semblable à un squelette décharné, son corps paraissait déjà s'incliner vers la tombe, et pourtant M. Verneuil retrouvait quelquefois assez de force pour maudire les hommes, laissant comprendre ainsi, ou qu'il avait été leur dupe, ou qu'il était en proie à de cuisants remords.

Cependant, malgré toute sa haine pour l'humanité, ce vieillard fut surpris de l'air honnête et loyal dont était imprégné le visage de Mercredi.

Et, subissant malgré lui l'ascendant que le jeune homme exerçait habituellement sur son entourage:

— Écrivez, mon ami, lui dit-il avec douceur, en lui présentant la plume.

Mercredi écrivit vivement le résumé du complot qu'il avait entendu au cabaret, en n'oubliant pas la cause qui l'y avait amené, afin de faire mieux pénétrer la confiance dans l'esprit de M. Verneuil.

Ce dernier lisait au fur et à mesure, par-dessus l'épaule du muet, les mots que traçait sa plume rapide.

— Et qui me prouve! fit-il avec un sourire d'incrédulité, que vous n'êtes pas le complice de ces hommes?...

Mercredi releva la tête avec fierté; son visage resplendissait du sentiment d'honneur dont son âme était pénétrée.

« Je jure sur le Christ, écrivit-il encore, que j'ai affirmé la vérité!... »

Et se dirigeant vers le symbole du christianisme placé sur un des murs du salon, le muet étendit sa main vers l'image de Celui qui mourut pour l'émancipation de l'humanité.

— Oh! je vous crois! fit M. Verneuil en pressant fébrilement cette main juvénile. Maintenant, mon ami, agissons.

Il tira le cordon d'une sonnette, le domestique entra.

— Guillaume, dit le vieillard, vous avez failli, par votre imprudence et votre fatale habitude de boire, causer notre perte commune... Aidez-nous donc à détourner le malheur qui nous menace.

Guillaume, au comble de la stupeur, prit place à côté de son maître, et tous suivirent du regard la main de Mercredi, qui écrivait toujours.

Revenons au cabaret de la barrière des Deux-Moulins.

Après le départ de l'ombre qu'ils avaient vue se dresser derrière la croisée, Meurt-de-soif et Fouilloux reprirent leur conversation à voix plus basse encore.

Lorsque Meurt-de-soif eut rassemblé tous les détails qu'il lui était urgent de connaître pour la réussite du coup qu'il méditait, le chef des Quarante-Cinq jeta sur le jardin un coup d'œil inquisiteur, et compta intérieurement :

— Huit, neuf, dix, acheva-t-il; ils sont exacts. *Décarre*, Fouilloux.

Le fabricant d'asticots s'éloigna, après avoir payé au garçon la dépense.

Meurt-de-soif mit alors sa tête dans ses mains, comme s'il eût éprouvé l'envie de dormir, et jeta en sourdine son terrible signal, le cri de l'orfraie. Seulement, il ne le jeta qu'une fois et en prolongeant la fin du cri.

— C'est pour une *plombe* (1) du matin, dit à Chicarpion le Grinche, qui buvait à une autre table.

— C'est bon, répondit ce dernier, on sera à *ménuit* au rendez-vous, à la carrière de la *Petite pègre*.

Et les dix membres de l'association s'éloignèrent du jardin les uns après les autres, afin de ne pas attirer l'attention.

Ils se répandirent dans la campagne.

A minuit, tous étaient exacts à la carrière de la *Petite pègre*, asile nocturne de quelques membres de la bande Sourcque et Foulbert.

Rassemblés autour d'un fallot mourant, ils écoutèrent Meurt-de-soif, qui donnait ses dernières instructions.

— Lorsque nous serons arrivés *à la cloche de bois* (2), sous les murs qui entourent la *cambuse*, dit ce dernier, vous vous échelonnerez de distance en distance, et au signal vous grimperez... Toi le premier, Chicarpion; ton visuel de loup-cervier devinera dans le noir s'il y a un guet-apens.

— Oh! y a pas de danger de *moutonage!* exclama le lieutenant, puisque Biribi et Broutechoux sont privés momentanément de prendre part à nos expéditions.

— Une fois dans le potager vous gagnerez le petit pavillon oùsqu'il y a des marches; c'est là qu'est le nid au *pognon*. Moi, je resterai à la *lourde* (3) pour avoir l'œil au grain. Fouilloux, avec son rossignol, ouvrira le pavillon, et l'affaire ira comme sur des roulettes.

— C'est convenu! affirmèrent les voleurs.

— Si vous rencontrez de la résistance, serrez le *sifflet* de la victime jusqu'à fin de respiration, mes vieux; mais surtout pas de sang!... ça tache et ça compromet!...

La bande se mit en route pour la maison Verte, au milieu d'une obscurité profonde. Chacun portait un poignard à la ceinture.

Tout se passa d'abord comme l'avait prévu et ordonné Meurt-de-soif.

Pendant que ses hommes traversaient à pas de loup le jardin, après avoir franchi les murs, Foulbert ouvrait la grille qui donnait sur la route, afin de préparer la fuite en cas d'alerte.

Fouilloux, de son côté, se mit en devoir de forcer la porte du petit pavillon.

— Les *gonces* (4), ricana-t-il à ses complices serrés autour de lui, ils n'ont pas même tiré le verrou!...

La porte s'ouvrit, en effet, sans résistance...

Une détonation retentit, et Fouilloux tomba à la renverse sans pousser un gémissement; une balle lui avait brisé le crâne.

— Cré nom!... la *raille*, *filfardons* sur le *trimart* et *d'attaque!* firent avec effroi les voleurs.

— Alerte! hurla Meurt-de-soif; déménageons nos *arpions* de l'immeuble, enfants, si nous ne voulons pas être *roustis*.

Et au milieu de détonations successives qui, dans l'ombre de la nuit, n'atteignirent aucun autre d'entre eux, les complices s'esquivèrent à travers champs.

La généreuse initiative de Mercredi venait de faire échouer la criminelle tentative de la bande des Quarante-Cinq.

(1) Une heure.
(2) En sourdine.
(3) Porte.
(4) Imbéciles.

D'accord avec M. Verneuil, le jeune musicien avait été prévenir l'autorité; et le commissaire de police, accompagné d'agents, s'était rendu à la maison Verte pour prêter main-forte.

On se mit à la poursuite des assassins; mais ils parvinrent à se soustraire aux recherches, en se précipitant dans les carrières et les ravins, dont ils connaissaient les moindres détours.

Fouilloux seul paya de sa vie le crime de ses complices.

Le commissaire de police pensait, au moyen de l'identité de cette victime, retrouver la trace de la bande; mais la figure de l'assassin avait été rendue méconnaissable par la balle qui avait fracassé le crâne, et on ne trouva sur le cadavre aucun papier, aucun indice révélateur.

Quant à Meurt-de-soif, Mercredi donna en vain son signalement; il fut impossible de le découvrir.

Ce ne fut qu'au point du jour que l'autorité quitta la maison de M. Verneuil, promettant de revenir la nuit suivante, afin d'empêcher toute tentative nouvelle. Le cadavre de Fouilloux fut transporté à la Morgue.

Resté seul avec Mercredi, M. Verneuil comprit dans toute son étendue l'importance du service que le musicien venait de lui rendre.

Des larmes s'échappèrent de ses yeux. Il pressa le jeune homme dans ses bras.

— Mon ami, lui dit-il, je suis sans autre famille qu'un neveu dont l'inconduite a toujours éloigné mon affection; voulez-vous partager ma demeure?... Voulez-vous être mon fils?...

Mercredi exprima, dans un sourire expressif de reconnaissance, combien le touchait une pareille proposition.

Mais, soudain il songea à la mère Madeleine, à Marie...

Alors, prenant une dernière fois la plume restée sur la table du petit salon, il écrivit :

« Demain je vous rendrai réponse, monsieur, en venant vous visiter avec ma mère. »

Et il s'éloigna en toute hâte, pressé qu'il était de rassurer Madeleine sur son absence.

M. Verneuil le suivit des yeux le plus loin que le lui permirent les accidents de terrain qui environnaient la maison, et rentra en murmurant :

— Il a une mère!... Allons, je suis fou d'avoir de semblables idées!...

CHAPITRE XVI

JOUR DE FÊTE, JOUR DE DEUIL

Depuis quelque temps le brave père Joseph était triste. Il s'était aperçu que Constance avait un secret pour lui.

Plusieurs fois, en effet, il avait surpris son enfant rêveuse; et, lorsqu'il lui avait demandé la cause de cette rêverie, elle s'était mise à pleurer, puis à rire aux éclats, en se hâtant de donner pour prétexte à cette incohérence de caractère un motif banal que le vieux chiffonnier ne pouvait admettre, lui qui avait l'expérience de la vie!

Plusieurs fois aussi il avait aperçu un jeune homme rôder autour de la maison; c'était Gaston, qui attendait que Constance fût seule, pour lui rendre sa visite d'amoureux.

Cet état de choses prostrait le cœur de Joseph. Il se demandait, dans son incertitude, si son enfant ne descendait pas la pente de la perdition; et, cependant, il n'osait l'interroger elle-même, dans la crainte d'éveiller un sentiment inconnu dans l'âme de la jeune vierge.

Constance, de son côté, n'avait rien voulu avouer à son père.

Confiante dans les promesses de Gaston, qui lui avait juré un éternel amour, et n'attendait, affirmait-il, qu'un moment propice pour fixer le jour de leur union, elle ne voulait annoncer son bonheur à Joseph qu'en lui demandant son consentement à ce mariage, qui leur assurerait à tous deux un riant avenir.

Un jour, cependant, le brave chiffonnier entra dans la chambre de la jeune fille qui travaillait avec assiduité; et, la prenant affectueusement sur ses genoux, il déposa sur son front un baiser.

Constance sentit une larme s'échapper des yeux du vieillard.

— Qu'as-tu donc, père? demanda-t-elle avec anxiété.

— Rien, rien, fillette chérie!... répondit-il en s'efforçant de sourire.

— Si, si! je veux savoir... Ah! mais, je suis volontaire, moi!... Et quand on a du chagrin, on doit le partager avec ceux qu'on aime... c'est mon opinion!

— Je te répète que ce n'est rien, Constance. J'ai mal dormi, voilà tout; et, dans ma somnolence, j'ai vu passer l'ombre de mon pauvre chien Moustache. Tu ne peux te rappeler de lui, toi, tu étais trop petite quand je te plaçais sur son dos.

— Par exemple! ne pas me rappeler de Moustache!... Oh! mais si; et ils sont bien cruels, ceux qui vous l'ont tué...

— Les envieux, vois-tu; il faut toujours que ça détruise le bonheur des autres!...

Et Joseph passa la main sur ses yeux humides.

— Allons, allons, plus de chagrin, petit père! se hâta de dire Constance. Je l'ai remplacé, moi, ton vieil ami Moustache!... Si tu pleures encore, je croirai que pour toi je vaux moins que lui!

— Eh bien, non, là, c'est fini... regarde, je ris... Heureusement qu'on ne peut pas le tuer comme Moustache, toi!... Mais aussi tu ne me quitteras jamais, n'est-ce pas, mon enfant chéri? Oh! j'en mourrais, vois-tu!

En prononçant ces mots, avec toute l'anxiété de son âme, Joseph serrait à pleines mains la jolie tête de Constance.

— Te quitter!... fit-elle avec un petit air boudeur. Oh! je serais trop ingrate!... Est-ce que ce n'est pas toi qui m'as recueillie, quand j'avais à peine trois ans!... Ma mère était morte depuis longtemps; on venait d'assassiner lâchement mon pauvre père... Alors, toi, sachant qu'il y avait une orpheline que la charité publique pouvait seule sauver, tu as demandé à l'autorité le droit de me faire ton enfant d'adoption; tu es venu dans la chambre de la rue Saint-André des Arts, où mon père m'avait encore embrassée la veille... dernier baiser, hélas!... et me prenant dans tes bras tu m'as emportée à ton foyer, où, depuis... ah! petit père, ne m'accuse pas de chercher à te causer du chagrin, car ce ne serait pas juste.

— Oui, j'ai tort, j'en conviens, fit Joseph, heureux d'une telle expansion. Mais, que veux-tu, il y a des moments où l'on n'est pas maître de ses idées, des idées noires surtout!... elles vous trottent, elles vous trottent... le cerveau travaille, et alors...

— Il faut avoir confiance, monsieur, en ceux auxquels on a donné tant de preuves de dévouement. Je ne te quitterai jamais, parce que tu es bon et que je t'aime!... Jamais, entends-tu, à moins que...

La blonde enfant baissa la tête. Joseph reprit son air soucieux.

— A moins que?... balbutia-t-il.

— Je ne veux rien t'apprendre aujourd'hui... Plus tard, nous verrons...

Et la capricieuse jeune fille, quittant les genoux du vieillard, regagna sa table de travail où elle se remit avec ardeur à sa broderie en chantonnant du bout des lèvres.

Joseph se leva à son tour, regarda longtemps celle dans laquelle il avait placé toute sa tendresse, et murmura en secouant la tête :

— Tout ça n'est pas clair, y a quéque chose.... faudra que je le sache!... Est-ce que je te trouverai ici dans une heure, fillette? demanda-t-il à voix haute.

— Oui, père. Tu sais bien que je ne sors jamais qu'accompagnée par toi ou ma bonne Marie.

Joseph sortit et se dirigea vers la rue d'Orléans, où demeurait son maître chiffonnier, M. Dumesnil, pour lui demander le règlement de son compte, car il n'avait pas oublié que le lendemain était la fête de Constance.

En quittant M. Dumesnil, le chiffonnier gagna le quai aux Fleurs, en passant par la rue des Noyers, afin de prévenir Mercredi et la Bombée qu'il reviendrait les chercher pour fêter dignement son enfant.

De son côté, Constance n'était pas restée inactive.

A peine son père adoptif avait-il disparu qu'elle souleva la couverture de son lit et en tira une magnifique calotte grecque, qu'elle avait brodée en cachette. Elle revint à sa table, prit une plume, écrivit ces mots sur un petit carré de papier : *Souvenir d'un enfant aimée*, et attacha ce papier après la calotte grecque avec une épingle.

— Mon cœur me dit que père Joseph ne m'oubliera pas ce soir, murmura-t-elle; je veux lui prouver que moi aussi j'ai pensé à lui être agréable... Allons, petit travail, fabriqué par la reconnaissance, placez-vous bien en vue afin qu'il vous trouve!...

Et Constance entra dans la chambre du chiffonnier.

Au même instant, la porte qui donnait sur le palier s'entr'ouvrit, et la tête joufflue de la veuve Ménager se pencha dans l'intérieur du logement.

La sage-femme était amenée par un motif dont nous devons indiquer le point de départ.

Le matin même, Marville, furieux de ne pouvoir arriver à son but, c'est-à-dire au mariage de Gaston avec Amélie, s'était rendu chez la veuve Ménager.

— L'enfant est-il encore chez vous? demanda-t-il à la matrone tremblante et qui croyait être surprise en faute.

— Oui... monsieur... balbutia-t-elle; mais excusez-moi, j'attendais la nuit; demain tout sera terminé!

— J'ai changé d'avis; il ne faut plus qu'il meure.

— Ah! ma foi, monsieur, je ne vous cacherai pas que j'aime autant ça!... car enfin c'était bien pour vous être agréable, allez, que...

— Silence! et écoutez-moi. Que l'enfant disparaisse d'une façon ou d'une autre, cela doit vous être indifférent puisque vous êtes payée?...

— Oh! certainement, je suis si heureuse de vous être utile...

— Il y a dans le quartier de la Montagne-Sainte-Geneviève, reprit-il, rue des Boulangers, une jeune fille que des intérêts graves me forcent à compromettre à tout prix.

— Je comprends!... Il faut que l'enfant soit déposé chez elle.

— Je vous complimente sur votre perspicacité. Mais ce n'est pas tout, je compte encore sur votre adresse...

— J'attends vos ordres, mon excellent monsieur.

— Vous profiterez donc d'un moment où la jeune fille ne sera pas dans sa chambre, — arrangez-vous pour le savoir, — alors vous causerez avec le portier de la maison, et vous lui affirmerez que vous venez rendre un dépôt qui vous a été confié il y a deux mois environ...

— De façon que tout le quartier le sache au bout d'une heure et que la jeune fille soit perdue de réputation? C'est convenu... les portiers sont si bavards!...

— Ne perdez pas de temps; allez! fit Marville en se préparant à se retirer.

— Mais, monsieur, cette jeune fille, comment se nomme-t-elle?

— Constance; elle demeure chez le chiffonnier Joseph, son père.

Puis, après avoir bien indiqué la situation de la maison de la rue des Boulangers, d'après les indications de Gaspard, Marville quitta la rue du Chantre.

— Ce serait bien extraordinaire, se dit-il en rentrant à son hôtel, si mon pupille Gaston persistait encore à aimer une fille déshonorée!... Eh! eh! la ruse est assez bonne!... Mettre la faute de la dédaignée sur le compte de l'adoré!... Allons, allons! je suis d'une belle force en psychologie humaine.

La sage-femme, qui, au fond, n'était pas fâchée de se dispenser d'un meurtre de plus, se mit en route pour la Montagne-Sainte-Geneviève, où elle arriva portant sous son manteau l'enfant d'Amélie de Norges.

Elle entra chez le portier de la maison qui lui avait été désignée.

— N'est-ce pas ici que demeure le père Joseph? demanda-t-elle au *cerbère* qui carrelait des souliers.

— Oui, madame, fit ce dernier en relevant ses lunettes sur son front.

— Y est-il?

— Non, il est sorti.

— Et sa fille Constance?

— Je crois l'avoir vue sortir aussi; mais en tout cas elle ne tardera pas à rentrer... Quéqu'y gn'a pour vot' service?

— Je lui rapporte un trésor que je lui garde depuis deux mois.

— Un trésor!... je suis pas curieux, mais si madame voulait me dire quoi qu'il en retourne?...

— C'est un enfant.

— Hein!... ah! pas possible!... exclama le carreleur en laissant tomber son tire-pied. Eh ben, là, vrai, je l'aurais jamais cru, une jeunesse si timide... et l'air si innocent... fiez-vous donc aux jeunesses... Oh! les femmes!...

— Je monte toujours... n'est-ce pas? interrompit la matrone.

— Oui, madame, c'est au quatrième, la clef est sur la porte.

— S'il n'y a personne, je vous rapporterai l'objet...

Et pendant que la sage-femme grimpait les quatre étages, le portier continuait, à part lui, ses exclamations, en jurant qu'on ne devait jamais juger une jeune fille sur les apparences, surtout pour la vertu. Puis il quitta sa loge et partit répandre la nouvelle chez le marchand de vins.

La veuve Ménager trouva en effet la clef sur la porte de Constance.

— Peut-on entrer? demanda-t-elle à mi-voix.

Personne ne répondant à sa question, elle s'avança sur la pointe du pied en regardant autour d'elle, et retira de dessous son manteau l'enfant, soigneusement enveloppé.

En ce moment, Constance fredonna le chant des hirondelles.

— Ah! diable! fit la sage-femme en devenant pâle... il y a du monde; filons.

Elle déposa vivement l'enfant sur le lit et se précipita pour sortir; mais un bruit de pas qui retentit sur le palier l'arrêta de nouveau.

— On vient !... où me cacher !... Ah ! là !... dit-elle en gagnant l'appentis. Puis, se dissimulant derrière un rideau de serge qui séparait la cuisine de la chambre de Constance, la sage-femme attendit le moment propice pour s'esquiver.

Comme la jeune fille revenait à son travail, elle s'arrêta en poussant un cri épouvantable.

En face d'elle, les traits crispés, le regard menaçant, se dressaient deux hommes, dont l'un était Meurt-de-soif ; Meurt-de-soif, l'infâme chassé déjà par Joseph, et dont la présence, cette fois, laissait ouvertement pressentir un horrible dessein.

La pauvre enfant devint livide. Elle se précipita à genoux, et, les mains jointes et crispées par la terreur :

— Grâce ! grâce ! s'écria-t-elle ; oh ! ne me faites pas de mal, je vous en supplie.

Mais le chef des Quarante-Cinq avait son idée fixe. Il appesantit rudement sa poigne de fer sur Constance.

— Allons, y a pas de temps à perdre, dit-il en s'adressant à son acolyte ; la *rousse* peut venir..., Gargouille, à la besogne !...

La fille du chiffonnier tomba à la renverse.

Celui que Meurt-de-soif avait appelé Gargouille lui mit un bâillon dans la bouche ; puis, Meurt-de-soif lui-même déplia un énorme sac qu'il portait sous son bras, y enferma sa victime et la hissant lestement sur ses épaules :

— En route, Gargouille ; et n'oublie pas que c'est du chiffon que je porte !...

— Où allons-nous, patron ?

— A Créteil...

Les ravisseurs s'éloignèrent en toute hâte.

La veuve Ménager avança la tête :

— Ma foi, ricana-t-elle, v'là des gaillards qui vont vite en affaire !... Si je les dénonçais ?..., Ouais ! pas si niaise !... On me demanderait ce que je suis venue faire ici !... Filons, à mon tour, et à la garde de Dieu !

Une demi-heure après, le père Joseph, Mercredi et la Bombée arrivaient chargés de fleurs.

Le brave chiffonnier les arrêta un instant sur le palier :

— Mes enfants, dit-il, comme les surprises causent quelquefois des émotions trop fortes, j'entrerai d'abord seul... je préparerai les choses, et quand je frapperai dans mes mains, alors, crac !... un vrai déluge de bouquets et d'embrassements !...

Ainsi que c'était convenu, Joseph pénétra le premier dans le petit logement.

— Tiens ! fit-il, elle m'avait pourtant promis de ne pas sortir !... Après tout, elle est peut-être à côté ; elle termine mon petit ménage...

Il entra dans sa chambre... Elle était vide !

Alors le soupçon qui tant de fois lui avait mordu le cœur, reparut plus vivace dans son esprit. Il laissa tomber le bouquet qu'il portait.

— Est-ce que je ne me serais pas trompé ?... reprit-il avec amertume. Oh ! bien sûr ma fille a une passion dans l'âme... Ce jeune homme qui rôdait autour de la maison, c'était pour elle !... Il l'a séduite, peut-être... elle est allée à un rendez-vous... Oh ! pauvre Constance, pourquoi n'as-tu pas eu confiance en moi !... Pourquoi as-tu douté de ma prudente affection !...

Son regard s'arrêta sur la calotte grecque que la jolie brodeuse avait placée bien en vue sur la commode ; il la saisit, lut les mots tracés sur le papier, et le sang se mit à bouillonner dans sa poitrine. Il entrevoyait une vérité, plus terrible encore que le doute qui l'étreignait quelques secondes auparavant.

Il voulut crier ; aucun son ne s'échappa de sa gorge serrée.

Mercredi et la Bombée, impatients, venaient d'entrer dans la chambre.

Le pauvre chiffonnier leur montra, avec un geste de douleur suprême, les mots tracés par Constance, et ne put que murmurer ces paroles en pleurant :

— Partie !... elle est partie !...

— Mais non, père Joseph, dit la Bombée ; voyons, voyons, pas de fausse alarme ; je vais chez les voisins, je parie que je vous la ramène.

Et la bonne Marie se mit, en effet, à parcourir la maison pour retrouver sa sœur. Le portier lui apprit en ricanant ce qu'il savait.

Le chiffonnier attendait le retour de Marie avec une anxiété croissante, lorsqu'un léger vagissement se fit entendre.

Joseph, se précipitant vers le lit, s'empara de la petite créature.

Alors, comme frappé de la foudre, ses yeux errèrent avec égarement ; il lui semblait qu'un songe affreux torturait son cerveau.

Mais, faisant un suprême effort :

— Eh bien, non ! s'écria-t-il, je ne la crois pas coupable !...

J'ignore quelle machination il y a là-dessous, mais Constance est incapable d'avoir déshonoré son vieux père !...

La Bombée, qui rentrait en ce moment, l'embrassa avec effusion.

Et, pendant quelques minutes, la chambre de celle qu'on ne pouvait plus fêter retentit des sanglots arrachés par la douleur.

CHAPITRE XVII

UNE SOIRÉE CHEZ LE PROCUREUR DU ROI.

Après ce qui s'était passé entre Marville et Amélie, le banquier, comprenant qu'une distraction continuelle pourrait seule éloigner les idées tristes de l'esprit de la jeune fille, recherchait toutes les occasions de la conduire dans les soirées aristocratiques.

Amélie refusa d'abord de paraître dans le monde ; « la solitude convenait mieux, disait-elle, à sa position. » Enfin, sur les instances du banquier, elle consentit à l'accompagner chez M. de Jumiéges, procureur du roi, dont la fille, Laure, avait été autrefois compagne de pension de mademoiselle de Norges. Depuis quelques années les deux amies, séparées par le tourbillon de la vie, ne s'étaient pas vues. Cette soirée était donc pour Amélie un charmant motif de se rapprocher de son ancienne camarade d'enfance.

Quant à Marville, il n'eût manqué sous aucun prétexte de se rendre chez le procureur du roi ; car, sa fortune ayant repris un essor rapide, grâce à la générosité de Gaston, il se portait à la députation pour Paris, et devait rencontrer chez M. de Jumiéges toutes les notabilités politiques dont l'influence pouvait lui être utile en cette circonstance.

Un domestique ayant annoncé que les chevaux étaient attelés, le banquier alla chercher sa fille dans son appartement, et ils montèrent tous deux en voiture.

Aucune parole ne fut échangée entre eux pendant le trajet qui séparait l'hôtel Marville de la propriété de M. de Jumiéges.

Le procureur du roi habitait, dans la rue de Varennes, le premier étage d'une élégante maison. La position honorable et honorée du magistrat lui permettait de recevoir tout ce que Paris comporte d'influent et de remarquable dans la finance, la robe et la diplomatie. Aussi ses salons se trouvaient-ils pleins dès les neuf heures du soir.

M. de Jumiéges, homme libéral et intègre, ennemi acharné de la corruption et de l'injustice, avait une réputation intacte de loyauté et de franchise. S'il recevait chez lui les hommes de mérite, il était reçu lui-même à la cour, et plusieurs fois le roi lui avait témoigné l'estime qu'il ressentait pour l'élévation de ses sentiments et la droiture de son caractère.

Mais, si M. de Jumiéges était heureux publiquement de la considération justement acquise à son mérite personnel, il éprouvait dans son intérieur un chagrin qui étreignait vivement son âme.

Sa fille Laure, l'unique enfant qu'il eût eue d'une femme adorée, — et morte poitrinaire, — venait de lui exprimer formellement sa volonté de quitter le monde, et d'entrer dans la congrégation des Sœurs de la Compassion.

L'excellent père, qui avait formé le doux projet de marier dignement son enfant, ou tout au moins de la conserver près de lui, avait senti son cœur se briser à la confidence de cette irrévocable décision.

D'abord, il pensa que sa fille n'était pas heureuse au foyer paternel, que ses délicates prévenances et ses soins assidus ne suffisaient pas à remplir le vide fait autour d'elle par la mort de sa mère. Il la questionna. Laure, après avoir rendu justice au dévouement de son seul ami, persista dans sa résolution ; dès lors, le malheureux père fit toutes les démarches nécessaires pour que sa fille pût entrer dans la congrégation qu'elle avait choisie.

Le moment étant venu de se séparer, le procureur du roi avait désiré que son enfant chérie fît un dernier adieu au monde. Tel était le mobile de la soirée qu'il donnait.

Nous l'avons dit, les salons étaient pleins. Les convives se composaient de femmes jolies ou élégamment parées, de pairs de France, de députés, d'artistes, de magistrats et de banquiers.

Lorsque Marville et sa fille parurent dans le salon, la foule ne tarda pas à les séparer ; Amélie, après avoir embrassé avec effusion son amie d'enfance, la suivit dans son boudoir. Elles avaient tant de choses à se dire !

Dans toutes les réunions du monde, ceux qui se connaissent se rassemblent, sans s'inquiéter du reste de la société.

Saluant à droite et à gauche ses clients, — ou les personnes dont il croyait avoir besoin, — Marville traversa la salle de bal et pénétra dans l'enceinte réservée aux jeux ou à la causerie.

Là, il s'approcha d'un groupe au milieu duquel il reconnut avec joie les personnages qu'il lui était important de flatter pour arriver à la députation.

Dans ce groupe, on distinguait : M. de Jumiéges, M. du Sautoir, député de l'opposition; M. de Kerdec, légitimiste et pair de France; M. Renardin, journaliste influent et fondateur de sociétés en commandite pour l'exploitation de plusieurs mines aurifères.

Marville prit place à côté d'eux et bientôt la conversation devint générale. Mais celui que le banquier avait le plus d'intérêt à flatter, c'était Renardin le journaliste; il lui demanda des nouvelles de son entreprise des mines de Saint-Goffin, et lui offrit l'aide de ses capitaux pour la prospérité de l'entreprise; Renardin, à son tour, lui proposa la publicité de sa feuille, et bientôt les deux faiseurs furent d'accord.

M. de Jumiéges qui, tout en poursuivant une discussion avec le pair de France, M. de Kerdec, sur la déconsidération des hommes politiques du jour, avait écouté les conventions établies entre Marville et Renardin, aborda subitement une nouvelle thèse :

— A propos, messieurs, dit-il, permettez-moi de vous rapporter un mot du roi, qui résume catégoriquement sa façon de penser sur les mœurs des hautes classes de la société.

— Ah! dit Marville d'un air railleur, Sa Majesté aura lancé son feu grégeois sur l'opposition...

— Qui ne joue pas son *va-tout*, elle, fit Renardin en remontant son faux-col.

— Ne plaisantez pas, messieurs, reprit M. de Jumiéges, il s'agit d'affaires graves. On parlait tout haut, à la table du roi, où je dînais hier, d'une affaire scandaleuse, d'arrestations nombreuses faites dans la rue Basse-du-Rempart. On parlait aussi des concussions opérées par de grands personnages, qui seraient déférés à la haute cour de justice; et, enfin, des tripotages de certains journalistes, qui sont compromis dans une grave affaire de mines.

Marville et Renardin firent un mouvement d'impatience. Mais

Puis, après l'avoir étranglée, il la jeta sur les bords de la Marne.

M. de Jumiéges feignit de ne pas s'en apercevoir et continua sans sourciller :

— Le roi, justement effrayé de cette corruption, qui menace d'envahir toutes les hautes régions, a prononcé ce mot, digne de Voltaire :

« — Allons, il va falloir faire bonne et prompte justice de toutes les infamies, n'importe d'où qu'elles viennent... Dieu veuille, messieurs, qu'il reste encore assez d'honnêtes gens pour composer un ministère et former une majorité. Mais, quoi qu'il arrive, les coupables seront punis, dussé-je rester seul à gouverner la France. »

— La conclusion est sévère, insinua le procureur du roi en se levant, et c'est ici le cas d'appliquer l'axiome populaire : *A bon entendeur, salut.*

Marville comprit qu'il devait payer d'audace; et, fulminant soudain contre les concussionnaires, les hommes tarés, les déprédateurs et les débauchés, il réclama un châtiment exemplaire contre quiconque, homme d'État, de finance ou de robe, déméritait par ses actes de l'estime des honnêtes gens.

— Bravo! monsieur Marville, fit le député du Sautoir; en exprimant une semblable opinion vous venez de conquérir toutes les sympathies des hommes indépendants. Et c'est à juste titre, on le voit, que vous jouissez de la considération générale;

pour ma part, je vous félicite de la possession d'une fortune acquise par le travail, et je rends un radical hommage aux services que vous prodiguez chaque jour à l'humanité souffrante.

Marville s'inclina.

— Messieurs, reprit le procureur du roi, vous ne me ferez pas l'injure de penser que j'aie pu avoir l'idée de faire la moindre allusion à l'un de vous, en citant les paroles du souverain de la France...

— Oh! cher monsieur!... fit Renardin, votre délicatesse est trop connue, et vous avez le coup d'œil trop sûr pour confondre un coquin avec un honnête citoyen.

— J'ai voulu parler seulement de ces misérables faiseurs qui ruinent les familles par leurs spéculations hasardeuses, de ces débauchés qui déshonorent la société par leurs vices honteux. Oh! ces hommes-là, je vous le jure, fussent-ils mes meilleurs amis, je les ferais condamner sans pitié!...

Une légère pâleur envahit les joues de Marville. Mais, après s'être hâté d'approuver de la main les paroles de M. de Jumiéges, il feignit d'apercevoir une personne de connaissance dans le salon de bal et disparut. A peine avait-il fait quelques pas, que de nouveau il rebroussa chemin dans une autre direction; il venait de reconnaître Gaston, debout à l'embrasure d'une fenêtre.

— Lui!... ici!... exclama le banquier. Eh! mais, fit-il en se frappant le front, voyons donc si, par l'amour-propre, je ne pourrais pas, ce soir même, arriver à mon but!...

Et il se mit à parcourir les groupes, en causant tour à tour avec ceux qu'il savait connaître Gaston.

Pendant que l'agitation régnait dans les salles de danse et de jeu, une scène touchante se déroulait dans le boudoir de Laure de Jumiéges.

Après s'être affectueusement embrassées, les deux amies de pension s'assirent à côté l'une de l'autre; et, dans une naïve expansion, rappelèrent leurs souvenirs d'enfance.

— Comme tu as tardé à venir, ma bonne Amélie, dit Laure... Le monde t'a fait oublier nos douces causeries d'autrefois... Et, cependant, j'ai bien désiré ta présence, va!

— Pardonne-moi, répondit la fille du banquier. Le monde est un tourbillon au milieu duquel on se noie... D'ailleurs, que ne venais-tu toi-même, méchante; j'eusse été si heureuse de te communiquer mes pensées les plus intimes...

— Que veux-tu, je ne sors jamais. Et puis...

— Et puis?... Laure, ta pâleur me laisse entrevoir que tu as un chagrin secret; parle, amie, je te comprendrai, car j'ai bien souffert aussi!...

— Tu as souffert, toi, si bonne et si belle?... Oh! mon Dieu! je me croyais seule à plaindre!... Mais, attends donc que je te regarde!... Oui, tes traits sont altérés... Amélie, je devine; nous sommes deux victimes du même sentiment...

— Laure, tu pleures?..... Ah! tu aimes et tu n'es pas aimée!...

Par un élan mutuel, les deux jeunes filles se jetèrent dans les bras l'une de l'autre. Puis, lorsque le premier mouvement de douleur fut passé:

— Allons, du courage! fit Amélie. Reportons-nous aux beaux jours de la pension, où une douce sympathie ne formait de nous qu'une même âme!... Parle, Laure, quant à moi, mon bonheur est mort... je ne compte plus sur l'avenir; celui auquel j'ai donné mon cœur a quitté la France pour toujours, on me l'a dit du moins... Mais toi, n'espères-tu pas encore?...

Pour vous débarrasser de ce jeune homme vous l'avez attiré dans un piége.

— Espérer!... espérer!... Est-ce que je prendrais le voile, si je croyais à la réalisation de mon vœu le plus cher!

Amélie, stupéfaite, leva ses grands yeux noirs sur mademoiselle de Jumiéges.

— Mais, c'est horrible, ce que tu me dis là ! Ensevelir ta jeunesse dans un cruel ascétisme, et cela seulement parce que tu as éprouvé une déception... Oh! ma pauvre amie!...

— Silence! il ne faut pas que mon père connaisse le motif qui me dirige!... Il doit, au contraire, croire à une vocation impérieuse...

— Mais pourquoi?

— Amélie, te rappelles-tu ce qu'un jour tu me disais au pensionnat?... Nous avions seize ans, alors; et, tu le sais, j'acceptais facilement tes conseils...

— Non; ma mémoire est infidèle, peut-être...

— Je vais répéter tes paroles : « — La femme doit avoir assez de dignité pour ne pas laisser voir à un homme, quelque souffrance qu'elle en éprouve, l'affection qu'elle lui porte... »

— Eh bien?

— Eh bien, j'aime... et celui auquel mon âme s'est livrée tout entière, ne s'est pas même aperçu du mal que me causait son indifférence!

— Que ne te confiais-tu à ton père? Sans doute il eût parlé à cet homme, et, s'il était digne de ton amour, un mariage...

— Oh! mon cœur est plus orgueilleux que tu ne le supposes! Solliciter l'amour d'un indifférent, n'était-ce pas me préparer un avenir de tortures et de larmes?

— Oui, oui, tu as raison; mais l'orgueil tuera ton corps comme il anéantit déjà ton âme!

— Tu te trompes, Amélie; je me fais sœur de charité pour trouver l'oubli de mes souffrances personnelles en me dévouant aux souffrances des autres. Mais toi, toi malheureuse aussi, est-ce que l'idée ne t'est pas venue de te consacrer aux devoirs de l'humanité?

— Si, bien des fois... mais je ne dois pas, par un sentiment d'égoïsme, ensevelir une existence qui ne m'appartient plus.

Amélie baissa la tête en prononçant ces mots. L'image de son enfant venait de passer devant ses yeux.

— Laure, reprit-elle soudain, veux-tu me faire ta confidence entière? Je pourrais peut-être te venir en aide... une femme a tant de finesse quand elle veut!... Veux-tu m'apprendre le nom de celui que tu aimes?

— A quoi bon! ma résolution est inébranlable.

— Je t'en prie!

— Eh bien, c'est un jeune homme noble. Fils d'une famille honorable du Midi, il était riche lorsque le reçut mon père pour la première fois. Chaque semaine il venait à nos réunions intimes. Moi, je sentis bientôt la sympathie étreindre tout mon être... il ne s'aperçut de rien, lui!... Cinq mois s'écoulèrent, pendant lesquels je souhaitais ardemment sa présence et pleurais en secret de me voir tant dédaignée! Puis, il ne revint plus... Mon père m'apprit qu'il s'était ruiné dans des spéculations hasardeuses... Qu'est-ce que cela pouvait me faire, à moi! Est-ce que je ne l'eusse pas toujours aimé malgré sa pauvreté!... Oh! j'étouffe! j'étouffe!

Amélie, qui, depuis quelques secondes, ne se rendait pas compte du trouble instinctif qui l'oppressait, courut à son amie.

— Son nom? demanda-t-elle; son nom?

— Rodolphe d'Orveda.

Amélie poussa un cri, et les deux rivales échangèrent un étrange regard.

Mais, peu à peu, l'expression de leurs traits s'adoucit, leurs mains se cherchèrent, et la fille de M. de Jumiéges reprit avec un céleste sourire :

— J'ai tout compris, amie; pardonne-moi ma confidence; ne laisse pas germer en toi la haine qu'engendre toujours la rivalité... Désormais, un seul sentiment, je te le jure, doit être le mobile de toute ma vie : c'est la charité envers mes semblables.

— Ce soir, Laure, dit mademoiselle de Norges, nous mêlerons le nom de Rodolphe d'Orveda dans nos prières.

Et, sans autre expansion qu'un fébrile serrement de mains, les deux jeunes filles rentrèrent dans le salon de bal, où bien des incidents s'étaient passés pendant leur absence.

Marville, en effet, n'avait pas perdu de temps pour la réalisation de l'idée qui avait subitement germé dans son cerveau.

Et abordant M. de Kerdec, le pair de France que nous avons rencontré déjà au salon de jeu, il lui fit de Gaston un portrait, sinon flatté, du moins basé sur un enthousiasme factice, et, profitant de la bonne disposition du vieux légitimiste, il en arracha la promesse que son pupille serait porté sur la première liste de promotion des secrétaires d'ambassade.

— Puisque les moyens ordinaires paraissent ne pas devoir réussir, se dit Marville; je veux élever si haut le fils de mon ancien associé, qu'il soit par tous taxé d'ingratitude s'il refuse la main de ma fille.

— Mais, pour vous intéresser autant à ce jeune homme, interrogea M. de Kerdec, il faut que vous ayez sur lui des vues plus intimes que celles d'un tuteur ordinaire?

A cette question, le banquier se contenta de sourire.

— Allons, je vois bien que M. Marville a choisi son gendre, se dit à lui-même le pair de France.

Telle fut aussi la conclusion de tous ceux auxquels le prétendant à la députation de Paris laissa, dans la soirée — et avec beaucoup d'adresse, — lire dans sa pensée la plus intime.

Un grand mouvement se manifesta dans le salon; les danses s'arrêtèrent à la vue de Laure et d'Amélie, qui rentraient en ce moment.

Au milieu des conversations qui s'établirent, au milieu des remarques sur l'air de résignation qu'on trouvait à la future religieuse, Laure fit ses adieux à tous les amis de sa famille, embrassa tendrement son amie et se retira en étouffant ses sanglots.

La fille du banquier, les yeux humides de larmes, regardait s'éloigner celle qu'elle ne devait plus revoir que sous le voile, lorsqu'une voix sèche retentit à son oreille :

— Partons, il est l'heure.

C'était Marville.

Le banquier venait de remarquer la stupéfaction peinte sur la figure de Gaston, qui causait avec quelques invités.

— La nouvelle circule, se dit-il à lui-même, je dois disparaître.

Et il entraîna Amélie dans sa voiture.

Gaston Mirebeau avait raison, en effet, d'être étonné. Depuis un quart d'heure environ, chaque personne de sa connaissance s'arrêtait près de lui et le félicitait sérieusement sur son prochain mariage avec mademoiselle de Norges.

Il crut d'abord à une plaisanterie; mais les compliments se succédèrent avec une telle rapidité, que la lumière se fit dans son esprit, et qu'il devina en partie le plan du rusé spéculateur.

Il remit au lendemain à lui demander l'explication de ce mystère.

Deux heures du matin avaient sonné; M. de Jumiéges était resté seul, assis sur un fauteuil du salon de jeu. Après l'animation qui, un instant, avait endormi son amour paternel, la réalité était revenue plus poignante, la réalité qui lui disait : «La dernière fleur d'une couronne est tombée; la reine de tes fêtes, ta fille, a déposé son sceptre pour un linceul vivant. »

Le malheureux père ne pouvait croire à une si horrible déception, lorsqu'un domestique, haletant, vint lui annoncer que, pendant le bal, un vol avait été commis à son préjudice. Son argenterie avait disparu.

— Eh! que m'importe! s'écria M. de Jumiéges; demain, vous donnerez avis du rapt au chef de la police de sûreté; ce soir, je ne veux m'occuper de rien.

Le domestique se retira, surpris d'une semblable indifférence. Quelques minutes après, il était de retour.

— Monsieur, dit-il, un homme, profitant de ce que les portes n'étaient pas encore fermées, s'est introduit dans l'antichambre et demande instamment à vous parler.

— Quel est cet homme? que me veut-il?

— Il prétend que c'est au sujet du vol dont vous venez d'être victime.

A ces mots, le caractère magistral du procureur du roi prit le dessus.

— Faites entrer cet homme.

Le domestique introduisit Biribi, qui s'avança la tête inclinée vers la terre et marchant de côté, comme les fouines.

— Vous avez quelques indices sur le rapt commis tout à l'heure chez moi? demanda M. de Jumiéges.

— Oui, mon bon monsieur, balbutia Biribi. Oh! mais c'est bien par hasard, allez!... Figurez-vous que je chiffonnais... honnêtement... dans la rue de Varennes, car je suis chiffonnier, mon bon monsieur, quand j'ai aperçu des humains qui filaient le long des maisons comme s'ils avaient fait un mauvais coup.

— Après?

— Alors ma conscience s'est mise à faire tic-tac, et j'ai deviné que je pouvais être utile à l'honneur en sauvant le bien de mes semblables... alors, j'ai sauté sur celui qui était le plus près de moi, et j'y ai arraché le gros lot... tenez.

Et Biribi donna à M. de Jumiéges un paquet contenant une partie de l'argenterie qui lui avait été volée.

Le magistrat le prit et fixa sur le chiffonnier un regard inquisiteur.

Biribi ne sourcilla point.

— Ce que je fais là ne sort pas de mes habitudes, murmura à part lui l'adroit coquin; tout en accomplissant une action *chouette*, je vais livrer un des membres de la bande en attendant que *j'amoche* le chef; et, qui sait... je ne sortirai peut-être pas de ces affaires-là sans toucher un brin au beurre.

— Pourriez-vous reconnaître le voleur auquel vous avez arraché ce paquet? demanda M. de Jumiéges.

— Si je le reconnaîtrais, mon doux magistrat! oh! je ne le connais que de trop, allez!... il a déjà pas mal fait des siennes... Il se nomme Chicarpion; c'est un chiffonnier comme moi.

— C'est bien, merci.

Le procureur du roi écrivit quelques mots, et, les remettant à Biribi :

— Tenez, dit-il, vous irez, avec ce billet, à la préfecture de police, vous demanderez M. Campel, chef de la sûreté, et vous lui donnerez toutes les explications qu'il vous demandera.

— Monsieur Campel? connais pas, dit le chiffonnier.

— C'est bien! allez, fit le procureur du roi en se retirant.

Porteur du billet écrit, par M. de Jumiéges, Biribi quitta la maison de la rue de Varennes.

Près du pont Royal, il s'arrêta sous un bec de gaz, et, après s'être assuré que personne ne le suivait, il se mit à considérer une bague de rubis et une montre garnie de diamants, qu'il avait dérobées sur la cheminée du magistrat.

— Voilà ce que c'est que de bien *fignoler* son métier, on rend cent écus pour en gagner un mille, et on se venge de la tyrannie des Quarante-Cinq. D'abord, moi, j'aime pas la tyrannie! Quant au Campel, que *je ne connusse pas*, il sera content de la petite pêche en attendant la grosse!... Oh! la la!

— Eh ben? fit Brouteschoux qui sortait de la berge du pont.

— Eh ben, vieux, nous avons crânement fait d'effaroucher les couverts que les autres n'ont pas osé *grinchir* de peur d'être pincés dans la cohue du grand *bastringue*... On les a rendus au monsieur, les couverts!... et voilà les arrhes en échange... Oh! la la!

Et il montra à Brouteschoux la bague et la montre.

— Faudra *laver* ça (1) le plus vite possible, fit ce dernier.

— *Parbleur!* du moment que c'est Chicarpion qui payera le *lavage.*

Et les deux chiffonniers continuèrent leur route en riant du tour qu'ils allaient jouer à leur confrère, dont ils voulaient se débarrasser; car Biribi et Brouteschoux avaient promis à M. Cam-

____
(1) Vendre ça.

pel, chef de la sûreté, de lui livrer la bande à tour de rôle ; mais ils voulaient le faire avec prudence, afin de ne pas être interrompus dans leur travail par les *étrangleurs* de Foulbert ou les *noyeurs* de Sourcque.

CHAPITRE XVIII

UNE PREMIÈRE EXPIATION

Depuis la disparition de sa fille adoptive, le père Joseph était tombé dans un état de marasme impossible à décrire.

Tantôt il pleurait à chaudes larmes, tantôt il entrait dans une excessive colère ; alors, il maudissait son imprudence paternelle, accusait la destinée de tous ses chagrins, et, interrogeant sa conscience, il se demandait s'il n'avait rien fait qui lui méritât un tel abandon.

Puis, lorsque le calme succédait aux emportements, il prenait dans ses bras l'innocente créature trouvée sur le lit de Constance, et la fixant avec tendresse, il se refusait à croire qu'elle fût le résultat du déshonneur de celle qu'il avait élevée comme sa fille.

Le portier de la maison lui avait raconté la visite de la femme qui avait apporté l'enfant ; mais que prouvait cet incident ? pouvait-il admettre la faute ? Rien, dans les allures de sa protégée, ne l'avait seulement fait douter qu'elle pût être coupable ; et, cependant, Constance avait disparu.

Joseph ne travaillait plus ; ses journées se passaient à parcourir les endroits de Paris dans lesquels il espérait entendre un écho qui le mît sur la trace du séducteur. Et chaque jour aussi il revenait plus désespéré, plus incertain encore du sort de sa fille. Une seule ressource lui restait, il s'en servit : c'était de dénoncer l'enlèvement à une agence qui, à cette époque, fonctionnait sous l'égide de la police ; mais, pour accomplir les recherches, le chef de cette agence, homme cupide et dur, exigeait une forte somme déposée à l'avance, et Joseph n'était pas assez riche pour donner cette somme.

Une après-midi qu'il bouleversait les meubles et les papiers appartenant à Constance, il trouva une ancienne lettre de Louisette, qui mandait sa fille adoptive près de mademoiselle de Norges pour un ouvrage pressé.

Une idée traversa son esprit.

Il se souvint que la femme de chambre s'était toujours montrée fort bonne pour l'ouvrière, et pensa que s'il allait lui confier son désespoir, peut-être la cameriste lui servirait-elle d'intermédiaire auprès de sa maîtresse pour l'aider dans ses recherches.

— La grande demoiselle est riche, se dit-il ; qui sait ? en voyant mes larmes, elle s'attendrira sans doute... Si elle voulait seulement m'avancer la somme nécessaire pour m'aider à retrouver Constance, oh ! je travaillerais double, après, pour m'acquitter de cette dette sacrée !...

Dans les circonstances extrêmes, on se rattache au premier rayon d'espérance qui luit à vos yeux. Le père Joseph se hâta donc d'effectuer le projet qui se présentait à lui.

Vêtu de ses plus beaux habits, il confia l'enfant aux soins d'une voisine, et se mit en route pour la Chaussée-d'Antin, dernière ressource de ses espérances.

Voyons maintenant ce qui se passait à l'hôtel Marville pendant le trajet du chiffonnier.

Gaspard, nonchalamment assis dans l'antichambre, rêvait aux mépris qu'éprouvait Louisette pour sa personne, et combinait, avec sa ruse ordinaire, le plan de conduite qu'il devait tenir pour la faire tomber dans ses filets d'amour, lorsque la porte s'ouvrit et le Grinche entra.

Le Grinche avait mis ses habits des dimanches pour rendre visite à Gaspard, son ami de *la Gerbe de blé*.

A sa vue, le valet de chambre mit un doigt sur sa bouche, alla s'assurer, aux issues des appartements, si personne n'écoutait, et, revenant près du Grinche, qui s'était placé sans gêne sur une banquette recouverte en crin :

— Quel bon vent t'amène ? que veux-tu ? lui demanda-t-il.

Le Grinche ricana d'un air sardonique.

— Dépêche-toi donc !... si on te voyait ici !... exclama de nouveau Gaspard.

— Eh ben ! après ? répondit l'assassin de Rodolphe d'Orvéda ; on verrait deux braves lapins qui jacassent, v'là tout. J'ai endossé une pelure neuve aujourd'hui... y a pas d'affront pour mon masque, va... on est ficelé.

— Enfin, comme tu n'es pas venu sans motif, parle !

— V'là la chose... La nuit, quand je ne *pionce* pas, c'est pas le remords qui me gratte la conscience... seulement, je songe *phisolofiquement* à des affaires personnelles...

— Ah !...

— Oui... c'te nuit dernière j'ai songé à not' avenir à tous *deusse*...

— Pas possible !

— Comme je te dis... et j'ai conclu avec ma figure que nous étions deux *gonsses*...

— Hein ?

— Oh ! tu peux ben me passer *l'épiquetète* ; nous avons déjà assez *entravé* ensemble, depuis l'affaire de la rue du Chantre, pour que je te *jaspine* le langage du cœur... Et puis d'ailleurs, pisque t'es décidé à entrer dans la bande des Quarante-Cinq...

— Passons, et au fait !

— Soit... mais, en attendant, c'est pas tout ça, vieux camarau... Nous végétons dans deux conditions inférieures et pas ragoûtantes... toi, t'es *larbin* ; moi, *biffin*... Pas de considération animale, et *nisco de radis à la clef*...

— Mais si ; moi, je *fais mon beurre*, ici ; la maison Marville est bonne.

— Possible... seulement, c'est du *grapillage*, et des lurons de notre acabit doivent *vendanger* carrément dans la vigne du *pognon*.

— Dame ! tu as peut-être raison.

— D'autant plus que, vu l'*accident* arrivé au jeune *bimane* sur le *trimar* de Saint-Laz... ouvrage proprement faite et sans bruit... m'est avis qu'on pourrait faire *chanter* un brin le *père l'eau-d'or*, comme disent les *phisolophes*.

— Mais, t'as déjà été payé ?

— Quèque ça prouve ? j'ai travaillé, on a *casqué*... bien ! Mais on risque, d'un moment à l'autre, d'être inquiété, et l'inquiétude des braves enfants de la jubilation ça se *paye* ; et puis, j'ai une *toquade*, moi : je veux être *propriliétaire*, ça pose dans le monde...

— Toi ? reprit Gaspard en riant.

— Oui, moi... et j'ai trouvé pour ça un endroit superbe, à Vanves, en plein midi, avec un puits... Je veux en *opérer* l'acquisition... Je le veux ! t'entends ben ?

— C'est différent, alors.

— Et puis, j'ai dans la *trombine* d'épouser une jeune personne comme y faut, et d'y acheter un bel établissement... Mon intention est de l'établir marchande de pommes de terre frites..

— Je ne m'oppose pas à tes idées,... mais, quel est ton plan ?

— Laisse-moi continuer mon harangue... Une fois installé, je me mets en lion, je porte des vernis... Pourquoi donc que j'en porterais pas, des vernis !... avec ces pieds-là, des vrais pieds d'ange, quoi !

— Plus bas, donc, fit Gaspard, tu vas tout compromettre, avec ta voix criarde.

— Voyons, voyons, cria le Grinche encore plus fort, pas de télégraphe !... Ous qu'il est, ton vieux *birbe* de maître ? que je lui enfile mon discours dans la jugeotte, et d'attaque, là !

A ces mots, la tapisserie qui séparait l'antichambre des appartements se souleva, et Marville parut. La colère était peinte sur sa physionomie. Il avait entendu toute la conversation du Grinche et de Gaspard.

— Que signifie ce bruit ? interrogea-t-il en crispant ses mains ; qui donc se permet de parler haut chez moi ?

— Des ordres ! le mossieu donne des ordres ! railla le Grinche avec un geste significatif.

— Misérable ! sors d'ici, ou je te fais arrêter.

— De quoi ! de quoi ! mon brave homme, vous ne reconnaissez donc pas vos employés ?... Ah ! cependant vous aimez ben l'ouvrage élégamment faite !... Vous êtes si délicat !

Marville congédia Gaspard, et, revenant au Grinche :

— Je ne vous comprends pas, dit Marville avec un dédain affecté.

— Bravo ! Lolo !... tu fais le dégoûté sur les ustensiles... Tu manges du gigot et tu jettes le manche à la tête du cuisinier... Eh ben, t'es caressant !... Pauvre mouton ! il ne te manque plus qu'un petit ruban rose autour du cou en attendant qu'on te le *fauche*.

— Silence ! fit le banquier en lui serrant le bras.

— Eh ! là-bas, privez-vous de menottes !... j'peux pas voir le *cogne* (1) en face... Mais, causons honnêtement... Vous n'avez pas oublié que nous sommes associés depuis un temps peu *immémoriable*, que nous avons travaillé ensemble, mon vieux ?

— Misérable !

— Des gros mots !... Ah ! monseigneur de l'écu, vous vous comportez d'une manière plus qu'inconséquente à mon endroit... Prenez garde de me chauffer trop les oreilles.

(1) Un gendarme.

— Enfin, qu'exiges-tu?

—Est-il naïf, l'est-t'y!... Je veux que *t'aboules* des *picaillons*, et en masse, attendu que t'as une position, une voiture, pendant que je va-t-à pied et que c'est moi qui t'a débarrassé d'un *lofard* qui gênait ton soleil.

— N'as-tu pas assez de la somme qui t'a été remise?

— Est-ce qu'on a jamais assez de *braise* quand on est un jeune homme *d'inmagination volcalique*.

— Si je refusais cette nouvelle exigence? fit Marville avec une colère contenue.

— Impossible!... je peux pas me repentir de m'être associé avec un particulier qu'a de quoi et qui veut être député.

— Je refuse, cependant, dit Marville devenu livide.

— Alors, c'est différent, je *miaulerai* tout à la *mouche*.

— Prends garde! je pourrais te dénoncer.

— Moi?... as-tu fini!... D'ailleurs, quéque ça me fait? quéque je risque!... j'irai user l'soleil pendant dix ans... Et puis, j'en attraperai toujours moins que toi, qui m'as *instigué*.

— C'est faux! Et Gaspard seul...

— Gaspard!... Mais pour qui donc que tu me confonds?... est-ce qu'un *larbin* a comme ça du *quibus* à répandre pour se débarrasser d'un futur gendre?

— Le misérable me tient! murmura Marville avec rage.

— Allons, vieux, *aboule* la *monnoie*... T'aurais tort, pour sauver ton sac, de compromettre ta belle existence, ta considération! Ah! dame! ça serait drôle si on savait que ta fille a un *mioche*.

— Assez!... combien te faut-il?

— Dix mille *balles*.

— Tu vas les avoir.

Le banquier alla chercher lui-même, dans son cabinet, dix billets de mille francs, et les remit au Grinche.

— Et maintenant, dit-il, je puis compter sur ton silence!

— Sourd et muet de naissance, je ne voudrais pas causer de peine à un brave homme de votre acabit.

— A propos, quelle est cette bande des Quarante-Cinq, dont tu parlais tout à l'heure?

— Ah! ah! t'as entendu le colloque avec le *larbin*? Eh ben, vieux *camaraud*, quand tu voudras, on te fera connaître le patron... un bon *zig*, va, dans ton genre... Eh mais, t'aurais peut-être pas une mauvaise idée, mosieu le banquetier, de t'associer avec nous... Y a de bons coups à faire... et puis, dame! quand on est lancé dans les grandes spéculations... Mais, suffit, on en rejasera plus tard, si tu veux, toutefois.

— On ne sait ce qui peut arriver, murmura intérieurement Marville; quand on a joué, comme moi, au grand jeu de la vie, il est bon d'avoir des ressources dans toutes les classes de la société.

— Adieu, mon papa, ricana le Grinche; excusez du dérangement... à une autre fois!

Quelques minutes après, il partageait avec son ami Gaspard la somme qu'il avait extorquée au banquier Marville.

En rentrant dans son cabinet, ce dernier trouva Gaston Mirebeau, qui venait demander à son tuteur l'explication du bruit qui avait couru la veille dans la soirée donnée par M. de Jumiéges.

Le banquier nia, avec beaucoup d'adresse et de sang-froid, toute participation à ce bruit.

— Mon cher Gaston, fit-il d'un ton hypocrite, entre gens bien élevés, on a l'habitude d'agir avec délicatesse. Vous avez refusé la main de ma fille parce que votre cœur est dominé par une autre passion, — que je respecte, — vous étiez dans votre droit. De mon côté, j'ai dû, aux yeux du monde, dissimuler un échec qui eût pu nuire à ma considération. Mais il y a loin de cette conduite prudente à l'emploi d'un subterfuge dont je suis incapable. Croyez-moi donc désormais, Gaston, le meilleur et le plus dévoué de vos amis.

Toutes les suppositions du jeune homme tombèrent devant cette explication de son tuteur. Il mit sur le compte du hasard les félicitations qui lui avaient été adressées sur son prétendu mariage avec mademoiselle de Norges, s'excusa près de Marville et se retira, reconduit par ce dernier jusqu'à la porte de l'antichambre.

Il allait franchir cette porte, lorsqu'un bruit de voix se fit entendre sur le palier.

— Qu'est-ce donc? demanda Marville.

— Monsieur, répondit Gaspard, c'est un homme, qui veut entrer malgré moi pour parler à mademoiselle.

Et il désigna le père Joseph, qui cherchait à se débarrasser de l'étreinte du domestique.

Marville le considéra un instant, retint un cri prêt à s'échapper de sa poitrine et disparut soudain.

Gaspard, ne recevant pas de réponse, laissa entrer Joseph. Mais ce dernier ne prêta nulle attention à la disparition de Marville; la figure bouleversée, il fixait Gaston, dans lequel il venait de reconnaître le jeune homme que, plusieurs fois, il avait aperçu rôdant dans la rue des Boulangers.

— Ma fille! fille! exclama-t-il avec colère, vous savez où elle est... c'est vous qui l'avez enlevée!... Pourquoi vous jouer de la douleur d'un vieillard!... Oh! je ne vous maudirai pas de l'avoir aimée... mais laissez-moi la revoir, laissez-moi l'embrasser!... Si vous êtes un honnête homme, rendez-moi mon enfant!

A mesure que Joseph parlait, Gaston devenait pâle.

— Eh bien! oui, je l'aimais, oui, je l'aime, balbutia-t-il; j'ai eu tort de ne pas vous en faire l'aveu; mais, je vous en prie, dites-moi ce qui s'est passé... Constance n'a pas été enlevée par moi... Parlez! parlez!

Le chiffonnier, quoique doutant encore qu'il n'eût pas devant lui le ravisseur de Constance, raconta qu'un enfant avait été trouvé dans la chambre de la jeune fille après son départ. Gaston reprit avec animation.

— Par tout ce que j'ai de plus sacré! par la mémoire de mon père! je jure n'avoir jamais porté atteinte à l'honneur de Constance!... Non, non, cet enfant n'est pas le sien, c'est impossible!...

Cette affirmation produisit un tel effet de réaction sur Joseph, qu'il sauta au cou du jeune homme:

— Oh! je vous crois... je vous crois!... murmura-t-il. Et maintenant, nous serons deux à la chercher, n'est-ce pas?

— Argent, démarches, influence, tout ce que je possède, je le mets à votre disposition, mon brave père Joseph!... Bientôt vous saurez si Constance était réellement aimée de Gaston Mirebeau!

Joseph faillit tomber à la renverse.

— Répétez... répétez... bégaya-t-il. Ce nom?... ce nom?

— C'est le mien: Gaston Mirebeau.

— Votre père était banquier?

— Oui.

— En 1827?

— Oui... Mais quel motif avez-vous?...

— Oh! mon Dieu, mon Dieu! s'écria Joseph en s'agenouillant, vos vues sont impénétrables...

— Que dites-vous?... Vous me connaissez?

— Si je vous connais!... Oh! je vous raconterai une curieuse histoire, allez!... Mais, c'est d'elle, d'elle d'abord que nous devons nous occuper... Plus tard vous saurez tout!... Partons.

Et le père Joseph entraîna Gaston, qui le conduisit aussitôt chez le procureur du roi, M. de Jumiéges, afin d'implorer sa protection pour retrouver Constance.

A peine eurent-ils franchi le seuil de l'antichambre que, de derrière la tapisserie où déjà il avait entendu la conversation de Gaspard et du Grinche, sortit Marville. Ses traits étaient décomposés par la terreur.

— C'est lui!... saccada-t-il les dents serrées. Il y a quinze années!... S'il me rencontre jamais, je suis un homme perdu!... Constance est sa fille, cette Constance aimée de mon pupille... et c'est chez elle que j'ai fait déposer l'enfant d'Amélie par la sage-femme!... Malédiction!...

Marville, en proie au paroxysme de l'exaltation, se mit à marcher à grands pas.

Soudain il s'arrêta.

— Eh! mais, fit-il; cet assassin qui tout à l'heure a parlé de la bande des Quarante-Cinq!... Oui, oui, il le faut... A tout prix, il faut que j'anéantisse cet homme!... Allons, la chasse humaine va commencer!...

Pour retrouver un peu de calme et mettre de l'ordre dans ses idées, Marville se rendit à sa petite maison de la rue de Choiseul.

C'est là que, depuis quelques jours, il avait installé la belle Lodoïska

DEUXIÈME PARTIE

—

CHAPITRE PREMIER

SUR LES BORDS DE LA MARNE

A quelques centaines de pas au delà de Créteil, sur les bords verdoyants de la Marne, existait une masure presque en ruines, et dont le propriétaire n'avait pu tirer profit depuis de longues années.

Ce propriétaire, cabaretier à Créteil, se disposait à la faire détruire, lorsque la Providence lui envoya un locataire, dans la personne de *monsieur Liard*, chiffonnier, qui avait besoin, — prétendait-il, — d'un magasin-entrepositaire pour le triage des *marchandises* ramassées dans la banlieue de Paris.

Liard n'était, en maintes circonstances, que l'un des noms d'emprunt de Meurt-de-soif. Le chef des Quarante-Cinq n'avait loué la bicoque que comme lieu de recel des vols nombreux commis par sa bande.

C'est là que le ravisseur avait conduit Constance.

Après l'avoir enfermée dans une chambre basse, dont la fenêtre grillée donnait sur le fleuve jaunâtre qu'on appelle la Marne, il installa près d'elle, comme gardiens, deux êtres ignobles, dont l'affiliation à la bande était pour lui une certitude de fidèle et stricte vigilance.

— L'un de ces êtres, Gargouille, le complice de l'enlèvement, avait pour mission d'aller chercher les vivres et de surveiller les environs de la masure.

L'autre, une petite et vieille femme, baptisée, à cause de ses mains énormes, du sobriquet de la Patoche, devait tenir continuellement compagnie à la jeune fille, et veiller à ce qu'elle ne tentât pas de s'évader.

Constance n'avait pas revu Meurt-de-soif depuis l'instant fatal où, après l'avoir enlevée de chez Joseph, le misérable l'avait confiée aux soins de la vieille femme.

Foulbert, par un infâme calcul, se proposait de n'avoir d'entretien avec sa victime que lorsqu'elle serait assez brisée par le chagrin pour consentir à racheter sa liberté aux dépens de son honneur.

La Patoche, qui tricotait dans un coin de la chambre, ennuyée du silence et de la prostration de sa prisonnière, avait plusieurs fois essayé de lier conversation avec elle.

Constance, dont l'âme était surtout torturée par la pensée des angoisses que devait éprouver son père, refusait continuellement de répondre.

Mais un matin, Gargouille annonça, à son retour de Paris, que le *patron* devait, ce jour même, rendre visite à son adorée.

Cette nouvelle produisit une telle révolution dans l'esprit de Constance, qu'un tremblement fébrile s'empara de tous ses membres. Elle se cramponna aux barreaux de la fenêtre, comme si elle eût voulu les arracher, et se roula à terre dans un déchirant désespoir. Gargouille et la Patoche, loin de se laisser attendrir par cette douleur poignante, se prirent à railler leur malheureuse prisonnière.

— Tout ça, c'est des momeries !... ça se passera devant la gentillesse du patron... fit Gargouille. Allons, la Patoche, donne-moi ton cabas, ma vieille ; faut que je fasse des provisions chicoquandardes... y aura gala ce soir ; c'est dimanche !

Et le complice de Meurt-de-soif sortit pour se rendre à Créteil ; il obliqua à gauche, en remontant dans les champs, où l'avant-veille il avait aperçu, dans un terrain vague, aux abords d'une sablière, une construction baroque qui avait excité sa curiosité.

— C'est drôle, pensa-t-il ; je n'ai jamais vu bâtir de c'te façon-là... Qu'y a pas un moellon qui se ressemble... le toit est en zinc et en fer-blanc... y doit y avoir quèque fantaisie là-dessous.

Mais, soudain, il se dissimula derrière un arbre en retenant un cri.

— Aïe !... aïe !... le Cagneux !... filons !... C'est un pas-grand'-chose, qui ne comprend rien au métier... Si y savait ce qui se passe à la bicoque, y *ferait de la musique.*

Et, rampant à terre, il regagna les bords de la Marne, et disparut dans la direction du village de Créteil, en se promettant bien de dénoncer le soir, à Meurt-de-soif, le dangereux voisinage qu'il avait dépisté.

C'était, en effet, la maison du Cagneux et de la Linotte qu'avait découverte Gargouille.

Ce bâtiment n'avait qu'une seule chambre, mais elle devait suffire au petit ménage, qui n'avait ni grand mobilier ni grande ambition.

Le dernier coup de marteau donné, le Cagneux se mit à sauter de joie, et, prenant la Linotte par les deux mains, ils exécutèrent une farandole échevelée.

— Maintenant, dit-il, que les flies flacs nous ont creusé l'*estom...* en avant le *Barthazar... aboule* les provisions.

Le couple s'assit par terre, et la Linotte tira de son panier du jambon, du pain et du fromage.

Le repas fut gai ; pour aider la digestion des comestibles, la Linotte proposa d'aller chercher de l'eau dans la Marne.

— Fi donc ! exclama le Cagneux ; est-ce que tu crois que j'ai pas ma cave ici ?... et y a des fagots, encore !

Comme argument à l'appui de ce qu'il avançait, le loustic dérangea un paquet de bois mort, entassé à l'un des angles de la maisonnette, et en tira un litre de vin.

Lorsque le repas fut terminé, la brune était venue.

— Si nous allions respirer l'air embaumé de la nature ? gazouilla le Cagneux ; ça nous faciliterait à digérer complètement.

Et, se prenant bras dessus bras dessous, ils gagnèrent les prairies qui côtoyaient le fleuve.

— Sais-tu que c'est ben gentil, ici ? reprit la compagne du chiffonnier loustic. Je ne comprends pas que les gens *riches n'ayent* pas eu l'idée d'y bâtir des bicoques sauvages avec des vaches, des dindons et des poulets par dedans.

— Bâtir !... ah ! ouiche, c'est bon pour nous !... Et encore, les maisons qui sont déjà ici ne sont point seulement habitées...

— Oh ! des maisons, y en a qu'une, celle que nous avons vue de loin en venant.

— Tu y es, Linotte ; une belle *tôle*, mais pas plus de paroissiens là-dedans que sur le dessus de ma main...

Le Cagneux fut interrompu par une exclamation de sa compagne, dont le bras était étendu dans la direction de la cabute louée par Meurt-de-soif.

Un rayon lumineux s'échappait à travers les volets fermés de cette cahute.

Le couple s'avança précipitamment vers la maison solitaire.

Il n'en était plus qu'à quelques pas, lorsqu'un cri étouffé vibra dans les airs.

— Diable ! dit le loustic ; v'là un murmure qui me paraît louche !... Attends-moi là, Linotte.

Et, s'avançant vers le volet d'où s'échappait la lumière, il fixa son regard à travers une de ses jointures ; puis, revenant tout ému auprès de la Linotte :

— Sais-tu quoi que j'ai vu ?

— Le diable ? répondit la Linotte inquiète.

— Non, au contraire... mamzelle Constance...

— La fille au père Joseph, qu'a été enlevée ?

— Oui ; et, en face d'elle, j'ai reconnu Gargouille, un mauvais *biffin* qu'est t'haï de toute la *chiffe.*

— Je parie que c'est lui qu'a manigancé le coup avec Meurt-de-soif.

— T'as peut-être ben raison ; què qu'y faut faire ?

— Dame ! j' sais pas, moi.

— Écoute ! t'es-t'y une vraie femme ? ça ne t'effraye-t'y pas de m'attendre deux heures dans not' *cambuse* ?

— Oui, mais où que tu vas ?

— A Paris.

— Quoi faire ?

— Avertir le père Joseph, pardine !... Y m'a rendu des services dans le temps ; ça serait ben juste de l'y rendre la réciproque à mon tour.

— Oh ! t'es t'un brave cœur ! Vas-y, mon gros ; moi, je vais rentrer dans not' *château.*

Après avoir embrassé la Linotte, le Cagneux partit en courant dans la direction de Paris.

Le brave garçon songeait, pendant la route, à la joie qu'il allait faire rentrer dans l'âme du pauvre père Joseph.

CHAPITRE II

UNE REPRÉSAILLE

On se rappelle de quelle singulière façon se rencontrèrent Joseph et Gaston, lorsque le chiffonnier s'était rendu chez Marville, croyant y trouver quelques indices concernant l'enlèvement de sa fille.

Les cœurs honnêtes ont bientôt fait de se comprendre.

Pendant le trajet qui s'accomplit de la Chaussée-d'Antin à la rue de Varennes, Gaston fit part à Joseph de sa résolution arrêtée d'épouser Constance, et un loyal serrement de main scella ce pacte d'honneur entre l'amoureux et le pauvre père.

A dater de ce moment, le brave chiffonnier eut toute confiance dans le jeune homme.

Présenté par Gaston, Joseph fut reçu avec bienveillance par le procureur du roi, auquel il raconta le malheur qui lui était arrivé.

Dans son intuition judiciaire, M. de Jumièges devina qu'il s'agissait d'un rapt accompli sous l'empire d'une odieuse passion. Il interrogea Joseph sur les personnages qu'il avait naguère reçus chez lui, et, au nom de Meurt-de-soif, sur les traces duquel la justice était en ce moment, le digne magistrat n'hésita pas à affirmer que le chef de la bande des Quarante-Cinq était le seul coupable.

Meurt-de-soif, en effet, faisait le désespoir de la police de sûreté. Mythe insaisissable, changeant sans cesse de domicile, il dépistait, à l'aide de ses ramifications avec tous les recéleurs de Paris, les plus fins limiers de la préfecture.

M. de Jumièges, après avoir recueilli les indices relatifs à l'enlèvement de Constance, congédia Joseph et Gaston en leur promettant de s'occuper activement de cette affaire.

Au sortir de chez le procureur du roi, le père Joseph pria Gaston de l'accompagner jusqu'à sa mansarde de la rue des Boulangers.

Arrivé chez lui, le père adoptif de Constance raconta à Gaston Mirebeau l'incident du pont Notre-Dame et l'histoire de sa petite protégée depuis l'instant où il l'adopta.

— On a beau dire, pensa Gaston, c'est encore dans le peuple qu'on trouve parfois les plus sublimes dévouements.

Et, à son tour, il raconta au chiffonnier ce qui s'était passé dans la maison Mirebeau depuis le meurtre du garçon de caisse.

— Mais pourquoi, ajouta-t-il, n'avez-vous pas été trouver mon père, il y a quinze ans? Il vous eût aidé à élever l'orpheline.

— J'ai pas osé, balbutia Joseph; je craignais qu'on ne m'accusât du meurtre... Et puis, faut être franc, je m'étais ben vite attaché à la petiote... si on me l'avait enlevée, ça m'aurait fait trop de peine, voyez-vous! Et pourtant, j'ai prié Dieu bien des fois pour qu'il me permît de retrouver le misérable qui a tué le garçon de caisse, un gueux que j'avais tiré de l'eau!... Écoutez, je suis vieux déjà, eh ben, je donnerais ce qui me reste à vivre pour le voir expier son crime!

— N'avez-vous conservé nuls indices?

— Si; mais à quoi qu'ils peuvent servir? le brigand aura quitté la France avec la somme volée.

— Et quels sont ces indices?

— D'abord le portefeuille du garçon de caisse... puis un numéro...

— Je ne comprends pas.

— Autrefois, on numérotait les hottes pour pouvoir mieux reconnaître les chiffonniers qui commettaient des infractions aux règlements de police... ce numéro, je l'ai là, dans un tiroir.

— Gardez précieusement cette preuve accusatrice, père Joseph, bientôt je vous la demanderai... Mais, d'abord, il faut nous occuper de Constance, et, lorsqu'elle sera rendue à notre affection, je viendrai vous prendre pour vous conduire chez M. Marville.

Gaston quitta le père Joseph. Pendant les jours qui suivirent, il s'occupa constamment de la recherche de la jeune fille.

Mais aucune lueur d'espoir n'apparaissait à l'horizon. M. Campel, le chef de la sûreté, après de nombreuses investigations, déclara à M. Mirebeau que Meurt-de-soif était introuvable, et que tous les moyens avaient échoué pour amener la révélation de ceux qu'on supposait être ses complices.

La bande, en effet, secrètement avertie par Foulbert, ne laissa échapper aucun mot compromettant. Elle se méfia surtout de Biribi et Broutechoux, tous deux mis à l'index de l'affiliation.

Après plusieurs nuits d'insomnie et de rêves horribles, le père Joseph venait, un soir, de s'endormir sous le poids de la fatigue, lorsque plusieurs coups frappés à sa porte le réveillèrent en sursaut, et il se hâta d'ouvrir.

— Père Joseph, je l'ai trouvée! s'écria le Cagneux.

Et il tomba sur une chaise, haletant et épuisé par la course qu'il venait de faire.

A ces paroles, le chiffonnier n'eut d'abord pas la force d'interroger l'amoureux de la Linotte.

Celui-ci, après avoir recouvré sa respiration, raconta tout d'un trait ce dont il avait été témoin sur les bords de la Marne.

— Il n'y a pas une minute à perdre, s'écria le vieux chiffonnier; cours chez M. Gaston Mirebeau, rue du Helder, 14, tu lui expliqueras tout ce que tu viens de me dire, et tu l'emmèneras avec

toi à Créteil... Vite, vite, Cagneux!... Ah! cristi! tu peux te vanter de commettre une bonne action c'te nuit!... Mais quel est le chemin le plus court pour arriver à la maison?

— Quand vous serez à Créteil, vous tournerez à gauche sur la place de l'Église....

— Ensuite?

— Au bout de la rue, se trouve un pont et un moulin à droite; vous traverserez le pont, vous passerez devant le moulin, et, à deux cents pas, sur le bord de l'eau... c'est là...

Joseph descendit en courant les escaliers et se rendit à la préfecture de police, pendant que le Cagneux gagnait la rue du Helder.

Le bureau de M. Campel, chef de la sûreté, restait, selon l'usage, ouvert toute la nuit; Joseph exposa au protecteur de la sécurité publique le motif qui l'amenait, et, comme M. de Jumièges avait mis la police en éveil sur le rapt de Meurt-de-soif, on n'hésita pas à lui donner trois agents pour l'accompagner.

Quelques secondes après, une voiture emmenait les quatre personnages dans la direction de Créteil.

Pendant le cours de cette journée, qui devait finir d'une façon tragique, la Patoche, aidée de Gargouille, avait préparé un succulent repas pour *M. Liard*.

Mais à la nuit close, *M. Liard* n'arrivant pas, la Patoche et Gargouille dévorèrent le repas, en l'arrosant d'un litre de rhum.

— Faut-y qu'il *soye daim*, le patron! exclama Gargouille après avoir trinqué; y fait faux bon juste au moment où la rigolade va éclore dans sa fleur.

— Pour ça, c'est vrai, ricana la Patoche; la petite est faible, langoureuse; elle pleure comme une gouttière.

— Et *naturellement*, quand la *largue mouille des chasses*, on les essuie avec les *bécots de mossieu Cupidon!*... eh! eh! eh!... A ta santé, ma vieille *guenuche!*

La jeune fille, de la chambre qui lui servait de prison, entendait ce sceptique colloque et tressaillait de tous ses membres.

A chaque bruit venant du dehors, il lui semblait entendre les pas du misérable qui avait juré sa perte.

Soudain un roulement de voiture retentit sur la route qui côtoyait la Marne.

Constance poussa un cri d'angoisse, et tomba évanouie.

Le roulement qui avait frappé son oreille provenait du véhicule qui amenait Joseph et les trois agents de police.

Tous quatre se précipitèrent comme la foudre dans la maison et s'emparèrent de Gargouille et de la Patoche, livides d'épouvante.

— Pincés! murmurèrent les recéleurs.

— Mon enfant! qu'avez-vous fait de mon enfant! exclama Joseph.

La Patoche refusa d'abord de répondre; elle craignait la vengeance de Meurt-de-soif; mais, menacée par les agents, elle désigna la porte du réduit qui cachait la prisonnière.

Joseph fit sauter cette porte en éclats, et bientôt Constance reprenait ses sens dans les bras de son père.

Au moment où les agents, après avoir garrotté les complices de Foulbert, se préparaient à faire une perquisition, Foulbert lui-même arrivait à travers champs.

Il allait entrer, sans soupçonner le piège qui l'attendait, lorsqu'une seconde voiture, amenant Gaston et le Cagneux, arriva au galop.

Meurt-de-soif se cacha derrière un arbre et observa à la clarté du firmament étoilé.

— Tonnerre! grogna-t-il, en apercevant le Cagneux, je suis trahi! le loustic m'a vendu!

Les nouveaux venus entrèrent dans la maison, et, aux cris de joie et de reconnaissance qui s'échangèrent, Meurt-de-soif comprit qu'il ne pouvait échapper que par la fuite à une arrestation.

En effet, les agents exploraient déjà les abords de la cachette.

— Oh! oh! la *raille* qui flaire au dehors, fit le chef des Quarante-Cinq, pus que ça d'excursion champêtre... Ah! mais c'est donc pas assez d'avoir déjà mis *à l'ombre* pas mal de mes meilleurs acolytes, ils en veulent encore au petit papa Foulbert!... Canaille de Campel, va! tu peux être tranquille, tu seras *refroidi*, avec le *gonsse* qui t'a amené, avant que le bourreau ne *m'aye fauché le colas*.

Et il disparut dans les ajoncs qui poussaient sur les rives du fleuve.

Après avoir fait de la sorte quelques centaines de pas, Meurt-de-soif leva la tête au-dessus des herbes fluviales, et, aperçut la Linotte, qui attendait avec impatience le retour de son amoureux:

— Tiens! tiens! fit-il en sentant renaître ses instincts féroces, en attendant que le Grinche me débarrasse de l'autre, si je rétrécissais le *sifflet* de celle-ci ! Pourquoi pas ? Le Cagneux la *gobe*, ça lui sera désagréable de la voir *claquée*... Allons, allons, à chacun son *haricot !*

Sur ce, rampant plus silencieusement encore, il s'approcha tout près de la Linotte, et bondissant, il la saisit à la gorge.

Puis, après l'avoir étranglée, ce qui évitait l'effusion du sang, — selon sa théorie, — il la jeta sur le bord de la Marne.

— Ce bon M. Roquentin ne récoltera pas c'te graisse-là pour garnir ses lampions ! ricana-t-il. Mais, bah ! le Cagneux lui en fournira pour deux !... Et puis, elle était si maigre !...

Plus tard nous connaîtrons le sens de ces paroles.

Et Foulbert s'éloigna à travers champs, pendant que Constance retournait à Paris, entourée des soins de Joseph et de Gaston, et que les agents conduisaient la Patoche et Gargouille au dépôt de la préfecture de police.

Quant au pauvre Cagneux, qui avait rejoint son *château* vide, il venait de découvrir, sur la rive, le cadavre de la Linotte.

— Pas de chance ! exclama-t-il en pleurant... Ah ! pauvre fille ; elle n'était pourtant pas méchante.

CHAPITRE III

LA MAISON DE SANTÉ DU DOCTEUR BONACION

Si nos lecteurs se rappellent de quelle façon Mercredi quitta M. Verneuil, après l'incident dramatique de la barrière des Deux-Moulins, ils comprendront facilement les faits qui vont suivre, et la sympathie du propriétaire de la petite maison Verte pour le pauvre muet.

Le lendemain de la tentative de vol, le musicien conduisit Madeleine chez le vieillard, comme il l'avait promis.

Dans cette entrevue, il accepta les offres bienfaisantes que lui proposa M. Verneuil dans l'intérêt de son avenir. Mais il refusa nettement d'habiter sous le toit de son nouveau protecteur ; Mercredi avait trop de cœur pour payer d'ingratitude les années de dévouement que lui avait consacrées sa mère adoptive.

Le vieillard apprécia cette délicatesse ; et il fut convenu que chaque dimanche, le muet viendrait partager la solitude et la cordiale amitié de celui qu'il avait sauvé de la mort.

C'était pour venir en aide à Madeleine que Mercredi avait appris à jouer du violon et embrassé le métier de musicien ambulant, métier qu'il exerçait avec répugnance. Ce fut donc avec bonheur qu'il consentit à abandonner, sur l'avis de M. Verneuil, la vie de bohème qu'il menait depuis son enfance.

Placé en apprentissage chez un habile horloger, il fit des progrès rapides dans son art.

M. Verneuil, lui, ne se rendait pas compte de l'affection irrésistible qui dominait son âme à la vue du jeune homme. Cette affection, du reste, se trouvait pleinement justifiée par les brillantes qualités du muet ; le vieillard n'était jamais si joyeux que lorsqu'il se promenait dans son jardin en fleurs, avec celui qu'il s'habituait chaque jour davantage à considérer à l'égal d'un fils.

Cet état de choses inspirait, au contraire, une colère sourde et une exaltation haineuse au neveu de M. Verneuil, Pierre Laplace, ce *lion* que nous avons rencontré chez Gaston Mirebeau.

Rien de plus naturel, cependant, que ce phénomène psychologique qui se produit dans les natures vicieuses : Laplace, qui n'aimait son oncle qu'en raison de sa fortune, ne pouvait envisager sans effroi cette affection croissante pour un étranger, affection qui lui donnait à craindre pour son héritage futur. Mais si le désœuvré était jaloux de Mercredi, M. Verneuil sentait, de son côté, se fondre dans son âme toutes les fibres sensibles qui l'avaient fait céder jusqu'alors aux exigences du paresseux enfant de sa sœur.

D'abord, il lui donna moins souvent les sommes qu'il lui demandait ; puis, il lui reprocha son inconduite, citant, comme modèle de travail et d'honneur, le muet intelligent.

Ces reproches exaltèrent au plus haut point la haine de Laplace. Il se mit donc à rêver aux moyens de perdre dans l'esprit du vieillard celui qui menaçait de le supplanter.

Ne pouvant moralement parvenir à ses fins, il abreuva Mercredi de dégoûts et d'humiliations, et pensa sérieusement à l'éloigner de la maison de son parent.

L'occasion s'en présenta bientôt.

Après une scène terrible entre l'oncle et le neveu, Laplace avait quitté le salon sans avoir obtenu la somme nécessaire à son existence de folie et d'agitations, lorsqu'il entendit M. Verneuil appeler Guillaume, son domestique.

Il approcha son oreille de la porte et écouta.

Le vieillard donnait l'ordre au domestique de passer chez son notaire, et de le prier de venir sans retard pour recevoir ses dispositions suprêmes.

Laplace pâlit ; un nuage obscurcit ses yeux ; il sortit pour prendre l'air.

— Allons, il est temps, se dit-il, après quelques instants de réflexion ; ce soir je connaîtrai par moi-même si l'association secrète dans laquelle on m'a affilié, depuis quelques jours, me sera aussi utile que ses promesses m'ont donné lieu de l'espérer...

Et il se mit à errer dans la campagne.

Une demi-heure après, en apercevant Mercredi qui arrivait à la maison Verte, il commença l'exécution de son horrible projet, et revint près de M. Verneuil, auquel le muet tenait compagnie.

— Je m'étonne, monsieur, de vous revoir, après les paroles inconvenantes que vous m'avez adressées tout à l'heure ! exclama le vieillard stupéfait.

— C'est justement parce que je vous ai manqué de respect, mon oncle, que je me hâte de réparer ma faute ! répondit Laplace en tendant, pour la première fois, la main à Mercredi.

M. Verneuil regardait fixement son neveu.

— Oui, reprit ce dernier, la lumière s'est faite dans mon cerveau ; j'ai honte de la paresse qui anéantit les facultés que j'ai reçues de la nature, et dès aujourd'hui je veux changer ma manière de vivre.

Et Laplace déroula le prétendu plan d'avenir qu'il s'était tracé.

Le pardon fut scellé par M. Verneuil dans un paternel embrassement.

L'hypocrite, pour faire mieux encore la cour à son oncle, accabla Mercredi de marques exagérées de sympathie.

Lorsqu'arriva l'instant du départ, M. Verneuil appela son neveu dans son cabinet.

— Pierre, lui dit-il, prends ces mille francs et liquide tes dernières erreurs de jeunesse, puisque demain l'homme doit éclore au soleil de la raison !...

— Je savais bien qu'il y viendrait ! murmura Laplace. Maintenant, mon plan réussira.

Et il partit en compagnie du muet.

Pour terminer gaîment la journée, Laplace proposa à Mercredi de rester avec lui, et de cimenter par une promenade et un dîner confraternel leur nouvelle liaison. Mercredi accepta ; et, comme le ciel était d'un bleu sans nuage, il fut convenu, — toujours sur la proposition de Laplace, — qu'on irait demander à dîner à un ami de la famille Verneuil, un médecin distingué, qui demeurait au delà de Belleville.

Une heure après, en effet, les jeunes gens s'arrêtaient près du lac Saint-Fargeau, devant une maison entourée de murs et dans laquelle on entrait par une grille.

— C'est ici que demeure le docteur Bonacion, l'ami de mon oncle, dit Laplace. Attendez-moi un instant, je vais vous annoncer.

Et le misérable, après avoir traversé un jardin dans lequel se promenaient de sombres et étranges figures, se faisait introduire auprès du directeur de la maison d'aliénés.

Bonacion était réputé comme un praticien très-habile à soigner les maladies du cerveau. La grille devant laquelle attendait Mercredi donnait donc accès dans une maison de santé.

Par un signe mystérieux, Laplace se fit d'abord reconnaître du docteur.

— Parlez, fit ce dernier, votre affiliation vous donne le droit de me demander toute espèce de service qui dépendra de mes attributions.

Laplace expliqua, à voix basse, le motif qui l'amenait.

— Ainsi donc, conclut Bonacion, il faut, pour sauver votre héritage, que le muet disparaisse ?...

— Oui ; ou que la peur de la folie le rende véritablement fou ; ce qui doit amener, sans inconvénient, la fin prématurée du *sujet*, riposta l'infâme, en glissant sur la cheminée du docteur une poignée de louis d'or.

— Je n'ai rien à refuser à un membre de l'association Foulbert. Mais si le *sujet* venait à mourir tout à coup... par accident... comment devrais-je procéder avec l'autorité ?

— Vous agirez, mon cher docteur, avec la prudence qui vous caractérise. Cependant, si j'avais une idée à émettre, je vous dirais franchement que je suis d'abord pour les moyens intermédiaires ; la *loge* secrète... par exemple.

— Le cabanon grillé, à quinze pieds sous terre ; je vois que vous êtes initié aux secrets les plus intimes de la compagnie et de ma maison de santé. Va pour la *loge* secrète !...

— Quant au cadavre, reprit Laplace, si cadavre il y a, toutefois, ce sera l'affaire de M. Roquentin.

— Vous connaissez aussi ce digne homme ?... Mais vous êtes un garçon très-instruit... Je vais agir vivement et vigoureusement.

— Montrez-vous digne de votre réputation de spécialiste humanitaire, docteur...

Laplace, en terminant ces mots, se hâta de rejoindre Mercredi.

— Pardonnez-moi, mon ami, lui dit-il, de vous avoir fait attendre; mais le docteur est un homme très-occupé; il est si humain... et j'ai dû attendre la fin de sa consultation.

Et, prenant le muet par le bras, ils traversèrent le jardin.

Le docteur Bonacion reçut les visiteurs dans son cabinet, leur offrit des rafraîchissements, et, en attendant l'heure du dîner, il proposa de parcourir l'intérieur de son modeste hôpital, « consacré, ajouta-t-il d'un ton hypocrite, au soulagement des pauvres déshérités de la raison. »

Après avoir jeté un coup d'œil sur le jardin, sur les cours, les dortoirs et les chambres particulières, le docteur et ses hôtes s'arrêtèrent devant une porte solidement garnie de verrous.

— Je vais vous conduire dans le domaine de la folie furieuse, dit Bonacion.

On descendit une vingtaine de marches et on arriva dans un souterrain sombre, éclairé seulement par des soupiraux, et tout autour duquel étaient disposées des *loges grillées*.

Quelques-unes contenaient des malheureux qui, à la vue des visiteurs, se levèrent et exécutèrent les plus horribles contorsions.

Un infirmier suivait Bonacion.

— Tiens! fit le docteur, le numéro deux est mort!

— Mon Dieu! oui, monsieur le docteur... Il est bien heureux, allez; il souffrait tant!...

— Il suffit, reprit Bonacion; ouvrez la loge numéro quatre qui est vide, afin que ces messieurs puissent attentivement examiner les détails de sa construction.

Et il échangea un signe mystérieux avec l'infirmier, qui se hâta d'obéir.

Mais à peine Mercredi fut-il entré dans la *loge*, que, par un mouvement subit, Bonacion et Laplace se reculant, l'infirmier poussa le malheureux jeune homme et referma sur lui la grille de fer.

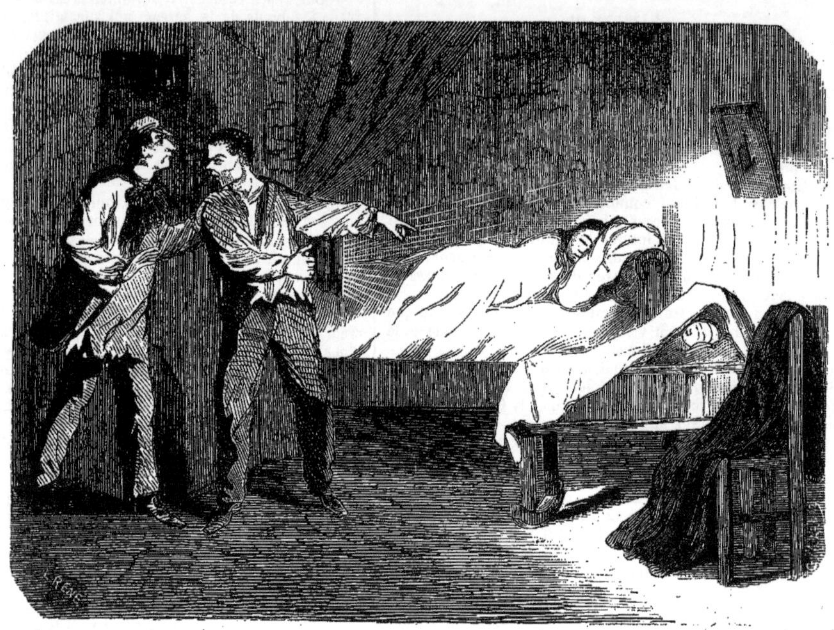

Là... là... le môme, murmura-t-il en désignant le berceau.

Le médecin et le neveu de Verneuil partirent d'un sardonique éclat de rire, et remontèrent l'escalier du souterrain...

Mercredi les regarda d'abord s'éloigner sans se rendre compte de ce qui se passait, tant était grande sa stupeur.

Mais enfin la vérité lui apparut dans toute son horreur... On l'avait enfermé comme fou!

Il s'accrocha à la grille, et dans un effort surhumain il essaya de l'arracher.

— Allons, allons, mon petit toqué, soyons raisonnable, goguenarda l'infirmier, ou gare les douches!...

Mercredi devina que toute résistance était inutile.

Un cri terrible, le premier qui se fût jamais échappé de sa poitrine, vibra sous la voûte sonore.

Et il tomba à la renverse, au moment où l'infirmier plaçait le cadavre du numéro deux dans un linceul de toile grossière.

Après avoir reçu les remercîments de Laplace pour le service qu'il lui avait rendu, le docteur Bonacion rentra dans son cabinet, où on lui annonça une nouvelle visite.

En effet, un homme vêtu d'une limousine et coiffé d'un large chapeau entra; une barbe épaisse garnissait son visage.

— Que désirez-vous? demanda le médecin.

Pour toute réponse, l'homme ôta son chapeau, enleva sa barbe, et Bonacion reconnut Meurt-de-soif.

— Je vous apporte votre part dans les bénéfices, répondit ce dernier.

— Mais pourquoi ce déguisement?

— Dame! écoutez donc... je suis traqué... Oh! une bagatelle, un simple détournement de mineure!...

Meurt-de-soif remit à Bonacion un sac d'écus.

— Y a-t-il quelque chose, ce soir, pour Monceaux? continua-t-il.

— Oui; mais il me semble que d'ordinaire ce n'est pas vous qui emportez...

— Faut que je parle à Roquentin; il est en retard avec moi, et, en lui livrant de la marchandise, il faudra bien qu'il m'aboule un coin de l'arriéré.

— C'est différent, alors.

M. Bonacion sonna l'infirmier des *loges* secrètes...

Dix minutes après, Meurt-de-soif se dirigeait vers la barrière Monceaux, emportant, dans une charrette pleine de paille, le cadavre du numéro deux.

CHAPITRE IV

LA VENTE A L'ENCAN

En ne voyant pas revenir, le soir, Mercredi, qu'elles attendaient avec impatience, Madeleine et la Bombée furent en proie à une anxiété difficile à décrire.

Cette anxiété puisait sa source dans la conduite régulière du jeune homme; dès lors, elles pressentirent un malheur.

Une heure, deux heures du matin sonnèrent, et nul bruit n'annonça le retour de l'enfant aimé.

Madeleine voulut absolument sortir pour aller à sa recherche; il fallut tout le raisonnement de Marie, — qui admettait, pour consoler la vieille femme, que Mercredi avait été retenu par M. Verneuil, — pour qu'elle consentît à attendre jusqu'au jour.

Mais, de bon matin, la mère adoptive questionna ses connaissances du quartier, afin de recueillir quelques indices sur le muet; personne ne l'avait vu, pas même l'horloger, son patron. Alors, Madeleine et la Bombée se rendirent chez le père Joseph.

Le chiffonnier dormait. Constance, au contraire, travaillait déjà avec ardeur près du berceau de l'enfant apporté par la sage-femme; car elle avait voulu le garder, en souvenir de la dure épreuve à laquelle la Providence l'avait soumise.

Si la Bombée n'eût pas été si chagrine de la disparition de Mercredi, Constance eût raconté avec joie que Gaston lui rendait chaque jour visite, et venait de refuser le poste de secrétaire d'ambassade afin de ne pas s'éloigner de Paris avant son mariage avec elle. La jeune ouvrière lui eût dit, en outre, que le père Joseph s'occupait activement de rechercher l'assassin d'Isidore Laurier, et qu'il devait, sous peu, réclamer de l'obligeance de M. Marville des détails relatifs aux événements passés en 1827; enfin que Gargouille et la Patoche, arrêtés à Créteil, comme nous l'avons vu, refusaient obstinément d'avouer l'instigateur du rapt odieux qui avait été commis.

Mais Constance arrêta sur ses lèvres la confidence qui débordait de son âme, et ne put que consoler son amie et la vieille Madeleine. Quant à Mercredi, elle n'en avait aucune nouvelle.

La mère Madeleine se rendit chez M. Verneuil.

Le propriétaire trouva étrange la disparition du muet, promit à la pauvre marchande d'interroger son neveu à cet égard, et de l'informer du résultat de ses démarches.

En revenant de la barrière des Deux-Moulins, Madeleine fut prise d'un tremblement convulsif.

Sur le pont même, le repêcheur, fumant sa pipe, paraissait se livrer à une douce flânerie.

En rentrant dans sa mansarde elle se mit au lit, en proie à une fièvre ardente.

Le lendemain, le mal avait fait des progrès rapides, et le médecin déclara à la Bombée que la malade n'avait plus que quelques heures à vivre.

Sentant sa fin prochaine, Madeleine fit appeler l'abbé Michel, premier vicaire de Saint-Séverin.

Pendant la confession de la pauvre vieille femme du peuple, — qui n'avait à accuser que les bienfaits de sa vie, — la Bombée s'agenouilla en pleurant dans un coin de la chambre.

— Mon Dieu, disait-elle, si vous n'avez pas créé ici-bas le bonheur pour les honnêtes gens, appelez-moi dans le sein de votre miséricorde... ne laissez pas mère Madeleine mourir toute seule, mon Dieu! Si Mercredi n'est plus de ce monde, accordez-moi la mort comme la grâce suprême dont vous jugez dignes vos élus!

— Marie, approche de moi, mon enfant, fit Madeleine d'une voix affaiblie.

La Bombée se hâta d'obéir.

— Avant de te quitter pour toujours, reprit la mourante, je veux t'exprimer toute ma reconnaissance devant M. l'abbé, pour le dévouement que tu m'as si gentiment témoigné...

— Oh! mère!... sanglota la bossue.

— Console-toi, va! on est bien plus heureux dans le repos du bon Dieu qu'au milieu de ce monde!...

L'abbé Michel, un de ces prêtres au sens droit comme on en rencontre souvent, détourna la tête pour ne pas laisser voir les larmes qui perlaient dans ses yeux.

— Lorsque je ne serai plus, continua Madeleine, suis toujours le chemin de l'honneur, enfant; je sais bien qu'il est difficile d'y marcher droit, mais c'est celui qui donne le plus de contentement au cœur des braves gens. J'ai confié à M. l'abbé le secret qui concerne Mercredi; si... par hasard... mon pauvre enfant était encore vivant, et qu'il *aye* besoin, plus tard, d'un témoignage véridique, rappelle-toi qu'un brave serviteur du bon Dieu t'aidera à soutenir mon enfant d'adoption devant la justice des hommes.

— Je le jure! affirma l'abbé Michel.

Puis Madeleine appela les bénédictions de la Providence sur sa chère Bombée, l'implora encore en faveur de Mercredi, et... le lendemain, la vieille marchande avait rendu le dernier soupir. Son âme était montée, presque sans agonie, vers le trône de l'Éternel.

La Bombée lui ferma pieusement les yeux.

La mère adoptive de Mercredi fut conduite à sa dernière demeure dans le *corbillard des Machabées*; — on appelait alors ainsi le convoi des pauvres.

Le cercueil était suivi de la Bombée, Constance, Joseph, et d'une foule immense du quartier de la place Maubert, où Madeleine était estimée et honorée.

Que de corbillards aux franges d'argent n'ont pas un si splendide cortège !

En revenant du champ de repos de la barrière Montparnasse, la Bombée refusa obstinément de suivre Constance, qui lui offrait de partager sa modeste chambrette. Tout entière à sa douleur, Marie se retira dans son petit réduit de la rue des Postes, où de poignantes réflexions surgirent dans sa pensée.

Elle songea à faire placer une croix sur la tombe de Madeleine ; mais, hélas ! la pauvre bossue ne possédait plus d'argent ; elle avait dépensé son dernier écu pour les frais de l'inhumation.

— Allons, allons, il faut travailler, se dit-elle ; d'abord pour marquer l'endroit de la fosse commune où je prierai souvent pour mère Madeleine... puis aussi pour racheter son mobilier ; car on va le faire vendre !... Dame ! qui sait ? murmura-t-elle encore en répondant à une voix lointaine de son âme, il reviendra peut-être, lui !...

Et, prenant sa hotte et son crochet, la Bombée se mit en route pour travailler avec ardeur.

Douée d'une volonté énergique, excitée encore par le but que se proposait son cœur, la petite chiffonnière fit double besogne. La nuit, elle remplissait son *mannequin* dans les rues ; le jour, elle se rendait avec un sac à la porte des ministères et des administrations diverses, et les garçons de bureau, qui la connaissaient, lui donnaient les débris de papier qu'on jette ordinairement le matin devant les portes.

Une après-midi, elle longeait la rue Saint-Honoré, lorsque les cris de : « Gare ! gare ! » se firent entendre. La Bombée tourna la tête et aperçut une charmante voiture découverte, attelée d'un cheval fringant.

Dans cette voiture, elle reconnut Lodoïska, richement vêtue.

Un soupçon la mordit au cœur.

— Charlotte ! cria-t-elle, Charlotte ! écoute-moi un instant, un seul instant !...

— Que veut cette bossue ? railla Charlotte, en fronçant le sourcil ; retirez-vous, je ne vous connais pas.

— C'est impossible !... tu sais bien que nous l'avons veillé ensemble pendant sa longue maladie... dis-moi, oh ! dis-moi où est Mercredi ?

Lodoïska fit un geste impératif à son cocher ; la voiture s'ébranla et les roues, atteignant Marie, la renversèrent sur le pavé.

Des exclamations de mécontentement retentirent dans la foule ; mais le tilbury était déjà loin.

On ramassa la pauvre fille et on la porta chez un pharmacien. Heureusement elle n'avait été que légèrement blessée.

Elle reprit en chancelant le chemin du faubourg Saint-Marcel. En passant dans la rue des Noyers, elle vit, devant la demeure de Madeleine, tous les préparatifs d'une vente à l'encan. Elle s'informa, et connut bientôt la cruelle vérité. Le propriétaire faisait vendre les meubles de la vieille marchande pour se payer d'une modique somme qu'elle lui redevait.

La Bombée implora ce propriétaire, qui présidait lui-même à l'encan ; elle promit de payer la dette par son travail ; elle offrit la garantie de son maître chiffonnier, afin qu'on lui laissât racheter les meubles... Toute prière fut inutile. La vente commença.

Mais à peine les premières offres de mise à prix avaient-elles été formulées par le commissaire-priseur, sous la porte cochère, que cet officier public s'arrêta.

— La vente est terminée, dit-il en abaissant son marteau, le mobilier est acheté en bloc.

La Bombée se retourna et reconnut M. Verneuil, qui s'avança vers elle.

— J'ai tout entendu, tout deviné, mon enfant, dit le vieillard, les meubles de Madeleine sont à vous ; plus tard vous me rembourserez la modique somme que je vous avance.

La jeune chiffonnière se précipita sur la main de son bienfaiteur et y imprima ses lèvres.

— Mais lui ! lui ! s'écria-t-elle soudain.

— Selon ma promesse, je venais dire à Madeleine le résultat de mes démarches.

— Eh bien ?

— Le pauvre muet est parti de chez moi avec mon neveu ; mais ce dernier l'a quitté au quai d'Austerlitz, et ils ont pris chacun un chemin différent... Je ne sais rien autre chose.

— Oh ! mon Dieu, fit la Bombée, je ne le verrai plus.

— Maintenant, mon enfant, reprit M. Verneuil, nous allons faire transporter ce mobilier chez vous ; mais préférerez-vous la solitude, toujours dangereuse, à l'offre paternelle que je veux vous adresser ?

— Je vous écoute, monsieur.

— Guillaume, mon domestique, est vieux et cassé ; une femme intelligente, et qui occuperait chez moi une place toute de confiance, lui est nécessaire pour l'aider. Voulez-vous être cette femme ?

Une telle proposition comblait les vœux de Marie ; elle lui permettait de vivre sans avoir les horribles soucis du lendemain, et la rapprochait d'un homme qui avait été cher à son fiancé.

Quelques heures après, le mobilier de Madeleine était transporté dans la mansarde de la rue des Postes, et la Bombée entrait comme femme de confiance chez M. Verneuil.

CHAPITRE V

LE BOUDOIR D'UNE LORETTE

La belle Lodoïska demeurait, comme nous l'avons dit déjà, dans la rue de Choiseul, près du boulevard des Italiens.

On la connaissait sous le nom de madame Charlotte de Saint-Méran.

L'appartement que lui avait loué Marville, par l'intermédiaire de Gaspard, était situé au fond de la cour, au premier, et se composait du luxe admis en pareille circonstance, c'est-à-dire de ce splendide superflu que les hommes à passions n'accordent jamais à leur famille.

Lodoïska possédait, en outre, voiture, cocher et femme de chambre.

L'ancienne balayeuse devait ce luxe princier à la domination qu'elle exerçait sur Marville, devenu l'esclave de cette Laïs moderne.

C'est donc dans un boudoir orné à la Pompadour que Lodoïska faisait ses réceptions. Les hôtes de son logis se composaient de quelques vieillards imposés par Marville ; tous en particulier, ayant besoin du spéculateur pour leurs opérations financières, accablaient de cadeaux la charmante lorette, dans l'espoir de se rendre propice l'homme d'argent, grand maître de ce temple de la ruine qu'on appelle la Bourse.

A côté d'eux, cependant, Lodoïska s'était fait un cercle de connaissances qui convenaient mieux à sa manière de voir. Nous voulons parler de ces créatures hétéroclites qui servaient, le soir, de compagnes de plaisir dans les soupers, et, le jour, exerçaient le métier de poseuses à la Childebert, cet immense atelier de la place Saint-Germain-des-Prés, qui a fourni tant d'artistes à la France romantique.

Charlotte avait connu ces poseuses à la Chaumière, joyeux rendez-vous d'alors, où se réunissaient les courtisanes de la bohème. Ces courtisanes se nommaient : Pavillon la Loupeuse, la Cigale, Pomponnette, Pomaré, Sophie l'Éveillée, Marie Feignante et Clara Fontaine, danseuse échevelée, qui s'était faite professeur de polka et commençait à gagner une petite fortune.

Quelques-unes de ces femmes existent encore ; les autres sont mortes à l'Hôtel-Dieu, à la Pitié ou à la Salpêtrière, n'emportant avec elles nuls regrets dans la tombe.

On comprendra, d'après les noms de ces héroïnes des quartiers latin et Bréda, les scènes scandaleuses qui devaient se passer dans le boudoir de la rue de Choiseul, où Lodoïska trônait en reine, quoique parfois son langage pittoresque ternît l'éclat de sa couronne mondaine ; mais on pardonne tant de choses à un joli minois, surtout quand il peut traverser le fleuve de l'existence sur un pont d'or !...

A la suite d'une après-midi ennuyeuse passée avec les amis de Marville, Charlotte, nonchalemment étendue sur un divan, commençait à se livrer aux douceurs du sommeil, lorsqu'un violent coup de sonnette retentit.

C'étaient les poseuses qui venaient passer la soirée avec leur camarade et lui demander à souper.

Ces demoiselles étaient accompagnées de Palette, le rapin de la Childebert, vêtu de sa vareuse et de son béret, et qui apportait le portrait de Lodoïska.

La bande fut accueillie à bras ouverts ; car l'ancienne balayeuse en était arrivée à ce point de ne se divertir qu'au milieu des excitations de l'orgie.

Un repas splendide, dont Palette était l'ordonnateur, fut aussitôt servi que commandé. On se mit à table, et bientôt une gaieté folle accompagna les glouglous des bouteilles.

Pavillon et la Cigale avaient de l'entrain ; on les pria de raconter des histoires drôlatiques.

— J'aime mieux chanter, dit Charlotte. Et la lorette entama d'un ton déluré :

Vivandière du régiment,
C'est Catin qu'on me nomme...

— Assez de Catin comme ça ! interrompit Clara Fontaine. C'est trop Mouffetard.

— Et puis, le mot Catin est *importun*, dit la Pomaré en prenant un petit air modeste.

— Pomaré a raison, reprit Sophie l'Éveillée ; Clara, chante-nous plutôt la nouvelle blague du quartier latin, sur l'air du *Tra la la !*...

— Ah ! ben non, murmura Pavillon la Loupeuse ; je préfère les *Moines de Saint-Acertin*, c'est plus dansant...

— Possible ! interrompit Palette ; mais la musique est du papa Carnaud, le chef de la Grande-Chartreuse, et ça me rappelle des souvenirs...

— Vas-y de ton *Tra la la !*... exclama Pomponnette.

Clara Fontaine entonna d'une voix vibrante :

Il est un' vieill' racaille,
Qui d'meur' sur mon carré,
Qui dit qu' j' suis un' canaille
Qu' faudrait m' guillotiner...
Et ça pour la bêtise
Qu'un jour, étant pochard,
Pour un faux col de ch'mise,
J'ai bousculé l' bazar...
Sur l'air du tra la la la,
Sur l'air du tra la la la,
Sur l'air du tra deri dera,
Tra la la !

— Bravo ! fit le rapin, et vive la romance sentimentale !

— Versez du *Champ...* à *mademoiselle*, ordonna ironiquement Charlotte.

— Oh ! demoiselle... de paveur ! ricana bêtement Pomaré.

— Aussi demoiselle que beaucoup d'autres ! riposta aigrement Clara Fontaine en apprêtant ses ongles.

Quelques coups discrètement frappés à la porte mirent fin à la querelle, et la femme de chambre annonça M. Marville.

— Ton *banquetier* ! dit Pomponnette à Charlotte ; quelle chance ! nous allons lui faire payer de la *gobichonade !*

— Ne t'y fie pas, insinua Sophie ; il a l'air d'un malin, ce vieux-là !

Ces derniers mots étaient à peine prononcés, que Marville parut.

A la vue du festin et des convives il fronça le sourcil, car il espérait trouver seule Charlotte de Saint-Méran, pour lui parler d'un projet qu'ils avaient précédemment formé.

Puis, plusieurs fois déjà le banquier avait manifesté à sa maîtresse le désir qu'elle ne reçût pas chez elle des femmes aussi compromises.

Charlotte, devinant la pensée de Marville, courut au-devant de lui le sourire aux lèvres, et lui offrit son portrait.

Un toast général accompagna cette présentation.

— Merci de votre attention, dit le financier avec un mouvement de dépit ; mais j'eusse désiré qu'elle me fût faite par vous seule,

— Que vous êtes ennuyeux, Alfred ! minauda Charlotte ; n'êtes-vous pas avec de vrais amis ?... Taisez-vous, ou je vous quitte, ajouta-t-elle tout bas.

La physionomie de Marville changea d'expression ; il se mit à table et partagea la joie générale.

Les quelques paroles de la lorette avaient suffi pour dompter le caractère jaloux du banquier, qui, un peu échauffé par les libations, apprit aux convives qu'il venait d'être nommé député à Paris. Enfin, au troisième bol de punch, fasciné par les agaceries de Charlotte, il lui remit plusieurs rouleaux d'or, gagnés à la Bourse.

Cet or était la dépouille de plus d'une pauvre famille ; car il en est des spéculateurs comme des bêtes fauves : les plus puissants dévorent les plus faibles.

Dix heures sonnèrent à la pendule. Marville tressaillit et se leva.

— Pardonnez-moi, mesdames, dit-il, de vous quitter si vite ; mais une affaire urgente me réclame. Venez, il faut que je vous parle, ajouta-t-il tout bas à Charlotte.

Et, accompagné des récriminations et des regrets des convives, il sortit du boudoir avec la lorette.

— Vous êtes-vous occupée de ce que je vous ai demandé ? fit Marville.

— Oui. Clara Fontaine s'en chargera. Elle en a fait tomber dans ses filets de plus difficiles que celui-là !...

— J'ai appris que demain vous alliez à la campagne, à Asnières, avec ces dames... et un ami de mon pupille.

— C'est vrai.

— Moi, je déciderai Gaston à faire cette excursion avec son ami... Le reste vous regarde... il le faut !

— Demain le jeune homme sera pincé. Mais ne vous reverra-t-on pas ce soir ?

— Non ; j'ai une liquidation de comptes à terminer.

— Alors, à bientôt, mon ami.

Charlotte se laissa embrasser au front et retourna prendre sa place à l'orgie, qui recommença plus échevelée encore.

— Eh ! mais, se dit-elle en se rasseyant, si le jeune homme était riche, beau garçon... on pourrait voir... Ça me ferait peut-être oublier !...

— Oui, oui, il le faut ! murmurait Marville en descendant l'escalier. Puisque tous mes moyens ont échoué, peut-être une de ces sirènes le fera-t-elle tomber si bas, qu'il sera heureux d'accepter mon appui et ma domination, pour reprendre son rang dans l'échelle sociale !... A présent, à l'autre !

Sous la porte cochère, caché dans l'ombre, le Grinche attendait le banquier, qui lui avait donné rendez-vous.

— Eh ben, fit-il, y sommes-nous ?

— Oui ; dans une heure, au *Grand-Comptoir.*

— Je cours devant pour avertir le patron. Au revoir, mon général.

Le Grinche s'éloigna.

Marville passa la main sur son front.

— Il s'agit maintenant, murmura-t-il, de mettre à profit la science du passé. Allons, pas de faiblesse ! ma position et ma fortune sont en jeu... Malheur à moi si je perds la partie !

Une heure après, un chiffonnier se dirigeait vers la rue Galande. A ses vêtements en lambeaux, à sa hotte usée, à sa barbe grise et sale, personne n'eût pu reconnaître le banquier de la Chaussée-d'Antin.

CHAPITRE VI

CE QU'ÉTAIT CE BON M. ROQUENTIN

Dans la plaine de Monceaux, un peu au delà du boulevard extérieur, se trouvait une usine destinée à la fabrication des lampions servant à illuminer les fêtes publiques parisiennes et départementales.

Cette usine était dirigée par un petit vieillard de soixante-dix ans, au nez pointu, aux lèvres minces, aux longs cheveux blancs et bouclés, et à la physionomie continuellement souriante.

Il se nommait Roquentin. Son air affable, son obligeance envers ceux qui réclamaient de lui un service, lui avaient acquis une sympathie universelle.

En effet, s'il n'aidait pas souvent de sa bourse, il était toujours prêt à sacrifier son temps et ses démarches pour secourir les infortunes.

« Ce bon M. Roquentin ! »

Telle était l'exclamation qui sortait des lèvres de tous ceux qui approchaient le fabricant de lampions.

Mais, on le sait, l'opinion publique se base quelquefois faussement sur les apparences, et ici, nous devons le constater, rien n'était moins mérité que la réputation de M. Roquentin, — homme dur, ambitieux, égoïste, — et n'ayant qu'un seul but : faire fortune, n'importe par quels moyens.

Comme preuve de cette affirmation, nous allons retracer ici son histoire.

Édouard Roquentin était né en 1772, à Saint-Domingue. Son père, riche colon, faisait le trafic des nègres. Lorsque le jeune homme fut en âge de tenir un fouet, le colon lui confia la garde des esclaves, et plus d'un de ces malheureux porta les marques de la brutalité du précoce *commandeur.*

Cette habitude de considérer les noirs comme des animaux, endurcit son cœur à un tel point, qu'il faillit plusieurs fois, par son inhumanité, soulever une révolte dans la colonie.

L'insurrection de Saint-Domingue éclata. Les nègres exercèrent de terribles représailles contre la famille Roquentin. Le père et la mère d'Édouard furent assassinés et leurs propriétés livrées aux flammes.

L'orphelin, dépossédé de sa fortune coloniale, dut venir en France chez un de ses parents, qui lui fit terminer ses études, et le plaça dans les bureaux du ministère de la guerre. Le poste qu'occupait Édouard, lors des étapes militaires de l'empire, l'exempta des devoirs de la conscription.

Roquentin était parvenu au grade de sous-chef de division, lorsque 1815 sonna le glas de Napoléon Iᵉʳ.

Comprenant que le triomphe du nouveau régime pouvait l'élever à une haute position, le sous-chef de division afficha un royalisme exagéré, et laissa entrevoir que son dévouement à la restauration ne reculerait devant aucune violence.

Le roi, qui avait besoin de créatures ardentes, — cruelles même, — pour les faire servir aux sanglantes exécutions de la *terreur blanche*, jeta les yeux sur Roquentin, et l'envoya dans le Midi, avec des pouvoirs extraordinaires.

Le nouveau tribun accomplit son mandat avec un zèle qui dépassait les limites prescrites par le gouvernement. Il fut un de ceux qui promenèrent avec le plus de cruauté les cours prévôtales et la guillotine dans les provinces méridionales.

La position officielle de Roquentin le fit admettre dans les salons.

Un légitimiste de vieille roche, enthousiasmé de l'énergique dévouement du fonctionnaire à la cause royaliste, lui offrit la main de sa fille et une dot considérable.

Cette union allait se conclure, lorsque Roquentin fut destitué par le ministre. La lettre officielle de cette destitution brusque, en outre de l'exposé des motifs, interdisait pour l'avenir l'accès de toute carrière publique au royaliste rallié.

Ainsi motivée, la révocation frappait l'ambitieux dans ses espérances les plus chères. En effet, la promesse de mariage avec la jeune fille noble lui fut impitoyablement retirée, et, comme ses exactions cruelles l'avaient fait mépriser à la fois des ennemis et des amis du gouvernement, le vide se fit autour de lui.

Sans place, ne possédant aucune ressource, Roquentin conçut l'audacieux projet de s'emparer de la dot, qui lui échappait avec la main de sa fiancée.

Une nuit, il pénétra chez le vieux légitimiste, assassina la jeune fille, vola une somme importante et voulut s'embarquer sur un bâtiment qui se préparait à faire voile pour l'Amérique.

A Marseille, il fut arrêté, traduit devant les assises et condamné à mort.

Après le verdict du tribunal, il adressa un recours en grâce au souverain, en faisant valoir les services qu'il avait rendus à la cause de la restauration. Le roi prit en considération le poste éminent qu'avait occupé Roquentin, et commua sa peine en celle des travaux forcés à perpétuité.

L'ex-fonctionnaire fut incarcéré au bagne de Rochefort.

Quelques années se passèrent, pendant lesquelles le condamné se montra si soumis, si prévenant envers ses supérieurs, qu'on l'admit d'abord comme gardien des cadavres de l'amphithéâtre, puis comme employé à l'administration des bureaux du bagne.

Après la révolution de 1830, le roi Louis-Philippe diminua le degré de condamnation de quelques grands criminels. Au lieu des travaux forcés à perpétuité, Roquentin, porté par le directeur du bagne sur le tableau des grâces, fut commué à vingt ans.

Enfin, en 1840, lors de l'amnistie royale, la peine du forçat lui fut complétement remise, et Roquentin sortit du bagne de Rochefort.

Sans savoir à quel usage il consacrerait désormais sa liberté, il vint à Paris. La première chose qui frappa ses regards fut une affiche demandant des adjudicataires pour la fourniture des lampions aux fêtes de juillet, à Paris, à Lyon et à Marseille.

— Cette affiche est une révélation d'en haut! se dit Roquentin en songeant à ses anciennes fonctions de gardien des cadavres. En apportant des économies dans la fabrication du luminaire, je pourrai établir une concurrence, m'emparer de l'adjudication générale, et peut-être amasser assez de fonds pour me livrer à la traite des nègres. Une belle industrie, ma foi, où l'on fait rapidement fortune!

Ce projet conçu, il explora la banlieue de la capitale pour trouver un local convenable à l'établissement de sa fabrique.

Un jour, qu'il se promenait à Monceaux, il aperçut une usine abandonnée. Aussitôt il passa bail avec le propriétaire et adressa sa demande d'installation au préfet de police.

Cette demande fut favorablement accueillie par la préfecture, — grâce à l'influence de quelques hommes d'affaires, auxquels Roquentin promit une part dans les bénéfices, — et le spéculateur procéda sans retard à la fondation de sa fabrique de lampions.

Mais la concurrence était terrible; il fallut baisser le prix pour obtenir de nouvelles adjudications. Au bout de quelques mois, loin d'avoir réalisé des bénéfices, le chef d'usine avait subi une assez forte perte.

C'est alors que, pour la deuxième fois, le souvenir de l'amphithéâtre du bagne revint à l'esprit de l'ancien forçat.

— J'ai trouvé ma combinaison! s'écria-t-il en se frappant le front. Quand la graisse est fondue, qui diable peut s'apercevoir de quelle source elle émane! Un cadavre humain en fournit autant qu'un animal!... Si je pouvais m'en procurer à vil prix!... Alors, oh! alors, ma fortune serait faite!

Et Roquentin se mit à la recherche d'une abondante et économique fourniture de chair humaine.

Il s'adressa aux fossoyeurs et aux croque-morts, dont quelques-uns lui fournirent de la marchandise, mais à un prix trop élevé encore pour qu'il pût réaliser de notables bénéfices.

C'est alors que ce bon M. Roquentin entra en rapport avec Foulbert, qu'il avait connu au bagne.

Les deux misérables furent promptement d'accord.

Nos lecteurs comprendront maintenant pourquoi, — lorsque la bande des Quarante-Cinq assassinait, — la police ne trouvait presque jamais les corps des victimes; ils étaient fondus pour fabriquer les lampions destinés aux réjouissances publiques.

Cette année-là, ce bon M. Roquentin avait doublé sa clientèle grâce au prix inférieur de ses fournitures.

Notre habile industriel venait donc de causer de cette affaire avec son contre-maître, lorsque la porte de son cabinet s'ouvrit et Meurt-de-soif entra.

Roquentin s'élança au-devant de lui, la main tendue et le sourire sur les lèvres.

CHAPITRE VII

L'USINE DE MONCEAUX

Foulbert prit place sur un siège, sans se donner même la peine d'ôter sa casquette. Mais ce bon M. Roquentin connaissait le brutal sans-façon du chef des Quarante-Cinq et n'y prêta nulle attention.

— Ah çà! dis donc, vieux dur-à-cuire, goguenarda Meurt-de-soif, c'est comme ça que tu remplis tes engagements envers ma figure?...

Roquentin simula l'étonnement.

— Aurais-tu des reproches sérieux à m'adresser, mon cher Foulbert? exclama-t-il avec une recrudescence de sourires.

— Un peu, mon neveu. Je t'ai livré huit cents kilos de marchandise; t'avais promis de m'envoyer le montant de la facture et je n'ai encore vu que *vent* et *mousse*.

— C'est possible!... mais je tenais à remettre l'argent à toi-même... J'aime tant à serrer la main d'un brave camarade...

— Des bêtises!... dit Foulbert. La bande ne se paye pas de blagues, quand il s'agit de partager la *braise*.

— Ton argent est prêt, à moins que tu ne préfères attendre que le bénéfice soit plus considérable?...

— A quoi que ça te sert d'*aller à Niort* (1), fit Meurt-de-soif avec impatience; *aboule* le sac et vivement, la caisse sociale est à sec.

En cette circonstance Foulbert disait vrai. Rien n'est dépensier comme les criminels; à peine ont-ils réussi à s'emparer du bien d'autrui, qu'ils le gaspillent avec une folle prodigalité.

Ainsi, par exemple, le Grincbe, après avoir donné à ses complices la part qui leur revenait de l'argent de Marville, avait réuni tous ses camarades dans une *noce premier numéro*, c'est-à-dire dans une orgie complète.

Pour se livrer à cette *riole*, le loustic revêtit un costume de *fadard*; seulement il voulut que sa chemise, ouverte sur la poitrine, fût simplement fermée au col par des cordons.

Ce détail, peu en harmonie avec l'élégance de sa tenue, le fit plaisanter au dessert.

— Que voulez-vous, répondit le faux lion en pirouettant sur ses talons, j'aime *la grande* air...

— C'est-à-dire que t'abomines le *carcan*... riposta un facétieux *noyeur*; et puis, t'as peut-être raison de rester décolleté; c'est du temps de gagné, la *toilette* se trouvera faite d'avance!...

— Ma toilette est à la dernière mode... c'est du *sporc* tout pur...

— Du porc, que tu veux dire, ricana Fleur-d'amour, jeune apprenti *noyeur*.

— Ah! ah! tu ressembles à un *dandy* avec un B..., fit un autre rigoleur; ce qui fait *bandit*!..

Mais revenons à Meurt-de-soif.

Le chef des Quarante-Cinq ne différait en rien de sa bande pour les goûts dépensiers; son insistance auprès de Roquentin concernant le règlement du compte était donc toute naturelle.

Le fabricant de lampions, avec son tact habituel, comprit qu'il ne devait pas se brouiller avec son meilleur fournisseur; il solda donc de suite le montant de l'actif Foulbert.

— J'espère bien, ajouta-t-il avec ce ton raffiné qui le caracté-

(1) De ne pas dire la vérité.

sait, que tu activeras tes fournitures... J'ai en ce moment des commandes considérables...

— Ah! ah! l'usine marche... Tant mieux, camarade...

— Et si par hasard je me trouvais un peu arriéré... je pense que tu travaillerais tout de même pour moi?...

— Allons donc! pour qui que tu me prends, répondit Foulbert en empochant la somme; ne sommes-nous pas de vieilles connaissances; n'avons-nous pas usé le soleil ensemble à Rochefort... La solidarité du malheur, quoi?... ça ne s'oublie jamais, ces choses-là!...

— Si tu vois Sourcque, dis-lui que j'attends ses livraisons... je le crois un peu paresseux en ce moment...

— Lui!... oh! non, c'est un travailleur!... Mais, depuis quelque temps, nous sommes traqués de toutes parts... Campel nous donne nuit et jour; Biribi et Broutechoux nous travaillent en sourdine à la *Préfec*... M'est avis qu'y faudra employer les moyens coercitifs...

— Pourquoi ne changes-tu pas les rendez-vous et le mot d'ordre de la bande?

— J'y ai déjà songé. Dans quelques jours je réunirai tout mon monde aux carrières Montmartre; on avisera à égarer la *mouche*... En attendant, j'ai queque chose qui me tracasse le *bourichon*. ›

— Quoi donc?

— J'ai peur que Gargouille et la Patoche *fassent de la musique* pour se faire donner la clef des champs...

Le son d'une cloche retentit au dehors. C'était le signal qui appelait les ouvriers de l'usine au travail du soir; car, ainsi que venait de le dire le patron, l'ouvrage pressait.

— Ne m'apportais-tu rien aujourd'hui? demanda Roquentin en se levant.

— Si, un pensionnaire de Bonacion, à peu près soixante kilos; ils sont dans ma charrette.

— Va déballer l'objet, puis tu me rejoindras à l'usine.

Et Roquentin quitta son cabinet pour aller donner ses ordres, pendant que Foulbert retirait de sa charrette le cadavre du numéro deux des *loges secrètes*.

L'usine était en plein mouvement. Chacun était à son poste, dirigé par le contre-maître Chassang, surnommé la Candeur, à cause de sa physionomie candide et impassible, quoiqu'il connût toutes les affaires du fabricant.

Avant d'arriver à la salle d'ébullition, Roquentin pénétra dans une sorte de caveau destiné à la dissection des chairs et à leur séparation des os, qui, plus tard, devaient être convertis en noir animal, dans une autre partie de l'usine.

La première personne que rencontra le chef de l'usine fut Chicarpion.

Chicarpion, voulant dérouter les recherches de la police qui était sur ses traces, par suite de la dénonciation de Biribi concernant l'argenterie de M. de Jumiéges, était entré dans l'administration des pompes funèbres, en qualité de croque-mort surnuméraire.

Ses relations avec les fossoyeurs le mirent donc à même de rendre des services à M. Roquentin; et, en effet, chaque nuit, il apportait à l'usine des cadavres dérobés aux cimetières du Père-Lachaise, du Montparnasse ou de Montmartre.

Foulbert arriva dans le caveau avec son aubaine du jour.

L'odeur qui s'exhalait de l'antre où l'on désossait les corps produisit chez Meurt-de-soif un subit mouvement de répulsion; il fut obligé de gagner la porte pour respirer l'air frais du dehors. Mais, à peine était-il sorti, qu'il lui sembla voir une ombre se glisser le long des murs de l'usine.

Il se baissa aussitôt, et son regard de fouine perçant l'obscurité, il reconnut le faux chiffonnier Biribi, la hotte sur le dos, et qui espionnait les allures de la maison.

Il rentra vivement dans la salle d'ébullition, et poussa en sourdine son terrible cri de l'orfraie.

Cinq secondes s'étaient à peine écoulées, que la Candeur restait seul près de la chaudière.

Biribi, après avoir observé s'il n'était suivi de personne, pénétra, à son tour, dans la salle d'ébullition et s'avança vers le contre-maître.

— C'est-y vrai, môsieu le patron, que vous achetez les os pour faire du noir d'animal? interrogea-t-il d'un air qu'il s'efforçait de rendre le plus niais possible.

— Oui, répondit la Candeur, qui rarement prononçait plus d'un monosyllabe à chaque phrase de conversation avec des étrangers.

— Alors, en v'là un mannequin bien garni qui pourra vous convenir.

La Candeur lui fit signe de vider sa hotte dans un coin.

— Bigre! y n'est pas bavard, se dit Biribi en jetant un furtif coup d'œil autour de lui. Je suis ben fâché d'avoir laissé Broutechoux en surveillance sur le Grinche, qu'est en *riole* rue d'Ablon... A nous deux, nous aurions pu découvrir ce qui se passe dans cette boutique du diable.

Puis, lorsqu'il eut vidé sa hotte:

— Vous êtes donc tout seul de votre race ici, bourgeois?

— Oui.

— Oh! faut pas vous formaliser si je vous fais c'te question, patron; c'est afin de savoir par oùsqu'on solde les fournisseurs.

— Venez...

Et le contre-maître fit signe à Biribi de marcher devant lui.

Le chiffonnier obéit à cette injonction; mais, au moment où il se retournait pour sortir de l'usine il aperçut Meurt-de-soif.

A la vue de Foulbert, qui se dressait devant lui, les bras croisés et les dents serrées, le dénonciateur jeta un cri et s'élança pour fuir du côté opposé.

— Pardon, mon *zigomar*, exclama Chicarpion qui s'y trouvait en posture de lutte; on ne s'*esbigne* pas comme ça... Faut d'abord régler son *ardoise* avec les petits *camarauds*...

— Je suis perdu! murmura Biribi.

— Eh ben! quoi donc... nous faisons des *rétrofuges* aux amis? dit en sifflant Meurt-de-soif. Ah! Biribi, c'est pas gentil, ces procédés-là!... Et cependant t'as du physique... tu pourrais être caressant si tu voulais...

— Permettez... hasarda ce dernier.

— Quoi permettre? que tu nous montes un *doublé!*... Assez causé, l'ami... Tu vas solder ta quittance avec ce bon M. Roquentin, un brave homme, affable au possible dans les moments douloureux... Roquentin, y es-tu?

— Me voilà! fit le spéculateur en s'avançant le sourire sur les lèvres.

Foulbert lui montra Biribi atterré.

— Ce gaillard-là demande à pourparler avec vous, mon chef d'usine, au sujet de son placement... Il est assez dodu! voyez si la marchandise est susceptible de vous convenir.

— Il me convient parfaitement... Combien pesez-vous, mon ami? Soixante et dix kilos, environ?...

Biribi, livide de terreur, ne répondit pas à cette plaisanterie.

— Allons, c'est entendu... Chicarpion, jette-moi ce brigand-là dans la grande cuve!...

Chicarpion saisit Plâtras, et, malgré ses efforts désespérés, le plongea dans la cuve bouillante.

L'asphyxie et la combustion furent instantanées.

— C'est comme ça qu'on doit traiter les *mangeurs!* siffla Foulbert. Y a encore un autre gredin, mais celui-là ne perdra rien pour attendre!

— Faut-il mettre cette dernière livraison sur le compte de la société? fit Roquentin.

— Non, non; elle est trop *mouche* (1) pour figurer sur le grand livre! affirma le chef des Quarante-Cinq... Nous réglerons cette note-là en buvant l'absinthe avec les amis, qui travaillent proprement au grand jour de la loyauté.

Foulbert et Chicarpion quittèrent l'usine et rentrèrent à Paris.

Lorsque les deux Quarante-Cinq se séparèrent, Chicarpion gagna le faubourg du Temple, et Foulbert se rendit au *Grand-Comptoir*, où il supposait que l'attendaient le Grinche et Marville.

CHAPITRE VIII

UNE SŒUR DE CHARITÉ

La tranquillité et le bonheur semblaient être de retour dans le petit logement du père Joseph. Constance soignait, avec toute la tendresse d'une mère, l'enfant que le hasard lui avait envoyé. Gaston, réitérant ses visites, approuvait le dévouement de la gentille ouvrière, et, tout en hâtant ses préparatifs de mariage, formait déjà le projet de demander à Marville une partie de la somme qu'il lui avait confiée, pour emmener sa femme dans le midi de la France, et passer dans un doux tête-à-tête les premiers mois d'une union après laquelle il aspirait chaque jour davantage.

Le vieux chiffonnier, en un mot, avait recouvré sa gaieté, et travaillait à cœur joie. Le Cagneux s'était fait sa créature dévouée. Le pauvre infirme, que sa nature généreuse poussait à s'attacher à quelqu'un, ne le quittait plus dans ses excursions nocturnes depuis les événements de Créteil.

— Au moins nous serons deux pour la lutte, père Joseph, di-

(1) Laide.

sait-il, si les misérables qui m'ont tué ma Linotte et vous ont
enlevé Constance s'avisaient jamais de nous attaquer !...

Nos lecteurs se rappellent le crime commis par le Grinche
dans la rue Saint-Lazare, et le transport de Rodolphe d'Orveda
à la Pitié.

Tant que dura sa longue maladie, le Cagneux alla le voir et
emmena quelquefois Joseph avec lui.

— Quand on est sur un lit de douleur, disait-il, on est content
de voir autour de soi des âmes compatissantes !... il semble que
leur présence diminue les peines de moitié !

Puis, lorsque d'Orveda sortit de l'hôpital, ce furent encore les
deux chiffonniers qui fournirent à ses premiers besoins.

Mais il était écrit que le vicomte devait toujours être victime
de son caractère faible et irrésolu.

Usé par les souffrances qu'il avait endurées, incapable de travailler de l'intelligence à la suite du coup de couteau qu'il
avait reçu, criblé de dettes, il ne voulut plus paraître dans le
monde, où il avait éprouvé de si cruelles déceptions. Il loua
une mansarde dans la rue Descartes, non loin de la maison de
Joseph.

Chaque jour il venait causer avec son voisin, qui lui inspirait
une confiance absolue, et pour lequel il n'eut d'autre secret que
celui imposé par sa délicatesse, — nous voulons parler de son
amour pour Amélie de Norges.

Joseph le consolait des déboires de la vie avec une philosophie
douce et pleine de bon sens.

A la suite d'un de ces entretiens, dans lequel le père adoptif
de Constance prouva à l'homme tombé qu'il n'y a en ce monde
que de sottes gens et non de sots métiers, Rodolphe quitta volontairement son nom aristocratique pour prendre le surnom de
Marcel, revêtit un costume de velours de coton et pria Joseph de
le faire recevoir dans la corporation des chiffonniers.

Et comme il ne voulait pas être à charge plus longtemps à ce
brave et excellent homme, il en trouva bientôt le moyen.

Dans la rue Saint-Victor, demeurait un Auvergnat qui avait
toujours su faire ses affaires. Il se nommait Dupont, et était la
Providence de tous les ouvriers embarrassés. Son état consistait
à prêter *le matin* trois francs pour toucher *le soir* trois francs
cinquante centimes. L'intérêt était exorbitant, il est vrai, mais
on était bien heureux de trouver le capitaliste !

Marcel s'arrangea donc avec Dupont, et, bientôt, il fut en possession des ses instruments de travail.

Joseph lui fit visiter les ateliers de M. Duménil, avec lequel il
le mit en rapport.

Par un hasard étrange, Rodolphe ne rencontra jamais Gaston
chez Constance. Il savait bien que la jeune fille avait un fiancé,
mais jamais il ne lui fût venu à l'idée que ce fiancé appartenait au
monde dont il venait de déchoir, lui.

Sur ces entrefaites, Constance, affaiblie par les secousses successives qu'elle avait éprouvées, tomba gravement malade.

Le docteur Monglars déclara qu'il fallait à Constance les soins
les plus assidus de la science, et prescrivit des ordonnances
coûteuses.

Grâce à Gaston Mirebeau, la jeune fille ne fut pas transportée à
l'hôpital, et on manda, pour la soigner selon les prescriptions
médicales, une sœur de la Compassion. Chacun sait que ces religieuses charitables, moyennant un minime salaire qui revient à
la communauté, sont toujours aux ordres des pauvres gens.

Qu'allait devenir l'enfant trouvé pendant la maladie de Constance ?

Le Cagneux alla chez M. Verneuil trouver la Bombée, lui raconta ce qui se passait, et revint avec elle.

La bonne fille emporta l'enfant, dont elle promit d'avoir le
plus grand soin. A peine avait-elle quitté le logement de Joseph,
que la sœur de charité entra. C'était Laure de Jumiéges, en religion *sœur Marthe*.

La beauté que nous avons remarquée au bal de la rue de Varennes n'existait plus. Au teint pâli de la jeune sœur on devinait, au contraire, les symptômes de la maladie dont elle avait
puisé le germe aux chevets des moribonds et dont elle mourait
lentement elle-même, la phthisie pulmonaire.

La servante de Dieu trouva le père Joseph abîmé dans une
profonde douleur.

— Allons, du courage ! dit-elle au chiffonnier ; l'Éternel n'é-
prouve parfois les hommes que pour mieux les récompenser
plus tard.

Et elle s'empressa d'accomplir sa pieuse mission avec un zèle
ardent, une charité toute chrétienne.

— Oui, c'est affreux ! s'écria Joseph ; Dieu n'est pas juste d'accabler ainsi les honnêtes gens !

— Pourquoi blasphémer ? reprit sœur Marthe de sa voix
plus douce ; la terre, vous le savez, n'est qu'un séjour de so
rance, un passage à une existence meilleure !

— Oui, oui, je vous crois, j'ai besoin de vous croire !... L'es
rance ! n'est-ce pas notre seule ressource, à nous, les déshéri
du monde !... Mais elle, continua-t-il en désignant Constan
elle, la pauvre enfant, dont la vie n'a été jusqu'alors qu'une su
de déceptions... elle ne mérite pas d'être si rudement éprouvé

— Elle guérira, mon ami, nous la sauverons ; et, comme
fleurs qui s'inclinent sur leur tige et se redressent ensuite p
fraîches, elle renaîtra à la santé et au bonheur.

— Bonne sœur !... Ah ! on m'avait bien dit que sur le chem
des martyrs on rencontre les anges !

Et Joseph pressa affectueusement dans ses mains calleuses
main mignonne et amaigrie de sœur Marthe.

A dater de cet instant, tous deux rivalisèrent de dévoueme
pour sauver Constance ; dévouement paternel d'un côté, abné
tion chrétienne de l'autre.

Sœur Marthe reconnut Gaston pour l'avoir vu dans le mond
mais elle n'eut garde de lui retracer les souvenirs du passé ;
passé était mort pour elle.

Le jeune homme imita la délicate réserve de Laure de Ju
miéges.

Mais, hélas ! la sœur de charité devait être, à son tour, soum
à une rude épreuve.

Marcel le chiffonnier, qui, pour n'être pas importun, s'ét
contenté, depuis quelque temps, de demander au Cagneux d
nouvelles de Constance, vint une après-midi chez Joseph.

A sa vue, sœur Marthe tressaillit, poussa un cri étouffé
perdit connaissance.

Laure avait reconnu Rodolphe d'Orveda.

Pendant qu'on lui prodiguait des secours, Rodolphe, qui l'av
reconnue aussi, se retira précipitamment. Sans comprendre
motif qui avait fait prendre le voile à Laure de Jumiéges, il v
nait de subir, pour la première fois, l'étreinte douloureuse qu
prouve l'homme tombé à l'aspect d'un des témoins de sa fortu
passée.

A quelques jours de là, Constance allait mieux ; mais sœu
Marthe, qui avait témoigné à son père le désir de ne pas mou
loin de lui, était transportée à l'hôtel de la rue de Varennes.
rencontre de celui qu'elle avait aimé, — qu'elle aimait encore pe
être, — et surtout l'aspect de ses haillons et de sa misère, avai
porté le coup fatal à l'épouse du Christ.

CHAPITRE IX

LA PLACE MAUBERT

A l'époque où se passe notre récit, il était peu d'endroits p
blics dans Paris qui offrissent un spectacle plus animé et pl
pittoresque que celui de la place Maubert et des abords
marché des Carmes. C'est là que les charlatans de tous genr
faisaient leurs parades, au milieu d'une population ouvrière, e
par conséquent, facile à exploiter dans son ignorance.

Tour à tour s'y montraient les arracheurs de dents, les faiseu
de tours et les tireurs de cartes.

Nous allons, en notre qualité de peintre de mœurs, retrac
quelques-uns de ces types, dans lesquels nos lecteurs reconna
tront les *rois du boniment* de la place publique.

C'était un dimanche. Un bruit de grosse caisse se fit entend
devant le marché des Carmes, et aussitôt un cercle se forma a
tour du piètre bagage d'un arracheur de dents, surnommé
Hussard.

— Ah ! eh ! eh ! eh ! criait à tue-tête un petit homme de qua
rante ans, au nez bourgeonné, vêtu d'une veste de hussard du tem
de l'empire et coiffé d'un schako polonais ; ah ! eh ! eh ! eh ! l
amis de la tranquillité des mâchoires, approchez, et prêtez vo
oreilles au fameux Duchesne, surnommé *l'Hussard*, à cause d
ses campagnes sous le grand homme, dans les voltigeurs !
Sans douleur !... oui, sans douleur, messieurs et dames, j'arrach
les molaires les plus invétérées à la pointe de mon sabre ! Que l
premier d'entre la société qui a *évu* des dents cariées, avariées o
pourrites me livre sa *bobine*, et je lui fais sauter le râtelier ave
la pointe de mon sabre sans qu'il s'en *aperçusse* et sans dou
leur !... Approchez ! approchez !... c'est gratis pour tout le monde
y compris les bonnes d'enfants, les militaires de tous sexes et le
enfants à la mamelle.

Après ce boniment, un jeune conscrit livra sa tête au Hussard
qui, entr'ouvrant la bouche du patient, exclama de nouveau ave
force :

— Messieurs et mesdames, vit-on jamais sous la calotte des cieux une gueule plus sale et plus dégoûtante que celle de cet enfant de Mars?... Eh bien, ce corridor infect, dans lequel nul balai n'a jamais pénétré, je vais d'abord le *nettoyer*, avant d'en extraire les ingrédients dentaires qui en garnissent les alentours... et afin, messieurs, de vous prouver que tout se fait ici de bonne foi, je me servirai de la simple eau du ruisseau pour rincer la *gargouane* de ce jeune pioupiou.

Alors, le charlatan puisa de l'eau dans le ruisseau et en rinça la bouche de sa victime.

— Maintenant, messieurs, que ce troupier ne tue plus la mouche à quinze pas, reprit-il, je vais procéder à l'extraction des molaires corrompues avec la pointe de ce sabre... toujours sans douleur! sans douleur!

Et plongeant à plusieurs reprises le fer avec violence dans la bouche du soldat, qui se livra à des contorsions horribles, le Hussard en retira cinq grosses dents garnies de gencives.

— Il ne souffre plus des molaires, messieurs, reprit le charlatan en les montrant au public; il est guéri pour toujours, messieurs et mesdames, et cela, grâce à la pointe de ce sabre, qui tua plus de dix mille Cosaques à Lodi, à Marengo et l'Egypte, où que le sable est brûlant comme dans les déserts du *Trop-pique*. Maintenant, messieurs, dames et demoiselles, que vous avez vu de la façon qu'opère l'Hussard, faites-vous arracher toutes les dents, vous aurez la bouche nette... A la première personne venue!... C'est entièrement gratuit pour les militaires comme pour les bourgeois, seulement, ces derniers donneront quatre sous par dent, pour payer les rafraîchissements de l'artiste dentaire. Suivez! suivez! suivez!... faites-vous servir!... on ne paye qu'après l'opération!... Sans douleur!

A côté de Duchesne, vint s'établir Bétentout, le chiffonnier que nous avons vu au *Grand-Vainqueur*, et qui, dans ses moments perdus, jouait à la parade pour augmenter son *magot*.

La spécialité de Bétentout consistait à avaler des sabres et des tire-bouchons. Un porte-voix composait tout son orchestre.

A sa vue, le Hussard fronça le sourcil; mais il n'osa se plaindre cependant du préjudice porté à son entreprise. La place publique n'appartenait-elle pas à tout le monde?

Mais l'arracheur de dents ne fut pas le seul contrarié; Bétentout lui-même poussa un énergique juron.

Sa colère était produite par l'arrivée du phénix des charlatans, Miette, accompagné de sa chaste épouse, ainsi qu'il l'avait surnommée.

La foule poussa un hourra et se précipita comme une avalanche près de la table de Miette, l'habile escamoteur du schah de Perse.

Si la postérité est juste, elle conservera le nom du débitant de la poudre persane.

Après avoir fait quelques tours de gobelets, lestement exécutés, Miette commença ainsi son *boniment*.

— Je me nomme Miette, dit *Dragon*, à cause de la veste de dragon que j'ai conservée de mon séjour en Perse... Je me nomme Miette, et je suis propriétaire... rue Dauphine, n° 12... de la poudre persane. — Mais, me dira un observateur silencieux, tu parles de ton séjour en Perse, tu y as donc été? — Oui, messieurs, j'y ai z'été... C'était en 1812; j'étais parti dans ces contrées sauvages chargé, comme escamoteur, d'une mission scientifique auprès de l'ambassadeur de cette nation. Entre gens comme il faut... on est bientôt devenu *amis comme cochons*. Ainsi nous *devînmes*, avec l'ambassadeur, les cinq doigts et le pouce de la main, quoi!... Un matin, que nous nous faisions tous deux la barbe devant la même glace, je remarquai qu'il avait les dents blanches comme de l'albâtre; moi, qui les avais très-*noires*, je lui dis : « Animal, comment fais-tu pour avoir d'aussi belles quenottes?... » Là-dessus, l'ambassadeur me remit une petite boîte de cette poudre, qui me rendit, sur un frottement fortement réitéré, la blancheur primitive de mes *alvéoles*. Cette poudre, messieurs, je l'ai nommée, en mémoire de mon ami l'ambassadeur, — que la mort a fauché de la petite-vérole, — la poudre persane. Mais, me direz-vous encore, comment emploies-tu cette poudre?... La manière en est aussi simple que facile : mouillez un linge, frottez les dents, rincez la bouche, et le tour est fait... Maintenant, messieurs, vous me demanderez : Combien vends-tu ce trésor qui nettoie les bouches les plus compromises, rend l'haleine embaumée et conserve les dents *noires* en leur rendant leur blancheur naturelle?... Je ne le vends pas, messieurs, ce trésor, je le donne, afin que l'ouvrier et l'homme du peuple, ainsi que la cuisinière, en profitent. Je le donne gratis moyennant trois sous, pour payer le carton des petites boîtes, et dix sous pour les boîtes plus conséquentes. Prenez, faites-vous servir!... Si vous êtes pressés, adressez-vous à ma chaste épouse,

elle les donne également gratuitement — pour trois sous — avec un sourire, qui est l'apanage du plus beau *sexe de la création*... mais, dépêchez-vous donc de vous faire servir, imbéciles que vous êtes, car, dans dix minutes, vous viendriez dans ma maison, rue Dauphine, n° 12, vous vous jetteriez à mes pieds, vous m'embrasseriez les mains, vous me prouveriez que vous êtes vaccinés, que je ne vous livrerais pas une de mes boîtes à moins de deux francs... Allons! allons! allons, faites-vous servir!... cod, cod, cod, cod, codôte!!! la poule va pondre du lard!

Une telle harangue produisait toujours son effet, et Miette empochait à chaque séance cinq ou six francs pour le débit d'une poudre insignifiante.

Cette parade terminée, le *grimacier Jullien* arriva avec un joueur d'orgue, qui n'était autre qu'Evrard, l'ex-commis de Marville, chassé, comme nous l'avons vu dans les premiers chapitres de cette histoire, pour avoir découvert la fraude du banquier.

Comment Evrard était-il arrivé au dernier degré de l'échelle? Comment, en quelques mois, avait-il vieilli au point d'avoir la figure ridée et des cheveux blancs? C'est un fait que nous devons constater.

Après être sorti de la maison de banque, Evrard avait cherché un emploi nouveau; mais partout on lui refusa de l'ouvrage, car il ne pouvait présenter un certificat qui attestât sa loyauté dans les fonctions qu'il avait remplies.

Sans argent pour envoyer à sa mère, qui le croyait coupable d'inconduite, l'ancien commis vint habiter, dans la rue d'Ecosse, derrière le collège de France, une maison fréquentée par des industriels qui gagnaient péniblement leur vie à jouer de l'orgue dans les rues, à élever des souris blanches, ou à casser des cailloux.

Il essaya d'abord quelques-uns de ces états; tous lui inspirèrent un profond dégoût. La profession de joueur d'orgue lui souriait davantage; mais il fallait de l'argent pour acheter ou louer un orgue, et Evrard n'en possédait pas.

Découragé, fatigué de l'existence, il se proposait déjà d'en finir, lorsque le hasard amena dans la rue d'Ecosse le grimacier Jullien, qui avait besoin d'un musicien pour ses parades.

Evrard venait d'apprendre que sa mère était morte de chagrin et de misère; alors la pensée du suicide quitta son esprit. Il voulut vivre pour venger sa mère et satisfaire la haine qu'il avait jurée à Marville. Il accepta donc les offres de Jullien et se mit à tourner la manivelle pendant que son nouveau patron faisait ses grimaces au public.

Nous ne raconterons pas à nos lecteurs la parade du *grimacier*; la drôlerie en était tout entière dans les mines du saltimbanque, qui, avec la mobilité de son masque, parvenait à peindre les types grotesques de la société.

Pendant que Jullien continue sa séance, nous allons abandonner un instant le marché des Carmes, pour jeter un coup d'œil sur la place Maubert où se trouvaient réunis, ce jour-là, *Gras-Boyau*, *Bobino* et le *marchand de blagues*.

Ces trois charlatans ont laissé un souvenir assez célèbre, pour que nous leur accordions une mention spéciale.

Gras-Boyau adressa ainsi sa harangue au public :

— Mille milliasses de boules de Siam, vous allez-t'y rire!... Je vas vous faire voir des tours à vous désenfler la rate!... D'abord, la danse de l'échelle sur une belle douzaine d'œufs clairs, sans en casser un seul.... Une, deux, trois; en avant l' branle bas... Le saut de la carpe et du lapin amoureux.., Si je ne me casse pas la *gargamelle*, je veux ben être pendu... au cou d'une jolie femme.

En débitant ces lazzis le vieux saltimbanque, affublé d'un costume de paillasse et coiffé d'un serre-tête noir, sautait, monté sur une échelle, à travers des œufs, placés à distance sur la voie publique.

— Pas d'omelettes sans œufs... Rien d' casse, rien à payer!... Le tour est bâclé, proprement et sans balancier, continuait Gras-Boyau en saluant grotesquement ses auditeurs. Maintenant, mes enfants, comme dit le père Bertrand, qu'a l' gosier grand, j' vas vous avaler des aunes de filasse enflammée à n'en pas finir... Un vrai ruban de queue de filasse à en garnir toutes les seringues de Paris et de la banlieue, avec du feu dedans. Et j' vas vous la rendre... non pas par là!... par le nez, en forme de faveur bleue, rouge ou verte, selon le choix de la demoiselle la plus amoureuse de la société.

Et, après avoir mis dans sa bouche une poignée d'étoupes allumées, Gras-Boyau tirait un bout de faveur de son nez et appelait un gamin auquel il bredouillait, en parcourant au pas de course le cercle qui l'entourait :

— Tire, tire, petit; il en faut trente-trois aunes pour faire le tour du bonnet de mamzelle Jeannette, qu'épouse un pompier, avec de la fleur d'oranger, et un casque sur la tête, de cuivre, ayant du crin dessus... Tire, tire, tire!... Mais, c'est ben encore autre chose, allez!... Le père Gras-Boyau, qui boit son vin sans eau, va vous vendre du poil à gratter qu'y a de quoi faire enrager et rire quinze jours de suite sans boire, ni manger, ni dormir!... Voulez-vous rire?... un *sou* le paquet; quatre paquets pour trois sous. Voulez-vous rire, rire, rire, toujours rire?... Prenez mes paquets! prenez mes paquets!...

A côté de Gras-Boyau paradait le père Bobino. C'était un petit vieillard aux traits fins et réguliers, cachant sous un air niais une malice profonde; il était vêtu d'un habit de jocrisse et jouait du violon pour s'accompagner.

— Messieurs et mesdames, commença-t-il avec bonhomie, je suis le père Bobino, qui ai eu l'avantage, en 1815, de faire danser devant le roi de Prusse, l'empereur de Russie et d'Autriche, *la gavotte des dindons*, en l'honneur de l'entrée de Leurs Majestés en France. Cette danse m'a valu la permission, des fonctionnaires les plus huppés de l'époque, de fonder une baraque près du Luxembourg, sous le nom de *Théâtre forain de Bobino*. Après une série de représentations, où mon théâtre fut visité par toutes les illustrations, d'un bout du monde à l'autre, je fus forcé, un beau jour, de mettre mes danseurs à la broche, et de me lancer dans la foire pour gagner mon pain. C'est à la suite d'un grand nombre de malheurs, plus malheureux les uns que les autres, et ayant eu le bonheur de perdre mon épouse, qui me battait et se piquait le nez d'eau-de-vie, que je viens sur cette place vous chanter la *Ronde du père Bobino*, que S. M. Louis XVIII fit gazouiller jadis, à sa cour, le jour du sacre de Charles X.

Et le vieux pitre entonna, d'une voix chevrotante, la chanson de *Clic sur la rosée*, qui formait la base de son répertoire.

Après le père Bobino, vint le tour du *marchand de blagues:*

— J'suis l'marchand d'blagues, exclama un gros vieux à la face rubiconde et plissée; j'vends des blagues; qu'est-ce qui veut des blagues?... V'là des blagues; blagues pour les hommes ma-

Constance, fit-elle, il y a dans tout ceci un mystère dont je n'ose entrevoir l'issue.

riés, blagues pour les femmes fidèles, blagues pour les jeunes filles qui n'ont pas encore connu l'amour; blagues pour les militaires de tous grades, à pied et à cheval; blagues pour les bonnes d'enfants et les domestiques sans place. Blagues! blagues! car tout n'est que blague en ce bas monde... Le banquier qui offre de gros intérêts : blague; la jeune fille qu'épouse un vieux, en disant que c'est pour ses beaux yeux : blague; l'orateur qui veut faire le bien de tout le monde : blague; le philanthrope qui affiche ses bienfaits : blague; l'avocat qui gagne toutes ses causes : blague; cette belle fille qui se prélasse dans un tilbury, qu'on croit riche et qu'a des appas resplendissants : blague; ce diplomate qui se dit incorruptible : blague; cet écrivain, dont le nom figure dans toutes les gazettes, comme le rénovateur du style romantique : blague; l'argent qu'on place à la Bourse et qui double le capital : blague; la commandite qui enrichit les pauvres familles : blague; le médecin qui guérit tous ses malades : blague, blague, blague!... Qu'est-ce qui veut des blagues? v'là l'marchand d'blagues!... Pour deux sous des blagues!...

Le guilleret et spirituel marchand fit un ample débit de sa marchandise, ce qui tendrait à prouver, qu'ici-bas, ce qu'on vend le mieux ce sont les blagues.

Mais revenons à l'action de notre drame.

Au milieu de la foule immense qui circulait ou stationnait sur les deux places, on remarquait çà et là les figures des Quarante-Cinq, entre autres celles du Grinche, de Chicarpion, et d'affidés d'une importance moindre dans la hiérarchie des grades.

Il n'était pas de groupes qu'ils n'explorassent; le vol était leur but et ils l'atteignaient presque toujours.

Parfois aussi on voyait passer le rapin Palette, à la recherche de son modèle pour le tableau de la *mascarade humaine*. Il espérait rencontrer le père Vilpain, dont on lui avait tracé, rue de Choiseul, un affriolant portrait.

Déjà le jour tombait; les banquistes, jaloux de la concurrence qu'ils s'étaient volontairement livrée, avaient entamé, au milieu de la place Maubert, une conversation suivie de gestes significatifs.

— C'est de ta faute si je n'ai fait que vingt sous! disait le Hussard à Bêtentout. On ne doit pas nuire à un confrère; la première fois que ça t'arrivera, je te casserai la margoulette.

— De quoi! de quoi! fit Bêtentout. Est-ce que le pavé d'Paris n'est pas à tout le monde!... D'ailleurs, je n'ai rien récolté du tout, moi!... C'est Miette qui m'a coupé l'herbe sous le pied!...

Miette se redressa de toute sa hauteur.

— Il n'y a rien d'étonnant! exclama-t-il avec emphase... J'ai plus de talent que vous tous... vous n'êtes pas dignes de dégraisser les manches de ma veste!...

A ces mots, un murmure de colère s'éleva. Bobino, Gras-

Boyau, le grimacier et le marchand de blagues, qui discutaient dans un autre groupe, — et sur le même motif, — se rapprochèrent.

Des gros mots on en vint aux coups.

La mêlée fut générale; et la foule, loin de séparer les combattants, les encouragea et les applaudit, comme toujours en pareille circonstance.

Il fallut l'intervention des agents de l'autorité pour faire cesser ce combat.

A la vue des sergents de ville les banquistes, qui redoutaient une arrestation, imposèrent silence à leur haine, et, se tendant subitement la main entrèrent, pour faire la paix, au cabaret du *Grand-Comptoir*.

CHAPITRE X

LE GRAND-COMPTOIR

On pénétrait dans ce débit de liqueurs par une porte vitrée. C'était une longue salle basse. D'un côté se trouvait le comptoir de plomb qui occupait toute la longueur de la salle; de l'autre étaient des tables et des bancs de bois. Sur des tablettes soudées aux murs s'étalaient des bouteilles, des bocaux et des petites futailles jaunes, entourées d'un cercle noir. Sur chaque futaille était tracé le nom de la liqueur qu'elle contenait.

Lorsque les banquistes entrèrent au cabaret, — surnommé *Campherie* dans le langage chiffonnier, — Palette était assis à la première table près de la porte, avec le père Vilpain, qui absorbait un troisième verre d'absinthe, sa liqueur favorite.

— Eh ben, vrai, là, dit le chiffonnier; mon petit, t'es un bon garçon; tu viens de me proposer une affaire d'or... Mais y a-t-il beaucoup de travail? Je te préviens que je ne suis pas pour la pioche, moi!

— Non, répondit Palette en fumant son brûle-gueule; il ne s'agit que de poser pendant une ou deux heures devant un peintre qui fera votre portrait.

— Voilà tout?

— Oui.

Meurt-de-soif, caché dans un fourré, tira sur Moncavrel un coup de pistolet qui l'étendit roide mort.

— Et pour ça je gagnerai dix sous à l'heure?

— Ni plus ni moins.

— Ah! cristi, mon vieux, tu es une providence! Garçon, une tournée, c'est moi qui paye!

Le garçon apporta un quatrième verre d'absinthe.

— Qui donc t'a dit que j'avais une tête fameuse? interrogea de nouveau Vilpain, que la boisson rendait bavard.

— Madame de Saint-Méran.

— Connais pas.

— C'est son nom de guerre; elle s'appelait, il y a quelques mois, Lodoïska la balayeuse.

— Ah! j'y suis... une bien brave fille!... Oui, quelquefois je la rencontre dans le quartier, en voiture; elle va voir ses anciennes amies... Tu la remercieras, et tu lui diras bien des choses aimables de ma part.

Puis, Vilpain continua tout bas :

— Chacun son tour; elle est riche, aujourd'hui; moi, je l'étais hier... Oh! l'absinthe, l'absinthe!...

Le chiffonnier disait vrai : jadis il avait occupé une position brillante. L'ivrognerie l'avait fait rapidement descendre les degrés de l'échelle sociale. Mais, nous nous taisons sur ce sujet, car le père Vilpain a existé, son portrait même a servi d'enseigne au *Grand-Comptoir*, et nous devons respecter les secrets du malheur.

Lorsqu'il eut donné rendez-vous au modèle pour le lendemain à *la Childebert*, Palette se retira. Le chiffonnier, ivre, laissa tomber sa tête sur la table et s'endormit.

Quelques minutes après, les charlatans avaient quitté le *Grand-Comptoir*, complétement réconciliés et prêts à recommencer leur concurrence le lendemain.

Il ne restait plus dans la salle que quelques chiffonniers, des ouvriers, le Grinche et Evrard, qui, la physionomie contractée, s'était blotti dans un coin.

Meurt-de-soif, revêtu d'une longue redingote et d'un large chapeau, s'approcha du Grinche.

— Parlons bas, fit-il en apercevant Evrard, le joueur d'orgue est là, il a refusé d'entrer chez nous, faut pas lui donner des instruments pour nous nuire.

Et, après s'être fait servir un poisson d'eau-de-vie, il l'absorba d'un trait.

Marville parut en ce moment dans son costume de chiffonnier. Il jeta un rapide coup d'œil dans la salle, reconnut le Grinche et s'approcha de lui.

Pendant qu'il s'installait à la table, Meurt-de-soif le considérait attentivement.

— Drôle de binette! se dit-il, y a de l'étoffe là-dedans de quoi faire un Quarante-Cinq.

Puis il fit signe au Grinche de s'éloigner.

Les deux coquins allaient entamer le chapitre de leur négociation lorsque Marville aperçut deux yeux brillants qui se fixaient sur lui avec persistance.

Il se leva et se dirigea vers le joueur d'orgue.

— Pourquoi me regardes-tu comme ça? lui dit-il d'un ton qu'il s'efforçait de rendre assuré; est-ce que tu me connaîtrais, par hasard? ça m'étonnerait!

— Je ne sais pas, répondit Évrard d'un air hébété, en le fixant toujours, tu ressembles à quelqu'un que je voudrais tenir sous la main.

— Qui donc?

— Une canaille qui m'a volé mon pain et a fait mourir ma mère!... un nommé Marville.

— Tu te trompes joliment, alors, mon brave; car je n'ai jamais volé ni tué personne.

Cet échange de paroles, fait d'une voix assez haute pour être entendu par les chiffonniers qui se trouvaient au *Grand-Comptoir*, provoqua des observations.

— Qui donc que t'es? interrogea l'un des buveurs; on ne t'a jamais vu dans la corporation de la chiffe.

Meurt-de-soif comprit qu'il devait intervenir.

— Je le connais, moi!... C'est un vrai, y a pas de danger à lui serrer la main!... Quant à son incognito, il s'expliquera tout seul... Pivoine est débarqué hier; il revient directement, en droite ligne, de la colonie de Rio-Janeiro.

— Comment ça?

— Oui... Le travail n'allant pas assez fort, il y a quelques années, il s'est embrigadé dans une compagnie pour le défrichement d'une colonie; il a cru faire fortune, le brave homme!... mais, bernique, il y a trop de soleil et de bêtes fauves dans ce pays-là, les colons sont revenus plus pauvres que Job. C'est alors que mon ancien ami Pivoine, que v'là, est venu me trouver pour que je le protège dans la corporation... Dame! il est comme tous les braves gens, il a besoin de travailler, c't homme!

— C'est différent alors, dirent les chiffonniers, du moment que c'est un travailleur!... garçon, une tournée à la santé de Pivoine!

Pendant qu'on trinquait et buvait, Évrard sortit en fixant toujours Marville.

— C'est bien extraordinaire, se dit-il, on ne saurait trouver de ressemblance plus frappante!... Après tout, c'est impossible; l'autre est riche tandis que celui-ci est un pauvre chiffonnier.

Et il regagna sa hideuse mansarde de la rue d'Écosse.

Après avoir échangé le petit verre de la bienvenue avec ceux qui le prenaient pour un des leurs, Marville entraîna Meurt-de-soif dans le coin le plus obscur de la salle.

— Et maintenant, causons, lui dit-il; tu es le chef de la bande des Quarante-Cinq?

— Oui.

— Je veux en faire partie.

— Avec plaisir; en ta qualité de banquier, tu peux nous rendre des services et en avoir la réciproque.

— J'y compte. Demain je t'indiquerai deux bons coups à faire, et pour te prouver que je suis franc du collier, je t'abandonne d'avance la part qui me reviendrait.

— Ce qui signifie que t'attends autre chose de moi?

— C'est possible; mais dépêchons... Connais-tu le père Joseph, le chiffonnier de la rue des Boulangers?

— Si je le connais! grinça Meurt-de-soif.

— Il faut que tu me débarrasses de cet homme.

— Diable! mais tu y vas rondement!

— Quant tu l'auras tué, je te donnerai vingt mille francs.

— Comme ça, le *biffin* gêne ton soleil?

— Que t'importe! il faut qu'il meure, voilà tout!... Tu entends, vingt mille francs.

— Ta proposition me va assez carrément... Et puis, dès que tu promets d'être généreux avec papa Foulbert, on fera le travail; il disparaîtra.

— Tu me le promets?

— Je te le jure, aussi vrai que j'embrouillerai le conjungo de sa fille, et que la noce tombera dans l'eau.

— Sa fille se marie?... Avec qui donc?

— Parbleu! avec un dandy de la haute, qu'en est amoureux à mon détriment.

— Mais... je croyais que la jeune fille avait été compromise à cause d'un enfant? insinua Marville.

— Y a eu ben autre chose sous roche... Mais je te conterai ça plus tard, toujours est-il pour l'instant que le mariage serait déjà fait sans la maladie de la petiote, qui va mieux.

— Malédiction! fit le banquier en se pinçant les lèvres.

Les deux interlocuteurs se racontèrent mutuellement les causes qui les rendaient si acharnés à poursuivre Joseph et Constance.

Puis ils conclurent :

— Ainsi, c'est convenu, dit Marville.

— Il sera refroidi, acheva Meurt-de-soif.

— Quant à la fille, ajouta le banquier à voix basse, Gaspard s'en chargera.

— Puisque ton domestique et toi vous êtes désormais de la bande, dit Foulbert, on sera à vos ordres... Pas que ça de monnaie, des banquiers travailleurs!... en v'là un rassortiment!... Surtout ne vas pas *blécher*, vieux... songe que tu te dois tout entier à la prospérité commune de la bande.

— C'est entendu... A propos, lorsque tu auras à m'écrire, tu adresseras tes lettres chez madame de Saint-Méran... tiens, voici l'adresse... Au revoir !

En rentrant chez lui, et après avoir changé de toilette, le banquier apprit que Joseph était venu avec Gaston pour solliciter un entretien.

— Il était temps, se dit-il; quant à Gaston, puisqu'il s'obstine à épouser cette fille du peuple, j'aviserai.

Le lendemain, Marville allait prendre place au centre droit de la chambre des députés; il fut reçu avec les égards dus à l'un des financiers les plus influents de l'époque. En effet, le bruit courait qu'il allait contracter un emprunt au nom d'une puissance étrangère.

CHAPITRE XI

LE PACTE DE FAMINE

Par l'importance de ses spéculations financières, — dont le cercle était fort étendu en province et à l'étranger, — Marville se trouvait en relations avec les agioteurs de toutes les branches de l'industrie.

Plusieurs fois déjà quelques-uns de ces rusés *tripoteurs* lui avaient rendu visite, et, par des propositions indirectes, s'étaient efforcés de l'attirer dans leurs intérêts. Marville comprenait parfaitement les vues de ces industriels; mais il n'avait pas encore donné de réponse positive à leurs propositions, soit qu'il craignît de se compromettre, soit qu'il voulût attendre des offres plus affirmatives et par cela même offrant un résultat plus productif.

Mais la nouvelle de l'entrée de Marville à la Chambre ayant été insérée dans un journal officiel, les agioteurs revinrent à la charge d'une façon pressante.

Ces spéculateurs marrons, qui trafiquaient en grand sur l'exportation des grains, représentaient trois puissances. L'un se nommait Blandin et possédait de nombreuses fermes dans la Beauce; l'autre, Beverley, agissait dans l'intérêt de l'Angleterre; le troisième, Ploslock, avait d'immenses rapports avec les États-Unis d'Amérique. Tous trois sans s'être, comme nous l'avons dit, catégoriquement prononcés avec le banquier, lui avaient néanmoins laissé comprendre que sa mise de fonds doublerait les bénéfices et que le *quatuor*, en s'entendant sur le but et les moyens d'agir, arriverait promptement à une fortune colossale.

Marville restait indécis; non par faiblesse de caractère, — nous avons eu déjà la preuve de ses décisions actives, — mais parce qu'il ne se croyait pas encore assez posé dans le monde politique pour profiter d'une influence productive.

Cependant, les petites causes produisent les grands effets; et, lorsqu'on est susceptible d'éprouver de fortes passions il faut, bon gré mal gré, en subir les conséquences. Or, nous savons que Charlotte de Saint-Méran possédait un irrésistible empire sur l'esprit de Marville.

Comme toutes les femmes parties d'en bas et qui sont éblouies par le point de vue qu'elles embrassent, Lodoïska, croyant n'avoir qu'à puiser dans la caisse de son adorateur, s'était livrée tout entière à un tourbillon luxueux de plaisirs variés. Ce n'était plus seulement les poseuses de la *Childebert* qu'elle fréquentait, mais un monde situé sur les limites des hautes régions sociales. Elle avait fait ce qu'on appelle, en style vulgaire, de belles connaissances. Au lieu de s'ennuyer dans son boudoir elle parcourait les bals, les tripots.

A la suite d'une de ses nuits de plaisir elle se rendit chez le banquier, malgré la défense qu'il lui avait faite de jamais se présenter à l'hôtel de la Chaussée-d'Antin.

En la voyant entrer précipitamment dans son cabinet sans se faire annoncer, Marville, fronçant le sourcil, ne put réprimer un geste d'impatience.

— Je vous gêne, fit Charlotte avec ironie; dites un mot et je pars à l'instant.

Il y avait dans ces paroles un ton si dominateur, que Marville retrouva aussitôt son sourire.

— N'êtes-vous pas toujours la bienvenue, se hâta-t-il de répondre en lui indiquant un siége. Mais quel heureux hasard vous amène?

— Deux choses. D'abord, je n'ai pu réussir à la mission que vous m'aviez confiée ; vous savez, la partie de plaisir avec votre pupille... Il a refusé net à son ami et à Clara...

Le banquier se mordit les lèvres.

— La seconde chose, dit madame de Saint-Méran, c'est que j'ai un service à vous demander.

— Voyons?

— Prêtez-moi vingt billets de mille francs !...

Marville bondit sur son siége.

— Mais vous voulez donc me ruiner ! s'écria-t-il.

— Dieu ! que vous êtes ladre, mon cher !... Mais que diriez-vous donc si, comme la plupart de ces dames, j'avais des exigences journalières... exigences bien pardonnables, après tout !...

— Trop souvent réitérées... peut-être, balbutia Marville.

— Trop souvent?... le mot est poli... Attachez-vous donc à un banquier, pour qu'il vous humilie !... Mais vous ne savez donc pas, mon cher, qu'une jolie femme trouve dans la haute société des gentilshommes, des grands seigneurs, qui ne disent pas de ces vulgarités-là !... Ah ! si l'on ne vous aimait pas...

Marville comprit que cette péroraison était une menace indirecte et changea soudain de manière de voir.

— Vous avez donc bien besoin de ces vingt mille francs, ma chère amie?... dit-il en saisissant les mains de la sirène.

— Hélas ! oui ; j'ai joué, j'ai perdu, et il faut que je paye aujourd'hui même.

— Et... si je vous refusais?... reprit-il d'un air qu'il s'efforça de rendre aimable.

— Dame !... poussée par la nécessité, je les accepterais d'un grand personnage, qui m'a offert de me les prêter lorsque je venais de les perdre sur parole. Mais ce serait bien malgré moi, Alfred !...

— Méchante !... vous me faites faire tout ce que vous voulez...

Et le banquier remit à madame de Saint-Méran la somme qu'elle demandait.

Les vingt mille francs empochés, la lorette se retira, promettant d'être fort réservée à l'égard du grand seigneur dont elle avait parlé ; quoiqu'elle estimât beaucoup son caractère chevaleresque, acheva-t-elle malicieusement.

Resté seul, Marville frappa avec rage sur son bureau.

— Non ! se dit-il, une telle existence ne peut continuer !... Cette femme a des exigences impossibles... et pourtant je dois les satisfaire, car je ne puis m'empêcher de l'aimer !... En outre, ma nouvelle position de député m'entraîne à des dépenses considérables... Enfin, Gaston m'a prévenu ce matin même qu'il allait me redemander une partie de ses fonds... c'est une ruine complète !... Et cependant je ne puis, je ne dois pas sombrer au moment d'arriver au port.

En ce moment Gaspard parut à la porte du cabinet :

— Monsieur, dit-il discrètement, trois personnes sont là qui demandent à vous parler.

— Leur nom? fit avec impatience le banquier.

— Voici leurs cartes.

— Faites entrer, reprit vivement Marville, en lisant les noms de MM. Blandin, de la Beauce, Beverley et Plostock.

Puis, composant son visage :

— C'est mon étoile qui les envoie, murmura-t-il. Maintenant, j'ai confiance dans l'avenir !...

MM. Blandin, Beverley et Plostock entrèrent.

— Veuillez nous pardonner, monsieur, dit Blandin, de vous déranger de vos nombreuses occupations.

— Votre présence, messieurs, m'est toujours agréable, fit Marville avec le ton d'un homme du monde. Mais, quel motif...?

— Mon Dieu ! reprit le fermier de la Beauce, il s'agit encore de cette question des grains, si souvent, trop souvent peut-être, agitée entre nous.

— Une question aussi sérieuse, présentée par des hommes tels que vous, ne saurait être examinée avec trop de soin.

— Votre aménité nous encourage, reprit Beverley. Nous allons donc vous soumettre nos propositions.

— Soit, je vous écoute, dit Marville en s'asseyant.

— Je dois vous prévenir, commença Blandin, que ces messieurs et moi nous apportons, dans l'exploitation des grains, chacun une somme considérable. Pour ma part, je déposerai au fonds social six cent mille francs, et je joindrai à cette somme le produit de quelques mille hectares de terre.

— Moi, dit Beverley, je puis disposer d'un million.

— Je apporterai deux millions... fit Plostock, le seul des agioteurs qui eût conservé l'accent étranger.

— L'affaire est fort sérieuse, en effet, messieurs. Néanmoins, les exigences de ma maison de banque ne me permettent pas, pour le moment, d'atteindre un aussi haut chiffre de mise de fonds que le vôtre...

Les trois marchands échangèrent un rapide regard.

— Nous acceptons d'avance ce que vous pourrez faire dans l'intérêt social, fit le Beauceron. A la rigueur, une forte somme de votre part n'est pas nécessaire, car vous serez le banquier de l'entreprise, et, par conséquent, notre fondé de pouvoir. Mais, nous demandons une garantie positive, toujours dans l'intérêt social...

— Laquelle?

— C'est que, comme député, vous usiez de votre influence pour la prospérité de notre spéculation.

— Vous avez ma parole, messieurs ; je profiterai de tous les bruits et de toutes les combinaisons politiques.

— Fort bien, dit Beverley. Maintenant, causons de notre manière d'agir.

— Il s'agit tout simplement, dit Blandin, d'acheter sur pied une partie des récoltes de la France, d'emmagasiner le grain et de faire la hausse sur les marchés, en raréfiant la marchandise.

— Mais, observa Marville, que ferez-vous de ces grains emmagasinés?

— N'avons-nous pas l'exportation ! reprit le Beauceron.

— Le moyen est ingénieux, fit Marville ; moins il y aura de blé en France, plus on le payera cher et plus les résultats bénéficiaires seront certains.

— On criera à l'accaparement, ricana Beverley, et l'opposition jettera feu et flammes dans les chambres.

— C'est mon affaire, reprit Marville ; ma position de député conservateur me permet de démentir tous les bruits d'accaparement qu'il faudra faire passer sur le compte de la calomnie. Et puis, nos députés de la gauche sont presque tous avocats... on les traitera de bavards, et tout sera dit.

— Cela va créer bien des misères ! insinua Blandin d'un ton hypocrite.

— Qu'importe ! fit le banquier ; la misère des uns a toujours fait la fortune des autres, et pourvu que personne n'ait connaissance de ce pacte de famine, nous jouirons avant peu des bénéfices de notre association.

— Ce que je recommande particulièrement à monsieur le député, ajouta Blandin, c'est de savoir avant tout le monde ce qui sera décidé dans les conseils du gouvernement au sujet de l'exportation. C'est important, afin qu'on puisse agir.

— Cette clause ne doit pas nous inquiéter, messieurs. Lors même qu'arriverait inopinément le décret de non-exportation, ce que je ne suppose pas, nous pourrions encore maintenir la hausse.

— Comment cela ? firent les agioteurs en tendant la tête.

— En jetant la moitié de nos grains dans la rivière.

— Mais c'est une perte réelle.

— Suivez bien mon raisonnement. En admettant qu'il n'y ait en France que quatre sacs de blé et que j'en jette trois à l'eau ; le sac restant aura une valeur illimitée. La nécessité ne compte pas avec le capital. Appliquez cette mesure sur une grande échelle, et concluez.

Les agioteurs conclurent, en effet, que Marville était un homme de génie.

Après avoir élaboré, dans ses plus infimes détails, le problème de la disette publique, les accapareurs convinrent de la mise en œuvre immédiate de leur spéculation, qui, plus tard, devait amener un cataclysme social.

Ajoutons que la convention passée dans le cabinet de Marville ne fut que le germe d'associations plus nombreuses, sur lesquelles devait, à un moment donné, s'appesantir toute la sévérité du pouvoir.

— Enfin ! dit Marville lorsque les accapareurs furent sortis, je pourrai donc atteindre, avec une échelle d'or, le sommet de mon ambition, la pairie !... Que le témoin de mon crime d'autrefois disparaisse, et Marville *l'honnête homme* pourra, à son tour, paraître dans les salons de la royauté !... Oui ; mais il faut anéantir toute trace de mon passé !... Allons, frappons un coup suprême !... ensuite, à moi la puissance ! à moi la grandeur !

Il appela Gaspard, avec lequel il causa longtemps à voix basse. Puis, joyeux, il se mit à table et se montra bienveillant et spirituel envers quelques convives qu'il traitait ce jour-là.

Lorsque le repas fut terminé, Louisette vint le prévenir que mademoiselle Amélie désirait lui parler. Il se rendit aussitôt dans l'appartement de sa belle-fille.

Amélie avait les yeux rougis par les larmes.

— Monsieur, lui dit-elle, j'arrive à l'instant de chez M. de Jumiéges... Laure, mon amie, n'est plus de ce monde.

— Oh! pauvre demoiselle! fit Marville avec une componction feinte.

— Bien heureuse!... franchement, monsieur, j'ai envié son bonheur.

— Que dites-vous là, Amélie? est-ce un reproche?... à moi, qui, dans la crainte de vous affliger, n'ai pas insisté sur votre mariage avec Gaston.

— Je ne vous reproche rien; seulement, je veux vous demander une grâce.

— A moi?

— Oui... les seuls êtres auxquels je fusse sincèrement dévouée sont morts ou ont quitté la France, mon enfant n'existe plus... permettez-moi de remplacer Laure de Jumiéges dans le sacerdoce qu'elle avait entrepris... laissez-moi prendre le voile de sœur de charité.

Et Amélie, presque agenouillée, tendait ses mains jointes vers le banquier, qui la regardait avec étonnement.

— Cette demande est-elle sérieuse? fit-il.

— C'est mon vœu le plus cher.

Il réfléchit pendant quelques secondes.

— Vous agirez comme bon vous semblera, ma fille, fit-il en l'embrassant.

— Merci! oh! merci! exclama Amélie.

Et elle rentra dans son appartement. Sa physionomie s'était transfigurée; elle entrevoyait à sa poignante douleur un port de salut.

Quant à Marville, il murmurait en allant rejoindre ses convives:

— Encore ma bonne étoile!... Je ne savais comment marier cette chère enfant, et elle m'offre elle-même le moyen d'ensevelir à jamais son déshonneur!... Bénie soit la Providence! elle veille sur les hommes d'intelligence et de bonne volonté!

CHAPITRE XII

UNE RÉCEPTION DANS LA CHIFFE

La convalescence de la fille de Joseph, laissant au vieux chiffonnier quelques instants de quiétude morale, il songea à tenir sa parole à Marcel en le présentant comme néophyte à la *corporation de la chiffe*. Cette affiliation était nécessaire, car personne, à cette époque, ne pouvait travailler du crochet, — avec sécurité du moins, — sans avoir été reconnu *chiffonnier* par ses confrères.

C'était à la barrière Fontainebleau, au cabaret du *Cheval-Blanc*, qu'avaient ordinairement lieu toutes les réceptions. La cérémonie se passait dans une immense salle, située au rez-de-chaussée, et dont les murs, blanchis à la chaux, étaient ornés de dessins tracés au charbon.

Ce vaste hémicycle, garni de tables et de bancs de bois, avait reçu le nom de *Chambre des pairs*, par contraste avec une autre salle contiguë, et nommée *Chambre des députés*. Dans cette dernière, se tenaient ceux qui n'appartenaient pas à la confrérie des *Chevaliers de la lanterne*.

C'est donc à sept heures du soir qu'avait été fixée la cérémonie de réception. La nouvelle s'en étant promptement répandue parmi la gent chiffonnière, la *Chambre des pairs* était au complet.

Cette chambre, si populairement connue du faubourg Saint-Marcel, se composait, ce soir-là comme d'habitude, exclusivement de chiffonniers. Parmi ces honnêtes industriels, on distinguait Vilpain, Bétentout, le père Wagram et les époux Camus, que nous connaissons déjà, ainsi qu'un certain nombre d'employés de la maison Duménil, où, par parenthèse, le Cagneux avait accepté une place de *trilleur* (1).

La Jeannette et le Grinche, que les habitués du *Cheval-Blanc* n'aimaient pas à cause de leur réputation douteuse, se tenaient à l'écart dans un coin du salon.

Vers six heures et demie, le père Joseph parut, accompagné de Marcel. Ils entrèrent dans la salle par l'issue où se trouvait le trou d'une cave servant à monter les brocs de vin.

— Bigre! fit le Grinche, qui avait reçu des instructions de Meurt-de-soif; v'là une bonne occasion *d'esbigner* le paroissien!

Et, se glissant à côté du père Joseph, il le poussa, sans avoir

(1) Métier qui consiste à *trier* le produit des bottes et à mettre ensemble les objets de même nature.

l'air de le faire exprès, dans la direction de l'espace béant. Si l'honnête chiffonnier fût tombé, c'en était fait de sa vie.

Heureusement Marcel, voyant Joseph chanceler, le retint à bras-le-corps, et parvint à le préserver du gouffre.

— Pardon excuse, mon vénérable! fit le Grinche d'un ton hypocrite, c'est l'*arpion* qui m'a glissé... Tonnerre! grommela-t-il en reconnaissant d'Orveda, le *refroidi* de la rue Saint-Lazare!... J'vas prévenir Fifi, le *noyeur*.

Et l'affidé de Foulbert sortit en lançant un regard oblique à Marcel.

L'incident qui avait failli coûter la vie à Joseph causa une vive agitation dans la *Chambre des pairs*. Tous se groupèrent autour de l'honnête chiffonnier et le félicitèrent d'avoir échappé à un péril aussi éminent.

L'émotion calmée, le père Joseph prit place à une table formant le demi-cercle, et qui servait de bureau les jours de réception.

— Camarades, dit-il, en ma qualité de président, je déclare la séance ouverte. La parole est à notre secrétaire, le père Wagram.

— Mes enfants, dit le vieux soldat en ôtant son bonnet de police, le chef de file m'ayant octroyé la parole, je vais, dans les règles de la consigne, vous lire l'ordre du jour. Il s'agit de recevoir un nouveau compagnon, se nommant Marcel. Le jeune travailleur ci-joint est présenté, socialement et militairement parlant, par notre président, qui se porte répondant de lui sans exception aucune. Mais comme, d'après le règlement, le *présenteur* ne peut servir de parrain, je me suis chargé, d'après l'avis du chef de file, de lui servir de second, toujours dans les règles de la consigne.

— Bravo! fit le père Camus, ça a l'air d'une bonne acquisition; aussi, en ma qualité de vice-président, je lui servirai de *truchement*.

— Oui, reprit le père Wagram, tu répondras pour le naïf aux questions supérieures que le bureau, en la personne d'un chacun de nous, lui adressera. Acceptez-vous la chose comme ça, jeune conscrit? interrogea le secrétaire en s'adressant à Marcel.

— J'accepte, répondit le protégé de Joseph.

La cérémonie commença.

— V'là le néophyte, dit Bétentout en faisant asseoir Marcel.

— Qu'il soit le bienvenu, dit Wagram.

— Serviteur et merci! répondit Camus au nom de Marcel.

— D'où est la venue? reprit Wagram.

— De la haute, par suite de chagrins, de misère et de nécessité de travail, interrompit Joseph.

— Est-ce un brave lapin, exclama Wagram, qu'a quéque chose du côté gauche, et qu'est intact sur la probité?

— Je réponds de lui comme de moi-même, affirma le président.

— Ça suffit... la demande est acceptée, répondit Camus. Sur ce, mes enfants, nous allons continuer la cérémonie par les fignoleries d'usage.

Et, s'adressant à Marcel:

— Attention, jeune homme, ouvrez vos yeux et vos oreilles, je vais adresser les questions d'usage à votre parrain, et, chaque fois qu'il aura répondu pour vous, vous remuerez la tête en signe d'approbation.

— Messieurs, et mesdames, fit Wagram, moi, Marcel, je demande, par la voix de mon parrain, et toujours dans la consigne, à faire partie de la *Corporation de la chiffe*.

— Savez-vous endosser le mannequin? Savez-vous manier avec agilité et élégance le numéro sept?

— Au superlatif.

— Observerez-vous les règlements de la société?

— Militairement et conséquemment.

— Promettez-vous d'être honnête homme, de respecter le bien et la femme de votre prochain?

— Je le jure impérativement.

— Vous engagez-vous à venir en aide à vos semblables et à ne jamais leur faire de mal injustement?

— Je m'y engage supérieurement.

— A ne jamais mettre de l'eau dans votre vin, quand il sera bon surtout?

— La vigne du Seigneur, devant être l'objet de la vénération de l'homme, je m'engage ostensiblement à boire de bon vin pur, autant que mes moyens et mes forces me le permettront.

— Jurez-vous de ne jamais travailler à prix réduit et au détriment de vos camarades?

— Je le jure fraternellement.

— De défendre votre patrie contre les étrangers?

— Je le jure vaillamment.

— Promettez-vous de ne pas trop souvent fêter saint lundi, le patron des paresseux; d'avoir de la tenue en société, et de ne jamais dire de gros mots aux dames, surnommées par un ancien malin les *roses du parterre de l'humanité?*

— Je le promets galamment.

— Jurez-vous de respecter les lois de votre pays, le repos des citoyens et la propriété d'autrui; de défendre le faible contre le fort; de boire sec et de travailler rude; d'élever vos enfants; de ne pas fréquenter les maisons de jeu, où l'on perd le pain de sa famille et le repos de sa vie?

— Je le jure honnêtement et profondément.

— Le néophyte, ayant franchement et loyalement répondu aux questions d'usage, moi, président, au nom de notre grande famille, je déclare Marcel membre actif de la *corporation de la chiffe*, et lui accorde pouvoir d'exercer librement et en toute sécurité le métier de chiffonnier sur toute l'étendue du royaume de France, et à l'étranger au besoin. Sur ce, je lui donne, ainsi que les membres du bureau, l'accolade fraternelle, symbole de l'union et de la solidarité qui doit désormais exister entre nous.

Une immense salve d'applaudissements accueillit les paroles de Joseph.

La cérémonie de l'accolade terminée, le père Wagram plaça une hotte sur le dos de Marcel, lui mit un crochet dans la main et lui fit exécuter la manœuvre du chiffonnier.

— Fameusement contourné dans les mouvements, exclama le vieux dur-à-cuire; du jarret, de l'œil, de la dent, la main preste!... vous serez un chiffonnier modèle qui fera crânement honneur à la corporation. Mais, *sufficit...* assez causé... A la santé de Marcel et à la France!

Comme on se préparait, sur le toast de Wagram, à trinquer à la santé du nouveau disciple, le Cagneux, haletant, pénétra dans la *Chambre des pairs* et courut à Joseph.

Le jeune homme, que ses occupations de *trilleur* avaient empêché d'assister à la réception, avait été appelé, vers le soir, par M. Duménil, qui le chargea d'apprendre à Joseph qu'à dater du lendemain il serait installé dans un poste lucratif et de confiance.

Tout joyeux du plaisir qu'il allait causer à son vieil ami, il se rendit aussitôt à la rue des Boulangers.

Mais un grand rassemblement l'empêcha d'abord d'en approcher. Puis, une odeur âcre de fumée le saisit à la gorge. Il leva la tête et aperçut des flammes s'élevant dans les nues.

Alors, poussant, hurlant, se faufilant, il arriva jusqu'à la porte de la maison de Joseph. On venait de se rendre maître de l'incendie.

Le Cagneux allait questionner sur la cause de ce sinistre, afin de savoir s'il pouvait être utile à ceux qui lui étaient chers, lorsque son regard s'arrêta sur Constance.

La pauvre fille était assise, pâle et abattue, au milieu des agents de la sûreté publique.

— Arrêtée!... exclama le chiffonnier. Mais le père Joseph, où donc qu'il est?...

Puis, se souvenant tout à coup de la réception du *Cheval-Blanc*, il se précipita dans la direction de la barrière Fontainebleau.

Il raconta en peu de mots à Joseph ce qu'il venait de voir.

Le vieux chiffonnier poussa un cri d'effroi, et, suivi de Marcel et du Cagneux, il s'éloigna en toute hâte.

Pendant le trajet de nos trois personnages, nous allons raconter l'horrible drame qui s'était accompli dans la rue des Boulangers.

CHAPITRE XIII

LA FATALITÉ

Constance, presque entièrement rétablie faisait chaque jour, en compagnie de la Bombée, une promenade dans le jardin du Luxembourg.

Sur le désir de son amie, la Bombée avait rapporté l'enfant de mademoiselle de Norges, auquel Constance s'était attachée de toute son âme; les caresses du petit être ravivaient encore davantage les forces de la convalescente, car elle sentait le besoin de vivre pour se dévouer au pauvre déshérité de l'amour maternel.

Lorsque Joseph se rendit à la réception des chiffonniers, il avait laissé les deux amies ensemble dans la mansarde, où Constance relisait, pour la dixième fois peut-être, une lettre de Gaston. Le jeune homme s'excusait de ne pouvoir passer la soirée chez Joseph; il donnait pour motif un rendez-vous chez son tuteur, relativement à son prochain mariage.

Ce rendez-vous, ainsi qu'il le disait, avait pour but de demander à Marville une partie des fonds dont ce dernier était dépositaire.

Sa lecture terminée, Constance fit comprendre à Marie que la demeure de M. Verneuil était trop éloignée de la rue des Boulangers pour qu'elle s'aventurât, plus tard, dans la solitude qui entourait les champs d'Ivry. La Bombée partit donc, après avoir embrassé son amie.

Restée seule, Constance entr'ouvrit légèrement la fenêtre, car la chaleur était étouffante, se déshabilla, fit sa prière, et demanda au sommeil un repos réparateur des forces humaines.

Au moment où la Bombée quittait la rue des Boulangers, deux hommes vêtus de blouses y pénétraient. A la lueur des réverbères on eût pu reconnaître Meurt-de-soif et Gaspard.

— Ah çà! disait Foulbert à voix basse, est-ce que tu vas caponner au moment décisif?

— Dame! répondit Gaspard, je croyais que la Ménager m'épargnerait cette besogne-là... d'autant plus que le patron avait l'idée que je ne me compromette pas trop!...

— C'est juste; à cause que t'es de sa boutique, et que si on *t'arquepinçait* il pourrait bien en recevoir les éclaboussures... Mais, dis-moi, elle a donc refusé de travailler, la vieille?

— Oui, net. Paraît qu'elle a des scrupules.

Gaspard disait vrai. Malgré la somme importante que lui offrit le valet de Marville pour consommer un crime, auquel cependant elle avait déjà prêté les mains, la veuve Ménager resta incorruptible.

Elle donna pour principal motif à Gaspard que, depuis qu'elle avait porté l'enfant chez Constance, elle s'était informée de ce qu'était le père Joseph...

— Un souvenir du passé, ajouta-t-elle, me défend de porter tort à ce brave homme.

— Allons, allons, reprit Foulbert, hâtons-nous d'entrer.

Et ils se glissèrent dans la maison. La loge du portier était vide en ce moment.

A mi-chemin Gaspard arrêta Foulbert:

— Si nous allions trouver le vieux, dit-il, ça pourrait devenir tragique!... la lutte serait longue...

— As pas peur!... il est au *Cheval-Blanc*, et le Grincho veille sur lui.

Certain alors de ne pas rencontrer d'obstacles, Gaspard suivit résolûment Foulbert, et les deux assassins entrèrent doucement dans la chambre de Constance.

Meurt-de-soif tira de dessous sa blouse une lanterne sourde.

— Là... là... le môme... murmura-t-il en désignant le berceau.

Gaspard prit l'enfant, s'approcha de la fenêtre entr'ouverte et le précipita dehors.

La pauvre petite créature, en tombant, se brisa le crâne sur le pavé.

Pendant ce temps, Foulbert mettait le feu dans l'appentis qui servait de cuisine.

Ces deux crimes consommés, les assassins se retirèrent à la hâte.

— N, i, ni, c'est fini! se dit Gaspard. Nous verrons bien maintenant si le Gaston épousera l'infanticide.

— Ce soir je serai débarrassé du vieux philosophe! murmura Meurt-de-soif en ricanant. Ah! ah! ah! vous folichonnez avec papa Foulbert!... Il vous en cuira, larira... d'avoir voulu faire l'homme... Quant au banquier, nous verrons plus tard... Pour l'instant, déménageons notre figure de l'immeuble, en observant toutefois aux alentours.

Constance fut réveillée par la fumée qui l'étouffait. Elle sauta en bas de son lit, et, après avoir jeté une robe sur ses épaules, courut au berceau. Un cri déchirant s'échappa de sa poitrine.

Elle s'approcha de la fenêtre, regarda au dehors. La rue était pleine de monde, amassé autour du cadavre d'un enfant.

Alors, à moitié folle, poursuivie par la flamme qui crépitait déjà avec violence, elle s'élança dans l'escalier, arriva dans la rue, écarta la foule, et saisissant le cadavre dans ses bras:

— Mon enfant!... mon enfant!... cria-t-elle en couvrant de baisers la figure sanglante de l'innocente victime.

Pendant que les pompiers se rendaient maîtres du feu, le commissaire de police, informé des événements par la rumeur publique, arrivait avec ses agents.

Il interrogea d'abord Constance; mais la pauvre fille ne trouva pas une parole pour se justifier; elle ne comprenait pas qu'on pût la soupçonner d'une action aussi infâme.

N'ayant obtenu de l'accusée aucune explication qui détournât sérieusement l'action de la justice, le magistrat crut devoir ordonner l'arrestation de Constance, sous prévention d'infanticide et d'incendie.

C'est à ce moment qu'arriva Joseph, accompagné du Cagneux et de Marcel.

Le désespoir du vieux chiffonnier fut terrible; il voulut arracher sa fille des mains de l'autorité, en jurant qu'elle était innocente; mais les agents le repoussèrent, et Constance fut conduite en prison.

— Toujours la fatalité!... sanglota Joseph. Mais il n'y a donc décidément pas de Providence pour les honnêtes gens!

Tout à coup il se souvint que dans la maison à demi incendiée se trouvaient les preuves du crime de Dumouchet, l'assassin du père de Constance.

Il monta rapidement les quatre étages, et, traversant les poutres carbonisées, il eut le bonheur de retrouver intact le portefeuille d'Isidore Laurier, ainsi que le numéro de la hotte abandonnée sur le pont Notre-Dame.

Marcel et le Cagneux, qui étaient restés dans la rue pendant l'excursion de Joseph, regardaient d'un œil morne la foule s'écouler en silence. Soudain ils tressaillirent:

— Gaspard ici!... murmura Rodolphe d'Orvéda. Que vient-il faire!... c'est étrange!...

— Meurt-de-soif!... fit intérieurement le Cagneux. Oh! y n'est pas là pour des prunes!... Serait-ce lui, qui, par hasard?... Faudra voir ça!

Les deux misérables aperçurent aussi les deux chiffonniers et s'éclipsèrent rapidement.

Lorsqu'ils furent arrivés dans un taudis de la rue d'Ablon, où demeurait alors Foulbert, Gaspard était livide.

— Qué que t'as, vieux? demanda Meurt-de-soif. On dirait qu'il y a un million de *cognes* à tes trousses!...

— Ne plaisante pas! j'ai peur...

— Allons donc!...

— Oui, j'ai peur... J'ai vu un fantôme.

Foulbert partit d'un éclat de rire.

— Oh! ne ricane pas ainsi, dit Gaspard. Te souviens-tu qu'il y a trois mois environ, le Grinche a tué un individu rue Saint-Lazare?... Eh bien, cet homme n'est pas mort! je l'ai vu, tout à l'heure, dans la rue des Boulangers...

— Que t'es bête!... V'là que tu crois aux revenants, à présent...

— Je te dis que je l'ai vu... comme je te vois en ce moment!

— Eh bien, quand ça serait... ne te tracasse pas le *bourrichon*; je m'informerai, je verrai aussi, moi, avec mes yeux; et si, comme tu le prétends, ton fantôme n'est autre que le d'Orvéda réchappé de la morsure du couteau, alors, j'aviserai!... Sourcque le noyeur renverra le fantôme se baigner dans le grand fleuve de l'éternité!

— Ah! tu me rassures...

— Dame! mon gros, tout n'est pas rose dans notre métier... Je croyais ben, moi, que le Grinche nous avait débarrassés de Joseph ce soir!... Il paraît qu'il a encore manqué son coup, le maladroit! Mais, bah! faut être philosophe, en ce monde!... En attendant, viens boire un poisson d'eau-d'*af*, ça te remettra les nerfs d'aplomb...

Lorsque Joseph redescendit de sa mansarde, il se jeta en pleurant dans les bras de Marcel et du Cagneux, qui trouvèrent dans leurs cœurs de bonnes paroles à lui adresser.

Puis, après une lutte de générosité, dans laquelle le Cagneux et Marcel voulaient, chacun de leur côté, que Joseph partageât son domicile, le vieux chiffonnier consentit à habiter sous le même toit que celui qu'il venait de présenter à la corporation de la chiffe.

Brisé par la douleur, Joseph n'eut pas la force même de se faire conduire chez Gaston pour lui apprendre la terrible nouvelle. Mais le Cagneux avait des jambes et de la bonne volonté, et il courut à la rue du Helder.

Par une bizarre coïncidence, dans cette soirée même où se passaient tant d'événements, la brigade de sûreté, réunie sous la direction de M. Campel, avisait au moyen d'englober, dans un seul coup de filet, la bande des Quarante-Cinq. La disparition subite de Biribi-Plâtras avait décidé la police à cette mesure urgente. En outre, Broutechoux, envoyé comme *amocheur* à la prison de Sainte-Pélagie, auprès de Gargouille et de la Patoche, avait, au milieu des dénégations continuelles de ces prisonniers, surpris quelques mots imprudents, dont le sens pouvait servir de fil d'Ariane à l'intelligent Campel, pour sortir de ce labyrinthe inextricable de crimes.

CHAPITRE XIV

LA CHARRETTE ABANDONNÉE

Nous devons le constater avec amertume, et cette observation est le résultat de l'expérience de la vie, c'est que la fatalité, lorsqu'elle s'attache à un être humain, lui fait vider jusqu'à la lie la coupe de l'infortune.

Si le père Joseph supportait injustement les angoisses terribles qui accablent toute âme aimante et dévouée, un autre de nos héros, Mercredi, était aussi écrasé par l'acharnement du destin, qui l'étreignait dans un cercle de malheurs.

Depuis que nous l'avons vu enfermer dans la *loge secrète*, n° 4, par suite du criminel accord de Laplace et du docteur Bonacion, l'ami de la Bombée avait plus d'une fois invoqué la mort comme terme de ses souffrances...

Mais suivons l'ordre des événements.

Lorsqu'il se trouva seul dans le souterrain, après le cri qui s'était échappé de sa poitrine, Mercredi, dans un accès de rage impossible à décrire, voulut briser les barreaux de fer de sa prison. Il ne put y parvenir; dans sa mansuétude pour ses malades, le docteur Bonacion avait eu soin de veiller à la solidité des cages de fous furieux.

Réduit à l'impuissance, Mercredi envisagea dans toute son étendue le piège dans lequel il était tombé; il comprit qu'un hasard providentiel pouvait seul lui rendre la liberté; et, s'agenouillant, il invoqua la protection de l'Éternel, dont la mère Madeleine lui avait enseigné à respecter les souverains décrets.

Mais quelle stupéfaction vint tout à coup dilater les lignes de son front! A peine ses genoux avaient-ils touché la terre, qu'un instinctif désir de parler fit vibrer ses lèvres. Il ouvrit la bouche, et des mots sans suite, mais distinctement prononcés, réveillèrent les échos du souterrain.

— Je... je... parle!... balbutia-t-il en tremblant.

Et plusieurs fois il répéta la même phrase, pour s'assurer qu'il n'était pas dupe d'une hallucination.

Mercredi ne se trompait pas!... Lors de son incarcération, il avait subi une si forte secousse que la parole lui était revenue tout à coup, comme par enchantement. Le cri poussé par lui, au départ de Laplace, avait été le signal de ce phénomène physiologique.

En chrétien, il éleva de nouveau son âme à Dieu pour le remercier de ce miraculeux événement, et, tout en s'exerçant à prononcer les phrases qu'il avait entendues lorsqu'il jouissait de sa liberté, le captif attendit sa délivrance avec résignation.

Pour toute nourriture, le gardien lui apporta, selon l'habitude de la maison, du pain et de l'eau, sans répondre à ses questions réitérées.

— Je voudrais une plume... de l'encre... du papier... pour écrire à M. Verneuil!... dit le prisonnier.

— A quoi bon tous ces bibelots... vous êtes complètement toqué, mon garçon... Et votre protecteur, qui vous a fait mettre ici, n'a nul besoin de vos divagations...

— Lui, M. Verneuil, m'avoir fait enfermer comme fou?.. Vous mentez!...

— Allons! allons! du calme, ou sinon je vous flanque des douches jusqu'à plus soif!...

Et l'infirmier sortit.

Sur cette menace si cruellement envoyée, Mercredi se prit à douter de lui-même.

— Mon Dieu! s'écria-t-il dans un accès de désespoir, serais-je insensé?... Et M. Verneuil... lui si bon pour moi!... Mais non!... j'ai toute ma raison!... je n'ai pas oublié mère Madeleine, Marie!... Oh! mais alors, c'est affreux! c'est un crime! une vengeance!...

Et il tomba anéanti sur la pierre de son cachot.

Parmi les infortunés qui se trouvaient avec lui dans le souterrain, le plus voisin de la loge n° 4 était un inventeur qui voulait tuer l'humanité parce qu'elle repoussait ses inventions.

Cependant le pauvre diable avait de rares intervalles de calme, pendant lesquels Mercredi causait avec lui.

Un soir, à la lueur d'une petite lampe qui éclairait le souterrain, Mercredi aperçut un bras s'agiter dans la loge n° 3; il lui sembla que c'était à lui que s'adressait ce signal interrogatif. Il avait deviné juste.

— Que me voulez-vous, monsieur? dit-il à son voisin.

— Est-ce que vous vous plaisez beaucoup ici? demanda le fou, qui était dans un de ses moments lucides.

— Pas plus que vous.

— Eh bien, écoutez... à cette heure, je n'ai pas mal à la tête, et je veux en profiter pour vous rendre un service.

— A moi! fit Mercredi avec incrédulité.

— Oui... vous me semblez un brave garçon; vous ne jurez ni ne blasphémez... ce qui me fait croire qu'on ne vous a enfermé ici que pour cacher un crime...

— Je vous remercie; mais je doute que dans votre position vous puissiez m'être utile.

— Vous croyez!... Eh bien, écoutez-moi!... **Pour sortir de** cette prison, il ne s'agit que de briser les barreaux de la cage et ceux de ce soupirail, qui donne dans le jardin...

— Pauvre homme!... murmura Mercredi.

— Une fois dans le jardin, on saute par-dessus les murs et on est libre... libre, entendez-vous!...

— Mais comment briser ces barreaux de fer?...

— Prenez ceci...

L'enfant de Madeleine tendit la main.

— Une lime!... s'écria-t-il avec surprise. Mais comment vous êtes-vous procuré cet instrument?...

— Ah! ah! ça vous étonne... Voilà pourtant ce que c'est que d'être inventeur... on cherche, on creuse, on gratte la terre... Oui, en creusant avec mes ongles un coin de cette prison maudite, j'ai trouvé cette lime, la clef de l'air libre, du soleil, de l'espace... Elle avait peut-être été cachée par celui qui m'a précédé...

— Merci... oh! merci... mon ami !.. Nous sortirons tous deux ensemble, au moins !...

— Oui, oui !... nous sortirons, nous irons voir le grand architecte !... Hein ! quoi donc !... une bonne nouvelle ?... Ils ont accepté mon mémoire !... Allons donc, vous me trompez encore !... Les hommes sont patelins pour mieux nous duper... les hommes !... c'est un couteau, un couteau, entends-tu, qui doit me faire justice !...

Le malheureux était retombé dans sa monomanie furieuse.

— Mon Dieu, soyez béni du secours que vous m'envoyez! s'écria de nouveau Mercredi en serrant dans ses mains l'instrument de sa délivrance.

Et il se mit aussitôt à scier ses barreaux, le plus silencieusement possible, pour ne pas attirer l'attention du gardien. Il espérait, avant le jour, avoir réussi dans son projet d'évasion.

A la même heure, le docteur Bonacion, ayant terminé la visite générale de ses malades, et ordonné leur réinstallation dans les cabanons, causait avec Laplace dans un petit pavillon du jardin.

Ce n'était pas la première fois que le neveu de M. Verneuil revenait voir le docteur depuis la séquestration de Mercredi. Dans leurs entretiens précédents, la mort instantanée du jeune homme avait d'abord été mise en jeu; mais Laplace, qui espionnait les allures de la maison de son oncle, ayant appris qu'il n'y avait pas encore de testament écrit, avait reculé devant un meurtre inutile.

Puis les deux complices s'étaient mutuellement confié de quelle façon ils étaient entrés dans la bande des Quarante-Cinq.

— Il faut bien augmenter ses petites ressources! disait le docteur.

— Il faut bien vivre! ripostait Laplace. Je n'aime pas le travail, moi, et mon oncle refusait de suffire à mes exigences!... Cependant si je recevais aujourd'hui la part que Foulbert me doit, elle serait assez rondelette.

— Vous avez donc beaucoup travaillé?

— Dame! je lui ai procuré plus d'un pigeon... Il n'en manque pas à la Bourse et sur le boulevard des Italiens.

Cette fois pourtant ce n'était pas un banal motif qui amenait l'élégant Quarante-Cinq à la maison de santé du docteur.

Il avait appris, non-seulement l'installation de la Bombée comme femme de confiance chez son oncle, mais encore que M. Verneuil faisait d'actives recherches pour savoir ce qu'était devenu Mercredi. En outre, la police étant sur les traces de la bande, il fallait faire disparaître au plus vite les preuves compromettantes en cas de perquisition.

— Il est temps de nous débarrasser du gêneur, dit-il à Bonacion après lui avoir expliqué le résultat de ses remarques.

— Quand vous voudrez... affirma le docteur. Je laisse à votre choix l'application des moyens. Préférez-vous la famine ou les douches continuelles?...

— Oh! c'est trop long! il faudrait que demain...

— J'ai compris... Vous y tenez personnellement?

— Oui... et pour stimuler votre zèle, voici cent louis... Je compte sur vous, n'est-ce pas?...

— Demain, tout sera terminé; et le cadavre envoyé à l'usine de Monceaux.

Bonacion serra dans son secrétaire la somme que lui avait remise Laplace, reconduisit ce dernier et appela l'infirmier de garde.

Quelques minutes après, celui-ci, muni d'une lanterne et d'une tasse dans laquelle se trouvait une potion, entrait dans le souterrain au moment où Mercredi se livrait à son travail d'évasion.

— Malédiction, fit-il, je suis découvert!...

Et il cacha sa lime sur sa poitrine. L'infirmier s'avança en souriant. — Eh bien, nous ne dormons donc pas encore, mon chéri?...

— Que me voulez-vous? fit le prisonnier pâle et tremblant.

— Vous annoncer une bonne nouvelle. Est-ce que vous ne m'avez pas parlé plusieurs fois déjà d'un monsieur qui aurait dû

vous réclamer !... Monsieur... je ne me rappelle plus de son nom... vous savez bien... un riche particulier.

— M. Verneuil... acheva le jeune homme de plus en plus surpris.

— C'est cela! Aujourd'hui, ce monsieur vous réclame impérieusement. Au point du jour, vous sortirez.

Mercredi faillit tomber à la renverse.

— Vous n'insultez pas à mon malheur, au moins! balbutia-t-il.

— Ce n'est point mon habitude... Je vous certifie que, dans quelques heures, vous ne serez plus ici.

Et lui présentant la tasse qu'il tenait à la main :

— Tenez, buvez ce cordial, ça vous aidera à dormir.

— A quoi bon !

— C'est l'ordre du docteur... Vous avez été enfermé assez longtemps pour qu'on redoute la première impression du grand air sur votre santé... Ce cordial ranimera vos forces, et demain on pourra sans crainte vous reconduire chez votre protecteur.

Mercredi fixa attentivement le gardien qui soutint effrontément son regard, et il absorba d'un trait le contenu de la tasse.

Aussitôt un ricanement sinistre se fit entendre dans le souterrain; c'était le fou inventeur qui, les yeux hagards, contemplait la scène de la loge n° 4.

— Et maintenant, dit le gardien en s'éloignant, après avoir refermé la porte de la cage de fer, bonne nuit, et à demain.

Ces mots furent prononcés avec une expression si sardonique, que Mercredi sentit un soupçon le mordre au cœur.

— Le bouillon de onze heures fera son effet, murmurait l'infirmier en remontant l'escalier. Il passera l'arme à gauche sans s'en douter.

Au bout de quelques minutes, une étrange somnolence s'empara du captif; puis des spasmes survinrent et des nausées accompagnées de convulsions.

— Le misérable! fit Mercredi avec effroi, il m'a empoisonné!

Et il tomba anéanti sur la pierre de son cachot.

Mais, soit que la constitution robuste du jeune homme luttât activement contre le poison, soit que la dose pur elle-même fût trop forte pour produire l'effet attendu par Bonacion, le captif, après s'être tordu dans des souffrances inouïes, rendit une partie du breuvage et fut pris d'un sommeil profond et léthargique.

Le rire hébété de son voisin de loge accompagna sa dernière convulsion.

Au petit jour, le gardien, en venant faire sa ronde habituelle, trouva la victime de Laplace glacée et présentant tous les symptômes négatifs de l'existence.

Il courut aussitôt avertir Bonacion.

— C'est bien, fit ce dernier; la charrette attend à la petite porte du jardin ; qu'on conduise le cadavre à Monceaux!

Après s'être assuré que personne n'espionnait du dehors, le gardien, aidé d'un moyeur qui occupait les fonctions de charretier, porta dans la voiture le corps de Mercredi, qui disparut sous une épaisse couche de paille. Puis on le dirigea vers l'usine de ce bon M. Roquentin.

Malheureusement pour l'association des Quarante-Cinq, le conducteur aimait à boire. Sur sa route, il rencontra des camarades, et tous s'arrêtèrent chez un marchand de vins, près des fortifications. Pendant qu'ils buvaient, la voiture attendait devant la porte.

Ici nous devons constater la vérité d'un proverbe qui rencontre encore journellement son application : « Quand la brute a mis le nez dans un verre, elle ne peut plus l'en retirer. » Or, le conducteur était une brute, il but tant et à des reprises si rapprochées qu'il oublia non-seulement sa voiture, mais encore la charge qu'elle contenait.

Le cheval impatienté continua sa route.

A quelques centaines de mètres plus loin, des sergents de ville, qui faisaient leur tournée matinale, surpris de ne pas voir la charrette accompagnée, la conduisirent en fourrière, après s'être assurés que nulle plaque nominative n'existait sur son brancard.

Mais au moment de fermer la porte du hangar sur la voiture capturée, des gémissements étouffés se firent entendre; on chercha et on reconnut enfin que ces gémissements s'échappaient de l'intérieur de la couche de paille. C'était Mercredi, qui venait de se réveiller de sa léthargie.

CHAPITRE XV

LE CIMETIÈRE DU MONTPARNASSE.

Laure de Jumiéges était morte sous le toit paternel, où, selon son désir, on l'avait transportée. La jeune fille avait trop présumé de son courage à vaincre une passion dévorante; son amour l'avait tuée.

Pendant les quelques jours que dura sa lente agonie, elle eut pour gardien fidèle, à son chevet, M. de Jumiéges; le malheureux père, haletant sous le poids de l'angoisse, épiait chaque soupir de la moribonde, redoutant qu'il ne fût le dernier, et, une à une, les fibres de son cœur se brisèrent, car il voyait s'affaiblir graduellement celle qui lui faisait aimer la vie par les liens ineffables de la paternité.

Enfin l'heure fatale sonna. Laure, dont les traits étaient déjà décomposés par le stigmate de la destruction, se leva avec effort sur son séant.

— Donne-moi ta main, père, balbutia-t-elle, je n'y vois plus... j'ai peur !...

Et, les bras étendus, elle cherchait dans le vide, au milieu des ombres qui l'entouraient.

M. de Jumiéges, étouffant ses sanglots pour ne pas laisser croire à la malade qu'elle était aussi en danger que son état l'exprimait en effet, la serra contre son cœur.

Le prêtre était parti, après une confession qui lui avait révélé une âme pure; seuls alors, le père et la fille eurent un de ces entretiens qui étreignent l'âme, car il s'échangeait au seuil du monde futur.

— Mon père, reprit la malade en passant sa main sur le visage du magistrat; pourquoi pleures-tu?... nous nous reverrons là-haut !... Prends courage, toi que je bénis pour avoir saintement élevé ma jeunesse !

La douleur de M. de Jumiéges éclata dans toute sa force. Il se précipita à genoux, et, du plus profond de son être, il éleva vers Dieu une prière à l'espérance.

Hélas! il était trop tard. La science avait échoué devant la maladie; Laure devait, ce jour même, rejoindre la patrie où l'avait devancée sa mère.

Elle s'éteignit doucement, sans convulsions, pendant qu'un sourire céleste planait encore sur ses lèvres.

M. de Jumiéges poussa un cri déchirant. Il lui sembla qu'un vaisseau se brisait dans sa poitrine. La garde-malade accourut; mais il la repoussa, ne voulant qu'aucun autre que lui s'acquittât

Les apoplectiseurs.

du pieux devoir de fermer les yeux de la morte. En effet, déposant un baiser sur le front déjà refroidi de son enfant, il abaissa ses paupières.

La triste nouvelle se répandit promptement dans Paris, et les nombreux amis du procureur du roi, — généralement estimé, — vinrent tour à tour lui donner de nombreuses marques de sympathie.

Un christ fut placé sur la poitrine de Laure, vêtue d'une robe blanche et parée de ses bijoux. Le veilleur de la nuit mortuaire fut encore M. de Jumiéges, assis au pied du lit, et ne perdant pas de vue le visage découvert de sa fille, dont il ne devait plus entendre la voix chérie.

Le jour le trouva à la même place. Toutes les démarches que nécessitait le convoi furent faites par un parent; le pauvre père était incapable, en ce moment, de s'occuper des détails de cette fête funèbre.

Un silence glacial régnait dans l'hôtel de la rue de Varennes. Soudain un bruit sec retentit au dehors; il était produit par des ouvriers clouant une tenture noire à la grand'porte. — Puis des hommes entrèrent dans la chambre de la morte, des hommes au sinistre costume, des hommes, enfin, baptisés de l'étrange sobriquet de *croque-morts*. Parmi eux se trouvait Chicarpion, qui portait le cercueil.

On entraîna M. de Jumiéges pour qu'il n'assistât pas au lugubre spectacle de la mise en bière, ainsi que l'appellent les employés des pompes funèbres.

Les croque-morts restèrent seuls.

— Ah! bigre! pensa Chicarpion en regardant le cadavre, on y a mis les bijoux!... bonne affaire pour moi!

— Vite, à l'œuvre! fit un autre; le commissaire des morts va bientôt venir, et y faut faire *l'exposition!*

— Tiens! la petite est droite comme un I, riposta Chicarpion, y aura pas besoin de lui casser les genoux, elle entrera tout de go dans la *boîte à Perrette*.

— Tant pis, ça sera cent sous de moins de gagnés!... Allons, vivement, là!

Les croque-morts allaient saisir le cadavre, lorsque Amélie de Norges entra, suivie de Louisette. Elle venait remplir un pieux devoir et dire un dernier adieu à son amie.

Chicarpion la regarda de travers en grommelant, car il perdait l'espoir de dérober au cadavre une bague en rubis placée à l'annulaire de la main droite.

— Voilà donc ce qu'on appelle la mort! soupira la fille du banquier en considérant le corps glacé de mademoiselle de Jumiéges. Repos et tranquillité éternels... oh! oui, là seulement est le véritable bonheur!

Puis, embrassant Laure :

— Adieu! adieu! continua-t-elle, ou plutôt, non, au revoir!... car je crois à la survivance de l'âme!... Tu es morte épouse du Christ; bientôt, à mon tour, je vais prendre le voile!... Au revoir, ma sœur!

Et elle s'éloigna du lit funèbre; les croque-morts mirent le cadavre dans la bière, qu'ils se hâtèrent de clouer.

Au premier coup de marteau, Amélie tressaillit de tous ses membres.

— Oh! frappez moins fort, je vous en supplie! dit-elle aux hommes noirs; le pauvre père est là, il vous entendrait, et ce serait horrible pour lui!

— Mais, ma petite dame, écoutez donc! faut ben fermer la boîte! exclama Chicarpion.

— N'y a-t-il aucun moyen d'éviter ce frappement sinistre!

— Si, y a les vis; mais ça coûte plus cher... c'est cent sous.

— Prenez... et ne frappez plus! dit Amélie en donnant une bourse aux croque-morts.

Au lieu de clouer la bière en effet, ces derniers adaptèrent son couvercle avec des vis. Chicarpion venait d'employer là une des roueries ordinaires du métier.

Une heure après, le char funèbre, contenant les restes mortels de mademoiselle de Jumiéges, s'acheminait vers l'église Saint-Thomas d'Aquin, pour se rendre de là au cimetière du Montparnasse, où était le tombeau de la famille.

A la porte du champ de repos, le char funèbre à franges d'argent dut attendre qu'un pauvre corbillard fût entré; car, dans le temple de l'Éternité, chacun pénètre à son tour; le cimetière n'est-il pas le réel symbole de l'égalité!

Cette dernière réflexion était formulée par un chiffonnier ramassant des loques en face du cimetière.

Ce chiffonnier était Marcel.

— Ce jardin-là, dit-il avec un sourire, est la grande hotte du Père Éternel.

Et il s'éloigna sans se douter que le cercueil qui passait en ce moment renfermait une femme morte d'amour pour lui.

Pour atteindre le caveau de la famille Jumiéges, le char funèbre côtoya la fosse commune, sur laquelle une femme agenouillée priait avec ferveur. C'était la Bombée, qui demandait à la tombe de Madeleine le courage et la résignation.

Lorsque le cercueil de Laure fut placé près de celui de sa mère, la foule s'écoula, pendant que Chicarpion échangeait un signe mystérieux avec Meurt-de-soif, caché dans un bouquet d'arbres voisin du caveau. Ce signe voulait dire : à ce soir!

— Eh! eh! ricana le Quarante-Cinq, y a des jours magnifiques dans la vie!... et ce qui fait le malheur des uns fait joliment le bonheur des autres!... Ce soir on chantera et on rira à la *Goguette des Croque-morts*.

CHAPITRE XVI

LA GOGUETTE DES CROQUE-MORTS

Le soir arrivé, on remarquait, dans la vaste avenue qui conduisait à la barrière Montparnasse, une grande quantité de croque-morts, se rendant à leur goguette, située à côté du restaurant de la *Girafe*, dans une rue communiquant au cimetière de l'Ouest.

Pendant qu'ils pénétraient dans la salle du premier étage, où se tenaient leurs réunions mensuelles, trois hommes causaient, dissimulés à l'angle de la petite porte qui aboutissait au champ de repos.

C'étaient Meurt-de-soif, Chicarpion et le Grinche.

— Ainsi, disait Foulbert à Chicarpion, t'as pas besoin de nous pour ton opération de minuit?

— Non, mes bijoux, allez à vos affaires.

— Tant mieux, car nous en avons de conséquentes, de notre côté.

— Lesquelles donc?

— Le Grinche va de nouveau *refroidir* Marcel, moi, je vas me mettre à la piste de cette canaille de Joseph... Faut terminer vivement la besogne, mes enfants; Campel nous cerne; le moindre *jaspinage* peut tout perdre... il n'y a que les morts qui ne jacassent plus.

— Pas mal raisonné!

— Au revoir!... et au point du jour chez papa Roquentin!

Foulbert et le Grinche prirent la direction de la rue Descartes, où nous savons que Marcel avait donné asile à Joseph, après l'incendie de son domicile.

Ils filaient tous deux le long des murailles, le regard fixé devant eux dans la crainte d'une mauvaise rencontre, lorsque, au détour de la place du Panthéon, le Grinche arrêta soudain Foulbert :

— Cré nom! quelle chance! murmura-t-il en lui frappant sur le bras.

— Quoi donc? interrogea le chef des Quarante-Cinq.

— Tiens, regarde... là-bas, au coin de la borne... la lanterne...

— C'est lui! oh! y a un Dieu pour les braves gens!... Vas-y *d'attaque* et ne le rate pas, cette fois!

— C'est bien facile, y ne m'a jamais vu; avec mon mannequin y me prendra pour un vrai confrère... Oh! tu peux être tranquille, va, nous allons proprement chiffonner ensemble; le tout est de le faire mordre au canal...

Et le Grinche accosta Marcel.

Foulbert attendit qu'ils se fussent éloignés, et, entrant à son tour dans la rue Descartes, il gravit sans être aperçu l'escalier rapide qui conduisait à la mansarde de Joseph, décidé, cette fois à surmonter son antipathie pour le sang, et, par quelque moyen que ce fût, à assassiner la victime désignée par Marville.

Mais la Providence veillait sur le père adoptif de l'infortunée Constance. La mansarde était vide.

Joseph, en proie à une exaltation et à une douleur faciles à comprendre, ne pouvait rester en place depuis l'arrestation de sa fille.

Loin de reprocher au vieux chiffonnier l'anéantissement moral qui le rendait incapable de travailler, le reconnaissant Marcel se mit, au contraire, à entreprendre double besogne, afin de suffire au pain quotidien.

Joseph, comme une âme errante, parcourait du matin au soir les rues de Paris, s'arrêtant toujours au même endroit, en face la prison des Madelonnettes, où son enfant était renfermée au secret le plus absolu.

Et nul, en cette circonstance, ne pouvait être utile au pauvre père; car Marville, avec son adresse ordinaire, avait éloigné Gaston, sous prétexte de lui faire toucher personnellement, chez plusieurs de ses correspondants de province, la somme qu'il lui avait redemandée pour suffire aux dépenses de son mariage.

Foulbert s'éloigna donc, irrité du contre-temps qui l'empêchait de mettre son projet à exécution.

Mais revenons à l'impasse de la barrière Montparnasse.

Si le père Joseph, accablé par le malheur, était incapable de rechercher la cause de ses infortunes, il n'en était pas de même du Cagneux, qui, nous le savons, se dévouait corps et âme à son vieux compagnon de travail.

— Il n'y a, disait le jeune homme, qu'une seule canaille qui soit capable de diriger les manigances qui arrivent; c'est le gredin qui aimait mam'zelle Constance, et qu'a été chassé plusieurs fois du nid de la rue des Boulangers; c'est Meurt-de-soif. Si j'étais tout seul de mon avis, je pourrais me tromper; mais chacun, dans la chiffe honnête, le haïssait et l'évitait; donc, j'ai raison. Bien plus, Meurt-de-soif depuis longtemps est invisible pour tout le monde, donc il a un mauvais coup sur la conscience; c'est lui qu'a enlevé la fille du papa Joseph, et... ajouta-t-il en essuyant une larme, c'est aussi lui qu'a tué ma pauvre Linotte!... Allons, faut savoir ce qu'il est devenu; je connaissais autrefois son entourage; or, y a un mot de l'Évangile qui dit : « Cherche et tu trouveras... » Cherche donc, Cagneux, c'est pour faire triompher le bon droit sur la coquinerie et la lâcheté!...

Après ce raisonnement, le brave garçon s'était mis en route, fréquentant, sous prétexte d'aimer la boisson, les bouges les plus mal famés.

Longtemps ses efforts demeurèrent inutiles. Foulbert méritait en effet le surnom qui lui avait été donné par M. Campel, de mythe insaisissable.

Mais le jour même de l'enterrement de mademoiselle de Jumiéges, le jeune loustic reconnut Chicarpion parmi les croque-morts, Chicarpion, avec lequel il avait chiffonné jadis; il le suivit pas à pas, l'entendit donner à ses confrères rendez-vous pour le soir à la *Goguette des Croque-morts*, et le précéda au cabaret qui déjà regorgeait de monde.

Le Cagneux, en effet, fut la première personne que rencontra Chicarpion à la porte de la *Goguette*.

Le croque-mort, ne se doutant d'aucun piége, l'accosta et l'invita même à boire avec lui.

Ils montèrent au premier étage, qui offrait un spectacle bizarre.

Il semblera extraordinaire à nos lecteurs que des croque-morts aient autrefois institué une goguette, — ou réunion chantante,— à l'instar des autres corporations de la capitale. Le fait est vrai cependant. Bien mieux, abandonnant, ce jour de réunion là, le quartier ordinaire où ils demeuraient, — le quartier de l'hôpital Saint-Louis, — ils s'assemblaient dans l'impasse du cimetière Montparnasse, afin d'être mieux inspirés par le voisinage de leur *atelier de travail*.

C'était chose fantastique que l'aspect de la salle de goguette. Sur le mur blanc du fond, on avait peint deux tibias en croix, entourés de ces mots d'exergue : *Amour, amitié, honneur aux dames!* et ornés, de chaque côté, de deux crânes.

Une table recouverte d'un tapis vert servait de bureau; u maillet en bois, plusieurs bouteilles et des verres, garnissaient l dessus de ce bureau.

Autour de la table se groupaient les chefs de la goguette, c'est à-dire : *un président, un vice-président et un secrétaire.*

Latronche, cocher de corbillard, remplissait, cette année-là, le fonctions de président; Dupiton, croque-mort de première classe celles de vice-président; et Laveyssière, croque-mort de troisièm classe, celles de secrétaire.

Tous les fonctionnaires étaient à leur poste. Latronche pri la parole en ces termes :

— Visiteurs et amis, debout! Prenez vos coupes, arrosez-le d'un vin généreux, élevez-les en l'air en signe d'hommage à l'Éternel; portez-les à droite, en signe de vaillance, et à gauche en l'honneur des dames... Maintenant, je porte une santé divisé en trois temps : à la France, à ses libertés, à son indépendance à nos visiteurs et sociétaires; aux roses qui ornent notre parterre A cette santé trinitaire, je bois! Tarissez jusqu'à la lie. Dépose vos coupes en trois temps; que le troisième temps, bien frappé soit le symbole de la fraternité qui doit régner entre nous. Un deux, trois...

— Applaudissez, reprit le secrétaire.

Les bravos terminés, le vice-président déclara la séance ouverte

— La parole est à notre aimable président pour la chanson d'ouverture, dit le secrétaire en versant une rasade complète au membres du bureau.

— Visiteurs et sociétaires, fit Latronche en essayant de sourire je vais vous chanter aujourd'hui une nouvelle production don je suis l'auteur, *l'Aimable Croque-mort,* sur l'air : *Ça vous coup la gueule à quinze pas!*

— Gros chéri d'homme, va, a-t-il l'esprit délicat! exclama la Levrette, membre de la *Société des animaux,* en visite ce soir-l à la *Goguette des Croque-morts.*

— Silence! nasilla le secrétaire.

— J'entame la romance; taisez vos miaules! hurla le président Et il se mit à chanter les couplets suivants :

Je vais, mes amis,
Sans brusquer l'mouvement,
Vous peindr' la bobin' sans vergogne,
D'un vrai sans soucis,
Toujours bon enfant,
Ne crachant pas sur le bourgogne.
Son nom, c'est l'*Aimabl' Croque-mort.*
Un malin qui patine un mort
En déjeunant, et n' s'inquièt' pas
Si ça r'pouss' le pif à quinze pas.

Aimable et galant,
Et parfois très-vif
Vis-à-vis d' sa particulière,
Il se montre aimant
Au superlatif;
Mais faut pas qu'ell' fass' de manière,
Car alors l'aimable croque-mort
Tap' sur l' casaquin, sans savoir qu'a tort.
A droite, à gauche, il cogn' dans l' tas,
Qu'ça vous r'pouss' le pif à quinze pas.

Chargé, hier matin,
De prendre un humain
Trépassé d'un' forte colique,
— Il *schlingotte* un brin,
Dit-il au cousin,
Et ses g'noux forment l'obélisque.
— Mon bon p'tit pèr', c'est quarante sous;
Pour chaqu' fum'ron, ça fait vingt sous,
Encor' la b'sogn' ne m' ragoût' pas,
Ça vous r'pouss' le pif à quinze pas.

Dans un grand combat,
Un vaillant soldat
S'couvre de gloir' par son épée:
On l' nomme général,
Ou bien caporal,
Il est tout fier de l'équipée;
Mais un boulet par trop brutal
Vous ras' la têt' d' not' caporal,
Comm' le croqu'mort il tombe au tas.
Ça vous r'pouss' le pif à quinze pas.

Quand viendra l' moment,
Fort peu caressant,
Où faudra qu'il aval' sa langue,
Un verr' de vieux vin.
D'un ami la main,
Du croqu'mort, c'est la seule harangue

Puis dans l'trou qui couvr' tous les r'mords,
Qu'on le flanqu' vit' sans embarras,
Grands ou petits, les hommes *qu'est morts*,
Ça vous r'pouss' le pif à quinze pas.

— Applaudissez, et du nerf, mes amis, s'écria le secrétaire, car notre président est l'auteur et le chanteur de ces charmants couplets.

Une triple salve accueillit la chanson du père Latronche.

— La parole est à la *Société des animaux*, qui vient nous visiter, continua le président.

— Je demande un ambigu, répliqua le Moucheron, président de cette société célèbre, qui tenait ses séances rue de la Vannerie.

— Un ambigu? comprends pas, fit une visiteuse au nez bourgeonné.

— Cela veut dire que chaque animal chantera un couplet ou un refrain.

— Comme ça, interrompit Laveyssière, tous les *annimals* seront contents.

Le Cochon prit le premier la parole en ces termes :

Y a des gens à principes roides
Qui disent qu'au paradis
On n'admit que trois quadrupèdes,
Tous les autres étant maudits.
C'est vrai, car on voit dans sa niche
Le grand saint Marc et son lion,
Le bon saint Roch et son caniche,
Et saint Antoine et son cochon.

Les autres animaux, tels que le cheval, l'âne, la vache, le daim, le bœuf, le scorpion, la punaise, etc., continuèrent à brailler les refrains en vogue à cette époque.

Voici les titres de quelques-uns de ces refrains : *Quel cochon d'enfant! Pour rigoler, montons à la barrière; Ah! j'suis-ty pochard; Bouton de rose; A genoux devant les pochards*, etc.

Il est inutile d'ajouter que les joyeux flonflons étaient toujours accompagnés d'une santé portée le plus souvent aux dames, motif anacréontique des copieuses libations des goguetiers de tous les âges.

Pendant tout le temps que dura cette séance lyrique, le Cagneux tendait son verre en simulant une ivresse progressive, et, plaidant le faux pour savoir le vrai, il apprit bientôt, non-seulement ce qu'il avait présumé concernant Constance et la Linotte, mais encore les projets d'avenir de Foulbert.

Cependant, pour obtenir une confidence entière, il avait dû promettre à son compagnon de bouteille de s'enrôler dans la bande des Quarante-Cinq et de lui consacrer son zèle et son dévouement.

Chicarpion murmura quelques phrases à son oreille :

— Ça va! fit le loustic la figure empourprée d'indignation.

— Dépêchons, alors...

Le Cagneux se leva; mais son ivresse fut si bien jouée qu'il parut ne pouvoir même se tenir sur ses jambes.

Son compagnon fit un geste d'impatience; mais l'heure pressait; il ne restait plus à la goguette que quelques pochards endormis sur les tables ou des retardataires.

Il repoussa durement du pied le Cagneux, qui roula par terre.

— Sale ivrogne! murmura-t-il, je crois que tu ne seras jamais propre à grand' chose, toi!...

Et il sortit en chancelant lui-même.

Alors le Cagneux, soulevant la tête, jeta un regard furtif autour de lui.

N'apercevant plus le croque-mort, il se releva en tapinois, s'éclipsa à son tour et se mit à courir du côté de la barrière.

Chicarpion, franchissant la palissade de planches qui séparait l'impasse du cimetière, s'avança à pas de loup dans le champ du repos, pour ne pas donner l'éveil au gardien des tombes.

En passant près de la fosse commune non encore remplie, il prit une échelle de fossoyeur et se dirigea vers le caveau de la famille Jumiéges.

— On aurait commandé le temps qu'on ne l'aurait pas meilleur, dit-il. Madame la lune cache son nez dans les nuages, et y vous tombe quelques gouttes de pluie qui ne donnent pas envie de sortir.

En grommelant de la sorte et supputant le bénéfice que lui rapporterait l'enlèvement des bijoux de mademoiselle de Jumiéges, il arriva à la porte du caveau, l'ouvrit avec un rossignol, descella la pierre qui recouvrait l'intérieur et, disposant son échelle, se prépara à accomplir sa violation funèbre.

Un bruit de pas se fit entendre, des lueurs scintillèrent.

— Ah! bigre, dit-il des rondes qui circulent... filons!

Mais il était trop tard. Des soldats du poste de la barrière, avertis par le Cagneux, et dirigés dans leurs recherches par le gardien du cimetière, arrivèrent au caveau.

Chicarpion fut aussitôt saisi et garrotté.

— Je crois que mon affaire est bâclée! se dit le Quarante-Cinq.

— Et d'un! fit le Cagneux. A présent, faut tâcher de pincer le grand maître de tous ces coquins-là!...

Et il se dissimula derrière une tombe, pendant que Chicarpion se demandait quel *amocheur* pouvait l'avoir dénoncé.

CHAPITRE XVII

LA MARQUE ROUGE

La situation de la Bombée, au point de vue matériel, était aussi heureuse qu'elle pouvait l'être chez M. Verneuil, qui avait conçu la plus haute estime pour sa femme de confiance. Les fonctions de la bossue se bornaient à soigner le linge, et à aider parfois Guillaume dans ses occupations.

L'existence de ces trois personnages s'écoulait dans une douce monotonie; jamais on ne parlait de Mercredi, dans la crainte de raviver un sujet douloureux, dont la pensée seule amenait des larmes sur les paupières.

A plusieurs reprises, Laplace, dont l'impudence était sans bornes, avait rendu visite à son oncle, devenu pour lui d'une indifférence glaciale. Quant à la Bombée, sans se rendre compte de la répulsion qui la faisait frissonner à l'aspect du désœuvré, elle se renfermait vivement dans sa chambre aussitôt qu'il paraissait.

D'abord M. Verneuil avait paru surpris de cette antipathie; puis il s'était contenté d'en sourire, en se disant à lui-même : « Nous ne sommes pas maîtres de nos sentiments! »

Mais, depuis quelque temps, la physionomie du vieillard avait bien changé. Ses yeux caves étaient renfoncés dans leurs orbites; ses joues étaient amaigries; des rides profondes y dessinaient mieux encore un double sillon. On comprenait, enfin, qu'un chagrin secret minait sa vie. Le motif de ce chagrin, qui donc eût pu le deviner? M. Verneuil restait toujours triste et silencieux. Si nos lecteurs supposent que la disparition de Mercredi en était seule cause, ils ne se tromperont pas. Le vieillard avait fait, en cachette, les plus actives recherches pour retrouver la trace de son protégé, mais inutilement.

Une après-midi, qu'il se promenait dans son jardin en causant avec la Bombée, un violent coup de sonnette retentit tout à coup à la grille.

Guillaume, qui avait été ouvrir, revint en courant vers son maître.

— Monsieur!... monsieur!... exclama-t-il la figure rayonnante, c'est lui!... le jeune homme... le muet... le voici...

A cette nouvelle, subitement annoncée, M. Verneuil chancela. Marie, d'un bond, se précipita dans les bras de Mercredi.

Le vieillard, qui avait peine à en croire ses yeux, balbutia d'une voix tremblante :

— Toi! toi!... mon enfant!... ici... vivant!... Soyez béni, mon Dieu!

— Oui, que Dieu soit béni, puisqu'il me permet de vous revoir! dit le jeune homme en embrassant M. Verneuil.

Nos lecteurs peuvent juger de la stupéfaction de Marie et du vieillard en entendant parler le muet.

Ils l'entraînèrent dans le salon, où le pauvre échappé des loges secrètes du docteur Bonacion raconta à ceux qu'il chérissait ses aventures, depuis le moment où il avait quitté son protecteur. Par délicatesse, il voulut taire d'abord le nom de celui qui l'avait conduit à la maison de santé; mais M. Verneuil devina sans peine l'infamie de son neveu.

Nous avons laissé notre héros dans la charrette des Quarante-Cinq, amenée en fourrière.

Les sergents de ville, attirés par les cris qui semblaient sortir de la paille entassée dans le véhicule, la bouleversèrent, et, après en avoir retiré le jeune homme, réveillé de la léthargie produite par le poison de l'infirmier, lui donnèrent aussitôt des soins.

Revenu à lui, Mercredi fut d'abord interrogé par un juge d'instruction, auquel il expliqua tout ce qui s'était passé.

L'instruction terminée, on le mit immédiatement en liberté.

Sa première pensée fut de se rendre chez la mère Madeleine; mais, craignant que son apparition subite ne lui causât une révolution dangereuse, il résolut d'aller chez M. Verneuil.

Nous venons de voir avec quel enthousiasme ses amis dévoués le reçurent.

Lorsque les premières émotions furent calmées et qu'il eut

expliqué par quel miracle il avait recouvré la parole, Mercredi, interrogeant du regard ses deux interlocuteurs, poussa cette exclamation :

— Et mère Madeleine !...

Un silence glacial accueillit les paroles du pauvre orphelin.

Alors, apercevant les vêtements de deuil que portait Marie :

— Morte !... mon Dieu ! ma mère est morte ! fit-il d'une voix déchirante.

Et, brisé par ce soupçon qu'aucun signe, qu'aucun geste de Marie ne venait démentir, il tomba privé de sentiment.

La bossue et M. Verneuil se précipitèrent pour le secourir, et, afin de dégager sa respiraton, écartèrent les vêtements qui couvraient sa poitrine.

Tout à coup le vieillard recula ; près de l'épaule gauche de Mercredi, il venait d'apercevoir une marque rouge, dessinant la forme d'une croix.

Il regarda cette marque à plusieurs reprises, pendant que la Bombée faisait respirer des sels à son ami.

— Providence ! exclama-t-il ; voilà bien le signe que portait mon enfant lorsqu'on me l'enleva !... Non, non, il n'y a plus à en douter !... Cette instinctive attraction qui me poussait vers lui... Ce frémissement de tout mon être lorsque je le vis pour la première fois... Mon désappointement lorsque j'appris qu'il avait une mère !...

Le jeune homme commençait à rouvrir les yeux.

— Cette femme, Madeleine, continua M. Verneuil, elle l'avait adopté !... C'est Eugène... mon fils... mon fils volé par des saltimbanques, il y a quinze ans !...

Et il tendit ses bras au jeune homme, le couvrit de caresses et répéta maintes fois, avec un indicible bonheur ces mots si simples, mais si ineffables :

— Mon fils ! mon fils !...

Mercredi et la Bombée étaient stupéfiés.

M. Verneuil leur expliqua toute son histoire passée : son mariage, le crime de sa seconde épouse, qui avait fait enlever par des saltimbanques le petit Eugène, pour assurer la fortune des Verneuil à sa propre famille, crime qu'elle expia cruellement plus tard.

— Enfin, termina le vieillard en pleurant, ce que j'ignore et voudrais connaître, c'est la manière dont mon enfant fut recueilli par cette sainte et digne femme !... Mais elle est morte...

— Oh ! quant à cela, monsieur, hasarda la Bombée, si vous voulez savoir des détails explicites, vous le pourrez...

— Vraiment !... Et par qui ? demanda vivement M. Verneuil.

— Par un bon prêtre, auquel mère Madeleine a tout confié en mourant. Ce prêtre se nomme M. Michel, il est premier vicaire à Saint-Severin.

— Il faut aller trouver ce ministre des autels, ma bonne Marie : ne perdons pas de temps...

Mercredi était tellement saisi de cette découverte, qui semblait devoir lui assurer tout un avenir de bonheur, qu'il n'osait prononcer une parole, dans la crainte de détruire un beau rêve.

Nos trois personnages se mirent aussitôt en route pour la rue Saint-Jacques, où demeurait l'abbé Michel. Ils furent reçus avec franchise et aménité par l'excellent homme, qui leur donna, en vertu du pouvoir de révéler dont l'avait investi Madeleine, tous les détails concernant l'adoption de l'enfant trouvé par la marchande de la halle.

Nos lecteurs se rappellent sans doute que c'était le 11 novembre 1827 que Mercredi avait été ramassé sur les marches de la fontaine des Innocents. Suivant cette révélation, la date concordait parfaitement avec le jour de la disparition d'Eugène ; bien mieux, mère Madeleine avait détaillé au prêtre les vêtements que portait à ce moment le petit abandonné.

En sortant de la demeure de M. Michel, le doute n'était plus permis à M. Verneuil ; il avait retrouvé son fils.

L'heureux père, le jeune homme et la Bombée se rendirent au cimetière pour placer une couronne de regrets et de reconnaissance sur la tombe de la vieille Madeleine, morte victime de son dévouement.

En retournant à la maison Verte, la Bombée était pensive.

— A présent qu'il est riche, m'aimera-t-il encore, moi, pauvre et sans instruction ? se demandait-elle avec amertume.

C'est ce que l'avenir nous apprendra.

Le lendemain, dans une triste causerie, Mercredi, ou plutôt Eugène, se faisait raconter par Marie les souffrances et la fin de sa mère adoptive, lorsque Laplace parut.

Un mouvement d'horreur se manifesta parmi nos personnages.

A la vue du jeune homme, Laplace devint livide.

— Vivant ! vivant et sauvé ! murmura ce dernier les lèvres serrées par la rage.

Et il voulut fuir.

— Restez ! cria impérieusement M. Verneuil.

Laplace continua sa retraite ; mais, avec une énergie incroyable, le vieillard saisit un pistolet, et le dirigeant sur le fuyard :

— Restez ! répéta-t-il, ou je vous tue comme un chien !

Laplace eut peur, revint sur ses pas et se laissa tomber sur une chaise. Sur un signe, la Bombée sortit en tremblant.

Pendant quelques secondes, un glacial et sombre silence régna dans le salon. M. Verneuil semblait en proie à une émotion extraordinaire ; Laplace mit la main sous son paletot et en tira aussi un pistolet qu'il dissimula en se croisant les bras.

Enfin le vieillard, déposant son arme devant lui, sur le bureau, prit la parole en ces termes :

— Lorsqu'un homme a commis un crime, dit-il d'une voix lente, c'est à la justice que revient le droit de punir le coupable. Cependant, avant de vous livrer aux tribunaux et de souiller d'une tache ineffaçable l'honneur de ma famille, c'est à votre victime, monsieur, que je demande de me tracer mon devoir.

Laplace releva insolemment la tête.

— De quel crime voulez-vous parler ? fit-il en essayant de sourire.

— Pour vous débarrasser de ce jeune homme, auquel, à juste titre, j'accordais une amitié profonde, et dans la crainte de voir s'échapper mon héritage, vous l'avez attiré dans un piége, puis, d'accord avec un misérable, vous avez tenté de l'assassiner !

— C'est faux ! hurla Laplace. Je l'ai conduit, il est vrai, chez un docteur que je connaissais, afin que ce dernier le gardât quelque temps, mais je ne suis complice d'aucune tentative de meurtre.

— Vous mentez ! exclama Mercredi ; le ricanement sauvage que vous avez poussé lorsqu'on m'enferma dans le souterrain, est une preuve évidente de votre connivence avec le médecin des fous.

— Il parle ! fit Laplace atterré.

— Oui, monsieur... Dieu a fait un miracle en sa faveur, affirma M. Verneuil, et c'est à lui que j'obéirai s'il m'ordonne de vous jeter en pâture à la cour d'assises !

Mercredi secoua la tête avec amertume.

— Non, mon père, non, vous ne devez pas sacrifier le fils de votre sœur ; sa condamnation souillerait vos cheveux blancs !... Je pardonne à mon meurtrier... pardonnons-lui tous deux, mon père !

— Généreux enfant ! exclama Verneuil ; puisses-tu ne jamais te repentir de ta belle action !... Je cède à ta prière, je ne le laisserai pas punir par la justice terrestre, mais jamais il ne devra reparaître devant moi : telle est ma volonté.

Laplace respira plus à l'aise.

— Ce n'est que partie remise, pensa-t-il, j'empêcherai bien mon brave oncle de jouer au testament.

— Partez donc, monsieur, reprit Verneuil ; à dater de cette heure je ne vous connais plus !... Mais avant de vous éloigner pour toujours, et afin de vous éviter désormais toute espérance et toute intention coupable, écoutez-moi.

Et M. Verneuil raconta en peu de mots à Laplace comment il avait retrouvé son enfant.

Le sang monta impétueusement au cerveau du désœuvré à l'idée que jamais la fortune du vieillard ne lui appartiendrait pour continuer sa vie de débauche.

— Allons donc ! s'écria-t-il, c'est un conte en l'air !... Vous ne sauriez dépouiller votre neveu au profit d'un bâtard qu'il vous plaît de nommer votre fils !

Et sa main tourmentait le pistolet dont il venait de s'armer.

— Un bâtard ! vous mentez !... et, dès hier, j'ai rédigé un testament olographe bien en règle, qui institue pour mon légataire universel Eugène Verneuil, mon fils légitime, né de mon premier mariage.

En prononçant ces mots, le vieillard montrait à Laplace un portefeuille qui contenait la pièce testamentaire.

La colère du déshérité arriva alors à son paroxysme.

— Monsieur, reprit-il d'un ton farouche, si vous tenez à votre vie, vous déchirerez à l'instant même ce papier, qui ruine l'enfant de votre sœur !

— Jamais ! répondit Verneuil.

— Ainsi, vous ne me laissez nul espoir de quitter un jour cette existence de misère qui m'étreint depuis si longtemps ?

— Travaillez, devenez honnête homme ; quant à moi, je ne veux plus entendre parler de vous !

— Eh bien, non, cela ne sera pas !... Ce testament, il me le faut ! je veux ce testament !

Mercredi s'élança pour retenir Laplace ; Verneuil arma son pistolet.

— Oh ! vous ne me faites pas peur ! s'écria la bête fauve ; je suis décidé à tout pour ressaisir l'héritage de ma famille ; j'y ai droit, je le veux !...

Alors, repoussant avec une rage furieuse Mercredi, dont la tête heurta la muraille, Laplace ajusta M. de Verneuil, qui chancela frappé d'une balle dans la poitrine. Mais, au moment où il recevait ce terrible coup, le vieillard, par un instinctif mouvement de conservation, pressait la détente de son arme. La balle frappa le meurtrier au cœur ; il tomba pour ne plus se relever.

Guillaume et la Bombée, accourus au bruit, s'empressèrent auprès de M. Verneuil, dont la blessure vomissait des flots de sang.

Mercredi, revenu de l'étourdissement causé par sa chute, courut chercher un médecin. L'homme de science déclara mortelle la blessure de M. Verneuil.

Le vieillard expira bientôt, sans avoir recouvré sa connaissance.

Au moment où le commissaire de police, averti par Guillaume, faisait enlever le cadavre de Laplace, Mercredi apprenait des agents de police la capture du docteur Bonacion.

CHAPITRE XVIII

LES NOYEURS

Nous avons laissé le Grinche accostant Marcel au détour de la place du Panthéon. Voyons ce qui se passa entre ces deux antithèses de la moralité humaine.

Tout entier à son travail et à la pensée qu'il devait rapporter double gain à la mansarde pour payer sa dette de cœur au père Joseph, le gentilhomme tombé chiffonnait avec ardeur, lorsqu'il se sentit tout à coup frapper sur l'épaule.

— Salut à Marcel *l'honnête homme*, dit le Grinche avec un magnifique sourire de bonhomie.

Marcel leva la tête, et, après avoir considéré son interlocuteur :

— Merci de vos bonnes paroles, l'ami ! répondit-il ; mais je né vous connais pas.

— Quéque ça fait ! d'ailleurs, je vous connais, moi, ça suffit. On m'a parlé de votre mirobolante conduite avec le père Joseph lors de l'accident qui lui est arrivé, et je vous donne mes unanimes applaudissements.

— Je ne mérite pas tant d'éloges, car je lui ai rendu seulement ce qu'il m'avait tant de fois prêté.

— Eh bien, c'est pas mal !... y a tant d'ingrats sur la boule du monde !... Mais si ça ne vous gêne pas de causer en travaillant, nous ferons route ensemble.

— Comme vous voudrez, répliqua Marcel.

Les deux chiffonniers continuèrent leur chemin.

— Faut convenir que vous êtes joliment modeste, môsieu Marcel, reprit le Grinche en appuyant sur les mots ; car en fin des fins, au vis-à-vis du père Joseph, votre générosité, c'est tout bonnement sublime !

— Laissons ce sujet, je vous prie.

— La preuve, c'est que tous les huppés de la chiffe, qui se proposaient d'aller en députation condoléancer le papa de sa petite qu'a éprouvé un malheur, voulaient en même temps vous offrir un mannequin d'honneur. Oh ! cré nom, ce mannequin-là aurait été bien placé sur vos épaules !

— La récompense du devoir est dans son accomplissement même.

— J'sais ben ! j'sais ben !... moi je me trouve récompensé comme ça tous les jours... Mais vous ne m'empêcherez pas de vous dire que vous êtes carré de la conscience et que vous m'bottez au superlatif. Aussi, je veux vous être agréable, car je suis si heureux d'entamer votre connaissance, moi, un vieux de la chiffe, que je veux vous fournir le moyen de gagner vivement vot' nuit en vous indiquant les meilleurs endroits, oùsqu'on trouve du papier à foison et du chiffon chenu.

— Vous m'offrez cè service de si bonne grâce, que je l'accepte avec reconnaissance.

— Y a pas de quoi !... Je vas vous conduire dans la rue d'Angoulême, de l'autre côté du canal Saint-Martin ; là, y a un tas de manufactures qui nous laissent du papier et des chiffons à gogo... y allons-nous ?

— Oh ! tout de suite. Nous avons, Joseph et moi, mangé cette après-midi le dernier morceau de pain qui restait au logis... Dites-moi votre nom, mon ami, afin que je le conserve comme celui d'un brave cœur ?

— C'est inutile à présent, je vous le dirai demain en allant savoir de vos nouvelles. — *Empaumé, le lofard !* ajouta le Grinche à voix basse ; avec un peu de flatterie, on mènerait tous les hommes au canal, quoi !

Laissons un instant nos chiffonniers, et devançons-les sur les bords du canal Saint-Martin.

Tout autour du petit pont situé sur ce canal, et qui séparait la rue d'Angoulême en deux parties, rôdaient des hommes vêtus de bourgerons de toile bleue et de pantalons de velours, serrés à la taille par une ceinture de laine rouge ; leurs têtes étaient couvertes de casquettes rejetées en arrière. Ces hommes appartenaient à la bande mystérieuse des *noyeurs*, dont Sourcque, dit *Fifi*, était le chef.

Les noyeurs n'exerçaient que la nuit leur criminelle profession, consistant à jeter dans le canal les retardataires qui s'aventuraient dans ces parages, et à les reporter, comme nous l'avons raconté déjà, à la municipalité, qui leur payait vingt-cinq francs par tête de noyé.

Ouvertement, ces lazzaroni de Paris ne faisaient partie d'aucune corporation sociale, et cependant ils s'étaient créé une *spécialité*. Nonchalamment étendus au soleil, sur les quais, ils culotaient des pipes, industrie qui leur rapportait environ trois à quatre francs par jour. Le soir venu, ils se rassemblaient sur des points désignés, sous les ordres d'un ordonnateur commun, et alors commençaient les *noyades*. La plupart de ces bohémiens étaient des voleurs ou des forçats en rupture de ban. Occupons-nous seulement des *noyeurs* du petit pont de la rue d'Angoulême.

A l'angle du quai, de chaque côté du canal, se tenaient les *avertisseurs*, chargés, par un signal, d'annoncer l'arrivée d'une victime. Sur le pont même, le *repêcheur*, fumant sa pipe, paraissait se livrer à une douce flânerie. Les fonctions de ce dernier consistaient à repêcher le noyé ou à l'achever à l'aide d'une petite canne à pomme de plomb, dont chaque coup frappé sur le crâne avait pour but d'étourdir la victime, sans laisser de traces de contusions. Sourcque et les autres acolytes attendaient les signaux, cachés dans les démolitions ou les rues avoisinantes.

Depuis quelque temps, les noyades devenaient rares ; la bande avait inspiré un tel effroi aux Parisiens, qu'ils n'osaient presque plus traverser les passerelles du canal sans être accompagnés.

Et cependant, ce soir-là, le temps était propice pour la *besogne*. De gros nuages noirs, parcourant l'atmosphère, obscurcissaient les quais déserts.

Soudain Fleur-d'Amour, l'apprenti noyeur, placé en embuscade, fit entendre le signal. Sourcque, dissimulé derrière une énorme pierre de taille, passa la tête et regarda.

— Triple milliards de chance ! murmura Fifi à ses acolytes, c'est Broutechoux ; attention ! faut pas que cette fois la *mouche* nous échappe.

C'était, en effet, Broutechoux qui s'avançait. Depuis la disparition de son ami Plâtras, Broutechoux, enrôlé secrètement dans la brigade de Campel, se livrait à d'actives recherches pour faire arrêter les Quarante-Cinq. Ce n'était donc pas sans intention qu'il venait au quai Jemmapes, seul, mais ayant laissé au coin du faubourg du Temple le reste de la brigade de sûreté. D'après les indices recueillis, il avait presque donné à son chef la certitude de capturer Sourcque ce soir-là. Il s'avançait donc en éclaireur.

Sourcque, sortant de sa cachette en se dandinant avec indifférence, se présenta devant son ancien complice au moment où il passait sous un réverbère.

— Eh ! c'est ce cher ami, exclama-t-il en lui tendant la main. Comment vas-tu, ma vieille ?

L'agent secret, se félicitant déjà du prompt résultat de ses recherches, répondit aux avances de Sourcque avec une expansion vive, qui avait pour but de détourner ses soupçons, et tous deux, bras dessus bras dessous, se promenèrent sur le quai.

— Qu'est-ce que tu viens faire ici demanda le noyeur.

— Chercher de l'ouvrage, vieux ; je m'embête et j'ai pas un *radis* dans la *valade*.

— C'est une raison ; mais t'en auras pas, de l'ouvrage...

— Hein !... oh ! c'est pas gentil de me refuser du travail, à moi, un *camaraud*.

— Tu trouves ? c'est pourtant comme ça !... nonobstant je suis pas fâché de te rencontrer, j'avais deux mots à te glisser dans le tuyau de l'oreille... écoute... plus près...

Broutechoux avança sa tête contre celle du bandit.

— Tu n'auras pas d'ouvrage, mon vieux, parce que tu es un *musicien* (1).

(1) Révélateur.

— Fifi, tu te trompes...

— Jamais!... et la preuve que j'en suis sûr... tiens!...

Sourcque saisit Broutechoux par les deux épaules, et avec une rage impossible à décrire, lui mordit le nez avec tant de force, que la protubérance nasale lui resta dans les dents; en même temps il le terrassa, et avant que l'agent secret eût pu pousser un cri, il lui appliqua sur la figure un coup de talon de botte qui lui écrasa la mâchoire.

C'est ce que le noyeur appelait *poser le cachet*.

Broutechoux s'évanouit. Sourcque se disposait à le faire enlever et porter chez Roquentin, lorsque l'avertisseur, placé du côté des boulevards, annonça par un signal l'approche de Marcel et du Grinche. Ce dernier s'avançait en chantonnant.

— Allons, la nuit sera bonne! dit Sourcque à ses acolytes qui sortaient de leurs cachettes. J'ai eu de la dent, ayez de l'œil et du poignet, les enfants. Tout à l'heure nous nous occuperons de cette marchandise, ajouta-t-il en repoussant du pied le corps de Broutechoux. Et ils traversèrent la passerelle.

A force de prévenances et de bonnes paroles, le Grinche était parvenu à capter la confiance de Marcel. Aussi, lorsqu'ils approchèrent du canal et que le Quarante-Cinq entama sa chanson :

— Vous êtes bien gai, l'ami? lui demanda l'ex-gentilhomme.

— Je ne m'en dédis pas, répondit le Grinche; je suis content parce que je vous ménage une surprise. Oh! vous ne me connaissez pas encore, allez! Je vous porte crânement sous ma veste...

Et il chanta d'une façon plus accentuée.

— C'est le Grinche, murmura Sourcque; il a *amoché un pantre*... au poste, enfants!

Les noyeurs se placèrent de chaque côté de la passerelle. Le repêcheur s'établit à son poste.

— Tiens, dit Marcel, des groupes dans l'ombre?... Que se passe-t-il ici?

— Des groupes! exclama le Grinche avec un étonnement simulé; où donc?

— Là...

— Ah! oui, je vois... Eh! mais c'est des braves *biffins*; bonjour, les amis.

Et il s'avança vers ses complices, auxquels il pressa la main.

— Qui que t'amène? demanda vivement Sourcque à voix basse.

— Une victime! Vas-y et dar-dar, répondit le Grinche.

Sourcque fit un geste et les noyeurs poussèrent Marcel dans le canal. Au même instant un sifflement aigu se faisait entendre sur l'autre rive. Fifi lança un jurement de rage.

— La *rousse!*... vite, *en chasse*, camarades, dit-il. Moi, j'vas achever le Broutechoux, qui n'est pas assez mort...

Et pendant que les bandits et le Grinche disparaissaient dans les rues adjacentes, sauf le repêcheur, Sourcque revint en hâte auprès de l'agent secret.

Étourdi par la promptitude avec laquelle il avait été jeté à l'eau, Marcel perdit d'abord son sang-froid; en outre, embarrassé par sa hotte, il était menacé de périr.

Mais bientôt il revint à la surface de l'eau, et, nageant d'une main, tandis que de l'autre il se débarassait de son mannequin, il se dirigea vers le bord.

Le repêcheur ne le perdait pas de vue. S'apercevant que sa proie allait lui échapper, il se précipita dans le canal.

— Courage! camarade, cria-t-il, v'là du secours, attends!... attends!...

En deux brasses il fut près de Marcel. Mais au lieu de le secourir, il le frappa de sa canne de plomb pour l'étourdir et achever sa noyade.

Soit que l'obscurité eût empêché le misérable de distinguer l'endroit où il frappait, soit qu'il eût mal calculé la portée de son action, le coup n'atteignit que l'épaule de Marcel, qui s'arrêta aussitôt de nager.

— Infâme! cria-t-il, je me sauverai malgré toi!...

Et il saisit le repêcheur à la gorge.

Un combat s'engagea entre ces deux hommes, dont l'un luttait pour conserver sa vie, et l'autre pour l'ôter à son semblable. Enfin, la lutte terminée, Marcel atteignit le rivage, après avoir étouffé le noyeur en lui plongeant la tête dans l'élément qui devait servir à sa propre destruction.

Le point du quai où il aborda était précisément celui où recommençait une seconde scène terrible entre Sourcque et Broutechoux.

Le chef des noyeurs avait deviné juste; l'agent secret n'était pas mort. Malgré la douleur atroce que lui causaient ses blessures, Broutechoux, ayant repris connaissance, grâce à l'air frais de la nuit, put tirer de sa poche un sifflet et avertir la brigade de sûreté.

Bien mieux, retrouvant une énergie sauvage à l'aspect de Sourcque, qui venait pour l'achever, il s'accrocha à la jambe du noyeur et le fit rouler à terre auprès de lui, en appelant du secours.

Il allait infailliblement succomber, lorsque Marcel sortit du canal et aida Broutechoux à maintenir le misérable, qu'il reconnut pour l'avoir vu dans les groupes.

La brigade Campel arriva presque en même temps, et garrotta Fifi, qui n'opposa plus aucune résistance.

— Je connais mon affaire, murmura-t-il; j'vas user l' soleil à perpétuité...

Les agents l'entraînèrent pendant que d'autres portaient Broutechoux à l'hôpital Saint-Louis.

Marcel s'éloigna en grelottant, après avoir donné aux agents de police l'adresse de son domicile.

CHAPITRE XIX

LA DIPLOMATIE D'UNE FEMME

Lodofska, l'ancienne balayeuse, parée de ce vernis d'éducation qui s'acquiert au contact des hautes classes de la société, avait rompu définitivement avec les lorettes et les poseuses de la *Childebert*, et, se faisant passer pour la veuve d'un commerçant mexicain, elle s'était installée dans un somptueux appartement du boulevard Poissonnière.

Là, elle commença par donner des soirées, auxquelles elle invita de grands personnages, et, entre autres, des diplomates hongrois et espagnols. Puis, à son tour, elle fut invitée dans les cercles artistiques. On remarqua bien en elle certaines manières sans façons; mais elle était belle, et que ne pardonne-t-on pas à une jolie femme! Le jugement public conclut à cela seulement que la belle créole était excentrique, et on ne rechercha pas davantage son origine et la source de sa fortune. D'ailleurs, on savait qu'elle possédait l'estime du banquier Marville.

Amélie de Norges avait appris par Louisette, — curieuse et bavarde comme une femme de chambre, — la vérité sur les relations de son père avec madame de Saint-Méran. En prononçant ses vœux dans la congrégation des Sœurs de Charité, sous le nom de sœur Sainte-Françoise, elle implora l'Éternel en faveur de l'homme qui préférait au bonheur de sa famille l'affection, et, selon sa certitude intime, — la domination d'une étrangère.

Mais, avant de quitter le monde pour toujours, elle s'occupa de l'avenir de Louisette, et la cameriste dévouée entra, sur sa recommandation, au service de M. l'abbé Michel, qui venait d'être nommé aumônier de l'hôpital duquel sœur Sainte-Françoise faisait désormais partie.

A partir de ce moment, Marville fut tout entier à sa maîtresse.

Charlotte avait compris que pour exercer avec une certitude complète son empire, elle devait forcer le respect du banquier à son égard; ajoutons que cette tactique était chez elle le résultat d'une arrière-pensée.

Or, pour arriver à son but elle répandit des bienfaits parmi les classes souffrantes; partout on la cita pour sa générosité, et lors de l'association charitable qui se forma pour assurer l'existence des orphelines du choléra de 1832, elle fut nommée l'une des dames protectrices de l'œuvre.

On le voit, la balayeuse avait marché à pas de géant.

Un matin, sur le plateau d'argent dans lequel le valet de chambre mettait ordinairement les lettres, Charlotte en trouva une à l'adresse de : *Monsieur Marville, chez madame de Saint-Méran, rue de Choiseul.*

Cette lettre avait été apportée de son ancienne demeure.

— Tiens! fit-elle, puisque monsieur se fait écrire chez moi, c'est que je puis lire sa correspondance. Lisons.

Elle décacheta la missive, dont le premier mot fut une énigme pour la prétendue veuve mexicaine. Elle en déchiffra le contenu, rempli d'une orthographe que nous n'oserions reproduire ici.

« Mon cher Dumouchet, disait la lettre, pas mèche de *nettoyer* le vieux bimane; il a des *guibolles* de cerf... et il est défiant comme un chacal; il a déjà échappé trois fois au *nettoyage*... Mais, sois tranquille, un jour ou l'autre il sera *réfroidi* proprement... Donne-moi de suite un rendez-vous, que nous causions de la grande affaire dont je t'ai parlé... Prends garde, ce sont des malins pas faciles à *roustir*... Quant à l'association, elle ne va que d'un aileron, attendu que pas mal des nôtres ont été *paumés marrons*, ça diminue nos ressources; n'oublie pas d'apporter du *quibus* en masse; ça te sera facile, ton sac est garni; du reste, je n'ai pas besoin d'appuyer sur la *chanterelle*; tu sais qu'y a pas moyen de bouder à celui qui est et sera toujours ton ami. »

Pour nos lecteurs, la réception de cette lettre n'aura rien d'extraordinaire, car ils se rappelleront que Marville avait dit à Meurt-de-soif de lui écrire à l'adresse de madame de Saint-Méran; mais, pour Charlotte, la missive contenait tout un monde de mystères.

— Qu'est-ce que cela signifie? se demanda-t-elle... Sur l'enveloppe : *Marville*, et dans l'intérieur: *Dumouchet*... Le banquier n'aurait-il caché son véritable nom?... Puis, ces mots d'argot : *refroidi, quibus!*... Quel peut être l'homme qui a envoyé un semblable message?... Oh! il y a là-dessous un terrible secret... mais je le saurai! En tout cas, je garde la lettre, elle pourra me servir à l'occasion,

Un coup de sonnette s'étant fait entendre, Charlotte cacha vivement la missive de Meurt-de-soif dans un petit meuble de bois de rose... Marville entra.

La jolie femme le reçut avec un rayonnant sourire. Rien dans les signes de son visage n'indiquait l'impression qui s'y était manifestée quelques instants auparavant.

Le banquier, au contraire, paraissait contrarié.

— Ah! fit-il en prenant place sur un divan et avec une légère nuance d'ironie, madame daigne donc me recevoir, aujourd'hui?

— Que voulez-vous dire? riposta Charlotte avec sang-froid.

— Hier, je me suis présenté pour vous voir, et votre laquais m'a répondu que vous étiez sortie.

— Le laquais avait raison.

— Ne me trompez pas, Charlotte, j'ai l'intime conviction du contraire; car, lorsque après avoir traversé le boulevard j'ai jeté les yeux sur votre fenêtre, j'ai vu s'agiter vos rideaux.

— Ma femme de chambre rangeait sans doute les rideaux.

Marville contint un mouvement d'impatience,

— Excusez ma persistance, chère amie, poursuivit-il; mais ce n'est pas la première fois que semblable chose arrive, et je ne crois pas mériter un tel affront...

— Ah! ah! il paraît que vous vous informez activement de ce qui se passe chez moi! reprit l'adroite lorette.

— Eh bien, Charlotte, quand cela serait, quand je serais jaloux, n'en ai-je pas le droit? Je me suis conduit assez généreusement à votre égard...

— Oh! pas de reproches, je vous en prie, interrompit sèchement madame de Saint-Méran; c'est trop mauvais ton.

— Une leçon, à moi, qui pourrais... fit Marville, blessé dans son amour-propre,

— Allons, ne vous fâchez pas, Alfred; si je ne vous ai pas reçu hier, c'est que c'était impossible...

— Impossible!... Suis-je donc déplacé dans votre salon?

— Non, mon ami, au contraire; mais ma nouvelle position m'impose certaines règles d'étiquette envers le monde,,,

— Oui, je comprends,,, Vos nouveaux adulateurs supportent mal ma présence,,, et surtout certain haut personnage, dont les assiduités...

— Brisons là, monsieur! Ma conduite est ce qu'elle doit être,,, et je ne reconnais à personne, entendez-vous, à personne, le droit de la mettre en suspicion! Je reçois de hauts personnages, c'est vrai; en cela du moins, je m'élève, bien différente de certains hommes, qui s'avilissent en entretenant des relations avec la lie de la société,

Si Charlotte n'avait pas été troublée par l'accusation de Marville, il n'en fut pas de même de ce dernier à l'attaque indirecte de la sirène, qui, en arrangeant sa coiffure dans une glace, le vit légèrement pâlir,

— La lettre était bien pour lui! pensa-t-elle; le nom de Dumouchet a été, ou est encore le sien... c'est bon à savoir,,,

— Je ne pense pas, chère amie, reprit Marville en affectant de sourire, que cette allusion soit à mon adresse... Mon existence est honorable, et...

— Allons, calmez-vous, homme nerveux et susceptible; j'ai dit des paroles en l'air; mais aussi, vous êtes terrible avec vos soupçons,,,

— C'est parce que je vous aime, Lodoïska; et votre indifférence serait de la dernière ingratitude.

— Moi, ingrate!... Vous ne connaissez pas mon cœur... Mais, si je reçois de hauts personnages, c'est dans votre intérêt.

— Comment cela?

— Ne doit-on pas contribuer à la prospérité de ceux qui vous sont chers!...

— Eh bien?

— Eh bien, depuis un mois que j'en ai entrepris la tâche, j'ai réussi enfin à combler vos vœux...

— L'énigme continue.

— Voici. Après diverses démarches, vous étiez sur le point de voir vous échapper l'emprunt hongrois. Moi, dans les soirées, où parfois on veut bien me considérer comme reine de beauté, je me suis liée avec les diplomates chargés de négocier cette affaire, et j'ai réussi !

Marville se leva au comble de la surprise.

— O pouvoir des femmes! s'écria-t-il. Quoi! par votre intermédiaire je serais nommé banquier de cet emprunt, lorsque dernièrement encore on m'avait positivement refusé?...

— Eh bien, gros jaloux, ferez-vous encore épier mes démarches?

— Franchement, c'est incroyable!

En ce moment on entendit un bruit de pas dans l'antichambre.

— Tenez, dit Charlotte, ces messieurs vous apportent la preuve de ce que j'ai avancé... Mais silence; vous n'êtes ici qu'un simple visiteur!

La porte s'ouvrit, et plusieurs personnages à la physionomie distinguée entrèrent.

— Belle dame, dit l'un d'eux en s'inclinant avec grâce, je suis heureux de venir vous confirmer moi-même la nouvelle que vous attendiez... Votre protégé, M. Marville, l'emporte sur ses concurrents.

— Merci, messieurs, dit Charlotte; en ce cas, permettez-moi de vous présenter le nouveau banquier de votre nation.

Et elle désigna Marville,

Après les compliments d'usage, qui s'échangent ordinairement entre gens du monde, on effleura la question de l'emprunt qui devait augmenter le crédit de notre héros, et la conversation s'éleva dans les sphères de la haute politique.

C'est ainsi que madame de Saint-Méran apprit ce que le banquier n'avait pu lui souffler encore, la dissolution récente de la Chambre des députés, à la suite d'une discussion orageuse, dans laquelle Marville avait ouvertement fait volte-face dans le camp de l'opposition.

Puis on parla des mesures prises par les ministres contre le pacte de famine, odieuse spéculation, qui menaçait la France d'une disette.

Chacun des personnages présents donna son avis sur cette question; Marville même, dont on ignorait la participation à ce honteux trafic, le flétrit plus que les autres, afin d'éloigner les soupçons et de ne pas perdre la mission de confiance qui lui avait été dévolue,

Cependant, au milieu du blâme jeté avec conviction par les diplomates hongrois sur les infâmes spéculateurs, l'existence fiévreuse de Marville se retraça tout entière à son esprit; pour la première fois il s'adressa cette question :

— Si mon étoile venait à pâlir, que deviendrais-je?

En outre, il n'était pas sans crainte sur son passé, sur son association aux crimes commis dans les bas fonds de l'échelle sociale; il jeta un regard sur Charlotte, et une idée se fit jour dans son cerveau,

Lorsque les visiteurs furent partis, après qu'il leur eut donné rendez-vous pour le lendemain, à son hôtel, afin de traiter de l'emprunt, Marville resta à dîner avec madame de Saint-Méran.

Il la remercia profondément du service qu'elle lui avait rendu, et, prenant un air grave :

— Ma chère amie, dit-il, ce qui s'est passé tout à l'heure me prouve de votre part un dévouement dont j'ai eu tort de douter; oui, j'ai eu tort, je m'en accuse... et, comme chaque faute exige une réparation, je veux vous l'accorder ce soir même.

— Je suis payée, mon ami, par le bonheur même que j'éprouve de vous avoir rendu service.

— C'est trop de désintéressement, et vous ne m'empêcherez pas d'agir selon mon cœur !... Vous savez cette immense propriété située près de Melun, propriété qui contient, en outre d'une maison princière, une vaste filature.

— Oui, mon ami, et que j'avais désirée lors de notre dernière promenade à Fontainebleau?

— Eh bien, je vous l'achèterai demain même et vous la donnerai en toute possession... Mon notaire recevra mes instructions à cet égard.

— Oh! mais vous me traitez en duchesse!

— Non pas; en amie... De plus, comme on ne peut prévoir les éventualités de la vie, et que, d'une heure à l'autre, un revers peut précipiter de son piédestal le banquier le plus honorable, je ferai passer bientôt sur votre tête la moitié de ma fortune.

— Prenez garde, mon cher, si j'allais abuser...

— Vous êtes digne de ma confiance, Charlotte... Acceptez donc pour l'instant ce dépôt... et qui sait... plus tard...

— Quoi donc; fit-elle en enlaçant la tête de Marville de ses bras blancs et potelés.

— Oh ! rien !... une idée !... Vous êtes libre, je suis veuf... Mais nous reviendrons sur ce sujet. Au revoir, chère amie.

Et le banquier partit en emportant un suave baiser de celle qui était devenue l'idole de sa vie.

Lorsqu'elle fut seule, la sirène se redressa ; sa figure était radieuse.

— Enfin ! exclama-t-elle, j'ai réussi !... A défaut d'amour, j'aurai du moins une fortune et un nom !... Et pourtant, si Mercredi m'avait aimée !...

La porte secrète du boudoir s'ouvrit, et la femme de chambre parut.

— Madame, dit-elle, M. le duc demande si vous voulez le recevoir?

— Qu'il entre, répondit Charlotte.

Et elle ajouta tout bas et à part :

— Du reste, si Marville hésitait encore, j'ai deux puissants leviers pour le vaincre ; l'un est la lettre de ce matin, l'autre...

Avant qu'elle eût achevé sa pensée, le personnage annonc par la femme de chambre entra dans le boudoir.

CHAPITRE XX.

LES MADELONNETTES

Près du boulevard du Temple, dans la rue des Fontaines, s trouvait, et se trouve encore, un bâtiment noir servant, à cett époque, à l'incarcération des hommes et des femmes accusés d vol ou d'autre crime.

C'est dans cette prison, nommée *les Madelonnettes*, qu'avai été enfermée Constance.

La malheureuse victime des passions mauvaises fut placée d'a bord dans une cellule de six pieds carrés, et tenue au secret l plus absolu.

Pendant quinze jours elle ne vit qu'un gardien de la prison, muet comme la tombe, — et le juge chargé d'instruire son procès

Le chef fit entendre son signal accoutumé : le.cri de l'orfraie.

A toutes les questions adressées par le magistrat, notre héroïne ne put opposer que ses dénégations et ses larmes.

L'interrogatoire terminé, l'honorable juge, qui examinait la cause avec sa conscience autant qu'avec son cœur, ne put s'empêcher de se dire :

— Cette femme est une profonde hypocrite ou une martyre !... Le temps seul pourra nous éclairer sur cette monstrueuse affaire.

Ceux qui ont suivi le cours de notre histoire et apprécié la valeur des événements, comprendront à quelle douleur Constance devait se trouver en proie dans sa triste solitude.

Ignorante des lois, — comme toutes les âmes pures, — elle ne se rendait pas compte du vide établi autour d'elle, et se croyait abandonnée de ses amis les plus chers.

— Oh ! mon Dieu ! s'écriait-elle en s'agenouillant sur les dalles humides de sa prison, mon père et mon fiancé me supposent donc coupable, qu'ils ne viennent pas seulement m'apporter un mot de consolation ou d'espoir !... Vous qui lisez dans les replis les plus cachés du cœur humain ; mon Dieu ! vous qui êtes témoin de mon innocence, donnez-moi le courage de supporter cette terrible épreuve !

Parfois le doute, cette torture morale qui anéantit à la longue les esprits les plus robustes, le doute, disons-nous, s'emparait de son être, et y opérait un incroyable bouleversement.

Habituée à considérer la justice comme incapable d'erreu elle en était venue à se demander si réellement elle n'aurait pa commis, — dans un instant de délire, — le crime affreux don on l'accusait.

Alors elle avait peur, car elle savait qu'un arrêt infamant frap pait les infanticides et les incendiaires.

Mais, un matin, le gardien entra dans la cellule de la prison nière ; il la trouva assise auprès de sa fenêtre grillée et regardan le ciel dans une sublime aspiration de liberté. Pour la premièr fois, le cerbère rompit le mutisme qu'il avait gardé jusqu'alors.

— Levez-vous et suivez-moi, dit-il d'une voix rauque.

Constance, effrayée, se redressa brusquement et alla se blott dans un coin de la cellule.

— Grâce ! grâce ! implora-t-elle ; je ne suis pas coupable !... ne veux pas... je ne veux pas sortir d'ici !

L'infortunée s'imaginait qu'on venait la chercher pour la con duire devant un tribunal vengeur.

Le gardien eut un satanique sourire.

— Eh ben, c'est drôle, goguenarda-t-il, v'là la première d ces dames que je vois refuser une amélioration dans sa captivité

Constance, stupéfaite, le regarda fixement.

— Une amélioration ? balbutia-t-elle.

— Eh! oui, parbleu; à dater de ce jour vous n'êtes plus au secret, l'instruction est terminée... Allons, venez.

— Où me conduisez-vous donc?

— A la lingerie de l'établissement, où vous allez être employée. Une fameuse faveur, qu'on n'accorde qu'avec des protections huppées.

Constance suivit le gardien, et, après avoir traversé de longs couloirs, elle arriva dans une autre partie de la prison, où des captives travaillaient au linge sous la direction de plusieurs surveillantes.

A dater de cet instant la jeune fille, entourée de personnes de son sexe, vit s'améliorer sa position. Son zèle pour le travail, la douceur de son caractère la firent aimer de la surveillante en chef, qui s'appliqua à lui être agréable, — autant que le permettait le sévère règlement de la maison de détention.

Mais nous devons à nos lecteurs l'explication du changement subit qui venait de s'opérer dans le sort de Constance.

On se souvient qu'au moment de la scène sanglante qui eut lieu à la maison Verte, — et qui se termina par le double meurtre de Laplace et de M. Verneuil, — le Cagneux était accouru avertir la Bombée de l'arrestation de son amie.

La bossue, sans s'inquiéter de savoir si la fille adoptive de Joseph était coupable ou non, se rendit en toute hâte chez le chiffonnier. Ne le trouvant pas, elle pensa qu'un seul homme, en cette circonstance, pouvait être utile à l'accusée; — c'était l'abbé Michel.

Quand il s'agissait de rendre service à ceux qu'elle aimait, la Bombée eût trouvé dans son cœur les raisons les plus plausibles pour la réussite de ses projets. — Aussi, aux questions du digne prêtre, qui lui recommandait d'être prudente en cette affaire et de ne rien entreprendre légèrement, — elle répondit par cette exclamation d'une belle âme :

— Non, monsieur l'abbé, non! Constance n'a pas commis le crime dont on l'accuse!... Il y a là un concours de faits inouïs et épouvantables, dont l'explication démontrera clairement l'innocence de celle qu'on soupçonne!... Sauvez-la, monsieur l'abbé, sau-

La toilette de Gaspard.

vez-la!... ou tout au moins, jusqu'au jour solennel de la justice, adoucissez sa position !... Vous êtes ministre d'un Dieu de miséricorde ! au nom de ce Dieu, je vous supplie de protéger une honnête fille!... je vous adjure de défendre une victime contre ses bourreaux!...

L'abbé Michel, persuadé par ce langage empreint d'une énergique franchise, la releva en lui disant avec sa douceur évangélique :

— Je vous crois, mon enfant! l'amie d'une femme telle que vous ne peut être coupable de crimes aussi monstrueux! Je vous promets de m'intéresser au sort de cette infortunée.

Rassurée par ces paroles, la bossue se retira en remerciant le bon prêtre.

L'abbé Michel, en effet, tint sa promesse à Marie.

Sur sa recommandation, Constance quitta la cellule du secret et entra, comme nous l'avons vu, à la lingerie.

Désormais, elle avait un ardent protecteur de plus.

Tout entière au puissant mobile qui l'amenait chez le bon prêtre, la Bombée n'avait pas fait attention à la présence d'un témoin qui, en rangeant le salon, tressaillit plus d'une fois au récit des événements de la rue des Boulangers.

Par discrétion, ce témoin, — qui n'était autre que Louisette, — se garda bien d'interrompre la conversation de son nouveau maître avec la bossue, qu'elle ne connaissait pas encore; mais, la Bombée partie, Louisette raconta à son tour à l'abbé Michel ce qu'elle savait de la vie de Constance.

Puis, elle se rendit à l'Hôtel-Dieu, et monta dans la salle où sœur Sainte-Françoise consacrait ses soins aux malades.

Il existe, parmi les enfants du peuple, une sympathie qui se manifeste toujours lorsque l'infortune atteint l'un d'eux. Or, Louisette était une enfant du peuple, comme Constance, l'ouvrière de mademoiselle de Norges.

La servante de Dieu promit non-seulement de parler pour la prisonnière, mais encore d'aller la visiter elle-même.

Maintenant, retournons aux Madelonnettes, et voyons ce qui s'y passa le lendemain du jour où Constance, relevée du secret, fut admise à recevoir ses visiteurs.

A une heure de l'après-midi, trois personnes, ayant montré au greffe leur laissez-passer, entraient dans le parloir de la prison.

De ces trois personnes l'une était le père Joseph, dont les cheveux avaient blanchi sous le poids du chagrin; les deux autres se nommaient sœur Sainte-Françoise et Louisette.

Étonné à la vue de ces étrangères qui semblaient s'intéresser à son enfant, le vieux chiffonnier s'approcha d'elles; alors il reconnut Louisette et tout lui fut expliqué. Il s'inclina avec respect devant la religieuse, se rappelant sœur Marthe, qui déjà s'était dévouée pour soigner Constance.

En ce moment la prisonnière arriva, accompagnée d'une surveillante.

Joseph se jeta dans les bras de sa fille, la serra contre son cœur avec effusion et couvrit son front de baisers.

La pauvre enfant voulut balbutier quelques mots comme pour se justifier ; mais, avant même que l'innocente victime eût ouvert la bouche, le brave chiffonnier l'avait interrompue, par cette exclamation partie de son cœur d'honnête homme :

— Oh ! tais-toi... pas un mot !... ton vieux père t'estime et te chérit toujours !... Ne cherches pas à te justifier d'un crime que tu ne peux avoir commis, ange de pureté et de candeur !... Tu es innocente, j'en réponds devant Dieu !

Pendant cette douce expansion, sœur Sainte-Françoise et Louisette s'étaient tenues à l'écart.

— Du courage, mon enfant, reprit le vieillard en essuyant ses larmes.

Et, désignant les visiteuses :

— Tu n'es pas abandonnée de tout le monde ; voici deux braves dames qui s'intéressent à toi !

Louisette, à son tour, embrassa l'accusée.

Puis, la religieuse s'approcha, et lui prenant la main :

— Je ne suis qu'une pauvre sœur de charité, dit-elle ; autrefois, d'après les conventions du monde, j'étais dans une position plus élevée que la vôtre ; aujourd'hui, il n'y a en présence que deux femmes, enfants du même Créateur. Parlez, ma sœur, que puis-je faire pour détruire cette horrible accusation, qui me paraît basée sur la perfidie et le mensonge ?

A ces mots, Constance sembla se transfigurer.

— Oh ! merci, exclama-t-elle, entourée de l'estime des cœurs honnêtes, je suis sûre d'échapper à l'infamie ! Écoutez-moi donc, ma sœur ; je vais vous raconter les événements tels qu'ils se sont passés... et j'atteste Dieu de ma franchise !

Et l'enfant d'Isidore Laurier fit à la religieuse le même récit qu'elle avait précédemment fait au juge d'instruction.

Elle n'oublia rien ; ni son enlèvement, ni les soins donnés à l'enfant exposé dans sa mansarde. Ses souvenirs s'arrêtaient au moment où elle avait été réveillée par l'incendie.

Sœur Sainte-Françoise l'avait écoutée avec un intérêt croissant.

— Mais, demanda-t-elle à Joseph, n'avez-vous aucun indice sur la personne qui abandonna chez vous cette petite créature ?

— Mon Dieu bon ! Le portier m'a seulement dit que c'était une grosse femme, à la figure souriante, à l'œil de louche.

A ce portrait, Louisette poussa une exclamation de surprise et prononça vivement quelques mots à l'oreille de mademoiselle de Norges.

La religieuse pâlit.

— Vous rappelez-vous la date précise de l'abandon ? demanda-t-elle d'une voix tremblante.

Joseph exposa avec lucidité les détails exacts que lui fournissait sa mémoire.

— Non, non, murmura Amélie ; c'est impossible... ce serait trop affreux !... M. Marville m'a dit que mon enfant était mort !...

Joseph et Constance attendaient avec anxiété l'issue de cette scène.

Louisette devina les pensées de la religieuse.

— Mais si on vous avait trompée ? s'écria-t-elle... Si cet enfant n'était pas...

— Oh ! tais-toi, tais-toi ! pas devant eux ! s'écria Amélie, dominée par un instinctif sentiment de pudeur.

Et la pauvre mère cacha sa tête dans ses mains.

Mais tout à coup elle se redressa avec énergie.

— Constance, fit-elle, il y a dans tout ceci un mystère dont je n'ose entrevoir l'issue ; mystère infâme, dont la réalité serait la première preuve de votre innocence !...

— Que dites-vous ? interrogea Joseph.

— Venez, venez, mon ami ; à vous seul je ferai connaître toute la vérité.

Sœur Sainte-Françoise, Joseph et Louisette s'éloignèrent, après avoir fait espérer à Constance que sous peu de jours elle serait rendue à la liberté.

— Oh ! mon Dieu ! murmura la pauvre mère, en franchissant le seuil de la prison, pardonnez à votre servante de s'occuper des choses terrestres ! mais il s'agit de sauver une innocente... il s'agit de la vie de mon enfant !...

Les trois personnages se rendirent chez l'abbé Michel, et là, en présence de ce respectable témoin, Amélie raconta sa faute.

— Et maintenant, dit-elle, il faut à tout prix que j'éclaircisse le doute qui me brise le cœur...

— Ça sera bien facile, dit Louisette ; vous n'avez qu'à questionner la sage-femme.

— Tu as raison, bonne Louisette ; mais il faudrait au moins connaître son nom ?

— Son nom ! attendez donc... Je l'ai entendu prononcer une fois par maître Gaspard, en écoutant aux portes. Elle s'appelle la veuve... la veuve Ménager.

— Ménager !... répéta machinalement Joseph.

— La connaîtriez-vous ? exclama Amélie, attentive à tout ce qui se nuançait autour d'elle.

— Non, non !... reprit Joseph ; un souvenir...

— Son nom ne vous est pas inconnu ! Oh ! je vous en supplie, monsieur ; ne m'abandonnez pas !... Il faut que je voie cette femme, que je lui parle ! il y va de... de l'honneur de votre fille !

— Avant peu, ma sœur, je vous le promets, affirma Joseph, je connaîtrai la demeure de Juliette Ménager.

Sur cette promesse du vieux chiffonnier, nos personnages se séparèrent, en proie aux divers sentiments que leur inspirait la situation présente.

— Une sage-femme, pensait Joseph en rentrant chez lui, ça doit être connu chez les commissaires de police ; ce soir même je saurai son adresse.

Dans la mansarde de la rue Descartes, il trouva le Cagneux prodiguant ses soins à Marcel, qui grelottait la fièvre depuis quelques jours, à la suite de sa noyade dans le canal Saint-Martin.

Le dévoué loustic lui fit signe de marcher doucement, parce que le malade sommeillait ; et, s'approchant du vieillard, il lui dit à voix basse :

— Je crois qu'incessamment il y aura une bonne raffle de faite, et que le gueusard sera pincé !

— Quel gueusard ? demanda Joseph encore préoccupé des incidents de la journée.

— Pardine ! Meurt-de-soif, l'enleveur de mademoiselle Constance !

— Comment ! tu serais sur sa trace ?

— Oui ; ce matin j'ai appris par l'indiscrétion d'un rien-qui-vaille, que j'avais grisé et que je suppose faire partie de la bande, que le gredin se rendait toutes les nuits, à deux heures, rue du Chantre, chez un marchand de vins.

— Merci de ton zèle, ami.

— Le Chicarpion est déjà à l'ombre... Patience, père Joseph, les braves gens finiront par avoir le dessus. Seulement, dans le cas où il m'arriverait des avarots, n'oubliez pas le rendez-vous du Meurt-de-soif ! toutes les nuits, à deux heures, chez un marchand de vins, rue du Chantre.

— Oh ! ce n'est pas ce qui manque, les marchands de vins dans cette rue, reprit Joseph.

— C'en est un bon facile à reconnaître ; à sa gauche, y a un hôtel à la nuit, et à sa droite, du côté du Louvre, y a un tableau sur lequel est peinturluré une nichée de moucherons qui sortent de dessus des potirons ; et, au-dessous, cette adresse en grosses lettres : JULIETTE MÉNAGER, sage-femme, saigne et vaccine.

A ces mots, Joseph faillit tomber à la renverse. Dans sa joie, il étreignit le Cagneux contre son cœur.

Le lendemain, le chiffonnier et sœur Sainte-Françoise montaient l'escalier qui conduisait chez la diplômée de la Faculté de médecine de Paris.

CHAPITRE XXI

LA LETTRE ANONYME

En présence des arrestations successives qui décimaient sa bande, Foulbert fut un instant atterré.

Mais bientôt il recouvra sa sauvage énergie, et donna l'ordre à ses lieutenants de réunir le reste des Quarante-Cinq à la galerie de la *Tache de sang*, située dans les carrières Montmartre.

L'assassin, comprenant qu'il devait prendre des mesures urgentes, voulait changer le nom de l'association et organiser sur une autre échelle les rendez-vous de la société, pour qu'elle échappât à un entier anéantissement.

Il ne pouvait se résoudre à se voir, malgré sa prudence et son habileté, privé des instruments nécessaires à la continuation de son *métier*.

En outre, un détail le taquinait. Il n'avait pas reçu de Marville la réponse à sa lettre, et il supposait, non sans quelque raison, que le banquier n'était pas aussi franc dans ses allures qu'il l'avait laissé paraître d'abord.

Pour éclaircir son doute, il se rendit à l'hôtel de la Chaussée-d'Antin, après s'être revêtu d'une vaste houppelande et d'un large chapeau, qui lui donnait l'air d'un étranger, se fit annoncer sous un nom sonore, et fut introduit dans le cabinet du banquier.

Marville le reconnut aussitôt.

— Eh bien, Foulbert, dit-il vivement, as-tu réussi?

— Minute! interrompit le chef des Quarante-Cinq, avant de faire des questions aux amis, tu devrais commencer par répondre à leurs lettres.

— Que veux-tu dire?

— Ne fais donc pas la bête!... Je t'ai adressé de mes pattes de mouches les plus soignées chez la Saint-Méran, pourquoi que tu ne m'as pas assigné un rendez-vous?

— Je n'ai rien reçu, affirma Marville étonné.

— Regarde-moi donc un peu fixement dans le blanc de l'œil, que je voie si tu ne blagues pas.

— Je te jure n'avoir rien reçu, répéta le banquier en soutenant le regard de son complice.

— Alors c'est que la petite dame aura effarouché le poulet à son bénéfice.

Marville fit un mouvement d'effroi.

— Tu n'avais mis dans cette missive aucune phrase qui pût me compromettre? s'écria-t-il avec anxiété.

— Oh! rien du tout!... seulement, ton vrai nom, celui de Dumouchet.

— Malheureux!... mais si Charlotte a décacheté cette lettre, je suis perdu!

— Allons donc! t'en seras quitte pour payer le port un peu cher, voilà tout!

— Sot que je suis! murmura Dumouchet à part; je n'aurais pas dû indiquer à cet homme l'adresse de... Enfin, il faudra bien qu'elle me rende cette lettre.

Foulbert se fit néanmoins remettre, de la main à la main, une somme importante comme rémunération de ses services antérieurs.

— Maintenant que j'ai rempli mes engagements, fit Marville, j'ai droit, à mon tour, de te demander compte de la mission que je t'ai confiée.

— Ah! oui, concernant le vieux?

— Est-ce terminé?

— Pas encore... il faut y aller doucement... il est aimé dans la chiffe... il faut s'en débarrasser sans qu'on puisse rien soupçonner... ils se feraient tous mouchards pour dénoncer son *nettoyeur*.

— Dis plutôt que tu ne tiens pas à ce qu'il disparaisse du globe!... Il ne gêne pas ton soleil... ça te suffit!...

— Que les gens qui ont le moyen sont godiches! gogüenarda Meurt-de-soif en haussant les épaules; ils s'imaginent qu'on a intérêt à laisser vivre ses ennemis intimes!...

— Intérêt ou non, mon repos en dépend!... Je veux, entends-tu, je veux, que d'ici deux jours Joseph ne soit plus de ce monde!

— C'est bon, monsieur J'ordonne, on fera son possible!... En tout cas, je te préviens que je ne m'exposerai plus désormais à être compromis... Y a déjà assez de braves camarades de pincés dans ma bande, et m'est avis que le moment est venu de mettre des mitaines pour entreprendre du travail sérieux.

— Emploie n'importe quel moyen, mais il faut que Joseph disparaisse dans le délai que je t'ai fixé, ou alors...

— Alors, plus de *médailles*, n'est-ce pas?

— J'ai dit!... Souviens-toi... c'est mon dernier mot.

— C'est bon, on avisera... A propos, as-tu quéque coup à m'indiquer?

— Oui, un de mes collègues de la finance fait une fortune trop rapide et porte ombrage à mon crédit... Tiens, sur cette feuille volante j'ai relaté au crayon des détails qui te seront utiles pour le soulager du poids de sa caisse... Tu peux agir cette nuit même.

— Fameux!... l'affaire sera bâclée après not' réunion aux carrières Montmartre, à la *Tache de sang*... Y viendras-tu?

— Moi! tu veux rire!... mais je donne d'avance mon adhésion à ce qui se décidera... Au revoir.

Foulbert croisa sa houppelande sur sa poitrine, enfonça son chapeau sur ses yeux et sortit.

Marville, reprenant le cours de ses travaux, dépouilla sa correspondance. Soudain, il pâlit à la lecture d'une lettre de M. de Jumiéges, qui contenait ces seuls mots:

« Monsieur, veuillez passer immédiatement à mon cabinet; j'ai à vous soumettre quelques observations du plus grand intérêt concernant votre réputation. »

— Le procureur du roi aurait-il des indices? se demanda le banquier avec inquiétude. Après tout, sa lettre est amicale, donc aucun danger ne me menace.

Et, faisant atteler les chevaux à sa voiture, il se fit conduire chez M. de Jumiéges.

Le magistrat lui apprit qu'il avait reçu une lettre anonyme, l'accusant, lui, Marville, de n'être pas tout à fait étranger à la disparition de Rodolphe d'Orvéda; enfin, de ne pas porter son nom véritable.

— De telles accusations seraient infâmes si elles n'étaient ridicules! exclama le banquier.

— Mon cher monsieur, dit le magistrat en le fixant attentivement, je ne dois ni ne veux attacher aucune confiance à cette lettre anonyme; cependant, connaissant votre position dans le monde, j'ai cru devoir, en vous prévenant de cette manœuvre déloyale, vous prémunir, au moins, contre la calomnie.

— C'est une marque d'estime dont je vous remercie, monsieur; croyez, quoi qu'il arrive, que je suis en mesure de répondre victorieusement à des inventions aussi odieuses.

— Je n'en doute pas; cependant, d'après le fait qui se présente aujourd'hui, je crois que vous avez autour de vous des inimitiés profondes... peut-être des commis infidèles ou mécontents... Tenez-vous sur vos gardes, monsieur, et souvenez-vous de cette phrase de Basile : « La calomnie est un souffle empesté qui renverse les réputations les mieux enracinées. »

Marville se leva pour prendre congé de M. de Jumiéges; mais, saisissant au vol un rapide et inquisiteur regard, il voulut connaître l'arrière-pensée du magistrat.

— Quoi que vous en disiez, monsieur, ajouta-t-il, cette lettre a élevé un doute dans votre esprit; aussi vous prierai-je d'excuser mon insistance au sujet d'un incident peu sérieux dans le fond, mais grave en apparence.

— Votre insistance, reprit M. de Jumiéges, ne peut être qu'honorable; expliquez-vous.

— Mon Dieu! monsieur, fit Marville avec finesse, ma position vis-à-vis de vous est difficile. Je ne puis, sans blesser le magistrat, le prier de m'ouvrir son âme avec franchise; aussi, m'adresserai-je au père de sœur Marthe, l'amie de ma fille...

Cette invocation, ravivant la douleur de M. de Jumiéges, le fit tressaillir. Pendant quelques secondes il sembla lutter avec lui-même, et enfin, s'efforçant de sourire :

— Croyez bien, monsieur, répondit-il, que je n'ajouterai foi aux accusations formulées contre vous qu'autant qu'elles seront basées sur l'évidence. Mais, soyez prudent; la justice, plus que jamais, a pour devoir de se montrer inflexible envers les hommes haut placés.

— Je m'explique peu cette recrudescence de sévérité de la part d'un pouvoir débonnaire... et si j'osais demander à l'ami de ma famille de soulever le voile de cette énigme...?

— Ce n'est point une énigme; il s'agit tout simplement de mettre un frein à la corruption qui menace d'envahir les plus hautes classes de la société.

— Cette corruption date déjà de plusieurs années!...

— Sans doute... mais on sait pertinemment que d'influents personnages ont prêté leurs concours à des spéculations ignobles! Ils ont voulu créer un nouveau pacte de famine.

— Oh! c'est à n'y pas croire! dit Marville avec un calme imperturbable.

— On recherche ces personnages influents, et peut-être parviendra-t-on à les découvrir!

— Il faut l'espérer pour le bonheur de notre patrie! fit ironiquement le banquier. Mais ce sont peut-être des propos en l'air... on en débite tant dans les journaux de l'opposition!

— Ce sont des faits, reprit énergiquement le magistrat; un bateau chargé de grains a été saisi sur la Loire... Le conducteur de ce bateau a avoué que ces grains devaient être jetés à la rivière.

— Maladroit de Blandin! pensa l'accapareur, il aura mal choisi ses employés!... On ne saurait être trop sévère envers de tels misérables! reprit-il tout haut, l'échafaud est une peine trop douce pour eux!

Après ces mots, Marville prit congé de M. de Jumiéges en le remerciant du profond intérêt qu'il venait de lui témoigner.

En sortant de chez le procureur du roi, le banquier se fit conduire au boulevard Poissonnière, chez madame de Saint-Méran.

Il voulait savoir si la sirène avait reçu réellement la missive de Meurt-de-soif.

Charlotte feignit de ne rien comprendre aux questions du banquier.

La ruse, l'adresse, l'audace même, ne purent arracher à la lorette d'autre réponse que celle-ci :

— J'ignore ce que vous voulez dire.

Marville se retira plus inquiet encore qu'avant son arrivée.

Nos lecteurs, qui savent à quoi s'en tenir à cet égard, ne seront pas surpris si nous leur apprenons que le billet anonyme adressé à M. de Jumiéges partait de Lodoïska.

La fausse veuve mexicaine savait bien que ce billet ne pouvait entraîner une accusation sérieuse contre son amant; mais elle espérait créer autour du banquier une sorte de déconsidération, qui le forcerait peut-être à lui donner plus vite le nom d'épouse.

Nous verrons si la réussite couronna cette tentative. En attendant, rendons-nous aux buttes Montmartre, où, vers le milieu de la nuit, devait se réunir le reste de la bande des Quarante-Cinq.

CHAPITRE XXII

LES CARRIÈRES MONTMARTRE

Une heure du matin sonnait à toutes les églises de Paris. Après avoir traversé le chemin de ronde du boulevard extérieur, Meurt-de-soif, se glissant comme une ombre, atteignait l'entrée des carrières, située dans un bas-fond côtoyant le mur d'enceinte du cimetière Montmartre.

Il s'avança en tâtonnant jusqu'à la galerie souterraine surnommée la *Tache de sang.*

Un profond silence régnait dans les carrières. Le chef fit entendre son signal accoutumé : le cri de l'orfraie. Aussitôt, le même cri se répercuta en échos et, des anfractuosités des roches, sortirent les membres de l'association du meurtre.

L'espace choisi pour la réunion formait une sorte de demi-cercle, sous une voûte soutenue par des poteaux et des traverses.

Les Quarante-Cinq s'accroupirent sur le sol humide. Une torche fumeuse, accrochée à un bloc de pierre, éclairait de ses lueurs blafardes ce mystérieux tableau.

Foulbert procéda d'abord à l'appel de ses acolytes. Il manquait à la réunion : Biribi-Plâtras, anéanti dans la chaudière de Roquentin ; Fouilloux, tué chez M. Verneuil ; Broutechoux, qui venait de mourir à l'hôpital Saint-Louis des suites de ses blessures; Chicarpion, arrêté au cimetière du Montparnasse; Bonacion, mis au secret par suite de la dénonciation de Mercredi; Sourcque, enfermé à la prison de la Force; enfin, plusieurs autres membres obscurs de la société.

— Mes enfants, dit le maître, à dater de ce jour nous devons perdre notre nom de Quarante-Cinq; la mort et le malheur ont passé dans nos rangs!... Nous nous appellerons à l'avenir les *Aimables folichons.* Les réunions n'auront plus lieu à *la Gerbe de blé,* au *Grand-Comptoir,* au *Lapin-Blanc,* et autres houibouis brûlés par la police; on se réunira à la banlieue, à *la Belle-Suzanne,* à *la Puce travailleuse,* au *Hanneton vorace,* des endroits où il ne va que de braves gens comme nous !

— Bravo! exclama le Grinche, on pourra faire là de nouvelles recrues pour compléter le régiment.

— Laissons de côté le passé, dit avec un aimable sourire ce bon M. Roquentin, assis entre Meurt-de-soif et le contre-maître la Candeur. Nous sommes réunis aujourd'hui pour un colloque sérieux; il s'agit de sauvegarder les intérêts réciproques. Or, occupons-nous de l'avenir social.

Et le fabricant de lampions se drapa dans un vaste manteau pour échapper aux malsaines fraîcheurs de la nuit.

— C'était mon intention, reprit Foulbert. Tant pis pour ceux qui se sont laissé pincer; quant à nous, prenons des mesures pour sauver notre peau!

— Jase! fit le Grinche.

— J'ai su aujourd'hui que Gargouille et la Patoche viennent d'être condamnés à treize mois de prison. Ils ont *fait de la musique,* et c'est à cause de leurs révélations qu'ils n'ont attrapé que le minimum de la peine.

— C'est des lâches! exclama la bande.

— Possible! mais ça va nous faire serrer de plus près. Or, comme c'est sur moi principalement qu'ils ont dû *jaspiner,* je dois me mettre sur mes gardes. En tout cas, comme on ne sait ni qui vit ni qui meurt, je propose, — si j'étais *arquepincé,* — ce bon monsieur Roquentin pour chef des Aimables folichons. Ça va-t-y?

Une adhésion unanime approuva la proposition de Foulbert. Roquentin se leva.

— Mes amis, dit-il avec componction, il me sera permis d'espérer qu'aucun malheur ne frappera notre organisateur général; mais, si un accident pareil arrivait contre mes prévisions, vous me permettrez encore d'exprimer ma façon de penser. — C'est une bien lourde tâche qui m'incomberait; je n'ai pas les qualités requises pour la remplir... Je ne suis qu'un pauvre vieux fabricant de lampions sans ambition... désirant vivoter le plus sobrement possible sur cette terre d'épreuves douloureuses.

— As-tu fini tes manières! goguenarda Meurt-de-soif; est-ce oui ou non?

— Néanmoins, continua le faux bonhomme avec une feinte humilité, si on me juge digne d'une si importante mission, j'accepterai par amour de mes semblables... et aussi pour m'enrichir plus vite et filer à Saint-Domingue, ajouta-t-il tout bas.

— Adopté! fit la bande.

— Maintenant, reprit Foulbert après quelques secondes de silence, formons nos projets d'avenir, et convenons que la vengeance aujourd'hui doit passer avant les bénéfices!... Vous ne voulez pas, je suppose, que nous allions tous user le grand éclaireur au bagne, ou bien accrocher notre tête sur l'*abbaye de Monte-à-Regret!...*

— Non! non! affirmèrent quelques bandits.

— A la bonne heure! Et s'il y a quelqu'un ici qui veut jeter des barres dans mon jeu, je déclare que c'est un *mouton;* alors je l'engage à ficher le camp, si y ne veut pas que je lui montre comment que s'exécute le voyage de l'éternité!...

A ces paroles, prononcées avec une ardente expression de rage, la société fit une adhésion complète à l'opinion de son chef, qui formula les conclusions suivantes:

— *Primo,* dit-il, il s'agit d'*estourbir* vivement et sans délai le Campel, qui est trop près de nos trousses. *Deuxièmo,* comme la justice a l'air de trop vouloir fignoler son art, faut commencer par démolir un certain procureur trop vorace, qui nous reluque d'un mauvais œil... Oui, mes amis, si dans huit jours le Jumiéges a passé l'arme à gauche, nous serons plus forts et plus puissants... Enfin, *troisièmo,* celui d'entre vous qu'a une soif démesurée de médailles en or *fine,* j' vas lui peindre la manière d'en gagner... Celui qui jettera le nœud coulant autour du cou du père Joseph, le chiffonnier que vous connaissez tous, recevra mille *balles,* que j'ai empochées d'avance pour l'*occase.*

Lors de son entrée aux carrières, Meurt-de-soif ne s'était pas aperçu que le Cagneux, rasant les murailles, le suivait à distance.

Le dévoué compagnon de Joseph entra dans le souterrain en même temps que le chef des Quarante-Cinq. Il se blottit dans une crevasse de rocher et gagna un puits d'extraction, dont les parois étaient maintenues par des solives superposées, et écouta attentivement.

C'était une étrange chose que l'incroyable énergie du Cagneux à poursuivre Foulbert; depuis quelques jours il le suivait à la piste, sans prendre un instant de repos; c'est ainsi qu'il avait appris le lieu et l'heure de la réunion.

Après avoir entendu les conclusions infâmes de Foulbert, une sueur froide perla sur son front.

— Allons, se dit-il, finissons-en avec ces coquins-là!...

Et, s'accrochant aux solives, il grimpa avec une dextérité féline jusqu'à l'orifice du puits.

En ce moment un homme se dressa devant lui : c'était le chef de la sûreté, qui avait voulu diriger lui-même cette expédition, d'après les renseignements du jeune chiffonnier.

— Eh bien, où sont-ils? demanda Campel.

— A la *Tache de sang,* répondit le Cagneux; vous pouvez agir mais je vous préviens que la galerie a deux issues...

— Je le sais; mes mesures sont prises.

A peine quelques minutes s'étaient-elles écoulées, qu'une compagnie d'agents déterminés arrivait dans les galeries souterraines et cernait la bande meurtrière.

De son œil de lynx Foulbert les aperçut dans l'ombre.

— Au large! cria-t-il d'une voix de stentor pendant que les agents fondaient sur eux.

Les assassins qui essayèrent de se défendre furent impitoyablement massacrés; et, parmi eux, se trouvèrent le Grinche et le contre-maître la Candeur.

La lutte terminée, Campel fit extraire des carrières les captifs, les blessés et les cadavres.

Cette opération dura le reste de la nuit.

Le Cagneux, à la lueur du jour qui commençait à poindre, chercha celui qui était le principal but de son acharnement.

— Malédiction! s'écria-t-il, Meurt-de-soif n'est pas pincé !...

CHAPITRE XXIII

LE BANQUET RÉFORMISTE

Après l'arrestation de la bande des Quarante-Cinq, Foulbert se fit raser complétement, s'affubla d'une perruque blonde, revêtit une redingote marron, plaça sur son nez une paire de lunettes bleues, fermées sur les tempes par deux pièces de taffetas, et, transformé ainsi en brave citoyen de la vieille Angleterre, il se rendit dans la rue de la Clef, située près de la prison de Sainte-Pélagie. Il entra dans une pension bourgeoise, se fit connaître sous le nom de Durandeau, ancien négociant en drap d'Elbeuf, fournisseur des armées anglaises, et convint, avec mademoiselle Cunégonde, maîtresse de l'établissement, du prix de huit cents francs par an, pour être nourri et logé comme les autres pensionnaires de cette tranquille retraite.

Foulbert savait parfaitement que de tels refuges étaient ignorés, ou tout au moins à l'abri des recherches de la police, et que là il pourrait vivre en toute sécurité en attendant mieux. L'argent donné par le banquier, — et qu'il s'était bien gardé de distribuer à ses amis, — lui permettait de fournir amplement à toutes ses dépenses.

Marville, de son côté, changeait également ses batteries, et réunissait les armes de son arsenal de ruses pour augmenter sa considération, perdre ceux qui pouvaient lui être hostiles, et éloigner enfin le plus léger soupçon nuisible à son repos.

Il avait suivi avec un intérêt facile à comprendre les péripéties de l'instruction judiciaire dirigée contre Constance. Lorsqu'il vit cette instruction terminée et que la prisonnière n'était pas rendue à la liberté, ce qui laissait supposer sa mise en accusation, il écrivit à Gaston Mirebeau de revenir en toute hâte à Paris.

« Un malheur est arrivé à celle qui vous est chère, disait la lettre de Marville; si vous voulez la sauver, ne perdez pas un instant. »

Seize heures après la réception de cette missive, Gaston était de retour. Il se rendit aussitôt à l'ancienne demeure de Joseph et de Constance, où il apprit l'horrible vérité.

— Voilà donc pourquoi elle n'a pas répondu à ma lettre!... s'écria-t-il; la fatalité avait appesanti sur elle sa chaîne de fer!...

Et il resta anéanti sous le poids d'une douleur poignante; d'abondantes larmes inondaient ses joues; puis, un sourire erra sur ses lèvres, c'était un rayon d'espoir... Il remonta dans la voiture qui l'avait amené et se fit conduire rue de Varennes.

Dans le cabinet du magistrat, l'ombre d'espérance qu'il avait conçue au sujet de sa fiancée disparut devant la réalité accablante qui ressortait de l'évidence des faits.

Fou de douleur, accablé sous le poids du doute qui étreint les âmes aimantes, alors qu'une horrible accusation atteint l'objet de leurs affections, Gaston Mirebeau prit congé de M. de Jumiéges et se rendit à l'hôtel de la Chaussée-d'Antin.

Une scène de haute comédie l'attendait dans le cabinet du banquier.

Marville, donnant à son visage une empreinte de tristesse simulée, pressa son pupille dans ses bras, et entama le récit des événements qui avaient eu lieu en son absence.

— Je sais tout, monsieur, interrompit Gaston d'une voix brisée, et je vous remercie de votre bienveillante missive...

— C'était mon devoir, mon ami, riposta l'hypocrite. Je m'intéresse à tout ce qui concerne votre bonheur, et votre attachement pour cette jeune fille m'a guidé en cette circonstance... Je vous plains sincèrement, Gaston; à votre âge, on croit difficilement à la duplicité du cœur humain!... Et puis... moi-même je doute!... Aussi, laissez-moi vous guider de mes conseils dans la rude épreuve qui vient vous frapper...

— Je vous écoute, monsieur.

— Si je n'étais arrêté par la haute position que j'occupe dans le monde diplomatique, je ferais le premier, et de grand cœur, les démarches nécessaires pour essayer de démontrer à la justice l'innocence de cette femme, innocence à laquelle, je vous l'avoue en toute franchise, je ne suis pas éloigné de croire... Mais, voyez d'abord M. de Jumiéges...

— Je sors de chez lui; ses paroles ont été désespérantes...

— Alors, nous aviserons d'un autre côté!... Je ferai parler, s'il le faut, au ministre de la justice...

— Oh! monsieur, tant de bontés!... exclama Gaston.

— Ont lieu de vous surprendre de la part d'un homme qui, il y a quelques mois à peine s'opposait si ardemment à votre union avec une fille du peuple? interrompit Marville; mais, mon expérience de la vie m'a appris à connaître et à m'incliner devant la puissance des affections vraies, et, en ce moment, je rends justice au sentiment invincible qui vous domine...

— Je n'ai jamais douté, monsieur, de votre dévouement pour moi...

— N'êtes-vous pas, à cette heure, mon unique enfant. Amélie, ainsi que je vous l'ai dit dans mes lettres, a abandonné son vieux père pour entrer en religion...

L'hypocrite feignit d'essuyer une larme. Gaston lui serra affectueusement la main.

— Allons, allons, ne songeons plus pour l'instant à ce cruel abandon, reprit Marville. C'est de vous dont il s'agit. Voici, à mon avis, la marche à suivre : vous assurer si réellement Constance est innocente ou coupable; si elle est innocente, non-seulement je serai heureux d'avoir coopéré à sa réhabilitation, mais encore je vous promets d'assister à votre mariage... Si, au contraire, elle est coupable, alors, en homme d'honneur, vous devrez étouffer à tout jamais une affection indigne d'une âme aussi noble que la vôtre.

Pour conclure ainsi, il fallait que Marville fût bien certain de la prochaine condamnation de Constance; en tous cas, — et c'est ici que nous remarquerons l'adresse de cet habile faiseur, — il se prémunissait contre les attaques qui, dans l'avenir, oseraient l'accuser d'avoir songé à perdre la jeune fille pour l'empêcher d'épouser son pupille.

Il acheva de donner une haute opinion de son bon cœur à Gaston, en lui remettant, contre un reçu, la somme entière de trois cent mille francs dont M. Mirebeau, en mourant, lui avait confié la gérance. Marville pouvait sans crainte rendre ce dépôt, grâce à la fortune colossale qu'il amassait depuis quelque temps, par son infâme trafic sur les blés et d'autres spéculations immorales.

Enfin, pour détourner le cours des idées du malheureux ami de Constance, il le pria d'assister à un banquet où devait se trouver l'élite des partis politiques, se réunissant pour le choix des candidats à la députation, ainsi que l'exigeait la récente dissolution de la Chambre des députés.

Gaston, après avoir changé de toilette, suivit Marville, rue Richelieu, chez Lemardelay, lieu de réunion du banquet réformiste.

Dans un des salons de ce restaurateur célèbre se trouvait une nombreuse société d'hommes appartenant au camp de l'opposition, dans lequel Marville avait fait volte-face.

Autour d'une longue table, somptueusement servie, avaient déjà pris rang des libéraux et plusieurs membres de la presse, parmi lesquels on remarquait M. Moncavrel, journaliste influent et adversaire de Renardin, que nous avons vu à la soirée de M. de Jumiéges.

Pendant le repas, on échangea des conversations particulières; puis, au dessert, on agita les grandes questions politiques du jour : *la réforme électorale; l'indemnité Pritchard;* des toasts furent portés à la gloire de la France, au progrès, à l'émancipation des peuples.

Une question occupait en ce moment les philanthropes de la gauche, c'était la question de l'affranchissement des nègres.

Sur ce sujet, — et pour justifier son entrée dans le camp de l'opposition gouvernementale, — Marville avait préparé un discours dont la lecture produisit un effet foudroyant.

Comme il avait obtenu de l'ex-planteur Roquentin des renseignements précieux, sa véracité souleva une approbation unanime.

Après ce discours et séance tenante, un député des colonies proposa une souscription nationale en faveur de l'affranchissement de la race noire. Cette proposition fut soutenue, et Marville nommé aussitôt banquier-fondateur de l'*Œuvre de l'émancipation des noirs.*

Nous ne rapporterons pas tous les détails politiques de cette mémorable réunion, prélude des grands banquets réformistes, qui amenèrent la chute du gouvernement de Juillet; mais les faits qui s'y passèrent accrurent l'influence du candidat libéral au point d'attirer sur lui l'attention du roi Louis-Philippe.

Jugeant de son regard d'aigle l'impression qu'il avait produite, le banquier en profita pour lancer son pupille dans la carrière diplomatique, tentative dans laquelle il avait échoué une fois déjà, par le fait même du jeune homme.

Gaston, loin de se douter des piéges dont on entourait sa prostration morale, se laissa présenter à un plénipotentiaire influent, qui promit de le faire nommer, sous huit jours, secrétaire d'ambassade.

Puis, le rusé négrophile, passant d'un groupe à l'autre, continua à s'occuper de rallier des partisans, en prévision des élections prochaines; car, au banquet réformiste, se trouvaient groupés les électeurs les plus influents de tous les départements.

La réunion se termina à une heure très-avancée de la nuit. Gaston était parti, une surexcitation fiévreuse le faisant énormément souffrir. Marville se disposait à son tour à regagner son hôtel, lorsqu'il sentit une main se poser doucement sur son épaule.

C'était la main de Moncavrel, journaliste franchement libéral.

— Je vous félicite, monsieur, dit ce dernier, du remarquable discours que vous avez prononcé...

— Oh! c'est trop d'indulgence, balbutia le faux philantrope.

— Non, non, vraiment!... Il vous conduira dans une sphère élevée... Nous avons peu de ministres qui soient capables de traiter cette question aussi éloquemment que vous... Cependant, je regrette qu'il manque une chose aux paroles que vous avez prononcées.

— Monsieur, si vous daignez m'en instruire, je serai votre obligé.

— Vous avez fait de l'étude politique, sociale même; mais vous ne pensez pas un mot de ce que vous avez dit... Quand on veut mettre un masque, monsieur le député, on en attache mieux les cordons!

Et Moncavrel tourna les talons en riant.

— Cet homme m'est hostile! se dit à part lui le banquier en se retirant, je le détruirai!...

Devant le marchepied de sa voiture, qui l'attendait au porron du Palais-Royal, Marville trouva Gaspard.

Le valet de chambre remit un billet cacheté à son maître, et ce dernier, s'approchant d'un bec de gaz, lut les lignes suivantes, envoyées par la veuve Ménager :

« On est sur la trace du crime commis... Vous êtes influent, agissez promptement et avec énergie! N'oubliez pas que je puis être compromise... et qu'il y va de notre existence à tous deux. »

— Qui t'a apporté ce billet? demanda le banquier.

— Un commissionnaire.

— C'est bien.

— Non pas, monsieur, c'est très-mal, au contraire.

— Pourquoi donc?

— Parce que ce commissionnaire n'est autre qu'Évrard, l'ancien commis que vous avez chassé...

— N'est-il pas libre de prendre le métier qui lui convient?

— Sans doute; mais ce qu'il m'a dit n'est pas rassurant pour nous...

— Quelles sont ses paroles?

— « Demande donc à ton maître, a-t-il ajouté en riant, s'il ne retournera pas bientôt au *Grand-Comptoir* de la place Maubert? »

Marville devint pâle...

— Et... nul mouvement de ta part n'a trahi mon secret, je suppose?

— Dame! écoutez donc, j'ai été saisi, et... je crois que j'ai un peu tremblé.

— Imbécile!... Ensuite?...

— Ensuite, Évrard est parti en ricanant de plus belle.

— Malédiction! tu t'es trahi; cet homme, je l'ai rencontré en effet à la place Maubert... Il sait tout, à cette heure...

— Mais, alors, que faire, monsieur?

— Nous aviserons.

Et le banquier monta dans sa voiture.

CHAPITRE XXIV

L'ASSASSIN D'ISIDORE LAURIER

S'apercevant que sa situation morale l'empêchait de travailler, le père Joseph ne voulut plus être à charge à son ami Marcel. Il alla donc trouver un de ses vieux camarades de jeunesse, qui tenait logement pour les chiffonniers dans le clos Saint-Jean-de-Latran, et lui demanda de lui accorder un asile en attendant une position meilleure.

Comme on le pense bien, le logeur reçut Joseph à bras ouverts.

— Apporte tes hardes, lui dit-il; j'ai justement, à côté de la chambre du Cagneux, un grand cabinet où tu resteras en attendant qu'un de mes locataires me donne congé. Quand tu seras riche, tu me payeras... si tu ne l'es jamais, on mettra la dépense sur la note de l'amitié, et ça sera encore tout profit pour moi!

De tels actes ne sont pas rares dans la corporation de la chiffe honnête; aussi, enregistrons-nous celui-ci comme un témoignage de la grandeur d'âme de ces enfants du peuple.

Mais ce n'était pas tout de vouloir quitter Marcel, il fallait encore qu'il y consentît.

Lorsque Joseph lui fit part de son dessein, l'ex-gentilhomme ne put retenir ses larmes.

— Oh! c'est mal, dit-il, je n'ai pas mérité cet abandon!

En présence de cette douleur, émanant d'une âme reconnaissante, Joseph se crut obligé de rester dans la mansarde de la rue Descartes. Mais, pour que le vieillard n'eût plus de semblables idées, celui qu'on appelait jadis Rodolphe d'Orveda accepta chez M. Duménil un emploi de teneur de livres, qui lui permit de faire succéder le bien-être à la misère régnant dans le domicile commun.

Bon Marcel! il ne se doutait guère qu'en agissant ainsi, il allait indirectement contribuer à la perte de son compagnon d'infortune.

Le lendemain du banquet réformiste, — où nous avons vu figurer Marville, — le père Joseph, revêtu d'un costume de location, se mit en route pour l'hôtel de la Chaussée-d'Antin.

Sans répéter à nos lecteurs ce qu'ils savent aussi bien que nous concernant l'enfant d'Amélie de Norges, nous devons cependant leur faire connaître en peu de mots le résultat de l'entrevue de Joseph et de la religieuse avec la sage-femme de la rue du Chantre.

Placés par le hasard en présence l'un de l'autre, le chiffonnier et Juliette Ménager se reconnurent; mais, du côté de la matrone il y eut une réticence adroitement jouée tout d'abord.

Joseph lui rappela les souvenirs de la Petite-Pologne du mont Saint-Hilaire, et, afin de bien constater qu'il ne se trompait pas, lui retraça sa jeunesse tout entière, jusqu'au moment où, enlevée par un étudiant en médecine du magasin où l'avait placée le dévouement de ses camarades de la chiffe, elle commença ses études de sage-femme.

Après cela, Juliette dut supporter l'interrogatoire de mademoiselle de Norges.

À bout d'adresse, de ruses, d'ironie mordante, même à l'égard de la religieuse, Juliette Ménager avoua qu'elle avait porté la petite créature chez Constance; elle raconta l'enlèvement de la jeune fille, dont elle avait été témoin, cachée dans l'appentis; elle fit même un portrait si frappant du ravisseur, que Joseph reconnut aussitôt Meurt-de-soif; maiselle se disculpa du meurtre, quoiqu'il lui eût été proposé une somme importante pour le commettre.

— C'est le souvenir de ce que vous fîtes autrefois pour moi, dit-elle à Joseph, qui m'arrêta sur la pente fatale; je refusai d'agir lorsque j'appris que Constance était votre fille.

Elle fit alors le récit exact de tout ce qui s'était passé. Un bon mouvement néanmoins l'empêcha de dénoncer le banquier à la religieuse; elle nomma Gaspard comme étant le seul instigateur du crime.

Le chiffonnier et Amélie se retirèrent en lui promettant le secret.

— Ma foi, au petit bonheur! exclama la sage-femme restée seule; pourvu qu'ils ne me compromettent pas, ils feront ce qu'ils voudront!... En tout cas, si je suis pincée, l'autre est riche, puissant, et... faudra bien qu'il étouffe l'affaire!

C'est alors qu'elle écrivit le billet qui fut remis à Marville au sortir du banquet réformiste.

Mais revenons à Joseph, que nous avons laissé se dirigeant vers la Chaussée d'Antin.

Il marchait indécis et pensif, tenant dans ses mains une lettre de recommandation que lui avait donnée la sœur Sainte-Françoise pour son père.

— Allons, mon vieux Joseph, sois adroit, murmura-t-il; c'est pour sauver une innocente!... Oh! mon Dieu! faites qu'elle soit rendue à la liberté!... après, ça m'est égal de mourir!

Pendant que le chiffonnier s'avançait, le cœur serré d'un pressentiment qu'il cherchait en vain à définir, Marville, assis dans son salon, tenait un journal et se félicitait de son triomphe auprès des hommes politiques du jour. La portière du salon s'entr'ouvrit, et un laquais parut. Ce n'était pas Gaspard, occupé à cette heure à rechercher le commissionnaire de la rue du Chantre.

— Qu'y a-t-il? demanda sèchement le banquier.

— Monsieur, c'est un vieux brave homme qui sollicite de vous un moment d'audience.

— Je n'ai pas le temps.

— Il vient, dit-il, de la part de la sœur Sainte-Françoise.

— De ma fille?

— Oui, monsieur; il a ajouté qu'une lettre d'elle vous expliquerait le motif de sa présence.

— Faites entrer... Allons, il est écrit que je n'aurai pas une minute de tranquillité pour songer à mes affaires.

Le domestique introduisit Joseph et se retira aussitôt.

— Vous avez une lettre de la sœur Sainte-Françoise? dit le financier sans quitter des yeux son journal, donnez-la moi.

Surpris de ne pas recevoir de réponse, il leva la tête et aperçut le chiffonnier qui, le visage pâle comme un suaire, tendait d'une main tremblante la missive de la religieuse.

Un nuage de sang passa sur le front du député.

— Lui!... Joseph!... je suis perdu! balbutia-t-il à part.

Mais il eut assez de pouvoir sur lui-même pour cacher son trouble intérieur.

Et, prenant la lettre, il se tourna vers une glace, dans laquelle il pouvait examiner les allures du chiffonnier.

— Non, non, ce ne peut être lui ! murmurait Joseph intérieurement... Ces traits... ces traits, dont le souvenir est resté là, ineffaçable... depuis la nuit du meurtre !... Allons, c'est une vision... Je suis chez un homme haut placé, qui peut faire rendre à la liberté mon enfant !... et cependant...

Le banquier avait achevé sa lecture ; Amélie, dans sa missive, ne semblait connaître le chiffonnier que comme un pauvre affligé, auquel elle s'intéressait vivement.

— Cet homme n'est pas sûr de lui, pensa Marville qui avait observé les moindres nuances de la physionomie de Joseph... de l'audace, et je suis sauvé !

Le vieux chiffonnier essuyait, en cherchant à sourire, la sueur froide qui coulait de son front.

— Ma fille m'annonce que vous avez besoin de mon influence pour faire rendre justice à une accusée, dit avec douceur le banquier ; je ne demande pas mieux que de vous rendre service ; parlez, que puis-je faire pour vous !

— Hélas ! monsieur, je l'ignore ! mais peut-être qu'une lettre de recommandation de votre part auprès des magistrats, me permettrait de leur démontrer l'innocence de ma fille !

— Ce que vous me demandez est matériellement impossible ; car l'action de la justice ne saurait être entravée par des influences... Si votre fille est innocente, ce que je me plais à croire, elle n'a besoin d'aucune protection... Les magistrats connaissent leurs devoirs... Croyez cependant que je regrette...

Et Marville fit un pas pour sortir.

Joseph, blessé par cette feinte pitié de l'homme d'argent, reprit d'une voix plus assurée :

— Pardon, monsieur, mais si on prouvait que l'infanticide et l'incendie ont été commis par votre valet, un nommé Gaspard ?

Le banquier s'arrêta, et, retournant la tête :

— Vous dites ? interrogea-t-il d'un ton ironique.

— Oh ! murmura Joseph, le sourire de Dumouchet quand il me racontait ses dégoûts de la vie... A présent, j'en suis sûr, c'est lui ?

— Mais parlez-donc ! vous voyez bien que j'attends !

— Je dis que le crime dont on accuse ma fille a été commis par votre valet...

— Vous êtes fou ! mon cher !...

— La justice aura bientôt la certitude de ce que j'avance !

— Eh bien, reprit Marville avec une indifférence affectée, quand cela serait, que voulez-vous que j'y fasse ?...

— Tout ce que commandent la conscience et l'honneur.

— Ah çà ! me prenez-vous pour le saint Vincent de Paul des chiffonniers, par hasard ?

— On m'a dit, — et je veux bien l'admettre encore en cet instant, — que vous étiez un honnête homme, monsieur... Eh bien, si cela est, vous devez livrer Gaspard et sauver mon enfant !...

— Moi, me mêler à de pareils tripotages !... Allons donc ! vous ignorez qui je suis !... Par égard pour mademoiselle de Norges, j'aurais voulu pouvoir tenter une démarche... Mais, devant vos divagations, je n'ai plus qu'à me retirer...

— Cependant, monsieur, il y a des preuves positives contre cet homme !...

— Des preuves ?... j'en doute ! Gaspard est un serviteur fidèle et dévoué !...

— La veuve Ménager parlera, alors !...

Marville se rappela la lettre qu'on lui avait remise la veille de la part de la sage-femme, et tressaillit.

— Encore une fois, je ne comprends rien à vos contes en l'air... Laissez-moi, sortez !... Oh ! ce soir même il faut que cet homme ait cessé de vivre ! continua-t-il tout bas.

— Eh bien, non ! reprit Joseph en serrant convulsivement le bras de l'ex-député ; il ne sera pas dit que le crime doive triompher de la vertu !... Et, puisque Marville le banquier nie le meurtre commis par son valet, c'est qu'il craint que dans ce dédale épouvantable la justice ne découvre...

— Misérable ! hurla Marville en tirant un poignard.

— Frappe !... Tu hésites !... Tu sais donc que la mort du chiffonnier Joseph serait l'échafaud pour Dumouchet...

Marville eut peur et laissa tomber son poignard.

— Vous avez raison, monsieur, fit-il avec une dignité feinte, ce n'est pas à un homme de mon rang qu'il appartient de se venger de pareilles insultes !... D'ailleurs, vous êtes malheureux, et la douleur fut toujours une mauvaise conseillère. Quant à ce nom ridicule dont vous voulez bien m'affubler...

— Assez causé là-dessus, interrompit Joseph : je t'ai reconnu... il n'y a pas à y revenir... Maintenant, entamons un sujet plus sérieux. En supposant que ton valet ne soit pas ton complice, tu

vas le livrer, à l'instant, pour sauver ma fille... Vite, une lettre pour le procureur du roi !...

Devant cette rude injonction, le banquier comprit que la ruse seule pouvait, momentanément, le sortir d'embarras.

— Avant d'accéder à votre désir, fit-il en prenant le ton de l'homme victime d'une erreur, vous me permettrez, monsieur, d'exiger de vous une rétractation au sujet de ce nom...

— Encore des réticences ! Oh ! la comédie devient bête !...

— Permettez ; si vous m'aviez réellement reconnu pour celui que vous désignez, vous m'eussiez jeté ce nom à la face dès la première minute de notre entrevue... Or, n'en ayant rien fait, je conclus que vous êtes venu chez moi dans le but d'exploiter mon influence au profit d'une fille coupable !... Mon intégrité m'ayant fait rester sourd à vos prières, vous croyez devoir vous servir de l'intimidation ; c'est très-adroit, j'en conviens !... Mais, je résisterai jusqu'au bout, dussé-je, ce que je regretterais de tout mon cœur, vous faire jeter dehors par mes laquais...

— Oh ! c'est trop d'audace !... Misérable ! je ne sais qui me retient de devancer la justice de Dieu, en délivrant la terre d'un scélérat !...

— Des menaces, chez moi !... fit Marville avec un calme imperturbable. Sortez !...

— Ainsi, tu refuses de m'aider à sauver Constance ?... Constance, la fille d'Isidore Laurier, le garçon de caisse que tu as lâchement assassiné ?... J'ai les preuves de ton crime... le portefeuille de la victime et le numéro de la hotte que tu portais alors...

Les yeux de l'accusé flamboyaient. Une horrible pensée venait de germer dans son cerveau.

— Oh ! tu m'assassinerais en vain ! exclama Joseph ; ces preuves sont à l'abri de tes recherches.

Pendant quelques minutes le banquier se promena dans son salon comme une hyène blessée. Il maudissait l'absence de Gaspard, qui n'eût pas laissé entrer cet homme ; il maudissait sa fille, il maudissait Dieu, enfin, car il se voyait entouré d'un cercle de fer dont il ne pourrait s'échapper que par une série de crimes dont la découverte le conduirait infailliblement à l'échafaud.

Cependant, il opposa encore une formelle dénégation à toutes les accusations de Joseph.

Exaspéré de tant d'audace, le chiffonnier reprit avec véhémence :

— Pourquoi chercher à nier l'évidence ? Tu es bien Dumouchet, l'assassin du petit pont Notre-Dame !... Après avoir volé ta victime, tu t'es associé avec l'homme dont tu causais la faillite, M. Mirebeau, en lui dérobant cent mille francs !... Depuis ce crime, les années se sont passées, ta fortune est venue te sourire... et tu croyais à une éternelle impunité !... Mais la Providence a voulu que Gaston Mirebeau, le fils du volé, devînt amoureux de Constance Laurier, fille de la victime de Dumouchet !... Tu savais tout cela, toi ! et, pour empêcher une union qui pouvait te perdre, tu as semé les embûches sous les pas de Gaston, le malheur sur le chemin de Constance !... Tu as volé à ta fille Amélie, son enfant, et, par tes ordres, Gaspard, ton valet, l'a abandonné, puis tué dans la chambre même de Constance !... Ah ! certes, l'infamie était bien combinée !... A l'aide de tes machinations, Gaston ne pouvait plus épouser une infanticide !... Ose donc affirmer, la main levée devant Dieu, que tu n'es pas le chiffonnier Dumouchet !...

Et Joseph, lançant sur Marville un regard de haine et de défi, disparut avant que le banquier eût pu se rendre maître de son épouvantable terreur.

— Allons, exclama le meurtrier du garçon de caisse, il n'y a pas un instant à perdre !... Il faut agir vigoureusement !...

Et il s'élança dans l'antichambre, où Gaspard, qui venait d'arriver, regardait à travers la croisée Joseph s'éloigner.

— Gaspard, dit-il en désignant du doigt le chiffonnier, cet homme sait tout !... Suis-le pas à pas, et empêche-le de rentrer chez lui avant deux heures au moins !...

— Ça sera fait ! répondit Gaspard, qui s'élança sur les traces de Joseph.

Quant à Marville, il monta dans sa voiture et se fit conduire chez M. de Jumièges.

— Quel motif vous amène, mon cher monsieur ? dit le procureur du roi.

— Un motif des plus graves, répondit le banquier en souriant. Vous vous souvenez sans doute avoir entendu parler d'un vol fait au préjudice de mon ancien associé, à la suite du meurtre de son garçon de caisse ?

— Oui, en effet ; les dossiers judiciaires mentionnent ce crime.

— Je viens de retrouver le meurtrier.

Et Marville raconta qu'un chiffonnier ivre était venu le trouver dans un but d'exploitation pécuniaire ; que ce chiffonnier lui avait demandé quatre mille francs pour livrer le nom de l'assassin; mais, qu'à la suite de questions adroites et à l'aide d'une bouteille de rhum, ce misérable avait fini par lui avouer les détails du crime, en se vantant d'être le meurtrier. Bref, il donna une telle nuance de franchise à ses paroles, que le magistrat crut à la véracité du récit.

— Cet homme demeure rue Descartes, acheva l'hypocrite dénonciateur; il possède encore le portefeuille d'Isidore Laurier, et le numéro sous lequel, en 1827, il était embrigadé dans les chiffonniers.

— Son nom?

— Joseph. Il est père de cette fille perdue qu'on a dernièrement emprisonnée aux Madelonnettes, sous l'inculpation d'infanticide et d'incendie!

Cette dénonciation recueillie, M. de Jumiéges donna des ordres immédiats, et la police fut chargée de faire une visite domiciliaire dans la mansarde de la rue Descartes.

D'un autre côté, l'affidé de Marville, obéissant à ses instructions, avait accosté le père Joseph, et, faisant valoir son titre d valet de grande maison, s'était offert à le protéger.

Le chiffonnier refusa les offres de Gaspard, qu'il ne connaissait pas; mais il ne put faire autrement que de trinquer ave lui, et d'écouter une foule d'histoires inventées à dessein par l rusé valet.

Enfin, au bout de quelques heures, le père Joseph se dirige vers son domicile avec l'intention de porter immédiatement che un commissaire de police les preuves de l'assassinat commi en 1827.

Mais il était trop tard. Une souricière avait été établie à sa porte il en eut à peine franchi le seuil qu'un agent, lui mettant la mair au collet, l'arrêta au nom de la loi, sans même lui apprendre l cause de son arrestation.

Lorsque Marville fut certain qu'il n'avait plus rien à redoute du seul témoin de son crime, il fit appeler Gaston Mirebeau.

— Mon ami, écoutez-moi, dit-il. Autrefois, j'ai sauvé votre fortune; aujourd'hui, je viens de vous sauver l'honneur...

Mais Casquette et Roquentin parurent sur le seuil du boudoir.

— Comment cela, monsieur? demanda Gaston.

— En faisant arrêter le chiffonnier Joseph, qui est le meurtrier du garçon de caisse de votre père...

A cette révélation, le jeune homme éprouva une commotion violente.

— Mais, c'est impossible!... dit-il, Joseph ne saurait être l'assassin d'Isidore Laurier! Lui qui a pris soin de Constance, qui en a fait sa propre fille!...

— C'était pour cacher son crime ou pour étouffer ses remords! Du reste, la justice a des preuves.

Devant cette phrase significative, Gaston se retira sans trouver un mot à répondre. Et, cependant, une arrière-pensée germait dans son esprit.

— C'est singulier, se disait-il en rentrant dans son logement de la rue du Helder, il y a là-dessous un mystère étrange... Oh! à tout prix je le découvrirai!...

Marville, on le comprendra, n'était pas tranquille en voyant la tournure des événements. Néanmoins, il prit la ferme résolution de sacrifier Gaspard, dans le cas où il serait lui-même directement inquiété.

Une dernière alerte lui était réservée pour ce jour-là.

Il reçut la visite de sœur Sainte-Françoise. La pâleur et l'émo-

tion de la jeune femme lui apprirent qu'elle savait tout ce qu'on avait entrepris pour la destruction de son enfant.

Le banquier jugea prudent d'aller au-devant de ses questions.

— Je devine ce que vous allez me demander, Amélie, fit-il. Le vieillard, votre protégé, m'a tout appris. Mais, je ne suppose pas que vous me croyez capable d'avoir trempé dans une semblable infamie!...

— J'aime à croire, monsieur, que Gaspard, votre valet, est seul coupable du meurtre...

— Gaspard sera puni selon toute la rigueur des lois, je vous le promets... Quant à vous, Amélie, soyez prudente... Il y va de l'honneur du voile que vous portez!...

Le rouge de la pudeur envahit le front de la religieuse.

— Dieu m'ordonne d'oublier, balbutia-t-elle; je ne suis plus de ce monde, et je vous laisse le soin, mon père, de faire châtier les coupables!...

— De tels sentiments sont dignes de la vocation sacrée qui vous dirige, insinua l'hypocrite en embrassant sa fille.

— Puis il la questionna adroitement, et devina plutôt qu'il n'apprit, — car la religieuse avait promis le silence à la sage-femme, — que la dénonciation partait de la veuve Ménager.

— Allons, il était temps de perdre Joseph! pensa Marville. C'est égal, nouvel Atlas, j'ai sur les épaules une énorme montagne!...

— Les règles de mon ordre, termina sœur Sainte-Françoise, s'opposent à ce que je me trouve directement mêlée dans l'instruction qui va s'établir contre le meurtrier de mon enfant; mais rappelez-vous, mon père, que Constance n'est pas coupable... sauvez-la!... Faites-lui rendre la liberté... Quant au vieillard, son père, c'est à votre cœur que je recommande d'adoucir le chagrin qui le dévore.

— Je me charge de l'avenir de cet homme! répliqua ironiquement le banquier.

Et la religieuse se retira, en proie à un doute affreux sur la conduite de Marville.

A la même heure, le père Joseph était incarcéré à la Conciergerie, sous la prévention de vol et de meurtre commis, en 1827, sur la personne d'Isidore Laurier, garçon de caisse de la maison Mirebeau et Cie.

TROISIÈME PARTIE

—

CHAPITRE PREMIER

L'ENFANT DU PEUPLE

Si l'on pouvait dérouler une action de la même manière que s'exécute un tableau, les lecteurs embrasseraient du même coup d'œil la généralité des détails et l'ensemble des événements.

Malheureusement, la littérature ne supporte qu'une succession de faits; chacun vient à son tour. Voilà pourquoi nous sommes obligé de remonter dans le passé et de suivre attentivement le panorama qui compose l'existence de Mercredi, l'orphelin du marché des Innocents.

Par la mort et le testament de son père, Eugène Verneuil, auquel nous conserverons le pseudonyme dont il fut baptisé par

Sois sans crainte, la ronde de police ne passe ordinairement que vers minuit.

Madeleine, se trouva le seul héritier de la maison des Deux-Moulins, des propriétés qui y adhéraient et d'une somme d'environ quinze mille livres de rente sur l'État.

Mercredi n'avait pas à redouter qu'on vînt lui disputer cet héritage, car, non-seulement Laplace, héritier primitif de M. Verneuil, n'existait plus, mais encore Eugène avait été, par un acte déposé chez un notaire, dûment et légalement reconnu pour le fils du vieillard lâchement assassiné.

Pendant les quelques jours qui succédèrent aux funérailles de M. Verneuil, Mercredi, tout entier à sa douleur, refusa de s'occuper de l'inventaire des biens. Mais il finit bientôt par comprendre que le deuil le plus sincère est celui du cœur, et que la société exige qu'on mette ordre à ses affaires.

Alors il commença à parcourir les papiers du défunt.

Dans un agenda, parfaitement en ordre, il trouva ces notes :

« Le 11 novembre 1827, remis au garçon de caisse de M. Mirebeau, mon banquier et mon ami, la somme de cent mille francs à titre de prêt, sans reçu. . . . .

» Le 13 novembre 1827, appris que la somme a été volée et le garçon de caisse assassiné.

. . . .

» Le 20 février 1829, reçu de M. Mirebeau la somme de cent mille francs, restitution du prêt fait le 11 novembre 1827. »

Mercredi ne remarqua nul autre détail concernant cette affaire, mais le nom de Mirebeau frappa son souvenir.

— Est-ce que le jeune homme qui venait chez Joseph appartiendrait à cette famille? se demanda-t-il.

Puis, n'ayant aucun motif de s'appesantir sur ce sujet, il continua son inventaire, dans lequel il reconnut avec joie les traces de la générosité du malheureux Verneuil.

— Repose en paix dans l'éternité, mon père! dit-il avec émotion, ton fils ne déméritera pas de ton âme bienveillante !... Tu m'as fait riche; cette richesse adoucira toutes les misères qui se trouveront sur mon passage!

Le premier acte d'autorité de Mercredi fut de conserver à son service le vieux Guillaume, devenu presque incapable de travailler; et, le soir même, il fit prier la Bombée, qui s'obstinait à ne plus sortir de sa chambre, de venir lui parler.

Elle était bien changée, la pauvre Marie! Son amour avait violemment souffert de la transformation de fortune de son fiancé; ses joues avaient pâli, et, dans la naïveté de son âme, elle s'imaginait ne plus être digne du riche héritier.

— Lorsque nous étions pauvres, s'était-elle dit, nous eussions tous deux travaillé pour améliorer notre sort... Maintenant... oh! maintenant, je dois oublier... mon affection ne serait plus qu'un cupide calcul.

Mais le jeune homme ne pensait pas de la même manière.

Lorsque la Bombée, se rendant à son invitation, parut au seuil du salon, Mercredi lui indiqua un siége, et, prenant place à côté d'elle, il prit la parole en ces termes :

— Je ne comprends pas, Marie, que vous vous soyez volontairement retirée dans la solitude depuis la mort de mon père... Cette action me prouve que vous me croyez capable d'ingratitude ou bien de...

La pauvre fille releva soudain la tête.

— Vous vous trompez, mon ami, fit-elle avec amertume ; je sais que mon frère Mercredi possède dans son cœur la source de tous les bons sentiments !

— Alors, pourquoi me fuir ?

La bossue ne répondit rien.

— Voyons, voyons, il ne s'agit pas de laisser le chagrin envahir son âme, lorsqu'on n'a pas à rougir de soi-même, lorsque, pour être heureux, on n'a qu'à suivre le chemin tracé...

Ces paroles furent prononcées avec une expression contenue, car le jeune homme cherchait à cacher son émotion.

—Marie, continua-t-il, voulez-vous me faire l'honneur de m'accorder votre main ?

La jeune fille fondit en larmes.

— Non, non, c'est impossible ! fit-elle.

— Et pourquoi donc ?... Ce mariage ne devait-il pas avoir lieu déjà du vivant de ma bonne mère Madeleine ! exclama le riche héritier.

Marie refusa avec courage une alliance qu'elle avait tant de fois désirée.

— Ami, dit-elle, tu es riche et je suis pauvre, je ne puis accepter l'offre du bonheur qui émane de ton affection profonde pour moi... affection partagée, sois-en bien sûr, va !

— Voilà donc le motif réel !... Ah ! Marie, c'est mal !... on ne brise pas ainsi pour des exagérations d'honneur le bonheur des autres.

— Eh bien, je veux te prouver que l'orgueil de ton nom seul dicte mon refus en ce moment. Je ne te demande qu'une grâce.

— Laquelle ?

— Ne parlons plus de ce mariage avant une année.

— Pourquoi ce délai ?

— Ne m'interroge pas... Dans un an, je viendrai te proposer l'union que je refuse aujourd'hui, parce que je ne m'en crois pas digne.

— Mais quel est donc ton projet ?

— Tu le sauras plus tard. En attendant, restons amis, oh ! amis dévoués !... et souviens-toi que Marie t'épargne peut-être de cuisants regrets pour l'avenir.

Ce fut en vain que Mercredi persista dans ses interrogations pour pénétrer le secret de la jeune fille ; elle ne voulut rien révéler.

Ils se séparèrent après avoir échangé le serment, l'un de ne pas contrarier son amie dans ses desseins, l'autre de hâter, autant qu'il serait en son pouvoir, le moment de leur union.

Rentrée dans sa chambre, la Bombée, après avoir essuyé ses yeux rougis par les larmes, se regarda dans une glace, et, souriant avec amertume :

— Oui, oui, dit-elle, j'ai eu raison !... je ne puis me donner à Mercredi que lorsque mon âme et mon intelligence seront assez belles pour cacher les imperfections de mon pauvre corps... oh ! comme je vais travailler avec ardeur !... car c'est pour lui, pour lui que j'aime !...

A dater de cette explication, Marie ne resta plus que le jour à la maison Verte ; chaque soir, reconduite par Guillaume, elle rentrait à sa chambrette de la rue des Postes, qu'elle avait toujours conservée et payée de ses propres économies.

Le premier acte de son installation fut de vouloir rendre à Mercredi le mobilier de Madeleine.

Mais, à cette proposition, Eugène éprouva un tel chagrin, que la jeune fille garda les meubles, et Mercredi, souriant à travers ses larmes, s'écria :

— Pourquoi veux-tu que je te prive de ce souvenir ?... est-ce que je ne sais pas que bientôt tu dois, ainsi que lui, entrer au domicile conjugal ?

Mais il était un devoir pour lequel le fils Verneuil et la Bombée se trouvèrent attractivement d'accord ; ce devoir consistait à donner à Madeleine une sépulture plus convenable que la fosse commune.

Les deux jeunes gens firent procéder à l'exhumation du corps, enterré, comme nous l'avons dit, au cimetière du Montparnasse.

Le cercueil de la mère Madeleine fut reconnu, grâce à la petite plaque de plomb numérotée que l'administration des pompes funèbres place sur chaque bière, et le corps fut transporté au cimetière d'Ivry, dans le caveau qui contenait déjà la dépouille mortelle de M. Verneuil.

Cette réunion posthume devait permettre à Mercredi d'entreprendre de fréquents et pieux pèlerinages à la tombe de son père et de la mère Madeleine, et à Marie, de mêler dans une même prière les noms de ses protecteurs.

Il est un fait digne de remarque dans la nature, c'est que chez les âmes d'élite les sentiments innés ne changent pas, quel que soit le sort heureux qui leur advienne.

Mercredi, l'enfant du peuple, se trouvait dans cette légion d'hommes exceptionnels pour qui le bonheur n'existe que dans la confraternité humanitaire. Aussi la fortune, qui l'avait touché de son sceptre d'abondance, loin de lui faire perdre de vue son primitif point de départ, lui fit envisager, avec plus de compassion encore, la misère des déshérités de la Providence.

— J'ai des goûts modestes, se dit-il, pourquoi n'aiderais-je pas les hommes, mes frères ? pourquoi ne partagerais-je pas avec eux le bien-être inattendu que Dieu m'a envoyé ?

Partant de ce principe divin, il divisa sa fortune en deux parts : l'une, minime, destinée à son entretien personnel ; l'autre, plus considérable, devant être affectée à des institutions de bienfaisance.

Il créa aussitôt, dans les quartiers pauvres de Paris, des cuisines à bon marché, où, moyennant un prix très-modique, les pauvres purent trouver une nourriture abondante et saine.

A dater de cet instant, le nom d'Eugène Verneuil fut l'objet des bénédictions et de la reconnaissance des enfants de la misère.

Mercredi nomma la Bombée inspectrice de ces établissements culinaires à bon marché, et la bossue trouva encore le moyen de donner *gratuitement*, aux plus nécessiteux, le reste des mets qui n'étaient pas vendus à une certaine heure de la journée.

Qu'on juge de la joie qu'éprouvait cette bonne fille à soulager les souffrances de ses semblables ; combien elle était heureuse de pouvoir donner un morceau de pain au vieillard trop jeune encore pour entrer dans un hospice, trop vieux pour pouvoir travailler. Ajoutons que ces occupations philanthropiques lui permirent d'adoucir le sort matériel de Constance ; car, jusqu'alors, la Bombée n'avait pu la secourir que de ses petites économies. Désormais, elle lui fit passer quotidiennement d'abondantes provisions, quand elle ne les portait pas elle-même aux Madelonnettes.

C'est sans forfanterie, sans faux orgueil que Mercredi, à l'instar du *petit Manteau-Bleu*, se livra aux douces émotions de la bienfaisance. Il comprenait si bien l'infortune, lui, pauvre enfant abandonné, élevé par une femme du peuple !...

Pour connaître plus sûrement les vrais nécessiteux, il se mit en rapport avec les dames de charité de Paris. C'est ainsi qu'un jour il se présenta, sans savoir qui elle était, chez madame de Saint-Méran.

L'ancienne balayeuse était loin de se douter qui elle allait recevoir, lorsque sa femme de chambre lui annonça M. Eugène Verneuil.

En voyant l'ex-musicien ambulant, Lodoïska poussa une exclamation et devint pâle. A son tour, Mercredi reconnut avec surprise celle qui l'avait si attentivement soigné, lorsqu'il reçut un coup de couteau au bal du *Grand-Vainqueur*. On comprendra que Charlotte ne fut pas médiocrement saisie lorsqu'elle entendit parler celui qu'elle croyait muet pour toujours.

La lorette sentit se réveiller dans sa poitrine toute l'ardeur d'une passion que le tourbillon du monde avait endormie. Elle questionna le jeune homme, qui lui raconta toute son histoire, et, par instinct de délicatesse, ne voulant pas raviver d'anciens souvenirs, ne prononça pas même le nom de Marie.

Lodoïska baissa la tête et le rouge de la honte envahit son front. Un feu brûlant lui monta au cerveau.

— Eh bien ! s'écria-t-elle, puisque le hasard nous met en présence, je veux vous dire pourquoi j'ai ardemment suivi la pente fatale du déshonneur !...

— Oh ! pardon, madame, fit avec dignité Mercredi en se levant ; je n'ai pas le droit de savoir...

— Si, il le faut !... C'est vous seul... c'est toi, Mercredi, qui es cause de ma chute !...

— Moi ? interrogea-t-il avec surprise.

— Oui, toi, que j'aimais... que j'aime toujours !... Tiens, veux-tu ?... fit-elle avec une exaltation fébrile ; il en est temps encore ; emmène-moi, j'aurai le courage, pour posséder ton amour, de renoncer à cette existence luxueuse...

Alors, la lorette, — par cette recrudescence de passion dont les exemples ne sont pas rares, — s'attachant au bras de Mercredi, essaya de faire vibrer en lui les cordes de la sympathie.

Mais le jeune homme était trop bonnête pour succomber aux tentations multipliées de la sirène. Il interrompit dignement Charlotte au milieu d'une phrase, lorsqu'elle offrait de mettre sa fortune à ses pieds, et il sortit sans jeter un regard sur la femme perdue.

Restée seule, l'exaltation de madame de Saint-Méran fut à son comble.

— Il me méprise! s'écria-t-elle avec rage; oui, il me méprise, et moi je l'aime!...

La femme de chambre accourut au tintement de la sonnette, et trouva sa maîtresse en proie à une violente attaque de nerfs.

Lorsqu'elle eut repris le calme de ses sens, Charlotte s'irradia dans cette idée fixe :

— Oui, je le veux! s'écria-t-elle; position, fortune, je sacrifierai tout pour arriver à mon but!...

Il fallait que l'impression produite par l'ironique mépris d'Eugène Verneuil fût bien puissante, pour faire oublier à cette femme qu'elle pouvait être heureuse dans le cercle social qu'elle s'était tracé.

En effet, elle roulait sur l'or, et Marville lui avait encore donné la veille la maison qu'elle avait désirée, aux environs de Melun, maison attenante à une filature, où l'on faisait travailler des enfants vingt heures par jour. Nous reparlerons de cette filature.

Toutefois, Charlotte, qui possédait la finesse de sa position fausse, s'était aperçue que Marville, depuis quelques jours, éludait la question de mariage dont il avait parlé le premier. Cette retraite morale du banquier ressortait de la marche des événements; mais n'anticipons pas, et revenons à Mercredi.

Lorsque le jeune homme rentra à la maison de la butte des Deux-Moulins, il trouva dans le salon la Bombée en pleurs. Près d'elle se tenait Marcel, le récent employé de M. Duménil, qui, sachant combien la bossue s'intéressait à Constance, était venu lui apprendre l'arrestation de Joseph.

Cette nouvelle frappa Mercredi comme d'un coup de foudre. Il allait demander à Marcel des détails sur cette arrestation, lorsque Gaston Mirebeau et le Cagneux entrèrent.

On sait combien le chiffonnier infirme était dévoué au père Joseph et quel était son acharnement à poursuivre la bande Foulbert; on comprendra dès lors comment, après l'incarcération du père adoptif de Constance, il alla trouver Gaston, lui raconta tout ce qu'il savait et le conduisit chez la Bombée. Cette démarche avait pour but d'éclairer mieux encore, — par le témoignage de la bossue, — le pupille du banquier.

— Monsieur Eugène, exclama le Cagneux, vous qu'avez chéri not' bon vieux Joseph et sa fille, j'ai promis à M. Gaston Mirebeau que vous l'aideriez à savoir la vérité, et vous aussi, mamzelle Marie... N'est-ce pas que j'ai eu raison?

— Oui, mon ami, répondit Mercredi... Mais, ajouta-t-il en s'adressant à Gaston qui contemplait attentivement Marcel, on vient de prononcer le nom de Mirebeau... Seriez-vous le fils du banquier auquel on vola cent mille francs en 1827?

— Lui-même, monsieur.

— En ce cas, donnez-moi votre main... Les fils peuvent bien être amis, à l'exemple des pères...

— D'autant plus, affirma le Cagneux, que mamzelle Constance Laurier...

— Oui, oui, interrompit Gaston. Joseph m'a raconté cette terrible histoire. Il faut que le labyrinthe que j'entrevois n'ait pas de secret pour nous...

— Si je puis vous être utile, disposez de moi, fit Marcel en s'avançant.

— Qui donc êtes-vous, monsieur? depuis un instant je vous regarde, et...

— Le malheur change les traits et brise les âmes. Gaston Mirebeau, ne reconnaissez-vous plus Rodolphe d'Orveda?

Gaston poussa un cri de surprise et étreignit contre sa poitrine la victime des préjugés sociaux.

Dans ce salon, où le hasard avait réuni tant de personnages jadis épars dans des sphères différentes, eut lieu un échange de confidences qui firent pâlir tous les fronts.

Ce fut à dater de ce moment que le jeune Mirebeau connut l'amour de Rodolphe pour Amélie, la naissance de l'enfant, sa disparition et enfin sa mort; car, la veille de son arrestation, Joseph avait tout raconté à Marcel.

— C'est étrange! pensa Gaston. Et quand je me rappelle la persistance de mon tuteur à vouloir me faire épouser sa fille... Oh! infamie!...

Mercredi retint à dîner Gaston, Marcel et le Cagneux. Mais ce dernier refusa.

— Non, non, dit le joyeux enfant de la balle; aujourd'hui j'ai pas le temps!... Y a des carambolages qui pressent... On prendra, s'il le faut, un bout de chandelle pour finir la partie...

— Mon ami, insista Mercredi, tu ne peux te dispenser de rester ce soir avec nous...

— Certainement que ça m'afflige de vous quitter; mais y a des gredins qui réclament ma présence ailleurs... Vous êtes ici tous des braves gens, mitonnez une manigance pour sauver les innocents des mains des scélérats de coquins qui complotent dans l'ombre... Quant à moi, je vas à la piste d'un misérable dont l'*arquepinçage* pourrait éclairer ben des choses!

Et le Cagneux s'éloigna en boitant, dans la direction du boulevard extérieur.

CHAPITRE II

L'ESTAMINET DE LA BELLE SUZANNE

A la barrière des Amandiers existait un estaminet portant pour enseigne : *A la Belle Suzanne.*

C'est là que se rendit un soir Foulbert, sous le déguisement qu'il avait adopté depuis son installation à la pension bourgeoise de la rue de la Clef.

Mais au moment de pénétrer dans l'estaminet, il s'arrêta indécis :

— Que diable peut-on me vouloir là dedans? fit-il. Si c'était un piége!... oh! non, c'est Roquentin qui m'a fait part du rendez-vous indiqué!... il ne peut y avoir de danger! D'ailleurs, la mère Pistache me préviendrait...

Et il entra dans le café borgne de la *Belle Suzanne*, qui, depuis la fameuse séance des carrières Montmartre, servait de point de réunion aux quelques associés de Foulbert, échappés à la main de la justice.

La maîtresse du lieu, la mère Pistache, vint au-devant de Meurt-de-soif, qui était méconnaissable sous son nouveau costume.

— Que désirez-vous? fit-elle.

— Est-ce qu'il n'y a pas ici un individu qui m'attend? demanda Foulbert en se faisant reconnaître de la vieille.

— Oui, le père Casquette; c'est moi qui lui ai conseillé de se mettre en rapport avec votre personne.

— Y a rien de louche là-dessous, la mère?

— Plus souvent! c'est un *zig* qu'a fait ses preuves. On peut y aller de confiance...

— Tu m'en réponds?

— C'te bêtise!... il est en rupture...

— Où le trouverai-je?

— Dans la chambre n° 2. V'là deux heures qu'il attend.

— Alors, veille au grain.

— Sois sans crainte, la ronde de police ne passe ordinairement que vers minuit.

Foulbert monta au premier étage et entra dans une petite chambre, dont les persiennes cadenassées donnaient sur une cour.

Dans cette chambre et en face d'un flamboyant bol de punch était assis un petit homme à la figure compassée, aux allures méticuleuses, et qui se leva en apercevant Foulbert.

Il était vêtu à la mode cléricale, tout en noir; son visage pâle et quotidiennement rasé était encadré d'une longue chevelure brune et plate.

— C'est vous qui m'avez fait demander? interrogea Foulbert en fronçant le sourcil.

— Oui, monsieur; notre ami commun, ce bon Roquentin, s'est réservé de vous donner sur mon compte, et de vive voix, tous les renseignements qu'il vous plaira d'exiger.

— Enchanté de faire votre connaissance. Alors veuillez vous asseoir, mon cher, et faites-moi l'amitié d'accepter un verre de ce punch qui n'attendait que votre arrivée.

Les deux nouvelles connaissances trinquèrent et rapprochèrent leurs siéges l'un de l'autre.

— Où avez-vous connu Roquentin? demanda Foulbert.

— A Rochefort, mon cher monsieur, quelque temps après votre départ... J'ai été marqué pour vingt ans.

— Où est la preuve de ce que vous avancez?...

Celui qu'on nommait Casquette découvrit son épaule et laissa voir les majuscules T. F. T., le stigmate infamant du bagne.

— Allons, c'est *tapé*... vous êtes un vrai masque du grand carnaval de la vie philosophique... Or, maintenant que vous êtes suffisamment *tuilé*, quelle affaire avez-vous à me proposer?

— Écoutez-moi, Foulbert, reprit affectueusement Casquette,

j'ai su tous les malheurs qui sont venus vous atteindre, ainsi que vos braves camarades ; la découverte par la police de vos moyens d'action, et je vous propose de réorganiser une bande nouvelle, avec des moyens plus occultes et plus expéditifs encore de destruction, sans laisser de traces compromettantes, bien entendu.

Foulbert le regarda ébahi après avoir retiré ses lunettes bleues.

— Hein ! vous seriez malin à ce point-là, vous ? et vous n'avez pas encore fait fortune ?...

— Hélas ! il y a si peu de temps que je suis sorti de la grande colonie des enfants du guignon !...

— Alors, je suis votre homme, et je vous écoute.

— Si vous voulez, nous nous mettrons tous deux à la tête de la *compagnie des apoplectiseurs.*

— Qu'est-ce que c'est que ça, les apoplectiseurs ?

— Quelques excursions dans ma vie passée vous mettront au courant de cette charmante industrie. Veuillez me prêter une oreille attentive.

Après s'être assuré que personne n'écoutait derrière la porte ou contre les persiennes donnant sur un mur à hauteur d'appui, Foulbert se rapprocha davantage encore de son nouveau camarade.

— Parlez vite, fit-il, je suis curieux de m'instruire...

— J'ai été trouvé, à l'âge de trois ans, dans un village de la Champagne, par un pauvre curé, qui m'apprit à lire, à écrire et un peu de latin.

— Fameux commencement... Oh ! si j'en avais seulement appris le quart de ça... j'aurais fait fortune sans avoir besoin de *refroidir* les humains... Continuez.

— Ce brave curé m'avait donné le nom de Bernard, et m'aimait comme si j'eusse été son fils. En outre, il était très-bon pour tous les pauvres de la paroisse...

— Passons les détails.

— Au contraire, c'est ici que leur utilité se dessine. Mon cher homme du bon Dieu était gros et avait le col très-court ; aussi redoutait-il l'apoplexie. Or, pour l'éviter, il composa, d'après la recette d'un vieux moine de ses amis, un élixir ayant pour effet, en fouettant le sang, d'empêcher la coagulation dans les artères de la vie...

— Une vraie panacée, quoi ! fit ironiquement Meurt-de-soif.

— D'abord il ne se servit de ce précieux breuvage que pour lui seul. Mais le bruit de ses bienfaisantes propriétés se répandit, et, en quelques années, M. Garnier gagna des sommes fabuleuses !...

— Je comprends ; mais parlez un peu de vous.

— Moi, j'avais vingt-deux ans et je m'ennuyais de cette existence monotone et décolorée à en devenir mollusque. Heureusement, la nature, cette tendre mère des enfants du hasard, avait réuni en moi le flambeau de l'intelligence à l'énergie de la volonté... Je résolus d'exploiter seul, et à mon profit, la recette du curé.

— Bravo !

— D'après les définitions que le brave homme m'avait données de l'apoplexie foudroyante, j'avais acquis la preuve que c'était une suffocation produite par la congestion du sang au cerveau...

— Bigre ! tout ça est intéressant au superlatif... Continuez.

— Mais, comme je viens de vous le dire, pour exploiter un trésor, aussi précieux qu'il soit, il faut de l'argent, et je n'en avais pas. C'est alors que je pris une résolution héroïque...

— Grand homme, va ; il connaissait déjà le moyen de s'enrichir !

— Je profitai d'un soir où j'étais seul à la cure avec M. Garnier. Le vieux prêtre dormait paisiblement après un copieux repas, à l'ombre d'un arbre accoté à un hangard. A l'aide d'une poulie, je suspendis par les jambes mon cher protecteur, la tête en bas, après toutefois l'avoir bâillonné... je serrai avec des cordes, garnies de filasse, les jointures des chevilles et des poignets... et quelques minutes après l'épanchement avait eu lieu...

— Nom d'un tonnerre ! v'là qu'est adroitement travaillé !... pas une goutte de sang de répandue !

— Je replaçai le corps au même endroit où il se trouvait auparavant, dans l'attitude d'un dormeur ; j'allai prendre dans le secrétaire la recette de l'élixir contre les congestions ; je lui en frottai les tempes en appelant tout le village à son secours, afin d'éloigner les soupçons ; et, lorsque le brave curé eut reçu sur le dos six pieds de terre, par suite d'apoplexie naturelle simulée, je m'éloignai sans qu'on se doutât seulement que c'était votre serviteur qui avait fait le coup.

— Ensuite ?

— Je partis pour l'Allemagne avec le magot du curé. Mon élixir me fit d'abord gagner pas mal de florins. Ensui permit de profiter des occasions favorables...

— Comment l'entendez-vous ?

— En allant appliquer mon remède chez les personn court, je trouvais le moyen de toucher aux héritiers un latif à l'apoplectisation foudroyante... cette Providenc quins de neveux !...

— Ah ! vous êtes un fameux gaillard !

— Et souvent, en apoplectisant moi-même la victim barrassais en même temps les héritiers des valeurs qu vaient sous ma main... et je filais dans une autre con tambour ni trompette.

— Savez-vous que c'est une idée rubiconde que vous là, mon brave ?...

— Oui, mais il faut qu'elle soit adroitement exploité tout seul je renoncerais au travail... j'ai été pincé une de trop !

— C'est donc pour ça que vous avez usé le soleil à R

— Mon Dieu, oui, pas plus.

— Comment cet *avarot* vous est-il advenu ?

— Oh ! c'est bien simple... Rentré en France, dix ann la mort du vieux prêtre, avec une jolie fortune et m médicale, j'ai voulu naturellement continuer honorabl métier... Ça n'allait pas chez les bourgeois ; alors, pour de la clientèle dans la haute société, j'ai exploité la cette réclame des empiriques de l'avenir ; je me suis latan ; on me surnomma populairement Casquette, à ma coiffure, et je me remis de plus belle à vouloir apo Malheureusement, un jour je ratai mon homme, un ri on m'arrêta pour cause de tentative de meurtre ; je pass sises... Mon avocat, un célèbre, parvint à égarer le jury eus que pour vingt ans... vingt années de souffrances...

— Depuis quand êtes-vous sorti ?

— Depuis trois mois !... Et c'est en cherchant mes amis de ferraille que j'ai retrouvé Roquentin, qui s'est échap avec vous du massacre des carrières Montmartre. Maintenant vo savez le reste... A ta santé !...

— En qualité de camarade, je te passe ce *tutoyement* et je r cidive. Où diable as-tu rencontré Roquentin ? car il n'est plus son usine... il a été obligé de se cacher depuis les malheurs ma bande...

— Tu fais le sondeur, parce que t'as peur que je ne te mon un *doublé*, mais je vais te prouver que je suis à la *coule*.

— Si tu dis vrai, cette fois encore, nous marcherons ensembl

— Eh bien, écoute. J'ai conservé de mon éducation faite p ce brave M. Garnier l'habitude de ne jamais passer devant u église sans y entrer...

— Histoire de se rafraîchir le front avec de l'eau bénite.

— Je suis donc dernièrement entré à Saint-Leu, dans la ru Saint-Denis, et sans t'expliquer la manière dont nous nou sommes reconnus, je conclurai que Roquentin se nomme à pré sent Corentin ; qu'il est, pendant le jour, donneur d'eau bénite Saint-Leu, et que la nuit il tient un tripot dans la rue de la Pai Ai-je menti ?...

— Tape là dedans, fit gaiement Meurt-de-soif ; t'es véridiqu comme un Mathieu Laensberg...

Et Foulbert, n'ayant plus de raison pour se méfier de Casquett entra dès lors avec lui dans de plus explicites confidences.

Une heure après, les deux associés avaient fixé les bases de l *compagnie des apoplectiseurs,* devant remplacer la bande de truite des *Quarante-Cinq.*

— As-tu déjà quelques racines à Paris ? demanda Foulbert peut-on commencer à faire des réunions ?

— Pour l'instant, je n'ai que mes dix doigts et ma bonne vo lonté. Et toi ?

— De toute mon armée, il ne me reste que Roquentin et u nommé Marville... de l'eau trouble, quoi !... Puis quelqu *noyeurs* effarouchés depuis le *pinçage* de mon ami Sourcqu.

— Enfin nous aviserons. Pour le moment, vois-tu quelqu chose à entreprendre ?

— Oui, viens déjeuner avec moi dans ma pension bourgeois de la rue de la Clef... Y a là un vieux *birbe sacqué à estourbir*

— Mais il est entouré, sans doute ?

— Absence de famille. Quant à la maîtresse de la pension, ell est pour moi...

— Comment cela ?

— Cunégonde m'adore !... Et les femmes ne trahissent pas ceu qu'elles aiment !...

En ce moment, la matrone qui présidait au comptoir de l

Belle Suzanne vint les avertir qu'il était l'heure de se retirer, le salon devant être libre.

Ils se préparèrent donc à sortir. La fumée du punch les empêcha d'entendre un léger bruit qui semblait s'échapper de derrière les persiennes cadenassées.

C'était le Cagneux, qui descendait du mur à hauteur d'appui, après avoir entendu toute leur conversation.

— Par la mémoire de la Linotte! exclama-t-il, ce sera bien le diable si cette fois-ci il n'est pas *rocambolé*, le Meurt-de-soif!... Oh! il a eu beau se déguiser... j'ai de l'œil, moi!... et pour le coup il sera mis à l'ombre.

C'était pour se mettre à cette piste que le Cagneux avait quitté si précipitamment Mercredi et Gaston.

Foulbert et Casquette sortirent de l'estaminet de la *Belle Suzanne* et suivirent le boulevard extérieur pour rentrer au faubourg Saint-Marcel.

Mais à peine avait-il fait quelques centaines de pas, que Meurt-de-soif s'arrêta à la vue du Cagneux, qui chiffonnait en regagnant son domicile.

— Nom d'un tonnerre! fit l'ex-chef des Quarante-Cinq en le reconnaissant à la lueur d'un réverbère; v'là un crétin qui gêne mon soleil depuis pas mal de temps!... faut que je le casse en deux comme un navet!...

Et, rasant la muraille, il saisit le Cagneux par les reins, le renversa sous une brutale pression et lui brisa l'épaule d'un coup de pied.

Puis, se penchant vers lui, il le bâillonna avec un mouchoir, afin de l'étouffer.

— En v'là déjà un d'apoplectisé, dit-il à Casquette en s'esquivant avec le forçat au milieu des bâtisses de ce quartier désert.

Une demi-heure après le départ des deux assassins, une ronde de police ramassait le pauvre chiffonnier qui, débâillonné, jetait des cris déchirants.

En rentrant dans sa pension bourgeoise, Foulbert trouva Gaspard qui l'attendait. Malgré l'heure avancée de la nuit, il suivit le valet de chambre à l'hôtel Marville.

CHAPITRE III

UNE IDÉE INFERNALE

A la suite du banquet réformiste auquel nous avons assisté, on s'occupa beaucoup, dans le monde diplomatique, du discours prononcé par Marville au sujet de l'émancipation des noirs.

Le banquier, devenu le héros politique du jour, fut invité, à diverses reprises, à dîner aux Tuileries.

Mais on se rappelle les railleries adressées par le journaliste de l'opposition à l'orateur négrophile et les menaces indirectes qu'il lui fit de signaler sa conduite à l'opinion publique.

Moncavrel tint parole, et lança dans sa feuille quotidienne de sanglantes épigrammes contre le déserteur centrifuge, flagellant avec vigueur les renégats politiques, qui jouaient le sort de la France avec les cartes biseautées du faux libéralisme.

Aussi Marville se vit-il contraint, pour sauvegarder sa candidature, de demander au journaliste radical une rétractation de ses articles injurieux.

L'ex-député du centre droit savait que Moncavrel déjeunait chaque matin au café Tortoni. Il se rendit donc, muni d'un portefeuille garni de billets de banque, au boulevard des Italiens.

Le banquier espérait corrompre l'écrivain avec de l'or. Mais il comptait sans l'honorabilité de la presse sérieuse, incorruptible lorsqu'il s'agit de transiger avec sa conscience.

Marville trouva Moncavrel dans un salon, en compagnie d'éminents personnages.

— Pardonnez-moi, monsieur, lui dit-il, de vous déranger en ce moment, mais j'ai à vous parler d'une affaire urgente.

Moncavrel devina d'un coup d'œil le but de la demande dont il était l'objet.

— Je suis à vos ordres, monsieur, répondit-il en se levant de table.

Et journaliste et banquier s'accoudèrent sur le rebord d'une fenêtre ouverte.

— Vous vous doutez, sans doute, reprit Marville, du motif qui m'amène près de vous?

— Parfaitement...: Vous venez me demander raison de mes articles relatifs à votre volte-face politique.

— Vous vous trompez, fit le banquier avec une douceur affectée; je viens dans des intentions toutes pacifiques... Je désire simplement une rectification honorable, que vous ne pouvez, en votre qualité d'homme du monde, me refuser.

— Je regrette, monsieur, de ne pouvoir accéder à votre demande; mais ma plume indépendante se refuse à biffer une vérité, surtout quand cette vérité a pour objet de dénoncer de coupables manœuvres.

— Songez-y, monsieur, reprit Marville d'un ton accentué, il s'agit de mon honneur.

— Que m'importe la considération personnelle d'un... homme habile!... La presse qui se respecte signale la corruption partout où elle la rencontre.

— Monsieur!

Moncavrel fixa son interlocuteur d'un regard hautain.

— Voyons, voyons, reprit celui-ci, ne nous fâchons pas!... je m'explique peut-être mal, et j'aurais dû,—car telle était d'abord mon intention, — solliciter de vous la faveur de m'associer à l'entreprise de votre éminent journal.

— Assez, monsieur! répliqua Moncavrel; mon journal n'est pas plus à vendre que la conscience de ses rédacteurs.

— Cependant si, pour en accroître la renommée, je versais dans la caisse sociale une somme importante?

Et Marville tira son portefeuille de sa poche.

Mais aussitôt le journaliste partit d'un éclat de rire. Puis, se tournant vers les personnages attablés dans le salon :

— Messieurs, fit-il, avez-vous lu hier mon premier-Paris sur les caméléons politiques?

— Oui, répondirent les convives.

— Eh bien, le principal héros de ce premier-Paris vient de m'offrir de l'or pour mettre une tache de boue sur ma conscience, et une bande sur l'article que j'ai écrit.

— Ah! ah! exclama ironiquement l'assemblée.

— Vous vous trompez, monsieur, fit le banquier avec une rage contenue; je vous demandais seulement de rectifier une erreur, que vous a fait commettre sans doute l'ignorance où vous êtes de mes principes politiques.

— Mon article est vrai sur tous les points, affirma vivement Moncavrel, et il est regrettable que la presse entière ne fasse pas cause commune pour flageller les traîtres qui trafiquent de l'honneur et du repos de la France.

— Monsieur!... une telle insulte!... Vous retirerez ces paroles!

— Moi?... allons donc!... Ce que j'ai dit tout haut, l'opinion publique le pense tout bas... Il est temps, enfin, que cette comédie dérisoire se termine... Nous voulons faire connaître au pays la vérité sur les prétendus apôtres de la liberté...

— Ce n'est pas à moi, je suppose, que s'adressent ces paroles?

— Parfaitement, monsieur le saltimbanque politique!... à vous, dont l'existence est problématique... à vous, qui flattez aujourd'hui la patrie dans ses aspirations généreuses pour mieux la vendre demain aux diplomates étrangers!

Et Moncavrel jeta son gant au visage de Marville, qui devint pâle en essayant de sourire.

Puis, lui remettant sa carte :

— J'attendrai ce soir vos témoins, fit le journaliste en montrant la porte au banquier. — Maintenant, mes amis, acheva-t-il en se remettant à table, maintenant que l'affaire est réglée, trinquons à la grandeur de la France!

— Et à la chute des traîtres! exclama l'assemblée.

Le renégat politique, en se retirant, entendit les échos de ce toast, dernière raillerie adressée à son changement de front.

— Que faire? se demanda-t-il en regagnant son hôtel. Ce journaliste est brave, il est adroit à l'épée et au pistolet... Ne pas lui envoyer mes témoins, c'est perdre ma considération dans le public... Oh! cette position est horrible!

Soudain son front devint radieux; une idée infernale avait surgi dans son cerveau.

C'est pour la mettre à exécution qu'il avait fait mander Foulbert par Gaspard.

— Qu'est-ce qu'il y a pour ton service, mon défenseur de nègres? demanda Meurt-de-soif en abordant ironiquement le banquier.

— Je me bats en duel demain, répondit Marville.

— Pas possible!... toi, risquer ta peau dans un duel?... vrai, là!... tu *m'épates !*

— Je te répète que je me bats demain.

— Va pour la bataille!... mais avec qui?

— Peu importe! sache seulement que mon adversaire est habile et qu'il ne faut pas que je sois tué!

— Compris, Bibi!... Pour lors déroule ton plan sur toutes ses coutures.

Les deux complices continuèrent un dialogue que n'entendit pas même Gaspard, aux écoutes derrière la porte.

Le lendemain, sur le coup de dix heures, le nouvel associé de Casquette l'apoplectiseur, entrait à l'église Saint-Leu, au moment où les fidèles étaient attentifs au sacrifice de la messe.

Il s'approcha du bénitier situé à côté de la grand' porte, et, avisant un petit vieillard à figure patibulaire, coiffé d'un bonnet de coton noir et tenant un goupillon à la main :

— Salut au papa Corentin, fit à voix basse l'homme à lunettes bleues et à la perruque blonde.

Le donneur d'eau bénite, qui n'était autre que ce bon monsieur Roquentin, se leva, et, s'inclinant avec une douce hypocrisie :

— Salut à monsieur Durandeau, répondit-il.

Puis, lorsqu'ils eurent regardé autour d'eux si personne ne pouvait les entendre :

— Voilà l'affaire, vieux *mariole*, dit Foulbert ; faut d'abord que tu endosses ta *pelure* d'homme du monde...

— Pour quel motif ?

— Marville a un duel avec un malin, à ce qu'il dit... y aura qu'un témoin, et ce témoin, c'est toi.

— Ah ! oui, je comprends... on veut, selon l'habitude, que j'arrange l'affaire.

— Tu te flanques le coude dans l'œil !... y a pas d'arrangement possible.

— C'est donc bien grave, mon Dieu ?

— Grave ou non, peut-on compter sur toi ?... c'est un service de camaraderie.

— Du moment que c'est pour rendre service, je me dévoue.

— Sois donc à quatre heures chez notre compère le banquier pour prendre ses instructions.

— J'y serai... mais j'aperçois le suisse qui nous regarde, sauve-toi bien vite.

Pour résumer en peu de mots les événements qui s'accomplirent ce jour-là, nous dirons que Roquentin, élégamment vêtu, se rendit chez Moncavrel après avoir conféré avec Marville de ce qu'il aurait à régler.

Il fut convenu entre l'offenseur et le témoin que le duel serait au pistolet, que le rendez-vous aurait lieu le lendemain matin, à sept heures, au bois de Meudon ; que chacun des adversaires n'amènerait qu'un témoin ; en outre, Marville, comme étant l'offensé, devait tirer le premier.

Le bois de Meudon avait été choisi par l'ex-député à cause de sa contexture étroitement boisée et propice au mystère.

Marville et Roquentin, Moncavrel et son témoin, se rencontrèrent sur la lisière du bois à l'heure dite.

Comme ils descendaient de voiture en donnant ordre à leurs cochers de les attendre, le cri de l'orfraie retentit au loin. Les deux compères échangèrent un rapide coup d'œil.

— Enfin ! murmura le banquier à part ; j'avais peur qu'il ne me manquât de parole !

Après avoir marché dans le bois pendant environ vingt minutes, les adversaires et les témoins s'arrêtèrent dans une sorte de clairière bordée de tous côtés par des fourrés épais.

— Ah ! messieurs ! exclama Roquentin avec un sourire de contentement, on ne saurait trouver un endroit plus convenable... Regardez donc... la nature semble s'être parée de ses plus beaux atours.

— Arrêtons-nous où vous voudrez, fit Moncavrel ; mais hâtons-nous, il faut qu'à neuf heures je sois au bureau du journal.

— Vous espérez donc me tuer ! railla Marville.

— Le plus promptement possible, monsieur, riposta le journaliste en mettant bas son habit.

Le banquier l'imita, pendant que les témoins chargeaient les pistolets.

Cette opération faite :

— D'après les lois du duel, reprit le financier en jetant un rapide regard sur les fourrés, j'ai l'avantage comme insulté ; néanmoins, je veux laisser une chance à mon adversaire.

— Assez d'ironie, finissons-en, les instants sont précieux...

— Pardon, j'insiste... Je veux, si je meurs, avoir la conscience tranquille. Or, le soleil commençant à darder ses rayons sur cette clairière, je me placerai en face du soleil... De cette façon, j'égalise à peu près les chances.

— On ne peut refuser une offre aussi bienveillante, affirma le père Roquentin.

Le témoin de Moncavrel s'inclina et la distance des pas fut comptée.

— Dans deux minutes je serai vengé ! se dit le banquier en apercevant Foulbert dans le taillis.

Lorsque Marville et Moncavrel furent en présence, les témoins donnèrent le signal.

Alors, l'ex-député éleva lentement son pistolet de la main droite, et, de la gauche, toucha son épaule.

Deux coups de feu partirent en même temps.

Moncavrel tomba mort sans pousser un seul gémissement. Une balle, l'atteignant à la tempe, lui avait fracassé le crâne.

C'était Foulbert qui, caché dans le taillis, venait de le tuer.

Le témoin de la victime allait se précipiter pour lui porter secours, lorsque des pas se firent entendre dans le bois.

— Alerte ! cria Roquentin, la gendarmerie !...

Dans l'appréhension d'être arrêté, — car à cette époque les témoins d'un duel étaient sévèrement punis, — le compagnon de Moncavrel s'éloigna en toute hâte et remonta en voiture.

Restés seuls devant le cadavre, Marville, Roquentin, et Foulbert qui était venu les rejoindre, partirent d'un éclat de rire.

— Est-ce bien joué, maître ? demanda l'assassin.

— Tu as gagné tes mille écus, répondit le banquier.

— Et sans aucun risque, reprit le donneur d'eau bénite, car si le témoin avait eu le temps d'examiner la victime, il aurait pu s'apercevoir qu'elle n'a pas été frappée de face... Heureusement que Foulbert a fort bien imité l'approche de la gendarmerie.

— Dame ! on n'est pas plus maladroit qu'un autre dans l'*occase*, railla Foulbert... Seulement, ça me taquine, j'aime pas le sang, moi... Venez vite, je me trouverais mal, quoi !...

Et les trois complices s'éloignèrent sans s'occuper du cadavre.

De retour à son hôtel, Marville lut, dans le *Journal des Débats* qu'en récompense de ses importants travaux à la Chambre des députés, on parlait officieusement de sa prochaine nomination à la pairie.

— Enfin !... exclama-t-il, je serai pair de France !... Qui donc oserait alors m'attaquer au pinacle des grandeurs sociales !...

En ce moment un laquais lui apporta une lettre sur un plateau de vermeil.

Cette lettre était de Gaston Mirebeau, qui le priait de se rendre chez lui à l'instant même.

« Il y va pour vous, ajoutait le jeune homme, d'un intérêt puissant... »

Quelques minutes après, le banquier arrivait à la rue du Helder.

CHAPITRE IV

UN ACTE DE HAUTE COMÉDIE

Lorsque Marville entra dans l'appartement de Gaston, il le trouva en proie à une surexcitation extraordinaire.

— Êtes-vous malade, mon ami ? demanda l'ex-tuteur ; votre missive me faisait craindre un accident...

— Non, monsieur, répliqua le jeune homme, mon corps se porte à merveille... mon âme seule est en proie à une cruelle prostration...

— Quelle peut en être la cause ? fit le banquier d'un air de surprise.

— Hélas ! monsieur, continua Gaston d'une voix émue, voulant sauver la malheureuse Constance du déshonneur, j'ai suivi vos conseils, et...

Il s'arrêta, comme s'il eût craint d'achever une terrible confidence.

Avec son diabolique instinct, Marville devina la pensée de Gaston.

— Il est sur la trace de la vérité, se dit-il à part ; jouons serré...

Alors, prenant une physionomie plus souriante :

— Parlez, mon ami, reprit-il ; vous avez devant vous un protecteur dévoué, prêt à vous venir en aide, quel que soit le motif de vos chagrins...

— Monsieur, interrogea Gaston s'enhardissant de plus en plus, pourriez-vous m'expliquer la cause de votre insistance à me faire épouser mademoiselle de Norges, alors que vous connaissiez mon affection pour Constance Laurier ?...

— Mon ami, répondit Marville un peu décontenancé par cette brusque question, quoique votre demande soit faite d'un ton peu parlementaire, je vais y répondre avec franchise...

— Parlez vite, alors.

— M'y voici... Je souhaitais de vous voir épouser Amélie, afin d'avoir le droit de vous nommer mon successeur et de créer autour de moi, tout en sauvegardant mes intérêts, un cercle d'affections dévouées...

— Vous ne dites pas la vérité, monsieur ; moi, je vais vous la dire ! Vous vouliez me faire épouser mademoiselle de Norges afin de cacher au monde une faute dont vous aviez refusé la réparation à Rodolphe d'Orveda, son amant.

A cette révélation, Marville se leva épouvanté.

— C'est faux ! s'écria-t-il. Jamais mademoiselle de Norges n'a failli ; jamais le vicomte d'Orveda n'a manifesté le désir d'entrer dans ma famille...

— On m'a affirmé le contraire, cependant, fit ironiquement Gaston.

— On répand tant de calomnies ! surtout lorsqu'il s'agit d'hommes entourés de la considération publique.

— On a même ajouté que pour mieux cacher le déshonneur de votre fille, vous aviez fait tuer son enfant...

— C'est un infâme mensonge ! s'écria Marville.

— Et que ce crime commis, vous aviez fait assassiner Rodolphe d'Orveda, afin d'anéantir toute trace de cette faute...

— Ceux qui ont inventé de telles assertions sont de lâches calomniateurs !

En ce moment la tapisserie qui séparait le salon de la chambre à coucher de Gaston se souleva et Rodolphe parut, Rodolphe vêtu en homme du monde, comme aux beaux jours de sa fortune.

— Moi, vicomte d'Orveda, je soutiens que ce que vient de dire M. Mirebeau est l'exacte vérité ! affirma-t-il en s'avançant pâle de colère.

Marville fut un instant atterré de cette soudaine apparition ; mais, habitué à la lutte du cœur humain, il comprit de suite qu'un seul mot, un seul geste imprudent pouvaient le trahir.

— Vous à Paris, mon cher d'Orveda, fit-il avec un air d'heureuse surprise, je vous croyais en ambassade... Permettez-moi de vous féliciter de votre prompt retour... et, en même temps, de paraître surpris de vous entendre tenir un langage si peu dans vos habitudes d'homme du monde...

Rodolphe resta stupéfait devant tant d'assurance.

Un mot d'explication devient ici nécessaire, pour faire comprendre à nos lecteurs les motifs et le but de cette rencontre.

A la suite de leur entrevue chez Eugène Verneuil, Gaston, Rodolphe et Mercredi étaient convenus d'interpeller directement Marville et de le forcer à s'expliquer. En outre, Marcel le chiffonnier, grâce à la générosité d'Eugène Verneuil, qui mit une certaine somme d'argent à sa disposition, avait trouvé à s'associer avec un marchand de draps ; c'est ce qui explique son costume d'homme du monde.

Mais revenons à notre récit.

Marville, placé en face d'une accusation terrible, ne perdit pas courage et parvint encore cette fois, à force de ruse et d'audace, à se disculper des crimes dont on l'accusait. Il avoua avoir refusé la main d'Amélie à d'Orveda, ne croyant pas, disait-il, cette union destinée à être heureuse.

— Quant à l'enfant de ma fille, ajouta le rusé diplomate en terminant sa défense, la sage-femme chargée d'en prendre soin m'avait instruit de son décès, sans me donner d'autres détails. Pour ce qui concerne le mariage de M. Gaston Mirebeau avec mademoiselle de Norges, j'avoue l'avoir vivement désiré ; n'était-ce pas mon devoir d'unir ma fille à un homme dans une position de fortune honorable et ayant des habitudes d'ordre qui, pour moi, père de famille, étaient un sûr garant du bonheur de mon enfant !... Voyons, messieurs, vous avez du cœur... qu'eussiez-vous fait à ma place ?... Si je suis coupable, que celui, dans ce monde de douleurs et d'épreuves, qui est sans péché, me jette la première pierre !...

— Votre conduite, reprit Gaston, peut, jusqu'à un certain point, paraître excusable ; mais un meurtre a été commis... Une pauvre jeune fille en est faussement accusée... Le meurtrier est ou doit être dans votre maison, faites donc en sorte de le livrer au plus tôt à la justice.

— J'ignore, dit Marville, quel peut être le misérable auquel vous faites allusion, mais je vous promets de m'occuper activement de le découvrir !

— J'y compte, reprit Gaston en fixant le banquier... Et, pendant que vous ferez d'actives recherches dans votre hôtel, moi j'irai demander au procureur du roi un supplément d'instruction pour Constance...

Marville pâlit légèrement.

— De mon côté, riposta Rodolphe en serrant la main de Gaston, je m'occuperai du père Joseph... qui est innocent, j'en suis certain, du crime dont on l'accuse.

— Fort bien, messieurs, fit l'homme d'argent ; vous ne voulez pas faire mentir l'axiome : Cœurs jeunes, cœurs généreux ! Mais prenez garde, cette justice que vous invoquez sévit quelquefois contre ceux qui s'opposent imprudemment à l'exécution de ses arrêts...

— Il s'agit de sauver un innocent, répliqua vivement d'Orveda, nous ne reculerons devant aucun péril.

— A merveille ; quant à moi, je regrette de ne pouvoir, vu les charges qui pèsent sur l'accusé, employer mon influence.....

— Oh ! Joseph peut opposer à cette accusation factice toute une vie d'abnégation et de dévouement, reprit Rodolphe. Du reste, il est un témoin qui viendra affirmer son honorabilité.

— Ah ! fit Marville d'un air inquiet ; ce témoin... quel est-il ?

— C'est moi, monsieur ! affirma Mercredi, en sortant à son tour de la chambre à coucher de Gaston.

Le banquier fut d'autant plus surpris, qu'il ne connaissait pas Eugène Verneuil.

En peu de mots, Gaston lui résuma l'histoire du protégé de Madeleine.

— Et vous êtes certain, balbutia l'ex-député, que jamais rien de douteux n'a terni le passé du père Joseph ?

— Je me porte garant de son honneur ! exclama Mercredi.

— Je vous crois, monsieur, et j'engage votre amitié à ne cesser de lui venir en aide.

— C'est aussi ce que j'ai fait... Hier, j'ai longuement causé avec l'intègre M. de Jumièges ; de cette conversation, il est ressorti que le juge d'instruction ne doit pas conclure à la culpabilité de Joseph sur les preuves qui ont été saisies à son domicile. Bien mieux, des recherches que j'ai provoquées à la préfecture de police m'ont amené à savoir que le numéro de la hotte trouvé dans la chambre du chiffonnier n'était pas le sien en 1827, mais qu'il appartenait à un ivrogne dépravé, nommé Dumouchet.

— Et... sait-on ce qu'est devenu ce Dumouchet ? fit Marville en tressaillant malgré lui.

— Pas encore... mais j'espère que bientôt...

— Tâchez qu'il soit découvert, Gaston, interrompit le rusé beau-père d'Amélie ; livrer un coupable pour sauver un innocent, c'est rendre service à la cause de l'humanité !...

— Quant à moi, reprit Eugène Verneuil, je remuerai ciel et terre pour découvrir le vrai criminel, ne fût-ce qu'en souvenir de mon père, qui prêta jadis à M. Mirebeau les cent mille francs qui ont été la cause du meurtre d'Isidore Laurier...

Marville, s'apercevant alors qu'il était cerné de toutes parts et que la moindre incident pouvait amener sa chute, prit une résolution suprême.

— Messieurs ! s'écria-t-il en se levant, permettez-moi de me joindre à votre honorable association ; je rentre à mon hôtel pour m'y livrer à une enquête sérieuse ; venez me trouver ce soir à huit heures ; je vous promets de vous livrer le coupable, si toutefois il est encore parmi mes serviteurs ou mes employés...

— A ce soir, huit heures ! répondirent Gaston, Rodolphe et Mercredi.

Et Marville les quitta, l'épouvante dans l'âme.

A peine de retour à son hôtel, il fit appeler Gaspard.

— Qu'avez-vous donc, patron ? demanda le valet à la vue du banquier, dont les traits étaient bouleversés ; vous êtes blanc comme un lis...

— J'ai... que tu es un maladroit et que nous sommes perdus !

— Pas possible !...

— Rodolphe d'Orveda n'est pas mort... je l'ai vu... tout à l'heure.

Gaspard devint livide.

— Il est vivant ! exclama-t-il.

— Oh ! ce n'est pas là ce qu'il y a de plus grave !... On sait que l'enfant de ma fille a été abandonné et tué dans la mansarde de cette... Constance... et on affirme positivement que le meurtrier réside chez moi...

— Ah ! bigre, ça embrouille le chapelet...

— Des menaces indirectes m'ont été adressées... Si, dans quelques heures, je n'ai découvert le meurtrier, les soupçons pèseront sur moi...

— Voulez-vous que je vous donne un conseil, patron ?

— Quel est-il ? parle vite...

— A votre place, je réaliserais de suite mes capitaux et... nous filerions ensemble à l'étranger...

Cette proposition, qui détruisait en une seconde toutes les idées ambitieuses de Marville, le terrifia ; mais il contint son indignation, car il avait besoin plus que jamais de Gaspard.

— Non, dit-il en rappelant le sourire sur ses lèvres ; soyons plus forts que tous ces prétendus honnêtes gens !... d'abord assieds-toi et causons.

— Je vous reconnais assez supérieur pour la manigance, patron, fit Gaspard surpris de cette politesse inaccoutumée. Aussi, suis-je prêt à m'incliner devant vos avis.

— Es-tu homme à jouer un coup décisif... un véritable coup de maître dans l'exécution duquel je te seconderai de toute mon influence ?...

— Si c'est pour nous sauver tous deux, j'accepte !...

— D'après ce que j'ai appris tout à l'heure, la justice ne peut tarder à venir me demander compte de la disparition de l'enfant d'Amélie... or, si je ne donne à cette disparition des raisons satisfaisantes...

— On interrogera la sage-femme...

— Qui révélera les faits... Je serai arrêté.

— Naturellement...

— Comme tu dis, naturellement. Mais j'ai un complice, et...

— Vous me ferez arrêter aussi par contre-coup... je vois venir la *rocambole*...

— Une fois pris tous deux, nous serons jugés et condamnés.

— Infanticide et incendie... deux crimes, première catégorie... c'est l'échafaud...

— Au lieu de cette perspective, si je te proposais le salut commun, accepterais-tu?

— C'te bêtise!...

— Eh bien! pour nous tirer de ce mauvais pas, il faut que tu consentes à te laisser arrêter...

— Hein! fit Gaspard atterré.

— Allons, pas de vaine frayeur... il s'agit de sauver notre existence!...

— Dame! si vous êtes sûr de réussir, on verra... Mais c'est donc indispensable à notre salut, ce que vous me proposez?...

— Il n'y a pas de juste milieu : ou arrêtés et condamnés tous deux, ou toi seul arrêté et tous deux sauvés!...

— Je ne vous comprends pas, expliquez-vous plus clairement...

— En te livrant aux mains de la justice, comme seul coupable de l'assassinat et de l'incendie, je conserve ma considération et mon pouvoir...

— Oui, je comprends...

— Alors je corromps le geôlier de ta prison... tu t'échappes avec un faux passe-port obtenu par moi... tu gagnes l'étranger... et je fais ta fortune.

— C'est ben gentil en paroles ce que vous me dites là... mais qui est-ce qui me garantira qu'une fois coffré vous ne me laisserez pas moisir à l'ombre?

La balayeuse du faubourg Saint-Marceau se croit indigne de porter le nom de l'assassin d'Isidore Laurier.

— Ma sécurité personnelle! Si je t'abandonne, tu me dénonces à la justice, et je suis pris à mon tour...

Gaspard fixa le banquier.

— Cette idée-là est assez plausible... car, si Gaspard était condamné, vous fileriez un mauvais coton.

— Eh bien! est-ce convenu?

— Vous promettez que ma fortune sera faite?.

— Le jour où tu te seras évadé, je te ferai parvenir soixante mille francs...

— Bien vrai?

— En veux-tu de suite la moitié?

— J'accepte.

Marville alla chercher la somme et la présenta à Gaspard. Ce dernier la refusa.

— Allons, je vois que vous êtes sincère, dit le valet. Gardez ces chiffons jusqu'à ma délivrance, on me les pincerait au greffe... et je ne connais personne d'assez honnête à qui je puisse les confier...

Le banquier et Gaspard causèrent encore pendant quelques minutes de leurs projets. Enfin, lorsqu'ils furent complétement d'accord sur leur plan de défense, Marville agita violemment les sonnettes du salon.

Trois laquais accoururent.

— Allez chercher le commissaire de police, dit-il à l'un d'eux; il s'agit de l'arrestation d'un grand criminel!...

Puis aux autres :

— Emparez-vous de cet homme; désormais il appartient à la justice.

Les laquais obéirent :

— Credié! murmurait tout bas la victime volontaire, c'est vexant tout de même d'être déprécié devant ses camarades.

Le commissaire de police, ceint de son écharpe, arriva accompagné d'agents.

— Monsieur, fit Marville en désignant son complice, je vous livre cet homme; c'est lui qui a assassiné l'enfant de mademoiselle Amélie de Norges!... c'est lui qui est l'incendiaire de la rue des Boulangers.

Aux interrogations du commissaire, Gaspard répondit par un silence affirmatif. Alors les agents le saisirent et l'emmenèrent. Au moment de franchir la porte du salon, le valet put encore apercevoir un geste muet de son maître, geste qui semblait lui dire : Confiance et espoir!

— Allons, murmura le banquier resté seul, le premier acte est joué... il ne s'agit plus que de mener la comédie à bonne fin !

A l'heure désignée, Gaston, Mercredi et Rodolphe vinrent demander à Marville l'exécution de sa parole.

Il leur raconta ce qui s'était passé.

— Le misérable! exclama Rodolphe; j'étais bien sûr de l'avoir vu lors de l'incendie!...

— Maintenant, reprit Gaston, il s'agit de rassurer Constance, en attendant qu'elle soit rendue à la liberté...

— Demain matin, Marie ira porter l'espérance à la prisonnière, affirma Mercredi.

Puis les trois jeunes gens partirent.

— A vous la première manche, siffla l'ex-tuteur de Gaston; mais à moi la seconde!... Pauvres fous! vous briserez toujours votre inexpérience contre ma ruse et mon audace!...

CHAPITRE V

LA PENSION BOURGEOISE DE LA RUE DE LA CLEF

Nos lecteurs se rappellent que Foulbert, sous le nom de Durandeau, avait pris pension chez mademoiselle Cunégonde, rue de la Clef.

L'ancien chef des Quarante-Cinq se plaisait, au point de vue matériel, dans la retraite qu'il s'était choisie. Il est vrai que la pension bourgeoise, située au milieu d'un jardin, offrait toutes les apparences d'un paisible séjour.

Mademoiselle Cunégonde, âgée de trente-cinq printemps, y trônait à l'aide de ses charmes encore verts; femme adroite autant qu'astucieuse, elle créait sans cesse à ses hôtes une grande variété d'intrigues secondaires, qui, tout en leur faisant paraître les jours rapides, les amenait peu à peu à s'attacher au char de la Circé du faubourg Saint-Marcel.

Les pensionnaires de l'oasis se composaient de types dignes de remarque; nous les citons ici, car, selon l'expression de Molière, nous les avons vus, de nos propres yeux vus.

Donc les chambres garnies étaient occupées par :

Le colonel Varin, vieillard aveugle et sans famille, et dont la pension s'engloutissait dans l'exagération des *notes* de Cunégonde.

M. Duplanty, ancien auteur dramatique, abandonné de sa fa-

Elle fut relevée par Evrard, et reportée à son hôtel.

mille à cause de son égoïsme, et vivant de secours accordés par la munificence royale;

M. Julius, instituteur révoqué, pubibond à l'excès, baissant les yeux lorsqu'on prononçait un mot leste, et cependant condamné deux fois déjà pour outrages à la morale;

Madame Sirop, veuve décrépite, contrôleuse à un théâtre de boulevard, surnommée, à cause de son amour pour les fleurs des champs, dont elle surchargeait sa tête, et la déviation de sa protubérance nasale : *l'Eglé au nez cassé*;

Madame de Suttières, répudiée par son mari, ancien officier de l'empire, pour les vols successifs qui l'avaient fait renfermer pendant dix années; madame de Suttières avait pour marotte de feindre une excessive sensibilité nerveuse; aussi portait-elle sans cesse dans son cabas un flacon de fleur d'oranger. Examen fait de ce flacon, on remarquait que le contenu n'était autre chose que de l'eau-de-vie, cette consolation des âmes dépravées;

Enfin le père Carpier, l'ex-maraîcher, retenu au lit depuis un mois par suite d'une attaque de paralysie générale. Nous parlerons tout à l'heure de ce personnage épisodique de notre roman.

Tel était, avec Durandeau-Foulbert, à peu près le personnel de la pension de la rue de la Clef, servie par un genre à part de domestiques.

Foulbert menait, en apparence du moins, une vie fort calme au milieu de ses collègues; car ce qu'il cherchait, avant tout, c'était de ne pas attirer l'attention de la police.

Le matin, il allait se promener dans la plaine de Montrouge avec Casquette. Après le déjeuner, il recevait ses *amis* dans sa chambre, — et parmi ces derniers nous citerons Roquentin — et mademoiselle Cunégonde, qu'il avait eu le bonheur de subjuguer. Le soir enfin, après dîner, il quittait le faubourg Saint-Marcel et allait au café de la Régence, rue Richelieu, faire une partie d'échecs, jeu dans lequel il excellait. Maintenant, voyons ce qui se passa un soir à la pension bourgeoise.

La cloche de l'établissement venait de tinter le repas de six heures. A cet appel, les pensionnaires se rendirent au réfectoire et s'installèrent autour d'une longue table ovale, où chacun avait sa place réservée. A la droite de Cunégonde s'assirent les invités, — Casquette et Roquentin; — à sa gauche s'installa Foulbert, dont le regard de vautour était dissimulé sous ses lunettes bleues.

Casquette et Roquentin, qui étaient arrivés au moment de se mettre à table, n'avaient pu causer encore avec Foulbert. Aussi profitèrent-ils d'une querelle qui venait de s'élever entre madame de Suttières et la veuve Sirop, pour échanger quelques paroles à voix basse.

— Mon vieux, j'ai une bonne rafle à vous indiquer au tripot de la rue de la Paix, dit Roquentin à Casquette.

— Fort bien, dit Casquette; mais l'*affaire* de là-haut tient toujours?

Foulbert mit un doigt sur sa bouche, et Cunégonde murmura :

— Tout à l'heure, quand les propres-à-rien seront sortis, nous causerons.

Et le repas terminé, l'hôtelière invita ses hôtes à faire un tour de jardin.

A cette injonction, tout le monde sortit, à l'exception des quatre coquins.

Foulbert ôta ses lunettes, pour mieux suivre les nuances de la conversation.

La maîtresse de pension prit la parole en ces termes :

— J'ai là-haut un vieux pensionnaire, nommé Carpier, que je mijote depuis trois années consécutives!... C'est un brave homme que j'aime comme mes petits boyaux; mais il est toujours malade... il souffre, que c'est à fendre le cœur!... Aussi ai-je compté sur votre humanité pour abréger, autant qu'il vous sera possible, ses cruelles souffrances...

— Compris!... dit Roquentin. Il faut le soulager du poids de la vie!

— Hélas! fit hypocritement Casquette, que demandons-nous sur cette terre de malédictions? A soulager nos semblables, en leur aplanissant la route du bonheur éternel!...

— Très-bien, interrompit Roquentin; mais êtes-vous sûr de ne pas nous compromettre?

— Bon petit père, va! railla Foulbert; si tu te *fumes* toi-même, ça ne sera pas sans avoir pris de grandes précautions pour sauver ta peau!...

— Messieurs, reprit Cunégonde, le moment est propice... Une partie de sa fortune est contenue dans un portefeuille caché sous son oreiller...

Roquentin fit un second mouvement d'impatience.

— Pardonnez-moi si j'insiste dans mes observations, dit-il, mais avant de commettre l'apoplectisation du brave homme, je désirerais savoir si cette apoplectisation ne laissera aucune trace?

— Oh! que tu m'agaces le *bourrichon*! exclama Foulbert en crispant ses mains; pour un peu, je te lâcherais une *châtaigne*!...

— Dame! écoute donc, monsieur Risquetout; j'ai déjà failli être *fauché*, moi! et la récidive serait la mort. Et puis, que veux-tu, je tiens à dormir tranquille... c'est si doux d'avoir la conscience calme.

— Dis donc pas des bêtises!... Ensuite, si l'affaire ne te ragoûte pas, *décarre*... ça sera une plus grosse part pour nous autres...

— Pardon, je ne demande pas mieux... mais la prudence...

— Oh! tiens, tais ton bec, ou j'épanouis une giroflée à cinq feuilles sur ton museau de fouine!

Et Foulbert se leva avec un geste terrible.

Cunégonde s'interposa aussitôt.

— Ce bon M. Roquentin a raison, mon ami, dit-elle, et je vais rendre le calme à son esprit, en lui prouvant que je ne suis pas assez sotte pour entreprendre une chose grave à la légère...

— Oh! madame... telle n'a pas été ma pensée, balbutia galamment l'ex-forçat.

Pour calmer les scrupules du donneur d'eau bénite, la directrice de la pension raconta l'histoire du père Carpier, histoire que nous allons reproduire en peu de mots.

Le père Carpier après avoir, à force de travail, amassé une petite fortune par la vente des légumes à la halle de Paris, avait placé ses fonds chez un notaire, cinquante mille francs environ, et s'était retiré rue de la Clef pour y vivre de ses rentes.

Le vieillard était d'une avarice sordide; il n'avait d'autre famille que deux neveux, qui venaient le voir à de lointains intervalles, et, pour les empêcher de lui demander quelque argent, il leur avait dit être entièrement ruiné et secouru par madame Cunégonde, une ancienne amie.

Cette dernière, qu'il avait priée de ne pas le démentir dans cette fable, conçut le projet d'en profiter et d'être la seule héritière du vieillard.

Un jour, le père Carpier fut atteint d'une paralysie de tout le côté droit. Dès lors la fine mouche l'accabla de prévenances, et, avec une ruse calculée, lui laissa comprendre qu'elle était susceptible d'éprouver à son égard ce qu'on nomme une passion de la Saint-Martin.

Plus tard, lorsqu'elle fut tout à fait en confiance avec le vieux maraîcher, elle lui insinua des craintes sur le placement de ses capitaux; Carpier, défiant de sa nature, se laissa prendre au piége.

Il réalisa donc sa petite fortune en billets de banque, les plaça sous son oreiller, et prévint Cunégonde qu'il comptait sur elle pour les remettre à ses neveux, si la mort venait à le surprendre avant qu'il eût le temps de tester en leur faveur.

Une seconde attaque de paralysie alita tout à fait Carpier. Le médecin appelé déclara que, quoique gravement atteint, le vieillard pouvait encore vivre au moins une année.

Cunégonde, qui avait hâte de s'emparer de l'héritage de son pensionnaire, résolut d'en finir promptement.

Elle tenta d'abord d'étouffer le malade en lui faisant absorber une nourriture trop forte pour sa constitution; mais cette tentative avorta. C'est alors que Foulbert parla de l'apoplectisation, qui ne laissait aucune trace compromettante.

Telle était la situation des choses, au moment où nous trouvons réunis les quatre complices.

— Vous voyez, acheva la misérable en s'adressant à Roquentin, qu'il n'y a nul danger de terminer avec le vieux sapajou. Sa mort paraîtra toute naturelle, d'après le système que nous allons employer... En outre, ses neveux n'auront aucun soupçon, puisqu'ils savent, par les confidences mêmes de leur oncle, qu'il ne possède pas un sou vaillant...

— Donc le sac est à nous sans coup férir! affirma Durandeau.

Et les quatre assassins montèrent dans le garni du malade.

— Eh bien, comment ça va, papa Carpier? interrogea Cunégonde avec un accent de fausse pitié. Je vous amène des visiteurs pour vous distraire un peu...

— Pas mal, pas mal, bégaya le paralysé... Je crois même que les forces reviennent... Oh! oh! j'en réchapperai!...

Foulbert, Casquette et Roquentin échangèrent un significatif coup d'œil.

— Mais quels sont donc ces messieurs? demanda Carpier avec effort; je ne les connais pas...

— Ce sont des médecins, répondit Cunégonde. Leurs conseils pourront vous rendre valide... Vous voulez bien qu'ils vous examinent, n'est-ce pas?...

— Dame!... C'est que je suis très-pauvre et je n'ai rien à leur offrir...

— Oh! ils se payeront bien eux-mêmes!... Faites votre devoir, messieurs! acheva l'horrible femme en s'allant embusquer près de la porte, afin de prévenir ses complices en cas d'alerte.

Roquentin et Casquette serrèrent aussitôt avec des cordes garnies de filasse les jointures des bras et des jambes du malade, sous prétexte d'activer la circulation du sang; ensuite, et avant même qu'il eût pu pousser un cri d'alarme, ils le bâillonnèrent.

Alors Foulbert, doué de cette force herculéenne dont nous avons déjà vu plus d'un exemple, saisit le vieillard par les pieds et le suspendit au piton de la flèche du lit, la tête en bas, pour opérer l'asphyxie.

Quelques secondes plus tard, le père Carpier rendait le dernier soupir, par suite d'un épanchement au cerveau.

Les complices alors débarrassèrent le cadavre de l'appareil, le replacèrent dans le lit, et s'éloignèrent en emportant le portefeuille.

Casquette avait eu raison dans ses explications données à Foulbert lors de leur entrevue à *la Belle-Suzanne*; à la suite de cette épouvantable opération, la figure du défunt présentait toutes les apparences d'une mort produite par l'apoplexie foudroyante.

Après avoir partagé en quatre parts égales l'héritage du père Carpier, Casquette et Roquentin se retirèrent, après avoir rappelé à Durandeau-Foulbert qu'on comptait sur lui à la grande soirée du tripot de la rue de la Paix.

Pour achever son œuvre, Cunégonde envoya, dès le lendemain matin, chercher les neveux du moribond, afin qu'ils pussent constater son décès. Ils arrivèrent en grommelant :

— C'était bien la peine de nous déranger pour un vieux ladre qui ne laisse pas un sou vaillant à sa famille, s'écria l'un.

— Pas seulement de quoi le faire enterrer! reprit l'autre.

— Oh! monsieur... hasarda hypocritement Cunégonde, quels que puissent être ses torts envers vous, c'était votre oncle... respectez au moins sa mémoire!

Ces paroles ne produisirent aucun effet sur les neveux de Carpier. Non-seulement ils refusèrent de payer les frais d'inhumation, mais encore ils marchandèrent d'une façon ignoble l'étoffe destinée à ensevelir le défunt.

Enfin, après bien des débats, ils consentirent à donner deux francs pour un vieux drap fourni par la maîtresse de pension.

Foulbert joua en maître son rôle jusqu'au bout. Afin de mieux détourner les soupçons, il fit ouvrir une collecte dans la maison pour enterrer le vieillard.

— Un si brave homme! exclama Cunégonde.

— Un si bon camarade! acheva Durandeau.

Et en effet, grâce à la collecte, qui lui valut les éloges de tout le quartier, et à laquelle les neveux furent obligés de joindre leur obole, le père Carpier fut enterré d'une façon très-convenable.

Le lendemain du convoi, Foulbert se préparait, après le déjeuner, à se rendre chez Roquentin pour lui demander des détails sur l'arrestation de Gaspard, que venait lui apprendre un geôlier de Sainte-Pélagie, avec lequel il buvait la goutte tous les matins, lorsque le garçon de l'hôtel l'avertit qu'un monsieur recommandé, disait-il, par le père Casquette, désirait lui parler.

— Fais-le monter dans ma chambre, répondit-il.

Quelques instants après, un homme à la figure et à la mine douteuses se présentait devant lui.

Foulbert l'envisagea fixement et le reconnut aussitôt.

— Apollon! s'écria-t-il.

— Oui, répondit l'autre, Bertaut, surnommé Apollon, ton ancien compagnon de bagne.

— Chut! silence! malheureux... si on t'entendait!... les murs de cette maison sont comme des feuilles de papier.

— C'est précisément ce que j'allais te faire observer... d'autant plus que ce que j'ai à te communiquer est *rupin* au superlatif...

— Vrai; alors nous allons nous rendre à l'estaminet de la *Belle Suzanne*... Tu sais... dans le temps...

— Non, c'est trop couru de la police! Tu vas venir avec moi chez un petit *mannezingue*, rue du Fer-à-Moulin; là, personne ne nous dérangera.

— Va pour le *mannezingue* de la rue Fer-à-Moulin!...

Foulbert suivit Bertaut, et bientôt ils entrèrent dans un cabinet vitré et garni intérieurement de rideaux, chez le marchand de vin précédemment cité.

D'abord les deux anciens compagnons de chaîne se rappelèrent leurs souvenirs. Puis, Foulbert, qui avait hâte de venir au but, invita Bertaut à lui exposer l'affaire en question.

— Puisque nous voilà réunis et que désormais nous pouvons compter sur une franche confraternité, dit Bertaut, je vais te *dégoiser* de quoi il retourne.

— Jase vite, fit Meurt-de-soif avec impatience.

— Il s'agirait d'assassiner un grand personnage...

— Hein!... ah diable, c'est sérieux...

— Dis donc que c'est facile! y a pas mal de gros bonnets dans l'affaire...

— Tant mieux... plus on est de fous plus on rit... Quel âge a-t-il?

— Soixante-dix ans, environ.

— A-t-il le col court?

— Oui.

— Alors j'en ferai mon affaire. Combien gagnera-t-on à l'entreprise?

— Deux cent mille francs.

— Bigre! c'est un joli chiffre... Convenu, mon vieux!...

— Oui, mais comment que tu t'y prendras?

— Ah! ça c'est mon secret...

— Pardon, je te vas dire, comme y a des personnes huppées dans le trafic et que la somme est rondelette, on veut connaître si le moyen est infaillible.

— C'est épineux ce que tu me demandes là, fit Foulbert en fixant Bertaut attentivement.

— Dame! ça te regarde; si tu te défies de moi, t'as tort! J'ai reçu cinquante mille *balles* d'arrhes!... aussitôt le plan *dégoisé*, je touche les cent cinquante billets de mille d'appoint... nous nous mettons de suite à la besogne, et en route tous deux pour les colonies avec le sac définitif.

— Comme ça, si je t'explique la manière de s'en servir, tu me donneras tout de suite vingt-cinq mille *balles*?

— Tiens, les v'là d'avance, fit Apollon en étalant sur ses genoux une liasse de billets de banque. Tu hésites!... prends donc, vieux... Est-ce que tu crois que Bertaut ne te connaît pas!... Moi, me méfier d'un brave *zigue* tel que toi... Allons donc! ça serait bête à manger du foin.

— Cent mille francs, se dit à part Foulbert. Mazette! y aurait de quoi se retirer des affaires et vivre en honnête homme!

Et, décidé par la logique puissante de l'argent, il détailla à Bertaut le plan de l'apoplectisation, sans lui révéler toutefois le nom de ses complices.

Bertaut partit d'un éclat de rire en trouvant *cocasse* cette manière de produire l'apoplexie foudroyante; mais tout en se roulant sur sa chaise, dans l'expansion de sa gaieté, il frappa au vitrage du cabinet.

Aussitôt la porte s'ouvrit et des agents s'emparèrent de Foulbert, qui n'opposa aucune résistance.

— V'lan!... emballé! fit-il avec colère; pris la main dans le sac! quoi! comme le premier *gonse* venu!

Puis, se tournant vers Bertaut pendant qu'on l'entraînait :

— Bien joué, vieux gredin! s'écria-t-il; mais si jamais j'en réchappe, tâche que je ne te pince pas sur mon *trimart!*...

Ajoutons, pour expliquer cet incident, que Bertaut, ancien compagnon de bagne de Foulbert, était entré dans la police après sa libération, et faisait partie de la brigade de sûreté. C'est M. Campel qui l'avait envoyé à la pension bourgeoise, aux trousses de Meurt-de-soif, sur la trace duquel l'autorité avait été mise par le Cagneux, trouvé à moitié mort sur le boulevard extérieur.

CHAPITRE VI

LE TRIBUNAL D'HONNEUR

Depuis son incarcération à la Conciergerie, le père Joseph était en proie à une inexprimable angoisse.

Non-seulement il ne pouvait communiquer avec ses visiteurs, mais encore il ignorait pour quel motif il avait été arrêté.

Un matin, le geôlier vint le chercher dans sa cellule pour le conduire chez le procureur du roi.

— Enfin, pensa Joseph, je vais donc savoir de quel forfait on m'accuse!

On le fit monter dans une voiture de place, entre deux agents, et le véhicule s'arrêta, rue de Varennes, dans la maison de M. de Jumiéges.

Le chiffonnier reconnut l'hôtel pour y être venu déjà avec Gaston, — Gaston qu'il supposait avoir abandonné Constance!

Il se trompait, pourtant, car c'était grâce aux pressantes sollicitations du jeune homme que M. de Jumiéges l'avait fait appeler.

Un laquais l'introduisit dans le cabinet du procureur du roi, qui, le visage impassible, parcourait des papiers épars sur son bureau.

Magistrat et accusé demeurèrent seuls.

— J'ai devancé l'heure de l'instruction, dit d'une voix calme M. de Jumiéges, pour obtenir de vous des détails relatifs à l'assassinat commis sur Isidore Laurier... Dites toute la vérité; quelle que soit l'énormité de votre méfait, la franchise peut l'atténuer.

— Monsieur, répondit Joseph stupéfait, par le saint nom de Dieu, je jure que je suis innocent du crime dont vous me parlez.

M. de Jumiéges le regarda fixement; le chiffonnier soutint hardiment ce regard.

Il est un fait passé en habitude dans les annales de la justice, c'est d'entendre les criminels nier tout d'abord le forfait dont ils sont coupables. Aussi, le procureur du roi, après avoir expliqué à Joseph les considérants de l'accusation, ne fut-il pas étonné de voir le vieillard se lever avec indignation et s'écrier :

— Mais c'est infâme d'oser accuser un honnête homme d'assassinat!... Et si je connaissais le misérable, moi!...

— Prenez garde, interrompit le magistrat, la dénonciation a été formulée par un homme digne de foi, vous lui avez même avoué le meurtre dans un moment d'ivresse; puis, on a trouvé les preuves du crime dans votre mansarde... ces preuves sont palpables... qu'avez-vous à alléguer pour votre justification?

Joseph raconta alors, avec simplicité et franchise, les événements tels qu'ils s'étaient passés à l'hôtel Marville.

Un silence glacial accueillit cette révélation.

— Allons, je devine tout, conclut Joseph avec amertume; le meurtrier Dumouchet a voulu prévenir par une dénonciation mes démarches auprès de la justice!...

M. de Jumiéges laissa échapper un sourire.

— Vous ne me croyez pas, s'écria Joseph. Au fait, on ne peut ajouter foi à la parole d'un pauvre chiffonnier!... un banquier, c'est différent...

— La justice est égale pour tous, répondit froidement le procureur du roi. Si vous êtes innocent, vous serez acquitté.

— Tenez, monsieur, accordez-moi une grâce! exclama le père de Constance; veuillez me confronter avec M. Marville. Placé en face de l'assassin, nous verrons s'il aura l'audace de ne pas me reconnaître pour témoin de son crime!...

— Ma mission se borne à un interrogatoire officieux... l'instruction fera le reste. Cette confrontation que vous demandez aura lieu plus tard; mais, ajouta-t-il, en supposant que vous ne fussiez pas coupable, ne vous seriez-vous pas laissé abuser par une fausse ressemblance?...

— C'est impossible, monsieur! j'ai parfaitement reconnu Dumouchet... et la preuve, c'est que lorsque son nom est sorti de mes lèvres, il a voulu me poignarder!...

— Ah! fit M. de Jumiéges sans émotion apparente.

— Dans quel but d'ailleurs aurais-je tué le garçon de caisse de M. Mirebeau?... pour m'enrichir de la somme volée?... Mais, le crime accompli, j'eusse été riche, et personne ne s'est aperçu, à la suite de la nuit du meurtre, que je fusse moins pauvre qu'auparavant... Questionnez M. Duménil, le maître chiffonnier pour lequel je travaille depuis plus de vingt ans... il vous dira que je n'ai jamais vécu que de mon salaire, et que rien dans ma conduite n'a justifié, pendant ces longues années, les soupçons de déshonneur qui planent sur ma tête.

Le procureur du roi ne répondit rien à cette exclamation de Joseph; il avait déjà fait prendre des renseignements auprès de M. Duménil, et ces renseignements s'accordaient avec les paroles du prévenu.

Après un instant d'hésitation, le magistrat tira le cordon d'une sonnette, et les agents entrèrent.

— Reconduisez l'accusé à la Conciergerie, dit-il.

— Ainsi, balbutia le chiffonnier, vous ne me donnez aucune parole d'espoir?...

— Je vous le répète, l'instruction est commencée; de son travail jaillira la lumière... Je souhaite... j'espère même qu'elle vous acquittera... allez!...

La respiration haletante du magistrat semblait témoigner que son devoir seul dictait sa sévérité en cette circonstance.

Joseph fit quelques pas pour sortir, puis, se retournant soudain :

— Encore un mot, monsieur, supplia-t-il les mains jointes. Puisque les apparences semblent me condamner, laissez-moi au moins la consolation de savoir ce qu'est devenue Constance, ma fille... Je n'en ai pas eu de nouvelle depuis longtemps... Oh! vous ne pouvez me refuser... au nom de sœur Marthe!...

Le souvenir de sa fille rappela à M. de Jumiéges quelles terribles étreintes avait éprouvé son amour paternel.

Il tressaillit et une larme perla sous ses paupières.

— Espérez en ce qui concerne Constance, dit-il d'une voix brisée; je crois que la justice a enfin découvert le meurtrier de l'enfant de mademoiselle de Norges.

— Alors, ma fille serait sauvée?...

— Tout le fait prévoir, du moins...

A cette affirmation, le visage de Joseph se transfigura.

— Merci, merci, monsieur, s'écria-t-il, merci! Oh! maintenant que j'espère pour son acquittement, j'attendrai avec courage les souverains décrets de la Providence!...

Joseph fut reconduit à la Conciergerie.

Alors, le procureur du roi se dit à lui-même :

— Il y a dans cette affaire un labyrinthe d'infamies!... J'appellerai sur cette procédure toute l'attention du juge chargé de l'instruction... Maintenant, examinons le dossier de la bande de Foulbert et Sourcque.

Revenons au banquier Marville.

A la suite de la nouvelle officieuse insérée dans la *Journal des Débats* concernant sa nomination à la pairie, le financier reçut une lettre signée d'un des plus grands personnages du royaume, lettre qui le convoquait à une réunion dans un hôtel du faubourg Saint-Germain.

A la lecture de la missive, un rayon d'orgueil resplendit sur le front du héros politique du jour.

— La noblesse fait le premier pas vers moi, exclama-t-il. Elle veut composer avec le futur pair de France...

Et il se rendit dans sa plus belle voiture, attelée de quatre chevaux, à la rue de Poitiers, lieu du rendez-vous.

Aussitôt qu'il parut dans l'antichambre, le laquais qui semblait épier son arrivée, s'inclina profondément devant lui.

— M. le comte de Breteuil attendait monsieur, dit-il; daignez me suivre.

Le banquier, en traversant plusieurs salons, rêvait déjà au langage qu'il devait tenir pour accroître son importance, lorsque le valet l'introduisit dans une pièce où se trouvaient réunis, autour d'une longue table, des hommes graves, au visage sérieux et portant tous la décoration de la Légion d'honneur à leur boutonnière.

A l'aspect de Marville, ces hommes s'inclinèrent en silence.

Surpris de cette froide réception, le banquier crut deviner un piège; mais, faisant aussitôt appel à sa force morale habituelle, il s'avança vers celui qui semblait présider l'aristocratique aréopage.

— Je me rends à vos ordres, monsieur le comte, dit-il; heureux si je puis vous être de quelque utilité.

— Mon Dieu, monsieur, répondit le comte de Breteuil en se levant, ce que nous avons à vous demander est très-délicat... aussi, aborderai-je la question pour laquelle je vous ai fait appeler avec tous les égards dus à un homme placé dans une position brillante. Voici le fait : on parle tout haut, à la cour, de votre prochaine nomination à la pairie; comme ce corps d'élite ne

comporte que des hommes entourés d'une auréole intacte de soupçons, quelque légers qu'ils soient, et que des bruits, répandus sans doute par la malveillance, ont circulé sur votre personne, nous venons vous prier, monsieur, de vouloir bien nous édifier sur votre famille et vos antécédents.

— Pardon, mais devant quelle assemblée me trouvé-je? demanda le banquier avec un hypocrite sourire.

— Vous êtes devant un tribunal d'honneur. Ces messieurs sont tous pairs de France et attendent vos explications.

Un vague malaise s'empara de l'ex-député; mais il le surmonta de toute son énergie.

— Je suis prêt, messieurs, dit-il en relevant la tête. Interrogez-moi, je répondrai.

— Vous n'êtes connu à Paris que depuis 1827, reprit le comte de Breteuil; or, je le répète, comme l'existence de tous les membres du premier corps de l'État ne doit donner aucune prise à la critique, nous vous prions de nous faire connaître votre origine, et par quelle suite de circonstances vous vous êtes associé à la maison Mirebeau?

— Ah! messieurs, fit Marville avec un sentiment de dignité blessée, je ne croyais pas être suspect au point qu'on dût m'adresser une pareille question.

— Croyez bien, reprit M. de Breteuil, que nous n'avons qu'un but : détruire la calomnie, qui s'attaque souvent aux hommes les plus purs.

Le banquier, avec son intelligente faconde, bâtit alors une de ces fables vraisemblables, qui devait donner le change sur son origine et sur les motifs de son élévation.

— C'est en 1827, en effet, messieurs, répondit-il avec assurance, que j'arrivai d'Angleterre, où ma famille, originaire du nord de la France, avait été obligée de se retirer, quelques années auparavant, pour réparer les brèches de sa fortune.

— Je me souviens, interrompit un membre du tribunal d'honneur, d'avoir connu un M. Marville, banquier à Cambrai; mais je croyais qu'il n'avait qu'une fille, et que cette fille, il la maria jadis à un homme taré, nommé... le nom m'échappe.

— On a entendu parler de ma mère, murmura intérieurement Dumouchet; ne nous trahissons pas... Mon père avait un frère, ajouta-t-il tout haut; c'est à mon oncle, sans doute, que vous faites allusion?...

Et, embrouillant à dessein l'histoire des deux frères, le banquier prouva, avec audace et habileté, qu'il était totalement étranger à ses véritables parents.

— Fort bien; mais après votre retour d'Angleterre, interrogea le comte de Breteuil, que fîtes-vous?

— Lorsque je débarquai sur le sol de la patrie, continua imperturbablement Marville, je vins à Paris dans l'espoir de relever, par le commerce, la fortune paternelle que des malheurs avaient presque anéantie. Mes parents étaient morts dans leur exil volontaire...

Pour s'assurer du séjour en Angleterre du banquier, un pair de France lui adressa plusieurs interrogations en langue anglaise, interrogations auxquelles il répondit clairement, car ses affaires lui avaient nécessité dès longtemps l'étude de la langue d'outre-Manche.

— Comment fîtes-vous connaissance de M. Mirebeau? demanda le comte de Breteuil.

— En arrivant à Paris j'appris le vol dont il avait été victime, et les bruits de faillite qui circulaient sur sa maison... Possédant quelques capitaux échappés au désastre pécuniaire de ma famille, j'offris à cet honnête homme de m'associer avec lui, il accepta; un acte de société fut dressé, et jusqu'à sa mort...

Le rusé financier s'interrompit par une émotion calculée.

— Remettez-vous, monsieur Marville, fit avec bonté le comte de Breteuil... Et croyez qu'il nous en coûte d'insister sur des détails aussi positifs...

— J'avoue, messieurs, que je ne m'attendais pas à voir attaquer directement toute une existence de loyal labeur... Mais, puisque mes explications ont pour résultat de m'attirer votre estime, je suis doublement satisfait de sortir triomphant d'une épreuve pénible à mon légitime amour-propre.

Il se fit dans l'aréopage un mouvement de sympathie, que réprima promptement M. de Breteuil.

— Il nous reste encore d'autres questions à vous adresser, dit le comte en compulsant des notes étalées devant lui... Lorsque M. Mirebeau mourut, il vous confia une somme de trois cent mille francs pour la faire valoir au nom de son fils, et la lui remettre à sa majorité?

— C'est exact.

— Comment se fait-il, toujours d'après les bruits qui circulent, que vous ayez rendu au jeune homme des comptes erronés, en gardant par devers vous le dépôt du mourant ?

— Évrard est mêlé dans tout ceci, pensa Marville ; heureusement j'ai restitué à Gaston son héritage.

Et comme réponse triomphante, il remit au président du tribunal d'honneur, et avec un ironique sourire, le reçu du fils Mirebeau établissant qu'il avait touché de son tuteur la somme intégrale de trois cent mille francs. Le reçu constatait, en outre, que les intérêts en avaient été strictement employés à l'éducation du pupille.

La remise de cette pièce justificative fut accueillie avec satisfaction par le tribunal d'honneur.

Marville comprit qu'il était victorieux, et, dès lors, son audace se redressa plus imposante que jamais.

Lorsqu'on lui expliqua les soupçons qui couraient sur son compte concernant le pacte de famine et les honteuses concussions qui diminuaient les ressources matérielles de la France, il trouva de ces généreuses paroles qui exaltent l'imagination des auditeurs et font pencher la balance vers celui qu'on accuse injustement peut-être.

— Mon existence connue de tous, mes fondations philanthropiques et la régularité de mes opérations financières, ajouta-t-il avec un écrasant dédain, détruisent, par leur impitoyable logique, les ridicules calomnies qu'on a odieusement déversées sur l'honorabilité de mon caractère.

Et il signala ses titres à la reconnaissance sociale en citant les fonctions honorifiques auxquelles il consacrait ses moments de loisir. Puis, arrivant aux marques de confiance, dont la plus grande preuve était sa nomination de banquier de l'emprunt hongrois et de l'émancipation des nègres :

— Je méprise l'ingratitude des hommes, acheva-t-il ; on la rencontre à chaque pas dans la vie !... Et cependant, messieurs, je n'ai pas à me plaindre de l'humanité, car, moi, un simple banquier, sans titres de noblesse, je traite non-seulement avec des rois, mais encore avec les plus illustres adeptes du progrès populaire... Vous le comprenez de reste, messieurs, si, abusant de la confiance dont les sommités de notre époque m'honorent, je songeais un instant à faillir à mon mandat, je serais le dernier des misérables !

Une salve d'applaudissements accueillit cette péroraison de l'habile financier.

Aussi les dernières questions ne furent-elles formulées que pour l'acquit de conscience du souverain tribunal.

En ce qui touchait la rencontre au bois de Meudon avec Moncavrel, — rencontre supposée, car le témoin du journaliste n'avait osé parler, —notre héros invoqua le respect que tout homme indépendant doit avoir pour les arrêts de la presse, dont la critique est, ajouta-t-il adroitement, la première pierre d'achoppement de l'émancipation sociale. En un mot, il nia avec assurance avoir pris part à toute espèce de duel.

Les clauses de l'accusation étant épuisées, les membres du tribunal d'honneur tendirent la main au banquier.

— Je suis fier, dit le comte de Breteuil, d'avoir à rendre hommage à un homme faussement calomnié !... Au nom de mes confrères, je déclare que nous ne nous opposons pas, — si telle est la volonté du roi, — à votre installation à la Chambre des pairs.

— Pauvre humanité ! murmura Marville en se retirant ; elle croit dominer le monde par son intelligence !... Les philosophes n'ont pas eu tort de formuler cette conclusion : *De loin c'est quelque chose, de près ce n'est rien !*

Dans le couloir qui conduisait du salon du tribunal d'honneur à l'antichambre, le banquier se trouva face à face avec un vieillard qui semblait l'attendre.

— Je vous fais compliment, dit ce dernier avec une aristocratique hauteur ; vous êtes un homme fort !... Vous irez loin, si vous ne trébuchez pas en route.

Marville feignit de prendre cette raillerie pour un compliment, s'inclina et sortit de l'hôtel.

Le vieillard qui l'avait accosté n'était autre que le duc que nous avons vu introduire par la soubrette dans le boudoir de madame de Saint-Méran.

Quelques jours après, et à la suite de l'incarcération de Gaspard, un supplément d'instruction avait lieu, afin d'examiner de nouveau le renvoi aux assises de Constance Laurier, à qui l'on avait fait part de l'arrestation de son père adoptif.

La constatation du crime étant flagrante et avouée par le complice de Marville,—qui déclara être le seul coupable,—la fille de Joseph fut reconnue innocente, et sa mise en liberté ordonnée par le juge d'instruction.

L'heure de cette liberté ayant sonné, quatre personnages attendaient la prisonnière devant les Madelonnettes : c'étaient Gaston, Mercredi, la Bombée et Rodolphe d'Orveda.

Enfin, la lourde porte de la prison s'ouvrit, et Constance parut. Jugez de son bonheur à la vue des sympathies qui l'accueillirent.

Tour à tour pressée dans les bras de ses amis, elle se livra d'abord à son expansion naïve ; puis sa figure redevint triste.

Le père Joseph n'était pas là pour l'embrasser.

— Constance, dit Gaston avec âme, notre mariage sera célébré le lendemain du jour où la justice aura réhabilité votre père, en déclarant son innocence à la face de tous.

Par le droit du cœur et des convenances, c'est à la Bombée que revenait la douce tâche de donner un asile à son amie ; aussi nos personnages se rendirent-ils tout d'abord à la mansarde de la rue des Postes.

CHAPITRE VII

DEUX ANGES ET UN DÉMON

C'était une simple, mais charmante habitation que la chambre de la Bombée. Il n'y avait pour tout luxe, il est vrai, que le mobilier de la mère Madeleine ; mais ce mobilier était entretenu avec une propreté miroitante ; en outre, des fleurs parfumant l'atmosphère, l'ensemble de cette pure retraite réjouissait le cœur et portait à la rêverie.

C'est là que les deux amies de Gaston et de Mercredi passaient leurs journées en attendant un plus heureux avenir.

Sur une table étaient épars des livres, de l'encre et du papier ; Constance s'était faite maîtresse d'études, la Bombée élève obéissante.

Depuis trois heures environ, elles n'avaient pas cessé de lire ou de tracer des lettres et des chiffres, lorsque Constance repoussa soudain le volume d'histoire, dont elle expliquait les fastes à la Bossue.

— En voilà assez pour aujourd'hui, mademoiselle, dit la fille adoptive du malheureux chiffonnier ; tu fatiguerais tes jolis yeux !

— Oh ! continuons, je t'en prie ! répondit la Bombée ; ne vois-tu pas qu'il faut que je me dépêche d'être savante ?

— Quel zèle studieux, ma chère ! tu n'étais pas tout à fait ainsi autrefois.

— Parce que j'ignorais combien l'instruction est utile aux enfants du peuple.

Constance la regarda avec un doux sourire, et, lui prenant les mains :

— Je ne sais pas pourquoi j'ai cette pensée, continua le charmant professeur ; mais il me semble que Mercredi n'est pas étranger à cette passion de l'étude qui te dévore.

— Eh bien, oui, là ! répondit Marie, oui, c'est pour lui que je travaille !

Et alors, avec une expansion naïve, elle raconta à Constance qu'elle avait refusé de s'unir à Eugène Verneuil parce qu'elle ne se trouvait pas digne de porter son nom.

— Oh ! méchante, comme tu as dû lui faire de la peine ! exclama l'orpheline.

— Je le sais bien, va ! et plus d'une fois j'ai pleuré de ce refus volontaire !... Mais il est riche, lui... il est savant... puisque mère Madeleine l'a envoyé à l'école dès son enfance... Est-ce que je pouvais unir mon ignorance à son savoir ?

— C'est peut-être juste, ce que tu dis là, fit Constance avec bonté.

— Tandis qu'un peu plus tard, quand je serai assez instruite pour qu'il n'ait pas à rougir de moi dans le monde, alors...

— Tiens, tu es un ange !

Et après s'être affectueusement embrassées, les deux jeunes filles continuèrent leur étude ; puis, le soir venu, elles se mirent en route pour rendre leur visite habituelle à Eugène Verneuil.

— Ah ! mesdemoiselles, fit le vieux Guillaume en leur ouvrant la porte, vous allez être bien contrariées ; M. Eugène est sorti il y a à peu près vingt minutes.

— Et ne rentrera pas de bonne heure ? demanda la Bombée avec un accent de tristesse.

— Je l'ignore, il ne m'a rien confié à cet égard. Un domestique de grande maison est venu lui apporter une lettre ; monsieur l'a lue et a répondu au valet : J'irai. Puis il est parti presque de mauvaise humeur.

La lettre dont parlait le vieux serviteur avait été remise à Mercredi par Évrard, devenu valet de pied de madame de Saint-Méran.

Le passage successif de l'ancien employé de Marville dans différentes conditions étonnera sans doute nos lecteurs, qui l'ont aperçu tour à tour joueur d'orgue et commissionnaire rue du Chantre. Cette décadence continuelle n'a pourtant rien que de très-simple. Lorsqu'un homme éprouve le dégoût de la vie, il perd le sentiment de sa dignité personnelle et accepte, aux dépens de sa considération, la position qui lui paraît la plus lucrative.

Cependant, l'entrée d'Évrard comme laquais chez l'ancienne balayeuse avait, outre cet avilissement de caractère, une autre raison d'être.

Un soir, aux abords d'un théâtre, il vit Marville descendre de voiture avec sa maîtresse. Une idée germa aussitôt dans son esprit, et il conclut qu'en faisant la connaissance de la lorette, il se rapprocherait plus facilement du banquier et parviendrait peut-être à se venger de la cruauté de l'homme d'argent.

Le lendemain, il connaissait l'adresse de Charlotte de Saint-Méran, et se présentait chez elle en sollicitant une place de domestique.

Charlotte le refusa d'abord; mais quand elle connut les antécédents d'Évrard, et qu'elle eut acquis la preuve qu'il pouvait nuire au crédit de Marville, la lorette l'accepta aussitôt comme valet de pied. Elle espérait faire de l'ancien commis une épée de Damoclès suspendue sur la tête de son bailleur de fonds.

Pour dissiper ses doutes sur la véracité de ce que lui avait appris Évrard, elle se hâta de mettre en présence le maître et son ex-employé. Marville feignit de ne pas le reconnaître devant madame de Saint-Méran; mais, lorsqu'il fut seul avec elle, il la pria de chasser immédiatement ce valet.

— Pourquoi donc, mon ami? lui demanda-t-elle d'un ton câlin.

— Parce que cet homme a déjà servi chez un de mes collègues, et qu'il a été renvoyé pour abus de confiance.

Charlotte promit d'accéder au désir de Marville; mais elle n'en fit rien.

Dès lors le banquier se douta qu'il avait une ennemie dans sa maîtresse, et résolut de se tenir sur ses gardes.

Depuis la visite de Mercredi à la dame de charité, la passion de Lodoïska s'était réveillée plus ardente que jamais, et, furieuse d'être dédaignée, elle jura de parvenir à ses fins.

Audacieuse jusqu'à l'impudence, elle se rendit un jour à la maison de la butte des Deux-Moulins; elle y fut reçue par Mercredi avec une glaciale indifférence. Le jeune homme lui défendit même de jamais chercher à le revoir.

Mais on ne raisonne pas avec la flamme dévorante qui embrase le cerveau; sans mesurer la portée de ses paroles, la lorette lui offrit de disposer entièrement de l'influence qu'elle avait acquise.

A cette proposition, le jeune homme devint pâle et réprima un mouvement de colère; puis, se souvenant soudain qu'il s'adressait à une femme, il se contenta de lui répondre avec une mordante ironie :

— Lorsque vous étiez pauvre et honnête, Charlotte, je ne vous ai pas aimée; maintenant que vous êtes riche et déshonorée, je puis encore moins partager un amour que vous avez vendu à un autre. Restons donc, madame, amis comme par le passé, et si le hasard veut que nous nous rencontrions quelquefois, oubliez qu'il peut exister autre chose dans mon cœur que le souvenir du service que vous m'avez rendu.

Quelle que fût l'honorabilité de ces paroles, Lodoïska, dont l'intelligence était égarée, s'imagina que la résistance de Mercredi devait tenir à la médiocrité de sa fortune. Dès lors elle n'eut plus qu'une pensée : accroître par tous les moyens cette fortune, et forcer enfin le jeune homme à partager avec elle les faveurs d'un luxe princier.

Elle vendit ses propriétés, une grande partie de ses bijoux, et se livra aux spéculations de la Bourse. Quelques pertes successives lui ayant montré que ce moyen de s'enrichir n'était pas infaillible, elle se mit en rapport avec des gens tarés. C'est alors qu'elle établit, dans la rue de la Paix, un tripot, où la jeunesse vint perdre son or, la vieillesse son auréole d'honneur.

C'est de ce tripot que Roquentin, le donneur d'eau bénite, était le directeur apparent, et Casquette, l'apoplectiseur, le *surveillant des cérémonies*.

Cette spéculation nouvelle réussit au gré de Lodoïska, grâce aux précautions infinies prises contre les investigations de la police.

Mais la sirène ne put vaincre davantage l'indifférence de Mercredi. Plusieurs fois, elle lui donna rendez-vous sous des motifs déguisés; il y vint d'abord, puis, après avoir reconnu de quelle persécution il était victime, il se tint en garde contre de nouvelles tentatives.

Prostrée sous le poids de sa défaite, elle parla un soir de sa situation à ses associés du tripot. Roquentin eut un satanique sourire.

— Il se nomme Mercredi? fit-il; est-ce qu'il ne demeure pas au delà des barrières, près d'Ivry?

— C'est cela même, répondit Charlotte; d'où le connaissez-vous?

— Oh! le motif de la connaissance n'y fait rien... que désirez-vous de lui?

— Le voir seul pendant une heure, là... devant moi!... et me tuer sous ses yeux s'il refuse de m'aimer, acheva-t-elle à voix basse.

— Quant à ce qui est de vous le faire voir seul, ce n'est pas difficile, je m'en charge.

Et, rejoignant Casquette dans un salon voisin :

— Dis donc, vieux, murmura-t-il à son oreille, je crois que nous allons pouvoir prendre un à-compte de vengeance sur l'arrestation de Foulbert !

— Comment ça?

— Apporte demain tes instruments du voyage éternel.

— Qui donc que nous enverrons là-baut?

— Un moutard, qui a commencé notre débandade en faisant pincer le docteur Bonacion, un bien brave savant, que tu n'as pas connu.

— Il suffit; demain, à pareille heure, je serai muni des instruments de travail.

Sur ce, l'ex-fabricant de lampions se tint à part lui ce raisonnement :

— Si j'écris au petiot une lettre anonyme, il ne viendra pas... Comment diable pourrais-je la signer, cette lettre ? Eh parbleu! Mercredi est en rapport avec Marville pour un tas de choses; Marville va me prêter sa signature sans que je la lui demande.

Et, au nom du banquier, Roquentin écrivit à Eugène Verneuil de venir le trouver le lendemain, dans la soirée, rue de la Paix, pour causer de la délivrance du père Joseph.

Puis, rentrant auprès de Charlotte :

— Belle dame, lui dit-il, voici un poulet qui fera venir votre tourtereau au colombier, je vous le promets!

Et il lui remit la lettre qu'il avait écrite.

Maintenant que nous connaissons le motif qui empêcha Mercredi de se trouver chez lui à l'arrivée de Constance et de la Bombée, nous allons prier nos lecteurs de nous suivre dans l'établissement prohibé dont la lorette était reine.

CHAPITRE VIII

LE TRIPOT

Au troisième étage, sur la cour, dans une splendide maison de la rue de la Paix, se trouvaient les salons de jeu de Charlotte de Saint-Méran, dirigés par Roquentin et Casquette, sous les noms de Corentin et Duminerai.

Ces salons étaient luxueux et offraient à tout nouveau venu l'apparence d'une aristocratique réunion, égayée par d'honnêtes distractions. Les initiés seuls connaissaient le but criminel de ce cercle clandestin, qui, ce soir-là, était au complet. La joie régnait sur les visages. Ici, on dansait aux accords d'un piano; là, les tapis verts se garnissaient de joueurs avides d'émotions.

Parmi les hôtes ordinaires de cet antre de ruine, on remarquait quelques hommes éminents de la diplomatie, du barreau et de la finance.

L'un de ces héros du grand monde était surtout fort empressé auprès des dames, qui semblaient l'accabler d'agaceries et de prévenances, malgré sa chevelure grisonnante. Il avait jadis occupé une haute position en France, et, en dernier ressort, venait d'être appelé au poste de procureur général dans les colonies.

Publiquement, M. Fortin (du Midi), c'était le nom de ce magistrat, jouissait d'une réputation intègre. En secret, ces dames savaient parfaitement quel était son côté faible, et grignottaient avec délices une fortune dont l'égoïste fonctionnaire n'avait jamais offert une bribe à l'infortune.

Mais revenons au tripot.

Les tapis verts étaient dirigés par Casquette, qui, à l'aide de signes imperceptibles, faisait manœuvrer son escouade de *grecs* et de *biseauteurs*.

Quant à Roquentin, grand ordonnateur ordinaire des soirées, il donnait partout le coup d'œil du maître, et veillait avec perspicacité à l'introduction clandestine des convives.

Nous devons dire encore, pour être plus compréhensible, que l'appartement avait été loué au nom de M. Corentin, riche spéculateur. Par conséquent, Charlotte n'était mêlée en rien à cette affaire aux yeux du propriétaire de la maison.

Rarement la lorette prenait part aux distractions bruyantes du tripot. Assise sur un sofa, dans un boudoir retiré, elle se contentait de recevoir les communications de ses acolytes, chargés de lui rendre compte des opérations financières.

Mais, ce soir-là, madame de Saint-Méran ne pouvait tenir en place. Elle allait et venait d'un salon à l'autre, distribuant un sourire ou une gracieuse parole à ceux qu'elle considérait comme des *clients*.

Soudain, redevenant sombre, elle aborda Roquentin :

— Vous êtes sûr que la lettre lui a été remise? demanda-t-elle.

— C'est Évrard lui-même qui l'a portée, vous le savez bien, madame...

— Il devrait déjà être ici! Les termes de votre missive étaient sans doute trop précis... il aura pressenti la cause qui dirigeait votre plume...

— Un peu de patience, belle dame! Je vous promets qu'il viendra; il a tout intérêt à venir...

Charlotte rentra dans son boudoir.

Onze heures sonnèrent à une riche pendule Louis XIV. La fête était dans toute sa splendeur; les visages étaient empourprés de plaisirs ou d'émotions. Roquentin, cependant, commençait à douter de l'effet de sa lettre.

Tout à coup le valet chargé d'introduire les visiteurs lui fit de loin le signal convenu.

Eugène Veneuil était en retard, si l'on en juge par l'heure à laquelle il quitta sa demeure. Mais, dans sa route, il avait rencontré Rodolphe d'Orveda, et le nouveau commerçant avait voulu rendre compte à son bienfaiteur de sa nouvelle position; en outre, la lettre remise par Évrard à Mercredi portait qu'on l'attendrait dans la soirée.

Enfin il arriva à la rue de la Paix et monta les trois étages, sur l'indication du concierge, prévenu d'avance.

— Pourrais-je parler à M. Marville? demanda-t-il à Roquentin.

— Vous êtes, je crois, monsieur Eugène Verneuil? fit doucereusement le donneur d'eau bénite.

— Lui-même.

— En ce cas, veuillez me suivre; M. Marville vous attend.

Et, après avoir conduit le jeune homme à travers un couloir de service, pour qu'il ne s'aperçût pas de la fête :

— C'est ici! dit-il en lui faisant signe d'entrer.

Et il referma la porte derrière lui.

Mercredi était devant Charlotte.

— C'était un piége! s'écria-t-il avec colère.

Et il s'élança pour sortir; mais, la Saint-Méran se plaça devant la porte :

— Vous ne sortirez pas sans m'avoir entendue!... fit-elle avec exaltation; je vous aime à en devenir folle!... Vous êtes ma vie, mon bonheur, ma joie!... Sans vous je n'ai plus qu'à mourir!

Mercredi ne répondit pas d'abord à la lorette. Mais, exaspéré par la persistance d'une femme qu'il ne pouvait pas même estimer, il la repoussa avec mépris.

Charlotte, brisée par la lutte morale, tomba évanouie sur le parquet.

Eugène Verneuil voulut alors s'esquiver; mais Casquette et Roquentin parurent sur le seuil du boudoir. Leurs physionomies étaient ignoblement souriantes. Ils s'avancèrent en s'inclinant.

— Ah! il paraît que ce n'est plus un piége! s'écria le fiancé de Marie avec rage, mais un guet-apens!...

— Oh! pouvez-vous employer de telles paroles!... ricana Roquentin en refermant la porte et mettant le verrou; nous voulons simplement vous rendre le mal que vous nous avez fait! Dent pour dent, œil pour œil! N'est-ce pas de toute justice?...

Et Casquette retira de dessous son habit les instruments de l'apoplectisation.

Charlotte, qui s'était lentement relevée, regardait cette scène avec surprise; mais, lorsqu'elle vit les assassins se précipiter sur Eugène, qui luttait avec l'énergie du désespoir :

— Arrêtez! s'écria-t-elle, je vous défends de toucher à cet homme!

— Impossible d'acquiescer à votre désir, ma douce colombe, fit Casquette; nous obéissons à des ordres positifs, dictés par le malheur.

Et les misérables s'apprêtèrent à lier les jambes de Mercredi.

Alors, Charlotte, dominée par son amour pour celui qu'elle appelait l'ange de ses rêves, s'empara d'un poignard suspendu à une panoplie, et, le remettant à Eugène, elle lui cria d'une voix désespérée :

— Frappe, ami! tue-les sans pitié!...

A peine l'arme fut-elle entre les mains du jeune homme, que Casquette et Roquentin reculèrent épouvantés.

— Et maintenant, continua la lorette, hâte-toi de partir... Adieu, ne méprise pas celle qui eût été heureuse de mourir pour toi!...

Mercredi franchit le seuil du boudoir et sortit précipitamment du tripot.

En traversant la place Vendôme, il eut un instant l'idée de dénoncer à l'autorité le guet-apens dont il avait failli être victime; mais sa générosité naturelle domina encore sa colère.

— Lodoïska n'était pas leur complice, murmura-t-il. En les perdant je la perdrais, elle, qui vient encore de me sauver la vie!... Allons, je ne dirai rien...

Et il regagna sa demeure.

Pendant ce temps, Roquentin et Casquette, restés avec Charlotte, avaient essayé de lui faire comprendre qu'ils étaient dans leur droit en tuant un dénonciateur.

Mais la lorette ne voulut rien entendre.

— Vous êtes des infâmes! exclama-t-elle; et je vous ordonne de renoncer à votre vengeance, ou je vous livre moi-même à la justice.

Et Charlotte retourna à son hôtel du boulevard Poissonnière, en laissant Casquette et Roquentin atterrés d'une semblable menace.

Pour se consoler de leur échec, les apoplectiseurs revinrent dans les salons, et se vengèrent de leur mauvaise chance en dépouillant adroitement les dupes qu'ils avaient attirées.

Tout à coup un cri sinistre retentit, cri d'alarme, signal de déroute.

— Le commissaire de police!... exclama-t-on de toutes parts.

A ces mots la terreur fut à son comble.

Directeurs du tripot, grecs, dupes, femmes, visiteurs, s'enfuirent de côté et d'autre, chacun songeant à son propre salut.

Mais il était trop tard. Le commissaire de police entra, escorté d'agents. Pendant qu'on fermait les issues, afin de constater l'identité des personnes présentes, le vieillard dont nous avons parlé au commencement de ce chapitre s'approcha du représentant de la loi.

— Monsieur, lui dit-il, je ne suis ici que dans un but d'amusement futile; je compte sur votre bienveillance pour me laisser sortir sur-le-champ. Je me nomme Fortin (du Midi), ajouta-t-il tout bas.

Le commissaire le regarda d'un air ironique.

— Allons donc! railla-t-il. M. Fortin (du Midi) est un homme honorable, un magistrat intègre, un père de famille qui se respecte assez pour ne pas hanter les tripots... Au nom de la loi, je vous arrête!

Malgré la persistance de ses dénégations, le vieillard fut emmené au dépôt de la préfecture de police, avec ceux des personnages qui ne purent donner des preuves de leur non-culpabilité.

De tous les hôtes du tripot, Casquette, en dépit de son air béat et de sa timidité apparente, comprit que l'énergie seule pouvait le sauver. En effet, la capture eût été pour lui le bagne perpétuel, par suite de sa rupture de ban.

Saisissant une chaise il exécuta un terrible moulinet, et, se frayant passage à travers les agents, il put atteindre l'antichambre. Mais un nouvel obstacle l'attendait. Sur le palier, une seconde escouade d'agents s'opposa à sa fuite. Alors, grimpant avec l'agilité du chat les étages supérieurs, il gagna les toits de la maison.

La nuit était sombre, Casquette se crut sauvé. Pas à pas, il s'avança en rampant, s'accrochant tour à tour aux cheminées et aux aspérités de la toiture. Le silence qui régnait lui apprit que les agents avaient, pour l'instant du moins, perdu sa trace. Et, fixant son regard dans l'obscurité, il aperçut à quelques mètres devant lui une lucarne entr'ouverte. Mais, pour y parvenir, il fallait quitter un espace de plain-pied et côtoyer un toit en pente, recouvert d'ardoises glissantes.

— Bast! j'ai fait bien d'autres escalades!... ricana-t-il. Je suis habitué aux ascensions périlleuses!...

Mais, pendant qu'il se traînait sur les genoux pour atteindre la lucarne, une ardoise se détachant sous le poids de son corps le fit trébucher; le point d'appui lui manqua et il tomba sur le pavé de la rue.

Les agents qui sortaient du tripot le relevèrent; mais il avait cessé de vivre.

Le bon M. Roquentin échappa à l'arrestation, grâce au sang-froid qui ne l'abandonnait jamais.

Aussitôt qu'il entendit le cri d'alarme annonçant l'arrivée de la police, il se cacha dans une boiserie dont il connaissait le secret, boiserie située derrière le canapé du boudoir.

Là, dans une inexprimable angoisse, il attendit; puis, lorsqu'il supposa que les salons étaient déserts, il se hasarda à quitter sa cachette, et, passant à travers un vasistas de l'escalier de service, il atteignit les jardins, et sortit par une petite porte qui donnait dans une rue adjacente. Cette dernière évasion s'opéra à l'aide d'un *rossignol*, dont l'adroit coquin ne se séparait jamais.

Le matin qui suivit cette nuit orageuse, l'ex-fabricant de lampions, réfléchissant à l'instabilité des choses humaines, et supposant que l'autorité ne le laisserait pas dormir tranquille, se déguisa le mieux qu'il put et alla trouver Marville.

— Mon cher ami, lui dit-il, je viens vous demander un service.

— Ah! encore du *chantage!* pensa le banquier.

— Et je suppose que vous ne le refuserez pas à... un confrère?

— Parlez... et s'il est en mon pouvoir de vous être utile...

— Je m'ennuie à Paris; la vie de province m'irait assez... ne pourriez-vous m'y procurer un emploi honorable et largement rétribué?

En même temps, il expliqua à Marville la descente de la police au tripot de la rue de la Paix.

L'ex-député le regarda fixement.

— Vous êtes un homme d'énergie, vous? fit-il.

— Je le crois.

— Vous ne vous laissez pas attendrir par les jérémiades de l'humanité?...

— A quoi cela pourrait-il servir, de larmoyer sur l'infortune des autres, quand soi-même on est persécuté!...

— Alors, dans ce cas, j'ai un emploi à vous offrir.

— Lequel?

— Régisseur de ma filature de Melun.

— Qu'y a-t-il à faire?...

— Peu de chose. Veiller à ce que les enfants qui y sont occupés travaillent assidûment vingt heures par jour...

Les yeux de la sage-femme scintillaient à la vue des précieux chiffons de papier.

— Vingt heures!... Peste!... Il doit y avoir joliment des phthisiques parmi ces mioches-là!

— Ceci est le point secondaire... Le fait principal est que mes capitaux s'accumulent. La vie est courte; on doit se presser d'amasser pour jouir plus longtemps du fruit de son pénible labeur.

Après de longs détails donnés par le financier à Roquentin sur la manière de diriger la filature, après la convention du chiffre des appointements, il fut décidé que le nouveau régisseur partirait le jour même pour se rendre à son poste.

Au moment où ils allaient se séparer, Roquentin, prêt à sortir, se retourna vers Marville.

— Ma foi, vous êtes un bon homme au fond, vous, dit-il; service pour service!

— Je ne vous comprends pas... fit le banquier.

— Voilà l'histoire. Que votre dame de Saint-Méran soit la directrice secrète d'un tripot, où elle gagne de l'argent sous la responsabilité des autres, rien de mieux; chacun entend le commerce à sa manière!... Mais je vous préviens qu'elle a un jeune adoré, pour qui elle fera toutes sortes de bêtises...

— C'est faux! exclama Marville en devenant pâle.

Roquentin raconta alors la scène du boudoir, en omettant, bien entendu, les détails qui concernaient la tentative d'apoplectisation. Il termina en s'excusant hypocritement de prémunir son *bienfaiteur* contre la duplicité d'une femme aimée, et s'éloigna content de s'être vengé de l'intervention de Charlotte à l'égard de Mercredi.

— Si ce que m'a dit cet homme est vrai, fit Marville en arpentant son cabinet; si d'autres bruits qui me sont parvenus... le duc... cet Évrard... toute une comédie pour me perdre enfin était fondée!... Oh! je la chasserais ignominieusement, cette misérable bohémienne que j'ai ramassée dans la boue!...

Le lendemain du jour où Roquentin était nommé régisseur de la filature de Melun, un journal de l'opposition publiait deux entre-filets dignes de remarque pour nos lecteurs :

« On nous apprend, disait le premier, qu'un haut personnage, appartenant à la magistrature et arrêté dans un tripot de la rue de la Paix, s'est brûlé la cervelle. On ignore au juste la cause de ce suicide, que rien, dans la position de M. Fortin (du Midi), ne faisait pressentir. »

Le second fait-divers annonçait la prompte mise en jugement de Gaspard, valet d'un riche banquier, accusé d'infanticide et d'incendie.

— Voilà un gaillard, se dit Marville en lisant la seconde nouvelle donnée par le journal de la gauche, dont il faut que j'endorme habilement la prudence, en attendant sa destruction définitive!...

CHAPITRE IX

UNE SALLE DE L'HÔTEL-DIEU

On s'entretenait beaucoup, à Paris, de l'innovation humanitaire d'Eugène Verneuil. La création des cuisines à bon marché avait popularisé son nom, et même plusieurs familles honorables recherchaient son alliance.

Mais on le sait, Mercredi conservait au fond du cœur une affection profonde pour la Bombée, et nulle considération n'eût été capable de le faire manquer à la promesse faite à Marie d'attendre sa réponse, concernant l'union projetée depuis longtemps entre eux.

Plusieurs fois déjà il avait essayé de ramener la causerie sur ce sujet; mais bientôt la Bombée éludait ses questions, en laissant toutefois comprendre qu'il n'était pas encore temps pour elle de prononcer le *oui* définitif.

En redoublant de zèle pour son instruction, Marie veillait comme une mère sur les pauvres dont Mercredi cherchait à augmenter le bien-être. Chacun de ces malheureux l'admirait et la chérissait; l'opinion publique, en un mot, l'avait surnommée : l'*Ange gardien de la misère*.

En outre de ses établissements culinaires à bon marché, Eugène Verneuil venait tout récemment de fonder, aux alentours des marchés publics et principalement à la place Maubert, des soupes économiques pour les indigents.

Les chiffonniers, vieux ou impotents, ne se faisaient pas faute d'user de la nourriture qui leur était distribuée à l'établissement victuel, désigné sous le titre de *Restaurant des pieds humides*.

Aux heures de repas, on voyait s'en approcher le père la Flûte, tombé en enfance depuis la scène dont nous avons été témoins au *Grand-Comptoir*.

Puis, à côté du poëte du ruisseau, on remarquait aussi Vilpain, devenu presque idiot par suite de ses libations absinthées.

Tous ces gens-là étaient logés gratuitement dans les chambrées

Ainsi donc, conclut Bonacion, il faut, pour sauver votre héritage, que le muet disparaisse!...

de la rue du Clos-Bruneau, payées à l'année à la mère Nâsse par Bétentout, le chiffonnier-saltimbanque, qui était parvenu à s'amasser une petite fortune, et faisait aussi de la bonne philanthropie, comme le peuple sait en trouver les élans dans son cœur.

Mercredi inspectait lui-même les établissements en plein air, une fois au moins par semaine. Il goûtait les soupes à l'aide d'une petite cuiller d'argent, que par parenthèse on lui déroba un matin, — tant il est vrai que parmi ceux qu'on oblige il se trouve toujours des ingrats.

Mais revenons à l'un de nos sympathiques personnages, que nous avons laissé à moitié mort sur le boulevard extérieur, non loin de l'estaminet de la *Belle Suzanne*.

Le Cagneux, à la suite de l'acte brutal commis sur sa personne par Durandeau-Foulbert, fut porté à l'Hôtel-Dieu.

C'est dans une des salles de ce réceptacle des douleurs humaines que nous allons introduire nos lecteurs.

Grâce à la science, l'ennemi de Foulbert fut promptement hors de danger; mais un appareil chirurgical, maintenant la partie lésée, lui interdisait tout mouvement et le clouait immobile sur son lit.

Sa patience à souffrir, son caractère doux et son langage drôlatique lui attirèrent l'amitié de la sœur préposée à la salle Sainte-Marie, où il se trouvait, et de l'infirmier de service, qui se plaisait à converser avec lui dans ses instants de loisir.

La sœur de charité, dévouée pour tous, mais qui s'intéressait particulièrement au jeune homme, se nommait sœur Sainte-Françoise.

Le chiffonnier lui raconta son histoire, et bientôt, grâce à elle, il reçut tour à tour les visites de tous ses amis.

Une après-midi, l'ex-prisonnière des Madelonnettes, la Bombée et Gaston étaient assis au chevet du malade. Déjà plusieurs confidences s'étaient échangées concernant l'accusation du vieux chiffonnier, et chacun cherchait à pénétrer le mystère dont il était victime. Sœur Sainte-Françoise prenait part à la conversation; Mercredi seul manquait; il était occupé à rechercher un indice qui pût apporter du positif dans l'instruction.

— Tout ça n'est pas clair, fit le blessé... il y a de l'*embrouillamini* à n'en pu finir... D'abord, j'ai beau résumer dans ma *bobine* toutes les canailleries de Meurt-de-soif, je ne crois pas qu'il ait été la cause de l'arrestation de père Joseph, il l'aurait plutôt démoli lui-même... Y a un autre *mirliflor* sous roche... Ensuite, pour ce qu'est des preuves .. elles se rapportent, j'en suis sûr, à un paroissien qui ressemble à notre ami.. Dame! ça s'est vu, à preuve le courrier de Lyon !...

L'attention de Gaston et de Constance était suspendue aux lèvres du Cagneux, dont ils espéraient voir jaillir un trait de lumière, lorsque Mercredi arriva près du lit.

— Mes amis, dit il, je viens d'apprendre à la préfecture de police que le numéro 386, trouvé dernièrement chez Joseph, avait été délivré, en 1827, à Dumouchet, ce misérable dont je vous ai déjà parlé...

— Dumouchet! fit vivement le Cagneux, comme frappé d'un souvenir. Attendez donc... attendez donc...

Les visiteurs se rapprochèrent, mus par une instinctive angoisse.

— Mais je connais ce nom-là... Oui, je l'ai entendu prononcer... Mais où?... Ah! j'y suis... Meurt-de-soif en a parlé à *la Belle-Suzanne*...

— Où est ce Dumouchet? s'écrièrent vivement Constance et Gaston.

— Où il est?... Attendez que je rattrape mon fil!... Oh! maudite mémoire!... Je cherche... je cherche!... Ah! m'y voilà!... C'est un malin de la haute qui se cache sous un faux nom... Un banquier, qui ne se serait pas contenté de ce crime-là, à ce qu'il paraîtrait...

— Achève, achève... dit Mercredi.

— Un moment, faut pas aller plus vite que les violons... Voilà la chose. Dans la conversation que j'ai entendue à l'estaminet de *la Belle-Suzanne*, Meurt-de-soif et un autre gredin de son espèce, qui jacassait avec lui, ont tellement embrouillé les tons du dialogue, que je n'ai pu en suivre exactement le courant... Néanmoins, ils ont prononcé le nom de Marville, et je ne serais pas étonné que ça *soye* là le Dumouchet en question.

A ces paroles, tous les personnages pâlirent. Un silence glacial régna autour du lit, comme si chacun eût redouté de répondre à la pensée intime qui le dominait.

— Lui! c'est impossible! se dit Gaston, enchaîné par sa reconnaissance à celui qui avait veillé sur sa jeunesse et sa fortune.

— Dieu m'ordonne de ne pas croire à cette assertion! pensait Amélie. Quelque souffrance qu'il m'ait causée, je dois me souvenir que M. Marville fut l'époux de ma mère!

Constance et Marie étaient atterrées sous le poids de leur émotion.

Seul, et après avoir promené sur tous son regard calme et observateur :

— Si l'honneur le commande, se dit Eugène Verneuil, si le Cagneux ne s'est pas trompé, je serai impitoyable pour cet homme!...

Sa prudence habituelle l'empêcha de faire part de son dessein à ses amis; mais, après les avoir quittés sur le parvis Notre-Dame, il se rendit à la Conciergerie pour voir Joseph.

Sœur Sainte-Françoise rentra dans la chambre de service qui attenait à la salle de l'hospice.

Là, elle se jeta à genoux aux pieds d'un crucifix, et pria pour celui que les mauvaises passions avaient conduit au crime.

Mais, hâtons-nous de gagner la rue du Chantre et de pénétrer chez la veuve Ménager, où nous retrouverons le banquier de la Chaussée-d'Antin.

CHAPITRE X

LES TENTATIVES AVORTÉES

La situation de Marville au sujet de Gaspard devenait de jour en jour plus difficile, car le banquier se trouvait placé dans la cruelle alternative d'être dénoncé par son valet, où de se compromettre en facilitant l'évasion d'un criminel.

De son côté, Gaspard, enfermé préventivement à Sainte-Pélagie, ne se dissimulait pas que la peine de mort serait le résultat de sa mise en accusation; seulement, il se rassurait en songeant à la complicité du beau-père d'Amélie de Norges.

— Le vieux coquin ne sera pas assez sot, se disait-il, pour laisser trancher le fil de ma vie; car il sait bien que le fatal couperet se relèverait pour lui faucher la respiration, à lui aussi...

Mais les jours s'écoulaient rapidement, et Gaspard, voyant l'instruction presque terminée et nulle chance de salut poindre à l'horizon, conçut des soupçons sur la sincérité de son complice.

— Je suis la dupe d'un leurre, pensa-t-il avec une colère concentrée; il est temps de mettre au pied du mur ce gredin d'homme d'argent!...

Il venait à peine de faire cette réflexion, que Marville entra dans sa cellule.

Le banquier, sous le prétexte de recueillir des renseignements de la bouche même du meurtrier, avait obtenu de M. de Jumiéges une permission permanente pour visiter Gaspard.

— Ah! vous voilà donc enfin! exclama le prisonnier d'un ton d'ironique assurance. Je vous attendais, afin de démêler avec vous un chapelet passablement enchevêtré.

— Je ne comprends pas, balbutia Marville; tout ce qui se passe en ce moment à ton sujet est très-clair.

— Pour vous qui êtes libre; mais pour moi, qui *pince de la guitare*, c'est de l'eau trouble. Voyons, causons cartes sur table. Jusqu'à présent vous m'avez bercé de chimères, en me faisant accroire que j'allais bientôt filer chez les peaux-jaunes avec le sac?... En admettant que ce soit votre intention que je m'évade, comment vous y prendrez-vous, pour me faire franchir les murailles de cette citadelle?

— Comment?... c'est bien simple. Le plan d'évasion est prêt...

— Voyons le plan, vivement? fit Gaspard avec anxiété.

— Aussitôt ton jugement prononcé, continua le banquier, tu seras mis dans un cabanon à part, à la Conciergerie. Je t'enverrai un ecclésiastique, qui ne sera autre qu'un de mes affidés... Tu prendras son costume, tu sortiras sans coup férir, et... une voiture t'attendra à la porte, sur le quai des Orfévres. Je serai dans cette voiture avec un faux passe-port, des vêtements et un portefeuille bien garni. Nous nous serrerons cordialement la main et tu fileras pour l'Amérique...

— Tout ça est assez bien manigancé... Mais si vous vous moquiez de moi... Dame! vous êtes si madré!...

— Le malheur t'a rendu défiant, mon ami; je te pardonne, fit hypocritement Marville. Mais, voyons, raisonne un peu la situation; n'est-ce pas grâce à ma protection que tu es ici, logé dans une bonne *pistole?*... Ne te fais-je pas passer tous les jours des vivres, du vin et du tabac, comme si tu étais un duc et pair?...

— C'est juste!.. Ah dame! quand il y va de sa tête, on a besoin de s'assurer qu'on ne vous trahira pas au dernier moment.

— Tu seras sauvé! reprit solennellement Marville, je t'en donne ma parole... d'hon...

— Parlons pas de ces choses-là ici, c'est du luxe, interrompit ironiquement Gaspard. Je vous crois... Du reste, y a encore du champ pour faire *glane* et on avisera, au besoin, si vous *cannez* en route. En attendant, il s'agit de savoir si la Ménager a jasé; elle a été interrogée hier et on ne l'a pas arrêtée...

— Bien... Je te promets d'être fixé à cet égard avant la fin du jour.

Puis les deux complices causèrent encore quelques minutes à voix basse. Leurs yeux scintillaient; en les examinant, on eût pu croire que les rôles étaient intervertis, et qu'à cette heure le laquais commandait à son maître.

Aussi, lorsque Marville se leva pour partir, Gaspard prononça ces paroles avec une sauvage énergie :

— Il le faut!...

— Mais... balbutia l'homme d'argent, c'est ma perte que tu exiges?...

— Allons donc! vous êtes assez malin pour vous en tirer les mains nettes... Puisque je vous sauve, vous me devez l'anéantissement de cette dernière preuve...

— J'obéirai, affirma le complice de Gaspard.

Et, en quittant la prison de Sainte-Pélagie :

— Le misérable a peut-être raison! D'ailleurs, se dit-il, il faut bien semer de roses le fond de son cercueil!...

C'est à la suite de cette entrevue que Marville se rendit chez la sage-femme de la rue du Chantre.

A sa vue, Juliette poussa un cri de frayeur.

— Oh! calmez-vous... ricana l'hypocrite avec un diabolique sourire. Je ne viens vous faire aucune proposition fâcheuse; je vous apporte, au contraire, de bonnes nouvelles.

Rassurée par ces mots, la veuve Ménager introduisit Marville dans son salon.

— Ce que j'ai à vous dire, fit-il, est l'objet d'un long entretien. Si vous voulez bien me le permettre, ma chère dame, je m'inviterai à dîner avec vous.

La veuve le fixa d'un air stupéfait.

— Voilà comme je suis, moi! continua-t-il; j'agis sans façon avec ceux qui m'ont rendu service!

— Vous êtes bien aimable, fit malicieusement la sage-femme.

— Dites généreux, car je vous apporte peut-être le moyen de sauver votre tête de l'échafaud.

— Il se pourrait! balbutia Juliette en essayant de sourire. Ah! soyez le bienvenu...

Et, se hâtant de faire mettre deux couverts, elle pria son hôte de passer dans la salle à manger.

— Je suis vraiment flattée de l'honneur qui m'advient, dit-elle. Et je regrette de ne pouvoir vous traiter selon votre mérite.

— Oh! trève de compliments, chère dame. Consignez votre servante à la porte de cette chambre et causons.

La veuve Ménager sortit un instant; mais quelque courte que fût son absence, Marville en profita pour glisser dans sa manche un petit paquet de poudre qu'il retira de sa poche.

— Là, maintenant, nous serons tranquilles, fit Juliette en revenant. Je suis toute oreilles.

Les mets du dîner se trouvant sur la table, la conversation des deux personnages ne fut plus interrompue.

— Je ne vous rappellerai pas, dit Marville, les faits qui se sont passés, il y a quelque temps, entre nous... C'était une opération commerciale de votre spécialité; vous avez été payée, nous sommes quittes...

— Oh! je suis une trop honnête femme pour rien vous réclamer...

— Parfait... sur ce point c'est donc une affaire coulée... Mais, malheureusement, la justice a été mise sur la trace du complice de cette opération, et Gaspard a été arrêté...

— Je le sais.

— Ah!... et comment, je vous prie, le savez-vous? interrogea Marville avec une feinte surprise.

— J'ai été mandée hier au parquet...

— Et vous avez tout avoué?...

— Pardon, monsieur; je croyais que vous aviez meilleure opinion de mon faible mérite... j'ai tout nié.

— Très-bien. Vous êtes une brave et digne femme, et votre dévouement à ma personne aura sa récompense... Alors, aucune preuve venant de votre part ne pourra m'atteindre?

— Aucune. A cette heure, sur votre domestique seul pèse la responsabilité de... l'opération.

— Mais, prévoyons l'avenir. Si par hasard la justice ne se contentait pas d'une telle dénégation; si... Gaspard venait à faire des révélations; si on vous accusait positivement, alors que feriez-vous?...

La sage-femme devint pâle.

— C'est impossible qu'il parle maintenant, balbutia-t-elle; dans quel but? Une dénonciation contre moi ne l'innocenterait pas... Et puis, j'ai répondu victorieusement au magistrat.

— Enfin, admettons toujours cette éventualité... si on vous mettait en jugement, quel serait votre moyen de défense?

— Dame! prise au trébuchet, je dirais toute la vérité.

A son tour, la figure de Marville changea de couleur.

— Eh quoi!... vous dénonceriez le malheureux prisonnier qui a été si généreux envers vous?

— Peste! écoutez donc, pour sauver ma tête, je livrerais le bon Dieu même s'il était mon complice.

— Gaspard avait raison, pensa Marville; nous marchons sur un volcan !

— Nous nous alarmions à tort, reprit-il. J'ai la douce certitude que le magistrat ne songera pas à nous... à vous inquiéter.

— Tant mieux pour tout le monde si on me laisse tranquille... Du reste, je ne cherche pas à causer, moi! qu'est-ce que je demande? la tranquillité, pas autre chose !...

— C'est étrange! exclama soudain Marville, j'ai entendu du bruit; on dirait que quelqu'un écoute derrière cette porte...

— Attendez, je vais voir, murmura la sage-femme en se levant pour s'assurer du fait.

En son absence, le banquier jeta vivement dans le verre de sa complice une pincée de poudre blanche.

La veuve Ménager, en se retournant, aperçut la main de Marville qui se retirait précipitamment.

Elle revint vers lui, et le fixant avec épouvante :

— Misérable! s'écria-t-elle, tu as voulu m'empoisonner !...

Et elle se précipita sur un cordon de sonnette.

Mais le banquier, lui saisissant le bras avec vigueur, la força de s'asseoir.

— Calmez-vous, ma toute belle, accentua-t-il d'une voix doucereuse. Puisque c'est une affaire manquée, n'en parlons plus; continuons tranquillement notre causerie...

Et prenant le verre où se trouvait la dose d'arsenic, il le brisa sur le parquet.

Juliette ne trouva pas un mot à répondre à l'homme qui la dominait de toute la puissance de son infamie.

Marville alors entra franchement en matière. Il avoua à Juliette son dessein meurtrier et la cause qui l'avait poussé à l'accomplir.

— Je ne vous voulais pas de mal, je vous le jure, ma bonne amie, dit-il; mais j'ai eu peur de vos révélations.

La sage-femme feignit de croire aux bonnes intentions de Marville à son égard; les deux complices entrèrent en arran-

gement, et il fut convenu que, dans quatre jours au plus tard, Juliette aurait quitté Paris et gagnerait la Suisse.

De son côté, nous avons vu que notre ami Eugène Verneuil ne perdait pas son temps. Il se rendit chez M. de Jumiéges et lui dévoila ce qu'il savait concernant l'assassinat du 11 novembre 1827.

— Je vous remercie de ces renseignements, dit le magistrat; soyez certain que la justice veille et sera implacable et sans égard pour la position du criminel.

M. de Jumiéges ne donna pas d'autres explications à Mercredi; mais, le lendemain même, une descente de police avait lieu chez le banquier, auquel on demanda communication de ses papiers de famille.

Tous ces titres étaient en règle. Dumouchet, habile à imiter les signatures, avaient fabriqué lui-même les faux noms de sa généalogie.

Le procureur du roi qui, d'après les dénonciations faites de toutes parts contre l'ex-député, possédait la conviction intime de la culpabilité de Marville, ordonna une immédiate confrontation entre l'accusateur et l'accusé du meurtre du garçon de caisse.

Marville fut mandé au Palais de Justice, et bientôt le chiffonnier Joseph parut devant lui.

La figure de la pauvre victime était ridée par l'angoisse et le chagrin; son corps était voûté sous le poids du malheur.

Son émotion fut poignante lorsqu'il vit, arrogant et hautain, celui que jadis il avait sauvé du suicide.

Il rappela au souvenir de Marville tous les incidents de la nuit du crime.

Pour toute réponse, le banquier prononça ces phrases, dont chacune tomba comme une goutte de feu sur le cœur du vieux chiffonnier :

— Vous m'avez avoué vous-même, dans un moment d'ivresse, le meurtre dont vous êtes l'auteur... En ce qui me concerne, votre accusation n'est qu'un honteux calcul, car, à l'époque où l'assassinat fut commis, je n'étais pas en France.

Et il remit entre les mains du juge d'instruction les faux papiers qui constataient, en 1827, sa présence à Rio-Janeiro.

Devant ces preuves irrécusables, le magistrat chargé de l'instruction congédia Marville, et Joseph fut reconduit à la Conciergerie, en attendant qu'on décidât de son sort.

Rentré à son hôtel, le banquier continua de mettre ordre à ses affaires, tâche qu'il avait commencée depuis plusieurs jours, pour être prêt à tout événement.

Sur ces entrefaites, Gaspard fut condamné à mort.

Une heure après le prononcé du jugement, le prisonnier faisait appeler son ancien maître.

— Eh bien, l'affaire est bâclée, lui dit l'ex-valet, je me suis conduit en galant homme, j'espère... je suis convenu de la faute tout entière, à moi tout seul, je n'ai compromis personne... et j'ai donné pour motif du meurtre ma vengeance contre l'orgueil de votre famille... Maintenant, à votre tour de, bien faire les choses.

Marville lui réitéra le plan d'évasion dont il avait parlé à Sainte-Pélagie, et promit d'utiliser les délais relatifs à la cour de cassation pour faciliter sa fuite.

Gaspard crut encore cette fois à la parole du banquier, et signa le soir même son pourvoi.

Nous verrons, dans un autre chapitre, comment Marville sortit de ce mauvais pas.

Le lendemain de la sentence prononcée contre l'ex-associé de Foulbert, la veuve Ménager, à laquelle le financier avait promis un faux passe-port, montait en diligence pour quitter Paris; mais au moment où elle en atteignait le marchepied, une voix fit retentir ces terribles paroles à son oreille :

— Au nom de la loi, je vous arrête!

C'était M. Campel, qui, le matin même, avait reçu l'ordre de M. de Jumiéges de procéder à l'arrestation de Juliette Ménager.

CHAPITRE XI

COMMENT ON SE DÉBARRASSE D'UNE MAÎTRESSE

Charlotte de Saint-Méran, prévenue par la rumeur publique de la déconsidération qui atteignait Marville, et craignant d'être compromise dans la chute de celui qui l'avait tirée de la misère, songeait à provoquer une rupture définitive avec le banquier.

De son côté, Marville, pressé par les circonstances critiques de sa nouvelle situation, résolut d'avoir avec sa maîtresse un entretien qui lui permit de savoir au juste si, en cas de revers, il pourrait compter sur elle. Il se rendit donc à la maison du boulevard Poissonnière.

— Ah! c'est encore vous! exclama dédaigneusement Lodoïska en le voyant entrer.

— Le mot est peu flatteur! Tenez, ma chère amie, dit-il en fixant la lorette, si j'en juge d'après votre ton et vos manières à mon égard, vous ne m'aimez plus, et j'ajouterai même que le flambeau de votre passion brûle pour un rival préféré. Notez que je dis un, par pure politesse.

La lorette ne répondit pas.

— Vous vous taisez!... Fort bien. Mais alors permettez-moi, madame, d'en agir désormais avec vous selon vos mérites.

— Je vous demande pardon, mon cher, fit Charlotte en se levant, de vous laisser seul, mais il faut que j'aille au bois... j'étrenne aujourd'hui deux poneys de toute beauté!

— Une minute encore, chère amie!... Puisque nous sommes sur le point de nous quitter... pour toujours, peut-être... sauve-gardons au moins réciproquement notre amour-propre...

— A quoi bon?... fit sèchement la lorette. Le mot adieu est le seul qui convienne à la situation.

— Restez et écoutez-moi; je le veux!... fit Marville en lui indiquant un siége.

Lodoïska obéit, mais avec un mouvement marqué d'impatience.

— Calmez-vous, madame, je serai bref; mais je réclame toute votre attention. Vous êtes fatiguée de mon amour et saturée de mes bienfaits, cela est très-naturel; les fleurs aiment les caresses changeantes des papillons...

— Décidément, monsieur, vous êtes spirituel, je crois? Si Voltaire vivait de nos jours, vous seriez digne d'être son banquier!

— Qu'importe mon esprit?... il s'agit de votre ingratitude!

— Ah! ah! très-drôle... j'étais une belle et honnête fille, vivant de mon travail... Vous, vous étiez vieux, blasé, ridé, vivant d'intrigue, d'usure, de rapines, que sais-je, moi?... Vous m'avez offert de rajeunir vos cheveux blancs au contact de mes jeunes baisers; de rafraîchir, de mes suaves caresses, votre âme usée!... En échange, vous m'avez donné de l'or, beaucoup d'or; voilà le marché!... un marché dans lequel j'ai perdu plus que vous... car il vous reste une fortune, et mon honneur à moi est à jamais flétri!... Vous voyez bien que je ne dois aucune gratitude à votre prétendue générosité!

— Ainsi, vous me quitterez sans regrets?

— Mon Dieu, oui!... Ce n'est peut-être pas votre faute, mais vous ne savez pas vous faire tolérer d'une jolie femme... vous êtes trop égoïste, mon cher.

— De la raillerie! exclama Marville avec rage; cela vous va bien, ma foi!... Ne faudrait-il pas, pour se faire tolérer, comme vous dites, qu'un homme de ma valeur se prosternât devant mademoiselle Lodoïska, la balayeuse, l'héroïne des chiffonnières de la rue Mouffetard!...

— Assez d'insultes, monsieur, s'écria-t-elle; balayeuse, chiffonnière ou femme du monde, je suis chez moi, et je ne permets à personne de m'y donner de grossières leçons!...

— Mais vous sortez des bornes de la bienséance...

— Au contraire, interrompit la lorette, c'est vous qui oubliez, dans votre rage d'avilir les autres, qu'un cercle de réprobation se forme autour de vous, et que bientôt vous serez précipité du haut de votre fortune présente dans la boue de votre passé!...

— Je n'exige pas que vous me disiez quelle démarche vous avez faites pour me nuire... La trahison est inhérente à votre ingrate nature de femme mondaine. Mais à celui qui vous proposa un jour d'être son épouse, qui vous l'eût proposé encore, peut-être, sans votre conduite douteuse, vous ne pouvez jeter le mépris à la face!... ce serait intervertir les rôles.

— Soit, je suis une femme compromise, mais pas assez cependant pour accepter le mariage auquel vous faisiez tout à l'heure allusion!... Que voulez-vous, mon cher, Lodoïska, la balayeuse du faubourg Saint-Marceau, se croit indigne de porter le nom de l'assassin d'Isidore Laurier.

— Malheureuse, fit Marville les dents serrées, tu en as menti!...

— J'ai menti, dites-vous! Eh bien, la preuve de ce que j'avance est renfermée dans ce secrétaire... Avec cette preuve, ce soir vous serez arrêté comme un assassin... Ah! tu trembles... insulteur de femmes... tu as peur!...

Marville voulut s'élancer sur le secrétaire.

— Si tu fais un pas, je sonne mes domestiques et te fais arrêter à l'instant même, riposta Charlotte en essayant d'enlever la clef du meuble.

Dumouchet, décidé à tout pour reconquérir la preuve de son crime, se précipita sur la lorette et la poussa rudement. La tête de Charlotte heurta le coin du marbre de la cheminée. Elle tomba évanouie; une large blessure qu'elle s'était faite au front rendait des flots de sang.

Marville, débarrassé de sa maîtresse, ouvrit le meuble et le fouilla dans tous ses recoins.

Quelques minutes après, il avait trouvé la lettre de Foulbert.

Il la déchira et, jetant un regard de dédain sur la victime de sa brutalité, il franchit la porte du boudoir.

— Maintenant que je n'ai plus rien à redouter de cette femme, dit-il, mon triomphe est assuré!

CHAPITRE XII

LE DERNIER JOUR D'UN CONDAMNÉ A MORT

Ordinairement il se passe un délai de quarante jours entre le prononcé d'un jugement de cour d'assises et la mise au rôle du pourvoi de l'accusé par la cour de cassation.

Mais lorsque la cause est déclarée urgente par la magistrature, ce délai est considérablement amoindri.

C'est ce qui eut lieu pour l'examen du pourvoi de Gaspard.

Deux clauses concluaient à une prompte exécution judiciaire. D'abord les dépositions de la veuve Ménager, qui, pour détourner de sa tête les foudres de la justice, avait enfin avoué que Gaspard était venu lui dérober l'enfant de mademoiselle de Norges. Ensuite, les démarches incessantes de Marville auprès du parquet. Bref, huit jours s'étaient à peine écoulés, que le tribunal suprême rendait son verdict.

C'était le rejet du pourvoi de Gaspard.

Pendant que Dumouchet est instruit de cette décision par la feuille officielle des tribunaux, voyons un peu ce qui se passait dans le cachot des condamnés à mort, à la Conciergerie.

Dans la solitude terrifiante de ce cachot, Gaspard, maintenu par la camisole de force, était en proie à une poignante angoisse.

L'espérance de la liberté soutenait seule encore son courage.

Il rappelait à sa mémoire les incidents qui l'avaient amené sous cette sombre voûte, où tant d'hommes devenus cadavres l'avaient précédé; et, confiant dans la promesse de son complice, il attendait l'heure de la délivrance.

Son sang bouillonnait avec l'agitation de la fièvre. Une sueur froide perlait sur tous ses membres.

Attentif à saisir le moindre bruit venant du dehors, il courait à la porte du cachot, puis revenait s'asseoir plus anxieux encore lorsque le bruit s'éloignait.

Sept jours se passèrent pour le condamné dans cette alternative d'aspirations et de désappointements. Chaque soir il se disait : Allons, il n'a pu réussir encore... ce sera pour demain, peut-être.

Le huitième jour, vers cinq heures du matin, des pas résonnèrent sur les dalles du couloir extérieur.

Gaspard prêta l'oreille.

— Ils sont plusieurs, murmura-t-il; c'est ici qu'ils viennent!... oui... ils s'arrêtent... la clef tourne dans la serrure... Enfin!... Marville a tenu parole...

La lourde porte s'ouvrit en effet, et un geôlier parut; il était suivi d'un prêtre.

Le condamné resta immobile, prêt à saisir le sens des paroles qu'on allait lui adresser; dans sa persuasion intime, le costume du prêtre devait être un déguisement libérateur, d'après ce qui lui avait dit le banquier.

L'aumônier s'avança, pendant que le geôlier restait sur le seuil du cachot, et présentant un crucifix à Gaspard :

— Du courage, mon fils, dit-il d'une voix émue, c'est en Dieu seul que maintenant vous devez mettre votre espoir...

A ces mots, une révolution effrayante se manifesta dans l'organisme du condamné; il se mit à trembler de tous ses membres; ses yeux s'injectèrent de sang.

Le malheureux voulut parler... de sa poitrine haletante ne sortirent que des sanglots étouffés, des paroles incompréhensibles.

Enfin, il s'affaissa sous le poids d'une horrible prostration, à laquelle succéda bientôt une atonie complète.

A dater de ce moment, l'âme de Gaspard était morte; son corps ne fut plus, pour ainsi dire, qu'une matière inerte.

Marville était encore une fois sauvé.

La mission du représentant de Dieu sur la terre étant accomplie, les valets du bourreau vinrent procéder à la fatale *toilette*.

Gaspard, complétement anéanti, ne fit aucun geste, ne proféra aucune parole.

— Encore un qui *canne*! exclama le premier valet. C'est de la viande mollasse, quoi! le boucher en aura facilement raison!...

— Y sont presque tous comme ça! fit un autre. Ils assassinent en rigolant leurs victimes, et puis, quand on veut leur rendre la monnaie de leur pièce, bernique, sansonnet!... Plus de courage au bassinet.

Puis les deux valets du bourreau se retirèrent en laissant la victime dans le grand fauteuil de cuir, seul meuble qui ornât le sinistre cachot des condamnés à mort.

Nos lecteurs savent aussi bien que nous qu'à la suite d'un rejet de pourvoi, c'est du procureur du roi qu'il dépend de fixer l'heure de l'exécution.

En cette circonstance, M. de Jumiéges donna des ordres pour que l'échafaud fût dressé sous les vingt-quatre heures.

Toute la nuit, les ouvriers travaillèrent donc, sur la place Saint-Jacques, à établir les charpentes de la lugubre machine.

A quatre heures du matin, elle était prête, et déjà une foule immense formait cercle en attendant l'arrivée du condamné.

A sept heures moins un quart la charrette arriva, escortée d'un piquet de gardes municipaux. Un brouhaha se fit dans la foule à la vue de Gaspard, dont les cheveux avaient blanchi et qu'on fut obligé de porter sur la plate-forme de l'échafaud. La planche fatale se renversa ; le bourreau toucha le bouton de cuivre ; un grincement aigu fit tressaillir les spectateurs... La justice des hommes était satisfaite.

Le bourreau poussa du pied le corps dans un panier rouge rempli de son, plaça la tête près du corps et le panier se referma, pendant que la foule commençait à s'écouler en silence.

Au même instant, Marville quittait la fenêtre d'un marchand de vin situé au coin de la barrière, d'où il avait assisté au supplice.

CHAPITRE XIII

LA FOSSE AUX LIONS

Si, jusqu'alors, la bande des Quarante-Cinq, renfermée à la prison de la Force, n'avait pas été mise en jugement, c'est que des demi-révélations, de la part de quelques-uns de ses membres, avaient laissé supposer aux magistrats que cette société de malfaiteurs possédait encore de nombreuses ramifications, destinées à être recueillies par une instruction minutieuse.

A la Force, nous trouvons donc, en outre des membres obscurs de la bande, une grande partie des personnages qui ont joué un rôle dans cette histoire : le docteur Bonacion, Sourcque, dit Fifi, Chicarpion, et enfin Foulbert.

Lors de son arrestation au cabaret de la rue Fer-à-Moulin, ce dernier avait nié non-seulement sa situation de forçat en rupture de ban, mais encore sa personnalité. Toutefois la justice, incrédule aux dénégations des coupables, soupçonna bien vite l'importance de sa capture. Foulbert fut soumis à l'examen des vieux gardiens de la Force et son identité parfaitement reconnue.

Il se passe ordinairement, parmi les criminels, un fait digne de remarque : c'est que, lorsqu'ils sont captifs, ils se rejettent l'un sur l'autre les griefs qui les ont fait arrêter, et cela malgré la présence du gardien, qu'ils ont surnommé *Gaffe*.

Parfois encore, les épithètes grossières qu'ils se lancent sont tellement mordantes et vraies, que la dispute dégénère en sanglant combat.

Chicarpion et les autres Quarante-Cinq accusèrent Sourcque et Foulbert de les avoir compromis par de fausses manœuvres. Sourcque et Foulbert répondirent à cette attaque par une accusation directe de *moutonnage*, de la part de leurs complices ; — une rixe eut lieu, et, à la suite de cette rixe, les deux chefs, considérés comme *dangereux*, furent incarcérés dans la *Fosse aux lions*.

Cette localité de la vieille Force consistait en une basse fosse de dix mètres de surface environ, entourée de murs élevés, et dans laquelle, par une petite porte donnant dans les souterrains de la prison, on introduisait les captifs.

Les criminels, avant d'être placés dans ladite *Fosse aux lions*, étaient préalablement soumis à une toilette dont voici les détails : on leur rasait la barbe et les cheveux ; puis, après les avoir dépouillés des habits et de la chaussure de la prison, on les revêtait d'une veste et d'un pantalon de toile.

Continuellement ensemble dans cette cage de pierre, Sourcque et Foulbert, après avoir épuisé toute leur intelligence à ruminer un plan irréalisable d'évasion, avaient fini par se haïr et se menacer chaque jour de s'entre-détruire n'importe par quel moyen.

Un matin, cependant, Foulbert parut plus gai que de coutume, et, s'adressant à son camarade d'infortune :

— Dis donc, Fifi ! exclama-t-il, faut avouer que nous sommes joliment *lofards* tous les deux de nous manger la rate au sujet de notre position sociale, tandis que nous avons sous la main un paroissien qui reluit au grand jour des malins, et qui serait bien forcé, si nous voulions, de nous faire donner la clef des champs.

— Qui donc? interrogea Sourcque.

— Eh ! pardine ! Marville, le banquier député!... il ne s'agirait que de le faire prévenir qu'en cas d'ingratitude de sa part, nous *jaspinerions sur son orgue!*

— C'est juste!... mais dans cette caverne, murée de toutes parts, c'est pas facile de correspondre avec la haute société.

— C'est peut-être pus aisé que tu ne crois... et je vais mettre à exécution l'idée rubiconde qui m'a germé dans la *toupie*, quand j'étais encore sur la grande cour.

— Quelle idée?

— Bonacion, recommandé par un médecin de la haute, reçoit des visiteurs au parloir. Il ne s'agit que de lui rappeler ce que je lui ai demandé... et le gaillard sera assez adroit pour me le faire parvenir...

— Mais quoi enfin, grosse brute?

— Pas de gros mots, dit Foulbert en roulant des yeux furibonds, ou je te bouche le *corridor* avec mon moule à gant de gendarme...

— Dame ! pourquoi que tu lanternes à abouler ton truc?

— Parce que en prison, vois-tu, faut rien débiner avant d'être sûr de son fait. Rappelle-toi seulement d'une chose ; ce soir, quand nous *rapiquerons* au cachot, roucoule très-fort en même temps que moi ces paroles, sur l'air de Malbrough : *Quand on a des aiguilles, c'est pour mettre en étui!*... Très-fort, comprends-tu?

— As pas peur ; quand je veux, j'ai un gosier de rossignol!

— Fameux! mais *motus*, v'là le *Gaffe* qui nous reluque du haut de son balcon...

Le soir, en effet, et en traversant la cour commune de la prison, les deux misérables firent entendre la chanson convenue entre eux. Au même instant, d'une fenêtre grillée tomba un objet, dont le bruit fut couvert par les voix de Foulbert et de Sourcque.

— Brave père Bonacion, il était à la *coule!* pensa Foulbert en jetant autour de lui un rapide coup d'œil. L'étui est là, près de la fontaine...

Et, arrêtant le gardien par le bras :

— Mon brave gardien, j'ai soif, dit-il ; laissez-moi boire avant que je rentre fermer mes paupières !

— Allons, dépêche-toi, fit ce dernier en maugréant.

Foulbert ne perdit pas une minute ; il se précipita vers le robinet de la fontaine, but avidement et, feignant de se laisser tomber à terre, il ramassa prestement l'objet qui avait été jeté par la fenêtre grillée. Puis il rejoignit le geôlier.

— Merci, dit-il ; à charge de revanche, si j'en étais *suscestible*.

Les deux meurtriers furent enfermés chacun dans un cachot différent.

Le lendemain, lorsqu'ils se retrouvèrent à la *Fosse aux lions*, Meurt-de-soif conserva un mutisme complet à l'égard de son complice, duquel il se méfiait, et qui ne s'était pas aperçu, la veille, de la manœuvre de Foulbert.

— Maintenant, je suis d'*attaque*, dit le meurtrier ; la lettre est griffonnée ; il s'agit de la retourner à Bonacion, qui la fera parvenir au banquier. J'attendrai l'*occase*... Quant aux malins de la *tôle des joueurs de guitare* (1), je les défie de venir la chercher où elle est *muchée*.

Mais soudain, Foulbert fut en proie à une indisposition cruelle. Il se plaignit au gardien de douleurs horribles dans les intestins, et on dut le transporter à l'infirmerie.

Le médecin constata immédiatement des symptômes de désordres abdominaux. Il interrogea le malade sur les causes probables de son malaise ; mais Foulbert persista à vouloir l'attribuer à l'eau qu'il avait bue dans la cour de la prison.

— J'avais très-chaud, dit-il, c'est ce liquide de grenouilles qui m'aura fait gonfler le ventre !

L'homme de science secoua la tête, et conclut à une péritonite. Il le soigna en conséquence.

Mais le mal empirait sans cesse ; Foulbert, auquel on ne cacha nullement qu'il était en danger de mort, finit cependant par faire des aveux, et il confia au médecin qu'il avait caché, en l'introduisant dans le rectum, un étui renfermant une lettre qu'il voulait faire parvenir au dehors (2).

(1) Maison des prisonniers.
(2) Ce fait se trouve consigné dans un remarquable rapport du médecin de la Force à cette époque.   *(Note de l'auteur.)*

— Je n'avais que ce truc à ma disposition, ajouta-t-il, pour dissimuler l'objet à la surveillance des gardiens.

Aussitôt le médecin se mit en devoir d'examiner de nouveau Foulbert.

Mais l'examen ne produisit aucun résultat.

Enfin, à bout d'expédients, il ordonna de fortes purgations, qui amenèrent l'évacuation d'un étui cylindro-conique, en bois d'ébène.

Cet étui, déposé au greffe, fut aussitôt ouvert. On y trouva une lettre pliée, portant cette adresse, écrite avec du sang : « A monsieur Marville, banquier, chaussée d'Antin. »

Le greffier ouvrit cette lettre et y lut les phrases suivantes :

« Mon vieux camarad, tu es puissant au haut de l'échelle et couvert de pas mal de crimes ; nous, nous sommes au clou, en danger de raccourcissement. Si tu veux que nous ne mangions pas sur ta figure, use bien vite de ton influence ; car, si dans huit jours il n'est pas au grand air, papa Foulbert fera de la peine à papa Dumouchel, l'assassin d'Isidore Laurier, tu sais... et autres du même tonneau. Ton ami, ARSÈNE FOULBERT. »

Le directeur de la Force envoya immédiatement au procureur du roi la lettre de Meurt-de-soif.

Lorsque l'employé de la prison arriva dans le cabinet de M. de Jumiéges, une femme en sortait. C'était Charlotte de Saint-Méran, qui venait de dénoncer au magistrat la conduite indigne de Marville, et de l'instruire de tous les détails qu'elle connaissait relativement au passé de cet homme.

M. de Jumiéges expédia immédiatement des ordres à la préfecture de police et se rendit à la prison de la Force.

Il interrogea Foulbert, qui, ne voyant plus d'espoir du côté de Marville, et espérant peut-être la diminution de sa peine, fit des révélations complètes relativement au banquier.

Le soir même, des agents, pourvus d'un mandat d'arrêt, se présentaient à l'hôtel de la chaussée d'Antin.

Mais ils apprirent que la maison de banque venait de suspendre ses payements et que Marville avait disparu de son domicile depuis deux jours.

CHAPITRE XIV

LA MORT DE LODOÏSKA

A la suite de la descente de police chez le banquier Marville, le père Joseph fut immédiatement mis en liberté ; car la magistrature, douée comme toujours d'une extrême prudence et d'une loyale humanité, pensait ne plus devoir retenir sous les verrous notre brave chiffonnier lorsqu'elle allait s'emparer du véritable assassin du garçon de caisse.

Joseph fut reçu par ses amis avec des transports de joie ; Mercredi lui proposa d'habiter une chambre dans sa propriété des Deux-Moulins et de vivre en communauté avec lui ; mais l'intègre travailleur refusa tout net.

— J'ai été accusé publiquement, dit-il à son jeune ami, j'ai été emprisonné sous l'inculpation d'une action infâme ; je dois me montrer de nouveau au grand jour et me réhabiliter aux yeux de tous par le travail... car le travail, mes amis, c'est la couronne civique de l'honnête homme.

En sortant de chez Verneuil, le père de Constance se rendit au clos Saint-Jean de Latran, et demanda à son vieux camarade, le propriétaire dont nous avons déjà parlé, de lui louer une chambre. Mais il rencontra une opposition à son dessein, de la part du Cagneux, sorti depuis quelque temps de l'hôpital, et qui, lui sautant au cou, se mit à l'embrasser en pleurant.

— Vous ? demeurer tout seul, manger tout seul, travailler tout seul ! fit le jeune loustic. Allons donc, ce serait emberlificotant à avaler sa langue. On va mettre un lit dans ma chambre ; nous ferons une existence en commun. Oh ! d'abord, moi, la fraternité, ça me va... et puis, je ne veux pas que vous retombiez dans les griffes des coquins,... je suis un pas-grand'-chose, un enfant du hasard, un rien-du-tout, quoi ! ignorant les sciences et l'orthographe, mais j'ai du tube, et je veux flairer tout à mon aise le gibier de potence qui en veut à votre bonheur et à celui de mam'zelle Constance.

Le père Joseph accepta provisoirement l'offre du Cagneux, et reprit son travail habituel parmi les compagnons de la chiffe, qui, disons-le à la gloire des enfants du peuple, ne songèrent pas un seul instant à lui rappeler son passé douloureux.

Le père Joseph était à peine sorti de chez Mercredi, qu'un domestique en livrée demanda à parler à M. Verneuil.

Ce valet, qui n'était autre qu'Évrard, apprit au jeune homme que Lodoïska, mourante, demandait à le voir. Mercredi refusa d'abord d'accéder à la demande de Charlotte, craignant d'être encore la dupe d'un artifice de l'audacieuse lorette ; mais sur les instances d'Évrard, qui lui affirma, sur l'honneur, que Lodoïska était dangereusement malade, il se rendit à l'hôtel du boulevard Poissonnière.

Pendant que l'ami de la Bombée allait visiter madame de Saint-Méran, voyons quelle était la cause fortuite de la fin prématurée de l'ancienne balayeuse.

Charlotte, se voyant tout à coup abandonnée des deux seuls êtres formant, pour ainsi dire, le pivot de son existence : l'un Marville, devant un jour lui donner fortune et considération l'autre, Mercredi, l'unique passion qui fît vibrer son cœur, perdit la tête ; et, pour étourdir son chagrin, se lança dans un tourbillon de plaisirs échevelés et aventureux. Elle joua un jeu d'enfer, s'enivra de champagne, et devint l'héroïne des soupers du Caveau et des orgies du Cadran-Bleu.

Elle fit aussi partie des clubs les plus en vogue à cette époque ; les princes du *sport* se disputèrent les faveurs de l'excentrique lorette, qui, à défaut d'amour pour ses adorateurs, éprouvait en revanche une passion frénétique pour leurs chevaux. Bref, chaque jour, c'était de nouvelles courses au bois de Boulogne, courses dans lesquelles madame de Saint-Méran avait acquis le surnom de *la Reine du sport et du turf*.

Lodoïska, ayant parié mille louis avec un jeune dandy du Jockey-Club qu'elle monterait un alezan pure race, n'ayant jamais pu être dompté par aucun écuyer, se rendit donc au bois de Boulogne, lieu fixé pour la périlleuse épreuve.

La fringante amazone monta fièrement le coursier indomptable ; et, après quelques tours de bois exécutés avec une hardiesse extraordinaire, revint au but primitif réclamer le prix de sa gageure et recueillir les applaudissements des riches désœuvrés ses compagnons de plaisir. Mais, au moment où Charlotte descendait de cheval, son pied s'embarrassa dans l'étrier ; elle voulut se retenir à la crinière du rétif alezan ; l'animal, ne sentant plus une main ferme diriger son frein, prit le mors aux dents et emporta dans sa course rapide l'imprudente vierge folle.

Lodoïska fut traînée ainsi à travers les massifs du bois pendant dix minutes. Enfin, le cheval s'abattit contre un arbre, et, dans sa chute, mutila le corps de madame de Saint-Méran.

Elle fut relevée par Évrard, et reportée mourante à son hôtel.

Le soir même de cet événement, une joyeuse réunion de membres du Jockey-Club soupait aux Frères-Provençaux, et portait au dessert un joyeux toast à la chute de la *Reine du turf et du sport*. Triste comédie humaine, dont les acteurs appartenaient à cette caste surnommée *gens d'élite*, pour laquelle le peuple est un troupeau de bêtes de somme ! et cependant ce peuple possède en lui-même assez de vertus pour compenser les vices de ces parasites et rétablir la balance sociale.

Ainsi que nous l'avons vu, Mercredi se rendit chez l'ancienne balayeuse.

A la vue de la jeune femme pâle et défigurée, le compagnon de jeunesse de Charlotte ne put retenir ses larmes. Il se souvint que naguère, dans une position presque semblable, la pauvre fille, aujourd'hui déchue, l'avait soigné avec dévouement. Aussi, lui offrit-il ses services dans les termes affectueux.

— Disposez entièrement de moi, ma chère amie, fit-il avec bonté. Je passerai, s'il le faut, nuit et jour à votre chevet ; je vous soignerai avec l'amitié d'un frère !... Je serai pour vous aujourd'hui ce que naguère vous fûtes pour moi, un gardien dévoué !...

— Merci, merci, répondit Lodoïska d'une voix mourante. Tous les soins sont désormais inutiles. La vie s'échappe de moi ! Dans quelques instants, j'aurai cessé de vivre ! Mais avant de rendre mon âme à Dieu, je veux revoir tous mes anciens amis de travail, leur demander pardon du scandale que je leur ai causé par mon inconduite ; enfin, je veux mourir réhabilitée dans le souvenir d'honnêtes gens qui ne m'ont jamais reniée, eux !... comme ces hommes du monde qui achètent à prix d'or la beauté d'une femme et la repoussent du pied le jour où l'infortune vient la frapper de sa main de fer !... Oh ! les misérables ! je les maud...

Une syncope arrêta l'imprécation sur les lèvres de la Laïs moderne.

Selon le désir de Charlotte, Mercredi fit demander en toute hâte, par Évrard, Constance, la Bombée et le père Joseph.

Ils se rendirent tous trois avec empressement auprès du lit de la mourante.

Charlotte les fit asseoir à son chevet, et, commençant par Joseph, elle s'exprima en ces termes :

— Mon vieux camarade, lui dit-elle, des tribulations de toutes sortes sont venues éprouver votre âme d'élite ! Les méchants se sont acharnés contre vous ; mais le jour de la justice n'est pas éloigné et vous serez récompensé selon votre mérite !...

— J'accepte votre souhait, Charlotte, répondit Joseph, et je vous crois, car je crois à la Providence !

— Maintenant, mon ami, reprit la balayeuse, vous dont le cœur est bon, soyez indulgent pour la pauvre pécheresse ; car, si elle a suivi le mauvais sentier de la vie, c'est qu'elle n'avait pas une mère ou un honnête père comme vous pour la guider dans le chemin aride de la vertu. Pardonnez-moi, brave Joseph, de ne pas avoir mis à exécution les conseils que vous m'aviez donnés étant enfant ! Mais que voulez-vous ? comme toutes les femmes passionnées, j'ai d'abord embrasé mon cœur à un amour qui devait être stérile, et ensuite, pour oublier cet amour, j'ai follement gaspillé dans une vie de débauche les trésors de jeunesse et de beauté dont m'avait douée le Créateur... Mais je suis punie par mes propres fautes ; je vais mourir ; je me repens, mon ami, pardonnez-moi et bénissez-moi. La bénédiction d'un honnête homme sera une goutte de rosée vivifiante pour mon âme avant de la rendre à Dieu.

En entendant cette douloureuse supplication, Joseph ne put retenir ses larmes.

— Je te bénis et je te pardonne, ma fille ! exclama le vieux chiffonnier. La société te devait, outre une sage protection, une éducation qui te mît à l'abri des embûches d'un monde corrupteur. Dieu te tiendra compte de ton ignorance de la vie et de la perversité de l'homme envers un sexe faible qu'il doit protéger et soutenir. Je te pardonne et te bénis !

— Ce pardon, mon père, est un sûr garant de l'indulgence de Dieu !

Puis, s'adressant à la Bombée :

— Bonne Marie, lui dit-elle, la nature n'a pas été prodigue de ses dons extérieurs envers toi, mais elle t'a donné en revanche un cœur d'or, une âme honnête. Mon amour a plus d'une fois froissé ton cœur ! pardonne-moi aussi ; devant une tombe, toutes les passions disparaissent pour faire place à l'indulgence et à l'oubli !... Pardonne-moi, Marie, et si un jour tu as une fille qui se laisse éblouir par l'éclat d'un bonheur factice, rappelle-lui le souvenir de Lodoïska la balayeuse !... Embrasse-moi une dernière fois avant de mourir !...

— Oh ! tu ne mourras pas, reprit la Bombée en se jetant dans les bras de Charlotte ; tu ne peux mourir ainsi, et si son amour peut seul te faire vivre... eh bien, je me résignerai !...

Et la pauvre bossue fondit en larmes.

— Vous vivrez, reprit à son tour Constance, et nous vous aimerons tous comme une sœur.

— Merci, ma bonne Constance, fit Lodoïska d'une voix de plus en plus affaiblie, merci de vos consolations. Mais permettez-moi de vous adresser aussi quelques paroles de prédiction sur votre avenir, à vous qui êtes l'image de toutes les perfections humaines. Vous allez épouser un homme que vous aimez ; il est riche, bien élevé et doué d'une âme d'élite. Vous le rendrez heureux, j'en suis sûre, et cette fortune, dignement acquise par une union légitime, vous en ferez un noble usage ; vous deviendrez la Providence des affligés, la mère des pauvres. Telle est votre mission sur cette terre, Constance, car vous êtes un des anges du bon Dieu, qui rachètent les fautes des démons comme moi...

— Charlotte...

— Oh ! laissez-moi dire toute ma pensée... continua la mourante, c'est une première expiation !...

— Calmez-vous, Charlotte, fit Joseph, les émotions vous tuent.

— Non ! non !... il faut me dépêcher, j'ai si peu d'instants à vivre !... Quant à vous, mon ami, fit-elle à Mercredi, vous qui, involontairement, avez été la cause de ma perte, je vous aime toujours... oh ! d'un amour de sœur, que je puis sans rougir emporter dans la tombe...

— Et que j'accepte de tout cœur, répliqua l'ex-musicien.

— Eh bien, Eugène, puisqu'il en est ainsi, accordez-moi une dernière grâce... Il me reste encore une assez belle fortune, acceptez-la comme un gage suprême de mon amitié !...

— J'accepte, dit Verneuil ; mais à une condition, c'est que cette somme servira à fonder plusieurs lits dans une maison de retraite pour les vieillards... Cette fondation sera faite au nom de Lodoïska et Mercredi.

— Oh ! oui, oui... ce sera notre acte de mariage.

— Le mariage de la bienfaisance, reprit Joseph, béni par la charité.

— Maintenant, mes amis, balbutia Charlotte, je sens que dans quelques minutes j'aurai cessé de vivre... Entourez-moi, afin que vos douces prières aident mon âme à monter jusqu'au trône de l'Éternel... Oh ! j'étouffe ! de l'air ! adieu ! adieu ! je me repens !... Pardonne-moi, Mercredi, mon fiancé !... je t'aime ! je t'aime !...

Charlotte expira en prononçant ces derniers mots.

— A genoux, enfants, fit Joseph ; implorons Dieu pour la pauvre créature qu'il va recevoir dans son sein !... Prions... car, ainsi qu'à Madeleine repentante, il lui sera beaucoup pardonné parce qu'elle a beaucoup aimé.

CHAPITRE XV

LA SOCIÉTÉ DES INCENDIAIRES

Le lendemain de la mort de Lodoïska, un magnifique char funèbre emportait au champ du repos la dépouille mortelle de la reine de la fashion.

Ce convoi, malgré un grand nombre de lettres d'invitation adressées par Mercredi aux habitués des salons de la lorette, était seulement suivi de Joseph, la Bombée, Constance, Gaston, Eugène Verneuil, et quelques braves chiffonniers qui avaient jadis connu Lodoïska.

Madame de Saint-Méran était déjà plus qu'oubliée des parasites qui, quelques jours auparavant, sollicitaient une de ses faveurs, et mendiaient un de ses regards.

Charlotte fut inhumée dans le cimetière Montmartre.

Quant à son dernier vœu de bienfaisance, il fut scrupuleusement rempli par Eugène Verneuil.

Revenons maintenant à Marville.

Le rusé banquier, en quittant Paris, s'était rendu à sa filature de Melun, car déjà, depuis plusieurs jours, prévoyant sa déconfiture, il avait chargé Roquentin, directeur de son établissement, de réaliser presque toutes les factures disponibles. Son premier soin fut de réclamer les sommes perçues. Mais l'ex-forçat, ayant entendu parler de la chute prochaine du banquier, éluda la question, et, sous divers prétextes, refusa de rendre des comptes à son maître.

Marville, comprenant le but de Roquentin et voyant qu'il n'obtiendrait rien de bon par la violence, parut céder à ses raisons et résolut en lui-même de se venger, n'importe par quel moyen.

— Croyez bien, mon cher ami, lui dit-il, que je n'ai aucune défiance à votre égard ; et, la preuve, c'est que je vous charge de vendre, le plus vite possible, cette filature et de m'en apporter vous-même le prix à Paris.

— Vous voulez donc vous retirer des affaires ? insinua doucereusement Roquentin. C'est vraiment dommage, un financier de votre capacité fera défaut, surtout à une époque où l'argent est le roi du jour.

— Hélas ! en ce moment le poids des affaires est trop lourd à porter ; on excite des jalousies redoutables. Et puis la vie publique me fatigue ; j'ai besoin de l'air pur des champs !...

— Une chaumière et son cœur, fit ironiquement le chef de la filature. Vous l'aimez donc bien, cette petite folle de Lodoïska ?... Il est vrai qu'elle est agaçante. Mais, une femme, c'est léger comme l'oiseau ! l'oiseau voyageur !...

— Trêve sur ce chapitre, interrompit Marville en lançant à son complice un regard de vautour. Veuillez me conduire dans les ateliers, je tiens à examiner moi-même le travail et à me rendre compte de la valeur exacte de cet établissement.

Roquentin conduisit le banquier dans le vaste atelier où travaillaient plusieurs centaines d'enfants, hâves, décharnés et presque complétement épuisés par un labeur excessif.

— C'est tenu très-régulièrement, dit Marville, le sourire sur les lèvres. Ah ! c'est fort utile de faire travailler ainsi la jeunesse ; on l'habitue de bonne heure à l'ordre et à l'économie. Mais la grande salle de l'aile gauche était peut-être plus aérée que celle-ci, pourquoi ne pas en avoir fait un centre commun de réunion ?

— La chose est bien simple, reprit Roquentin ; madame... Lodoïska voulait avoir ses écuries dans cette filature... J'ai dû réserver l'autre salle pour cet usage.

— Mais un endroit ou l'autre, peu importe !

— Pardon, dans l'autre pièce il y a huit grandes fenêtres ; dans celle-ci nous n'en avons que deux... et les chevaux pourraient y mourir de la phthisie !

— C'est juste, interrompit Marville, un cheval coûte douze cents francs, tandis que de cette graine d'ouvriers, il en pousse à bon marché et toujours de trop, hélas !

Roquentin mena Marville dans tous les recoins du bâtiment, et enfin ils arrivèrent dans le sous-sol, où se trouvait la grande chaudière destinée à alimenter la vapeur. Cette chaudière était en pleine ébullition.

— Veuillez, mon ami, être assez bon, fit le banquier en lançant un regard oblique à son premier commis, pour monter avec moi sur l'appui de cette chaudière, afin d'en mesurer la circonférence; c'est très-important à connaître pour la valeur de mon usine.

— Volontiers, répliqua l'ex-fabricant de lampions.

Mais à peine avait-il fait quelques pas sur la galerie, que Marville, d'une main vigoureuse, le précipita dans la cuve bouillante.

Le misérable contre-maître ne jeta pas un seul cri; l'asphyxie avait été immédiate.

Le chef d'usine, voulant mettre sa responsabilité à couvert, appela du secours; les ouvriers accoururent et ne retirèrent du liquide bouillant qu'un cadavre en lambeaux.

— Maintenant, dit le banquier, enlevons la caisse et filons pour l'Angleterre.

En entrant dans le cabinet du défunt contre-maître, Marville aperçut une lettre ouverte sur le bureau; il y jeta machinalement les yeux et lut ces phrases :

« Mon cher correspondant,

» Un riche banquier de Paris est, dit-on, sous le coup d'un mandat d'amener. Il est accusé de nombreux crimes. L'autorité aurait envoyé son signalement dans tous les départements avec l'ordre de s'en emparer par tous les moyens de droit. Connaîtriez-vous le nom de ce banquier ?... »

— Diable! fit l'homme d'argent en serrant cette lettre adressée à Roquentin, il paraît que j'ai bien fait de supprimer le bonhomme. Mais le four chauffe pour moi, et si je n'invente pas un moyen de détourner l'attention de la police, je suis un homme perdu... En attendant, je vais aller à Marseille, sous un nom supposé, et une fois là, je tâcherai de m'embarquer sur un navire américain. Ah! c'est si beau l'Amérique; on est libre, au moins, dans ce pays-là!

Et Marville partit immédiatement pour l'antique Massilia.

Arrivé dans ce riche port, ouvert à toutes les grandes entreprises, le banquier fréquenta les tavernes et fit connaissance, sous le nom de Pontis, de tous les hommes d'expédients que renferment d'habitude ces lieux de débauche.

Au bout de quelques jours, notre fugitif s'était intimement lié avec un certain Darbon, chef secondaire des conspirateurs politiques. Nous devons ajouter, pour bien faire comprendre cette phase de la vie de notre héros, qu'à cette époque, plusieurs sociétés secrètes légitimistes s'étaient organisées dans les départements méridionaux de la France. Ce fut donc à une de ces sociétés que s'affilia Marville.

Un matin, l'ex-député de la droite était assis avec Darbon dans une taverne des Catalans, et tous deux causaient à voix basse :

— Vois-tu, mon vieux camarade, disait le conspirateur au banquier, il faut que tout ça finisse; il y a assez longtemps que les braves gens sont dans le dessous et les malins sur le dessus. Tu me diras à ça que nos hommes d'action, pris en dehors des hommes politiques de valeur, et étant des gaillards tarés, ils ne pourront jamais être n'importe quoi sous un régime comme il faut... Qu'est-ce que ça prouve! dans un moment de branle-bas général, on pêche en eau trouble, et une fois le sac plein, on tourne les talons; ni vu, ni connu... Tu comprends cette logique-là, toi, vieux finot? car t'as l'air d'un rusé matois, et t'as dû tâter du *monsieur comme il faut?*

— Tu crois? fit Marville avec ironie. Eh bien, tu te trompes! Je ne suis qu'un pauvre brave homme que des malheurs de famille ont réduit à tripoter l'existence pour ne pas mourir de faim.

— Alors, puisque le hasard t'a été contraire, je vais, si tu le permets, te fournir une occasion de devenir quelque chose de huppé et de passer à l'état de Crésus en un clin d'œil.

— Parle, répliqua le banquier. Je me mets à ta disposition.

— Bien! alors voici le plan de l'affaire : le gouvernement de juillet est antipathique à une masse de monde, à cause qu'on dit qu'il soutient la corruption, et qu'il a une origine libérale. Or, avec un bon coup de main d'amis dévoués de notre société, réunis aux hommes d'action de Paris, on pourrait enlever l'affaire vivement; il ne s'agirait pour ça que de bouleverser de fond en comble la capitale du monde civilisé.

— Mais ce que tu contes là est un moyen connu de tous les gouvernements... et la répression...

— C'est justement cette répression, interrompit Barnabé, que nous voulons mettre dans le sac, et cela à l'aide d'un procédé très-ingénieux.

— Vraiment, fit Marville, je suis curieux de connaître...

— Oh! c'est bien simple. Nous avons fabriqué une quantité de jolies petites bombes incendiaires, qui, en éclatant, sont susceptibles de brûler tout un quartier, sans qu'il échappe une seule maison.

— Le moyen est peut-être un peu violent, goguenarda le banquier.

— Bah! pourvu qu'on réussisse, tout est bon!... Avec ce true-là, le succès est assuré... car, pendant que l'incendie dévorera les quartiers, nous sonnerons le tocsin d'alarme; les partisans du bon droit se soulèveront; nous ferons un peu de pillage, notre profit, bien entendu, et une fois nos poches pleines, nous profiterons du désordre pour filer à l'étranger, jouir en paix du fruit de nos pénibles labeurs.

— Camarade, ce plan est magnifique, exclama l'ex-centrifuge et je propose de le mettre de suite à exécution. D'autant plus ajouta-t-il tout bas, qu'il me permettrait d'échapper sûrement aux recherches de la police.

— Eh bien, vieux, puisque tu es de si bonne volonté, trouve-toi demain, à huit heures, à l'*Estaminet du soleil ardent*, toute la *Société des incendiaires* y sera réunie; tu recevras ton compte de boulettes, et tu partiras de suite pour Paris avec les autres exécuteurs; c'est ainsi que l'on nomme chez nous les hommes d'action de la chose.

— J'y serai; compte sur moi, fit Marville; à demain.

Et le banquier partit, emportant l'espérance d'être bientôt grâce à cette horrible trame, à l'abri des poursuites de la justice.

Le lendemain, à l'heure indiquée par Darbon, la *Société des incendiaires* était réunie à l'*Estaminet du soleil ardent*.

Marville, exact au rendez-vous, fut introduit, par un des affidés, dans la salle où se tenait la séance, et, après les préliminaires d'usage, reçut sa part de boules incendiaires.

— Tu jures devant Dieu et sur ta vie, dit Darbon d'une voix solennelle, de faire usage de ces moyens de destruction selon les résolutions de notre société et à l'heure désignée par nos chefs.

— Je le jure, répondit le banquier en étendant la main.

A peine le nouvel affidé avait-il prononcé ces paroles, qu'un cri de *sauve qui peut!* se fit entendre. C'était une compagnie de gendarmes qui venait de faire irruption dans l'estaminet.

— Défendons-nous, mes amis, s'écria Darbon. C'est la mort qui nous attend, et il vaut mieux vendre chèrement sa vie que de mourir *bêtement* sur un échafaud.

Sur cet exorde, une lutte acharnée s'établit entre les conspirateurs et la gendarmerie.

Marville, se voyant perdu, se livra à une défense héroïque mais un coup de pistolet, qui lui fracassa l'os de la mâchoire, le mit hors de combat.

Toute la troupe, sans exception, fut faite prisonnière et conduite, sous bonne escorte, dans les prisons de Marseille.

Le lendemain matin, on lisait dans le journal officiel, cette dépêche télégraphique :

Le préfet des Bouches-du-Rhône à M. le préfet de police,
à Paris.

« Le nommé Marville, banquier, vient d'être arrêté, ce soir, à Marseille. Il se cachait sous le pseudonyme de Pontis, et se trouve être l'un des complices d'un horrible complot contre la sûreté de l'État. Demain cet homme dangereux sera dirigé sur Paris. »

CHAPITRE XVI

LA FÊTE DES CHIFFONNIERS

Nos lecteurs comprendront dans quel désarroi se trouva la maison de banque Marville, après la suspension des payements et l'arrestation du financier.

La fermeture de la caisse était la ruine d'un grand nombre de familles. La nouvelle s'en répandit comme un coup de foudre et amena le désespoir et la prostration de toutes les parties intéressées. Les créanciers réunis décidèrent qu'il fallait déclarer la maison de banque en faillite, et sauver au moins quelques bribes du naufrage.

Gaston Mirebeau, dont le nom avait jadis figuré dans l'association financière, s'opposa à la mise en faillite.

— La fuite de M. Marville est une calamité, c'est vrai, dit-il mais ce n'est pas une raison pour laisser de sang-froid consommer la ruine des familles qui se sont fiées à lui. L'homme est tombé; est-ce un motif suffisant pour que son édifice tombe avec lui? évidemment non!... Formez-vous donc en commandite nommez un chef à cette commandite, et, avec l'adhésion de la justice, parez au malheur qui menace de vous engloutir...

Les créanciers partagèrent cet avis. Ils voulurent même placer Gaston à la tête de la nouvelle entreprise; mais il refusa avec un noble désintéressement.

— Non, messieurs, continua-t-il, je n'ai pas assez l'habitude des affaires de banque pour me charger d'une aussi lourde tâche; mais je connais un homme intègre qui respectera vos intérêts comme les siens propres... un homme auquel je ne craindrai pas de confier une partie de ma fortune pour aider au fonds de roulement nécessaire à remettre le navire à flot...

Et Gaston désigna d'Orveda au choix des commanditaires.

Deux jours après, Rodolphe se mettait à la tête de la maison de banque Marville et compagnie.

Après avoir installé son ami dans l'hôtel de la chaussée d'Antin, Gaston rentrait chez lui, le cœur navré des vicissitudes de la vie, lorsque son domestique lui annonça qu'un étranger, modestement vêtu, s'obstinait à l'attendre depuis le matin.

— Cet homme a sans doute besoin de mes services? dit Gaston, je vais le voir.

Et il entra dans son salon.

A son aspect, l'étranger se leva et s'inclina en rougissant.

— Pardonnez-moi, monsieur, si je me suis décidé à venir vous trouver... c'est que... je suis sans place et sans pain... Et, poussé par le besoin, j'ai peur de ne pouvoir rester honnête homme.

— Rassurez-vous, monsieur, je vous viendrai en aide... Mais qui vous a engagé à vous adresser à moi plutôt qu'à un autre?... je ne me rappelle pas vous avoir jamais vu...

— Oh! si, monsieur Mirebeau... Une fois, nous avons causé ensemble chez M. Marville; je vous ai même communiqué vos comptes de tutelle, lors de votre majorité...

— Évrard!... exclama Gaston en lui serrant la main.

— Oui, Évrard, que cette action fit chasser... par ce misérable homme d'argent, et qui depuis...

— Vous avez bien fait de vous adresser à moi, mon ami, dit Gaston; j'ai été la cause indirecte de vos malheurs, et je suis heureux de pouvoir les réparer, en partie du moins... j'y mettrai toutefois une condition...

— Laquelle? fit Évrard avec un mouvement de surprise.

— Dans le cours des aventures que vous venez de me raconter, j'ai cru surprendre des paroles de haine contre l'homme qui fut le tuteur de ma jeunesse... C'est homme est malheureux à son tour; l'humanité ordonne de ne pas l'accabler!

— Vous avez raison, monsieur Mirebeau, reprit Évrard; d'ailleurs, le mépris public me vengera suffisamment de la cruauté de cet égoïste...

Le jour même, l'ex-commis rentrait en possession de son ancienne place dans la maison de banque, et son expérience des affaires devait plus d'une fois être utile à Rodolphe d'Orveda dans l'apurement des comptes de finance.

Mais hâtons-nous de nous rendre au clos Saint-Jean de Latran, où avait lieu une fête qui laissa de glorieux souvenirs parmi la gent chiffonnière du faubourg Saint-Marcel.

Voici quelle était la cause de cette fête.

Dans ses courses nocturnes, le père Joseph avait trouvé, près d'un monceau d'ordures, un portefeuille contenant bon nombre de billets de banque.

Le brave chevalier du crochet ne put goûter un instant de repos jusqu'à ce qu'il eût remis sa trouvaille à son légitime propriétaire.

Ce propriétaire était un riche commerçant, homme de cœur; il fut si content de l'acte de probité du chiffonnier qu'il lui offrit tout d'abord en récompense le tiers de la somme, trente mille francs environ.

Mais Joseph n'accepta que mille francs pour la caisse de secours des chiffonniers, somme qu'il s'empressa de verser entre les mains du trésorier de la corporation.

La nouvelle de cet acte de désintéressement se répandit bien vite dans le quartier Saint-Marcel et, instantanément, les chiffonniers résolurent de fêter un acte qui honorait au plus haut point les travailleurs de la hotte.

Aussitôt cette décision prise, les préparatifs de la fête commencèrent; plusieurs personnages marquants demandèrent à y assister.

Dans une des vastes cours du clos Saint-Jean de Latran, en face les restes d'une vieille église, on avait dressé une immense table pouvant contenir au moins cent cinquante convives.

A midi, heure indiquée pour le commencement de la cérémonie, presque tous les invités étaient à leur poste, et certes c'était un bizarre spectacle à observer que l'ensemble de tous ces gens loyaux, qui s'étaient efforcés de se vêtir d'une façon convenable pour faire honneur à leur vieux camarade.

Parmi les convives, on remarquait le père et la mère Camus, le père Wagram et le Cagneux.

Parmi les invités, on distinguait les visages épanouis de Mercredi, de Gaston, de Rodolphe, enfin de Constance et de la Bombée.

L'ordonnateur de la fête, le chiffonnier Bertrand, donna le signal de la mise en train des fourchettes.

— Un instant, dit Joseph, il nous manque encore quelqu'un pour commencer... Notre doyen, le père Marcas, n'est pas à sa place d'honneur...

— C'est juste, fit le Cagneux, qui s'était faufilé près du héros de la fête, l'hommage à la vieillesse... comme du temps des anciens de l'antiquité, quoi!...

Quelques minutes après, un octogénaire s'avançait appuyé sur le bras de deux de ses confrères.

Marcas n'avait pas toujours manié le crochet; c'était par suite d'infortunes successives qu'il faisait partie de la corporation de la chiffe. En un mot, si nos lecteurs veulent être édifiés sur le passé de ce vieillard, ils n'ont qu'à se rappeler le logeur de la rue aux Fers, dont nous avons parlé au prologue de cette histoire.

La table étant complète, le cliquetis des verres se fit entendre.

Quand on est heureux, on pense toujours, dans le peuple, à ceux qui meurent de faim; aussi, Joseph avait-il donné l'ordre de laisser ouverte la porte du clos, pour que les pauvres pussent venir s'associer aux splendeurs du festin.

Le premier pauvre qui se présenta fut la Jeannette, hâve et amaigrie, ne vivant plus depuis longtemps que de la charité publique. La malheureuse expiait cruellement son triste passé!...

Puis vint la Flûte, tombé dans un complet idiotisme, et chantant d'une voix qui n'avait plus rien d'humain, en s'accompagnant sur un mauvais violon, dont les cordes n'étaient pas même montées. Le vieillard était suivi d'autres victimes des mauvaises passions; victimes maintenant moissonnées par la folie et dont le souvenir n'existe plus que dans les cabanons de Bicêtre.

Au dessert, l'ordonnateur de la fête, le chiffonnier Bertrand, se leva; aussitôt un profond silence régna dans l'assemblée.

— Mes amis, dit-il, depuis quelques années deux hommes surtout ont honoré par leurs vertus notre fraternelle corporation. L'un est mort dernièrement... vous connaissez tous sa vie... il se nommait Benoît.

— Ah! le père Benoît, interrompit le Cagneux. Connu! un fameux zig du faubourg Souffrant, dont l'exemple est bon à suivre pour ceusses qui veulent marcher droit...

— Ce que dit ce jeune enfant de la balle, reprit le président, m'engage, mes amis, à retracer ici l'histoire de cet honnête citoyen. L'exemple de ses vertus prouvera à bien des gens qui doutent de tout, que si les travailleurs ont les mains calleuses, ils ont en revanche des sentiments d'honneur, et surtout l'amour de la famille!...

Une salve de bravos accueillit ces chaleureuses paroles.

— Écoutez donc, reprit Bertrand, l'histoire de notre vertueux confrère.

Et toutes les têtes se tendirent avec intention.

— Benoît était fils d'un tonnelier de la rue Mouffetard. Après s'être établi marchand de vins en gros, il tomba amoureux d'une artiste, d'une chanteuse, et lui offrit loyalement sa main. Deux ans après l'accomplissement du mariage, la femme de l'ouvrier s'enfuit du domicile conjugal en emportant la caisse... et en laissant au pauvre Benoît une petite fille au berceau. Je ne te conterai pas les souffrances du malheureux père; l'action infâme de la mauvaise mère l'avait ruiné! Alors, prenant son courage à deux mains, il demanda à la profession de chiffonnier son pain de chaque jour. Pour nourrir son enfant, il travailla sans relâche; l'enfant grandit et rendit à son père affection pour affection... La jeune fille devint femme et se trouva instruite, grâce aux privations de son père. Benoît en fit une maîtresse de pension, estimée, honorée de tous... Puis enfin elle conclut un brillant mariage, et, fière de celui qui s'était chargé seul de son avenir, elle honora jusqu'à sa mort le modèle des pères!...

Après cette histoire, Bertrand parla de la loyauté du second personnage. C'était le père Joseph, à qui une surprise avait été ménagée.

Le doyen des chiffonniers, Marcas, s'avança et lui remit une couronne sur laquelle avaient été gravés ces mots:

LA CORPORATION DE LA CHIFFE, A JOSEPH L'HONNÊTE HOMME

— Que diable! mes amis, c'est trop de fanfreluches pour des choses toutes naturelles, fit le bon chiffonnier en essayant de retenir ses larmes.

7

Mais la plus douce récompense de Joseph fut le baiser de sa fille chérie, qui lui dit tout bas :

— Accepte, père, cet hommage n'est pas au-dessus de tes bienfaits !...

Nous renonçons à peindre la gaieté qui anima la cour du clos Saint-Jean de Latran pendant toute la soirée. On porta des toasts au travail et à tous les principes populaires de l'humanité. Enfin, cette fête resta comme une légende populaire, rappelant la conservation de la probité et de la vertu dans la corporation des chiffonniers de Paris.

CHAPITRE XVII

LE PAYEMENT DES DETTES DE CŒUR

Quelques heures après la dépêche envoyée par le préfet des Bouches-du-Rhône au préfet de police, Marville fut expédié à Paris, menottes aux mains, et accompagné de deux agents du service de sûreté.

Immédiatement le procureur du roi, M. de Jumiéges, s'empara de l'affaire et la poussa avec un zèle ardent. Ce magistrat intègre avait de puissants motifs pour agir de rigueur. Il se trouvait, outre son mépris pour l'homme qui venait de tromper si audacieusement la bonne foi de ses concitoyens, profondément blessé dans sa dignité personnelle, lui, qui avait loyalement serré la main du financier et lui avait accordé tous les égards dus à la considération d'un futur pair de France.

Il fit donc presser l'instruction pour arriver à mettre Marville aux assises en même temps que la bande des Quarante-Cinq, à laquelle le banquier était secrètement affilié. Le parquet, du reste, avait hâte d'en finir avec cette affaire ténébreuse qui préoccupait au plus haut point l'opinion publique. Le premier interrogatoire de Marville fut présidé par M. de Jumiéges.

Le banquier, avec cet aplomb imperturbable inhérent à sa nature perverse, nia sa complicité dans les crimes dont on l'accusait, de connivence avec Foulbert et Sourcque.

On lui montra le procès-verbal du commissaire de police de Melun, constatant l'état de marasme dans lequel se trouvaient les enfants employés à la filature où était mort Roquentin.

— J'ignorais ce détail, objecta hardiment Marville. Nul doute que si on me l'eût fait connaître, je n'y eusse immédiatement apporté remède ! La faute en est à mon contre-maître, non à moi !...

En ce qui concernait la conspiration des incendiaires, au milieu desquels il avait été arrêté, Dumouchet ne répondit d'abord que par un ironique sourire.

Pressé de s'expliquer, il dit enfin :

— Lorsque le malheur frappe un honnête homme, on s'acharne à travestir même ses pensées les plus généreuses. Puisqu'on me menace d'un jugement public, eh bien, soit !... je m'expliquerai à la face de tous !... Je ferai connaître le motif sérieux et humanitaire qui a dirigé ma conduite en cette circonstance.

M. de Jumiéges ne put arracher du misérable d'autres explications. Mais il comprit qu'il avait à combattre un homme habitué aux luttes de la parole, et il résolut de ne négliger aucun des moyens nécessaires à le confondre.

Pour remonter tout d'abord à la source des motifs qui avaient amené le banquier à commettre ces infamies, le procureur du roi pensa qu'il était urgent de questionner ses proches ainsi que ceux qui avaient été avec lui en rapport d'intimité. Il manda donc dans son cabinet sœur Sainte-Françoise, Gaston, Mercredi, Rodolphe d'Orveda et Evrard.

Sœur Sainte-Françoise, atterrée du malheur qui frappait sa famille, et déshonorait le nom de sa mère, ne répondit d'abord que par des larmes aux questions de M. de Jumiéges.

Puis, la pauvre enfant oublia toutes les duretés que lui avait fait subir son beau-père, pour ne se souvenir que de son infortune et implorer l'indulgence de la justice. Et, malgré les preuves flagrantes qu'on plaça sous ses yeux, elle s'obstina à le soutenir innocent, puisant dans sa générosité ce pieux mensonge dont elle demandait secrètement pardon à Dieu.

Mercredi, Rodolphe d'Orveda et Gaston demeurèrent également muets sur ce qu'ils avaient soupçonné depuis longtemps.

— Nous connaissions M. Marville comme un homme d'affaires, dirent-ils ; son arrestation nous surprend... et nous espérons que l'instruction établira sa non-culpabilité.

Quant à Evrard, il tint parole à Gaston en n'accablant pas son ancien persécuteur. Non-seulement il donna à son renvoi de la maison de banque un motif honorable pour Marville, mais encore il cita plusieurs actes de générosité de son ex-patron, qui,

ajouta-t-il, a peut-être été, comme beaucoup de financiers, plus imprudent que coupable.

En sortant du cabinet du magistrat, les jeunes gens comprirent qu'ils avaient accompli entièrement leur devoir, et qu'ils ne devaient plus s'occuper désormais d'un homme mort pour le monde.

Gaston, surtout, avait trop longtemps souffert des épreuves de la vie pour ne pas chercher à reconquérir enfin la part de bonheur à laquelle son amour persévérant lui donnait droit.

Du reste, il avait promis à Constance de l'épouser lorsque Joseph serait reconnu innocent, et il comprit qu'il ne pouvait tarder à tenir sa promesse sans manquer au respect que lui imposait la droiture de sa conscience. Il fit donc sa demande, et le jour du mariage fut fixé à quinzaine.

Le vieux chiffonnier ne trouvait pas, dans son rude langage, d'expressions assez choisies pour exprimer à Gaston combien il eût voulu lui être reconnaissant de l'affection qu'il portait à l'enfant d'Isidore Laurier.

Constance, désirant que son bonheur fût partagé par son amie, se rendit chez Eugène Verneuil avec la Bombée, sous prétexte d'inviter le jeune homme à la bénédiction nuptiale.

Là, elle prit Mercredi à part, et après s'être assurée qu'il était toujours dans les mêmes dispositions concernant Marie, elle le pria d'attendre dans une pièce voisine, et rentra vers la Bombée qui l'attendait au salon.

Alors eut lieu entre les deux femmes une scène charmante de diplomatie et de finesse. Constance pria Marie de céder à l'affection de Mercredi.

— J'ai peur, répondit la bossue, j'ai peur qu'en m'élevant jusqu'à lui, Eugène ne rougisse un jour de ma difformité, et ne se repente d'un engagement pris autrefois, mais qu'il regrette peut-être déjà...

La porte s'ouvrit tout à coup et Mercredi parut. Sa figure était d'une pâleur mortelle.

— Je ne regrette rien, Marie, dit-il, et ce que j'ai promis alors que je n'étais qu'un pauvre musicien ambulant, je serai heureux de le tenir aujourd'hui que j'ai un nom et une position à vous offrir !...

La Bombée ne put résister à l'élan de ces généreuses paroles. Elle poussa un cri, et, s'élançant dans les bras de son fiancé,

— Ah ! pardonne-moi de t'avoir fait souffrir, dit-elle, la voix entrecoupée de sanglots ; maintenant, oh ! maintenant, je suis sûre d'être aimée !...

Un chaste baiser fut la réponse de Mercredi.

Constance était arrivée à son but.

Quinze jours après cette entrevue, un double mariage avait lieu sans éclat dans la modeste chapelle de l'église Saint-Séverin.

Le soir venu, nos héros se réunirent sous une tonnelle dans le jardin d'Eugène Verneuil ; et là, après avoir évoqué le souvenir des êtres chéris qu'ils avaient perdus, ils causèrent de l'avenir. Gaston voulait absolument que Joseph vînt demeurer avec ses enfants.

— Votre place est à notre foyer, mon père, dit-il en lui serrant la main ; à votre âge vous avez besoin de soins et de repos...

— Ne nous refusez pas, père, acheva Constance en passant gracieusement ses bras autour du cou du vieillard, vous êtes habitué à mes câlineries ; et puis, plus tard, qui sait ? vos caresses ne seront peut-être pas inutiles à... d'autres...

Une pudique rougeur interrompit la pensée de la jeune épouse.

Mais Joseph refusa net cette offre de l'amitié.

Il donna pour prétexte qu'il avait de vieilles manies auxquelles il tenait essentiellement et qui ne s'accorderaient pas avec de jeunes mariés comme M. et madame Mirebeau.

— Eh ! mon Dieu ! acheva-t-il, je ne demande pas mieux que de ne plus travailler, d'autant plus que je suis fatigué, et même un peu cassé... mais, demeurer avec vous, oh ! non... j'ai été élevé dans le peuple, je m'ennuierais au milieu de vos salons ; chacun son genre ; faut pas se gêner dans le monde !... j'adore la liberté... je veux la conserver...

Et il fit part à Gaston et à Constance de ce qu'il avait toujours rêvé : une chambre à la maison de retraite de la Rochefoucauld.

— J'ai là d'anciens camarades, ajouta-t-il, M. Duménil et autres... avec eux je pourrai fumer la pipe sans crainte de salir le parquet... Ainsi, c'est décidé, n'en parlons plus !... J'irai vous voir de temps en temps, je mangerai la soupe avec vous ; je serai le parrain de votre premier, si le cœur vous en dit toutefois !... Ensuite, si vous avez besoin de mes services, je me mettrai en quatre pour vous être utile, et de cette façon, tout le monde y trouvera son compte et sera satisfait.

Il fallut bien consentir aux volontés du brave père Joseph.

Mercredi voulut à son tour assurer l'avenir du Cagneux.

Mais ce dernier aimait aussi la liberté ; il refusa toute position qui pouvait l'astreindre à une servitude.

— Tenez, dit-il à l'époux de la Bombée, puisque vous tenez à me rendre heureux au possible, je vas vous dire un *truc* qui me sera agréable sur toutes les coutures...

— Parle, mon ami.

— Dans ce moment, on s'occupe beaucoup de la culture de la betterave, au sujet du sucre de canne !... Je vais louer aux hospices, moyennant cinq cents *balles* que vous me prêterez sur ma figure, un terrain grand comme la place du Panthéon, à Mont-Souris, et dans ce terrain je cultiverai, comme les colons des colonies, la canne à sucre en betteraves...

Cette explication excita un joyeux rire ; mais le Cagneux avait raison ; il allait commencer ainsi sa première étape pour devenir propriétaire par le travail, tout en conservant sa liberté chérie.

— Accordé, fit Eugène, voici les cinq cents francs du futur colon de Mont-Souris.

— Merci, dit le Cagneux en sautant de joie, je peux pas vous parafer un reçu, je suis aussi ignorant qu'un âne naturel... Mais je vous jure...

— C'est bien, mon garçon, interrompit la Bombée, et toutes les fois que tu auras besoin de nous, viens nous trouver ; notre maison et notre bourse te seront ouvertes...

— Bonne mam'zelle Marie... Pardon, excuse, madame Verneuil !

— Et si un jour tu te maries ?...

— Me marier ! exclama le Cagneux avec une teinte de tristesse... Oh ! pour ça non... jamais !...

— Bah ! qui sait ?...

— Dame ! au fait... je suis garçon ; pas joli, joli... c'est vrai... mais parfois aimable, et si je trouvais une autre Linotte... Après tout, ces filles-là ne se marient pas !... Décidément, je ferai comme papa, je resterai garçon !

CHAPITRE XVIII

LA COUR D'ASSISES

C'est au milieu d'une immense affluence de spectateurs que s'ouvrit la session des assises qui commença par la mise en jugement de la bande des Quarante-Cinq.

Le jury était à son poste. M. de Jumièges occupait le siège du ministère public.

Au banc des accusés se trouvaient Marville, Foulbert (dit Meurt-de-soif), Sourcque, Bonadion, la veuve Ménager, Chicarpion et les autres membres obscurs de l'association du meurtre.

Nos lecteurs seront sans doute surpris de rencontrer la sage-femme au milieu des assassins ; mais le parquet avait considéré comme urgent de faire passer dans la même session la complice de Marville dans l'assassinat de l'enfant d'Amélie, et, en effet, cette infamie devait avoir son dénoûment à la même heure que celle où serait condamné le banquier.

La physionomie des coupables offrait des nuances diverses d'expressions.

Foulbert et Sourcque conservaient un imperturbable sang-froid. La sage-femme seule était épouvantée.

Quant à Marville, dont le visage était couturé par la blessure qu'il avait reçue à Marseille, il promenait sur les jurés un coup d'œil insolent et fixait le tribunal avec une arrogance qui semblait dire :

— Je suis plus fort que tous ces hommes et je sortirai vainqueur de leurs griffes de fer !...

Après le tirage des jurés, le président de la cour d'assises donna l'ordre au greffier de lire l'acte d'accusation.

La première partie de cet acte avait rapport à Dumouchet, dit Marville, et se résumait ainsi pour les principaux chefs :

Assassinat, en 1827, du garçon de caisse Isidore Laurier ; initiative et complicité dans l'assassinat de l'enfant de mademoiselle Amélie de Norges ; complicité secrète avec la bande des Quarante-Cinq ; assassinat du journaliste Moncavrel dans un duel illicite ; complicité de conspiration contre la sûreté de l'État ; emploi d'un faux nom pour cacher sa qualité et se livrer à des spéculations hasardeuses, ayant pour but de tromper la confiance publique ; complicité avec les accapareurs de blé, dont le mobile était d'établir un nouveau *pacte de famine* en France ; enfin, violation de la loi sur les manufactures, en faisant travailler, au péril de leur vie, des enfants âgés de moins de douze ans.

Un seul de ces chefs d'accusation eût suffi à la condamnation d'un homme ; on comprendra, d'après leur ensemble, dans quelles dispositions durent se trouver, après la lecture de l'acte, le jury et les magistrats à l'égard de Marville.

Si nous ajoutons à cela les révélations faites par la veuve Ménager concernant la disparition de l'enfant, les aveux du témoin de la mort de Moncavrel et les renseignements obtenus par des recherches de police sur la jeunesse dépravée et l'existence de débauche et de plaisir du financier, on conclura qu'il lui fallait beaucoup de bonheur ou une adresse infinie pour sortir victorieux de ce mauvais pas.

Lorsque le greffier eut terminé la lecture de l'acte d'accusation, l'ex-député se leva, et avec un ineffable sourire, demanda la parole au président. Elle lui fut accordée.

— Je vous demande pardon, messieurs, dit-il, de relever une inexactitude de ce chef-d'œuvre de tactique judiciaire ; mais, en quelque circonstance que ce soit, chacun tient à ses titres. Ainsi, je suis désigné sous le nom de Dumouchet ; et je me nomme Marville.

— Dumouchet est votre véritable nom ! exclama M. de Jumièges.

— C'est faux, monsieur, continua l'accusé ; je m'appelle Marville, et vous le savez mieux que tout autre, vous, monsieur le procureur du roi, qui m'avez reçu dans vos salons ; donc, jusqu'à ce que la justice ait la preuve positive du contraire, ce qui ne peut être, que je prierai l'honorable magistrat qui préside cette cour, de vouloir bien m'octroyer ma désignation personnelle.

— De nombreux témoins ont affirmé que votre nom est Dumouchet, insinua le procureur du roi.

— Les paroles sont stériles... il faut des faits.

— Taisez-vous, accusé, fit le président, et que la séance suive son cours.

Marville se rassit en silence, pendant que son voisin Foulbert murmurait :

— Vieux malin, va ! t'as beau gigoter, mais tu n'auras pas bon marché de ta peau !

Le greffier continua la lecture de l'acte d'accusation concernant Foulbert, Sourcque, Bonadion, Chicarpion, la veuve Ménager et le reste des coupables, dont une partie des crimes sont déjà connus de nos lecteurs. Puis, on passa à l'audition des témoins.

Parmi ces derniers, les principaux étaient le Cagneux, Joseph, Rodolphe d'Orveda et Mercredi. Le Cagneux surtout se montra terrible pour Foulbert.

Joseph raconta le meurtre accompli en 1827 au petit pont Notre-Dame, et affirma reconnaître parfaitement en Dumouchet le chiffonnier auquel il avait sauvé la vie.

Pendant sa déposition, on fut obligé d'imposer silence à Marville, qui, en formulant des dénégations furieuses, gesticulait sur son banc, malgré les efforts de ses deux gardiens pour le maintenir.

Rodolphe d'Orveda témoigna de la tentative de meurtre qui avait été faite sur lui par les noyeurs, et déclara reconnaître parfaitement Sourcque et ses acolytes.

La série des autres témoins, au nombre de cinquante environ, constatèrent, d'une façon identique, la série de meurtres auxquels s'étaient livrés les Quarante-Cinq, présidés par Foulbert, leur instigateur ; Foulbert, accusé également de l'assassinat et de l'incendie commis dans la rue des Boulangers, et dénoncé par la sage-femme, qui espérait ainsi s'attirer la clémence du tribunal.

Cette lecture terminée, les interrogatoires commencèrent.

— Dumouchet, levez-vous, dit le président.

— Encore une fois, je me nomme Marville et non Dumouchet, exclama l'accusé ; j'ai donc l'honneur de prévenir M. le président que je ne répondrai pas à l'appellation d'un nom qui n'est pas le mien.

— Soit ; nous voulons bien vous nommer provisoirement Marville. — Où êtes-vous né ?

— A la Guadeloupe, en 1790, ainsi que le constatent les papiers que vous avez entre les mains.

— A quelle époque êtes-vous venu en France ?

— Au commencement de 1805, je fus placé quelques mois plus tard, au collège d'Alençon.

— Où êtes-vous allé en sortant du collège ?

— En Angleterre jusqu'en 1828, date à laquelle je suis venu à Paris et me suis associé à la maison Mirebeau et Cⁱᵉ.

— A quelle époque vous êtes-vous marié avec madame de Norges ?

— Au mois de juillet 1835.

— Toute la première partie de vos réponses est controuvée, si j'en juge par votre dossier judiciaire, dont je vais vous donner lecture.

Et le président des assises détailla les faits suivants :

Antoine-Jean Dumouchet, né à Cambrai le 26 février 1791, a été élevé au collége de Saint-Acheul ; ses études terminées, il vint à Paris au commencement de 1825, et s'y livra à une vie de débauche et de désordres. Après avoir dissipé le patrimoine qui lui revenait de sa famille, il tomba dans la misère et se fit chiffonnier ; sa médaille, portant le nº 386, lui fut donnée le 25 novembre 1826. Dumouchet, continua sa vie nomade jusqu'à la fin de 1827, date à laquelle il disparut momentanément de la capitale.

— Ces faits ne me concernent en aucune manière, monsieur le président, reprit avec calme l'ex-banquier ; du reste, cette note peut s'appliquer aussi bien au premier venu qu'à moi... J'ai prouvé mon identité par mes papiers de famille, je ne répondrai pas d'avantage à cette monstruosité.

— En admettant la vérité de vos allégations, vous auriez encore à répondre aux chefs d'accusation graves qui concernent votre position comme banquier, sous le nom de Marville.

— Adressez-moi des questions, monsieur, j'y ferai droit selon ma conscience et la vérité.

— Comment expliquez-vous la disparition de l'enfant de mademoiselle de Norges et votre persistance à vouloir faire contracter à cette jeune fille, dépouillée de son voile d'innocence, un mariage avec M. Gaston Mirebeau ?

— Quant à la mort de l'enfant, la justice a puni le coupable ; elle ne saurait donc réclamer deux expiations. Maintenant, mon devoir de chef de famille m'ordonnait d'agir ainsi que je l'ai fait ; j'en appelle, dans cette enceinte, à tous ceux qui portent le titre de père.

— Comment expliquez-vous votre affiliation à la bande des Quarante-Cinq, ainsi que les fréquentes visites de son chef Foulbert ?

— Jamais ce misérable n'est venu chez moi ; jamais Marville, le député indépendant, n'aurait consenti à toucher la main d'un pareil rebut de l'humanité !...

— Un instant, eh ! là-bas, petit père... interrompit Meurt-de-soif ; crache pas si fort sur les *camarauds* ; t'as *évu* besoin de mes services ; sois pas ingrat avec un vieux de la vieille. Il est vrai que j'ai pas pu *refroidir* ton ennemi intime, le père Joseph... J'ai été maladroit, voilà tout !... Mais, pour quant aux autres *travails*, j'ai agi la main sur la conscience : ainsi ne *bêche* pas ton compagnon d'infortune ; on va, ça se peut, qui peut arriver !...

— Donc, continua le président en s'adressant de nouveau à Marville, vous niez toute participation à la bande Foulbert ?

— Je nie formellement.

— Niez-vous aussi vous être battu en duel avec un journaliste de l'opposition ?

— Le duel m'a toujours été antipathique ; et, d'ailleurs, ma position sociale me mettait à même d'obtenir toute espèce de réparations, sans avoir recours à ce moyen extrême.

— Comment se fait-il, demanda M. de Jumiéges, que ne vous connaissant pas, Foulbert se soit permis de vous écrire, de la Force, en vous menaçant de tout dévoiler si vous ne le sortiez de ce mauvais pas ?

— C'est bien simple, goguenarda Marville, dans les prisons, les détenus cherchent tous les moyens d'obliger les hommes influents à s'occuper d'eux. Quelque complice de mon domestique Gaspard aura suggéré une telle idée à ce coquin.

— Pas mal riposté, papa Dumouchet, fit Foulbert en ricanant. T'es madré sur la chose, et si tu réchappes ta *bobine* de l'*eustache vengeur*, tu tireras proprement tes guêtres du grand établissement des *tire-boulets* !

— A quelle époque, reprit le président, vous êtes-vous associé avec des spéculateurs étrangers pour amener une hausse sur les grains, et créer, si cette hausse était nécessaire à vos intérêts, un pacte de famine ?

— Je n'ai jamais spéculé sur les grains. Du reste, ma qualité de fondateur d'un grand nombre d'institutions de bienfaisance combat suffisamment cette ridicule supposition.

— Pas mal encore ! exclama Foulbert. Décidément, t'es-t-un rude finot ! tu t'es dit, comme beaucoup de gens de ta sorte : Je m'en vas avoir l'air d'un bon apôtre, et, en passant pour un petit saint dans une niche, je ferai des coquineries qui affameront le pauvre monde, et ça pour arrondir mon sac... Ah ! décidément, t'es *ruplat* !... Et si ces messieurs les *jurys*, qui ont l'air d'avoir de bonnes têtes, t'acquittent, faudra t'élever une *estatue* !...

— Vous aviez fondé une filature à Melun, continua le président, comment se fait-il que des enfants y fussent employés jusqu'à vingt heures par jour ?

— J'ignorais ce travail excessif, riposta le banquier. Mon contre-maître seul avait la direction de la filature.

— Ce contre-maître s'appelait Roquentin, un ex-forçat, qui venait, avant d'entrer à votre service, de se livrer à une odieuse spéculation...

— Cet homme m'a été recommandé par un correspondant de province. Je ne connaissais pas son origine.

— Pourquoi que tu blagues comme ça ? railla Meurt-de-soif, tu connaissais Roquentin aussi bien que moi, et c'est probablement pour l'empêcher de *jaspiner* que tu l'auras fait cuire dans ta chaudière !... Du reste, c'est pain bénit, lui qui faisait fondre les autres, tu l'as fait bouillir... La peine du *talon*, quoi !...

— Comment expliquez-vous votre présence à Marseille, votre affiliation à la société des incendiaires, le serment que vous avez prêté d'obéir aux lois de cette société, et la saisie faite sur vous de boulettes destinées à répandre la désolation dans la capitale ?

— Depuis longtemps, prononça lentement l'accusé, par ma position politique, j'avais été à même de connaître qu'il existait en France des hommes qui en voulaient à la sûreté de l'État. Au moment où je quittai Paris, et ce fut là, du reste, le motif de mon départ, j'avais appris qu'il existait un complot à Marseille. J'aurais pu, il est vrai, le dénoncer à la police ; mais je n'avais pas de preuves positives... ensuite, je tenais à rendre un signalé service au gouvernement, qui allait m'élever aux plus hautes dignités qu'un Français puisse ambitionner !... Je quittai donc Paris, je passai à Melun pour réaliser quelques capitaux, et j'arrivai à Marseille. Là, je découvris, en fréquentant les tavernes, que mes renseignements étaient positifs. C'est alors que je songeai à m'affilier à la société des incendiaires, pour en connaître intimement les ramifications et la désigner à l'action de la justice... Mon arrestation paralysa mon zèle, et la seule récompense que je recueillis de mon patriotisme fut une cruelle blessure, qui heureusement n'a pas été mortelle.

— Oh ! vieux gueux !... s'écria Foulbert ; tu voulais mettre le feu à la grande machine, empocher toute la monnaie et *filfarder* dans les *Grands-Indres ?*... Ah çà ! mais t'es donc un monstre ! on tue un *humain* proprement, ça se voit tous les jours... mais réduire des quartiers de pères de famille à la misère... ah ! tiens, je te donne ma malédiction !...

— Il suffit, interrompit le président. Asseyez-vous, Marville, je vais procéder à l'interrogatoire de vos complices.

Alors, tour à tour, passèrent au creuset des questions ordonnées par la loi les autres accusés.

Mais le président ne rencontra pas chez eux les réticences et les dénégations de l'adroit financier.

Foulbert et Sourcque avaient deviné, dans l'instruction primitive, qu'il leur serait nuisible de ne pas convenir franchement de ce dont la police avait la certitude, de leurs crimes enfin, parfaitement établis par la déposition des témoins. Ils avouèrent et, pour se venger des paroles mordantes de Marville, le chargèrent à qui mieux mieux.

Il en fut de même de Chicarpion et de Bonacion.

Chicarpion, qui avait l'habitude d'être toujours du même avis que Meurt-de-soif, conclut que, puisque ce dernier *mangeait le morceau*, c'est qu'il en voyait la nécessité, et il suivit de point en point son exemple.

Bonacion reconnut parfaitement Mercredi, et se défendit néanmoins sur un seul point, c'est-à-dire sur la tentative d'empoisonnement faite dans la loge secrète.

La veuve Ménager n'était plus même capable d'examiner de sang-froid sa situation. Non-seulement elle convint de sa complicité avec Marville concernant la disparition de l'enfant d'Amélie de Norges, mais encore elle donna connaissance au tribunal de plusieurs actes infamants de son métier de sage-femme, actes sur lesquels le juge d'instruction n'avait eu jusqu'alors que de vagues indices.

Pour le jury, il était donc clair et flagrant que tous les prévenus, placés sur le banc des assises, étaient coupables à des degrés différents. Marville seul était parvenu à faire flotter encore un dernier doute dans les esprits.

C'est alors que M. de Jumiéges se leva pour prononcer son réquisitoire.

La figure de l'honnête magistrat était pâle et contractée ; son regard étincelant laissait deviner l'indignation qui bouillonnait dans sa poitrine.

— Messieurs, dit le procureur du roi, depuis quelques années de sombres rumeurs, des accusations vagues circulent en France sur les hommes appartenant aux hautes régions sociales. Les mots de corruption, agiotage et spoliation ont été mis en avant par les échos de la presse indépendante ; on a même été jusqu'à accuser le pouvoir de protéger ces désordres et la justice de rester volontairement impuissante à les réprimer. Un tel état de choses a ému le gouvernement, et le roi a voulu que la justice s'armât des sévérités légales pour punir les coupables, quelque haut placés qu'ils fussent. C'est donc sur un de ces grands coupables, messieurs, que je vais appeler votre attention. Dumouchet, dit Marville, appartient, par sa naissance, à cette classe laborieuse que l'on nomme la bourgeoisie. Possesseur d'un patrimoine trop mince pour le faire vivre dans une riche oisiveté, il a d'abord cherché à étourdir sa folle jeunesse dans un tourbillon de débauches ; ces débauches ont entraîné la ruine du jeune déclassé et l'ont jeté au coin de la borne de la mendicité. Incapable de se relever par le travail, cette source de bien-être et de prospérité pour l'honnête homme, Dumouchet a conçu la pensée du crime, de l'assassinat. Cette pensée, germant dans un cerveau tenace, l'exécution n'en pouvait être que prompte, car il fallait à Dumouchet, non-seulement des ressources pour assouvir ses appétits sensuels, mais encore une position sociale, fût-elle extorquée par la duplicité, le mensonge, — et même le meurtre, — pour satisfaire l'ambition qui dévorait son âme!... C'est ainsi, messieurs, que, par une suite de faits corrélatifs à une existence corrompue, l'accusé s'est rendu coupable des crimes dont je vais vous donner un rapide aperçu; c'est ainsi qu'après s'être fait le complice d'une bande de misérables meurtriers, il est enfin devenu l'affilié d'une conspiration d'incendiaires!...

Après l'exposé des principaux points de l'accusation touchant Marville et ses complices, M. de Jumiéges termina ainsi sa plaidoirie.

— Quel triste exemple, messieurs, de la perversité des passions humaines que celui de cet homme, né avec une intelligence féconde, et tombant, à l'aide même de son intelligence, dans le dernier degré de la dégradation sociale. Serez-vous indulgents, messieurs, pour l'ex-banquier assassin, pour l'ex-député incendiaire, pour le complice de Foulbert et de Sourcque, ces deux monstres de la création, dont les instincts grossiers ne respirent que vols, rapines et meurtres? Non, messieurs, vous vous montrerez implacables, — je me trompe, messieurs, soyez seulement sévères et justes; — car le coupable ici ne peut invoquer, comme circonstance atténuante, son manque d'éducation, son ignorance des lois de la société. Et, à ce sujet, permettez-moi de vous faire observer que Dumouchet s'est justement servi de cette connaissance approfondie des rouages sociaux pour couvrir ses criminels desseins. Frappez donc sans crainte, messieurs, appliquez toute la rigueur de la loi, et si votre conscience hésitait un instant à se montrer sévère, rappelez-vous cette grande maxime de l'immortel Montesquieu : « Plus la position du coupable est élevée, plus grand doit être le châtiment. » Je réclame donc pour Dumouchet toute la rectitude de votre examen, et m'oppose, au nom de la justice et de l'humanité, à l'admission de circonstances atténuantes en faveur de l'accusé. La condamnation à mort de cet homme, descendu des hauteurs de nos premières régions sociales, sera un grand enseignement populaire et prouvera une fois de plus aux ennemis de la civilisation la vérité de cet article de notre Code : « Tous les Français sont égaux devant la loi. »

A la suite de cette ardente plaidoirie, M. de Jumiéges aborda les questions relatives aux autres accusés, et termina son réquisitoire en reconnaissant la possibilité que le jury leur accordât le bénéfice des circonstances atténuantes.

— Maintenant, reprit le président, la parole est à Me Dubuisson, défenseur de Marville-Dumouchet.

— Je renonce, dit l'ex-banquier, à la plaidoirie de mon défenseur, me réservant de me défendre moi-même lorsque tous les avocats auront parlé.

— La cour ne s'oppose pas à votre désir, Dumouchet, fit le président, mais à une condition, c'est que vous ne sortirez pas des limites de l'acte d'accusation.

— Je m'y conformerai, monsieur, répondit sèchement l'accusé.

— Pardon excuse, mon président! exclama Foulbert, mais je désirerais bavarder moi-même ma défense. Mon avocat est bête à manger du foin au sujet de mes raisonnements phisolophiques, et je sens le besoin de redresser le louche de mon existence aux yeux de MM. les braves jurés et de MM. les doux juges qui me font l'honneur de vouloir bien jeter un léger coup d'œil sur mes petites peccadilles de jeunesse... Je jacasserai, si tel est le bon plaisir de M. le président, après le vieux finot de la finance, afin de contrecarrer quelques-unes de ses blagues, si parfois elles pourraient gêner le soleil de mon innocence.

Le président accéda à cette demande, et les plaidoiries commencèrent.

Après deux jours de débats judiciaires, Marville fut appelé à présenter sa défense. Il le fit dans ces termes :

— Messieurs, dit l'ex-député d'une voix simulant l'émotion, c'est une lourde tâche que je remplis en essayant de me défendre après l'éloquent et incisif réquisitoire de l'éminent magistrat qui occupe le siège du ministère public. Quand l'accusateur est austère dans ses principes, irréprochable dans ses mœurs, les points principaux de l'accusation disparaissent devant les allégations morales invoquées par l'organe inflexible de la loi. Aussi ne discuterai-je point les faits qui, je le reconnais, ont été groupés avec beau-

coup plus d'art que de vérité ; je me bornerai à établir la situation morale du débat, persuadé d'avance que de cette sévère discussion jaillira une lumière suffisante pour dissiper les ténèbres de l'accusation, et permettre à vos intelligences d'élite d'anéantir l'échafaudage monstrueux construit avec les matériaux de la faconde judiciaire. Ceci posé, j'entre dans la question qui m'est personnelle. Ma position véritable, celle que j'ai établie par des preuves irrécusables, je la dois à mon travail incessant, à l'instinct des affaires dont la nature ma gratifié. Enfant du peuple, je me suis élevé par mes œuvres ; aussi, vous dire quelles mesquines influences ont cherché à me nuire, quelles basses jalousies sont venues entraver mes projets, est une chose impossible. Eh bien, messieurs, j'ai bravé ces influences, lutté contre ces jalousies; voilà la cause de ma chute, voilà le mobile de toutes ces infamies que l'on attache à mon nom. — Homme de rien, j'étais un condottiere de la finance; — homme de rien, j'étais un aventurier de l'industrie; — et voilà encore pourquoi le colosse est tombé. — Maintenant, on m'accuse d'être dissipateur, débauché; erreur complète, messieurs, car, sauf peut-être quelques légères distractions, fort tolérées dans le monde de la finance, quelle existence plus remplie, plus sobre que la mienne, et plus dévouée à la bienfaisance envers ses semblables? Les preuves de ce que j'avance sont au dossier de mon avocat, et si je ne les produis pas, c'est que, fort de ma conscience, messieurs, je crois inutile d'avoir recours à des éléments trop flatteurs pour mon amour-propre. Passons, si vous le voulez bien, à l'examen de ma position de banquier, d'homme politique et de père de famille. Comme financier, j'ai lutté contre l'agiotage et les jeux de Bourse; comme député, j'ai défendu nos institutions, et mes votes ont toujours été acquis à la cause du progrès et de l'humanité; comme père de famille, j'ai élevé saintement une jeune enfant que la mort avait faite orpheline. Un jour, cette enfant commit une faute; loin de la chasser, ainsi que, selon beaucoup de gens, c'eût été mon devoir, je l'ai protégée, soutenue dans la lutte. Enfin, grâce aux principes dont j'avais dès son plus jeune âge saturé son cœur, cette jeune fille s'est complétement réhabilitée en devenant une chaste épouse de Dieu. Ce ne sont pas là, messieurs, les actes d'un scélérat, d'un réprouvé, comme le prétend l'accusation, et quand vous les placerez en regard des dénonciations mensongères de misérables sans aveu, vous n'hésiterez pas à rendre la liberté et l'honneur à l'homme que la sollicitude royale, pour tout ce qui est véritablement honnête, devait élever aux plus hautes dignités. Je dois peut-être tous mes malheurs présents à cet excès de bonheur; mais j'ai confiance en la justice des hommes, et bientôt, j'en ai la conviction, je pourrai encore serrer la main de personnages éminents, qu'un rigoureux devoir rend aujourd'hui mes accusateurs.

— Mon président, s'écria Foulbert, le vieux ayant fini son colloque, je demande la parole pour me blanchir aussi.

— Parlez, fit le président; mais soyez bref.

— Voilà la chose, reprit le chef des Quarante-Cinq. Le mariole qui vient d'essayer de laver son linge sale devant vous, dit que c'est parce qu'il n'était pas bien dans les papiers de tout le monde qu'il est à l'ombre; possible! Mais, moi, je dis que s'il n'avait rien fait de louche, il serait à la grande air comme tous les braves gens. Ainsi, moi qui vous parle, j'ai commis pas mal de drôleries un peu corsées! Eh bien, c'est pour ça que je suis coupable... car enfin de compte foncièrement, je ne comprends que nisco à toute votre moralisation, et je n'entrave pas les choses de la vie ainsi que messieurs les dignes magistrats de la justice. Mon respectable père, qu'a usé sa vie à Rochefort, ainsi que ma brave femme de mère et mes deux tendres sœurs, qui sont claquées à la détention, m'ont appris une chose qu'est gravée dans ma bobine : c'est que tout appartient à tout le monde, et que le plus fort doit toujours avoir raison! Eh ben! mes doux juges, voilà la cause de mes malheurs!... Et encore si j'ai parfois, sans méchanceté, estourbi quelques récalcitrants à mes idées de famille, je l'ai fait proprement, sans verser une seule goutte du sang de mes semblables. Ensuite, je m'ai pas enrichi, moi, dans ce métier-là; je suis aussi décousu qu'un rat d'église. Ce qui fait que vous pouvez pas me condamner, mes deux juges, attendu que si vous comprenassiez mon affaire comme moi, vous m'innocenteriez tout de suite. Mais pour ce qui est du vieux gredin de la haute qu'est devant vous, mon chef de file, il a commis autant de crimes que vous avez de cheveux sur votre vénérable tête de président. Par, ainsi, condamnez-le ferme et innocentez-moi, vous aurez rendu un arrêté qui vous fera honneur dans votre vieillesse, et vous fera bénir de tous vos petits-enfants, de quéque sexe qu'y soient, après votre mort!... J'ai dit, mon président et mes doux jurys, et j'attends la résumation de votre jugeotte.

— Monsieur le président, dit Marville, je demande à ajouter un dernier mot à ma défense.

— Vous avez la parole, fit le chef des assises.

— Messieurs les jurés ont pu se trouver impressionnés défavorablement en me voyant supporter avec une certaine impatience de si pénibles débats... mais il est bien douloureux pour un homme de mon rang et de ma valeur de se voir, non-seulement assimilé à de vils scélérats, mais encore d'avoir continuellement près de lui deux hommes de police grossiers, et peut-être destinés un jour à servir eux-mêmes de gibier de cour d'assises...

— Accusé, je vous ordonne de vous taire, exclama le président ; vous insultez les agents de l'autorité !...

— De pareils misérables?... railla Marville en haussant les épaules.

— Qu'appelez-vous misérables? s'écria l'un des agents qui gardaient l'ex-banquier. Je suis un honnête homme, moi, et pas un assassin comme vous... Monsieur le président, je demande à donner des renseignements à la justice.

— Parlez, reprit le procureur du roi.

— Eh bien! monsieur le magistrat, je reconnais cet homme ; c'est bien le nommé Dumouchet, un chiffonnier, que j'ai vu en 1827, chez le père Marcas, le logeur à la corde de la rue aux Fers.

— Vous mentez! exclama Marville hors de lui.

— Je dis la vérité ; je faisais partie de la police de sûreté alors. Et vous avez bien été forcé de me montrer vos mains ; à preuve qu'elles étaient assez sales!...

— Vous mentez encore, répliqua l'ex-banquier fou de colère ; car je portais des gants pour ne pas me les salir!... et...

La parole s'arrêta sur les lèvres de l'accusé, et il retomba anéanti sur son banc.

— Enlevé, mon vieux, s'écria gaiement Foulbert, pincé au demi-cercle!... Pas assez de calme à la clef, quoi!... T'as le sang chaud ; c'est dommage!...

— Messieurs, reprit sentencieusement M. de Jumiéges, quelque accablante que soit cette dernière révélation, je l'abandonne à l'appréciation du jury, et je prie M. le président des assises de vouloir bien clore les débats.

Après un résumé impartial et la délibération du jury, le président prit la parole en ces termes :

— La cour, vu la décision des jurés, condamne Foulbert et Sourcque, coupables de plusieurs meurtres, aux travaux forcés à perpétuité (le jury ayant reconnu des circonstances atténuantes) ; Bonacion, Chicarpion et la veuve Ménager à vingt ans de travaux forcés ; le reste de la bande à dix années de réclusion. Quant à Dumouchet, dit Marville, le jury l'ayant reconnu coupable d'homicides, de tentative d'incendie, de vols, de concussions, etc., et n'ayant pas admis de circonstances atténuantes en sa faveur, la cour, faisant application de la loi, le condamne à la peine de mort.

— Moi! condamné à mort!... cria l'ex-banquier avec désespoir ; moi! député... pair de France!... à mort!... c'est impossible!... Oh! mon Dieu! mon Dieu! c'est impossible!...

Et il tomba inanimé dans les bras de ses gardiens, en poussant un sardonique éclat de rire.

— Impossible? goguenarda Foulbert, allons donc! tout est possible dans le meilleur des mondes! la preuve c'est que j'ai sauvé ma *trombine* du tranche-lard des pas-grand'chose!

CHAPITRE XIX

LE BAGNE

Un mois après le prononcé du jugement dont nous avons rendu compte, les coupables furent dirigés sur les maisons pénitentiaires où ils devaient subir leur peine. Nous disons un mois, parce qu'il fallait que le temps nécessaire s'écoulât pour l'examen des pourvois en cassation, qui furent tous impitoyablement rejetés.

Bonacion et Chicarpion partirent pour le bagne de Rochefort.

La veuve Ménager fut incarcérée dans la maison de réclusion de Clermont (Oise).

Enfin, le bagne de Toulon fut choisi, par le parquet, comme la dernière étape de Foulbert et Sourcque.

A leur arrivée dans l'infamante demeure des forçats, le noyeur et l'ex-chef des Quarante-Cinq furent séparés ; on donna à chacun d'eux un compagnon de chaîne de le caractère duquel il pût s'accorder, et on les conduisit sur le port pour les faire travailler aux chantiers de construction.

Cette existence n'avait rien d'extraordinaire pour les deux meurtriers ; ils la connaissaient déjà. Aussi en prirent-ils bientôt leur parti, et plus d'une fois, en mangeant à la gamelle commune, leurs ignobles plaisanteries, exprimées en hideux argot, réjouirent-elles leurs camarades.

Mais bientôt le garde-chiourme dut envoyer au commissaire du bagne un rapport sur le compte des nouveaux forçats.

Les compagnons de chaîne auxquels Foulbert et Sourcque étaient accouplés, après avoir subi pendant quelque temps leurs brutales agressions, déclarèrent ne plus pouvoir supporter le supplice de leur continuelle société.

On dut river les fers des misérables à d'autres condamnés, et ils furent immédiatement classés dans la catégorie des dangereux.

Un semblable incident se renouvela à diverses reprises, et le commissaire du bagne, fatigué d'avoir à mettre sans cesse au cachot des hommes incorrigibles, conclut qu'il parviendrait peut-être à dompter leurs natures cruelles en les attachant l'un à l'autre.

En effet, la même chaîne réunit bientôt Foulbert et Sourcque. C'était ce que demandaient les assassins, qui avaient d'avance concerté leur plan pour arriver à la possibilité de causer ensemble sans être troublés par l'excessive vigilance du garde-chiourme.

Tout d'abord ils parurent parfaitement s'accorder. Au bout de deux jours, ils avaient ébauché un projet d'évasion, dont la réussite, d'après leur expérience du bagne, ne pouvait manquer de s'accomplir.

— Maintenant que nous avons retrouvé notre bonne confraternité de jeunesse, dit Foulbert, il faut aviser à nous procurer les instruments de l'escampette.

— Ça va, répondit Sourcque ; *aboule* tes moyens, je te *jaspinerai* ensuite les miens.

— J'ai reluqué en passant dans la grande rue qui aboutit au port, et que nos figures arpentent chaque jour pour aller à la besogne, un boucher à l'étalage duquel reluisent des couteaux d'une longueur réjouissante.

— Eh ben?

— Eh ben, y s'agirait d'en *effaroucher* un, de le façonner en manière de lime et de racler nos ferrailles jusqu'à extinction de force naturelle.

Sourcque secoua la tête pour témoigner qu'il ne partageait pas entièrement l'avis de son complice.

— Ça sera long à n'en plus finir ce truc-là.

— Qué que ça fait, mon vieux, dit Foulbert, si on arrive à piger le but.

— Possible! mais la besogne ne sera pas fignolée en une tournée de soleil, et si le *gaffe* s'aperçoit de la manigance du travail, bjitt!... nous serons *paumés marrons* et on nous recolloquera *à perpet*... dans l'intérieur du *monastère*.

— Bah! avec un peu de vivacité dans les mouvements, une après-midi nous suffira pour fignoler le démontage de la ferraille.

— Oui, mais nous aurons pour plus d'une *longe* à fabriquer la lime... bernique!... ton moyen est *toc*, voyons un autre truc.

Cette conversation s'échangeait pendant l'heure de repos accordée aux forçats au milieu de leur travaux sur le port.

Comme ils avaient encore quelques minutes devant eux, Sourcque et Foulbert passèrent en revue les moyens employés jusqu'alors pour s'échapper du bagne.

Sourcque avait surtout à ce sujet une remarquable mémoire ; il se souvenait des leçons qui lui avaient été données à Paris par un de ses noyeurs, échappé de Rochefort.

Les forçats trouvèrent jusqu'à vingt-quatre moyens d'évasion ; cependant, chacun d'eux présentait un côté difficile, et il fallait parer au moindre inconvénient.

Enfin, ils s'arrêtèrent au dernier moyen, qui consistait à employer des herbes, dont le suc rongeait lentement le fer sans que le garde-chiourme pût s'apercevoir, en visitant les chaînes dans la chambrée, du travail secret qui s'opérait.

Foulbert, qui, selon son habitude, aimait beaucoup à posséder plus d'une corde à son arc, avait néanmoins été assez adroit pour subtiliser le couteau sur l'étal du boucher, et l'avait caché soigneusement dans la doublure de son vêtement.

Mais l'idée de Sourcque réussit à merveille. Les deux compagnons découvrirent au bord de la mer l'herbe qui devait leur être utile, et les fers furent brisés comme par enchantement.

A l'instant où se résolvait ce problème important, les circonstances semblaient être d'accord pour favoriser la fuite des meurtriers. Le garde-chiourme, occupé à rétablir l'ordre parmi quelques pensionnaires de l'ignominie qui s'étaient révoltés, était hors de portée de la vue de Foulbert et Sourcque.

Les fers tombés, ils s'agissait de fuir au plus vite.

— Allons, en chasse!... *affardons par le trimar de la liberté!* murmura Foulbert en jetant les chaînes à la mer. Il s'agit de faire un plongeon, de nager en forme de planche entre deux eaux pendant environ une lieue, d'atteindre l'îlot qu'on voit là-bas, et... et nous sommes sauvés!

— Tâche! riposta Sourcque avec ironie ; dans dix minutes le *gaffe* s'apercevra de notre absence, remarquera les ondulations du liquide, et on mettra à nos trousses une barque qui nous ramènera à *l'abattoir* ; bernique!

— Alors, qu'est-ce que tu veux donc manigancer de plus *rupin*, espèce d'huître? riposta Foulbert avec un geste d'impatience.

— Je veux... je veux gagner la montagne qui est là à droite. Ce soir, au moins, nous pourrons nous coucher tranquillement dans une chaumière, après toutefois avoir *refroidi* le premier *gonce* venu pour lui emprunter ses *frusques*.

— Pas possible ce que tu contes là! au premier signal du canon d'alarme nous serons cernés par toute la paysannerie d'alentour et *pincés* comme des *pantres*... *Nisca!...* allons en mer!...

— Je ne veux pas te suivre.

— Il le faut, nom d'un tonnerre!... le soleil tourne, et je me fais vieux dans ce bazar de l'infortune!... Fifi, je t'en préviens, ne fais pas manquer l'affaire, où je te *nettoye* ni plus ni moins qu'un simple roquet.

Et les deux forçats, en soutenant leur théorie d'évasion, s'échauffèrent à un tel point, qu'ils se reprochèrent mutuellement d'avoir compromis de la sorte, par des hésitations, leur liberté et leur existence.

Des reproches ils passèrent aux injures ; enfin, arrivés au

comble de la fureur, et s'apercevant que le garde-chiourme semblait en avoir fini avec les révoltés, Foulbert comprit que sa tentative avortait, il était perdu.

Sa rage alors fut à son comble. Avec un mouvement terrible il saisit le couteau caché dans son vêtement :

— Ah! tu veux m'empêcher de revoir le soleil de ma belle patrie! s'écria-t-il; eh bien, je *filfarderai* malgré toi!... Tiens, voilà pour t'apprendre à faire la petite bouche avec les amis qui te *veut* du bien!

Et il plongea la lame de son couteau dans la poitrine de Sourcque.

A la vue de son sang, l'ancien noyeur poussa un cri de chacal. Ses yeux sortirent de leur orbite; il se précipita avec une sauvagerie incroyable sur son compagnon de chaîne, et parvint à lui faire lâcher son arme homicide.

Puis, le renversant à terre, car l'excitation de la douleur avait doublé ses forces, il lui ouvrit le ventre avec ses ongles et en arracha les intestins. Malgré le râle qui déjà s'était emparé de sa gorge, Foulbert le saisit par les jambes et parvint à le faire tomber.

Tous deux roulèrent un instant, enlacés comme des serpents venimeux; mais l'ancien chef des Quarante-Cinq sentit sous ses mains le couteau qui lui était échappé dans la lutte. Il le serra, et, au moment où Sourcque se préparait à l'étrangler, il lui plongea dans le cœur l'arme meurtrière.

Sourcque s'affaissa sur lui-même sans pousser un seul cri.

Foulbert alors, contenant de ses deux mains ses entrailles pantelantes, voulut essayer de se lever en appelant à son secours. Ce fut en vain; il retomba près de Sourcque.

— Nom d'un tonnerre! râla-t-il encore d'une voix éteinte en montrant le poing à l'ex-noyeur; je crève comme un chien!... N'importe, je suis content d'avoir nettoyé la terre d'une canaille de ton espèce!... Ah! gredin! je voudrais pouvoir te ronger la tête et te décrocher le cœur avec mes ongles!... ah! gueux! ah! scélérat!... je *claque*...

Quelques instants après, le garde-chiourme faisait enlever deux cadavres.

CHAPITRE XX

LA DERNIÈRE HEURE

Après le sardonique éclat de rire qu'il poussa à l'audition du verdict qui le condamnait à mort, Marville fut emporté par ses gardiens à la Conciergerie.

Pendant trois jours il resta privé de sentiment, et laissa passer ainsi le délai pendant lequel il pouvait signer son pourvoi en cassation. Le quatrième jour, le malheureux était fou.

Le procureur du roi, prévenu de cet incident, envoya aussitôt l'ordre de le transférer à l'hospice de Bicêtre, dans la section des condamnés; et un cabanon, qui n'avait pour tous meubles qu'un grabat, reçut l'homme qui, pendant de longues années, avait nagé dans l'opulence.

Dès cet instant, l'ex-banquier fut saisi d'une folie furieuse qui força l'administration de l'hospice à lui donner un gardien, dont le devoir consistait à ne pas le perdre de vue.

Dans son exaltation cérébrale, le chiffonnier de 1827 se croyait, par sa richesse, le roi du monde. Il semblait sans cesse occupé à remuer des sacs d'écus.

— Ah! ah! ah! ricanait-il, c'est bien avec ce métal que j'ai joué tous les hommes et que je suis arrivé au faîte des grandeurs!... Allons donc, imbéciles, inclinez-vous... inclinez-vous donc devant votre maître; car votre maître, c'est moi, moi, l'argent... moi, un sac d'écus!... Ah! ah! ah!

Puis, en proie à une activité fébrile, il allait d'un coin à l'autre de son cabanon, donnant des ordres, distribuant des éloges et des blâmes; puis, tout à coup, entrant dans un violent accès de colère, il signait des sentences de mort, et impatient de ce que la justice n'exécutait pas assez promptement ses décrets, il se précipitait lui-même sur ses victimes pour les étouffer.

Mais ne rencontrant que le vide, sa tête allait heurter la muraille, et plus d'une fois son gardien le relevait tout ensanglanté.

Cette situation physique de Dumouchet ne pouvait durer; aussi tomba-t-il bientôt dangereusement malade.

Le médecin en chef des aliénés le fit transporter à l'infirmerie.

Grâce aux soins qui lui furent donnés, sa folie furieuse dégénéra en une monomanie inoffensive. Et sa principale occupation consista alors à se lever lentement de son lit et à gratter continuellement la terre avec ses ongles, pour y creuser trois fosses.

Après avoir gratté pendant quelques secondes :

— Une! s'écriait-il avec un radieux sourire; une tombe!... c'est pour Laurier, le garçon de caisse!... Oh! comme son front saigne! Allons, il sera content. Son corps n'est pas privé de sépulture... il ne reviendra plus!...

— Deux! continuait-il d'un air plus sombre. Dépêchons-nous de l'enfouir, celui-là; c'est Gaspard... sa tête n'est plus sur ses épaules... Oh! va-t'en, va-t'en, spectre épouvantable!... L'échafaud! le panier rouge! va-t'en! va-t'en!...

Puis, il choisissait une dernière place; mais son visage respirait une poignante douleur.

— Je ne peux pas... je ne peux pas!... sanglotait-il; il est pourtant bien petit, cet enfant!... Pourquoi donc m'est-il impossible de soulever la terre qui doit l'ensevelir?... Ah! il me sourit... il tend vers moi ses mains innocentes... Gaspard l'étouffe!... Ah! je ne peux pas... je ne peux pas!... il est pourtant bien petit, l'enfant d'Amélie!...

Et chaque jour, Marville recommençait son travail imaginaire, consistant à creuser ses trois fosses; et chaque jour aussi, il ne pouvait parvenir à achever la troisième; le remords mettait un obstacle insurmontable à l'accomplissement de son dessein; le remords, plus vivace peut-être dans la folie que dans la raison.

Règle générale, il n'était permis à personne de voir les condamnés renfermés à Bicêtre; mais sœur Sainte-Françoise supplia tellement M. de Jumiéges, que l'honorable magistrat crut humanitaire de ne pas lui refuser l'entrée de l'hospice.

La pauvre religieuse avait anéanti dans son cœur tout ressentiment à l'égard de son beau-père, et sa conscience lui ordonnait de rendre au condamné le bien pour le mal.

Plusieurs fois, et sans qu'il la reconnût, elle s'assit à son chevet, attentive à lui donner elle-même les remèdes prescrits par le médecin. Elle se montra si dévouée, en un mot, qu'elle s'attira le respect et l'estime de toute l'administration, qui lui témoigna les plus grands égards. Aussi, le médecin ayant déclaré un matin que Marville n'avait plus que quelques heures à vivre, le directeur de l'hospice se hâta de faire prévenir la servante de Dieu.

Elle accourut, accompagnée de Gaston Mirebeau, qu'elle avait envoyé chercher, et de l'abbé Michel, qui voulait donner à Amélie, en assistant le coupable à sa dernière heure, la preuve de l'admiration qu'il professait pour le caractère de la sœur de charité.

Tous trois arrivèrent près du lit de l'aliéné, dont le cerveau avait atteint le dernier degré de paralysie.

A la vue de ses visiteurs, Marville tressaillit et sembla se ranimer; mais son attention ne fut portée que sur Amélie seule, qu'il prit pour Charlotte de Saint-Méran, et à laquelle il demanda pardon des souffrances qu'il lui avait fait endurer.

Gaston pleurait en contemplant celui qui avait été le tuteur de sa jeunesse, et en pensant qu'il eût pu être si heureux en restant honnête homme.

L'abbé Michel invoquait à voix basse le Rédempteur de l'humanité.

Après avoir subi les phases d'une hallucination qui déroula devant ses yeux les principaux faits de son passé, Dumouchet fut en proie à une crise terrible, pendant laquelle le fou eut un éclair de raison. Il reconnut Amélie et Gaston, leur serra faiblement la main; une larme perla sous ses paupières, et l'abbé Michel se hâta de profiter de la lumière qui s'était faite dans l'esprit du moribond pour l'administrer, et il lui donna une absolution.

— La miséricorde de l'Éternel est infinie, dit le confesseur; il pardonne toujours au repentir. Enfant du Christ, Dieu vous absout!...

Gaston et Amélie se relevèrent pour déposer sur le front de Marville un baiser suprême.

Un dernier tressaillement du visage laissa deviner la joie que donnait au grand coupable ce baiser de paix; puis, le râle s'empara de sa poitrine, ses traits devinrent livides, son regard terne; enfin, les membres se roidirent. Marville avait cessé de vivre.

Le lendemain, sœur Sainte-Françoise réclama le corps de son beau-père, afin de lui donner une honorable sépulture.

Le procureur du roi lui fit répondre que l'autorité en avait disposé en faveur de la science.

En effet, le corps de Dumouchet avait été, le soir même du décès, envoyé à la Faculté de médecine, pour y être soumis à des expériences physiologiques.

Ainsi, l'un des plus puissants financiers du jour, l'un des chefs influents de la camarilla politique, le roi des salons aristocratiques de la bourgeoisie, le colosse de la vogue enfin, qui avait joué avec les hommes et les événements et s'était cru assez fort pour tenir dans ses mains le secret des rouages sociaux, n'eut pas même une tombe pour recevoir sa dépouille mortelle. Le scalpel déchira les chairs de celui qui avait sans pitié déchiré les âmes de ses semblables.

Qu'est-ce donc que l'ambition des hommes? Un grain de poussière qu'emporte dans sa course le vent de la fatalité.

ÉPILOGUE

Cinq ans se sont écoulés depuis le dernier chapitre de notre histoire. Nous devons rendre compte à nos lecteurs des événements qui eurent lieu dans cet intervalle.

Après la mort de Marville, sœur Sainte-Françoise fit vœu du fond de son cœur, d'expier par un sublime dévouement aux maux de l'humanité, les fautes qui avaient amené la chute de sa famille. L'innocent s'offrit en holocauste pour le coupable. Amélie redoubla de soins pour les infortunés confiés à sa garde; mais elle

-avait une autre espérance : trouver une occasion de secourir ses semblables en combattant les désastres d'un fléau dévastateur !

Un jour, elle apprit qu'une épidémie intense régnait aux colonies. La première, et avant même qu'on fît appel aux sœurs de charité, elle demanda à partir pour la Martinique. Cette autorisation lui fut accordée, et, à la tête d'une petite congrégation de servantes des pauvres, elle s'embarqua au Havre.

La jeune sœur fut accompagnée dans sa sainte mission par Louisette, qui ne voulut pas la quitter.

Mademoiselle de Norges s'était efforcée de lui faire comprendre les dangers auxquels elle s'exposait. Ce fut en vain.

— Que m'importe ! répondit la bonne Louisette, je ne vous laisserai pas partir seule ! Vous avez du chagrin ; nous le partagerons ; vous n'êtes pas assez forte pour supporter une température torride... Et si vous tombiez malade vous-même, qui donc vous soignerait !... Je pars avec vous.

— Non, je ne veux pas, reprit la religieuse. C'est mon devoir, à moi, de m'exposer ; ne suis-je pas seule sur cette terre, n'ayant qu'une mission à remplir : servir Dieu, secourir les malheureux ; tandis que toi, enfant de ce monde, les joies de la famille, les douceurs de la maternité te réclament... non, non, c'est impossible !

Louisette se mit à pleurer.

— Je croyais, murmura-t-elle avec des sanglots, que vous aviez plus d'attachement pour la pauvre femme de chambre... Ah ! c'est mal, ma sœur, je ne mérite pas une telle indifférence !

Amélie serra la main de Louisette, et n'eut plus le courage de refuser.

Quelques mois après cet entretien, sœur Sainte-Françoise, Louisette, ainsi que les religieuses, débarquaient à la Martinique et se mettaient en devoir d'accomplir leur pieux ministère.

Mais la dévouée femme de chambre l'avait bien dit, mademoiselle de Norges n'avait pas une santé assez robuste pour résister au fléau qui ravageait le climat des colonies.

En sortant de visiter un malade atteint de la fièvre jaune, elle fut saisie elle-même du mal destructeur, et la sainte femme succomba malgré les soins prescrits par la science.

Son dernier mot fut une invocation à Dieu pour lui demander encore le pardon de Marville.

Ce fut là la bonne camériste qui rapporta en France la nouvelle de ce triste trépas ; nouvelle qui serra le cœur de tous ceux qui avaient connu et aimé Amélie de Norges.

Maintenant, voyons ce qu'étaient devenus les autres personnages. Rodolphe d'Orveda, choisi, comme on se le rappelle, par les commanditaires de Marville pour gérer la maison de banque, parvint en peu de temps, non-seulement à relever le crédit de cette maison, mais encore à la prendre pour son propre compte, et à y faire une fortune, sinon considérable, du moins fort importante.

Son honorabilité fut citée en proverbe ; il rendit des services à la finance, services loyaux et désintéressés, et bientôt la noblesse du faubourg Saint-Germain l'attira dans ses salons. Il crut alors remarquer qu'il ne déplaisait pas à une jeune veuve de cet aristocratique faubourg, la baronne de Kerminy ; il sollicita sa main, et bientôt le mariage s'accomplit.

Ce fait se passait dans la quatrième année qui suivit la fin tragique de Marville.

Comme à ce mariage étaient attachées de grandes prérogatives, et qu'il était stipulé que l'époux de la baronne devrait porter le nom de sa femme, Rodolphe d'Orveda demanda et obtint du ministre, grâce aux services qu'il avait rendus, l'autorisation de s'appeler le baron de Kerminy.

Dès lors, il céda sa maison de banque à l'intelligent Évrard et se retira dans ses terres.

Gaston Mirebeau avait racheté la filature de Melun, et, nouveau commerçant, comprenant que le travail était le levier des belles actions, il s'était appliqué, pendant que Constance, sa femme, chérissait et élevait ses deux enfants dans la vertu, à organiser plusieurs manufactures dans le département de Seine-et-Marne.

Il y répandit l'activité et le bien-être, et surtout se fit adorer de ses ouvriers en s'appliquant à récompenser en eux l'aptitude au travail et en les faisant participer aux bénéfices de ses entreprises.

Dans toutes les transactions il se montra juste à leur égard ; enfin, il rendit de si grands services à l'art manufacturier, que le ruban de la Légion d'honneur fut placé, par le roi lui-même, sur sa loyale poitrine.

Après avoir réalisé sa fortune, Mercredi, ou plutôt Eugène Verneuil, s'était retiré avec la Bombée dans une commune des environs de Paris.

Là, entouré de l'estime de ses concitoyens, il fut nommé maire, et dota le pays de quelques institutions utiles, entre autres d'un ASILE pour l'instruction des enfants du peuple.

Cette commune était justement celle où le Cagneux avait établi sa culture de betteraves.

La prospérité était venue aussi toucher de sa corne d'abondance le joyeux ami de Joseph.

Non-seulement il avait remboursé à Mercredi la somme que ce dernier lui avait si généreusement prêtée, mais encore il s'était rendu acquéreur de nouveaux champs et d'une petite maison.

— Elle est couverte en tuile pour de vrai, celle-là, dit l'enfant de la balle en s'y installant, et non en morceaux de zinc comme mon château de Créteil... Oh ! c'est du solide !... j'en ai au moins pour trois cents ans !

Sans être riche, le Cagneux gagnait honorablement sa vie, et, de temps en temps, rendait visite à ses anciens amis, qui le recevaient à bras ouverts.

Parfois, néanmoins, le planteur hochait la tête en voyant passer Mercredi et la Bombée.

— Y a une chose qui me chiffonne, disait-il ; moi, un garçon qui ne sera jamais marié, ça m'aurait été agréable au possible de m'amuser, par-ci par-là, à bercer leurs *mioches*... mais y en a pas seulement le bout de l'oreille d'un à l'horizon !... C'est dommage, ça aurait fait d'honnêtes petits pères et *maires* dans ce pays-ci.

Un dernier chagrin vint suspendre tout à coup le repos et le bonheur auxquels tous nos personnages avaient tant de droits.

Le père Joseph qui, pendant cinq années, avait vécu dans sa retraite de Larochefoucauld, entouré de l'affection de tous ceux qui l'avaient connu, mourut tout à coup d'une attaque d'apoplexie foudroyante.

Dieu voulut sans doute épargner, par cette mort subite, des souffrances au brave chiffonnier.

La nouvelle de ce malheur se répandit comme le vent, — car Joseph avait laissé dans la corporation de la chiffe un ineffaçable souvenir.

Gaston, Constance, Mercredi, la Bombée, le Cagneux et Rodolphe d'Orveda accoururent en toute hâte ; ils ne purent que baiser la main glacée du vieillard, dont les traits avaient conservé un sourire d'inaltérable quiétude.

Des funérailles splendides furent ordonnées par M. et madame Mirebeau, pour conduire l'honnête Joseph à son dernier asile.

Des invitations furent adressées à tous ses anciens camarades, et le jour du convoi des milliers d'hommes du peuple suivirent religieusement le corps de l'ex-chiffonnier.

Une voiture de deuil précédait, avec celle du clergé, le char funèbre. C'était celle de Rodolphe d'Orveda, baron de Kerminy.

Arrivé au champ du repos, et, lorsque la dépouille mortelle du père adoptif de Constance eut été descendue dans la tombe, un octogénaire vint y déposer la couronne décernée, quelques années auparavant, à l'honnête travailleur par la corporation de la chiffe.

Puis, un homme élégamment vêtu s'approcha de la fosse béante et prononça ces paroles :

— Si jamais la vertu, le travail et la persévérance dans la voie du bien ont mérité un éloge, c'est dans cette circonstance surtout qu'on est justement appelé à lui rendre hommage. L'honnête citoyen qui vient de descendre au tombeau supporta courageusement ici-bas sa lourde part d'épreuves, et, par un labeur incessant, une abnégation sans bornes, sortit victorieux des terribles luttes de son existence. Que sa vie serve donc d'exemple à tous les enfants du peuple réunis dans cette enceinte de la mort, et qui peuvent se laisser parfois égarer dans de funestes entraînements !... Un seul mot, pour le peuple, pour le bourgeois, pour le financier comme pour l'homme d'État, doit tout résumer sur la terre : le TRAVAIL ; car le travail, c'est la glorification du présent, l'aspiration de l'avenir ; c'est le frère de ce puissant levier qui soulève les mondes, la PROBITÉ... La probité, que Joseph professa toute sa vie avec un saint respect !... Adieu, mon ami ; une tombe se referme entre toi et tes nombreux admirateurs, mais il restera toujours dans leurs cœurs un souvenir pour ta mémoire et une larme pour ton cercueil !... Adieu ! adieu !

Celui qui venait de prononcer cet hommage rendu à l'homme du peuple était le baron de Kerminy.

La foule s'écoula silencieusement.

Le soir même, tous les établissements servant de réunion ordinaire à la corporation de la chiffe étaient fermés en signe de deuil.

. . . .

Pour terminer, nous ne dirons que quelques mots sur ce roman historique.

Il nous semble avoir suffisamment prouvé que les hommes, dans la société, sont perdus ou sauvés par leurs bonnes ou mauvaises passions.

Nous croyons donc avoir atteint notre but et justifié cet axiome : A CHACUN SELON SES ŒUVRES.

Paris. — Imprimerie ......, rue Saint-Louis, 46, au Marais.

CATALOGUE GÉNÉRAL DES PUBLICATIONS ILLUSTRÉES A 20 CENTIMES LA LIVRAISON

Le Colporteur. — Hareng. » 70
La Croix de l'Affût. — Le Fils de l'Usurier. 4 70
Les Missionnaires du Paraguay. » 70
    Premier vol. broché. 4 40
Le Pacte de Famine.
La Mine d'or. » 90
Maison murée. » 50
Une Passion dans le Désert. 1 30
L'Étang de Précigny.
Justine. » 70

A. DE MUSSET, ETC.

VOYAGE OU IL VOUS PLAIRA, 1 vol. illustré. 4 »

GRANDVILLE

LES ANIMAUX PEINTS PAR EUX-MÊMES. — Ce magnifique ouvrage, illustré par GRANDVILLE, est complet en 20 livraisons.
    Prix, broché : 4 fr. 4 »

BALZAC

PARENTS PAUVRES. — Cousine Bette 1 30
    Id. Cousin Pons. » 90
L'Interdiction.
Secrets de la Princesse de Cadignan. » 70
Le Colonel Chabert.
Une Ténébreuse Affaire.
Pierre Grassou.
Sarrasine.
Esquisse d'homme d'affaires.
La Recherche de l'Absolu. » 70
Un Épisode sous la Terreur.
    Premier vol. broché. 4 »
Splendeurs et Misères des Courtisanes. 1 30
La Messe de l'Athée.
Jésus-Christ en Flandre.
Les Employés. » 90
Colsack.
Les Rivalités. — La Vieille Fille. » 50
Le Cabinet des Antiques. » 50
Le Lys dans la Vallée. » 90
Une Fille d'Ève. » 50
Madame Firmiani.
    Deuxième vol. broché. 4 »
Le Père Goriot. » 90
Z. Marcas.
César Birotteau. » 90
HISTOIRE DES TREIZE. — Ferragus.
    La Duchesse de Langeais. 1 10
    La Fille aux yeux d'or.
La Maison Nucingen.
Les Comédiens sans le savoir. » 50
Étude de Femme.
Un Prince de la Bohème.
L'Envers de l'Histoire contemporaine. » 50
Eugénie Grandet.
Le Chef-d'œuvre inconnu. » 70
    Troisième vol. broché. 4 »

Ursule Mirouet. » 90
La Fausse Maîtresse.
Les CÉLIBATAIRES. — Pierrette. » 70
    — Curé de Tours.
Un Ménage de Garçon. » 90
L'Illustre Gaudissart.
La Muse du Département. » 90
La Paix du Ménage.
Une Passion dans le Désert.
La Physiologie du Mariage. 1 10
Autre Étude de Femme.
    Quatrième vol. broché. 4 »
La Peau de Chagrin. » 90
El Verdugo.
Louis Lambert. » 50
L'Élixir de longue vie.
Massimilla Doni. » 50
Gambara.
L'Enfant Maudit. » 50
Les Proscrits.
La Femme de trente ans. » 70
La Grande Bretêche.
Béatrix. 1 10
La Grenadière.
La Vendetta.
Une double Famille. » 50
    Cinquième vol. broché. 4 »
Les Deux Poètes. » 50
Un Grand homme de province. 1 10
La Femme abandonnée.
Ève et David. » 70
Facino Cane.
Albert Savarus.
Le Réquisitionnaire. » 50
Le Message.
Le Martyr calviniste. » 70
Les Ruggieri. » 50
Melmoth réconcilié.
Séraphita. » 70
Le Bal de Sceaux.
    Sixième vol. broché. » 40
Le Médecin de campagne. » 90
Adieux.
Curé de village. » 90
La Bourse.
Les Chouans. 1 10
Mémoires de deux jeunes mariées. » 90
La Maison du Chat qui pelote.
Maître Cornélius. » 70
    Septième vol. broché. 4 »
Le Contrat de Mariage. » 50
Modeste Mignon. » 90
Paris marié. » 20
La Dernière incarnation de Vautrin. » 70
L'Auberge rouge.
Honorine. » 70
Les Marana.

Le THÉÂTRE DE BALZAC, comprenant : Mercadet. — La Marâtre. — Paméla Giraud. — Les Ressources de Quinola. — Vautrin. 1 30
    Huitième vol. broché. 4 »

ŒUVRES DE JEUNESSE.

L'Héritière de Biragne. » 90
Jean-Louis. » 90
La Dernière Fée. » 70
Le Vicaire des Ardennes. » 90
L'Israélite. 1 10
    Neuvième vol. broché. 4 »
Argow le Pirate. » 90
Jeanne la Pâle. » 90
Le Centenaire. » 90
Don Gigadas. » 90
L'Excommunié. » 90
    Dixième vol. broché. 4 »

LORD BYRON

Œuvres complètes. (1re part.) » 50
    Id. (2e part.) » 70
    Id. (3e part.) » 50
    Id. (4e part.) » 70
    Id. (5e part.) 1 50
    Id. (6e part.) » 90
    Id. (7e part.) » 90
    Le tout réuni en 1 vol. br. 5 »

VICTOR HUGO

Notre-Dame de Paris. 2 15
Han d'Islande. 1 75
Bug-Jargal. » 70
Le Dernier Jour d'un Condamné. » 70
Claude Gueux.
    Premier vol. broché. 5 »
Lucrèce Borgia. » 50
Marion Delorme. » 70
Marie Tudor. » 70
Esmeralda.
Ruy Blas. » 70
Hernani. » 70
Le Roi s'amuse. » 70
Les Burgraves. » 70
Angelo. » 70
    Deuxième vol. broché. 5 »
Les Orientales. » 70
Les Voix intérieures. 1 10
Les Rayons et les Ombres.
Odes et Ballades. 1 50
Les Feuilles d'Automne. — Les Chants du Crépuscule. 1 10
    Troisième vol. broché. 4 »
Cromwell. 2 75
Littérature et Philosophie mêlées. 1 30
Le Rhin. (1re part.) 1 30
    Id. (2e part.) 1 30
    Quatrième et dern. vol. 5 20

WALTER SCOTT

Ivanhoé. 1 50
La Fiancée de Lammermoor. 1 10
Les Puritains. 1 20
Rob-Roy. 1 30
Waverley. 1 30
    Premier vol. broché. 6 »
Quentin Durward. 1 70
La Dame du Lac.
Le Major Dalgetti. » 70
L'Antiquaire. 1 30
Le Monastère. 1 30
L'Abbé. 1 70
    Deuxième vol. broché. 6 »
La Prison du comté d'Edimbourg. 1 70
Cromwell. 1 50
Le Pirate. 1 30
Le Château de Kenilworth. 1 70
    Troisième vol. broché. 6 »
Richard Cœur-de-Lion. 1 40
Péveril de Pic. 1 70
La Jolie Fille de Perth. 1 50
Guy Mannering. 1 30
Le Nain noir. 1 10
Le Château dangereux.
    Quatrième vol. broché. 6 »
Le comte Robert de Paris. 1 10
Aventures de Nigel. 1 30
Redgauntlet. 1 30
Les Eaux de Saint-Ronan. » 70
La Veuve des Montagnes.
Les Fiancés de Powys-Land. » 70
Le duc de Bourgogne. 1 50
    Cinquième vol. broché. 6 »
Chronique de la Canongate. » 70
La Fille du Chirurgien.
Le Miroir de ma Tante Marguerite. » 90
Rokeby. » 70
Harold. » 70
Le Dernier Ménestrel. » 90
La Maison d'Aspen. » 90
Histoire d'Écosse. 1 30
    Sixième vol. broché. » 60

CHARLES NODIER

Contes choisis (1re part.). » 70
    Id. (2e part.). » 70
Le Voyage où il vous plaira, réuni aux Contes de Charles Nodier, forme un magnifique volume.
    Prix, broché : 4 fr. 4 »

GEORGE SAND

La Mare au Diable. — André. 1 30
Mauprat. 1 30
Le Compagnon du tour de France. 1 75
    Premier vol. broché. 4 »
Metella. » 20
La Petite Fadette. » 70
Le Péché de M. Antoine. 1 75
Pauline. » 50
Valentine. 1 30
    Deuxième vol. broché. 4 »
Françoise Champy. » 70
Les Mosaïstes. 2 70